Ulrich Schacht

Notre Dame

aufbau

I

IM RAUM DER VERWANDLUNG

»Man umarmt einen Schatten und liebt einen Traum. Was weiß ich denn schon von ihr?«
Hjalmar Söderberg, *Doktor Glas*

1

Das Taxi hatte Berg schon am Vorabend bestellt. Auch hatte er gebeten, nicht zu klingeln, er würde pünktlich das Haus verlassen. Kurz vor sechs öffnete er die Tür zum Zimmer seiner Tochter, vom Flur her fiel Licht in den Raum, er hatte sie aus dem Tiefschlaf geholt:

Fliegst du jetzt?, flüsterte sie.

In anderthalb Stunden, sagte er, aber ich fahre gleich.

Zum Flughafen?

Natürlich, sagte er und dachte, dass er sie nun doch verwirrt hätte.

Rufst du mich morgen an, um zwölf?

Um zwölf?

In der Nacht, mein ich.

Es klang schon viel wacher.

Versprochen, hörte er sich sagen, obwohl er in diesem Moment noch gar nicht wusste, wo er morgen sein würde um Mitternacht, das neue Jahr zu erwarten. In Paris, ja. Aber wo dort, in welchem Restaurant? Es würde sich finden.

Feierst du im Hotel?

Er schüttelte den Kopf.

Feier trotzdem schön, sagte sie und erinnerte ihn an das »Le Coq«. Es läge doch um die Ecke, falls er wieder im »Baltimore« sei. Ihr jedenfalls habe es dort sehr gefallen.

Mir auch, sagte er, vielleicht.

Während er sie auf die Stirn küsste, schlang sie ihre Arme um seinen Hals.

Ich muss, sagte er und löste sich von ihr: Ihrer Mutter habe er einen Brief vor die Tür gelegt, sie solle ihr sagen, es sei besser so.

Beim Hinausgehen winkte Berg noch einmal ins Dunkel zurück. Im Haus war es still, totenstill. Er griff nach seiner Reisetasche, die neben der Tür zu seinem Schlafzimmer schon bereitstand, und ging auf Socken die Treppe hinab in den Flur, wo er sich Schuhe und Mantel anzog, einen Schal um den Hals warf und nach den Handschuhen griff, die auf dem Schränkchen lagen, über dem der Garderobenspiegel hing. Bevor er die schwere Eingangstür öffnete und nach draußen trat, warf er einen Blick in das silberne Oval:

Ja, das war *er*, der sich hier aus dem Hause stahl wie ein Dieb in der Nacht. Er, Torben Berg: vierzig Jahre alt, verheiratet, Vater einer Tochter, die er über alles liebte. Journalist aus Leidenschaft, an Politik interessiert, seit er denken konnte, an Polarländern anscheinend noch länger, an Expeditionen ins Unbekannte, mit dem Kinderschlitten in die vereisten Schilfgebiete der winterlichen Vorstadt. In jener Zeit waren auch seine ersten Gedichte entstanden.

Je älter er wurde, umso verschwommener gerieten die Grenzen nach rückwärts: So, wie er jetzt war, war er so nicht schon immer gewesen?

Mit dem Löschen des Flurlichts wurde das Spiegelbild zum flüchtigen Schatten, verschwand. Dann drückte er mit der linken Hand die Türklinke aus Messing herab, die vom Licht der Lampe vor dem Haus, das durch die Glasscheiben in den Flur fiel, matt schimmerte, trat hinaus und schloss hinter sich ab. Draußen war es kalt und glitzerte überall.

Der dreißigste Dezember des Jahres neunzehnhunderteinundneunzig zeigte sich ohne statistische Auffälligkeit.

Der Fahrer hatte Licht im Wagen gemacht und las eine Zeitung. Als er ihn kommen sah, faltete er die riesigen Blätter hastig zusammen, beugte sich nach rechts und öffnete die Tür. Eigentlich fuhr Berg lieber im Fond, aber der Mann meinte es gut, und Berg wollte so schnell wie möglich aus dem Sichtfeld seines Hauses verschwinden:

Manchmal geht es mit dem Teufel zu, dachte er.

Doch im Unterschied zu ihm schlief Karla fest, felsenfest. Selbst eine hochtourig rotierende Bohrmaschine in der Wand zu einer Nachbarwohnung, da waren sie noch Studenten gewesen und bei Freunden zu Besuch, hatte einmal ihren Tiefschlaf nicht aufbrechen können; es hatte ihn fasziniert und erschreckt zugleich, weil er sie für den Bruchteil einer Sekunde gestorben wähnte, so selig waren ihre Gesichtszüge trotz des nervenaufreibenden Geräusches gewesen.

Zum Flughafen, sagte er, während er die Tür zuzog, und gab sich müde, er hatte keine Lust, schon um diese Zeit ein Gespräch zu beginnen.

Wollen Sie?

Der Taxifahrer deutete auf die grob zusammengefaltete Zeitung.

Oh, nein, sagte Berg, vielen Dank, um diese Zeit dieses Blatt, das geht gar nicht.

Um diese Zeit, lachte der Mann und startete den Motor, ist das das Einzige, was geht. Davon wird man wach, glauben Sie mir, ich würde jetzt auch gerne im Bett liegen.

Schon oder noch, fragte Berg: Wann haben Sie denn angefangen?

Vor acht Stunden, sagte der Mann, sonst lohnt es ja nicht. Sie sind der Letzte für heute.

Das ist hart, hörte Berg sich sagen und schloss die Augen.

Es gibt Schlimmeres, sagte der Mann und gab Gas, um eine Ampel zu schaffen, die Straßen waren noch ziemlich leer.

Es gibt immer Schlimmeres, murmelte Berg.

Dann herrschte Schweigen.

Eine Viertelstunde später, es war schneller als sonst gegangen, hatten sie den Flughafen erreicht und hielten vor dem Eingangsbereich, am Ende einer sich stetig verlängernden und wieder verkürzenden Schlange von Taxis, denen eilig Menschen entstiegen. Rollkoffer lärmten, Türen klappten, Motoren heulten auf oder erstarben, und über allem lag die Geräuschkulisse startender und landender Flugzeuge.

Mein Gott, dachte er, der sonst immer äußerst knapp kalkulierte: Bin ich früh. Schließlich zahlte er reichlich, wartete auf die Quittung und ging ohne Eile in die verschachtelte Empfangshalle, die er vollkommen stillos fand, ein zusammengestückelter Bau, der zwar bald, wie die Zeitungen schrieben, einem neuen, moderneren weichen sollte, aber noch jedes Mal, wenn Berg ihn betrat, fragte er sich, warum eine so reiche Stadt sich ihren Gästen aus aller Welt, die sie auf dem Luftwege erreichten, so kleinkrämerisch zeigte. Doch hatte sie sich nicht auch erst sehr spät eine Universität geleistet?

Der Flughafenbetrieb war schon in vollem Gange, die Schlangen der Wartenden vor den Schaltern lang. Das geschäftige Treiben störte ihn nicht, es lenkte ab, beruhigte. Einen Moment überlegte Berg, ob er erst einchecken oder in den Presseshop gehen sollte. Die Nähe zu den Schaltern mit dem Kranich nahm ihm die Wahl jedoch ab, er stellte sich in die nächstgelegene Reihe und spürte, wie eine Last sich von seinen Schultern zu lösen begann, ein Gefühl wie in Kindheitstagen, wenn er wieder einmal geflohen war, aus der Schule, oder vorbeigeschlichen an dem Betrieb, in dem er gelernt hatte, später ließ er Vorlesungstermine an der Universität verstreichen, Seminarzeiten, Repetitionskurse. Fast immer endeten diese Fluchten am Meer, an dem die Städte lagen, in denen er Schüler gewesen war, Lehrling, Student. Das war lange her und die peinliche Seite der Erinnerung daran längst untergegangen in einem Privatmythos von Selbstbestimmung, an dem nicht alles falsch war, das meiste jedoch nur versunkener Ärger, den er sich und anderen damit bereitet hatte, vor allem seiner Mutter, die, ein Ausbund an Pflichtbewusstsein, nicht begreifen konnte, was ihn jedes Mal trieb, was ihn anstiftete, und sie immer wieder in helle Wut versetzte, aus purer Verzweiflung. Die schweigende Verachtung seiner Mutter nach anfänglichem Zorn traf ihn trotz seiner weitschweifigen Ausreden, die ihm unerschöpflich zur Verfügung standen, ohne wirklich etwas zu klären, und nur wie freche Lügen wirkten, härter als alles andere. Die eigenartige Neigung, in der Flucht das Seelenheil zu suchen, war aber geblieben, auch wenn sie sich mit den Jahren immer seltener zeigte und dann in anderer Gestalt als einst und in Zusammenhängen, die kaum einer seiner Freunde begriff.

2

Die Maschine startete pünktlich und hob, wie vorgesehen, wenige Minuten nach halb acht ab, zog steil nach oben und ließ das Lichtermeer der großen Hafenstadt schnell unter sich zurück. Kurze Zeit später, nach der Ansage, dass gleich das Frühstück serviert werden würde, und dem Vorschlag, die gesamte Flugzeit über angeschnallt zu bleiben, flammte auch das komplette Licht in der Kabine wieder auf, gleich darauf begann das routinierte Treiben der Stewardessen.

Berg hatte sich noch während der Unruhe am Boden durch das zähflüssige Eintreffen der meisten Passagiere, die in aller Gemütsruhe ihr Gepäck verstauten und Staus bis tief in die Zugangsbrücke verursachten, entschlossen, seinen Walkman in der Reisetasche zu lassen und mit ihm das schmale Repertoire an Kassetten, das ihn seit jenem Sommer im vergangenen Jahr auf fast allen seinen Reisen begleitete: Sinéad O'Connor, Tina Turner, die Piaf und alle Brahmssymphonien. Elton John hatte er aussortiert; dafür war Sinatra wieder notwendig geworden, *I did it my way*.

Statt Musik zu hören, begann er sogleich, in dem Zeitungsstapel auf seinen Knien zu blättern. Wie immer sortierte er zunächst die Wirtschaftsteile aus, auch Technikseiten, Sport und Businessbeilagen, so vorhanden, wurden ungelesen zur Seite gelegt. Übrig blieben die Feuilletons, die er sich zuerst vornahm, danach kamen, gab es sie, Wissenschaftsseiten und Reiseteile, zuletzt das jeweils erste Buch, in denen sich die Welt als fortlaufendes Politikereignis darstellte und, entsprechend der Linie der Zeitung, kommentiert wurde. Die Kommentare fanden seine höchste Aufmerksamkeit, er las sie mit Leidenschaft, nie kalt, ebenso die Leserbriefe, sie waren oft besser, für Realitäten offener, weniger Partei. Berg konnte sich das Urteil erlauben, war er doch selber ein Journalist, der Kommentare schrieb, ein leitender Redakteur, wie es auf seiner Visitenkarte hieß, der aber niemanden anleitete, nur sich selbst, unter dem Namen einer Zeitung, die zu den großen des Landes zählte.

Seit frühsten Kindheitstagen war ihm das gedruckte Wort fast die ganze Welt, waren Bücher für ihn der größte Schatz, so sehr, dass er während der Schulzeit zwar wie alle anderen in seiner Klasse auch regelmäßig Altpapier sammelte, nicht selten aber verzichtete er auf Geld vom Altwarenhändler und damit auf die schnelleren Süßigkeiten: auf Bonbons in Form von rosa Himbeeren und grünen Blättern, auf gezuckerte Schürzkuchen, braun und saftig vom heißen Fett, in dem sie gebacken worden waren, auf sprudelnde Limonade, die einem die Tränen in die Augen trieb, so sehr, dass man lachen musste und dabei Gefahr lief, viele Schlucke einfach nur zu verspritzen, auf Brühwürfel schließlich, die ganze vier Pfennige das Stück kosteten, aber herrlich salzig schmeckten und gierig gelutscht wurden, wie Eis, bis Lippen und Gaumen fast taub waren. Stattdessen ließ er sich die eingelieferte Papiermenge in Büchern aufwiegen, um danach mit euphorischen Gefühlen aus dem dämmrigen, von stockigem Geruch erfüllten Kellergewölbe, in dem der Altwarenhändler wie ein Unterirdischer hauste, durch die Gassen der alten Hafenstadt nach Hause zu eilen und die gerade erworbenen Kostbarkeiten drei steile Treppen hinaufzuschleppen, bis in ihre Wohnung, wo er in den nächsten Stunden für die Welt draußen und die Rufe oder Pfiffe der Freunde von der stillen Straße unerreichbar war.

Am Beginn seiner Universitätszeit jedoch hatte ihn seine Bücherleidenschaft fast umgebracht. Das Zimmer im Studentenwohnheim, einer lagerähnlichen Anlage mit mehreren Baracken, das ihm und vier weiteren Kommilitonen seines Studienjahres von der Fakultät zugeteilt worden war, glich mit seinen drei Doppelstockbetten, sechs Spinden, Stühlen und einem großen Tisch eher einer Armeestube als einer Studentenbude. Es gab weder

Nachttischlampen noch Klemmleuchten, und so hatte er eine nackte Glühbirne in einer Fassung mit Schalter an einem Kabel um das Gestänge seines Bettes geschlungen, damit er fortan über eine separate Beleuchtung verfügte, wenn das Deckenlicht längst ausgeschaltet war und rings um ihn herum tiefe Atemzüge verrieten, dass alles schlief. Weil er gerne bis weit nach Mitternacht las, war das einer der Gründe, warum er in aller Frühe so schwer unter den drei Decken im karierten Bettbezug hervorkam; der zweite waren die Pflichtvorlesungen für alle Studenten, ganz gleich, welcher Fakultät sie angehörten und für welche Studienrichtung man immatrikuliert worden war. Sie wurden vom parteiphilosophischen Institut der Universität veranstaltet und waren für denkende Menschen eine einzige Zumutung, man konnte sie nur mit vollkommen geistiger Abwesenheit überstehen, aber auch winzige Zettel halfen, gespickt mit sarkastischen Kommentaren zum Verhältnis von Phrase und Wirklichkeit. Die konterrevolutionären Kassiber wanderten wie Weberschiffchen zwischen den nebeneinandersitzenden Vertrauten im Hörsaal hin und her und zogen unweigerlich eine gewisse unruhestiftende Heiterkeit unter den Beteiligten nach sich, die den jeweils vortragenden Dozenten, allesamt blasse, nichtssagende Figuren, die nur wegen des weithin sichtbaren Parteiabzeichens am Revers auffielen, bei seiner routinierten Tour durch den ewigen ideologischen Himalaja des Öfteren von einem Phrasenschritt zum anderen abstürzen ließ, in eine Tiefe vollkommener Nichtigkeit. Es war eine Art situativer Entmachtung, befriedigend vor allem für die, denen sich darin eine geschichtliche Perspektive eröffnete, auch wenn sie noch so unwahrscheinlich war. Dass Berg zu ihnen gehörte, verstand sich von selbst, eine seiner gelegentlichen Fluchtvarianten aus dem öden Ideologie-Zirkus hieß, einfach im Bett zu bleiben.

Seine Zimmergenossen, die, wie er, alle dasselbe Fach studierten und mit denen er bald enger befreundet war und deshalb mehr teilte als nur die gemeinsame Unterkunft, ließen ihn jedes Mal ohne mahnende Erinnerung an den Pflichtcharakter dieser

Vorlesungen zurück, kannten sie doch seine riskante Neigung, ideologischer Primitivität mit erhöhter Provokationslust zu begegnen. Nicht ohne Grund hatten sie ihm mit schöner Ironie und versteckter Bewunderung schon zum ersten Geburtstag, den er mit ihnen zusammen feiern konnte, in das gemeinsame Geschenk eine Widmung geschrieben, die, so stand dort nun schwarz auf weiß zu lesen, nicht nur dem »unruhigen Zimmergeist« galt, der er für sie geworden war, sie ging bald über in einen Hymnus auf den »großen Dichter, Theologen, Philosophen und Revolutionär Torben Berg«, um schließlich zum eigentlichen Anlass zu kommen: seinem zwanzigsten Geburtstag. Danach las man sechs Unterschriften, er selbst war der siebte des Studienjahrgangs gewesen. Es war, natürlich, ein *Buch*: »Schuld und Sühne« von Dostojewski, dem er bislang, was er aber nicht verriet, Turgenjew vorgezogen hatte. Dessen Roman »Väter und Söhne« liebte er besonders, die Schlussszene mit den knienden Eltern am Grab ihres so jung und, verstrickt in politische Wahngebilde, irgendwie sinnlos gestorbenen Sohnes hatte ihn auf eine Weise erschüttert, als stünde er selber am Grab Basarows, neben den beiden Alten, um da zu sein für sie, ihnen aufzuhelfen, sie zu trösten.

Bergs Vater, ein Offizier der Roten Armee, war kurz vor Bergs Geburt wegen der unerlaubten Beziehung zu seiner Mutter arretiert worden und dann in den Weiten der Sowjetunion verschwunden. Sie hatten nie wieder etwas von ihm gehört. Auch seine Mutter hatte man verhaftet; sie kam für lange Zeit nicht mehr nach Hause. Er verbrachte die ersten Jahre bei seiner Großmutter; aber das alles hatte man ihm später erzählt, viel später. Eine Erinnerung daran besaß er nicht, und so träumte er seinem verschwundenen Vater, von dem es weder Fotografien gab noch Briefe, zu keiner Zeit hinterher. Natürlich war sein Vater, wie Berg längst begriffen hatte, eine unabdingbare Voraussetzung seiner Existenz, eine spürbare Wirklichkeit aber hatte er ihm trotzdem nicht werden können. Er wuchs auf von Frauen umgeben: von Mutter, Großmutter und Schwester. Das genügte. Allesamt waren sie willensstark und liebevoll und hatten ihn beschützt wie ein Mann. Doch schon auf der ersten Seite von »Schuld und Sühne« wurde seinem Helden Raskolnikow eine Eigenschaft attestiert, die spätestens mit jenem Tag, da Berg sein Studium angetreten hatte, immer deutlicher auch bei ihm zum Vorschein kam:

»… er befand sich seit einiger Zeit in einem aufgeregten und gereizten Gemütszustand, der große Ähnlichkeit mit Hypochondrie besaß …«

Der Vertrauteste unter seinen Zimmergefährten, ein Pfarrerssohn aus der Altmark, der seine unnachgiebige Ablehnung der politischen Verhältnisse mit ihm teilte, nicht aber das Risiko, sie durch freimütige Bekenntnisse denunzierbar werden zu lassen, hatte sich Bergs Unterschrift antrainiert, um sich für ihn, war er im Bett geblieben, in die im Vorlesungssaal ausliegende Anwesenheitsliste einzutragen; es konnte kaum auffallen, weil es zu viele Studenten verschiedener Fakultäten und Fachrichtungen waren, die hier in aller Herrgottsfrühe ihre Zeit totschlagen mussten. Nur einigen Studentinnen gelang das Wunder, die sinnlosen Stunden trotzdem sinnvoll zu verbringen: sie strickten einfach unter den Pulten, hinter denen sie saßen, an Socken, Schals und Handschuhen, unsichtbar für den Dozenten oder Professor, der sich in der Tiefe des Raumes, einem ansteigenden Hörsaal des »Instituts für Marxismus-Leninismus«, ebenso ahnungslos wie vergeblich mühte, seinen ideologischen Unsinn als unvergängliches Sinnereignis in die Köpfe seiner Zuhörer zu implantieren, deren erzwungene Masse ihm vorgaukeln mochte, einer unschlagbaren Wahrheit Diener und Stimme zu sein.

Auch an jenem Wintermorgen, der ihn beinahe das Leben gekostet hatte, war er gegen sieben Uhr alleine im Zimmer des Wohnheims am Rande der alten Hafen- und Universitätsstadt zurückgeblieben. Die Geräusche seiner Mitbewohner hatten ihn wach werden lassen, Geschirrgeklapper, das Brodeln des Tauchsieders, gedämpftes Sprechen, auf die beiläufige Frage, ob er mitkäme, hatte er nur abgewinkt, die Augen wieder geschlossen und versucht weiterzuschlafen. Nach ihrem Verschwinden, in der Stille danach, war er jedoch schlagartig munter geworden und hatte sogleich wieder nach demselben Buch gegriffen, das ihm erst gegen drei Uhr früh, übermannt von der Müdigkeit, aus der Hand geglitten und zwischen Kopf und Wand auf dem Keilkissen zu liegen gekommen war, wo es immer noch lag, aufgeschlagen auf derselben Seite: Gesammelte Aufsätze eines im Lande nicht gedruckten Philosophen, der als besonders rückschrittlich galt, aber weltberühmt war. Er hatte es in der Fakultätsbibliothek entdeckt, die über solche Schätze nach wie vor frei verfügte, man musste sich nur in eine Kladde eintragen, wenn man an dem geistigen Glanz oder gefährlichen Genuss teilhaben wollte. Weil es draußen noch dunkel war und die anderen das Deckenlicht im Zimmer beim Verlassen gelöscht hatten, knipste Berg die Glühbirne über seinem Kopf an und vertiefte sich erneut in die geistigen Welten des Denkers aus dem Schwarzwald, dessen Sprache ihm so mystisch erschien wie sie magisch war, und in denen es um den »Ursprung des Kunstwerks« ging, um »Nietzsches Wort ›Gott ist tot‹«, um den »Spruch des Anaximander«:

»Was sollen uns alle nur historisch ausgerechneten Geschichtsphilosophien, wenn sie nur mit dem Übersehbaren der historisch beigebrachten Stoffe blenden, Geschichte erklären, ohne je die Fundamente ihrer Erklärungsgründe aus dem Wesen der Geschichte und dieses aus dem Sein selbst zu denken?«

Nur klang das gar nicht mystisch und magisch, es klang klar, überklar, erkenntnisgrell geradezu, vor allem aber war es wie eine radikale Antwort auf das ideologische Gefasel, das die abwesenden Kommilitonen auch an diesem Morgen über sich ergehen lassen mussten. Doch bald glitten ihm erneut die verführerischen »Holzwege« aus der Hand, Kopf und Körper wurden von einem wohligen Gefühl erfasst, das ihn, wie aufsteigendes warmes Wasser, widerstandslos machte und bald versinken ließ in jenem Ozean, in dem man so unendlich tief und sanft hinabschweben konnte, bis zum Grund aus vollkommener Stille und Schwärze, an dem man nichts spürte, nichts wusste. Oder alles.

Als er urplötzlich jedoch wieder nach oben schoss, noch im blitzartigen Auftauchen, da immer mehr bitter schmeckendes Wasser in seinen Mund zu dringen schien, begriff er, dass er im allerletzten Moment niemand anderem entkommen war als dem Tod: Bei sich rasend schnell ausbreitenden Qualmwolken stürzte er vom Bett, riss instinktiv das von Glut durchfressene Keilkissen mit sich herab, und während ein Funkenschwarm über den abgetretenen Linoleumboden stob, öffnete er die Fenster und hielt seinen Kopf so weit wie möglich in die kalte Novemberluft, um wieder und wieder durchzuatmen, das in Schwelbrand gesetzte Matratzenstück glomm weiter vor sich hin, jetzt aber in sicherer Entfernung von Laken, Kopfkissen, Bettbezug, von ihm. Dann holte er, ruhig geworden, einen Eimer Wasser aus dem Waschraum, goss es vorsichtig über das nur noch schwach qualmende Keilkissen, bis die Glut darin restlos erloschen war. Später säuberte er das Zimmer gründlich, entsorgte die Kopfablage, aus der versengtes Seegras hervorquoll, in eine der verbeulten und angerosteten Mülltonnen vor dem Studentenwohnheim, froh, dass offenbar niemand etwas von der nicht nur für ihn gefährlichen Geschichte mitbekommen hatte. Noch lange starrte er auf die nach wie vor leuchtende Glühbirne an seinem Bett und versuchte zu ergründen, warum sie während seines Schlafs so tief herabgerutscht war, dass sie die hintere Kante seines Keilkissens hatte berühren, ihre Hitze sie in Brand setzen können. Dabei stieg eine zweite Frage in ihm auf, die sich unabweisbar vor die erste schob und die nie mehr aus seinem Gedächtnis verschwunden war:

Was hatte ihn tatsächlich aufwachen lassen aus jenem Nirwana, in dem er so selig versunken gewesen war?

Seit diesem Ereignis ahnte er, dass ihn etwas beschützte. Doch durfte man zu anderen darüber reden, sich lauthals glücklich schätzen deswegen, gar rühmen?

Er verbot es sich, und so blieb es ihm Geheimnis, das ihn noch jedes Mal bestärkte, Kraft zufließen ließ, wenn er in Gefahr geriet.

Langsam wurde es ruhig in der Maschine, das Kabinenpersonal hatte mit dem Austeilen von Getränken und der Frühstücksmenüs begonnen, einige der Passagiere blätterten, wie Berg auch, etwas ziellos in ihren Zeitungen, andere hielten die Augen geschlossen, nur wenige waren dabei, sich noch vor dem Frühstück eine Zigarette anzuzünden. Da die beiden Plätze neben Berg frei geblieben waren, hatte er den Zeitungsstapel auf den Mittelsitz gelegt und fing an, es sich bequem zu machen, spürte im selben Moment aber, dass auch ihn die Müdigkeit wieder einzuholen begann, und so sagte er sich, dass er wohl nach einem Schluck heißen Kaffees erst die nötige Aufmerksamkeit haben würde. Ein Blick in den Gang machte ihm allerdings klar, dass es noch etwas dauern konnte, bis die Stewardessen bei ihm angekommen wären, die Maschine war vollbesetzt, wenn man von den wenigen Lücken absah. Dass ausgerechnet die beiden Plätze neben ihm frei geblieben waren, betrachtete er als besonderes Glück: zusammengepfercht zu sein auf engstem Raum war ihm seit seiner Gefängniszeit ein Gräuel. Deshalb faltete er die Zeitung wieder zusammen, legte sie neben sich auf den Stapel zu den anderen, rutschte ein Stück weit in seinen Sitz hinein und schloss die Augen.

3

Er wurde wach von ihrer Hand, die sich um die seine geschlossen hatte.

Was hast du? Berg fragte, ohne die Augen zu öffnen.

Doch sie sagte nichts, nur der Druck ihrer Hand schien ihm fester zu werden. Er begriff, dass etwas nicht stimmte, öffnete die Augen, wandte sich ihr zu: Ihr Gesicht war blass, in ihrem Blick lag etwas ganz und gar Fremdes.

Hast du Angst? Er fragte ohne glauben zu wollen, dass es so sein könnte.

Die Antwort, die sie gab, konnte er nicht hören, er spürte sie aber: der Druck ihrer Hand hörte nicht auf, wurde stärker. Er war jetzt hellwach, klappte die Armlehne zum Mittelsitz hoch, der frei geblieben war, und rutschte zu ihr hinüber. Dann löste er behutsam ihre Hand von der seinen, nahm sie in den Arm. Ihm schien, sie zittere am ganzen Körper, es war ein inneres Erzittern, wie von einem Fieberschauer.

Es ist alles in Ordnung, flüsterte er. Ob er um eine Tablette bitten solle, sie hätten immer welche an Bord?

Berg versuchte, so ruhig wie möglich zu sprechen, obwohl er von einer Sekunde zur anderen in ernste Sorge um sie geraten war.

Nein, erzähl einfach was, von Paris, da fliegen wir ja hin.

Natürlich, sagte er, direkt, ohne Umweg, schneller als du denkst. Zu essen gibt es auch gleich was. Er könne ihr auch einen Drink bestellen, der helfe bestimmt besser als sein Gestammel?

Wieder schüttelte sie den Kopf: Das sei doch peinlich, so früh. Sie nehme einen Tee, wenn die Stewardessen da wären.

Gut, sagte er und strich mit seiner linken Hand über ihr Gesicht: Gut, gut, wenn ein Tee dir hilft. Er habe die ersten Jahre, wenn er geflogen sei, immer Tabletten dabeigehabt, echte, keine Placebos. Einmal hätte er sogar drei Stück geschluckt, in einer Boeing 747, solche Riesenmaschinen, die sie bestimmt schon im Fernsehen gesehen hätte, mittendrin eine Wendeltreppe nach oben, zur Bar, wo man Cocktails und Champagner trinken könne, auf dem Weg nach China, über Bangkok und Hongkong, immer wieder starten, landen, starten, landen, Zwischenstation irgendwo im Persischen Golf, fast vierzehn Stunden lang, die reinste Tortur. Er lachte ein wenig über das Wortspiel, das er mitgedacht hatte. In einigen Momenten, sie könne es ihm glauben, habe er sogar gebetet. Er hätte es aber überstanden. Heute mache es ihm nichts mehr aus, sie könne ihm deshalb vertrauen, alles wäre in Ordnung, Flugzeuge seien ja …

Ich weiß, unterbrach sie ihn, sie hätte es auch gelesen, irgendwo, oder gehört: Aber was nütze ihr das, jetzt, wo sie am liebsten rauswolle? Da würde sie ja erst recht abstürzen, nicht?!

Berg war sich sicher, einen ironischen Unterton mitgehört, ein Lächeln, wenn auch eher ein resigniertes, über ihr Gesicht huschen gesehen zu haben.

Na also, flüsterte er und küsste sie auf ihr dunkelbraunes Haar, wir werden uns doch nicht den siebten Himmel verderben lassen!

Ach, hörte er sie fragen: Sind wir denn in dem?

Natürlich, sagte er, spätestens wenn wir wieder am Boden sind, sind wir da. Mittendrin.

Du kannst das, sagte sie, nicht?!

Was?, fragte er.

Einem einreden, dass man ruhig ist, dass man Grund dazu hat, meine ich.

Ich bin ruhig, sagte er.

Du gehst immer von dir aus, wenn du was willst, ja?

Warum sagst du das? Er war nicht mehr ganz so leise wie zuvor.

Ich mein es doch nicht böse, sagte sie, ich mein nur, dass du stark bist.

Du nicht? Berg zögerte: Würdest du sonst in diesem Flugzeug sitzen? Neben mir, auf dem Weg nach Paris, wo du das Fliegen so fürchtest, was ich ja gar nicht wusste, und dazu noch alles hinter dir lässt, wie ich?!

Das weiß ich doch gar nicht, sagte sie, kaum hörbar mehr, als spräche sie nur zu sich selbst: Vielleicht sind wir bloß leichtsinnig, spielsüchtig wie dumme Kinder?!

Vielleicht, sagte er, vielleicht auch nicht. Warum zweifelst du?

So bin ich, sagte sie, drehte ihren Kopf zum Fenster, das nach Westen ging und das Licht der Morgensonne nur indirekt ins Flugzeug ließ. Dann hörte er sie sagen, ihre Stimme war dunkel, wie vor einem halben Jahr, als er sie kennengelernt hatte: Ich hasse es ja selbst. Ich versteh es auch nicht. Es ist alles so schwer.

4

Es war der Abend jenes ersten Dezembers neunzehnhundertneunundachtzig, den die Zeitungen historisch nennen würden, wegen des Konzerts des legendärsten Barden des geteilten Landes, der viele Jahre zuvor aus seiner östlichen Hälfte hinausmanipuliert worden und nun zurückgekommen war, durch die zerbrochene Mauer, wie so viele in diesen Tagen, um endlich vor all den Menschen singen, spielen zu können, für die er seine Lieder einst geschrieben hatte.

Berg war ebenfalls unter den Zuhörern gewesen, mit einem Dienstauftrag in der Tasche. Sie drängten sich vor der Bühne in einer unwirtlichen Halle aus Beton auf dem Messegelände der Stadt. Es waren Tausende, denen die Kälte nichts ausmachte, weil sie den kleinen Mann mit dem Seehundsbart, den rollenden Augen und der Gitarre endlich einmal *wirklich* sehen und hören wollten, laut und krächzend, kehlig und girrend, und nicht bloß auf einem schneeigen Bildschirm oder von abgenutzten Tonbändern wie aus dem Jenseits, in Widerstands-Séancen, mit denen man sich in größte Gefahr begeben hatte.

Er war noch immer der zauberhafte Poet und eitle Pfau, als den man ihn seit langem kannte, der mit seinen Schwächen kokettierte, um sie nicht zugeben zu müssen. Ein Grimassenschneider, der ständig Gefahr lief, aus seinen Auftritten vor erwachsenen Menschen Kasperletheater für Kinder werden zu lassen, und dem es dennoch immer wieder gelang, die Kurve zu kriegen in die Gefilde seines großen Talents: Sein gesungenes Leiden am zerrissenen Land klang glaubhafter denn je, seine Liebeslieder betörten noch immer, seine ätzend scharfen Balladen gegen die Einheitspartei und ihre Diktatur stärkten auch jetzt, obwohl deren Macht zur Stunde und vor aller Augen in rasendem Tempo verfiel.

Nach dem Konzert, sie kannten sich seit langem, hatten sie sich kurz begrüßt und miteinander gesprochen:

Na, hatte Berg zu ihm gesagt, haben wir jetzt gesiegt oder die anderen nur verloren?

Die Antwort war typisch gewesen, er zitierte sich selbst, irgendeinen seiner populären Verse. Dabei lachte er ein wenig angestrengt und ließ seinen Blick, wortlose Zustimmung heischend, in der Runde der Vertrauten kreisen. Bevor er mit seiner Entourage aus der Halle verschwand, zu den Wagen, die sie noch in der Nacht nach Berlin zurückbringen sollten, dort war am nächsten Tag ein weiteres Heimkehrkonzert angesetzt, fragte er Berg zu dessen Überraschung, ob er mitwolle, Platz sei vorhanden.

Berg dankte, aber er sei für seine Zeitung hier und würde noch zwei Tage bleiben, in Hamburg wollten sie eine Reportage haben, er müsse weitere Eindrücke sammeln, bis jetzt habe er nur das Gefühl, als tauche er, ganz abgesehen vom Dauersmog, durch ein Meer der Unwirklichkeit auf den Grund einer Realität, die vor langer Zeit versunken sei.

Und ich?, hörte er sein Gegenüber in leicht erhöhter Tonlage fragen: Wo liege ich in deiner Geschichte herum? Am Grund? Oder oben, im Kahn?

Mein Lieber, sagte Berg und lächelte einen nach dem anderen an: Du? Du sitzt natürlich im Kahn und singst hinunter, während dein *Alter Ego* am Grund ausharrt und nach oben blickt, um sich zuzuhören.

Das hatte ihm gefallen, er lachte, und weil er lachte, übertrieben wie immer, lachten die anderen ebenfalls, auch Berg hielt sich nicht zurück.

Gleich danach hatte er ihm und seinem Tross lässig nachgewinkt – dem Star des Abends, einem scheinbaren Vertrauten –, bis sie zwischen den Massen, die ihnen eine Gasse gebildet hatten, verschwunden waren. Dann schwamm er im breiten Strom der anderen mit aus der Halle hinaus, davongetragen wie ein Stück Holz auf reißendem Wasser, und war wenig später an einer nahen Straßenbahnhaltestelle, von der aus man schnell in die Innenstadt kam, hängengeblieben. In der Bahn herrschte Gedränge, es ging laut zu, der Singsang des Dialekts der Konzertbesucher schwoll unentwegt an und wieder ab, es störte ihn nicht, er versuchte vielmehr, im Stimmenchaos um sich herum Details wahrzunehmen, Sinneinheiten zu erfassen, sie im Kopf abzuspeichern. Was er so hörte, mithörte, war besser als jedes Interview: Berg hörte sich mit ihnen zurück in eine Welt, aus der er selber gekommen war, wenngleich vor langer Zeit. Es überraschte ihn, was er trotzdem davon noch verstand, auch wenn er schnell begriff, wie groß die Entfernung zu den ununterbrochen um ihn herum Redenden tatsächlich geworden war. In diesem Moment war er sich sicher, dass das Konzert ein furchtbarer Kraftakt gewesen sein musste: die Beschwörung einer Zeit, die jetzt vorüber war. Das, was passiert war, war etwas ganz anderes als das, was passieren sollte. Die Lieder und Balladen von einst hatten ihre Zukunftsfarbe verloren, und die Gegenwart, in der sie erklangen, schminkte sich in steigendem Tempo unaufhaltsam um, ins Grelle, Gegengrelle geradezu.

Nostalgie war nichts anderes als Heimweh, das war klar. Aber wonach? Wonach wirklich?

Am Hauptbahnhof stieg er aus, von dort war es nicht mehr weit bis zu seinem Hotel. Der riesige Kasten trug den schönen Namen »Merkur«.

5

In seinem Zimmer im vierundzwanzigsten Stock ließ er sich aufs Bett fallen, schloss für einen Moment die Augen, hinter denen es zu kreisen und die Frage aufzutauchen begann, ob er denn *tatsächlich* hier sei?

Er sah sich vor Stunden, nachdem er in Hamburg gestartet war, via Frankfurt am Main und, nach einem Schlenker über tschechoslowakisches Territorium wegen der noch geltenden alliierten Rechte, auf dem schäbigen Flughafen am nordwestlichen Rand der Messestadt ankommen, mit der ersten Lufthansaverbindung, die jemals von Hamburg aus hier angekommen war, nachdem sie eine dichte bräunliche Smogschicht durchstoßen hatte, aber ohne ein Visum, das man nach wie vor benötigte, um die Grenzkontrolle passieren zu können. Er hatte es einfach riskiert und war, vorbei an verlegen lächelnden Interflug-Mitarbeiterinnen am Ende der Gangway und mehreren Fernsehteams, die das Ereignis für die Sekundenewigkeit der aktuellen Nachrichtensendungen festhalten wollten, durchgekommen mit seinem Wortschwall, den er auf einen der Grenzkontrolleure losgelassen hatte, nachdem der ihn um sein Visum bat.

Visum?, hatte Berg zurückgefragt, scheinbar überrascht, und dabei den merkwürdig brandigen Geruch, der über allem lag, registriert: Brauche man das denn noch?

Der Mann vor ihm, korpulent, in der Uniform eines Majors der Grenztruppen, eine leicht zurückgerutschte, viel zu klein wirkende Schirmmütze auf dem darunter hervorquellenden schwarzen Haar, vor sich eine Art Bauchladen, in dessen Fächern Stempelkissen, Stempelmaschine und andere hoheitliche Gerätschaften und Papiere verwahrt waren, starrte ihn einige Sekunden lang regungslos an, er schien kurz davor, einen Schreikrampf zu kriegen, schließlich begannen seine Augäpfel hin und her zu irren, Berg sah ziemlich viel Weiß aufblitzen, aber dann presste eine gequälte Stimme nur den Satz heraus:

Also bitte: Warum, wie lange und wo?

Bergs Antwort ließ der Uniformierte stoisch über sich ergehen, hantierte dabei mechanisch in seinem Bauchladen herum, ein Stempel knallte auf ein Formular, Berg zahlte eine Gebühr. Dann konnte er passieren.

Natürlich hatte er sich ausdrücklich bei dem Offizier bedankt, dessen zwischen Wahn und Verzweiflung irrlichternde Augen ihn bis zur Ankunft im Hotel regelrecht verfolgten. Irgendwie empfand er Mitleid mit dem Mann, der die Welt nicht mehr verstand: Bis eben noch betoniert für die Ewigkeit, brach ihm die seine gerade unter den Füßen weg, während er, Berg, auf demselben Boden fest und sicher voranschritt, fast wie ein Eroberer. Aber das war er nicht, das war er nur in den Augen des Uniformierten. Er selber kehrte bloß zurück.

Der Blick auf seine Uhr zeigte ihm an, dass es in einer guten Stunde Mitternacht sein würde. Er war nicht müde, noch lange nicht. Was konnte man jetzt noch in der Stadt anfangen, um diese Zeit? Vor fast zwanzig Jahren war er zum letzten Mal hier gewesen, die Freunde lebten längst wie er im Westen, und so gut hatte er die Stadt auch damals nicht gekannt, hatte sie nur zur Messe im Frühjahr besucht, um sich, wie seine Freunde, Literatur zu besorgen, *Westliteratur*, von den Ständen der Aussteller aus Hamburg und München, Frankfurt oder Stuttgart. Sie alle legitimierten ihren Diebstahl mit der Formel vom geistigen Mundraub, die meisten Aussteller ließen sie gewähren. Es war dennoch gefährlich, der Geheimdienst wusste um die Verführungskraft des Ortes nur zu gut, besetzte das Terrain rund um die Uhr mit seinen Agenten, die, genau wie die Bücherdiebe, harmlose Besucher spielten. Sie schafften es dennoch nicht, jeden zu stellen. Auch Berg war nie überführt worden. Abends traf er sich mit jenen Freunden, die in der Stadt studierten, in einer heruntergekommenen Wohnung unter dem Dach, durch das es tropfte, unentwegt und geräuschvoll, war der Regen nur stark genug: in eine Unzahl aufgestellter Schüsseln und Eimer. Immer aber saßen sie unter einem wabernden Gewölbe aus Zigarettenqualm, Pfeifen- und Zigarrenrauch, zwischen Bierflaschen, Weinflaschen, Schnapsflaschen, die geöffnet, geleert wurden, geleert und geöffnet. Dabei zeigten sie sich, gefühlte Mitglieder der Bande von Robin Hood, unter lautstarker Nennung von Titeln, Namen, Verlagen die geraubten Schätze, das dabei emporschießende Hochgefühl wurde durch eine Kölner Radiostimme, die in ihrem Tagesbericht aus Leipzig auch den jeweiligen Prozentsatz der verschwundenen Bücher meldete, ins schier Unermessliche gesteigert.

Gab es nicht einen Studentenclub?, fiel ihm jetzt ein. In der Nähe des gigantischen Universitätsturms? Ein Gewölbe, unterirdisch? Berg versuchte, sich zu erinnern, der Name blieb verschüttet. Er überlegte einen weiteren Moment, dann griff er zum Telefonhörer, rief die Rezeption an. Keine Minute später wusste er Bescheid, stand auf und ging ins Bad, um sich frisch zu machen. Es war noch immer der erste Dezember neunzehnhundertneunundachtzig, als er das Hotel verließ.

6

Die Schlange der Wartenden vor dem Eingang des Clubs verlor sich im Dunkel der Bäume, die das Gelände umstanden. Irgendwo rauschte der Verkehr, immer noch, aber das war Brandungslärm, von weit her, der Partystrand lag unmittelbar vor ihm. Berg zögerte dennoch weiterzugehen, ihm fehlte auf einmal jegliche Lust, sich um diese Zeit noch anzustellen, es war unangenehm frostig, und ob man hineinkam, in kleinen Schüben, das sah er sofort, hing davon ab, wie viele Personen den Club gerade verließen. Die Tür, durch die man ins Innere der Zitadelle gelangte und aus der, wenn sie sich öffnete, das Hämmern harten Rocks herausdrang, gedämpft, unerlöst, öffnete sich keineswegs in so kurzen Abständen, dass er hoffnungsvoll hätte sein können. Aber irgendetwas hinderte ihn, zum Hotel zurückzukehren.

Wie so oft in ähnlichen Situationen, besann er sich auf seinen Presseausweis. An den Wartenden vorbei ging er mit größter Selbstverständlichkeit auf die Eingangstür des Clubs zu, und wieder hatte er Glück, wieder erwies sich ein scheinbar schwieriges Hindernis als leicht überwindbar: Während die Herauskommenden sich an ihm vorbeischoben, trat er einen Schritt vor, hielt dem Türwächter den Ausweis vor die Augen, sagte, dass er aus Hamburg käme, wegen einer Reportage über Leipzig in diesen Tagen, gerne würde er auch den Club erwähnen, vielleicht sogar mit der Clubleitung sprechen, falls sie noch da sei, oder mit einem anderen Verantwortlichen, sich im Haus umgucken, eine tolle, lebendige Szene sei das hier ja.

Der Angesprochene warf einen kurzen Blick auf das Dokument, sagte, der Chef wäre noch im Objekt, und ließ ihn, als handele es sich um die normalste Bitte der Welt, anstandslos passieren: der Club gehörte der Jugendorganisation der Einheitspartei. Doch das schien Berg nun Wissen aus einem anderen Jahrhundert zu sein, es spielte keine Rolle mehr. Sein Ausweis, bis vor kurzem vor solch einer Tür und ihren Bewachern nichts als ein hochverdächtig machendes Dokument, hatte sich stattdessen in einen Sesam-öffne-dich-Schlüssel verwandelt.

Sekunden später stand er wie benommen im Vorraum des mit zahllosen Backsteinen vermauerten Labyrinths, das erfüllt war von brachialer Musik, von einem über Treppen, durch Gänge und Räume lärmenden Menschenstrom, einer apokalyptischen Stimmenflut, in der jedes einzelne Wort, kaum geäußert, sogleich wieder versank, als wäre es nie gesagt worden.

Langsam blickte Berg sich um, versuchte, sich zu orientieren. Neben einer Tür, hinter der sich laut Schild die Clubleitung verbarg, prangten, in Glas gerahmt, mehrere Ehrenurkunden mit der aufgedruckten aufgehenden Sonne, dem Symbol des einheitlichen Jugendverbandes, dessen Mitglied er nie gewesen war. Unterschrieben hatte sie der Mann, der seit kurzem als neuer Führer von Partei und Staat fungierte, doch schmolzen beide, Staat und Partei, gerade wie Eisblöcke unter der Sonne dahin, mitten im Winter.

Die hängen nicht mehr lange, dachte er, sah, dass eine der Urkunden schon Wasserflecken zeigte. Wollte er wirklich wissen, was die politische Leitung des Clubs auf Fragen von ihm antworten würde?

Berg klopfte nicht an die Tür der Clubleitung. Stattdessen ging er langsam die breite Treppe, die zum Grund der Zitadelle führte, hinab und versuchte, mit allen wachen Sinnen, Stufe um Stufe, im abenteuerlichen Geschehen vor seinen Augen das Wunder zu entdecken, das hinter allem, was seit Wochen geschah, stand: in Gesichtern, Gestalten, Gesten, Gesprächen, im ganzen befreiten Leben, das ihm entgegenbrandete und in das er sich nun hineinzustürzen begann.

7

Keine zwei Stunden nach seinem Eintritt in den Club glaubte Berg, alles Wichtige gesehen, alles Wesentliche aufgenommen zu haben. Bei seinem Streifzug durch die lärmerfüllte Katakombenwelt aus großen und kleineren Tonnengewölben, schlauchengen Gängen und Restaurantnischen dazwischen, in denen die sich leidenschaftlich unter der Erde Verausgabenden Getränke, Zigaretten und einfache Speisen ordern konnten, um sich gestärkt, ja, befeuert, erneut ins Gewimmel auf den verschiedenen Tanzflächen unter der bunkerdicken Decke zurückzubegeben, hatte Berg in den Regalen einige bunte Flaschen aus dem Westen registriert, Whiskey-Marken und Cognac-Sorten, die er genauso in einer Diskothek der Stadt gefunden hätte, in der er seit fast zwei Jahrzehnten lebte. Der einzige auffällige Unterschied war die politische Propaganda, sie prangte an den verziegelten Wänden wie eine surrealistische Installation: Picassos Friedenstaube, blaue Fahnen, auf denen die Sonne erstrahlte, Plakate gegen die Stationierung amerikanischer Raketen, Marx-Ikonen, Che-Guevara-Poster, sogar ein Seidenbanner aus dem Westen, von goldenen Fransen gesäumt, hatte er entdeckt. Es stammte vom Studentenverband der Deutschen Kommunistischen Partei, MSB »Spartakus«.

Er kannte die Spartakistentruppe aus seiner Studienzeit in der Stadt, aus der er heute früh gekommen war, die Wände des Instituts für Politikwissenschaft, an dem er sich eingeschrieben hatte, waren damals zugepflastert mit Symbolen, Parolen und Kürzeln dieser und ähnlicher Organisationen. Die Gruppen, pathologisch verfeindet untereinander, waren winzig gewesen, blähten sich aber aktivistisch auf und stürmten schon mal Vorlesungen politisch missliebiger Professoren. Mit ihnen und ihren Symbolen, ihren Flugblättern, ihrem aggressiven Parolengeschrei stand eine Drohung im Raum, von der er geglaubt hatte, ihr mit seiner Ankunft im Westen ein für allemal entkommen zu sein. Hier aber hingen und lagen sie in seinen Augen nun nur noch herum wie weggeworfen, vergessen. Sie erinnerten Berg an Filmsequenzen und Fotografien aus dem Dritten Reich Anfang Mai 45, als der große Schrecken vorüber war, seine Orden, Ehrenzeichen und Bücher aber, all die Wimpel, Standarten und Fahnen in den verlassenen Zentren der Macht auf dem Boden lagen oder davor: in der Gosse, im Müll, unter den Stiefeln der einrückenden fremden Armeen – aufgerissene Schachteln voller goldener, silberner, schwarzer Medaillen, Schilder und Kreuze. Keiner wollte mehr gesehen werden damit, keiner mehr glänzen. Kampfabzeichen, heldenbrustlos. Trophäen allenfalls für die Sieger, für zukünftige Devotionalienhändler nie versiegende Umsatzposten.

Ins Gespräch war Berg mit niemandem gekommen; es mochte auch damit zusammenhängen, dass er sich bewusst treiben ließ, um so viel wie möglich zu sehen, aufzusaugen, einzuatmen. *Atmosphären*, das war es, darum ging es, am Schreibtisch in der Redaktion. Aber selbst an den Theken, die er angesteuert hatte, um sich erst einen Gin Tonic einschenken zu lassen, später ein Glas Rotwein, dann wieder einen Gin Tonic, hatte sich, abgesehen von ein paar freundlichen Floskeln, nichts Dauerhafteres ergeben. Zwischendurch dachte er einige Male an Karla und Charlotte, die im Hamburger Haus um diese Zeit schon fest schliefen, und daran, dass er übermorgen wieder zurückfliegen würde und noch etwas finden müsste, was er ihnen mitbringen könnte. Er kam nie ohne Geschenke von seinen Reisen zurück. Karla, bescheiden, wie sie war, erwartete nichts; es reichte ihr, sich mitzufreuen, wenn Charlotte auspackte.

Als die Zeiger seiner Armbanduhr auf halb drei vorrückten, entschied er sich, den unterirdischen Ort des Vergnügens zu verlassen und zu Fuß zum Hotel zurückzukehren, es war nicht wirklich weit, wenn er zügig ging, dauerte es höchstens so lange wie ein ohne jede Hast gerauchtes Zigarillo. Die kalte Luft würde ihn zudem abkühlen, seinen Kopf wieder klar werden lassen, was gut war, um einschlafen zu können. Berg hatte Schwierigkeiten, in fremden Betten zur Ruhe zu kommen.

Langsam löste er sich von seinem Platz an der Bar im Zentrum des Labyrinths, von dem aus er, zwischen Gewölbesäulen hindurch, einen Blick auf die Tanzenden werfen konnte, sie bewegten sich auf der größten Fläche in der Zitadelle wie ein einziger Organismus.

Konvulsivisch über die Köpfe hinwegzuckende farbige Lichtstrahlen sorgten für einen verwirrenden Effekt: zerfetzten Gesichter, fragmentierten Körper, zertrümmerten Bewegungsfiguren, vermischten schließlich alles zu Teilen eines paradoxen Bildes, in dem ein elastisches Ganzes ununterbrochen zerstört und wieder verquirlt wurde, durchgewalkt von der brachialen Musik zu einer Sekundenmasse, erneut riss, erstarrte, nur um danach ein weiteres Mal in Wallung zu geraten.

Im anderen Moment hatte Berg den Eindruck, in einen Hexenkessel zu blicken, in dem die Menschen herumwirbelten wie auf den Höllensturzbildern des Hieronymus Bosch.

Doch die hier stürzten, litten nicht, das war unübersehbar. Sie lebten, vielleicht mehr als je zuvor, stiegen auf ins Licht, nach langem Winter und Dunkelheit.

Das Schönste aber, so schien es Berg, war das ganz und gar Unbewusste daran.

Wirkliche Freiheit, er hatte es oft gedacht, jetzt dachte er es wieder: Wirkliche Freiheit – war sie zuletzt nicht doch unendlich mehr als bloßer Wille? Natur also, *reine* Natur?! Dem Menschen geschenkt, nicht erfunden von ihm. Deswegen brach sie in der Geschichte ja immer wieder so überwältigend auf: elementar wie Erdbeben, Vulkaneruptionen, Springfluten – wenn der Druck zu groß wurde, der Terror zu hemmungslos, die Lüge zu dreist. Doch wenn das stimmte, wirklich stimmte, würde der Mensch die Freiheit nie ganz vergessen können. Dann steckte sie tief in ihm, unendlich tief, um jemals endgültig herausgerissen werden zu können: in seinen Zellen, seiner Seele, seinem ganzen Sein, und dem war, wenn es darauf ankam, nichts gewachsen.

Nichts! Der Beweis wurde gerade wieder einmal erbracht, niemand konnte ihn übersehen, selbst die nicht, die keine Seele hatten oder nur eine verkümmerte, die sie leugneten oder gar ausschalten wollten, um eine gänzlich neue konstruieren zu können: eine Seele ohne Seele, eine Maschine mit menschlichem Antlitz.

Irgendwo auf der Welt, in irgendeinem Kopf oder Labor, wurde daran gearbeitet; aber den ersten Theoretiker eines solchen Konstrukts hatte, noch in seinen besten Jahren, eine Riesenportion Trüffelpastete dahingerafft, verschlungen an einer königlichen Tafel, an der zwar französisch parliert wurde, zuletzt aber doch preußisch gehandelt.

Das tröstete nicht nur, das hatte einen Geschmack von höherer Gerechtigkeit: *La Mettrie*, auch so eine Gestalt, die Berg, seit er von ihr und ihren Visionen wusste, verachtete.

Am Ende des ersten Treppenabschnitts, der auf eine Zwischenebene führte, unterbrach er seinen Aufstieg und Gedankengang in Richtung Reportage, die er nach seiner Rückkehr ins Hotel zu schreiben gedachte, morgen, wenn er ausgeschlafen und weitere Eindrücke gesammelt hätte, trat ans Geländer und blickte noch einmal, wie zum Abschied, auf die Tanzenden. Er tat es nicht alleine, hinter ihm drängten weitere Vergnügungssüchtige, unter denen, Berg hatte es schon wenige Minuten nach seiner Ankunft bemerkt, auffällig viele Geschöpfe von betörender Schönheit waren.

8

Es war genau die Sekunde, in der urplötzlich alle Geräusche erstarben, aller Lärm, alles Tosen nur noch äußerst gedämpft zu ihm drangen, überlagert von einer Stimme, die dicht hinter ihm erklang, dunkel, samtdunkel, von vorsichtiger Neugier, zugleich spürte er in seinem Rücken eine leichte Berührung:

Schreibst du wirklich?

Die junge Frau, die jetzt vor ihm stand, Berg hatte sich ohne jede Hast umgedreht, lächelte ihn an, unbefangen, einfach so, ihre Augen jedoch, in denen etwas Herausforderndes aufblitzte, erwarteten offenbar wie selbstverständlich eine Antwort, eine Reaktion, eine Spur Zugewandtheit jenes Fremden, den sie gerade angesprochen hatte. Der Fremde aber war *er*.

Woher sie das wisse? Er klang freundlich, ohne sein Überraschtsein zu verbergen.

Geheimnis, sie machte eine Pause, in der sie kurz ihren Blick senkte. Doch dann, mit einem Anflug von Verschmitztheit: Es sei bloß ein Zufall gewesen. Sie hätte in der Nähe der Tür gestanden, als er in den Club gewollt habe, hätte alles mitgehört und gedacht: Toller Trick, so ein Westausweis.

Das war kein Trick, sagte er, der Ausweis ist echt.

Und wie heißt deine Zeitung?

Berg nannte den Namen; er schien ihr nicht unbekannt zu sein:

Aber er sei nicht wirklich für seine Zeitung hier, im Club?, meinte sie.

Ja und nein, antwortete Berg, in der Stadt bin ich wegen des Konzerts vorhin.

Ach, unterbrach sie ihn: Warst du auch beim Bänkelsänger?!

Ja, sagte Berg und lachte, weil sie *Bänkelsänger* gesagt hatte. Nach dem Konzert wollte ich noch irgendwo hin und bin hierher, und gerade dachte ich daran zu verschwinden, zurück ins Hotel, doch du warst schneller. Mit wem spreche ich eigentlich?

Henrike, sagte sie und gab ihm ihre Hand, aber alle sagen *Rike* zu mir.

Hallo, Rike, sagte er, du bist die Erste heute Abend, die mit mir spricht. Was machen wir daraus?

Ich weiß nicht, sagte sie, ich bin nicht alleine hier, mein Freund ist da und zwei Bekannte, wir wollten gerade weiter, zu einer anderen Party, du kannst mitkommen, hast du Lust?

Während sie das sagte, gab sie drei jungen Männern, die schon, wie Berg jetzt gewahr wurde, auf dem nächsten Treppenabschnitt standen und zu ihnen hinunterblickten, ein Zeichen, dass sie warten sollten. Dann wandte sie sich ihm wieder zu und fragte, als kennten sie sich schon lange:

Kommst du?

Warum nicht, sagte er und merkte, wie seine Müdigkeit, die ihn eben noch zu überwältigen schien, einer merkwürdigen Wachheit gewichen war: War es wirklich klug, um diese Zeit wildfremden Menschen zu folgen, auf eine Party, die wer weiß wo stattfand? Aber es war zu spät, Berg hatte ja gesagt und wollte sich vor dem Mädchen nicht lächerlich machen, auch packte ihn die Neugier, Reporterneugier, die ihn in den zurückliegenden Jahren schon an ganz andere Orte getrieben hatte.

Schnell waren sie bei den jungen Männern, die ihnen entgegensahen, angekommen. Er gab jedem die Hand, hörte ihre Namen, nannte den seinen und sagte:

Nett, dass ihr mich mitnehmen wollt. Wo es denn hinginge?

Nur ein paar Straßen weiter, sagte Rike, während sie alle zusammen die steinernen Treppen hinaufstiegen und immer noch herabkommenden neuen Gästen auswichen: Er brauche keine Sorge zu haben, außerdem würden sie fahren.

Womit denn?, fragte Berg: Gibt's hier Taxis?

Natürlich, Rike lachte ihn an. Jetzt merkte Berg, dass sie ein wenig betrunken war: Wir brauchen aber keins, wir nehmen die Pappe. Sie lachte immer noch.

Berg verstand nicht das Geringste.

Meinen blauen Mercedes, sagte Rike. Sie machte zur Abwechslung ein angestrengt ernstes Gesicht, dahinter jedoch funkelte reines Vergnügen.

Wo hast du denn den her? Irgendetwas trieb Berg, ihr Spiel mitzuspielen.

Wirst du gleich sehen, sagte sie und nannte ihn zum ersten Mal bei seinem Vornamen. Es klang seltsam schön in Berg nach, *wie* sie es gesagt hatte.

Vor dem Club liefen die vier auf das Quartier hinter dem Neuen Rathaus zu, Rike schwankte ein wenig. Berg versuchte Schritt mit ihnen zu halten, auf den Straßen war es glatt geworden, ein glitzerndes Grau hatte Pflaster und Fassaden überzogen. Die Stadt schien dabei zu sein, sich zu verwandeln.

Berg schoss urplötzlich *Perle* in den Sinn, und er dachte, während er neben Rike herlief, die unentwegt, wie ein aufgedrehtes Kind, redete, wie es wohl sein würde, nachher, auf der anderen Seite. Es lag ewig zurück, dass er den Roman gelesen hatte. Er hatte ihn vollkommen vergessen, nun lieferte er ihm Stichworte, die sich mit den Bildern vor seinen Augen vermischten. Oder waren es diese Bilder, die in ihm den Roman aufriefen, ihn zu illustrieren begannen? Dann standen sie vor Rikes blauem Auto, es war tatsächlich ein *himmelblauer Trabant*, und Berg sagte, während ihm der Schlager durch den Kopf fuhr:

Wie sollen wir denn da alle reinpassen?

Das geht, sagte Rike und öffnete die Tür auf der Fahrerseite: Die anderen hinten, wir beide vorne, erst einmal müssen die Jungs rein.

Die Jungs, wie sie sie nannte, lachten und rissen Witze über das Gefährt, mit dem sie gleich davonfahren wollten. Schließlich verschwanden sie auf der Rückbank, und als Berg Platz genommen und sich noch einmal kurz umgeblickt hatte, sah er, dass einer quer über den Knien der beiden anderen lag. Rike hatte unterdessen, so gut es ging, die Frontscheibe vom Reifüberzug frei gekratzt, dann schmiss sie sich geradezu in den Fahrersitz, schloss die Tür und startete den Motor. Er sprang überraschend schnell an, was die drei hinter ihnen im Wagen in hymnische Lobgesänge auf ein gewisses Autowunder aus Pappe ausbrechen ließ, nur Berg wurde immer nüchterner und dachte, das lange nicht mehr gehörte Fahrgeräusch im Ohr:

Hoffentlich macht die Kleine keinen Mist, wenn die Kiste an eine Hauswand kracht, können sie uns alle abkratzen davon.

9

Es ging tatsächlich schnell. Rike schien wie im Schlaf zu wissen, wo sie hinmussten, ihr trunkener Übermut hatte in keine Katastrophe geführt. Als er aus dem Wagen stieg und sich kurz reckte, sah er sich in einer kaum beleuchteten Seitenstraße stehen, zwischen hohen Mietshäusern aus der Kaiserzeit, die selbst in der Nacht ihre von ätzendem Smog und giftigem Regen zerfressenen Fassaden nicht verleugnen konnten. Aber auch hier hatte ein kristallen glitzerndes Grau alles überzogen, hatte es gespenstisch verzaubert, dämonisch gemacht. Berg schien tatsächlich auf der anderen Seite angekommen, er konnte es nicht nur sehen, er fühlte es.

Verrückt, dachte er, völlig verrückt, ich bin offenbar wirklich in Perle, fehlt nur noch, dass *Patera* der Gastgeber ist. Und dann? Bin ich dann *Bell*? Doch wenn ich Bell bin, bin ich auch Patera. Das verführt mich, das rettet mich, das bringt mich um. Aber in ein paar Stunden werde ich wieder aufwachen und feststellen, es ist nichts gewesen, gar nichts.

Im Haus, in dem Rike, ihre Freunde und er nun verschwanden, war es stockdunkel. Flüsternd fragte sie einen der Jungs nach Feuer, um den Lichtschalter zu finden. Wenig später flammte ein Streichholz auf: Berg sah Rikes Gesicht im Schein der kleinen Flamme aufleuchten, sah überrascht, wie es schöner wurde und schöner, fast magisch, bis das Streichholz erlosch und ihr Freund ein neues entzündete. Gleich darauf sprang ein Lichtschalter an, mit tackerndem Geräusch, das anhielt. Es wurde hell im Treppenhaus, und Rike rief leise:

Es ginge bestimmt gleich wieder aus, vier Treppen müssten sie hoch, die Wohnung läge unterm Dach.

Berg folgte als Letzter und fragte sich mit jeder Stufe noch immer, worin die Pointe dieser Nacht wohl bestehen würde; aber er fragte sich nicht mehr beunruhigt, er hatte begriffen, dass die junge Frau vor ihm, von der er seit einer halben Stunde nur wusste, dass sie einen Freund hatte und ein kleines blaues Auto besaß, nichts anderes von ihm wollte als eine Geschichte hören, seine Geschichte: die Geschichte eines Lebens im Westen, mit einer Vorgeschichte im Osten, er hatte es während der Fahrt preisgegeben, vielleicht aufregend, vielleicht schön, vielleicht nur fremd, auf jeden Fall interessant. Dass es das war, hatte er in dem Moment begriffen, als er während der kurzen Fahrt von der Zitadelle ihre verstohlenen Blicke wahrnahm, mit denen sie ihn gemustert, abgetastet hatte, ohne dabei mit dem ironisch klingenden Unsinn aufzuhören, den sie auf der ganzen Strecke aus sich herausließ.

Mein Gott, dachte er, *Perle!* Du hast zu viel gelesen, mein Lieber, das ist alles, und hielt mit den anderen vor einer Wohnungstür, durch die gedämpftes Stimmengewirr drang, Musik, Gelächter. Irgendeiner der vier hatte geklingelt, dann öffnete sich die Tür, Licht fiel ins Treppenhaus, das längst wieder im Finstern lag, und Rike zog Berg mit energischem Griff hinter sich her, mitten hinein in eine fremde Gesellschaft, in der es für diese Uhrzeit noch auffallend lebhaft zuging und die kaum wahrnahm, dass gerade neue Gäste erschienen waren. Wenig später wurde Rike von einer jungen Frau umarmt, die danach fragend auf Berg blickte:

Mein neuer Freund aus Hamburg, sagte Rike und lachte.

Ach!, hörte Berg die offensichtliche Gastgeberin ausrufen, sie deutete sichtlich amüsiert auf Rikes Freund:

Ein Glück, dass er das schon weiß, sonst hätte ich es ihm ja verschweigen müssen.

Der kennt mich, sagte Rike fröhlich, aber Torben kennt mich noch nicht oder nur ein bisschen. Oder? Sie blickte Berg an, er sah ihren leicht geöffneten Mund, die schneeweißen Zähne, zwischen denen ein winziges Goldeckchen aufblitzte, ein kurzes, strahlendes Lächeln, das ein schalkhafter Zug umspielte.

Torben? Rikes Bekannte sah Berg an, ihr Blick verriet Überraschung: Den Vornamen habe ich ja noch nie gehört! Darf man fragen, wo der herkommt?

Dänemark, sagte Berg, ohne Rike aus den Augen zu lassen. Auch ihm begann das Spiel zu gefallen.

Ich denke, du kommst aus Hamburg?

Rikes Bekannte schien jetzt ein wenig verwirrt, aber Berg ließ sie nicht noch unsicherer werden, erzählte von seinem Großvater, dem Seemann von der Insel vor seiner Heimatstadt, der oft nach Skandinavien gefahren sei, von dort hätte er den Namen mitgebracht. Er wäre der dritte Torben in der Familie seit neunzehnhundert. Es sei so etwas wie eine Tradition.

Dänemark, hörte Berg Rikes Freundin antworten, da können wir jetzt ja auch hin, mal sehen, Rike, ob mir dort ebenfalls ein Torben über den Weg läuft, ich könnte gerade einen gebrauchen. Dann forderte sie sie auf, zu tanzen, zu trinken, zu essen, was sie wollten, wozu sie Lust hätten, und verschwand.

Was trinkst du?, fragte Rike.

Wein, sagte Berg, roten, falls es noch welchen gibt. Ich kann dir aber auch was holen.

Setz dich ruhig schon hin, sagte sie und schob ihn sanft auf eine Couch, die in der Nähe stand, ich bin gleich wieder da. Wenig später stießen sie ihre Gläser aneinander, von nun an ließ Rike ihn nicht mehr aus den Augen, zurückgekehrt war sie mit einer brennenden Zigarette im Mund. Einmal kam ihr Freund vorbei, blieb hinter ihr stehen und fragte sie etwas.

Rike sagte nur, er solle das doch mal lassen, auch drehte sie sich keine Sekunde lang zu ihm um.

Berg aber erzählte, alles, was sie wissen wollte von ihm, er erzählte von sich, seinem Leben in Hamburg und auf welchem Weg er in den Westen gelangt war.

Gab es keinen leichteren?

Rike fragte kaum mehr mit Worten, sie fragte fast nur noch mit ihren Augen, unentwegt, eindringlich, seltsam besessen.

Für mich irgendwie nicht, sagte Berg, doch sei er ja nicht der Einzige, der so rausgekommen sei!

Er hatte, während er redete und trank, nicht das Gefühl, dass sie ihn ausfragte, noch unwahrscheinlicher erschien es ihm, dass sie sich gerade erst kennengelernt haben sollten. Irgendwann gab es keine Musik mehr, kurz darauf kam ihr Freund erneut vorbei und sagte, es sei jetzt schon halb fünf, sie wären fast die Letzten, ob man nicht gehen wolle?

Berg sah Rike an, was sie dachte, die Müdigkeit, die nun schlagartig zu ihm zurückkehrte, machte es ihm leicht, ihrem Freund zuzustimmen.

Er griff in die Brusttasche seiner pelzgefütterten Lederjacke, die er nicht abgelegt hatte, zog eine Visitenkarte hervor, wischte sie über den Tisch, Rike entgegen:

Sie könnten ja ihre Adressen tauschen.

Hast du noch eine?, fragte sie, dann schreib ich dir unsere auch auf.

Er reichte ihr eine zweite, schob seinen Kugelschreiber ebenfalls zu ihr hin. Sie schrieb ein wenig mühselig, *der Wein in ihrem Kopf*, dachte er, schließlich versuchte sie aufzustehen, sackte aber gleich wieder in den Sessel zurück, nur um mit gesenktem Blick und ganz zu sich selbst zu sagen, dass das wohl doch ein bisschen viel gewesen sei heute.

Vor dem Haus, von dem Berg wusste, dass er es alleine nicht wiederfinden würde, hatte sie ihm noch erklärt, wie er laufen müsse, um zu seinem Hotel zu kommen, es sei wirklich nicht weit, unter der Straßenkreuzung mit den Überführungen hindurch, vorbei am Centrum-Warenhaus, zwischen Bahnhof und »Astoria«, das Ding, in dem er schlafe, sei so riesig, es wäre gar nicht zu übersehen, nicht einmal im Dunkeln. Aber dunkel sei es da vorne überhaupt nicht.

Dann verabschiedeten sie sich mit Händedruck, und Rike fragte, ob er ihr wirklich ein Buch von sich schicken wolle?

Ganz bestimmt, sagte Berg, noch vor Weihnachten hätten sie eins, aber er hoffe, dass sie ihm dann auch schriebe, was sie davon hielte.

Mal sehn, sagte sie, es klang spöttisch: Sie wisse ja gar nicht, ob er wirklich ein *Dichter* sei. Oder nur Journalist. Davon gäbe es viele.

Leicht unsicheren Schritts ging sie danach auf das kleine blaue Auto zu, dem er, als es losfuhr, so lange nachsah, bis es mit ihr verschwunden war.

Sie war rechts eingestiegen. Das hatte ihn beruhigt.

10

Kurz vor dem Fest kam Post aus Leipzig. Sie überraschte Berg. Er hatte im Vorbereitungstrubel verdrängt, dass er auf Antwort gewartet hatte. Nun war sie da, und im selben Moment, da er den Briefumschlag in der Hand hielt und den Absender las, spürte er eine eigenartige Erregung in sich aufsteigen, zugleich irritierte sie ihn; auch fühlte er mit den Fingern, dass im Umschlag mehr steckte als nur ein dünnes Blatt. Es waren, nachdem er ihn aufgerissen hatte, vier luftig beschriebene Karten aus weißem Karton, die ihm unter die Augen kamen, und mit ihnen, zum zweiten Mal, Rikes Handschrift. Sie hatte mit schwarzer Tinte geschrieben, er registrierte es sofort, und es gefiel ihm. Dann las er:

»Lieber Torben! Dein Gedichtband ist faszinierend. Ich lese eher seltener Gedichte: Deine habe ich ziemlich verschlungen. Vielleicht ist das nur heute so?! Weil das, was Du da geschrieben hast, genau heute richtig für mich ist. Aber eigentlich, denke ich, ist es nicht so, und es gefällt mir nur einfach. Ich danke Dir sehr dafür! Da sind so viele Gedanken, Gefühle, Gleichnisse gewesen, die ich glaube entdeckt zu haben; für mich und überhaupt – aber ich weiß nicht, wie es ist, wenn Dir jemand sagt: ›Meine Seele brennt, und ich habe Gedanken und Gefühle, von denen ich reden muss‹? Ich meine nur, es ist alles einfach bloß banal, was man sagen kann, weil: *so* betrifft es einen nie! Im Übrigen nehme ich gar nicht an, dass Du eingehender wissen willst, was mir Dein Band gibt. Aber ich habe Deine Heimat, so wie ich sie gesehen habe, zu erkennen geglaubt, ich bin im Sommer ja gerade erst auf der Insel Deines Großvaters gewesen und hatte des Öfteren äußerst klare Sicht in alle Himmelsrichtungen ... und dann finde ich auch oder habe es öfter erlebt, dass jede Stadt, jeder Ort in irgendeiner Art und Weise Heimat sein kann und doch wieder nicht, sich so vieles ähnelt und, selbst wenn es an verschiedenen Orten haargenau dieselben Dinge geben mag, es dennoch niemals dasselbe sein wird. Genauso, wie ich es mir nicht vorstellen kann, jemals wieder dieses Zuhause zu finden, das ich vor Jahren verlassen habe, was sowieso klar ist. Ich denke doch bloß, so gut wird es nicht wieder sein! Und schreiben kann ich dies alles nur, weil wir uns so fremd sind. Wäre es nicht ganz so, würden wir vielleicht nur miteinander umgehen ... Ich hoffe sehr, wir hören voneinander. Liebe Grüße. Rike«

Mitten hinein in die zweite Lektüre des Briefes hörte Berg Karla aus der Küche fragen, ob in der Post etwas Besonderes gewesen wäre, er sei so still geworden?

Nein, sagte Berg ganz ruhig, die Leipziger hätten geschrieben, sie wünschten sich seinen Artikel über das Konzert, er schicke ihn natürlich. Der Rest seien Kontoauszüge, sie lägen im Plus, das Weihnachtsgeld wäre gekommen, er habe vorgestern ein süßes Kleid für Charlotte entdeckt, das könne er dann heute noch besorgen.

Wo?, fragte Karla, ohne die Küche zu verlassen.

»Pusteblume«, sagte Berg.

»Pusteblume«? Das ist aber ein ziemlich teurer Laden, hörte Berg seine Frau, sie stöhnte leicht auf dabei, muss das sein? Außerdem meine er wohl »Löwenzahn«, »Pusteblume« sei für die ganz Kleinen.

Ach Gott, sagte Berg und lachte ein bisschen zu laut, dabei schob er die Briefkarten von Rike zusammen, um sie in seiner Kollegmappe verschwinden zu lassen: Wenn es danach ginge, müsse fast nichts sein. Aber sie kenne ihren Mann doch! Gerade das, was nicht sein müsse, wäre oft das Schönste für ihn, sie freue sich doch auch, wenn Charlotte schick aussehe.

Du verwöhnst sie, sagte Karla und kam ins Wohnzimmer, wo

er vor dem Beistelltischchen für Zeitungen und Post stand und dabei war, weitere Papiere einzupacken.

Du nicht?

Ja, sagte Karla: Aber übertreibst du nicht immer ein wenig?

Vielleicht, sagte er und zeigte auf seine linke Brustseite: Hier sitzt der Schuldige, und in den hätte sie sich ja einmal verliebt.

Red dich bloß nicht raus. Karla stand jetzt vor ihm: Ich bin nur vernünftig, also genau das, was du immer von allen verlangst.

Der Mensch ist ein wandelnder Widerspruch, Berg zog Karla zu sich heran, küsste sie, aber wenn der dann auch noch Dichter ist, was erwartest du?

Dass du weniger Geld ausgibst vielleicht?!

Du hast ja recht!, Berg machte ein ziemlich demütiges Gesicht: Ich nehme dafür auch kein Taxi, ich fahr heute Bahn. Aber es gebe da so eine merkwürdige Maxime in seinem Kopf: Geld sparen soll man nur, wenn man es nicht merke. Wenn sie mit in die Stadt komme, könne er sogar das Ticket sparen. Er lachte.

Sie bleibe lieber hier, sagte Karla, es sei noch eine Menge zu tun. Was sie eigentlich essen wollten, am ersten Weihnachtstag? Dieses Jahr kämen ja seine Mutter und ihr Mann zu ihnen.

Was wünschst du dir? Berg war in den Flur gegangen, um sich seine schwarze Winterjacke anzuziehen, die innen mit weißem Lammfell gefüttert war und einen breiten wärmenden Kragen hatte: Gans, Ente, Fisch?

Ente, sagte Karla, überraschend schnell und entschieden. Die Gans letztes Jahr sei ihr zu fett gewesen.

Dann wird's eine Flugente. Mit Thymiankartoffeln?

Wunderbar, sagte Karla, und Heiligabend Würstchen, Kartoffelsalat, Bratapfel, alles wie immer!

Alles wie immer, sagte Berg, dachte dabei an Ahlerts, mit denen sie noch in die Mitternachtsmesse und anschließend zu sich gehen würden, Stollen essen, Kaffee und ein Glas Wein trinken, und umarmte sie: Ein bisschen anders ist es in diesem Jahr allerdings schon!

Ein bisschen? Wenn sie nur daran denke, was drüben los sei.

Und Prag?

Ich weiß, sagte Karla, mit der er sich ein Jahr nach ihrer beider Freilassung in den Westen verlobt hatte. Nur in Prag, was wie ein kleiner Sieg in der großen Niederlage gewesen war, hatten ihre Familien mitfeiern können, trotz Besatzung und Geheimpolizei, und jetzt Dubček und Havel auf dem Wenzelsplatz, Arm in Arm, auf einem Balkon, vor Hunderttausenden.

In Rumänien würde aber immer noch geschossen, sogar gefoltert, Karlas Stimme zitterte ein wenig: Das ist doch furchtbar?!

Das ist der Balkan, sagte Berg, da gehen die Uhren anders. Brand hätte ihn vor ein paar Tagen tatsächlich gefragt, ob er nicht nach Bukarest wolle.

Ist der verrückt geworden? Karla blickte ihn geradezu entsetzt an.

Natürlich nicht, sagte Berg: Er ist nur ein Chefredakteur und seine Zeitung, das Bilderblatt mal abgezogen, die größte im Lande, wenn Sonntag ist. Da wolle er punkten, mit Storys, die andere nicht hätten.

Du hast doch Blut geleckt, *Hai*, hätte er gesagt, in Ungarn, als du deinen Nagy mit beerdigt hast und dann deine Thüringer Flüchtlinge getröstet, dass sie durchkommen würden, noch gar nicht im Westen und schon prominent bei uns. Da hast du doch jahrelang drauf gewartet, dass es endlich losgeht!

So habe er ihn nach Rumänien locken wollen, mit seinen Wochen in Ungarn.

Aber das ist es ja: Er begreift eben nicht, dass es in Ungarn friedlich blieb, weil die Russen dort sind, so verrückt das heute auch klingt: Unser Glück sind jetzt die Russen, die wollen nicht mehr! Die wollen nicht mehr Unglück sein für andere. Das ist vorbei. In Budapest hätten sie Tote ausgegraben und wieder beerdigt, die schon lange tot gewesen wären. Vollkommen ungefährlich. In Rumänien seien keine Russen, deshalb bremse die Irren dort niemand. Die Leipziger hätten ihm allerdings erzählt, wie dicht auch sie dran gewesen wären, am Blutbad! Eine beschissene Angst hätten sie gehabt, als sie die Bewaffneten in den Seitenstraßen sahen. Sie hätten aber auch gespürt, dass sie immer stärker würden, als Masse, mit jedem Montag mehr.

Schade, sagte Karla, dass wir nicht dabei waren, dieses Gefühl, das muss der Wahnsinn gewesen sein.

War es ja schon beim Zugucken, sagte Berg und erinnerte an die Fernsehbilder, wir dagegen, wir waren ganz schön allein zu unserer Zeit, aber haben sie uns kleingekriegt? Haben wir Abbitte geleistet? Er schüttelte den Kopf: Nicht einen Tag. Mit keinem Wort.

Lustig war es trotzdem nicht, hörte er Karla, als er das Haus verließ, hinter sich herrufen, sie war ihm bis zur Tür gefolgt, und dann, er solle nicht zu spät kommen, sie sei ziemlich geschafft von den Proben.

Du schläfst zu wenig, rief Berg und winkte noch einmal zurück. Dann warf er das große weiß-grün gestrichene Tor ins Schloss und war für Karla, die noch immer in der Tür stand, verschwunden: Die Buchenhecke neben dem Eingang stand über zwei Meter hoch und zog sich bis zum Nachbargrundstück, ihre Blätter hingen dicht an dicht, sie fielen selbst im Winter nicht vollständig ab, ein schütteres Wandgeflecht, bronzefarben, in dem man jetzt, trat man näher heran, etliche verwaiste kleine Nester entdecken konnte. Im Frühjahr aber, unsichtbar hinter dichtem Grün, zwitscherte es unentwegt darin, einen Zauber stiftend, weit über den natürlichen hinaus. Es hatte noch jedes Mal etwas Märchenhaftes.

11

An der S-Bahn-Station standen Taxis. Berg ließ sie links liegen, löste am Automaten ein Ticket. Der Zug kam schnell, und weil es erst früher Nachmittag war, fand er einen Platz am Ende des Wagens und öffnete die Kollegmappe:

»Lieber Torben«, las er nun ein weiteres Mal, wie auch die anderen Sätze Rikes auf den vier weißen Briefkarten, nur um erneut an dem einen haften zu bleiben: »Aber ich weiß nicht, wie es ist, wenn Dir jemand sagt: ›… meine Seele brennt … und ich habe Gedanken und Gefühle, von denen ich reden muss …‹«

Einen Satz wie diesen hatte ihm noch nie jemand gesagt oder geschrieben, kein Mädchen, keine Frau, obwohl Berg ein paar sehr schöne Liebesbriefe besaß, nicht nur von Karla. Doch dann sagte er sich:

Das ist kein Liebesbrief, Torben Berg, das ist ein *Seelendokument*. Dieses Mädchen sehnt sich nach etwas ganz Großem, und dir sagt es das nur, weil du ihm fremd bist und Gedichte schreibst, die ihm gefallen und sein Herz geöffnet haben. Wenn überhaupt, ist es in deine Gedichte verliebt, mit dir hat das weniger zu tun. Schreib ihm, noch heute, und schick ihm noch heute ein anderes Buch von dir, deinen Gefängnisroman, der spricht eine andere Sprache, eine ganz andere. Er wird eine andere Antwort provozieren, dann ist die Sache geklärt. Werd jetzt bloß nicht romantisch, nur weil du schon zu lange zu glücklich verheiratet bist.

Während er so mit sich redete, lautlos und ohne jede Gesichtsregung, starrte er zum Fenster hinaus: Der Zug fuhr durch Hinterhofschluchten, vorbei an Kleingartenanlagen, die sich auf schmalstem Gelände parallel zu dem doppelten Schienenstrang hinzogen. Die blattlose Zeit ermöglichte es, die Häuschen und Hütten hinter Bäumen und Gesträuch genauer einzusehen, deren jeweiliges Ensemble sich im Frühjahr und Sommer für die Besitzer regelmäßig in eine Traumlandschaft verwandelte. Es waren Südsee-Eilande inmitten einer von Lärm und Abgasen erfüllten Großstadt; jetzt jedoch sah alles trist aus, angewehte Papierfetzen, Plastikmüll, verrostetes Metall drängten sich vor. Die liebevoll gepflegten Fluchtburgen standen nun vollkommen entblößt da, Hütten am Rande wilder Mülldeponien.

Das gleichmäßige Rattern des S-Bahn-Zuges ließ Berg langsam schläfrig werden, in immer kürzeren Abständen die Augen schließen, die dahinfliegenden grauen Bilder verschwammen zu einem einzigen grauen Film, nur rauschte es nicht wie beim Programmschluss im Fernsehen, es rauschte härter, bis es wieder kreischte und splitterte, wenn sie in eine weitere Station einfuhren, es waren etliche bis zum Zentrum, seinem Ziel.

Grau war es auch gewesen, als er, vor nur wenigen Tagen, zum ersten Mal seit der Verhaftung seine Heimatstadt wieder betreten hatte, zusammen mit Reiter. Reiter hatte ihn nach drüben gefahren, obwohl sie kein Visum im Pass vorzeigen konnten und der Stau am Grenzübergang gewaltig war: Die einen wollten in Massen von West nach Ost, nach Berlin, die anderen drängten vom Osten in den Westen, nach Hamburg, Hannover und weiter, tiefer in die bislang versperrte Hälfte des Landes. Die meisten von ihnen kannten sie bis vor kurzem nur aus den flimmernden Rechtecken in ihren Wohnzimmern und aus den Berichten derjenigen, die reisen durften, außer den Rentnern waren es nicht viele gewesen.

Berg und Reiter wollten nicht nach Berlin, sie mussten in ein Ackerbürgernest, das im Südosten Mecklenburgs lag, nahe der alten Landesgrenze zu Preußen, nach *Parchim*. Berg war eingeladen worden, auf einer Kundgebung der Opposition zu reden, ein alter Freund, der geblieben war, hatte empfohlen, ihn als heimgekehrten Widerständler gegen das Regime, das gerade am Zusammenbrechen war, sprechen zu lassen, aber es war noch nicht ganz besiegt und die Weltgeschichte ein Spieltisch, wie Berg glaubte: offen bis zum wirklichen Schluss, wenn die Kugel zur Ruhe gekommen war und das Feld sichtbar wurde, in dem sie lag, die Zahl. Erst dann war klar, für eine bestimmte Zeit jedenfalls, wer gewonnen hatte und wer verloren. Danach begann es wieder von neuem. Ein Endlosspiel: *Das* Geheimnis der Geschichte; seit langem trieb es ihn um.

Er hatte sofort zugesagt, per Telefon, sich gefreut, dass man an ihn dachte, eine Einreisegenehmigung aber auch in diesem Falle nirgends beantragt, obwohl man sie immer noch benötigte. Die gab es nur in Berlin. Dafür war keine Zeit. Doch Berg hatte Reiter beruhigt, hatte gesagt, was Reiter schon kannte, wenn es darum ging, alles auf eine Karte zu setzen:

Das kriegen wir hin. Wir haben schon ganz andere Sachen hingekriegt. Das wollen wir doch mal sehen!

12

Sie standen am Grenzübergang, aber es sah ziemlich aussichtslos aus: unzählige Autos, euphorische Menschenmassen und Uniformierte, die sich wie Lämmer geben mussten, nachdem sie jahrzehntelang nur knurrende Kettenhunde waren, nicht selten losgelassene, die zubeißen durften, mussten. Das Gebiss, über das sie immer noch verfügten, war scharf und hieß Kalaschnikow. Auch lief die Zeit: die Kundgebung sollte um achtzehn Uhr beginnen, und Berg hatte zu Reiter gesagt, wenn sie es schafften, ohne Visum hineinzukommen, dann müssten sie noch einen Schlenker nach Norden fahren, ganz kurz nur, bis er die Kirchen seiner Heimatstadt wiedergesehen hätte, den Marktplatz, den Hafen, das verstünde er doch, ja?

Natürlich, hatte Reiter nur gesagt, wortkarg wie immer, als hätte Berg einen Befehl erteilt. Völlig überraschend hatte er dann aber doch noch hinzugefügt: Außerdem interessiere es ihn, ob Berg in seinen Gedichten auf die Stadt nicht übertrieben hätte?

Bergs Verwunderung war nicht gespielt, als er ausrief:

Das seien doch *Liebesgedichte*, da könne man gar nicht übertreiben! Aber er sei ja schon immer ziemlich misstrauisch gewesen großen Gefühlen gegenüber! Dabei seien Gefühle Ausdruck des Lebens selbst, unverfälschtes Wissen, das nicht einmal dann falsch sei, wenn nicht wahr wäre, worauf es sich beziehe. Sei er noch nie unglücklich verliebt gewesen, und habe das etwas geändert an der Wahrheit seiner Gefühle? Vielleicht könnten sie ja auch bald einmal seine Heimatstadt durchstreifen, am besten nachts, in aller Ruhe, er könne sich dann genauso austoben wie in Paris, auf den Friedhöfen: Das Abendlicht in den Fenstern der Mausoleen, hätten sie nicht wie die Besessenen fotografiert, bis es nicht mehr gegangen war, weil es zu dunkel wurde, und dann wieder ab ins Georges V. und den großen Max gemacht? Was für ein Wochenende, den Sonderpreis für die Suite hätte ihnen die Rezeption ja zum Glück nicht auf die Stirn gestempelt! Aber ein Gefühl! Fast wie jetzt!

Was alles nur bedeute, sein Ton wurde hemmungslos schwärmerisch, dass man auch in seiner Heimatstadt durch ein Geheimnis gehen könnte, in gelbes Licht von Straßenlaternen getaucht, das schwarzglasierte Backsteine zum Schimmern brächte, selbst als Ruinen ragten die Kirchen dermaßen gewaltig in den Himmel, als ob sich da etwas verbände, was scheinbar unendlich weit auseinander läge, einen gerade deshalb aber an unvorstellbar Größeres anschlösse, und dann, dann müsste er sich das Glucksen anhören, dieses leise, satte Glucksen der Wellen im Hafen, wenn die Stadt schläft und kaum noch jemand unterwegs ist und noch weniger Wind weht …

Aber *das*, rief Berg plötzlich aus, in einem Ton, als müsste er Reiter etwas verbieten: Das kannst du nicht fotografieren! *Das* nicht! Das kannst du nur *hören*.

Doch Reiter schwieg weiter, konzentrierte sich auf das Fahren durch Dunkelheit und unbekanntes Gelände.

Ja, er habe in einem Traum gelebt, wenn auch in einem eingemauerten. Berg setzte seine emphatische Rede fort: Doch das sei nun vorbei, Gott sei Dank. Endgültig.

Er habe mal eine Postkarte besessen, irgendwo hätte er sie auch noch, als Junge schon, eine farbige, die hätte er an die Wand über seine Couch gepinnt, auf der er auch geschlafen habe und gelesen, bis spät in die Nacht, bei Kerzenschein, um seine Mutter im Nachbarzimmer nicht zu stören, zwischen beiden Räumen hätte es nur eine Tür mit Glasfenster gegeben: Eine Ostpostkarte vom Brandenburger Tor, vom *offenen* Brandenburger Tor wohlgemerkt, mit Autos, die einfach so hindurchfuhren, rotglühende Rücklichtstreifen hinter sich herziehend, mit Passanten, die von drüben in den Ostteil zurückkamen, in den »demokratischen Sektor«, *nicht* ?! So hieß das ja: *Krieg ist Frieden, Lüge Wahrheit*!

Andere gingen im selben Moment, da sie fotografiert wurden, rüber, mir nichts, dir nichts, einfach so – vom Osten in den Westen. In den *Westen*, verstehst du?!

Er, Reiter, könne sich nicht vorstellen, wie oft er vor dem Einschlafen auf diese Karte gestarrt, wie oft er versucht hätte, im Geist, in seiner Phantasie, und Phantasie, die hätte er nun wirklich, durch dieses Tor zu gehen. Es ging aber nicht, es war einfach unvorstellbar. Es war nicht einmal mehr vorstellbar, dass es einmal gegangen war, was die Karte ja bewies! Die unschuldige Karte war über Nacht zur absoluten Lüge geworden. Und jetzt? *Jetzt* ist sie wieder wahr, und ich habe sie immer noch!

Irgendwann schwieg er, hing dem eben Gesagten nach, auch wusste er nicht, ob der Freund seinem Höhenflug überhaupt noch folgte, folgen mochte.

Aber dann hörte er Reiter fragen, was sie jetzt machen sollten? Dass die Karte wieder wahr geworden sei, nütze ihnen im Moment ja nicht viel.

Er fragte so ruhig wie noch jedes Mal, kam eine kritische Situation auf sie zu. Es war eine seiner Stärken, für die Berg ihn schätzte.

Was wir machen? Das, was wir immer machen, wenn es ein Problem gibt, Berg lachte leise: Ich zeige meinen Presseausweis und sage was von einer Einladung. In Leipzig hat das auch geklappt.

Was heißt das?

Reiter sah ihn mit einer Miene an, als ginge es um die letzten Minuten vor einem Banküberfall.

Fahr vor, sagte Berg und blickte jetzt ziemlich entschlossen durch die Frontscheibe nach draußen, auf die Endloskette der Autohecks, Autodächer, Autorücklichter, zwischen denen immer wieder Abgasfetzen nach oben stiegen, zur Seite quollen, die nasskalte Winterluft war durchdrungen von ihrem Geruch: Die wollen ohnehin alle bloß nach Berlin, wir wollen nach Parchim, wer will da schon hin.

Der Typ, der mich angerufen und eingeladen hat, das ist, du

glaubst es nicht, der Schrotthändler des Nestes, und der führt dort den Widerstand an! *Wie* der gesprochen hat, ich hab das so lange nicht mehr gehört. Dem muss ich noch heute die Hand schütteln.

Dann waren sie an der Schlange der Wartenden vorbeigefahren, auffällig langsam, mit heruntergelassenen Scheiben und einem Gesichtsausdruck, der die Sicherheit des Amtlichen in Zivil abstrahlte und bei niemandem Kraft zum Protest aufkommen ließ, bis sie den kontrollierenden Offizier fast erreicht hatten.

Der Mann in der Uniform eines Oberstleutnants kam sofort auf sie zu.

Tag!, sagte Berg militärisch knapp, ließ den Dienstrang folgen und reichte, an Reiters Gesicht vorbei, seinen Presseausweis heraus: Wir müssen in drei Stunden in Parchim sein, auf einer Veranstaltung der Sozialdemokraten. Wir schaffen es aber nicht nach Berlin, um ein Visum zu bekommen. Sie sehen ja, was hier los ist. Ob er ihnen vielleicht helfen könnte, das Problem zu lösen? Die rechneten dort fest mit ihnen. Dabei schoss ihm durch den Kopf, dass der Schrotthändler ja vom Neuen Forum war, nicht von den Sozialdemokraten.

Der Oberstleutnant, ein hagerer Typ mit angenehmer Stimme, schwieg einen Moment, als ob es keine Warteschlange gäbe und er mit ihnen alleine wäre:

Kein Visum, sagte er schließlich und betonte die drei Silben der zwei Wörter im Übermaß. Dann hörten sie, während er kurz auf seine Armbanduhr blickte: Das ist schlecht. Sie brauchen natürlich eines. Aber bis achtzehn Uhr schaffen Sie es nicht, klar.

In dieser Minute hatte Berg das Gefühl gehabt, die Sache sei gelaufen: Der Ton war zwar ziemlich neu, doch so neu, wie er sich die Welt gerade gewünscht hatte, konnte sie wirklich noch nicht sein. Hatten sie nicht noch Anfang des Jahres auf einen Fliehenden geschossen? Einen blutjungen Mann, in Berlin, dessen Namen die Welt nun kannte, weil er, der weltberühmte letzte Tote an der Mauer, nichts anderes gewollt hatte als das, was jetzt jeder durfte, *alle* – durchgewinkt von genau denselben Leuten, die ausgebildet und ermächtigt worden waren, jeden zu erschießen, der nicht stehen blieb nach erstem Anruf. Die deshalb alle irgendwie schizophren sein mussten in diesen Tagen und wahrscheinlich zu Hause durchdrehten oder nur noch mehr rauchten und tranken, als sie es ohnehin schon getan hatten. Ein Glück, dass bis jetzt noch nichts passiert war.

Plötzlich jedoch beugte sich der Oberstleutnant zu ihnen herab, schob seinen Kopf ein wenig durch das geöffnete Fenster, so dass seine Schirmmütze anschlug und etwas verrutschte, ohne ganz herabzufallen, er hatte sofort mit der rechten Hand danach gegriffen, und begann, in einem Ton reinster Vertraulichkeit, etwas dermaßen Ungeheuerliches zu verkünden, dass Berg den Bruchteil einer Sekunde lang glaubte, er selbst hätte nur laut gedacht, obwohl er es doch mit seinen eigenen Ohren vernahm, was er da hörte: aus dem Munde eines Grenzoffiziers der zusammenbrechenden Diktatur, neben ihrem Auto, dessen Uniform nach wie vor tadellos saß, auch alle Hoheitszeichen des alten Regimes glänzten noch immer daran.

Er schlüge ihnen jetzt etwas vor, etwas Illegales, ein illegales *Ding* sozusagen.

Er hatte tatsächlich »Ding« gesagt, nicht Ungesetzlichkeit, nicht Abweichung von der Vorschrift oder eine andere bürokratische Floskel benutzt, sondern »Ding«, ganz locker, mit einem Unterton, als ob sie Mitglieder einer Gang wären, einer Verschwörung, die gerade vorhätte, eine ganz heiße Nummer durchzuziehen, und er, der höhere Offizier, *ihr* Mann im Apparat, sei es, der ihnen den entscheidenden Trick verrate, damit der Coup gelinge, irgendwo zwischen Italien und Südamerika.

Aber es war Deutschland, und es war mitten im Winter des Jahres neunzehnhundertneunundachtzig. Doch hatte das offenbar alles keine Bedeutung mehr, die Geschichte erblühte, wann immer sie wollte. Sie kannte keine Jahreszeiten. Sie hatte *Zeit*, einfach Zeit. Und wenn es so weit war, nahm sie sie sich, brach auf. In den Wüsten, schon bevor alles losging, hatte Berg dieses Beispiel immer parat gehabt, gab es das ja auch: dreißig Jahre Trockenheit, drei Tage Regen – und das Sandmeer war plötzlich ein Blütenmeer.

Nachdem der Offizier ihnen im Detail gesagt hatte, was sie tun müssten, wohin sie fahren und wen sie fragen sollten, sagte er noch, sie könnten sich auf ihn berufen, falls das nötig werden würde, was er aber nicht glaubte, und ansonsten gute Fahrt!

Es begann bereits dämmrig zu werden, als sie die Autobahn verließen, auch setzte erneut Schneeregen ein, verstärkte sich noch.

Als sie in die Stadt kamen, in der er vor vielen Jahren monatelang in einer Zelle des Geheimdienstes verschwunden, bis auf wenige Tage immer allein, und in genau jenem Gebäude zu langer Gefängnishaft verurteilt worden war, das sie auf den Rat des Grenzoffiziers hin ansteuern sollten, weil dort das Polizeirevier wäre, das ihnen eine Aufenthaltsgenehmigung ausstellen könnte, war es dunkel, im Zentrum fiel ihnen vor allem die spärliche Weihnachtsbeleuchtung auf.

13

Arsenal« hieß es, ein Bau im Tudorstil, aus Zeiten, in denen es noch einen Großherzog gegeben hatte. Es lag nahe am Ufer des riesigen künstlichen Teichs gleich hinterm Hauptbahnhof, den Berg als Achtjähriger zum ersten Mal gesehen hatte. Damals hatte er seine Mutter gefragt, ob das das Schloss sei; aber sie hatte nur ein bisschen gelacht und gesagt, das Schloss, nein, das Schloss würde sie ihm später zeigen, es wäre viel größer und noch viel schöner, als er es sich vorstellen könnte, er würde staunen. Jetzt müssten sie erst zum Arzt, und wenn er dort tapfer wäre, würde sie mit ihm, bevor sie nach Hause zurückführen, auch in den Schlosspark gehen und vielleicht sogar noch die Grotte suchen, wo der Schlossgeist hauste. Er musste aber gar nicht tapfer sein, es gab nur ein Gipsbett, keine Spritze. Doch furchtbar geschämt hatte er sich, weil er sich hatte nackt ausziehen müssen vor Arzt und Schwestern, um das Gipsbett angepasst zu bekommen, auf einer Liege, unter grellem Licht. Seine Haltung war in jenen Jahren ein wenig nachlässig gewesen.

Sie parkten auf dem vom getauten Schneeregen glänzenden Kopfsteinpflaster vor dem großen weißen Gebäude mit Zinnen und Türmchen, und Berg stieg aus. Zu Reiter hatte er gesagt, er werde besser allein hineingehen, Reiter sollte lieber im Auto bleiben, falls man vor dem Haus nicht parken dürfte.

Da er mit der normalen Polizei in jenen versunkenen Jahren nichts zu tun gehabt hatte, ging er ohne Beklemmungen durch den Haupteingang und merkte sofort, dass die Stille, die herrschte, für eine Polizeizentrale ungewöhnlich war. Hinter einer Glasscheibe sah er den diensthabenden Offizier und fragte durch die Sprechöffnung nach der Pass-Abteilung, er käme direkt vom Grenzübergang, dort hätte man gesagt, man könnte jetzt auch hier ein Visum bekommen.

So, sagte der Uniformierte hinter der Glasscheibe erstaunt: Das haben die dort gesagt?! Na, wenn die das gesagt haben, wird es wohl stimmen. Aber heute nicht. Heute ist Mittwoch, und heute ist hier alles zu.

O Gott, hatte Berg ausgestoßen: Wir müssen ja noch weiter! Was nun?

Wohin sie denn überhaupt wollten? Die Stimme des Offiziers klang nicht unfreundlich, eher mitleidig.

Berg sagte, wohin und warum, auch zückte er seinen Presseausweis. Doch der Blick des Polizeioffiziers huschte nur kurz darüber hinweg. Dann griff er zum Telefonhörer und wählte zwei Zahlen. Als am anderen Ende abgehoben wurde, sprach er nicht viel. Berg hörte bloß:

Kannst du mal kommen?! Und dann, nach einer kurzer Pause: Gleich, ja!

Und?, fragte Berg, nachdem der Polizeioffizier den Hörer wieder aufgelegt hatte.

Wird schon, sagte der Offizier, mein Kollege fährt voraus, die Abteilung Inneres hat noch auf. Sie wissen nicht, wo die sitzt, was?

Nein, sagte Berg, aber wunderbar, danke.

Als er wieder bei Reiter im Auto saß und sie langsam hinter dem weiß-grünen Polizeiwagen herfuhren, sagte Berg:

Das glaubt uns keiner, wenn wir das erzählen: Hier bin ich mal in Handschellen durch die Stadt gekarrt worden!

Freu dich bloß nicht zu früh! Reiter blickte angestrengt nach draußen, weil die Straßen holprig, glatt und schlecht beleuchtet waren: Vielleicht wissen die anderen mehr über uns, als uns lieb ist.

Ach was, lachte Berg: *Die* haben jetzt Handschellen um, nicht wir! Ihre Fahndungslisten sind doch nur noch Altpapier.

Die beiden Männer von der Abteilung Inneres, denen sie nun gegenüberstanden, waren von anderem Kaliber als die Polizisten im Arsenal; sie trugen zwar keine Uniform, Berg sah ihren Gesichtern aber sofort an, dass sie in Wirklichkeit für das Ministerium arbeiteten, dessen Chef, der kleine, bullige Armeegeneral mit dem Haarschnitt, der ihn immer an den von Heinrich Himmler erinnert hatte, vor wenigen Tagen verhaftet worden war und das sich unter dem Druck der Straße in Auflösung und Umwandlung befand: Zukünftig sollte es Amt für Nationale Sicherheit heißen, aber auch das stand schon wieder in Frage. Eine Reihe von Generälen aus dem Stab des Ministers, der jetzt hinter Gittern saß, hatte man vorzeitig zu Rentnern gemacht, in der Presse mehrten sich Hinweise und Vermutungen, dass in der Berliner Zentrale, den Bezirksverwaltungen und zahllosen anderen Dienststellen des riesigen Apparates ununterbrochen Akten vernichtet würden. Das Licht in den Räumen ginge auch nachts nicht mehr aus, hieß es, den Schornsteinen entstiege unentwegt Rauch, Fahrzeuge verließen in Richtung unbekannt die geheimnisumwitterten Objekte, trotz erfolgter Versiegelungen durch Staatsanwälte, Polizisten und Kontrollen von Mitgliedern der Bürgerkomitees, die mit Erstürmung und Besetzung drohten. Es war *das* Thema im Fernsehen, in Zeitungen und Illustrierten, die auch damit versuchten, in Windeseile, ohne zu zögern, ihre eigene Vergangenheit vergessen zu machen.

Nein, *er* war nicht geschlagen worden. Nie hatte ihn jemand körperlich misshandelt, ihm auch nur ein Haar gekrümmt. Lediglich einmal, gleich zu Beginn seiner Haft, in der allerersten Vernehmungsrunde, war einem von ihnen die Sicherung durchgebrannt. In voller Uniform, Breecheshosen und glänzenden Schaftstiefeln hatte er ihn, den frisch zugeführten Untersuchungshäftling, von einer Sekunde zur anderen angebrüllt, zugleich hämmerte er wie von Sinnen mit der Faust auf eine prall gefüllte Aktenmappe, in der die beschlagnahmten Manuskripte lagen. Dabei schrie er etwas von Hetzschriften, von antisozialistischem Dreck, Berg hatte es gewagt, die Texte auf den Blättern kurz zuvor *Gedichte* zu nennen.

Der Mann, der in der Uniform eines Obristen vor ihm saß und nun plötzlich außer sich war angesichts dieses undemütigen Feindes, war aber nicht irgendwer gewesen: Es war der Leiter der Bezirksverwaltung des Ministeriums höchstpersönlich, das Berg hatte verhaften lassen. Aber das wusste Berg erst seit kurzem und auch, wie der Oberst, der später zum General aufgestiegen war, hieß und dass er sich inzwischen erschossen hatte. Dass ihm die Nachricht keine Siegesmeldung geworden war, wusste er ebenfalls noch. Sie schien ihm Beweis dafür zu sein, dass der nun tote General und Oberst von damals offenbar nicht nur Theater gespielt hatte. Es war also ein echter Kampf gewesen zwischen ihnen, wenn auch unter ungleichen Bedingungen. Nur hatte der fast allmächtige Feind von einst nicht bloß den Kampf, er hatte sein Leben verloren. An einem gefallenen Feind aber rächte man sich nicht, nicht einmal in Gedanken. Er hatte bezahlt, teuer bezahlt. Die Abrechnung konnte von niemandem mehr überboten werden. Es war vorbei.

14

Die Männer, denen sie, nach in scharfem Ton vorgetragenem Verlangen, ihre Pässe ausgehändigt hatten, waren seit fast einer halben Stunde hinter den Türen ihrer Büros verschwunden. Je länger es dauerte, umso nervöser rutschte Reiter auf seinem Stuhl hin und her. Berg aber blieb ruhig und versuchte Reiter mit seinem spöttischen Blick, den er durch den Warteraum kreisen ließ, in dem noch weitere Leute schweigend verharrten, zu beruhigen. Dass es in ihm arbeitete, sah man ihm nicht an. Das Äußerste jedoch, was er an Sanktionen für möglich hielt, war eine sofortige Ausweisung. Das wäre ärgerlich, dramatisch wäre es nicht.

Als endlich eine der Türen, hinter denen ihr Fall, offenbar länger als in diesen Tagen üblich, beraten wurde, wieder aufging und ein dritter Mann heraustrat, der sie sofort in den Blick nahm, wusste Berg, dass sie gewonnen hatten: Der Mann blickte ihnen geradezu aufreizend gönnerhaft entgegen, dabei hielt er ihre Pässe wie Karten eines Skatblatts in der linken Hand, das er leicht auf und ab wippen ließ:

Herr Berg, Herr Reiter – sind *Sie* das?

Jawohl, sagte Berg. Er sprach, wie schon am Grenzübergang, so knapp wie möglich, militärisch eben. Er wusste, dass sie das schätzten und es ihnen nützte. Gleich darauf stand er auf und drehte seinen Kopf kurz zu Reiter, um ihm laut mitzuteilen, sie wären gemeint. Dabei kniff er ein Auge zusammen, verzog leicht sein Gesicht. Schließlich tat er einen Schritt auf den Mann mit den Pässen zu, der nun in völlig normalem, aber für alle im Raum hörbarem Ton sagte:

Sie wissen, dass Sie unsere Einreisevorschriften verletzt haben?!

Ehrlich gesagt, nein, sagte Berg.

Wie auch immer, sagte der Mann und verengte einige Sekunden lang seinen Blick: Sie hatten jedenfalls kein Recht, einfach von der Transitstrecke abzubiegen, und was Ihnen die Leute an der Grenze gesagt haben, entspricht weder den Vorschriften noch interessiert es uns. Aber wir machen heute mal eine Ausnahme, allerdings müssen Sie bis vierundzwanzig Uhr unsere Republik wieder verlassen haben, sonst gibt es ein ernsthaftes Problem.

In Ordnung, sagte Berg, lächelte freundlich und dachte: Hat er tatsächlich *Leute* gesagt? Waren das bis gestern nicht noch seine Genossen?! So weit war es also schon. Dann griff er nach den Pässen und bedankte sich gleichzeitig für die erwiesene Großzügigkeit.

Schon gut, sagte der Mann, dem plötzlich alles Gönnerhafte aus dem Gesicht gewichen war und dessen Augen Berg nun nur noch müde vorkamen, fast erloschen: Passen Sie mal auf, dass Ihnen kein Reh ins Auto läuft, Wildwechsel, wenn Sie wissen, was ich meine, Sie wollen ja wohl noch weiter, nach Parchim, hörte ich?!

Sie *müssten*, sagte Berg, es klang ziemlich vertraulich, fast frech, Schneeregen gäbe es ja auch immer noch, und die vielen Bäume an den Chausseen sowieso. Wirklich nett von ihm, sie darauf aufmerksam gemacht zu haben.

Na ja, sagte der Mann und lächelte ein wenig maliziös: Sonst sind wir noch schuld, wenn Sie nicht ankommen.

Im Auto sagte Reiter: Das war aber knapp.

Ich glaube eher, Berg schien ein paar Sekunden lang die Luft anzuhalten: Es ist vorbei! Es muss vorbei sein, sogar die Gebühr haben sie uns erlassen oder vergessen. Vielleicht war es ihnen auch einfach nur egal und die harte Tour am Anfang reines Theater. Das ist das Endspiel, Jörg, ich sag's dir, die Schlussvorstellung. Ich habe immer gewusst, dass es einmal so kommt, aber jetzt passiert es so anders, ganz anders, wie selbstverständlich fast, ist es aber nicht. Eine komische Revolution.

Was soll daran komisch sein? Aufregend ist es, Reiter stockte kurz: für mich jedenfalls.

Klar, sagte Berg: Irgendwie ist es aber auch, als ob der liebe

Gott seine Hand im Spiel hat. Niemand steht an der Wand, keiner hängt an der Laterne. Neues Testament pur.

Meinst du das kirchlich? Oder wie? Reiter schwieg einen Moment, als wäre ihm seine Frage peinlich gewesen.

Kann man so sagen, sagte Berg.

Davon versteh ich doch nichts. Bergs Freund gab sich Mühe, ironisch zu klingen. Vielleicht war es aber auch nur Verlegenheit, er hatte es nicht so mit Gott und Kirche.

Dann sagte er: Zeig mir lieber, wie wir jetzt zu dir kommen! Ich war hier noch nie.

Fahr los, sagte Berg. Das finde ich selbst im Dunkeln.

Es dauerte nicht lange, bis sie die Ausfallstraße Richtung Ostsee erreicht hatten. Hinter den Bäumen zu beiden Seiten der Fahrbahn, die noch ein ganzes Stück mit Kopfsteinen gepflastert war, standen marode Gründerzeithäuser, Verwaltungsbaracken, die Fabrikanlagen des Kabelwerks, von dem er noch wusste, Einfamilienhäuser folgten, ein riesiger Krankenhauskomplex, der neu sein musste, Berg konnte sich nicht daran erinnern, ihn zu seiner Zeit schon gesehen zu haben. Fast alle Fenster in den Häusern und Gebäuden waren erleuchtet, aus vielen Schornsteinen stieg Rauch, der Feierabendverkehr hatte begonnen. Die zahlreichen Autos, vor allem die Zweitakter, produzierten unentwegt Abgasqualm, bläuliche Arabesken, die sich in der kalten Dezemberluft hielten und nur langsam verflogen.

Der Bahnübergang, der die inzwischen asphaltierte Chaussee querte, war offen, die Lichter der Stadt lagen hinter ihnen. Zum letzten Mal hatte er ihn am Tag seiner Verhaftung passiert, aus der entgegengesetzten Richtung, in einem Wagen des Geheimdienstes, braun wie Scheiße, eine Farbe, die er hasste.

Jetzt hast du deine Dunkelheit, sagte Reiter, wie weit ist es noch?

Dreißig Kilometer, ungefähr.

Macht sechzig, wenn wir wieder zurückmüssen. Ganz schöner Umweg. Ob er die Zeit im Blick hätte? Reiter starrte durch die Frontscheibe, dem Licht der Scheinwerfer seines Autos nach, der Schneeregen war erneut stärker geworden. Vor ihnen fuhr niemand, hin und wieder gab es Gegenverkehr.

Es ist mir egal, ob wir zu spät kommen, sagte Berg: Ich kann nicht in dieses Nest fahren, bevor ich nicht zu Hause gewesen bin. Auch würde er ja wohl nicht der einzige Redner sein. Am Bahnübergang, den sie eben passiert hätten, hätten sie damals übrigens halten müssen, die Schranke wäre unten gewesen. Er hätte das Gefühl gehabt, als überrolle der Zug ihn und alles, was bis eben noch Wirklichkeit gewesen wäre.

War schlimm, was? Reiter blickte jetzt kurz zu ihm hin.

Berg starrte in die Dunkelheit, aus der in schneller Folge Bäume mit weißen Leuchtstreifen auftauchten und wieder verschwanden.

Endlich sagte er, er habe seitdem mehr als einmal versucht zu begreifen, was damals abgelaufen sei in ihm, wirkliche Angst hätte er ja kaum gespürt. Nur wie erstarrt sei er plötzlich gewesen, so, als wenn man in einen zugefrorenen See einbreche, vollkommen überrascht davon, obwohl man vorher genau gewusst habe, dass es passieren könne, und deshalb nur noch denke: Aha, jetzt ist es also so weit! Jetzt ist es doch passiert. Ein Erstaunen, kein Erschrecken. Und dann, absurd, aber so sei es gewesen, dann sei etwas anderes, fast Perverses in ihm aufgestiegen: eine Art Neugier, unbezähmbare Neugier, Abenteuerlust: Er habe, sozusagen von jetzt auf gleich, wie ein Supercomputer die Situation erfassen müssen, berechnen, beherrschen, um genau dadurch ihren Berechnungen zu entkommen, obwohl sie mich gehabt haben wie die Maus in der Falle.

Ich hätte das nicht gepackt, sagte Reiter.

Unsinn! Berg schüttelte den Kopf: Wenn du was für richtig hältst, ziehst du das nicht auch durch? Ich sag nur: *Grenze!* Und? Haben wir den Mordlimes geschafft?

Das könne man doch nicht vergleichen, sagte Reiter: Er kenne sich besser. Er habe die Scheiße, in der Berg gesteckt hätte, doch immer nur von der anderen Seite gesehen, fotografiert, auf Abstand, Distanz, und abends sei er einfach wieder nach Hause gefahren, habe sein Bier trinken können, den Fernseher angemacht.

Berg wusste in diesem Moment ein weiteres Mal, dass es immer so bleiben würde zwischen ihnen: Reiter, der Beamte, der sich gerne als Hobbyfotograf vorstellte, fühlte sich unsicher ihm gegenüber, unterlegen, weil er nicht studiert, nicht so viel gelesen hatte. Bergs wiederholte Bewunderung seiner fotografischen Begabung, technischen Fähigkeiten und politischen Gradlinigkeit machte ihn eher misstrauisch. Dabei war er stolz auf die inzwischen wachsende öffentliche Anerkennung seiner Arbeit. Ein bis dahin nicht für möglich gehaltener Sinn war in sein Leben gekommen. Er hatte ihn abgehoben von der Masse der Zufriedenen um sich herum, ihre Probleme waren ihm immer lächerlicher vorgekommen angesichts der Grenze, die nicht weit von dem Ort, in dem er lebte, die Landschaft zerschnitt, Straßen, Dörfer, Brücken. Familien. Von den Toten, die sie gefordert hatte, zu schweigen.

15

Niemand hatte bemerkt, dass er zurückgekehrt, dass er wieder da war, in der Stadt, in *seiner* Stadt. Sie hatten den Wagen in der Hauptstraße geparkt, die seit alters her den Namen Lübecks trug, von wo aus vor Jahrhunderten ihre Gründung erfolgt war: planmäßig, zielsicher, erfolgreich. Die Grenze dazwischen war deshalb nicht weniger absurd gewesen wie die Mauer durch Berlin. So jedenfalls hatten sie es immer empfunden.

Berg zeigte im Vorübergehen auf Barockgiebel, Klassizistisches, Spätgotik. Verwies auf Geschäfte, die offenbar nach wie vor jenen privaten Besitzern zu gehören schienen, mit deren Kindern er zusammen die Schule besucht hatte, lenkte den Blick in Gassen, die sich zu beiden Seiten abzweigten, in gelbliches Laternenlicht getaucht. Er redete wie ein professioneller Fremdenführer, spürte nichts vom Schneeregen, der ihnen unentwegt ins Gesicht schlug, nicht die Kälte, die Nässe. Die vorbeieilenden

Passanten blieben Schemen, wegen des Wetters hielten fast alle ihre Köpfe gesenkt, andere schützten sich mit Schirmen dagegen. Kurz hinter der Kirche des Heiliggeist-Hospitals, am Beginn einer schmalen Straße, die mit ziemlichem Gefälle abwärts verlief, dem Gebiet um den Alten Hafen entgegen, blieb Berg stehen:

Komisch, sagte er nach einer Weile, als habe er genau überlegen müssen: *Wie damals!* Da hat auch keiner was mitbekommen, als ich abgeholt wurde, da unten haben wir ja gewohnt. Ich kenne jeden Stein hier, jede Ecke, jeden Weg: Hier ist alles *Ich*.

Aber es hat dir nichts genützt!

Reiters Stimme klang mitleidig. Zugleich ging sein Blick über das eisig glänzende Kopfsteinpflaster der schmalen Straße, die Berg vor seiner Verhaftung unzählige Male hinaufgegangen und wieder hinuntergelaufen war, wollte er zu Friedrich oder kehrte er von ihm zurück, zum Postamt hinter dem Marktplatz, in den »Weltspiegel«, das Kino, das auch schon mal Filme ab achtzehn zeigte, Westfilme, »Das Mädchen Rosemarie« hatte er dort gesehen. Die Hauptdarstellerin, die man vor allem aus dem Fernsehen kannte, war im Familienkreis immer nur *Tadja Niller* genannt worden, die schlüpfrige Verballhornung ihres Namens sorgte jedes Mal für Heiterkeitsausbrüche. Friedrich und er hatten den Gag so oft gehört, aus den Mündern ihrer Mütter, die Schwestern waren, dass sie den richtigen Namen der Schauspielerin gar nicht mehr denken konnten. Er hatte zudem die Marotte in ihnen begründet, mit den Namen anderer, ob prominent oder nicht, ebenso verrückt zu spielen: Ihr Lieblingswortdreher in jenen Jahren war Billy Wrandt gewesen, bei Schalter Weel auf dem gelben Wagen schmissen sie sich fast weg, auch weil sie dessen Partei nicht ausstehen konnten, und Werbert Hehner, Bainer Rarzel und Hustav Geinemann zeigten zuletzt nur, dass ihnen die politische Welt auf der anderen Seite, die zu ihnen durchs Fernsehgerät kam, täglich, wie die Post, nur unkontrollierbar, tief vertraut war, unendlich vertrauter als die eigene.

Durch diese Straße wäre er geflüchtet, hätte er nur geahnt, dass sie kommen würden an jenem Morgen im März, wenige Tage nach seinem zweiundzwanzigsten Geburtstag.

Die ersten Wochen in der Zelle, in der Zeit totaler Isolation, die desorientieren sollte, furchtsam machen, willenlos, ohne Bücher, Zeitungen, Briefe, ohne Besuche, nur unterbrochen von regelmäßigen Vernehmungen, folgten einem Rhythmus, auf den er nicht den geringsten Einfluss hatte. In diesen aussichtslosesten Wochen seines bisherigen Lebens hatte er sich den Kopf darüber zermartert, warum ihm vorher so verstellt geblieben war, was ihm nun klar vor Augen stand, sternenklar geradezu:

Der Fremde in der Haustür gegenüber, der, so wie er sich benahm, dort nicht hingehörte, der unentwegt rauchte, als er dabei war, seine Freundin zu überreden, bei ihm zu bleiben, er sei alleine, seine Mutter in Berlin, zu Besuch bei alten Freunden. Sie aber hatte lieber nach Hause fahren wollen, ihre Eltern nicht beunruhigen, mit dem letzten Zug, in ein Dorf kurz vor der Stadt. Da sie sich noch nicht lange kannten, hatte Berg nachgegeben und damit, ahnungslos, für viele Jahre die letzte Chance vertan, eine junge Frau berühren zu können, hatte sie zum Bahnhof gebracht, bei der Rückkehr jedoch registriert, eher im Vorbeigehen, aus dem Blickwinkel einer unbewussten Kopfbewegung heraus, dass der Fremde noch immer an demselben Platz stand, ein merkwürdiger Schattenriss im Türrahmen des gegenüberliegenden Hauses. Nur der glühende Kopf einer Zigarette war in Bewegung, er stieg und fiel in schneller Folge von unten nach oben und zurück, wenn die Hand sie zum Mund führte.

Natürlich hätte er, wäre ihm klargeworden, dass das Netz sich zuzog, der Fang am nächsten Morgen eingebracht werden sollte, die Haustür besonders geräuschvoll hinter sich abgeschlossen, das Flurlicht eingeschaltet. Dann wäre er, durch die Etagenfenster des Treppenhauses sichtbar für jeden Beobachter, in aller Ruhe nach oben gegangen, Stock für Stock, bis unters Dach, wo sie wohnten. Natürlich hätte er danach nur das Nötigste gepackt, wie er auch selbstverständlich das Licht hätte brennen lassen in ihrer Wohnung, wenn er sich heimlich wieder herausgeschlichen hätte. Ebenso selbstverständlich hätte im Treppenhaus *kein* Licht gebrannt, während er sich im Dunkel, lautlos wie ein Geist, herabbewegt hätte, bis in den winzigen Hof, auf der kurzen Stiege im Flachbau dahinter, in dem sich nur eine Werkstatt voller Gerümpel befand, katzenhaft hinaufgeschlüpft und durch die unverschlossene Luke schließlich auf das Trockendach gelangt wäre. Wäre er bis dahin nicht entdeckt worden, wäre er so gut wie verschwunden gewesen: Unmittelbar neben dem Trockendach stand seit Jahrzehnten ein prächtiger Apfelbaum, dessen Früchte Berg oft von diesem Dach aus gepflückt und genossen hatte. Von hier aus in seine Krone zu gelangen war leicht, wie es nicht schwer war, sich an seinem knorrigen Stamm herabzulassen. Der von Nachbarhäusern, Schuppen und Backsteinmauern umgebene große Garten inmitten der Stadt gehörte den Eltern seines Schulkameraden Gustav. Dessen Vorname war ihm immer merkwürdig vorgekommen, merkwürdig alt, als wäre Gustav sein eigener Großvater gewesen. Die Autowerkstatt, die sich daran anschloss, gehörte ihnen ebenfalls. Berg kannte sich seit seiner Kindheit in diesem Gelände aus. Als gehörte er zur Familie, war er oft eingeladen worden bei ihnen, hatte mit ihnen zu Abend gegessen, Kräftiges für den hart arbeitenden Vater seines Freundes, die Gesellen und Angestellten, auch Geburtstage hatte er bei Gustav gefeiert. Ostern und Weihnachten trafen sich die Familien in der Kirche, begrüßten sich freundlich und wünschten sich alles Gute zum Fest.

Zuletzt hatte er sich deshalb wieder und wieder durch einen Mauerspalt, von dem er wusste und der von außen kaum erkennbar war, in jener schmalen Straße verschwinden sehen, in die er jetzt starrte, auf Schleichwegen quer durch die Stadt, bis zu seinem Freund Anton, Kaplan Anton Papp, vertrieben mit seinen Eltern aus Böhmen, Mentor mehrerer Reisen nach Prag, immer über den 21. August, zum Gedenken an den Einmarsch. Sie hatten ein paar gefährliche Dinge dort getan, an der Seite tschechischer Freunde, Losungen gemalt, Flugblätter verteilt, Besatzer fotografiert. Einmal sogar, nahe am Boden wie unter Beschuss, quer über die Karlsbrücke den Namen *Dubček* geschrieben, mit Kreide.

Papp hatte ihm, dem protestantischen Theologiestudenten, dazu einsichtig machen können, wie sinnvoll es sei, ein Weihrauchfässchen vor dem Altar zu schwenken, den Philosophen Josef Pieper lesen zu lernen, der aus dem Werk Thomas von Aquins schöpfte, vor allem dessen Traktat über die »Tugend der Tapferkeit«, die »Siebente Nacht«, Ladislav Mňačkos Requiem auf den Prager Frühling, zuletzt sogar Vaculíks »Manifest der 2000 Worte«, das Programm der Konterrevolution, wie die Parteipresse schrieb: Wer das besaß, gehörte zum Adel des Widerstands. Nur den Vertrauenswürdigsten gab man es weiter. Seine Kopie war beschlagnahmt worden, wie so viele bedruckte und beschriebene Blätter im heimischen Zimmer. Der Geheimdienst hatte daraus ein dickes Buch gemacht, seine Anklageschrift.

Papp hätte es riskiert, ihn, da war er sich sicher, über die Grenze zu bringen, nach Polen, in seinem Dienstwagen, einem froschgrünen *Trabant*, zu Ordensbrüdern, die ihn versteckt hätten, in einem Kloster, auf einem abgelegenen Pfarrhof, vielleicht sogar mitten in einer der großen Städte an der Küste, Danzig, Stettin. Papp hatte exzellente Kontakte. Von dort aus hätte man ihn im günstigen Moment nach Schweden geschmuggelt oder Bornholm, per Schiff, mit einem Fischkutter. Von Schweden und Dänemark aber wäre es ein Kinderspiel gewesen, nach Westdeutschland zu gelangen, nach Hamburg.

Dort war er schließlich ja auch angekommen, Jahre später, auf noch geheimnisvollerem Wege, Jahre, in denen er nichts anderes am Leib getragen hatte als einen Sträflingsanzug mit auffällig breiten Streifen, auf dem Rücken, an Ärmeln, auf Hosenbeinen. Ihre gelbe Farbe ließ den Träger der ausgemusterten und umgefärbten Militäruniform schon von weitem als das erkennbar werden, was er war: ein Fremdkörper, der zu melden war, ohne mit der Wimper zu zucken.

Die Grenze hatte er anderswo passiert, ganz woanders, im Süden, in den Bergen, auf einem die Wartburg, nie zuvor hatte er sie so nahe gesehen, aus einem Bus heraus, voller Häftlinge, für ihre vorzeitige Entlassung in den Westen war Geld gezahlt worden, nicht wenig, so hieß es. Man schrieb das Jahr neunzehnhundertsechsundsiebzig, und Berg hatte im Gefängnis auffallend viele Haare verloren, eine Brille bekommen, auch war er noch schlanker geworden, als er vor seiner Festnahme ohnehin schon gewesen war, von der ungesunden Blässe seiner Haut zu schweigen. Die ersten Fotos, die er im Westen von sich machen ließ, für Behörden und Ämter, von einem Automaten im Hamburger Hauptbahnhof, zeigten einen jungen Mann hinter der Maske eines viel älteren, fast alterslosen Menschen, der an irgendeinem Punkt seines Lebensweges stehen geblieben zu sein schien, erstarrt.

Nein!

Berg schüttelte den Kopf, als tauche er aus tiefen Wassern wieder auf, um Luft zu holen:

Als sie klopften, hätte er noch geschlafen, fest, wie betäubt. Kurz nach sechs wäre es erst gewesen, vor acht wäre er nie wach geworden, nur um sich danach wieder umzudrehen, auf die andere Seite. Doch diese traumhaft schöne Möglichkeit hätte nun für lange hinter ihm gelegen. Auch so eine Sehnsucht, von der er vorher nicht gewusst hätte, dass sie einen furchtbar quälen könne.

Er verstummte einen Moment und blickte in die immer noch von Stille und gelbem Licht geflutete Straße, die zu dem Haus führte, in dem er bis zu seiner Festnahme gewohnt hatte.

Auch Reiter bewegte sich nicht vom Fleck, bis er Berg wieder hörte:

Aber wer weiß, wozu es gut war. Ein Entkommen, hier, in der Stadt, und dann nach Polen? Sie hätten doch nicht aufgegeben. *Nie!* Ein spurloses Verschwinden von mir, für meine Mutter wäre das noch furchtbarer gewesen als das, was sie nun erfuhr, von meiner Schwester, per Telefon. Ihre Freundin in Berlin, die einen Anschluss besaß, sie arbeitete als Serviererin im Regierungskrankenhaus, wusste, was es bedeutet, den Sohn verhaftet zu wissen: Mit Schulkameraden hatte ihrer kurz nach dem Mauerbau versucht, in einem toten Winkel hinter der Friedrichstraße auf einen internationalen Zug nach Westberlin aufzuspringen. Was den anderen gelang, die Flucht fast seiner ganzen Klasse, ihm war es missglückt: Abgerutscht war er vom Trittbrett, mit gebrochenem Bein hatte er sich nach Hause geschleppt, ein Fremder hatte ihm geholfen, er aber gehofft, unentdeckt zu bleiben. Wenige Tage später wurde er abgeholt. Der Fremde hat ihn übrigens nicht denunziert, er sprang selber auf den Zug, kurz danach, und entkam.

Es war das Glück meiner Mutter, bei der Familie ihrer Freundin von meiner Verhaftung zu erfahren. Sie konnte sie anders trösten, anders stärken als andere, die nur ihr Mitleid zeigten, ihre Hilflosigkeit, ihr Befremden, wie einer der Pastoren der Stadt, der glaubte, ihr sagen zu müssen, an meiner Verhaftung sei ich doch selber schuld, so staatsfeindlich wie ich aufgetreten wäre.

Willst du noch runter?

Reiter hatte seinen Kopf erneut zum Eingang der schmalen Straße gewendet – als gäbe es dort etwas Wichtiges zu sehen, etwas Interessantes, Geheimnisvolles. Doch die Straße war leer, immer noch, niemand kam herauf, niemand ging hinunter.

Auch Berg nicht.

Sie fuhren schon eine ganze Weile Richtung Südosten, als Reiter fragte:

Hat es sich nun gelohnt?

Berg schwieg. Er suchte, wie ein Schachspieler den entscheidenden Zug, nach einer Antwort, die eher ihm selbst galt als dem Freund.

Dann sagte er: Man hat etwas gefunden, *wiedergefunden*, was man lange vermisst hat, das ist wahr, und zuerst ist es auch schön, in Wirklichkeit jedoch weiß man, dass es verlorengegangen ist, still, lautlos, für immer. Wieder schwieg er, um schließlich zuzugeben: Gut, dass mich keiner gesehen, erkannt hat. Ich hätte ja fröhlich sein müssen, nicht?

Erneut fuhren sie einige Kilometer, ohne zu reden. Die Straße führte durch kaum beleuchtete Dörfer und Stadtflecken. Sie hatten, im fahlen Licht, in dem alles erschien, kaum mehr zu bieten als eine Hauptstraße, eine Kirche, einen Marktplatz mit Rathaus.

Hin und wieder überfiel Berg ein Gefühl, als sei das Land versunken bis auf den Grund eines Meeres, auf dem das Licht nur noch eine Idee war und die wenigen Lebewesen, die sich über diesen Grund bewegten, in Stoff und Pelz gehüllte Amphibien. Die Bäume an den Chausseen mutierten darin zu gigantischen Algengewächsen, die Scheinwerfer entgegenkommender Autos glühten auf wie Augen von riesigen Leuchtfischen. Die Scheibenwischer arbeiteten unentwegt, haltbare Klarheit schufen sie nicht. Mit ihrer Bewegung wurde das verschwommene Bild erst geboren, und da sie nicht aufhörten, hin und her zu schmieren, war das Auto, sah man hinaus aus dem zwischen mächtigen schwarzen Stämmen dahinrasenden Gehäuse, zum Tauchboot geworden.

Einmal rief Berg den Namen einer bekannteren Ortschaft, kurz danach machte er die Leselampe über dem Beifahrersitz an, um auf der Karte auf seinem Schoß nachzusehen, wie weit es noch war. Dann sagte er zu Reiter, während er das Licht wieder ausschaltete, es sei nicht mehr weit, ob er nicht mal das Radio einschalten könne, sie müssten doch wissen, was die Revolution gerade mache, vielleicht könne er noch etwas gebrauchen davon, für seine Rede!

Die Revolution in Berlin, vernahmen sie jetzt, ging weiter, die Rücktritte von Politikern des alten Regimes hörten nicht auf. Die Partei zerfiel und kämpfte im selben Moment ums Überleben, mit neuen Leuten aus der zweiten und dritten Reihe, die zu retten versuchten, was noch zu retten war. Es hagelte Ausschlüsse von ehemals Gewaltigen und Gewalttätigen.

Wäre das die Französische Revolution, dachte Berg, würden

Köpfe ohne Ende rollen, *wirklich*. Rasiermesserscharf waren aber nur die Sprüche und Witze auf Transparenten, Plakaten. Sie konnten dem Himmel danken, dass ihre Gegner aus den Kirchen kamen, Kerzen in den Händen, keine Gewehre, Revolver, Maschinenpistolen.

Die Blockparteien säuberten sich lautlos, selbst die Meldungen darüber klangen nichtig. Die Blockparteien waren irrelevant, so irrelevant wie immer, seit sie, vor Jahrzehnten schon, gleichgeschaltet worden waren.

Die Russen blieben in den Kasernen; nur in Rumänien fielen weiterhin Schüsse.

So gingen die Nachrichten und Berichte. Dazwischen Sport, zum Schluss das Wetter: Es blieb beim nasskalten Winter.

Die friedliche Revolution in Parchim aber wartete auf den Redner aus Hamburg. Das berichtete der Rundfunk nicht und auch nicht, dass der Besitzer vom Schrottplatz seine Leute gerade beruhigte und sagte: Die kommen aus Hamburg, bei dem Sauwetter! Lieber heil und zu spät als tot und gar nicht! Außerdem ist an der Grenze die Hölle los, Stau ohne Ende, auf beiden Seiten.

16

Zehn nach sechs passierten sie die Ortsgrenze. Wenig später bogen sie in die Hauptstraße des Städtchens ein und sahen Licht, starkes Licht: der Marktplatz, wo die Veranstaltung stattfinden sollte, war hell erleuchtet.

Kurz darauf wurde Berg auf offener Bühne begrüßt. Die Bühne war ein Anhänger auf vier großen, von Schlamm verschmierten Gummireifen, auf dem, als ginge gleich ein Rockkonzert los, gewaltige Lautsprecherboxen installiert waren, Scheinwerfer und ein Standmikrofon, hinter dem der Chef des Schrottplatzes, ein dürrer junger Mann mit wirr abstehendem Haar, den Impresario gab. Er kündigte ihn mit den Worten an:

Soeben eingetroffen aus Hamburg: *Herr Berg!* Heil und nach vielen Jahren Abwesenheit! Er ist einer von uns und will uns sagen, wie es weitergehen soll.

Dann nannte er noch den Namen der Zeitung, für die Berg arbeitete, drehte sich um und erteilte ihm das Wort, während Reiter schon dabei war, seine Videokamera kreisen zu lassen.

Es war eine jener Sekunden im Leben Bergs, in denen er glaubte, irgendein allmächtiger Regisseur drehte gerade einen Film, in dem er die Hauptrolle spielte – *wirklich* jedenfalls konnte nicht sein, was nun tatsächlich begann, obwohl der Schneeregen nicht nachgelassen hatte und seine Haut weiterhin mit kurzen Nadelstichen traktierte. Auch waren die knapp zweihundert Männer, Frauen und Jugendlichen auf dem Marktplatz unter ihm *echte* Demonstranten, keine Statisten, für Geld engagiert, wie auch die Plakate echt waren, die sie an Stielen und Stangen in den Händen hielten, die Transparente und Fahnen über ihren Köpfen, von keiner Requisite für einen Dreh gefertigt. Zu sehen waren vor allem die Symbole und Kürzel der neuen Parteien, inmitten eines Meeres von schwarzrotgoldenen Fahnen, ohne Hammer, Zirkel und Ährenkranz.

Ihre Träger erwarteten, das spürte er sofort, etwas Besonderes, nicht nur Sätze, wie sie sie seit wenigen Wochen selber aussprechen konnten, ohne Furcht vor Denunzianten: über Freiheit und Demokratie, gegen Diktatur, Geheimdienst, Funktionäre. Er begriff deshalb, dass sie etwas anderes hören wollten. Etwas, das in der nasskalten Winterluft lag und weiter führte, das nichts zu tun hatte mit dem rückwärtsgewandten Aufruf von Künstlern und Politikern in Berlin, die retten wollten, was sie ihre Utopie nannten, den Leuten vor ihm aber nur noch ein Gräuel war. Die vielen schwarzrotgoldenen Fahnen jedenfalls, so unaufgeregt wie selbstverständlich in die Höhe gehalten, zeigten eine gewaltige Sehnsucht nach dem bis vor wenigen Wochen noch Unaussprechlichen. Nur wer blind und taub war, sah und hörte etwas anderes.

Die wenigen Schritte bis zum Mikrofon reichten aus, um zu wissen, wie er anfangen musste, um sie vom ersten Wort an für sich und seine Botschaft einzunehmen, um blitzschnell erkannt zu werden als einer der Ihren, auch wenn er seit langem nicht mehr unter ihnen lebte, aus Hamburg kam, ein Journalist, ein Studierter, der so ganz anders sprach als sie.

Aber stimmte das?

Hatte er nicht an vielen Wochenenden als Student immer wieder einmal im Überseehafen seiner Heimatstadt gearbeitet, im Umschlag, mit handfesten Arbeitern Nachtschichten gefahren, Stückgut bewegt, zügig und ohne schwach zu werden, Metallsauger im Schüttgut versenkt, durch die das lose Getreide in die hohen Backsteinspeicher geschlürft wurde, Schnittholzladungen aus Skandinavien verdrahtet, Ölschläuche an Kesselwaggons angeschlossen, staubige Zementtüten getragen, Reissäcke geschleppt, die auf dem Rücken lagen wie Bleiplatten, und auch politisch nicht hinter dem Berg gehalten?! Von den Witzen, die er gerissen, den Zoten, die er pariert hatte, ganz zu schweigen.

Er begann seine Rede nicht mit der üblichen Förmlichkeit, mit lockeren Worten wünschte er stattdessen einen guten Abend allerseits, dehnte die Vokale der ersten Wörter besonders weit, bevor er die Feststellung folgen ließ, dass seine Zuhörer an seiner Aussprache sicher bemerkt hätten, dass einer, der so spräche wie er, hier nicht fremd sein könne. Hier kämen der weite Acker in die Sprache, die endlosen Hügel, die Seen, und dann das Meer, das sowieso. Doch dass er in Hamburg wohne, so viele Jahre nun schon, hänge mit all jenen zusammen, die jetzt am Verschwinden wären, endlich: durch ihren Protest! Auch durch *ihren*!

Aber so einfach, fuhr er, in den aufkommenden ersten Beifall hinein, fort, sei das alles nicht gewesen, wie es sich jetzt anhöre! Denn bevor er nach Hamburg gekommen sei, habe er hier ein paar Semester in spezieller Umgebung verbringen müssen, studieren auf einer ganz besonderen Hochschule, wenn man so wolle: Sie wüssten natürlich alle, was er damit meine, wie sie auch wüssten, wo er stünde, der famose Bau!

Dann nannte er den Namen des Platzes in der alten und bald wieder neuen Landeshauptstadt, auf dem sich der mächtige Gebäudekomplex der zuständigen Verwaltung des Geheimdienstes, früher ein Justizpalast, bis vor kurzem bedrohlich erhoben hatte, sein Gefängnistrakt war inzwischen von Häftlingen geleert, und ein Raunen aus der Menge stieg zu ihm empor, dunkel und voller Anerkennung.

Oha! hatte einer ausgerufen, laut, wie ein Kind zwischen Erschrecken und Staunen, so dass Berg für einen Moment stumm wurde, weil es ihn anrührte, und er seinen Blick über die Gesichter streichen ließ, durch den Schneeregen, der immer noch niederging und den sie so geduldig über sich ergehen ließen.

In diesem Moment fiel ihm auf, dass fast alle Männer Prinz-Heinrich-Mützen trugen, wurde ihm bewusst, dass eine solche Versammlung in Hamburg, jetzt, in derselben Sekunde, auch nicht viel anders ausgesehen hätte. Auch dort würde man vor allem Prinz-Heinrich-Mützen tragen und es für selbstverständlich halten, dass die einen wie die anderen Träger zusammengehörten, was denn sonst?!

Kurz danach sagte er, was ihm gerade durch den Kopf gegangen war, hörte er, wie dieselbe männliche Stimme aus der Menge rief:

Jawohl, recht hat er!

Dann ertönte Beifall, Jubelrufe kamen auf, auch wenn es ein wenig dauerte, bis daraus eine einzige Woge wurde, die schwer und breit über den Marktplatz der kleinen Stadt rollte.

Nach ihm sprach noch ein weiterer Journalist aus Hamburg; er war für sein Blatt, das ebenfalls wöchentlich erschien, in Südafrika stationiert und versuchte, die Revolution in Deutschland mit den sich abzeichnenden Veränderungen am Kap in Verbindung zu bringen, der Name Mandela fiel, die Begriffe Rassismus, Kolonialismus, Solidarität, auch Apartheid waren mehrfach zu hören. Doch die Menschen auf dem Platz konnten sich für den Zusammenhang, den er aufzuzeigen versuchte, kaum erwärmen. Von der Verdächtigkeit der offenbar ahnungslos gebrauchten Schlagwörter, die sie kannten bis zum Überdruss, zu schweigen. Das war weit weg, am anderen Ende der Welt. Der eigene Schmerz und die eigene Wut aber noch ganz nahe, unter der Haut und im Hals. Es war die eigene Haut, war der eigene Hals.

Es war spät geworden, als sie das Haus des Schrotthändlers wieder verließen, gesättigt von Würstchen mit Kartoffelsalat, Salzgurken, selbst eingelegt, ebenso selbstgebackenem Streuselkuchen, Kaffee, *richtigem Kaffee*, wie der Schrotthändler betont hatte, und dem schon auf dem Marktplatz angekündigten Grogwunder der Ehefrau des Herrn über Blech, Stahl, Aluminium, über Gusseisen, Stacheldrahtreste und Nähmaschinenskelette von Singer.

Auch die politischen Brocken waren auf den Tisch gekommen: die gewendeten Kommunisten fielen hier vollkommen durch, der Sozialdemokratie traute man bei Wahlen alles zu, die Sprüche über das Neue Forum hatten schon etwas Nostalgisches an sich. Es gab jedenfalls keinen in der großen Wohnküche des Schrotthändlers, der widersprach, der Kollege aus Hamburg schwieg. Doch je mehr Berg redete, um so öfter wurde er gefragt, ob er nicht doch zurückkehren wolle, das Land brauche bald fähige Minister, bei seiner Erfahrung im Westen und Verwurzelung in der Heimat sei er doch geradezu prädestiniert, in der zukünftigen Landesregierung einen Posten zu übernehmen, vielleicht als Kulturminister?

Er hatte sich nicht gewunden bei seiner Antwort, er hatte nur gesagt, er würde sich gewiss nicht verweigern, wenn man ihn riefe.

Der Abend hätte endlos so weitergehen können; aber sie schafften es, eine halbe Stunde vor Mitternacht am Grenzübergang zu sein. Es war immer noch einiges los, doch sie wurden fast durchgewinkt wie lästige Bittsteller, keiner wollte mehr genauer hinsehen, auf die Pässe, auf die Papiere, die sie hinausreichten. Der Offizier, der sie entgegennahm, warf die Formulare achtlos in einen Karton und wandte sich bereits dem nächsten Wagen zu.

Parchim, dachte Berg, das ist jetzt mein Petersburg! Ein paar Sekunden lang kam er sich vor wie Trotzki, den er doch eigentlich entsetzlich fand, wegen Kronstadt, auch wegen Kronstadt. Das Stück, das er darüber hatte schreiben wollen, war bislang Fragment geblieben. Er rettete sich in ein merkwürdiges Lachen, durch das geschlossene Seitenfenster hinaus, in die Nacht.

Reiter, dem die komisch wirkende Heiterkeit seines Freundes vollkommen unmotiviert vorkam, fragte nur, ob er gerade dabei sei, verrückt zu werden?

17

Irgendjemand berührte ihn sanft, irgendjemand fragte ihn leise etwas, irgendjemand bemühte sich, behutsam mit ihm in Kontakt zu treten, aber Berg glaubte trotzdem, ärgerlich werden zu müssen, weil ihn irgendjemand einfach bloß störte. Mit einem Gefühl von Widerwillen öffnete er seine Augen und erblickte eine sehr schöne, sehr schlanke junge Frau in Stewardessuniform, die ein blau-weißes Tuch elegant um den Hals geworfen trug und sich zu ihm herabgebeugt hatte, weil sie wissen wollte, ob er etwas zu essen wünsche, zu trinken?

Wenig später saß Berg aufrecht in seinem Sitz und frühstückte wie die übrigen Fluggäste der Lufthansamaschine Hamburg – Paris: Es gab Brot, Butter, Marmelade, Wurst und Käse. Dazu hatte er sich Tomatensaft und Kaffee reichen lassen. Er war jetzt hellwach und aß mit einem gewissen Vergnügen, nur der Versuch, dabei auch noch Zeitung zu lesen, bereitete ihm in der Enge zwischen den Sitzen einige Mühe. Doch ließ er sich davon nicht abhalten: Ein Frühstück ohne Lektüre, und dann auch noch um diese Zeit, erschien ihm ziemlich sinnlos, wenngleich er wusste, dass er in diesem Zusammenhang seit jeher zu Übertreibungen neigte. Weder konnte er sich diese Leidenschaft erklären, noch ließ er sie sich ausreden. Ebenso wenig das Kino, das wunderbare Kino, in den Langstreckenfliegern gab es das schon lange, aber leider nur mit Hollywoodfilmen: *»Ich kam«*, hatte Rafael Alberti gedichtet, sein spanischer Lieblingspoet, *»mit dem Kino zur Welt.«* So war es wohl auch bei ihm gewesen.

Ohne Bücher, ohne Kino waren seine Kindheit und Jugend nicht zu verstehen, ohne jene Sonntage, an denen er nicht selten vormittags wie nachmittags vor der Leinwand saß und mit dem Verlöschen des Lichts noch jedes Mal neu geboren wurde: als Forscher, Agent, General, Kriminalkommissar, und immer wieder als Ritter, der für Wahrheit und Gerechtigkeit in den Kampf zog, oder Weltraumabenteurer, der riskierte, sich in den unendlichen Weiten des Alls zu verlieren, nur um an ein weiteres Stück Geheimnis vom Ganzen zu rühren.

Wie Menschen sich in eine Rakete setzten und damit zum Mond flogen, hatte er zum ersten Mal in einem sowjetischen Film gesehen. Elf war er damals gewesen. Er hatte ihn im kleinsten Kino der Stadt vorgespielt bekommen, »Flohkino« wurde es genannt, obwohl es »Kino am Markt« hieß, keine fünfzig Zuschauer fanden darin Platz. Die ziemlich primitiven Trickbilder und Kulissen der Mondstation hatten ihn dennoch fasziniert, sich tief in sein Bewusstsein gebrannt. Sie waren, Jahre später, nicht einmal von den TV-Sequenzen jener wirklichen Mondlandung verdrängt worden, mit der die Amerikaner den Wettlauf gegen die Russen gewonnen hatten. Immerhin: Gagarin war ihnen geblieben, der erste Mensch im All. Der unbestreitbar allererste. Berg hatte in jener durchwachten Julinacht des Jahres 1969 das Gefühl gehabt, in Neil Armstrongs Raumanzug zu stecken, den Fuß auf den Boden des staubigen Erdtrabanten zu setzen und den Spruch vom kleinen Schritt für einen Menschen, aber vom großen für die Menschheit höchstpersönlich gesagt zu haben. Das jedoch hatte er noch niemandem verraten.

Sport dagegen hatte er nur gehasst und so oft wie möglich vermieden, am Unterricht, der mit Reckstangen drohte, mit Ringen,

Pferden, Böcken und Schwebebalken, mit schweren Kokosmatten, Sprossenwänden und Aschenbahnen, teilzunehmen. Entsprechend sahen die Noten in den Zeugnissen aus, Halbjahr für Halbjahr; er schämte sich aber nicht dafür, er war, auf verborgene Weise, sogar stolz darauf. Sport hatte für ihn etwas Mechanisches, Maschinenhaftes. Eine halbe Sekunde schneller laufen als der Nebenmann? Lächerlich. Wenn es brannte oder geschossen wurde, reichte, um wegzukommen, in der Regel der natürliche Adrenalinstoß. Zwei Zentimeter höher hechten, fünfzehn weiter springen? Wofür denn? Für die Statistik. Absurd. Kämpfen ja, aber doch nicht gegen Stoppuhr und Metermaß! Der Gipfel der Langeweile jedoch war, darüber auch noch etwas in der Zeitung zu lesen. Ein durchgezogener Marathonlauf, Jahrtausende nach dem ersten und einzig sinnvollen in der Weltgeschichte, war keine Zeile wert; er hatte, außer: *Ich* habe gewonnen, keine haltbare Botschaft mehr über den Horizont des Siegers hinaus. Der mochte sich freuen darüber, seine Frau, seine Kinder. Aber der Rest der Menschheit fieberte doch genauso mit, wenn Pferde rannten, Autos rasten oder ein Russe Kakerlaken gegeneinander laufen ließ, die als Sieger kaum weniger sinnlos in die Gegend guckten wie Rennfahrer, wenn sie nach zwanzig aufheulenden Runden ein Interview zu geben versuchten.

Nur Bogenschießen, Fechten und Eiskunstlauf vermochten es, ihn zu bannen; sie berührten eine Grenze, hinter der für ihn das Reich der Kunst begann, alles Mechanische zweitrangig wurde. Schönheit triumphierte.

18

In der Maschine herrschte jetzt Ruhe, die Frühstücksmenüs waren gegessen, die Stewardessen dabei, den Abfall einzusammeln, hin und wieder schenkten sie auf Wunsch Getränke nach, der Pilot hatte seine Durchsage gemacht über die Reiseflughöhe, die Außentemperatur, die verbleibende Flugzeit. Bis zur Landung in Paris würde es noch dauern.

Unter den Passagieren in dem ruhig und sicher dahinziehenden Flugzeug hatte sich jene Art existentieller Indifferenz ausgebreitet, die man auch Schläfrigkeit nennen konnte. Berg aber wurde, obwohl er durch das Kabinenfenster in eine fast gleißende Helle blickte und fasziniert die Illusion einer endlosen Polareisdecke unter sich betrachtete, auf einmal bewusst, dass er einem Silvesterabend entgegenraste, der ihn einsamer sehen könnte als je einer zuvor in seinem Leben, nicht einmal in der Zelle des Geheimdienstes war er an diesem Abend alleine geblieben. Als Psychologen, die sie auch gewesen waren, riskierten sie nichts, legten sie die Häftlinge wenigstens für diese eine, diese ganz besonders an die Nerven gehende Nacht zusammen.

In seine Zelle hatte man sogar *zwei* junge Männer verbracht; sie waren wegen des Versuchs inhaftiert worden, die Grenze illegal übertreten zu wollen. Die Grenze hatten sie nie gesehen, sie hatten nur über ihren Plan geredet, leichtsinnig, zu Freunden, dass sie es wohl versuchen würden, demnächst. Es war ein bisschen wie in den Filmen mit der Olsenbande gewesen, wenn Egon zu Kjeld und Benny sagte: *Ich habe einen Plan!* Der dann mit schöner Regelmäßigkeit schiefging. Nur war es in diesem Falle nicht ganz so lustig ausgegangen. Dass man sie in jener Nacht zusammen bei ihm unterbrachte, entbehrte nicht einer gewissen Merkwürdigkeit; aber ihre Fälle waren abgeschlossen, ein möglicher Austausch, warum man hier war, hatte keine Bedeutung mehr, und auch bei ihm war nichts mehr zu holen gewesen, er wusste, was ihm bevorstand, die Berufung, die seine Anwältin trotzdem eingelegt hatte, auf seine Bitte hin, verzögerte seinen Abtransport nur, ändern an der Strafhöhe würde der zuständige Senat des Obersten Gerichts nichts. Er wollte lediglich ein paar Wochen länger in der Nähe seiner Mutter sein, des Reiseaufwands wegen, wenn sie ihn besuchte. Jetzt brauchte sie eine halbe Stunde mit dem Zug, um ihn in der Nachbarstadt zu erreichen; später würde sie wahrscheinlich ganze Arbeitstage dafür freinehmen müssen. Die großen Gefängnisse, die auf ihn warteten, lagen weitab von seiner Heimatstadt.

An jenem Silvestervormittag wurde zwischen den beiden Pritschen, mit denen jede Zelle ausgestattet war, eine dritte eingehängt, der ohnehin geringe Bewegungsspielraum schlagartig um die Hälfte verkleinert. Als gegen neun Uhr abends von draußen das Licht in der Zelle gelöscht wurde, fingen sie an zu lachen, nicht nur über die Situation, über alles, lagen sie doch auf dem Holzplateau unter dem Fenster aus Glasbausteinen wie Sardinen in der Büchse, drei junge Männer, die sich im Leben nie begegnet wären, nun aber auf Tuchfühlung zueinander gebracht worden waren, während draußen der Böllerlärm, das Raketengezische immer stärker wurden. Es dauerte nicht lange, bis der Posten die Klappe öffnete, durch die sonst das Essen gereicht wurde, Briefe, auch der Aufruf zur Vernehmung kam durch das bewegliche Quadrat, und sie wegen des Gelächters verwarnte. Sie lachten trotzdem weiter, unter ihren Decken, flüsterten sich Witze zu, fabulierten harte Getränke herbei, Genüsse, die für jeden von ihnen über Nacht zu Geschmacks-, Duft- und Rausch-Utopien geworden waren. Irgendwann schliefen sie ein, draußen aber wurde der Neujahrsmorgen gefeiert, ein neues Jahr, von dem sie selber nichts anderes erwarten durften als die Fortsetzung ihrer Gefangenschaft, wo auch immer und, was Berg betraf, für lange.

Er hatte auch das überstanden. Der morgige Abend jedoch, was würde er werden für ihn? Vor allem *sein*, bleiben, später, auch er würde ja vorübergehen, wie alles, was jetzt geschah, einmal geschehen sein würde, ohne jemals ganz zu verschwinden. Natürlich, im Gegensatz zu jenem Loch damals, *ja, damals*, war es ein gigantischer Raum, in den er gerade zielgenau hineinschoss. Auch würde er nicht alleine feiern, würde nach Herzenslust essen und trinken können, vielleicht Gespräche mit Wildfremden am Nebentisch führen, die eine Nacht lang Freunde, Vertraute sein könnten, und dann das Feuerwerk nicht nur hören, er würde es sogar *sehen*! Das Feuerwerk in Paris …

19

Die Silvesterabende in seinem Hamburger Haus waren Höhepunkte gewesen im Freundeskreis um Karla und ihn, der neunzehnhundertneunundachtziger aber funkelte und blitzte vor allem deshalb so magisch und unwiderstehlich, weil die Welt seit Wochen in einem Zustand zwischen Wahn und Wunder aufleuchtete, nur wenige hatten ihn für möglich gehalten, sie hatten dazugehört. Auch deshalb waren alle gekommen, und bis auf Reiter und dessen Frau stammte einer wie der andere aus jenen Regionen Deutschlands, die bis vor kurzem für sie und ihresgleichen noch unerreichbar hinter der nun gefallenen Mauer zurückgeblieben waren.

Gekommen waren Heinrich Valluhn, Theologe, aber im Unterschied zu ihm dabei geblieben bis ins Amt; die Wittenburgs, mit Robert, seinem ältesten Freund, eine Landschaftsmalerbegabung, einst hatten sie zusammen einen widerständigen Jugendkreis gegründet, kirchlich geschützt, und Gisela, seiner Frau, christlich ohne Wenn und Aber, politisch eine Widerstandsamazone von rarer Art, Bauingenieurin, nebst beiden Töchtern; Friedrich und Magda, dazu Sohn Wilhelm, der Träumer, und dessen ältere Schwester Henriette, eine ebenso große Querflötenbegabung wie ihre Mutter; die Brüder Hermsdorfer, Ragnar und Eilert, wobei nur Ragnar auch im täglichen Leben den Wikinger gab, ständig mähte er mit einem imaginären MG irgendwelche realen Feinde um, meist Kommunisten und Amis, die er im Kern für dasselbe Übel hielt. Dabei studierte er, der einstige Elektroingenieur, im zweiten Beruf Zahnmedizin und musste nun den Sensiblen geben, was zuletzt auf eine Art mühseliger Selbstdressur hinauslief. Das Grobmotorische, bis in den Ton, blieb dennoch sein Markenzeichen. Als Charlotte noch im Kinderwagen lag, hatte er sie so zärtlich angebrüllt, dass sie vor Begeisterung weinte; nie begriff er jedoch wirklich, warum noch jedes Mal dieses Malheur passierte: Er mochte doch Kinder?! Ragnar und Eilert, die er aus seiner Heimatstadt kannte, konnten ebenfalls mitreden, kam das Gespräch auf die seit kurzem untergegangene Gefängniswelt in der alten Heimat.

Selbst Ahlert, der vor einem Jahr eine Geburtstagsreise genutzt hatte, um in Hamburg zu bleiben, war dabei gewesen, zusammen mit seiner Schwester, deren Tochter und dem neuen Freund der Schwester, einem Physiker und Geigenvirtuosen aus Ostberlin. Auch er hatte sein Rückreisedatum in das Reich hinter der Mauer, wie so viele, einfach ignoriert und war geblieben: aus Frust über seine längst gescheiterte Ehe, aus Liebe zur selbstbewussten Schwester Ahlerts, einer Gymnasialdirektorin, aus all dem biochemischen Wirrwarr, den der Mensch so mit sich trug und der nie dauerhaft unter Kontrolle zu kriegen war, aber Konsequenzen nach sich zog.

Ahlert und seine Schwester stammten aus Dresden, die Eltern waren Parteimitglieder gewesen, die Mutter mit fanatischen Zügen.

Parkten Westautos in ihrer Straße, ließ sie Paul, weil er der Jüngste, Unauffälligste war, die Nummernschilder aufschreiben, gab das Aufgeschriebene weiter. Die Westautos parkten vor einem Haus, in dem eine sechsköpfige Familie wohnte, sie gehörte den Zeugen Jehovas an. Der Mann hatte vor dem Krieg wie danach viele Jahre in denselben Gefängnissen gesessen. Ahlerts Schwester war wegen ihrer Beteiligung an einer raffinierten und deshalb erst spät aufgeflogenen Protestaktion von Studenten gegen die Sprengung der Leipziger Universitätskirche 1968 verhaftet worden. Es waren Jahre vergangen, bis sie das Gefängnis verlassen konnte, direkt in den Westen. Als man sie abgeholt hatte, war ihre Tochter ein Jahr alt; als sie ihr Kind wieder in die Arme schließen durfte, fast vier gewesen. Sie war noch immer traumatisiert.

Schließlich seine Mutter, die das Trauma von Ahlerts Schwester teilte, der Schrecken, das eigene Kind von der Brust gerissen zu bekommen, verband sie beide auf besondere Weise. An ihrer Seite der spät in Bergs Familie eingeheiratete Mann seiner Mutter, Rudolf, ein böhmisches Unikum, halb Tscheche, halb Deutscher, er konnte herrlich Akkordeon spielen, Witze erzählen und melancholisch gucken wie ein Bernhardiner. Obwohl er nicht Charlottes leiblicher Großvater war, liebte sie ihn sehr und er sie. Er hätte ein Bruder von Schwejk sein können, war aber mal ein begabter Eishockeyspieler gewesen, jetzt litt er an Parkinson. Die Krankheit hatte ihn dennoch nicht bitter gemacht, ihm fehlte offenbar, trotz seines gelegentlich traurigen Blicks, ein Gen dafür. Beide, obwohl wesentlich älter als die restlichen Versammelten, gehörten wie selbstverständlich dazu, feierte der Freundeskreis, und noch jedes Mal zählte seine Mutter zu fortgeschrittener Stunde die anwesenden Gefängnisjahre zusammen. Die Summe ging gegen vierzig, zum Glück hatte keiner die ihm zugedachten vollständig abbüßen müssen, was, wenn diese Zahl ihren Mund verließ, regelmäßig zu grandiosem Gelächter führte: Man hatte es überstanden, und das, ohne sich zu verbiegen!

Nur manchmal mischte sich in das Lachen ein Erschrecken, weil *sie* es tatsächlich geschafft hatten, andere jedoch nicht. Ihre Namen wurden nur von wenigen noch gewusst, ihre Gesichter von noch weniger erinnert.

Nicht selten berichtete Bergs Mutter auch von ihnen. Wenn sie auf jenes Mädchen kam, dem während der Zwangsarbeit eine Maschine Teile der Kopfhaut mitsamt ihren langen Haaren abgerissen hatte, von dessen Sterben in der Krankenstation des Gefängnisses wegen einer nicht konsequent genug behandelten Sepsis, wenn sie die nachgelassenen Gedichte der langsam und qualvoll Sterbenden wiedergab, weinend, aus dem Gedächtnis.

Auch seine Schwester war tot, gestorben, als er noch im Gefängnis gesessen hatte. Sie hatte ein kurzes, tapferes Leben geführt. Am Ende war der Krebs stärker gewesen als sie. Er dachte oft an sie, von der ihm nur Briefe und Fotos geblieben waren, wenige an der Zahl, ihre letzten hatten ihn im Gefängnis erreicht, mit dem Versprechen, ihn vom Himmel aus zu beschützen, indem er nicht so sehr an sie *dachte* – er erinnerte sich erinnerungslos an sie, ihre Gestalt, ihre Stimme, ihre Umarmungen, wie an einen Menschen, mit dessen Ankunft man ständig rechnet, bis tief ins Unterbewusste hinein, aber gleichzeitig weiß, dass die Hindernisse auf seinem Weg, endlich einzutreffen, immer wieder ins Unüberwindliche steigen. Es war tröstlich, sie auf diesem Weg zu wissen; es war schmerzhaft, die Hindernisse nicht beseitigen zu können.

Von Berlin hatte es sogar Weber nach Hamburg geschafft, mit seiner kanadischen Freundin, die aber, wie sich dann herausstellte, gar keine Kanadierin war, sie hatte von Ostdeutschland nur dorthin geheiratet, noch vor dem Mauerfall, war bald geschieden worden und nach Westberlin gegangen, wo sie Hinrich Weber begegnete, unter ihrem englischen Namen. Auch er ein Freund aus Endlostagen im Gefängnishof, im Gleichschritt, unter dem Gerassel in Zellen- und Gitterschlösser gerammter Schlüssel, dem dumpfen Zufallen schwerer Türen: diesem Sargdeckelgeräusch, das einem blieb. Ein Leben lang.

Berg hatte seine Freunde gebeten, eine Idee kostümiert zu erscheinen, zwar sei kein Karneval, nur Silvester: *Aber was für eines!* Da dürfe man schon ein wenig närrisch werden, sogar zeigen dürfe man es, die Welt stelle sich ja gerade selbst auf den Kopf oder wieder auf die Füße, wer wisse das schon so genau! Es gelte jedenfalls, kräftig zu feiern und Bunt aufzulegen, nicht nur ein paar Papierschlangen über die Lampen zu werfen!

Reiters kamen als Germanen verkleidet, was eine ziemliche Überraschung war, ihre Kostüme zeigten sich recht gewagt für die Jahreszeit.

Ragnar und Eilert erschienen als Cowboys, das hatte ihn lästern lassen, ob Ragnar nichts mehr gegen Amerika hätte?

Ehrlich gesagt, hatte Ragnar erwidert, ein bisschen verwunden, sei Eilert schuld daran. Er hätte die falschen Klamotten besorgt, eigentlich habe er Indianerausrüstungen mitbringen sollen. Natürlich sei Amerika scheiße! Wenn schon Amerika, dann Kanada!

Friedrich und Magda gaben das Seeräuberpärchen. Friedrich behielt den ganzen Abend die angelegte Augenklappe überm Gesicht und ein Fahrtenmesser im Gürtel, Magda hatte sich hauptsächlich mit Stirnband und Rüschenbluse verkleidet; aber diese Maskierung konnte nicht darüber hinwegtäuschen, dass die zierliche, misstrauische Frau sich dahinter eher versteckte als dass sie sich damit ausgestellt hätte.

Ahlert erschien mit knallroter Clownsnase über seinem Oberlippenbart.

Ahlerts Schwester und Freund trugen dunkelrote Papier-Fese mit langen schwarzen Pinseln, die, weich wie sie waren, beim Tanzen ein ums andere Mal über ihren Köpfen zu fliegen begannen.

Valluhn kam wie immer, ging es um Festivitäten dieser Art, als Straßenmusikant: Schiebermütze schräg auf dem Kopf, rotes Halstuch überm karierten Hemd, Gitarre in der Hand.

Was sie denn hören würden von ihm in der letzten Nacht des großen Jahres?

Die Gedanken sind frei!

Valluhn lachte und blickte herausfordernd durch die weit offenstehende Tür in den Hausflur:

Oder etwa nicht, mein lieber Torben, in deiner schönen Demokratie?

Karla hatte an diesem Abend den Vamp gegeben, sie sah hinreißend aus: schwarze Schuhe, schwarze Strumpfhose über ihren langen schlanken Beinen, schwarzer Minirock, schwarzes T-Shirt, schwarze Fingernägel, Lippen, Lidschatten, dazu die dunkelblonden Haare bis weit über die Hüften – *ja,* er hatte eine schöne Frau, um die ihn manch einer beneidete, und er hatte sich ihr angepasst, kontrastreich und harmonisch zugleich: schwarze Schuhe, schwarzes T-Shirt, schwarzer Borsalino, schwarze Lippen, schwarze Augenbrauen, schwarzer Keil über der Nasenwurzel, den sie ihm eigenhändig aufgemalt hatte, was auch immer er bedeuten sollte, aber weißer Anzug!

Charlotte hatte nur gesagt:

Wie seht ihr denn aus?! Total schwarz! Ich denke, alle sollen bunt kommen?

Sie selbst hatte sich zugehängt mit Ketten, Ringen, Armbändern zu schillernder Bluse und grasgrüner Sommerhose.

20

In der Nacht, nachdem sie sich wenige Minuten vor zwölf vor dem Fernsehschirm versammelt hatten, den Wechsel vom Revolutionsjahr in die nachrevolutionäre Zeit, die nun begann, zu feiern, zusammen mit den von der Mauer durch ihre Stadt befreiten Berlinern, nachdem alle Raketen verschossen, alle Kracher explodiert, alle Silberfontänen und Goldräder versprüht, die meisten Sektflaschen geleert waren, teilte sich die Gesellschaft: Die Männer zogen sich in sein Zimmer im Souterrain zurück, um zu rauchen: Zigarren, Zigaretten, Pfeife, vor allem aber um der politischen Zukunft auf die Spur zu kommen.

Die Frauen hatten das Wohnzimmer besetzt und die Tür zur Vorgartenterrasse wieder geschlossen. Kommentierten sie zunächst erregt das Attentat eines unbekannten Silvesterirren auf den Mercedesstern von Ahlerts Schwester vor der Tür, dessen Strahlen einfach aus dem Ring gesprengt worden waren, niemand hatte es bei dem Krach mitbekommen, beruhigten sie sich bald wieder, sie hatten ihre eigenen Themen, gelegentlich tanzten sie zusammen, vor allem, wenn ABBA ins Bild kam, Tina Turner, Village People.

Die Gespräche in seinem halb unterirdischen Reich, dessen Wände fast vollkommen mit Bücherregalen zugestellt waren, nur unterbrochen von einigen alten Stichen und Landkarten über der schweren Ledercouch, die Mecklenburg zeigten, Silhouetten und Festungsgrundrisse seiner Heimatstadt, Fürstenporträts, wechselten zwischen strategischen Überlegungen, was die Zukunft des Landes betraf, es klang wie Erörterungen in einem deutschen

Generalstab; dann wieder kippte alles in das wüste Durcheinandergerede eines revolutionären Hinterzimmers, wobei er der Taktiker war, Valluhn der Stratege, was aber zuletzt in einer Art Verwechslungskomödie endete, waren seine taktischen Überlegungen doch einer Strategie geschuldet. Valluhn jedoch glaubte, eine reine Strategie verlange nach noch reinerer Taktik. *Also nach gar keiner,* wie er nicht müde geworden war, Valluhn entgegenzuhalten!

Es war ein Spiel, dem der Ernst nicht fehlte. Die anderen hörten hauptsächlich zu, nicht ungern, weil es was von einem Ringkampf hatte – nur Friedrich, der Gedankenanarchist mit seinen sprachterroristischen Neigungen, hatte erst diabolisch gelacht, dann regelrecht geschrien:

Strategie und Taktik, was für eine spießbürgerliche Scheiße das denn bloß sei?! Alles müsse am Brennen gehalten werden, Tristan Tzara sei jetzt der führende Kopf: Ohne *Dada* kein *Hierhier!* Die Welt sei absurd, und daran könne keine noch so vernünftig organisierte Partei etwas ändern. Silvesterpartys übrigens auch nicht.

Vernunft, wieder lachte er böse, sei so überzeugend wie eine Hühnerleiter: notwendig, ja, aber beschissen eben auch! Und die Zeit der Parteien sei ohnehin vorbei, endgültig, im Osten sowieso, im Westen erst recht! Kesselgulasch für alle, ob auf Szegediner Art oder à la Stalingrad, das sei vollkommen gleichgültig. *Moleküle, Moleküle, Moleküle* – nur darum ginge es doch, und zwar nicht erst seit gestern oder morgen, *seit* immer, *für* immer, bis ans Ende der Welt!

Wer einmal in Ungarn gewesen wäre, flüsterte Friedrich jetzt wie ein Verschwörer, wisse das wie einen Kuss bis zum Ersticken von einem dieser sagenhaften Mädchen! Es sei doch kein Zufall, dass der widerlichste Zaun der Weltgeschichte dort unten zuerst durchtrennt worden wäre?! Hätten sie nicht das Gesicht von diesem Gyula Horn gesehen, wie er mit listigem Blick und weltpolitischer Heckenschere in der Hand, *zack, zack,* die böse Potenz des Stacheldrahtmonsters einfach wegkastriert hätte? Wenn das keine Aktion aus dem Geiste des Dada gewesen wäre?!

Während Friedrich danach einen weiteren Wodka gekippt hatte, und noch einen, hatten die anderen vor Vergnügen gelacht, Hinrich und Ragnar krümmten sich geradezu; nur Valluhn, der in Friedrich vor allem einen hochstapelnden Wortalchemisten sah und den Geschichtsprozess unverdrossen in Spengler'schen Kategorien begriff, hatte ein wenig abschätzig aus seinem Sessel heraus gelächelt und gesagt:

Ja, ja, Friedrich, das kannst du: den Eulenspiegel geben! Aber im Ernstfall würdest auch du neben den anderen am Fleischerhaken hängen! Wortfaxen seien eine Kunst für Friedenszeiten, besonders, wenn sie so dekadent wären wie die jetzige. Er sage nur Afrika, wo sie erst gemeinsam Revolution machten, nur um sich anschließend, wenn sie gesiegt hätten, gegenseitig aufzufressen, selbst aufzufressen, zur Gaudi desjenigen, der gerade der Chef sei, der Häuptling, der Operettengeneral: Wenn du nicht zu Tode geröstet werden willst, geprügelt, gekocht, dann friss dein Ohr auf, deine Hand, deinen Sack! Das sei doch auch *Dada*, oder etwa nicht?

Jetzt war es Valluhn, der böse in die Runde lachte.

Friedrich nahm Valluhn solche Gegenreden nie übel, sie amüsierten ihn eher: Er brauchte eine kräftige Reibungsfläche, um seine verbalen Sprengsätze zünden zu können; aber manchmal flachte er hinterher einfach bloß ab, klappte nach steilem Auftritt von einer Minute zur anderen wie ein Taschenmesser zusammen, sagte gar nichts mehr, trank nur noch. Er war dann stumm, von einer Art Todesmüdigkeit erfasst, die in vielen seiner Gedichte in Rätselbildern wieder zum Vorschein kam, dunkle Wortformeln, die niemand auflösen konnte, nicht einmal er, sein Cousin, der sie immer als Erster vorgelesen bekam, von Friedrich am Telefon, unmittelbar nach ihrem Entstehen, mit schwerer Zunge, meist mitten in der Nacht:

»Schritte,/der Mensch zählt sein Leben in/Schritten. Inmitten/von Mauern.«

Wenn Friedrich dichtete, brauchte er die Hamburger Finsternis und französischen Rotwein oder die hellen Nächte im Fjäll bei Mo i Rana, das war in Norwegen. Dort zog es ihn immer wieder um dieselbe Zeit hin: Jahr für Jahr, ein ums andere Mal. Magda saß auf dem Beifahrersitz ihres klapprigen VW-Busses, den er über die skandinavischen Pisten jagte wie die Hunnen einst ihre Pferde durch die Steppe –, sie fuhren stets über Schweden in den hohen Norden –, und legte Kassetten mit Flötenkonzerten ein. Bei Storuman, das war schon tief in Lappland, ging's auf die E 12 und dann über Tärnaby, dem auch ein Gedicht gewidmet worden war, Richtung Grenze, immer entlang einer im Dauerlicht unendlich flimmernden, funkelnden Seenkette, die fast bis in den norwegischen Ranafjord reichte. Gehalten wurde nur, um fliegendes Getier aller Arten zu beobachten und kurz zu schlafen: im VW-Bus oder in einem schnell aufzustellenden kleinen Zelt. Im Fjäll war Friedrich ein anderer Mensch.

Dann hatte Berg noch einmal von seiner und Reiters Reise erzählt, vom Auftritt dort und der großen Zustimmung, und gefragt, ob man es nicht doch versuchen solle? Jetzt. Einfluss nehmen, Zugriff auf Posten, Positionen, wenigstens als Berater: Es ginge ja um was, um die richtige Richtung!

Und die wäre?, hatte Valluhn gefragt.

Einheit, hatte er geantwortet: Die zuerst! Das sei das Wichtigste.

Ist nicht mehr zu verhindern, sagte Valluhn trocken: Die kommt wie das Amen in der Kirche!

An diesem Punkt waren sie sich schnell einig gewesen, er aber hatte noch einmal in die Runde gefragt:

Mit wem also?

Die doch nicht!, hatte Robert protestiert, weil einer Sozialdemokratie gesagt hatte: Die haben bis zuletzt mit denen gekungelt! Wenn es schon sein muss, dann die anderen.

Das ist das Letzte! Ragnars Aufschrei klang tatsächlich gequält: Schlimmer seien nur noch die Kommunisten.

Du bist ja betrunken, lachte Robert: Wie kannst du so etwas sagen, Ragnar? Das glaubst du doch selber nicht!

Aber Ragnar, der tatsächlich eine Menge getrunken hatte,

hatte sich nicht umstimmen lassen und immer nur vor sich hin gelallt, die wären nun wirklich das Letzte. Nur die Kommunisten seien noch schlimmer. Doch die wären jetzt tot, mausetot!

Eilert, dem die Kompromisslosigkeit seines Bruders völlig abging, hatte müde von einem zum anderen gelächelt und wie zur Entschuldigung für ihn gesagt:

Ragnar könne nichts vertragen, aber den Kanzler und seinen Verein noch weniger.

Das sei ja das Problem, sagte Berg in das eingetretene Schweigen: Was also tun?

Lenin hat's aber gewusst, Torben!

Es war Valluhns Lache, die dröhnend die kurze Stille sprengte.

Danach hatte er erneut mit Inbrunst an seiner Zigarre gezogen, genüsslich den Rauch ausgestoßen und schließlich, kaum hörbar, noch hinzugefügt:

Und ausgerechnet du gibst jetzt den Hamlet!

Dann blickte er leicht zu Boden und schüttelte den Kopf, als sei er vollkommen fassungslos. Nur Berg wusste, dass das nicht gespielt war.

21

Zwei Wochen später hatte sich mit dem Sturm auf die Geheimdienstzentrale in Berlin und ihre Ableger in den Bezirken durch Demonstranten, die nicht länger daran glauben mochten, dass die verhasste Organisation tatsächlich aufgelöst werden würde, die Lage aufs Äußerste zugespitzt; einen Moment lang sah es so aus, als würde es jetzt wirklich brenzlig.

In diesen Tagen erreichte Berg in der Redaktion ein Anruf aus München, er kam aus der Zentrale der Partei des Finanzministers.

Am Apparat war zu seiner Überraschung der Generalsekretär persönlich. Gleich nach dem Mauerfall hatten sie sich auf einem Kongress in der bayerischen Hauptstadt kennengelernt und verabredet, Kontakt zu halten.

Angesichts der Entwicklung im Osten, hörte er den Generalsekretär sagen, hätte seine Partei Beratungsbedarf, und da er von drüben käme und die Sache dort immer im Auge behalten hätte, würde man auf sein Wort etwas geben, da mache es gar nichts, dass er wohl eher, so habe ihm der Finanzminister jedenfalls angedeutet, der Konkurrenz nahestünde. Der Generalsekretär lachte verhalten: Aber das sei jetzt wirklich zweitrangig.

Das freue ihn, hatte Berg geantwortet und dann gefragt, was er denn tun könne für ihn, es sei wahrlich nicht alltäglich, von ihm persönlich angerufen zu werden?

Da habe er recht, sagte der Generalsekretär, aber das wolle er nicht am Telefon besprechen. Er wolle ihn nur fragen, ob er übermorgen in Hamburg sei, er würde sich gerne treffen mit ihm, am besten auf dem Flughafen, er mache dort einen Zwischenstopp, wenn das ginge, wäre es schön?!

Am Abend erzählte er Karla von dem Anruf. Sie fand, das klinge zwar alles sehr geheimnisvoll, vielleicht wolle er ihn aber bloß abwerben, für seinen Verein.

Das glaube er nicht, sagte Berg: Der wisse doch von seinem Vorsitzenden genau, wo er stünde, sicher hätte es nur was mit der Lage drüben zu tun, eine Expertise oder so etwas. Dennoch wäre es merkwürdig, das sehe er auch so, dass er nicht konkreter geworden sei.

Das Treffen mit dem Generalsekretär zwei Tage später hatte eine knappe Stunde gedauert. Während sie miteinander sprachen und eine Tasse Kaffee dazu tranken, hatte Berg das Gefühl, in so etwas wie einem Agententhriller aufzutreten. Deshalb rief er unmittelbar nach seiner Rückkehr in die Redaktion Valluhn an und fragte, ob sie heute Abend zusammen essen gehen könnten, er hätte etwas zu berichten, etwas völlig Verrücktes! Sie verabredeten sich um neunzehn Uhr in ihrem Stammlokal in der Nähe des Hauptbahnhofs. Ein Szeneladen, verräuchert und durchlärmt, der vorwiegend von Studenten und Schauspielern aus dem Viertel besucht wurde, in den hinteren Räumen konnte man Billard spielen. Berg aß dort meistens einen griechischen Hirtensalat mit einer Zusatzportion Oliven und Peperoni, dazu trank er Weißwein, war er sehr durstig, ein Guinness. Das Restaurant hieß »Max und Konsorten«.

Hallo, sagte Valluhn, als sie am Tisch saßen, das habe ja sehr geheimnisvoll geklungen vorhin am Telefon, was denn los sei?

Sie hätten Geld, sagte Berg und blickte Valluhn ein wenig lauernd an, weil er wusste, dass Valluhn mit dem Satz nichts anfangen konnte.

Du? Hast du gewonnen?

Wie man's nimmt, sagte Berg, immer noch geheimnisvoll.

Ob er jetzt rätseln solle? Valluhn konnte trotzig werden.

Also gab Berg nach, erzählte von seiner Begegnung auf dem Flughafen und dem Angebot, mit zwanzigtausend Mark Leute im Osten zu unterstützen, die politisch in Ordnung wären.

Und die wollten sie ihm einfach so überweisen?

Berg nickte.

Dann hörte er: Das sei ja wie bei der Mafia.

Berg lachte und tippte sich mit seiner Gabel kurz an die Stirn: *Mafia!* Goldrichtig! Die andere Seite hätte Gelder in Hülle und Fülle versteckt, verschoben, ins Ausland transferiert. Jeden zweiten Tag sei das in der Zeitung zu lesen, aber er lese ja keine Zeitung. Jetzt könnten auch sie mal ein bisschen was tun, handfest, nicht nur reden: Papier, Kopiergeräte, vielleicht sogar ein Auto, so etwas würde gebraucht. Kontakte hätten sie ja genügend. Der Generalsekretär hätte gesagt, das Geld käme sofort, nicht gestückelt, in einem Betrag.

Ich finde das stark!

Es klang, als hätte er gerade ein Plädoyer beendet.

Natürlich, sagte Valluhn und stocherte in seinem Bauernfrühstück herum, zu dem er Kirschsaft trank: Ich hab's ihnen bloß nicht zugetraut. Ich dachte immer, für die ist Deutschland Preußen und Preußen ein rotes Tuch.

Dachte ich auch mal, sagte Berg und hob sein Glas. Dann stießen sie an.

22

Ende Januar ließ Brand durch seine Sekretärin Berg in sein Büro rufen. Als Berg das Vorzimmer des Chefredakteurs betrat, lächelte sie ihn an – sie schätzte ihn und hatte schon für Brands Vorgänger gearbeitet, der Berg ins Blatt geholt hatte –, drehte ihren Kopf kurz in Richtung Allerheiligstes, dessen Tür in der Regel immer offen stand, und sagte halblaut:

Er wartet schon sehnsüchtig!

Berg lächelte zurück, verzog dabei aber wie immer, Zeichen einer harmlosen Verschwörung, ein wenig sein Gesicht. Dann trat er über die Schwelle in Brands Zimmer.

Der Chefredakteur, ein vierschrötiger Typ mit randloser Brille und sehr kurzgeschnittenem Haar, tat so, als läse er noch in irgendwelchen Papieren und sähe ihn nicht. Berg machte das nichts aus, er hatte einen Sinn für Herrschaftsspielchen dieser Art: eine Herrschaft ohne Spiel, in dem die Herrschaft Gestalt annahm, Form wurde, sinnlich, war keine. Er wartete ab, bis Brand den Kopf hob und, als hätte er ewig auf ihn gewartet, sagte:

Da sind Sie ja!

Natürlich, sagte Berg: Was kann ich für Sie tun?!

Für mich, Brand lächelte jovial, für mich nichts, für unsere Leser alles.

Aha, dachte Berg, er will was Besonderes: Gerne, sagte er deshalb, was denn?

Bald ist doch diese Messe, hörte er Brand, der daraufhin erst einmal laut gähnte, ohne die Hand vor den Mund zu nehmen. Das war seine übliche Art, eine lockere Gesprächsatmosphäre einzuleiten. Dann sagte der Chefredakteur, er stammte aus Frankfurt am Main, noch: In der Heldenstadt Leipzig, meine ich! Ihr da oben habt ja nichts gemacht!

Anfang März, sagte Berg: Das letzte Mal war ich vor fast zwanzig Jahren dort. Dabei dachte er: Wenn du glaubst, dass ich auf diese Anmache einsteige, bist du alleine auf dem Spielfeld.

Eben, sagte Brand und deutete auf einen der schwarzen Ledersessel in der Couchecke des Raumes: Finden Sie nicht auch, dass wir was darüber machen sollten? Jetzt geht's ja wieder ohne Probleme. Für Sie muss es doch sein wie für Montgomery und Rokossowski zusammen?

Wie kommen Sie denn darauf?, fragte Berg und setzte sich.

Hier, sagte Brand und hob ein Buch in die Höhe: »Mecklenburg 1945«, druckfrisch, hat mir der Verleger gerade geschickt. Sollten wir besprechen. Wollen Sie?

Mecklenburg immer, sagte Berg, aber waren wir nicht eben noch in Leipzig 1990?

Richtig, sagte Brand und warf ihm ohne Vorwarnung das Buch zu: Sie fahren da hin und machen ein großes Stück, also schön sinnlich, nicht abstrakt. Feuilleton. Geschichten. Nachrichtlich ist ja sowieso nicht ihr Ding!

Das ist wahr, sagte Berg und überlegte, wie weit er Brands auffallend gute Laune nutzen konnte: Wie lange?

Solange Sie brauchen, hörte er: Außerdem machen Sie sowieso immer, was Sie wollen. Mehr als eine Woche geht das doch nicht, was?

Höchstens, sagte Berg. Das Gespräch gefiel ihm immer mehr.

Na also, sagte Brand: Dann fliegen Sie montags hin, und spätestens am Freitagvormittag haben wir die Seite, nein, Donnerstagabend, damit sie am Sonntag auch wirklich drin ist. Später brächte es ja nichts mehr. Könnte er von Leipzig aus durchgeben, Telefone gäbe es dort ja wohl inzwischen ein paar mehr als vorher. Fotos kämen von der Agentur, darum müsste er sich nicht kümmern.

In Ordnung, sagte Berg und erhob sich, ohne das Buch »Mecklenburg 1945« zu vergessen, er hatte es, reaktionsschnell wie er war, geradezu lässig aufgefangen und auf dem Glastisch vor der Couch abgelegt: Jetzt müsse er bloß noch ein Hotelzimmer kriegen!

Ob er keine Sekretärin habe?

Brand wühlte schon wieder in den Papieren auf seinem Schreibtisch, nebenbei zündete er sich eine Mentholzigarette an und schlürfte, er trank nie, ohne zu schlürfen, aus einem halbvollen Glas in Reichweite einen Schluck *Vinho Verde*, den er immer trank, wenn er Wein trank, egal welche Jahreszeit es war, aus kleinen bauchigen Flaschen mit fayenceblauen Etiketten, im Hochsommer tat er allerdings Eiswürfel hinzu.

Wenn's nur an der Sekretärin läge, sagte Berg und blickte noch einmal zu Brand: Leipzig dürfte längst ausgebucht sein. Das sei nicht Hamburg!

Aber der Kopf des Chefredakteurs war schon so gut wie verschwunden hinter den Qualmwolken, die seinen Mund verließen, er paffte wahrscheinlich nur wieder, und Berg gleich darauf unterwegs, um sein Zimmer, das einige Stockwerke tiefer lag, so schnell wie möglich zu erreichen. Brand hatte die lästige Angewohnheit, seine Besucher noch vom Fahrstuhl wieder zurückholen zu lassen, weil er irgendetwas vergessen hatte, eine ganz neue Idee in seinem Hirn aufgeblitzt war, eine dumme Frage, mit der er sich schlau vorkam oder nur wichtig. Aber meistens wollte Brand nur nicht gesehen, nicht gestört werden, so richtig erschien er auf der Redaktionsbühne immer erst freitags, wenn die Ruhe vor dem Sturm zu Ende war und Zeitung gemacht wurde, weil sie endlich gemacht werden musste, damit sie am Sonntag pünktlich auf den Frühstückstischen ihrer Leser lag, auf Flughäfen und Bahnhöfen zu finden war oder schon in der Nacht in den Rollwagen der Straßenverkäufer für die ganz Nachrichtenhungrigen. Auch Berg, hatte er einen Artikel im Blatt, verließ am Sonnabend, falls er im Haus war, nie vor Eintreffen der ersten Andruckexemplare die Redaktion. Das *Geschriebene* und das *Gedruckte*, dazwischen lagen Welten, und noch jedes Mal war es wie das erste Mal.

Einen Tag später sagte Bergs Sekretärin, dass es in Leipzig, wie er schon geahnt habe, nichts mehr gebe, was sie nun machen solle, es sei eben der Osten, da habe sie keine Ahnung?!

Es hat sich *ausgeostet*, rief Berg ihr vom Schreibtisch entgegen: Zwischen hüben und drüben passe bald kein Blatt mehr. Aber gut, er wolle die Sache selber regeln; er habe auch schon eine Idee. Dann bat er sie noch um einen Kaffee und wusste, wie immer würde sie ihm ohne Aufforderung einen Teller mit Waffeln dazustellen, Zitronencremewaffeln, sein Lieblingsgebäck, hielt er sich in der Redaktion auf.

Als der Kaffee und die Waffeln kamen, schrieb Berg schon an einem Brief. Es war ein Brief an seine neuen Leipziger Freunde, die sich noch nicht wieder gemeldet hatten, obwohl der lange Artikel über das Konzert und ein weiteres Buch längst an sie abgegangen waren. Er hatte ohnehin vorgehabt, demnächst danach zu fragen, nun konnten sie ihm vielleicht dabei helfen, ein Quartier zu finden. Am Ende seines Briefes bekannte er, dass auch er die politische Entwicklung nur noch mit rotierenden Sinnen verfolgen könne, jetzt sei sogar das Fernsehen auf ihn zugekommen und habe einen Vertrag mit ihm abgeschlossen, genau deswegen und wegen seiner Vergangenheit. Nun sitze er an einem richtigen Drehbuch, ziemlich aufgeregt, zugegeben, einen Film zu machen sei ein bislang unerfüllter Traum von ihm gewesen, aber jetzt würde es ernst. Er grüße jedenfalls herzlich und hoffe auf eine schnelle Antwort, weil er sich sonst etwas anderes einfallen lassen müsse wegen der Messe. Natürlich würde seine Zeitung das Zimmer, falls es tatsächlich eins gäbe, bezahlen.

23

Die Antwort von Rike kam umgehend, und sie war ausführlich: Ihr Studium ginge gerade zu Ende, sie habe Klausuren und erste mündliche Prüfungen gehabt. Deshalb sei da kein Echo aus Leipzig gekommen. Post und Bücher seien aber eingetroffen, sie danke vielmals dafür: Sein Gefängnisroman habe sie, auch mit Abstand gesehen, ziemlich erschüttert, ihn zu lesen sei gerade deshalb wichtig gewesen, glaube sie. Sie sei danach jedenfalls in einen merkwürdigen Zustand geraten, zwischen Traum und Alptraum, und habe sich daraus nur mit den Bildern aus dem Buch über die Inseln im Nordatlantik retten können, ob er sie wirklich so gesehen habe? So wunderschön? Wie gerne würde auch sie den Norden mit eigenen Augen entdecken! Aber es gebe diesbezüglich noch so vieles aufzuholen, so viele Träume in Leben umzusetzen. Das wiederum brauche Zeit, Zeit … Was seine Frage nach der Unterkunft betreffe, so sei das überhaupt kein Problem: Es gebe eine kleine Wohnung am Stadtrand, mit der Straßenbahn dreißig Minuten bis zum Zentrum, und sie können sich in ihre eigene in der Innenstadt, allerdings sehr spartanisch eingerichtete, die sie ihm nicht zumuten wolle, für die Zeit zurückziehen. Er solle nur sagen, wie viel Schlafplatz gebraucht werde, dann würde alles hergerichtet. Im Übrigen habe auch sie einen Messejob ergattert. Für das Filmprojekt wünsche sie ihm alles Gute, sie sei eine große Kinoliebhaberin, und ansonsten freue sie sich sehr auf das Wiedersehen.

Nachdem Berg den Brief gelesen hatte, schrieb er in einer Hausmitteilung an Brand, dass die Quartierfrage in Leipzig gelöst wäre. Vom elften bis siebzehnten März würde er dann dort sein, mitten in der Endphase des Wahlkampfs übrigens, der Kanzler, hätte er gelesen, wollte in dieser Zeit auch dort auftreten, das gäbe vielleicht zusätzlich Farbe. Außerdem müsste er ihn noch einmal sprechen, das Fernsehen wollte einen Film mit ihm machen, er benötigte unbezahlten Urlaub. Eine Art Dokumentarspiel sollte es werden, richtig ausführlich, kein Kurzfilm, über ihn und seine Rückkehr in seine Heimatstadt, wo er als Kind und Jugendlicher gespielt hätte, die Schule, das Elternhaus, seine Zelle beim Geheimdienst in der Nachbarstadt, der Gerichtssaal, in dem er verurteilt worden war, so etwas wollten sie haben. Der Fernsehspielchef persönlich hätte ihm das Angebot offeriert, geradezu eingeredet hätte er auf ihn, nach vergeblichen Kontaktversuchen per Telefon und zuletzt einem Telegramm, dass er sich unbedingt melden sollte bei ihm. Er hätte ihn schon lange im Auge gehabt, doch er wüsste ja, welche Hürden es hierzulande gäbe. Die wären nun wie weggeblasen, das Gelände frei. Sie hätten keine Argumente mehr, wären sprachlos. Eine einzige Genugtuung nach all den Jahren der falschen Parolen, wenn es um drüben gegangen wäre, er als Berliner, Ur-Berliner, hätte diese Leisetreterei nie mitgemacht.

Zwei Tage vor seiner neuerlichen Reise nach Leipzig, die große Konferenz der Redaktion war seit einer guten Stunde zu Ende und Berg dabei, die wichtigsten Zeitungen vom Tage zusammenzupacken, um sich mit dem Stapel über Mittag in sein Stammcafé zurückzuziehen, klingelte noch einmal das Telefon. Berg, der in Gedanken das Haus schon verlassen hatte, hob dennoch ab und meldete sich mit seinem Namen:

Haben Sie das Magazin vor sich?, hörte er Brand durch die Leitung reden, heiser und voraussetzungslos wie immer.

Vor mir nicht, sagte Berg, aber neben mir.

Werden Sie nicht spitzfindig, sagte Brand: Haben Sie oder haben Sie nicht?

Ich wollte über Mittag darin lesen.

Das lassen Sie mal, hörte er, ziehen Sie sich das jetzt gleich rein, nicht morgen, Seite vierunddreißig, der Bongartz! Rufen Sie mich in zehn Minuten an und sagen Sie mir, was Sie davon halten. Wie immer legte Brand auf, ohne eine Antwort abzuwarten, und Berg machte sich an die Lektüre. Knapp zehn Minuten später rief er zurück.

Und? Es hörte sich an, als lauere Brand geradezu auf seine Antwort wie auf einen Wetttipp.

Krankhaft, sagte Berg.

Das weiß ich selber! Brand lachte, doch in seiner Stimme schwang Grimm mit: Aber das kann ja nicht unwidersprochen bleiben, nicht?! Immerhin lesen das ein paar Leute!

Berg schwieg.

Sie enttäuschen mich, hörte er nach einer Weile. Ich dachte, ich hätte Sie am Haken?!

Na ja, sagte Berg, wenn Sie wollen, schreibe ich natürlich was. Sogar sofort. Aber wer angesichts dessen, was drüben passiert, von 33 phantasiert, der hat doch nicht mehr alle Tassen im Schrank! Der Mann erstickt ja geradezu an seinem Selbsthass. Was der braucht, ist ein Psychiater, kein Gegenkommentar.

Einen kurzen Moment lang hörte Berg nichts, dann sagte Brand:

Ihre Milde irritiert mich!

Milde? Berg zog das Wort bewusst in die Länge, um danach ins Stakkato zu wechseln, so abrupt, als läge er hinter einem Maschinengewehr und hätte den Finger am Abzug betätigt: Der Typ wartet doch bloß darauf, dass er uns in sein Wahnbild einbauen kann – jetzt, wo wir auf der ganzen Linie recht behalten haben. Den Gefallen sollten wir ihm aber nun wirklich nicht tun. Echolosigkeit ist eine viel härtere Antwort!

Wieder schwieg Brand auffällig lange. Schließlich sagte er:

Mahlzeit!, und legte auf.

Da Berg die Stimme seines Chefredakteurs zu deuten wusste, wusste er, dass Brand ihn in bester Stimmung in den Mittag entlassen hatte.

Beim Eintritt in die Passage sah er schon von weitem, dass die *Bar Tabac* überfüllt war: Auch an den Stehtischchen davor, die auf dem schwarz-weißen Marmorboden zwischen den Schaufenstern und Eingängen der Boutiquen und Gourmettempel standen, drängten sich die Mittagsgäste aus den umliegenden Luxusgeschäften, Redaktionen und Handelsbüros – allen Restaurants und Bistros in der Gegend ging es um diese Zeit ähnlich, ein paar Stunden später wiederholte sich die Szenerie, wenn man sich auf ein Glas Wein traf, einen Espresso, auch Prosecco wurde in Mengen geordert, nach getaner Arbeit, um sich, ein etwas teurerer Stammtisch, in Klatsch und Tratsch zu entlasten, bevor man nach Hause fuhr, meist lag es in einem der besseren Viertel am Rande der Stadt. Abends war die Bar ein Dorado von Rauchern guter Zigarren, die mittags nur für ein, zwei Zigarillos Zeit hatten.

All das wäre viel zu belanglos gewesen, um Berg zum Stammgast zu machen, wenn nicht der Besitzer gewesen wäre. Er war nicht nur im selben Alter wie er, sie trugen auch denselben Vornamen, und vor kurzem hatte er sein drittes Restaurant in der Stadt eröffnet, das Feinschmeckerlokal »Goldfisch«:

Ich hol dich schon noch ein mit deinen Büchern, hatte er, nicht ohne Stolz und Koketterie, zu Berg gesagt, als er ihm eine Einladung zur Eröffnung überreichte.

Vom ersten Moment ihrer Begegnung an waren sie sich jedenfalls sympathisch gewesen, bis ins Politische. Doch auch mit seinem Barkeeper und dessen Freundin, die in jedem Winter für drei Monate nach Indien entschwanden, verband Berg so etwas wie Zuneigung. Sie lasen nicht nur seine Artikel, zu denen er sich oft schon während des Mittagessens in der Bar erste Notizen machte; kaum weniger oft teilten sie auch die darin verbreiteten Ansichten über Gott und die Welt, *seine* Ansichten. So sagten sie jedenfalls, und er hatte keinen Grund, an ihrer Zustimmung zu zweifeln.

Dennoch blieb er eine Art Exot für sie, wie sie für ihn: mit ihrem ihm vollkommen fremden Urlaubsziel, das mittlerweile, so schien es, unaufgebbarer Teil ihres Lebens geworden war, zweite Heimat, zweite Haut. Seelenheimat, rötlich wie der Mars, und auch so weit weg für Berg. Unvorstellbar, dorthin zu wollen. Indien war für ihn, den Bildern zufolge, wie sie ihm in Büchern, Fernsehnachrichten und Dokumentationen unter die Augen kamen, ein öliges, in süßlichen Farben schwelgendes Grauen, hinter dem Luxus der einen, wenigen, die Masse der Elendsgestalten, zwischen Kuhfladen und der eigenen Scheiße an Straßenrändern, neben Bahngleisen dahinvegetierend, Tempel sogar für Ratten, die Leichenköhler am Ufer des Ganges, in dem sich halbnackte Massen mit demselben Wasser, in das die Asche der Toten und was sonst noch gekippt wurde, reinigten, ins Heilige hinein …

Ja, oben vielleicht, im Himalaja, dorthin zu reisen, konnte er sich vorstellen. Über Tibet, Bhutan und das von Indien verschluckte Königreich Sikkim besaß er einige Bücher, die Fotos der Landschaften darin übten eine ähnliche Magie auf ihn aus wie Bilder aus der Arktis. Ging er seine diesbezüglichen Bestände durch, konnte er es noch immer nicht ganz fassen, tatsächlich seinen Fuß dorthin gesetzt zu haben. Dass anderen der hohe Norden so fremd blieb wie ihm Indien, wusste er.

Zum Glück schwang nie etwas Missionarisches mit, wenn der Barkeeper und seine Freundin mit ihm über ihre geographische Leidenschaft sprachen, über Goa. Keine *gong*-tönende Wahrheit erklang, kein orangefarbenes Gewand wurde ihm als Glückskleid vor Augen fabuliert.

Er wiederum, das war der radikale Unterschied, warf sich ein ums andere Mal in die hohen Brandungswellen des politischen Ozeans, der unmittelbar vor der Haustür an die Alltagsufer schlug; sie dagegen stürzten sich ebenso leidenschaftlich in die weit entfernten des Indischen.

Vielleicht hörte gerade deshalb das Staunen übereinander nicht auf.

Meist blieb Berg, wenn er die Passage betrat, noch einige Minuten am Fenster der Buchhandlung stehen, die gleich hinter dem Eingang mit den automatischen Glastüren lag, noch lieber ging er für einen Moment hinein: Bücher, so war es eben, konnten ihn nur verführen. Und die Buchhandlung van Eyck wirkte in dieser Hinsicht auf ihn wie die rötlich ausgeleuchteten Schaufenster St. Paulis auf ausgehungerte Freier aus aller Welt: Sie machte ihn hemmungslos. Was er anderswo kaum fand, italienische oder portugiesische Poesie, französische Exzessdenker, dunkle russische Epik und deutsche Prosa, die auf keiner Bestsellerliste rangierte – hier entdeckte er sie, hier zog man sie, fragte er danach, wie selbstverständlich aus dem Regal, wenn nicht aus der ersten, dann aus der zweiten Reihe.

Heute jedoch stürmte er fast auf die Bar zu, musste er doch unbedingt einen Platz ergattern, um dann, abgeschirmt durch die lärmende Umgebung, noch einmal in Ruhe, mit höchster Konzentration, das Pamphlet zu lesen, das anzugreifen er Brand gerade ausgeredet hatte. Es war ein ungeheuerlicher Text, böse vom ersten Komma bis zum Schlusspunkt, politisch beschränkt, menschlich gefühllos, geschichtlich vollkommen absurd.

Warum, fragte sich Berg, hatte der Herausgeber des Magazins, der doch ganz anders darüber dachte, diesen pathologischen Text über die Revolution im anderen Teil des Landes nicht zurückgewiesen, einfach zerrissen vor den Augen dieses Menschen mit einem offenbar steinernen Herzen und in den Papierkorb geschmissen? Danach hätte er ihm ja, reich wie er war, aus seiner Privatschatulle ein Extrahonorar zahlen können, für jedes verworfene Wort fünfhundert Deutsche Mark, und gleich danach ein Südseeatoll empfehlen, völlig abgeschieden, mit viel Geld aber trotzdem zu erreichen, inklusive des menschenfreundlichen Rates, auf der anderen Seite der Welt nur noch in den unendlich blauen Himmel zu gucken wie in das unfassbar blaue Meer – so lange, bis ihm durch das viele Licht endlich einmal dämmerte, in was für einer erbärmlichen inneren Finsternis er eigentlich dahinvegetierte!

24

Berg hatte erwartet, dass nur Rike ihn abholen würde, er hatte es sogar erhofft, so jedenfalls hatte sie es ihm telegrafiert. Doch als er aus der gesicherten Zone des Leipziger Flughafens in den Ankunftsbereich trat, sah er *zwei* Gesichter vor sich. Sie blickten ihm freudig entgegen, nicht ohne eine Spur Befangenheit, die seiner eigenen entsprach, in Rikes Gesicht glaubte er jedoch zusätzlich etwas aufleuchten zu sehen, mehr als nur jene Neugier auf den Mann aus dem Westen wie noch im Dezember, als sie ihn in der Wohnung ihrer Bekannten so entschlossen belagert hatte, nicht aufhören konnte, ihn zu befragen. Ihm schien, als läge eine andere Aufgeregtheit über ihrer ganzen Erscheinung – darüber, dass sie sich tatsächlich so schnell wiedersahen und er, der Fremde, den sie in ihrem ersten Brief einige Sätze lang tief ins Innerste ihrer Seele hatte blicken lassen, nun erneut vor ihr stand: *wirklich*, nicht mehr nur in der Erinnerung. Da es ihm mit ihr ebenso erging, versuchte er, weil sie nicht alleine waren, alles zu überspielen und absolvierte die unmittelbare Begrüßung distanziert, fast kühl.

Er gab beiden die Hand, und als Rikes Freund anbot, ihm seine Reisetasche abzunehmen, lehnte Berg mit der locker klingenden Bemerkung, außer ein paar Sachen und dem Waschzeug sei nichts drin, den Rest trüge er auf dem Leib, die freundliche Offerte ab. Allerdings könne er sich vorstellen, schob er nach, um auch nur den geringsten Anschein von Schroffheit zu vermeiden, auf dem Rückweg Hilfe zu benötigen, er ahne nämlich schon jetzt, um wie viel schwerer die Tasche am Ende der Buchmesse sein werde: nicht nur wegen der Neuerscheinungen, Leipzig hätte ja auch viele antiquarische Bücher zu bieten, Büchernarr, der er sei, das wüssten sie ja wohl schon.

Bis zum Auto vor dem Flughafengebäude war es nicht weit, und dann standen sie erneut vor Rikes himmelblauem Gefährt, und wieder öffnete sie es auch für ihn, zuvor aber verstaute ihr Freund Bergs Reisetasche im schmalen Gepäckraum, um sich dann hinter den nach vorne geklappten Fahrersitz zu zwängen, weil Rike auch heute das Steuer wieder in die Hand nahm. Während sie den Wagen startete, blickte sie Berg wie flüchtig von der Seite an, fragte, wie der Flug gewesen sei?

Ach Gott, sagte er und schnallte sich an, das Übliche, geht alles sehr schnell, ist ja keine lange Strecke, reicht für zwei Kaffee oder Cola, anderthalb Zeitungen und drei Blicke ins Blaue.

Du fliegst oft, was? Es klang spöttisch, als wollte sie sagen, gib mal nicht so an, du Westmann.

Sie fuhren inzwischen über irgendwelche merkwürdigen Landstraßen, auf denen in großen Abständen und entgegengesetzter Richtung primitive Pfeilschilder, die schon lange verblasst sein mussten, auf den Flughafen hinwiesen.

Na ja, sagte Berg, was heißt oft: Bis vor kurzem ging's meistens nur nach Berlin, die Transitwege konnte ich ja nicht benutzen.

Einmal im Jahr nach Frankfurt, Buchmesse. Ins Theater nach Wien selten, München öfter, auch mal Paris. Die längste Tour bisher sei nach Tel Aviv gegangen, vier Stunden Flug, zum Jerusalemfestival. Aber da nehme er jedes Mal seine beiden Frauen mit, das sei wie Urlaub, zehn Tage seien sie dann mindestens dort unten, führen kreuz und quer durchs Land, mit einem Leihwagen, man käme schnell überall hin, es sei ja klein, manches Festivalstück werde auch außerhalb Jerusalems aufgeführt. Sie versuchten immer, einen *Toyota Corolla* zu kriegen, das klänge irgendwie nach Karla, sie sei es ja auch, die ihn fahren würde.

Fährst du nie?, fragte Rike.

Nie, lachte Berg: Ich kann gar nicht fahren!

Ach ja?! Auch sie lachte, aber sie meinte, glaub ich nicht!

Ich kann Gedichte schreiben, was muss ich da Auto fahren können?

Rike schwieg jetzt; er hatte an das Geheimnis ihrer Zustimmung zu seinen Gedichten gerührt, über das sie vor ihrem Freund offenbar nicht sprechen wollte.

Ob das nicht viel zu gefährlich sei, mit einem Kind durch Israel zu reisen? Rikes Freund klang ernsthaft besorgt: Das sei doch ein Pulverfass da unten?

Vor der ersten Reise hätten sie es auch überlegt, sagte Berg; aber wenn man erst einmal dort ist, sieht alles ziemlich normal aus. Es ist ein traumhaft schönes Land, man kommt ja irgendwie auch gar nicht als Fremder dort an, alle Ortsnamen hat man schon immer gehört, die ganze Kindheit über. Es sieht zwar ganz anders aus als in Europa, orientalisch eben. Doch wenn man was von der Bibel weiß, fühlt man sich sofort heimisch: *Jerusalem, Bethlehem, Nazareth,* die Namen hat man doch schon gekannt, noch bevor man sie hätte lesen können, geschweige denn schreiben.

Dann fragte Rike nach dem Festival.

Tanztheater, sagt er.

Nur?

Hauptsächlich, Berg blickte nach draußen, aber auch Schauspiel, Pantomime, Konzerte, was die Bühne so hergibt, und fragte sich, ob der Weg, den sie gerade in die Stadt nahmen, tatsächlich der offizielle zum Flughafen war oder irgendein obskurer Nebenweg über graue Dörfer und Vororte mit zerfallenden Häusern, Fabriken, gerissenen Straßendecken, so abenteuerlich kam ihm die Piste vor, über die das kleine Auto mehr holperte als fuhr, und das, was man links und rechts von ihr sah.

Hassen die uns nicht? Rikes Freund blieb hartnäckig.

Davon haben wir nichts gespürt, sagte Berg: Kaum hörte uns irgendeiner Deutsch reden, und wir redeten schon sehr zurückhaltend, sprach er uns an, ob er helfen könne, wo wir herkämen, warum wir Israel besuchten und ob es uns gefalle. Hass könne man doch viel eher in Holland erleben, auch in Luxemburg sei ihnen so etwas schon passiert. Aber das sei vor allem Ablenkungshass, von mitschuldig Gewordenen, Denunzianten, Hilfspolizisten: Anne Frank sei doch nur das bekannteste Opfer, wenn man mal genauer hinschaue.

25

Sie hatten sich im Messehaus am Markt verabredet, er hielt sich vor allem dort auf, um in den Verlagskojen Stimmungen einzufangen, Wirklichkeit, die dem Unwirklichen der Stunde wie eine verrutschte Maske aufsaß: die Zukunft der von Staat und Partei beherrschten Buchunternehmen stand in den Sternen. Die Gespräche changierten zwischen Unsicherheit, ging es um die eigene Existenz, Zynismus, kam man auf die Partei zu sprechen, und einer feinen Witterung, blickte man in die Richtung, aus der die neuen Verhältnisse zu erwarten waren.

Er aber kam zu spät, fast zwanzig Minuten. Schon von weitem sah er sie, angelehnt am Rahmen einer der großen Türen, die ins Treppenhaus führten; sie hielt ihre Arme vor der Brust verschränkt und schickte ihm einen unverwandt abschätzigen Blick entgegen: Je näher er kam, umso deutlicher war zu erkennen, dass er in ihren Augen gerade eine ganz schlechte Vorstellung gab und sie nur noch darauf wartete, ob er dem Stück eine Wendung geben konnte oder ob es das war?! Aber Berg wusste, was er zu lassen hatte, wie er auch wusste, was er tun musste. Zu lassen hatte er jeden Versuch, mit Nonchalance über die üppige Verspätung hinwegzugehen; zu lassen hatte er allerdings auch alles übertrieben Schuldbewusste. Eine Erklärung musste her, die sie nicht nur überzeugte, die sie auch vergeben konnte.

Es täte ihm leid, rief er ihr deshalb entgegen, ein wenig außer Atem, es hätte alle Willenskraft gebraucht, sich aus den Verlagskojen, in denen viel spekuliert würde, doch kaum noch ein handfestes Geschäft gemacht, loszureißen: Aber wenn es um Bücher gehe, sei er fast willenlos!

Dabei hielt er den Stapel der ergatterten Druckwerke, fast alles politische Fünf-nach-zwölf-Literatur, die den Wandel der Machthaber beweisen sollte, die Aufhebung der Zensur, das Fallen nicht nur der steinernen Grenze, mit beiden Händen ein wenig hoch, ihr entgegen, bis sie dicht voreinanderstanden. Er sprach jetzt leise, seine Stimme klang schuldbewusst:

Wie kann ich das wiedergutmachen?

Gar nicht, sagte sie, ohne ihr Gesicht zu verziehen. Doch dann lächelte sie schnell, und er hörte: Es sei denn, er würde sie einladen!

Da bin ich aber froh, dass du so einfach zu besänftigen bist. Berg gab sich sichtlich erleichtert und fragte, ob sie einen Vorschlag hätte, er kenne sich hier ja kaum mehr aus, wisse nur was von »Auerbachs Keller«.

Einfach? Rike stand noch immer mit verschränkten Armen vor ihm, einen Moment lang folgte nichts, dann sagte sie: »Auerbachs Keller« ist mir zu laut, purer Tourismus.

Okay, sagte er: Wo? Ist es weit von hier?

Gar nicht, sagte sie noch einmal: Es sei ebenfalls in der Passage, nur ein paar Meter weiter. Eine Bar. Gerade richtig jetzt, die Massen nervten. Er könne ja den ganzen Tag über machen, was er wolle, sie nicht; aber gleich sei sie frei, ihr Job im Presseclub der Messe ginge heute nur bis vier.

Berg blickte auf die Uhr und sagte, prima, dann hätte sie ja in zehn Minuten Schluss.

So ist es, sagte sie: Wärst du zehn Minuten später gekommen, wäre ich weg gewesen.

Es war zwanzig Minuten nach vier, als sie das von Menschenmassen, Zigarettenqualm und trockener Heizungsluft stickige Messehaus verließen. Nach wenigen Schritten war die Bar, von der Rike gesprochen hatte, erreicht, sie hieß »Mephisto«. Während sie in den lichtfernen Raum mit dunklem, schwarzem und rotem Interieur eintraten, der sich schon auf den ersten Blick als eine abgeschiedene Insel aller Wein- und Cocktailseligen entpuppte, fragte Berg, ob es hier wohl auch etwas zu essen gäbe, wenigstens eine Kleinigkeit?

Sie hätte eigentlich bloß Durst, sagte Rike. Im Messehaus sei es so unerträglich warm gewesen, dass von der Belüftungsanlage nicht der geringste Hauch zu spüren gewesen wäre, wahrscheinlich sei sie Schrott, wie fast alles.

Aha, sagte er: Die zukünftige Energieingenieurin spricht!

Das war ein bisschen unfair, Rike hatte ihm am Vortag ausführlich erklärt, was sie und ihr Freund in Leipzig gerade zu Ende studierten, an der Technischen Hochschule der Stadt. Aber sie hatte ihm auch verraten, dass es für sie ein Verlegenheitsstudium war – weder interessiere es sie noch hätte sie, im Unterschied zu ihrem Freund, jemals vor, in dem Beruf zu arbeiten. Sie interessierte sich für Literatur, Theater, Film; aber da wären ihr die Zugänge verschlossen gewesen.

Nach Rom, hatte er schnell erwidert, führten doch viele Wege! Seine Umwege hätten seine Mutter zwar manchmal zur Verzweiflung gebracht. Heute sei sie aber stolz auf ihn.

Da die wenigen Tische besetzt waren, steuerten sie die Barhocker an, sie waren alle frei. Berg war überrascht, wie nahe sie sich plötzlich waren.

Was kann ich dir bestellen?

Seine Stimme klang unsicher, er wollte nichts falsch machen.

Warum er nichts falsch machen wollte, begriff er in dieser Minute nicht.

Rotwein, sagte Rike, halb zu Berg, halb zum Barkeeper, der schon darauf wartete, ihre Bestellung entgegenzunehmen.

Ich auch, sagte Berg und wunderte sich, dass er nicht nach der Sorte gefragt wurde: der Barkeeper war bereits dabei, aus einer angebrochenen Flasche zwei Gläser zu füllen, das Etikett verwies auf Bulgarien. Berg ließ es geschehen, ohne nachzuhaken, dankte, als die Gläser vor ihnen standen, griff nach einem und hob es in Richtung Rike. Auch Rike hatte jetzt ein Glas in der Hand, zwischen ihren Gesichtern. Es klang hell, als sie anstießen, obwohl die Gläser gut gefüllt waren.

Wir sind auf Rotwein abonniert, was? Berg hatte es gesagt, nachdem er einen Schluck genommen und dem Wein ein paar Sekunden lang nachgeschmeckt hatte: Im Dezember, bei ihrer Freundin, hätten sie doch auch welchen getrunken. Er wäre ziemlich froh gewesen, dass sie nach der Party rechts eingestiegen sei in ihren Trabant, nicht links.

Schmeckt er dir? Rike schien überhört zu haben, woran er sie gerade erinnert hatte.

Er ist kräftig, sagte Berg: Sie müssten wohl aufpassen, wenn sie nachher noch was mitkriegen wollten!

Der Kanzler spricht doch erst um sechs, sagte Rike und zündete sich eine Zigarette an: Stehst du denn auch so auf den? Die sind hier alle wie verrückt.

Ich? Berg war dabei, sich ein Zigarillo anzustecken. Dann sagte er, nachdem er den ersten Rauch ausgestoßen hatte: Eigentlich könne er den Kerl nicht ausstehen; er mache aber auch nichts falsch im Moment. Leider.

Versteh ich nicht, sagte Rike: Er macht gerade alles richtig, und du verachtest ihn?

Berg schwieg einen Moment. Schließlich schüttelte er seinen Kopf, sagte, nein, so weit würde ich nicht gehen. Wenn man allerdings Gedichte liebe oder wenigstens Geschichten – wieder schwieg er für Sekunden, weil er das Paradox, das er Rike geliefert hatte, nicht politisch auflösen wollte –, *Literatur* eben, dann müsse einen die Sprache dieses Mannes doch geradezu abstoßen. Oder?

Der ist Politiker, sagte Rike: Politiker reden so!

Müssten sie aber nicht, sagte Berg und merkte, wie ihm die tiefe Abneigung gegen den Mann, dem sie in wenigen Stunden zuhören wollten, eine regelrechte Suada zu diktieren begann: Der rede puren Kitsch, Wortsülze. Unerträgliches Zeug. Jedenfalls für seinen Geschmack. Außerdem krieche er mit jedem zweiten Satz den Franzosen in den Hintern. Diese Demut vor dem falschen Objekt gehe ihm auf die Nerven.

Was hast du denn gegen Frankreich?

Nichts, sagte er, gar nichts.

Warst du denn schon mal dort?

Straßburg, Nancy, Paris. Paris zwei Mal. Das war's.

Berg sah jetzt, dass Rikes Glas fast leer war, und versuchte, dem Barkeeper einen Wink zu geben.

Paris soll schön sein?

Schön? Schön ist gar kein Ausdruck, sagte Berg und trank sein Glas auf einen Zug aus, damit der Barkeeper, der inzwischen dabei war, Rike erneut einzuschenken, auch bei ihm nachgießen konnte: Paris ist ein *Wunder*. Wunder gäbe es eigentlich ja nur in der Natur. Die hätten es aber tatsächlich geschafft, auch eine Stadt zu einem Wunder werden zu lassen.

Und, hast du es mit jemandem geteilt?

Was?

Na, das Wunder! Sie machte eine kleine Pause: Mit deiner Frau? Auf Hochzeitsreise, im Urlaub?

Ihre Rede klang so herausfordernd wie skeptisch.

Hochzeitsreise?! Berg musste lachen: Als wir heirateten, waren wir Studenten, wir hatten kaum Geld. Charlotte war unterwegs und unsere Familien hier, weit weg, unerreichbar! Das erste Mal in Paris sei er viel später gewesen, auf einem politischen Kongress, *Resistance International*, eine Dissidentenversammlung mit Teilnehmern aus ganz Europa. Der Nachteil wäre gewesen, dass man nicht ganz so viel von Paris mitgekriegt hätte. Aber in

Paris sähe man trotzdem jede Menge, es war eben ein Kongress *in* Paris und nicht in irgendeinem Tagungskasten irgendeiner Stadt irgendwo auf der Welt, modern wie überall, langweilig wie überall, überflüssig wie überall. Sogar einen Empfang hätte es gegeben, im Hôtel de Ville, bei Chirac, in so etwas würden anderswo Könige residieren, und dann wären ja auch hochinteressante Leute da gewesen, Berühmtheiten, lebende Widerstandslegenden wie der Djilas, Milovan Djilas. Seine Visitenkarte mit Autogramm hätte er immer noch.

Djilas?, fragte sie: Muss man den kennen?

Nein, sagte Berg, aber mir war er ein Begriff, schon als ich noch hier war. Ich hab so was ja aufgesogen wie ein Schwamm. Das war mal der zweite Mann nach Tito, irgendwann hat er sich jedoch mit dem Halbgott überworfen, weil der auch bloß ein balkanischer Despot war. Danach ist es ihm schlecht ergangen. Er hat dennoch überlebt, dann vor allem Bücher geschrieben, über die neue herrschende Klasse in der angeblich klassenlosen Gesellschaft. Bei seiner Verhaftung hätten sie bei ihm auch eins gefunden. Das wäre aber egal gewesen, sie hätten ohnehin genug gehabt.

Berg begriff in diesem Moment, dass er Gefahr lief, Rike mit Politikgeschichten und Namen zu langweilen, die keine Bedeutung für sie hatten, haben konnten, wie sollten sie auch: sie war fünfzehn Jahre jünger als er! Die Mauer hatte schon über ein halbes Jahrzehnt gestanden, als sie geboren worden war, in eine Lehrerfamilie.

Mit seinem Freund Jörg Reiter, sagte er deshalb schnell, mit dem er das Buch über die Inseln im Nordatlantik gemacht hätte, wäre er vor zwei Jahren mal nach Paris geflogen, ganz und gar absichtslos, gebucht hätten sie zuvor im berühmten George V. Natürlich nicht, weil sie so viel Geld gehabt hätten wie die meisten, die dort abstiegen; ein deutsches Reisebüro hätte ein preiswertes Wochenende in dem Luxustempel angeboten, fünfhundert Mark die Suite für zwei Personen, drei Tage, zwei Nächte. Wahrscheinlich Auslastungsprobleme.

Und deine Frau?! Rike zog intensiv an ihrer Zigarette, dabei ließ sie erneut einen skeptischen Zug in ihren Blick und wippte, als sie den Rauch wieder ausstieß, auf dem Barhocker leicht nach hinten: Fand die das etwa gut?

Meine Frau? Berg wich ihrem Blick nicht aus, zögerte jedoch ein paar Sekunden mit der Antwort, dann sagte er: Sie hat es mir gegönnt. Karla ist selbstlos, manchmal regt mich das eher auf, sie denkt dann überhaupt nicht an sich. Für ihren Vater, einen Dirigenten, hochtalentiert, bis nach Peking haben die den geschickt, hat sie sich fast aufgeopfert, bis zu seinem frühen Tod, weil ihre Mutter dazu nicht in der Lage war oder nicht willens oder beides, und das neben ihrem Studium! Mir hält sie den Rücken auch frei.

Was studierte sie eigentlich?

Cello, sagte Berg und wunderte sich, dass Rike danach fragte, hatte er es nicht schon im Dezember erzählt?

Ich spiel kein Instrument, hörte er sie.

Ich auch nicht, sagte Berg, würde ich aber gerne, Saxophon, Schlagzeug. Mein Traumberuf war allerdings immer Dirigent. Doch dazu bin ich zu disziplinlos. Ich hab mal einen Alptraum gehabt, mein erstes öffentliches Konzert, in einem großen Haus. Ich stand hinter dem Vorhang und sah, durch ein Loch hindurch, wie der Saal sich füllte und füllte, ausverkauft, flüsterte man mir von der Seite zu, zugleich aber wusste ich, mit jeder Sekunde mehr, dass ich gar keine Noten lesen konnte. Das Schlimmste jedoch: Ich hatte einen Pyjama an, keinen Frack, gestreift wie ein Häftlingsanzug. Ich bin schweißnass aufgewacht, heilfroh, so davongekommen zu sein. Musik zu studieren, das sei, glaube er jedenfalls, als würde man in ein Kloster eintreten: Es gäbe dann nur noch Musik, Musik, Musik, ewiges Üben. Über Politik könne man mit Musikern kaum reden, deswegen würden sie ja unter allen Regimes vollendet spielen. Mit Karla allerdings schon; aber sie sei ja auch im Gefängnis gewesen, wie er.

Deinetwegen? Rike schien plötzlich hellwach zu sein.

Nicht doch, sagte Berg: Damals kannten wir uns noch gar

nicht. Republikflucht, sie wollte in den Westen, mit ihrem Verlobten, abhauen, einfach so, der war aber bei der Armee, das machte die Sache gefährlich, hochgefährlich. Dabei hatten sie überhaupt keinen konkreten Plan, nur mal so darüber spekuliert, im Prinzip bloß gequatscht, und dann noch mal und noch mal, er war in Berlin stationiert, bei den Grenztruppen, und weil sie nicht lockergelassen, ihn immer wieder gefragt hat, ob er mitkommt, wenn es eine Möglichkeit gibt, das sei für sie auch so eine Art Treueprüfung gewesen, hat er Panik bekommen, sie könnte ihn verlassen, alleine gehen. Also hat er sich ein paar Verschlusssachen besorgt, um im Westen damit punkten zu können. Bei einer Spindkontrolle ist alles aufgeflogen, und das Märchen von der Flucht durch die Mauer hatte ein böses Ende: Spionageversuch, acht Jahre für ihn, drei für sie, wegen Anstiftung zur Fahnenflucht. So ging das damals.

Scheiße, sagte Rike, das ist so ungerecht!

Ja, sagte Berg, aber es ist vorbei. Gott sei Dank!

26

Wie von einer Eingebung getrieben, schaute Berg plötzlich auf seine Uhr und sagte erschrocken, in fünf Minuten ginge es vor der Oper ja schon los, jetzt müssten sie sich aber wohl wirklich in Marsch setzen! Ob er nicht besser zahlen solle, später lohne es vielleicht nicht mehr?

Doch Rike lächelte nur und hielt ihm ihr Glas entgegen, das fast leer war.

Noch eins?

Berg fragte in einem Ton, als säße ein Kind vor ihm, das ihn auf die zauberhafteste Art um eine weitere Süßigkeit angebettelt hatte, dabei merkte er, wie sehr ihm die drei Gläser, die sie bisher getrunken hatten, schon zu Kopf gestiegen waren.

Aber war das ein Grund, kein viertes zu bestellen?

Kurz darauf stießen sie erneut an, und weil Berg ihrem Glas

folgte, als Rike es zum Mund führte, sah er, dass sie mit geschlossenen Augen trank, ihr Gesicht hatte Farbe gewonnen.

Du glühst ja richtig, sagte er leise, seine Stimme kam ihm fremd vor und doch im selben Moment so vertraut, als hätte er gerade zu Karla gesprochen. Karla aber war weit weg, Rikes Freund ebenfalls nicht da. Er stand, wenige Gehminuten entfernt, mit Kommilitonen auf dem Platz vor der Oper, zwischen Tausenden von Menschen, um einen Politiker zu hören, für den Berg nie hatte warm werden können. Eigentlich waren sie verabredet gewesen, den historischen Moment gemeinsam zu erleben. Doch hatte das nun keine Bedeutung mehr. Jedenfalls schien es unendlich weniger Bedeutung zu haben als ihr Zusammensein in dieser Bar.

Dann hörte er Rike, sie antwortete ihm ebenso leise, wie er sie zuvor angesprochen hatte:

Weißt du das nicht, Torben, kleine Mädchen können viel weniger Alkohol vertragen als große, starke Jungs. Aber das heißt ja nicht, dass es ihnen auch weniger schmeckt, oder?!

Dabei hatte sie einen verschwörerischen Blick aufgesetzt, den er wie einen einzigen Zauber wahrnahm.

Das Gefühl, das jetzt aufstieg in ihm, wenn er zu ihr hinsah, scheinbar flüchtig und doch schon süchtig danach, dass ihre Blicke sich wenigstens für den Bruchteil einer Sekunde trafen, verwirrte ihn – aber es war schön, es war so schön, dass er wusste, jetzt war der Moment, ihr etwas von sich zu erzählen, damit dieses Gefühl sich in ihrem Gesicht spiegelte, weiterhin, so lange, wie sie sich an diesem Ort aufhielten, der sichtlich leer geworden war, er hatte es vorher nicht bemerkt. Es gefiel ihm aber, dass er nur noch für sie da zu sein schien – wie der Barkeeper, der Wein und die Zeit, die verging, ohne dass sie von ihr auseinandergetrieben wurden.

Irgendwann waren sie wieder in Frankreich, Rike hatte erneut danach gefragt, und Berg erzählte ihr von seiner allerersten *Berührung* mit dem Land, wie er sagte, an einem Januartag des Jahres neunzehnhundertsiebenundsiebzig.

Das war, er unterbrach sich und bat sie um eine Zigarette, seine Zigarilloschachtel war leer: Das war keine zwei Monate nachdem ich das Gefängnis verlassen hatte.

Er unterbrach sich noch einmal, um einen tiefen Zug zu machen. Dann fuhr er fort, und es klang einen Moment so, während der Rauch aus Mund und Nase emporstieg, als erzähle er es nicht nur ihr, als säßen sie auf einer Bühne, vor einem im Dunkel atemlos lauschenden Publikum:

Zurückgeblieben waren nicht nur Kameraden, auch Freunde. Einer von ihnen, ein ganz besonders enger, trug ein Päckchen, so sagten wir damals, von zwölf Jahren, ein ehemaliger Armeeoffizier. Nach einem dummen Streit mit seinem Vater, einem Kleinunternehmer aus dem Erzgebirge, sie produzierten, wenn ich es richtig erinnere, Holzpantinen, hatte er geglaubt, sich ausgerechnet mit Hilfe der Armee vom väterlichen Druck, den Familienbetrieb fortführen zu sollen, befreien zu können. Werber hatten ihm auf der Oberschule ein Studium und eine Karriere als Finanzoffizier versprochen, fernab vom Truppenalltag, so hatten sie es ihm suggeriert. Er war darauf hereingefallen, das Armeeregime, dem er sich ausgeliefert hatte, der blanke Horror. Fluchtgedanken begannen ihn zu beherrschen. Er fotografierte Geheimdokumente, organisierte mit Hilfe von verdeckten Westkontakten eine Flugzeugausschleusung über Bulgarien. Die Sache ging schief, Verrat oder schlechte Stempel, ich weiß es nicht mehr. Er wurde noch in seinem Hotel am Sonnenstrand verhaftet, seine Frau ebenfalls. Zwölf Jahre für ihn, vier für sie, der gemeinsame Sohn ging zu seinen Eltern, der Vater war fortan ein gebrochener Mann. Noch während seiner Haft ließ seine Frau sich von ihm scheiden. Dabei hatte er Glück im Unglück: Es gab keinen Kontakt zu einem westlichen Geheimdienst. Hätte es ihn gegeben, wäre er ein toter Mann gewesen, Todesstrafe, die gab's ja noch, mindestens aber lebenslänglich. Als ich entlassen wurde, hatte er noch neun Jahre vor sich, zum Glück jedoch auch Verwandte im Westen. Ich hatte ihm versprochen, Kontakt zu ihnen aufzunehmen und sie so schnell wie möglich zu besuchen. Die Verwandten wohnten im Schwarzwald, recht wohlhabende Leute, sie nahmen mich sehr freundlich auf. Nachdem alles Wichtige besprochen war, hatte ich Zeit, mir die Gegend anzuschauen. Da mich Wintersport nicht reizt, genauso wenig wie Sommersport, er lachte kurz auf, fuhr ich einen Tag nach Freiburg, für den zweiten Ausflug nahm ich mir das nahe Straßburg vor. Es gab nur ein Problem: Ich hatte weder einen Pass noch einen Personalausweis zu diesem Zeitpunkt. Ich versuchte es trotzdem. An der Grenze bei Kehl holten sie mich raus, ganz freundlich, ganz hilfsbereit, aber der Zug nach Straßburg fuhr erst einmal weiter, ohne mich. Ich erzählte den Grenzbeamten meine Geschichte und hatte plötzlich das Gefühl, drei Väter auf einmal zu haben, so sehr kümmerten sie sich um mich, mit Kaffee, belegten Brötchen, interessierten Fragen, was meine Geschichte betraf. Es war rührend, und bald hielt ich auch einen Pass in den Händen, einen provisorischen, und der nächste Zug nach Straßburg war meiner.

Er stockte, atmete erneut tief durch:

Es war ein fürchterlich grauer Tag, musst du wissen, Schneeregen, Wind, es war wirklich ungemütlich. In mir jedoch war etwas nie zuvor Gespürtes am Werk: eine Euphorie ungeheuren Ausmaßes, ich habe sie später nie wieder so erlebt, selbst am neunten November war es eine andere: *Freiheit*, hab ich immerzu gedacht, als ich über den Rhein fuhr, das ist keine Chimäre, keine Illusion, keine leere Hoffnung – das gibt es, das ist *wahr*! Wahr und wirklich zugleich! Jetzt, in diesem Moment! So wahr und wirklich wie der Schneeregen auf meinem Gesicht und das Croissant, das ich wenig später in die Schale mit dem heißen, dampfenden Café au Lait tauchte, wie ich es zuvor nur in französischen Filmen gesehen hatte, im ersten französischen Bistro meines Lebens, ein Vorstadtbistro, trist, ohne jeden Charme – wie das Münster schließlich, vor dem schon Goethe in die Knie gegangen ist, und nun war ich es, der vor diesem zum Heulen schönen Bau stand, durch ihn hindurchging, und, ich gebe es zu, auch mir lief es einfach so aus den Augen heraus. Keiner sah es, es war ja dämmrig da drinnen, auch durch den trüben Tag draußen. Nur einmal ist es mir noch so ähnlich ergangen, bei der Geburt meiner Tochter. Ich war dabei. Ich habe sie eher gesehen als meine Frau. Karla lag, von Anästhesie und Tortur fast betäubt, auf dem Entbindungstisch, war sonst wo, während ich hinter ihr stand, hinter ihrem Kopf, und auf Zuruf der Ärzte meine Tochter mit herausschob. Bis ich sie sah: In den Händen der Hebamme. Über allem schwebend. Unglaublich.

Berg schwieg jetzt und blickte ein wenig zu Boden, nur der Barkeeper war noch zu hören, er hantierte mit Flaschen und Gläsern, es hörte sich routiniert an, beruhigend.

Als er wieder aufsah, sah er Rikes Hand auf sich zukommen, spürte, wie sie seine Stirn berührte, seine Schläfe, seine rechte Wange: leicht, federleicht, fast nicht.

Ihr Blick war es, der der sanften Berührung Gewicht verlieh, der alles Flüchtige daran dementierte.

Gegen acht, draußen war es inzwischen dunkel, die Lichter der Straßenlampen kontrastierten mit der aufgewühlten Szenerie der Wahlkundgebung, als würde gerade ein Revolutionsfilm gedreht, verließen sie Bar und Passage in Richtung Oper, die Veranstaltung musste eben erst zu Ende gegangen sein, die Massen strömten nach allen Seiten davon. Durchwirkt von einer Fülle erregter Stimmen, vibrierte die Luft, irgendwo dazwischen mussten Rikes Freund und seine Begleiter dahintreiben, die vielleicht auch ihre Freunde waren.

Was nun?, fragte Berg ein bisschen ratlos, er war gleich neben dem Ausgang der Passage stehen geblieben, auch weil er ein schlechtes Gewissen hatte wegen der geplatzten Verabredung.

Die gehen nicht verloren, lachte Rike, als sie sein Gesicht sah: Die sehn wir gleich wieder.

Bei den Massen?! Berg blieb skeptisch: Die sind doch Stecknadeln in einem Heuhaufen.

Wetten? Rike lachte erneut, aber es war ein schwereres Lachen als noch vor Stunden.

Der Wein!, dachte Berg, ich merk ihn ja selber, und fragte noch einmal, was sie nun machen sollten.

Die Jungs gehen da hin, wo wir auch hingehen, hörte er.

Und wohin gehen wir?

Komm, sagte sie nur, leise, fast zärtlich, und zog ihn kurz an seiner Jacke.

Es dauerte nicht lange, dann wusste auch er es: Es ging in Richtung Universitätsturm, in den Club unter der Erde, in dem sie sich zum ersten Mal begegnet waren, vor einem Vierteljahr. Seitdem war im Land und der Welt mehr passiert als in Jahrzehnten.

Dafür, dass er und sie einiges getrunken hatten, kam Rike erstaunlich sicher voran, andererseits waren so viele Leute unterwegs, dass es nicht auffiel, wenn man sich in die Quere kam. Kurz vor dem Club stießen sie auf ihren Freund und die anderen.

Na, fragte Rike und tat so, als sei ihre zeitversetzte Begegnung das Normalste von der Welt: Wie war's?

Bei uns war's toll, sagte er: Aber wo wart ihr?

Ach, lachte Rike: Was ist das denn für eine Frage?

In diesem Moment erinnerte sich Berg daran, dass sie schon einmal, im Dezember, so merkwürdig auf ihren Freund reagiert hatte, und es war ihm ein wenig peinlich, dass er nun zum zweiten Mal der Anlass einer Geste geworden war, die ihn, wäre er an seiner Stelle gewesen, ins Mark getroffen hätte. Deshalb sagte er schnell:

Das war alles meine Schuld! Das Messehaus hat mich durstig gemacht, ein Fan vom Kanzler bin ich auch nicht, und im »Mephisto« vergisst man die Zeit!

Mit seiner Rederei, dem begleitenden Lachen und Gestikulieren hatte er die anderen angesteckt, vielleicht auch überzeugt. Rike hatte dazu geschwiegen, ihn aber verstohlen beobachtet, und plötzlich hatte er das Gefühl, sie gerettet zu haben.

Das Restaurant zwischen den Gewölben, in denen später bis weit in den Morgen getrunken und getanzt werden würde, war um diese Stunde schwach besucht. Berg sagte, während er die Bücher auf dem Tisch ablegte, die er auf der Messe für seinen Artikel erbeten hatte, er würde eine Runde ausgeben, was man denn wünsche? Rike und er blieben beim Rotwein, die anderen wollten Bier. Als sie vom Tresen zurückkamen und die Gläser erhoben, fiel der Blick von Rikes Freund auf das oberste Buch des Stapels, und nach einem starken Zug fragte er, was er denn da alles eingesammelt hätte? Politisches etwa, von hier? Das Paperback aus dem Parteiverlag war kaum zweihundert Seiten stark und trug den nüchternen Titel »Dokumente«. Die Dokumente allerdings, aufgezählt auf dem Cover wie Schlagzeilen einer Zeitung, hatten es in sich: »Chruschtschows Geheimrede auf dem XX. Parteitag«, »Über Stalins und Berijas Verbrechen«, »Telegramm Ulbrichts an Chruschtschow«, »Rehabilitierung von Stalinopfern«. An ihnen hatte er sich festgelesen, als er mit Rike verabredet gewesen war. Deshalb war er zu spät gekommen.

Na ja, sagte Berg und blickte einen nach dem anderen an, das ist für euch wahrscheinlich nichts, Schnee von gestern, mindestens, für mich und meinen Messebericht aber sehr brauchbar: Die Leser unserer Zeitung wissen zwar, was hier gerade so läuft; nur ist das zuletzt ja alles abstrakt, nachrichtlich, hier rein, da raus! Er machte eine entsprechende Handbewegung, der eine kleine Pause folgte: Aber jetzt druckten sie *hier* die Beweise gegen sich selbst sogar *selber*! Besser könne man ihr Ende doch nicht beschreiben. Oder?

Einen Moment lang sahen alle ihn an, als hätte er gerade etwas erzählt, was auf Neuguinea spielen würde, auf dem Mond oder sonst wo. Doch dann hatte einer der Freunde der beiden gesagt, auch er ein Technik-Student: Ist das nicht Luxus? Luxus mit Gruseleffekt, für Leute, die alles schon haben, nur nichts riskiert?

Luxus? Berg zwang sich ein Lächeln ab, schüttelte den Kopf: Das sei etwas vollkommen anderes, Besessenheit. *Seine*.

In die leichte Verlegenheitspause hinein fragte Rikes Freund plötzlich, es mochte ein Ablenkungsmanöver sein, wie ihm die Wohnung gefalle, ob alles stimme und so?

Berg winkte ab, sein Gesicht aber strahlte: *Perfekt*, wirklich! Schön hätten sie es da draußen, es sei ja wohl nur noch ein paar Schritte bis zum Kanal sei im Sommer müsse das herrlich sein! Was für ein Kanal sei das eigentlich?

Elster-Saale!

Rike, die die ganze Zeit schweigsam geblieben war, hatte es gesagt und dann, merkwürdig abrupt, als wolle sie irgendetwas beenden, gefragt, wann er denn morgen abfliegen müsse?

Er nannte die Zeit und fragte, ob sie ihn zum Flughafen bringen könne, sonst müsse er sich heute Abend noch irgendwo ein Taxi organisieren, ein Telefon gebe es da draußen ja nicht?

Sie hätte morgen ohnehin frei, sagte sie, das ginge in Ordnung.

Wunderbar, sagte er, dann würde er sich jetzt mal auf den Weg machen.

27

Sie kam pünktlich, überpünktlich. Als er den Schlüssel im Schloss hörte, wusste er, dass nur sie es sein konnte. Er war früh wach geworden und reisefertig. Das Geld für die Wohnung hatte er in einen Briefumschlag geschoben, einen Quittungsbeleg ausgestellt, ihn parat gelegt. Sie würden sich freuen über die Summe; sie hatten bislang keinen Preis genannt, was Berg ungemein freundlich, ja, bescheiden fand. Eine Hotelrechnung wäre höher ausgefallen.

Hallo, sagte sie und blickte sich um: Das sieht ja picobello aus. Das hätte aber nicht sein müssen.

Ich bin hier doch nicht im Hotel, sagte er: Wollen wir noch einen Kaffee trinken? Oder auf dem Flughafen?

Haben wir denn noch Zeit?, fragte sie.

Du hast doch sogar noch welche mitgebracht, sagte er.

Seine Bemerkung, bei der er sich gar nichts Besonderes gedacht hatte, schien sie ein wenig verlegen zu machen, sie wandte sich ab und ging mit schnellen Schritten in die kleine Küche, offenbar um den Kaffee aufzubrühen, kurz darauf hörte er Geschirr klappern und Wasser laufen. Es dauerte nicht lange, und sie kam mit zwei Tassen, aus denen es dampfte, in den Wohnbereich zurück, stellte eine der Tassen vor ihm ab, die andere auf ihre Seite und zündete sich eine Zigarette an.

Danke, sagte Berg und schlürfte vorsichtig. Dann stellte er die Tasse wieder auf die Untertasse zurück und schob ihr den Umschlag mit dem Geld zu, ebenso die vorbereitete Quittung, den Schlüssel.

Nicht für mich, er deutete auf das Papier: für die Redaktion. Es sei wirklich toll gewesen, dass er hier hätte wohnen können.

War doch selbstverständlich, sagte Rike und unterschrieb, den Umschlag ließ sie ungeöffnet liegen.

Wenig später verließen sie die Wohnung, gingen zu dem kleinen blauen Auto im Hof, stiegen ein. Berg war immer noch irritiert von den Geräuschen, die dabei entstanden, sie klangen extrem dünn in seinen Ohren, fast provisorisch.

Ich nehme einen Schleichweg, sagte Rike und startete den Motor: Dann sind wir schneller da.

Du willst mich wohl doch loswerden, was?

Aber sie antwortete nicht, und Berg merkte, dass zwischen ihnen etwas war an diesem Morgen, das er nicht benennen konnte. Es schnürte ihm die Kehle zu, leicht nur, doch er spürte es.

Konnte das tatsächlich sein?

Abschiedsschmerz?

Wegen dieser einen Berührung?

Gestern, in der Bar?

Die Zeilen ihres ersten Briefes stiegen wieder in ihm auf. Hatten sie nicht ein ähnliches Gefühl ausgelöst? Konnte ihn wirklich überraschen, was sich da ein weiteres Mal ausbreitete in seinem Kopf, seiner Brust, seinem ganzen Körper? Nur saß jetzt die Ursache unbestreitbar neben ihm: ein Gesicht, zwei Augen, eine Stimme. Und, er blickte scheinbar flüchtig zu ihr hin, ging es ihr so anders als ihm?

Berg starrte erneut aus dem Fenster, versuchte, sich abzulenken, Landschaft zu erhaschen, Straßendetails, Gebäudezustände. Vielleicht sah er ja noch irgendetwas Brauchbares für seinen Artikel.

Warum sagte sie nichts? Er konnte sich nicht konzentrieren, dachte, er müsse jetzt etwas sagen! Doch es ging nicht. Es ging einfach nicht.

Plötzlich fuhren sie von der Hauptstraße ab und bogen auf einen asphaltierten, jedoch von Frostrissen ziemlich lädierten Weg, der sich zwischen Wiesen und Feldern verlor.

Das ist ja eine Piste!, rief er aus, froh, endlich einen Anlass zum Reden zu haben: *Dein armes Auto*!

Mein armes Auto ist auch ein tapferes, Torben. Es hat mich noch nie im Stich gelassen, was man ja nicht von allen Menschen sagen kann, nicht?!

Du weißt doch, sagte er, von Autos verstehe ich nichts.

Ach ja, sagte sie, du bist ja Dichter, du reist mit Pegasus. Oder?

Und was bist du, jetzt? Er machte eine Pause, blickte sie an: Frech? Traurig? Oder bloß müde?

Alles, sagte sie, alles, wie immer.

Auch der Flughafen hatte sich seit seiner ersten Ankunft auffällig verändert: Es sah heller aus in der Eingangshalle als noch im Dezember, es gab Farbe, Werbung, Anfänge von Service, einen Pressestand, der auch die wichtigsten Zeitungen aus dem Westen anbot. Alles wirkte zwar noch provisorisch, aber immerhin. Vor dem Zugang zum Kontrollbereich blieben sie stehen, um sich zu verabschieden. Sie standen nahe beieinander, aber sie berührten sich nicht.

Berg sagte: Ich schreib dir, wenn ich in Hamburg bin. Es klang banal, und er wusste es.

Ja, sagte Rike und blickte dabei zu Boden.

Vielleicht rufe ich auch mal an. Die Geräuschkulisse um ihn herum schien stärker zu werden.

Wär schön, hörte er sie wie von weit her sagen.

Soll ich dir den Artikel schicken?

Sie nickte, hielt ihren Kopf aber noch immer gesenkt.

Ich muss jetzt, sagte er und dachte: Mein Gott, ist das furchtbar, was passiert hier gerade?

In diesem Moment blickte sie auf, und er wusste, dass er sie umarmen konnte. Er tat es. Es geriet kurz, ein bisschen ungeschickt sogar, sein Mund hatte ohne Absicht ihren Haarschopf berührt. Er sah, dass Rike das Blut ins Gesicht schoss, spürte, wie ihm ein Gleiches geschah. Dann wandte sie ihren Blick wieder ab, löste sich von ihm und lief davon. Nur an der Ausgangstür drehte sie sich noch einmal um, winkte und verschwand.

Die Kontrolle durchschritt Berg mit der Körpermechanik eines leicht Betäubten, seinen Kopf jedoch durchschwirrten fast panisch, als sei ein Vogelschwarm durch einen Schuss aufgeschreckt worden, die Deutungsversuche all dessen, was er soeben und gestern erlebt hatte: Die Sätze auf den weißen Briefkarten Rikes vom Dezember hatten sich nicht in Luft aufgelöst, sie hatten sich vielmehr in Fleisch und Blut verwandelt. Die Berührung in der Bar war nicht aus Versehen geschehen, sie hatte ihn heilen sollen, im selben Moment, da sie ihn erreichte. Das Fortlaufen Rikes vor wenigen Minuten war keine Flucht gewesen, es war ihr schwergefallen, sich zu trennen von ihm, sie hatte sich losreißen müssen.

Zwischendurch gelang es ihm, sich zu sagen, eigentlich sei doch gar nichts passiert, allenfalls ein Messeflirt unter Alkoholeinfluss, gestern, das gehörte ja irgendwie dazu. Aber dann war es wieder da, dieses Gesicht, diese Augen, diese Stimme. Es war eingezogen in ihn, in seinen Kopf, sein Herz, er würde es wiedersehen, wiedersehen müssen, wollen. *Bald.* Nicht irgendwann. Wie er auch wusste, dass es ihm ein Leichtes sein würde, die Stadt, in der es ihn gefunden hatte, erneut anzufliegen, mit einem weiteren Auftrag seiner Zeitung, niemand würde fragen, warum schon wieder dorthin? Hier spielte die Revolutionsmusik, noch immer, ein Dauerthema für die nächste Zeit und einen Journalisten wie ihn.

Darauf hast du doch so lange gewartet!, hatte sein Chefredakteur schon vor Monaten gesagt und ihm damit Generallizenz erteilt, das Feld auch zukünftig zu beackern, so oft er wollte, und nicht nur hier: Bereits übermorgen würde er erneut nach Budapest fliegen, wie schon im zurückliegenden Sommer, damals, um Pozsgay zu interviewen, später, als Nagy begraben wurde, Maleter und die anderen einst heimlich gehenkten und auf einem Abdeckergelände verscharrten 56er, noch einmal, nun in Ehren, dreihunderttausend Ungarn hatten das Geleit gegeben, mit dem Schlachtruf auf den Lippen: »*Wir werden niemals wieder Sklaven sein!*« Ein Petőfi-Wort, so hatte man ihnen gesagt, es übersetzt.

Reiter hatte Bilder geschossen, unentwegt, mit Tränen in den Augen, wie er hinterher bekannte: Er habe nur noch abgedrückt, fast blind.

Später hatte Berg Flüchtlinge aus dem Chaos vor der deutschen Botschaft gefischt, für eine Serie. Die Familie, die sich ihm anvertraut hatte, er ließ sie in seinem Hotelzimmer duschen, war zuletzt glücklich durchgekommen. Als der geschichtsträchtige Massendurchbruch geschah, war er jedoch nicht mehr bei ihnen gewesen, Reiter und er hörten davon auf ihrer ersten Arktisreise, irgendwo auf Svalbard, am anderen Ende der Welt.

Dieses Mal flog er zu einer Schriftstellerkonferenz. Die geladenen Dichter aus Ungarn und Rumänien, wegen der gespannten Lage zwischen den beiden Staaten, wollten vermitteln. Dinescu, der Bukarester Revolutionspoet mit den großen Kinderaugen, die lebende TV-Ikone aus dem transsilvanischen Hexenkessel, sollte auch kommen. Dinescu interessierte Berg am meisten, ein Gespräch mit ihm, falls er nicht zickte. Er schien auch etwas Primadonnenhaftes an sich zu haben.

Schon Pozsgay hatte Berg am Rande des Interviews, das er mit ihm in dessen Büro im prächtigen Parlamentsgebäude an der Donau geführt hatte, zugeflüstert, dass in Rumänien eine Clique herrsche, die eine Mischung verkörpere aus Dschinghis Khan und Pol Pot.

Immerhin: der Anführer und seine Frau waren inzwischen erschossen worden. Eine draculanische Weihnacht hatte man ihnen beschert, Berg gingen die TV-Bilder vom kurzen Prozess gegen die beiden nicht aus dem Kopf: Dieses hilflose Gestammel und Gebettel, *Kinder, das könnt ihr doch nicht machen,* hatte die gute Mutter Elena immer wieder ihren Exekutoren zugerufen. Diese vollkommene Verkennung der Lage. Dazwischen die Blutdruckmessung zur Feststellung der gesundheitlichen Verfassung der Delinquenten, als hätte Ionesco das Stück geschrieben. Das irre Augengeflacker im bauernschlauen Gesicht des Conducators, dem alle Schläue nun nichts mehr nützte. Sein letzter Gesang der Internationale, das Fesseln der Hände des nun nur noch armselig wirkenden Paares auf ihrem Rücken mit irgendeinem schäbigen Strick. Dann die Wand, die Schüsse, zwei Körper wie Lumpenhaufen. Blutrinnsale, Dreck. Die Kamera, der Zeuge ohne Gesicht, ließ nichts aus. Die Bilder von der Hinrichtung hatten ihn zwar merkwürdig berührt, Empörung hatten sie nicht ausgelöst. Manchmal schien ihm, sie hätten unendlich Normaleres gezeigt als das, was im eigenen Land passiert war.

Vielleicht war die Reise nach Ungarn schon allein deshalb gut, weil sie ihn ablenken würde von dem Ort, den er gerade verließ.

Hatte er Rike eigentlich davon erzählt?

Er wusste es nicht mehr.

War das ein schlechtes Zeichen, ein gutes?

Ohnehin würden in knapp vier Wochen die Dreharbeiten in Mecklenburg beginnen, ebenso lange sollten sie laufen, und danach stand schon der Sommer vor der Tür, Dänemark rief, wie seit Jahren. Den Freunden dort würde ein Ausbleiben von ihnen unverständlich sein. Natürlich würden sie sie nicht enttäuschen.

28

Als das Telefon klingelte, wachte er auf. Er hatte geträumt, das Telefon klingle, und wusste für Sekunden nicht, ob er immer noch träumte oder ob es tatsächlich der Apparat auf dem Schreibtisch gewesen war, der ihn geweckt hatte. Es war der Apparat gewesen, er klingelte wieder. Berg stand auf, hob den Hörer ab und fragte, ohne seinen Namen zu nennen:

Wer ist da?

Ich, hörte er, hörte, dass es Rikes Stimme war. Er begriff trotzdem nicht, was gerade geschah:

Wo bist du?

Hier, sagte sie, hast du geschlafen, hab ich dich geweckt?

Nein, ja, bist du im Hotel?

In Bergs Kopf drehte sich alles, erst allmählich wurde ihm klar, dass Rike tatsächlich gekommen war. Dass sie da war, am selben Ort wie er, an dem er seit gestern so fiebrig auf sie gewartet hatte, im selben Haus, nur einige Stockwerke tiefer:

Warte, sagte er, als befürchte er, doch nur zu träumen und am Ende des Traums bloß eine Illusion berühren zu können, warte bitte, ich komme gleich, ich komme gleich runter zu dir.

Aber ich bin doch da, Torben, sagte Rike, ich lauf nicht weg. Die Verwunderung in ihrer Stimme hielt sich wie ein schönes Echo in seinem Kopf.

Ich freue mich nur so, sagte Berg, ich hab gerade geträumt, dass du anrufst, und nun hast du wirklich angerufen. Ich bin ein bisschen durcheinander.

Dann legte er, ohne eine Antwort abzuwarten, auf, ging ins Bad. Dort kühlte er sich das Gesicht und presste danach seinen Kopf in ein Handtuch, mit einem Gefühl, als würde er seit Ewigkeiten so stehen. Wenig später ließ er die Hände sinken. Während das Handtuch zu Boden fiel, blickte er in den Spiegel.

Aber sein Spiegelbild gab keine andere Antwort als die, die ihm in den letzten Wochen immer wieder über die Lippen gekommen war, lautlos und doch unüberhörbar, wenn er in einen

Spiegel geblickt und dabei an Rike gedacht hatte, doch eigentlich Karla vor sich sah:

Ja, flüsterte Berg zurück, ich weiß, es ist falsch, es ist falsch! *Es ist falsch!* Aber ich kann nicht anders, ich kann nicht mehr anders! Du bist so weit weg, wie eine Schwester, die man liebt, unabtrennbar, selbstverständlich; wie eine Schwester eben. Rike ist etwas anderes, eine Gewalt, eine Naturgewalt, die von ihrer Kraft selber nichts weiß, aber sie überflutet alles mit ihr. Alles, und jetzt auch mich. Ich kann mich hinwenden, wohin ich will, sie ist da, immer schon da, in mir, vor mir, neben mir, und jetzt ist sie hier, wirklich hier, und will, was ich will. Es nicht mehr zu wollen, ist nicht mehr möglich, ihr nicht, mir nicht, warum? Keiner von uns weiß es. Ich wünsche mir nicht, dass es mir jemals so ergeht wie dir, jetzt, wo du noch gar nichts weißt. Wäre es jedoch so, würdest du mich verstehen, das weiß ich.

Dann griff er nach der Rasierwasserflasche aus der schwarzen *Boss*-Serie, öffnete ihren Verschluß und rieb sich einige Tropfen auf die Schläfen: Der herbe, vertraute Duft, der ihn sogleich zu umgeben begann, schoss ihn in eine Wachheit, als ob er eine Wunderessenz getrunken hätte. Schließlich nahm er sein Jackett und verließ das Zimmer. Wie immer war er ganz in Schwarz gekleidet, und wie immer hatte er etwas Bedrucktes in der Hand, ein Buch wäre übertrieben gewesen, aber eine der vielen Zeitungen, die in seinem Zimmer herumlagen, hatte er mitgenommen und, was er sonst nie tat, auf dem Weg zum Fahrstuhl zusammengerollt, so fest wie einen Stab, mit dem er sich, während er hinabfuhr, wieder und wieder auf den rechten Oberschenkel schlug. Er peitschte sich regelrecht, bis es schmerzte.

Mit dem Verlassen des Fahrstuhls, der in der Nähe der Rezeption lag, ließ er seinen Blick durch die Empfangshalle des Hotels gleiten, über Sessel, Sitzecken und Tischchen hinweg, an keinem einzigen Punkt aber blieb er hängen: Nirgends erblickte er Rikes Gesicht, nicht ihre Augen, ihren Mund, ihren Kopf mit der Pagenfrisur, dieses ganze magische Bild, das er seit der letzten

Leipziger Begegnung nicht mehr losgeworden war, nicht am Tag, nicht in der Nacht, es beherrschte ihn, erschien ihm, ganz gleich, wo er sich gerade befand, was er las, aß oder sah, immer wieder tauchte es auf in ihm wie ein Vogel am Himmel im Gegenlicht, den man nicht ankommen sieht, aber plötzlich ist er da, fast zum Greifen nah, ein Hauch, vorbei:

Wo war sie?

Berg hielt es schon lange für möglich, dass man vor Liebe verrückt werden könne, vor Sehnsucht krank.

Dass er sie nicht sah, konnte es damit zusammenhängen, dass er sich alles nur einbildete, dass er Stimmen gehört hatte, aber nicht *ihre* Stimme? Konnte es sein, dass er nach wie vor in einem Traum steckte, in einem Alptraum, einem schönen zwar, wenn es das gab, wie vor vielen Jahren in einem bösen, im Gefängnis, als er einmal beim Erwachen gegen Mitternacht in Panik geriet, weil der Geheimdienst im Keller seines Hauses, unter dem Haufen zerfallender Braunkohlebriketts, offenbar die Leiche desjenigen entdeckt hatte, an dessen Tod Friedrich und er schuldig geworden waren, und nun drohte ihm, statt der fünf Jahre, die er seiner offenen politischen Widersprecherei wegen erhalten hatte, in einem zweiten Prozess lebenslänglich.

Lebenslänglich hinter diesen grauenhaften Mauern, hinter denen man, wenn man lebenslänglich hatte, nur lebte, um bei vollem Bewusstsein zu sterben, über Jahre und Jahrzehnte hinweg, ohne jemals das Meer wiederzusehen, weder Wälder noch Wiesen, keinen Schnee in weiter Landschaft, auf Bäumen, Gesträuch, ohne noch einmal den Regen zu spüren, ein Mädchen, eine Frau, das eigene Kind.

Es hatte in jener Nacht der Selbstbeherrschungskräfte eines Entfesselungskünstlers bedurft, um sich aus den Verstrickungen in seinem Hirn zu befreien, um zu realisieren, dass er mitnichten jemanden umgebracht hatte und deshalb für immer im Gefängnis bleiben müsste. Dass alles nur ein Alptraum war.

Die Erinnerung half: Berg sagte sich, irgendwo wird sie sein, vielleicht ist sie auf die Toilette gegangen, vielleicht ist sie genauso aufgeregt wie du, steht draußen und atmet nur noch einmal durch. Vielleicht raucht sie auch bloß an der frischen Luft? Sie raucht ja.

Während er sich so zu beruhigen versuchte und dabei langsam voranging, ließ er seinen Blick ein zweites Mal durch die Hotelhalle streifen, tiefer vordringen als beim ersten Mal – bis in den letzten Winkel des sich hinziehenden Raumes, den auch am Tag eher dämmriges Licht erfüllte: ein Tischchen tauchte auf, zwei Sessel, ein hässliches Wandbild, politische Hurenkunst, die gewiss bald verschwinden würde.

Vom Fahrstuhl her gesehen lag das Arrangement in einem toten Winkel, und von dort blickte ihm nun, als wäre sie im selben Moment hineingezaubert worden, Rike entgegen, und je näher er ihr kam, umso mehr schien sie zu lächeln.

Als er vor ihr stand und sich zu ihr hinabbeugte, um sie leicht auf die Stirn zu küssen, merkte er, wie befangen er war, auch Rike wirkte seltsam gehemmt, verlegen.

Da bist du ja, sagte Berg. Ich hab dich gar nicht gesehen, zuerst. Du hast dich versteckt vor mir, gib es zu?!

Glaubst du? Rikes Mundwinkel umspielte jetzt jenes Lächeln, dem er, wie er längst wusste, vom ersten Wahrnehmen an verfallen war: Vielleicht wollte ich nur wissen, wer da wirklich auf mich zukommt?!

Und?, fragte Berg.

Ich bin nicht weggelaufen, sagte sie, erhob sich und küsste ihn auf die Wange. Der Kuss war so flüchtig wie ihre Aufforderung lässig: Wollen wir?

Vor dem Hotel schlug Berg vor, vielleicht erst in den Schlosspark zu gehen, das Wetter sei für eine Promenade doch wie gemacht, es wäre ewig her, dass er dort gewesen sei, zuletzt kurz vor seiner Verhaftung, ob sie ihn kenne, den Park? Er wäre schon schön, seine Kaskaden und Sandsteinfiguren berühmt, jedenfalls im Norden.

Rike schüttelte den Kopf.

Falls sie jedoch hungrig sei, könnten sie auch erst etwas essen.

Rike schüttelte wieder den Kopf: Sei es nicht viel schöner, wenn sie es genau andersherum machten: erst flanieren und spazieren, dann dinieren.

Dinieren? Er lachte: Du kommst ja vornehm um die Ecke! Und dann?

Berg hatte ihren immer fröhlicher werdenden Redefluss unterbrochen, weil es ihn mit Macht drängte zu erfahren, ob sie heute noch zurückmusste, wie viel Zeit sie hätten, Spielraum, nur für sich alleine. Endlich. Nicht mehr zu dritt oder viert in Leipziger Restaurants und Wohnungen, hoffend auf Gänge ihres Freundes auf die Toilette oder sein Verschwinden zu Terminen ohne sie, um sich endlich berühren zu können, über den Tisch hinweg, Worte und Sätze zu sagen, die in seiner und anderer Gegenwart nicht gesagt werden konnten, ohne das begonnene Spiel, das schon viel ernster war, als sie sich offen eingestanden, zu gefährden: Maskeraden im Beisein anderer, wenn es um seine Gefühle für Rike ging, und das Herunterreißen der Maske, wenn sie verschwunden waren.

Berg hasste Falschspiele dieser Art, erst recht einem Menschen gegenüber wie Rikes Freund, der ihm weiß Gott nichts Böses getan hatte, geradezu arglos schien er ihm zu vertrauen.

Was sollte ihm auch von einem scheinbar glücklich verheirateten Mann drohen, mit einer schönen Frau, einer geliebten Tochter, einem großen Haus in Hamburg und der Luxusposition in der Redaktion einer weltbekannten Zeitung? Es musste, irgendwie, beendet werden. Würde sie bleiben, über Nacht, auch das wusste Berg nun wie ein verratenes Geheimnis, würde es allerdings kein Zurück mehr geben. Sein Herz klopfte ihm bis zum Hals, als er sie mit sicherer Stimme sagen hörte:

Dann werden wir vielleicht noch was auf deinem Zimmer trinken. Seine Minibar sei bestimmt nicht leer?

Berg wollte antworten: Es gibt Sekt, eine ganze Flasche. Und Whiskey. Und Wodka. Doch spürte er sofort, dass es die falsche Antwort gewesen wäre, vielleicht nicht für Rike, aber für ihn.

Und so antwortete er nur, indem er seinen Arm um ihre Schultern legte und sie an sich zog: heftig, fest, eisern. Sie ließ es geschehen, ohne sich auch nur eine Sekunde lang dagegen zu wehren.

Deswegen hatte er Karla gegenüber ein Arbeitswochenende am Drehort vorgetäuscht; deshalb hatte Rike in Leipzig ein anderes Märchen erzählt. Die Welt, aus der sie aus entgegengesetzten Richtungen bis an diesen Punkt gekommen waren, begann sich immer schneller zu drehen und im Drehen zurückzuziehen, während sie zur selben Zeit aus ihr herausgeschleudert wurden. Bald würde sie vollkommen verschwunden sein, und dann würde sie auftauchen, die Insel außerhalb von Raum und Zeit, gelegen zwischen Weltuntergang und Weltaufgang.

Tiefer flog Berg Geschichten dieser Art nie an; er war ja Romantiker. Was ihn eigentlich eher hinderte, Geschichten dieser Art anzufangen. Doch wenn es geschah, geschah alles. Alles oder nichts.

Rike, die ihn nicht wirklich kannte, konnte davon nichts ahnen. Er hoffte deshalb, sie würde in Sachen Liebe so sein wie er. Er hoffte es nicht nur, er glaubte, es zu wissen: Ihr erster Brief an ihn, die darin enthaltene geheimnisvolle Formel von der Seele, die brennt, gaben ihm die Gewissheit, dass sie sich ähnlich waren. Dass es da im tiefsten Innern von ihnen beiden, so unterschiedlich sie auch sonst sein mochten, etwas gab, das untrennbar zusammengehörte: zwei Hälften einer Kugel, in der sich alles verdichtete, was sie sich je von einem anderen gewünscht hatten, brachte man sie nur zusammen. Niemand hätte ihm jetzt noch das Glück ausreden können, das die Kugel ausfüllen würde, würden ihre Hälften aufeinandertreffen, um miteinander zu verschmelzen.

Aber auch das wusste er in diesem Moment: Es wäre das größte Unglück Karlas.

29

N*imm mich,* flüsterte sie. Noch eben hatte er sich im Wohnteil der Suite um den Sessel, in dem sie saß und Sekt trank, so langsam gedreht wie sie ihren Kopf parallel zu seiner Bewegung, sie dabei geküsst, getrunken und wieder geküsst, so sehr, dass das sprudelnde Getränk zwischen ihren Lippen hervorquoll und über Kinn und Hals auf ihr T-Shirt lief, als sie sich ohne jede Vorwarnung von ihm löste, aufsprang, durch die offene, ein wenig japanisch wirkende Schiebetür ins Schlafzimmer lief und ihm vom Bett her halblaut zurief: *Nimm mich*!

Berg war sich nicht sicher, gehört zu haben, was er gehört zu haben glaubte; sein Körper aber war es umso mehr: Die rasend schnell aufsteigende Hitze in ihm verschloss ihm fast den Mund, der schlagartig trocken wurde. Für den Bruchteil einer Sekunde hatte er das Gefühl, keine Luft mehr zu bekommen.

Dann hörte er nichts mehr, weil sie sich küssten, zitternd vor Gier und Erregung, und während er ihr T-Shirt hochschob, spürte er, wie Rike, energisch und ohne jede Scheu, Gürtel und Knopf seiner Hose öffnete, den Reißverschluss herabzog und ihre Finger über die Oberfläche seines Slips glitten. Aber dann zog sie ihre Hand wieder zurück, entwand sich ihm und drehte sich zu seiner Überraschung blitzschnell um, warf sich fast übergangslos flach auf das Bett, um sich sogleich wieder mit angewinkelten Armen und Knien emporzustemmen und ihren Kopf dabei in das Kissen zu drücken, so dass er ihre Hüften von hinten umfassen und den Gürtel ihrer Jeans öffnen konnte.

Es gelang ihm ohne Schwierigkeit, während sein Blick ihren Nacken abtastete, nur als er den Reißverschluss herabzuziehen begann, spürte er kurz ein Zittern in den Händen, doch dann befreite er – Stück um Stück – ihren Körper, den er bisher bloß verhüllt hatte lieben dürfen, von allem, was dessen Schönheit verbarg.

Um neun erwachte Berg und versuchte, nach einem kurzen Blick zur roten Digitalanzeige des elektronischen Weckers auf dem Nachttisch, sich im Dämmerlicht des Schlafraums der Suite mit dem großen Bett zurechtzufinden: In seinem linken Arm lag, erstmals, obwohl er wusste, wie sie hieß, wo sie herkam und warum sie bei ihm war, eine fremde Frau. Sie war jung, schön und nackt. Und sie schlief. Er wagte nicht, sich zu bewegen. Er wollte betrachten, was da in seinem Arm lag. Dieses Gesicht, das er in der Nacht zuvor geküsst hatte wie ihr Mund ihn: heftig, ohne die geringste Hemmung. Jetzt lagen die dunklen Wimpern Rikes aufgefächert und vollkommen ruhig auf ihrer Haut an der unsichtbaren Grenze zu ihren Wangen. Er hätte sie gerne berührt, anders als noch vor Stunden: flüchtig nur, fast nicht. Vielleicht reichte es ja, sie musste es trotzdem spüren.

Beobachtest du mich?

Ihre Frage, kaum hörbar, irgendwie schüchtern, traf ihn in dem Moment, als er für den Bruchteil einer Sekunde seinen Blick von ihr abgewandt und zum Fenster geschaut hatte, durch das nur eine Ahnung von Tageslicht drang, Gardine und Vorhang waren zugezogen, auch ein paar entfernte Geräusche von Autos und Bussen, die über den Bahnhofsvorplatz fuhren, an dem das Hotel lag, konnte man hören.

Was sagst du da, sagte er: Ich sehe dich an, das ist etwas anderes. Ich sehe dich an, wie du in meinem Arm liegst. Es ist schön, das zu sehen.

Es ist merkwürdig, sagte sie: Ich bin noch nie in den Armen eines Mannes eingeschlafen, und noch weniger bin ich darin aufgewacht. Ich habe immer geglaubt, ich könne das gar nicht.

Nein? Berg fragte, aber er fragte nicht wirklich. Stattdessen machte er eine kleine Pause, in der er sie mit seinem Blick geradezu fixierte, ohne die Ironie darin zu verstecken, die ihn sagen ließ: Es gibt Nächte, in denen geschieht offenbar sogar das Unvorstellbare!

Gib bloß nicht so an, hörte er sie und sah, dass sie dabei war, ihr spöttisches Lächeln aufzusetzen, vermischt mit einer Spur jener Provokationslust, mit der sie ihn schon in der allerersten Nacht ihrer Begegnung herausgefordert hatte.

Jetzt bist *du* das lachende Mädchen, sagte Berg schnell.

Was meinst du?, fragte sie. Wer soll das sein? Ich?

Vielleicht, sagte Berg. Jedenfalls konnte es sich auch nicht vorstellen, mit einem Mann zusammen einzuschlafen, und dann hat es ihm doch gefallen.

Lag sie bei dir, so, wie wir jetzt?

Du bist süß, sagte er und freute sich über ihre Verunsicherung: Es ist eine *Geschichte*, eine Liebesgeschichte, chinesisch, uralt, es geht einem Mädchen darin so wie jetzt dir: »Das lachende Mädchen«. Geister tauchen auf, Mächte, die uns fesseln, die Seele einfangen, uns in Unruhe versetzen und alles durcheinanderbringen, und irgendwie, glaub ich, kommen wir zwei auch vor darin, ein bisschen jedenfalls. Wir sind zwar nicht Cousin und Cousine, wie dort, wir können uns auch sehen, wo und wann wir wollen, das konnten die damals natürlich nicht, wir wissen sogar, wie es ist, wenn man sich wirklich küsst. Aber dann gibt es Dinge in der Geschichte, die tatsächlich auf uns zutreffen, jetzt oder seit ich dich zum ersten Mal gesehen habe, aber da wusste ich ja noch nichts von dem, was du eben erzählt hast.

Jetzt würde sie es aber gerne ganz genau wissen wollen, sagte sie.

Wirklich?

Berg fragte mehr sich als sie, ihm schien plötzlich, als sähe er einen Film, obwohl sie nach wie vor in seinem Arm lag und er nun seine Hand über ihr Gesicht gleiten ließ, über ihre wieder geschlossenen Augen, ihre Wimpern, ihr linkes Ohrläppchen, ihren Hals, über die feine Goldkette hinweg, bis zum Saum der verrutschten Bettdecke, die ihre Brüste inzwischen fast ganz frei gegeben hatte – um sie wieder zuzudecken. Alles war jetzt still, nur ihr ruhiges Atmen war noch zu hören, und als er sah, dass sie ihre Augen geschlossen hielt, begann er, ihr die Geschichte vom lachenden Mädchen zu erzählen.

In Lo-tien, hörte er sich wie ein Märchenerzähler sagen, im Bezirk Schantung, lebte ein junger Mann namens Wang Tse-fu, der schon früh seinen Vater verloren hatte. Er war ein ziemlich kluger Bursche, mit vierzehn Jahren bereits erlangte er den Grad eines Hsiu-tsai.

Was ist das? Rike unterbrach ihn, ohne die Augen zu öffnen.

Was das ist?

Berg war überrascht, dass sie danach fragte. Da er es nicht wusste, sagte er:

Ich weiß es nicht, vielleicht so etwas wie ein Diplom oder ein Doktorgrad. Es sei ein altes Buch, in dem er die Geschichte gefunden hätte, schon lange fasziniere sie ihn, es gäbe aber keinen Anhang darin, der irgendetwas erkläre. Dafür sei es sehr kostbar, auf Chinapapier abgezogen und in gelbe Seide gebunden. Ein wirklicher Schatz.

Wo hast du den denn entdeckt?

Ein Geschenk, antwortete er.

Rike, die ihre Augen wieder geöffnet hatte, sah in ungläubig an: Wer schenkt dir denn solche Schätze?

Na ja, sagte er: Ein vermögender Seerechtsanwalt aus Hamburg, Büchersammler, Bildersammler, Mäzen sowieso, der meine Gedichte liebt und weiß, dass ich von Asien schwärme, seitdem ich einmal in China war, und lese und nach Hause schleppe, was ich dazu kriegen kann, er hat mir zu einem meiner Geburtstage, es war nicht einmal ein runder, glaub ich, das Buch mitgebracht. Ich hab zunächst gar nicht begriffen, wie wertvoll es war; aber seitdem ich es weiß, grüble ich immer noch darüber nach, was ihn geritten haben mag, mir so eine Kostbarkeit auf den Tisch zu legen.

Vielleicht liebt er ja nicht nur deine Gedichte, Rike hatte ihre Augen erneut geschlossen.

Bergs Kopf sank zurück auf sein Kissen, einen Moment lang

starrte er unverwandt an die Decke. Dann hörte er sich mit einer vollkommen fremden, ruppigen Stimme sagen:

Nein, nein, mein Engel, nicht einmal im Gefängnis ist es mir möglich gewesen, eine Männerhand, wenn du das meinst, an meinen Schwanz zu lassen, Frauenhände gab es dort ja leider nicht. Davon konnte man nur noch träumen.

Das hat jetzt aber nichts mehr mit dem Märchen zu tun.

Rikes Stimme klang bedrückt. Erzähl weiter, bat sie. Dann schob sie ihre Hand auf seinen rechten Oberschenkel, wo sie die ganze Zeit über ruhig liegen blieb, während er ihr das uralte chinesische Märchen vom lachenden Mädchen Ying-ning erzählte, das mit seinem scheinbaren Unernst, seinen Verführungskünsten, seinem Schweigen und närrischen Tun immer wieder Verwirrung stiftet und Wang, seinen so leidenschaftlichen Verehrer und späteren Ehemann, in größte Schwierigkeiten bringt. Am Ende offenbart es sich ihm als Tochter eines dämonischen Wesens, einer Füchsin, und bittet Wang, ihm dabei zu helfen, den rastlosen Geist seiner verstorbenen Pflegemutter zur Ruhe kommen zu lassen. Wang hilft ihm, und nach einem Jahr wird Ying-ning ein Sohn geboren, der sich vor niemandem fürchtet, immer strahlt und alle Menschen, denen er begegnet, voller Freude anlacht.

Eine schöne Geschichte, sagte sie, als er zu Ende erzählt hatte.

Schön und fremd, sagte Berg, wie alles Asiatische.

Irgendwie unheimlich sogar, sagte Rike: Sie glaube aber daran.

Woran?, fragte er.

Geistwesen, sagte sie: Es gibt da was, die Toten sind nicht verschwunden, jedenfalls nicht total. Meine Tante Mi, sie lebt nicht mehr, schon lange, aber sie spricht mit mir. Immer wieder. Wenn es mir schlechtgeht, manchmal, dann ist sie plötzlich da, nicht als Gestalt, auch nicht mit lauter Stimme, doch auf einmal finde ich einen Brief von ihr, den ich ewig gesucht habe oder vollkommen vergessen, und was drinsteht, hilft mir dann. Das ist so unerklärlich, weißt du, weil es so verrückt klingt, und trotzdem stimmt es.

30

Gegen Mittag kam die Filmcrew aus Hamburg, um ihn abzuholen. Sie hatte Friedrich mitgebracht, den Berg schon ziemlich früh eingeweiht hatte, nur um ihm zu sagen, dass es keine Affäre sei, es sei alles viel schlimmer: Es sei ernst wie nie zuvor. Er könne es sich nicht erklären, aber dieses Mädchen mache ihn wahnsinnig oder süchtig, oder beides, ganz wie er wolle. Auf jeden Fall könne er nicht mehr loslassen, zugleich wisse er, dass er damit alles gefährde, was ihm in Hamburg lieb und teuer sei. Er wage nicht, daran zu denken, wenn Karla es erführe, nicht wegen irgendwelcher Szenen, dafür sei sie nicht der Typ. Aber es würde sie treffen wie ein ganz schäbiger Verrat, das sei es auch und doch wieder nicht. Wenn es überhaupt etwas sei, dann ein Naturereignis der gewaltigsten Art, aber das wären zuletzt meist ja auch bloß Verhängnisse.

Ein Vulkanausbruch ist schließlich nur von weitem schön, hatte er am Ende gesagt, steckst du mittendrin, steckst du in einer Katastrophe.

Friedrich hatte ihn mit den Worten zu beruhigen versucht, er wisse, wie ihm zumute wäre, er kenne das selbst nur zu gut, ihm sei so etwas ja nun wirklich nicht nur einmal passiert. Vor allem hieße es jetzt, ruhig Blut zu bewahren, keine Fehler zu machen, vielleicht löse sich die Sache ja genauso leicht wieder auf, wie sie über ihn gekommen sei.

Berg ließ sich nur zu gerne beschwichtigen, zugleich wusste er, dass Friedrich einzig von sich ausging, von der Halbwertszeit seiner Affären, die schon bisher zahlreich gewesen waren, gerade jetzt steckte er in seiner neuesten. Friedrichs Glück war, dass seine Frau dennoch eisern an ihm festhielt, was bei dem Ausmaß an Demütigung, das sie erfahren hatte, nicht mehr zu begreifen war. Friedrich begriff es ja selber nicht, warum sie ihn nicht endgültig verstieß. Berg war deshalb irgendwann der Verdacht gekommen, dass ihr Festhalten an ihm nichts anderes war als die ihr letzte mögliche Form der Rache, weil sie ganz genau wusste, dass er zu schwach war, sich für immer von ihr zu lösen. Aber vielleicht war es viel einfacher, und sie waren beide nur schwach, und das war ihr doppelt haltbares Glück im x-fachen Unglück, das sie wie einen negativen Schatz ihrer Ehe inzwischen angehäuft hatten.

Wir sind da, hatte Friedrich am Telefon gesagt, in einer halben Stunde geht's los. Ist sie bei dir?

Ja, sagte Berg, wo bist du?

Auf meinem Zimmer, sagte Friedrich: Zeigst du sie mir?

Du kannst Fragen stellen, lachte Berg und hoffte, dass Rike nicht mitbekam, wie sie gerade über sie sprachen. Dann blickte er zu ihr hin und sagte:

Mein Cousin ist im Hotel, soll ich ihn dir vorstellen?

Rike, die in einer der vielen von Berg angehäuften Zeitungen und Zeitschriften blätterte und dazu von einem Schokoladenriegel aß, hob ihren Kopf und sagte mit der frechen Fröhlichkeit, die ihm so gefiel an ihr:

Wenn er mein Typ ist, gerne!

Du hast es gehört, sagte Berg seinem Cousin, der irritiert zurückfragte, was er denn gehört haben solle, er hätte nichts gehört?!

Na, dann wirst du sehen. In zehn Minuten sind wir unten.

Berg hatte laut gelacht dabei, aufgelegt und blitzschnell Rike zugerufen:

Bleib so! Bleib bitte genau so sitzen, wie du jetzt sitzt!

Warum denn?, fragte sie, ohne sich zu bewegen, Berg hatte nach der Kamera gegriffen, die neben dem Telefon lag.

Wenn ich heute Abend zurückkomme, bist du nicht mehr da. Wenn du nicht mehr da bist, geht es mir schlecht. Hab ich Bilder von dir, wird es mir bessergehen, wenn du nicht da bist. *Bleib so!*

Da sitzt sie nun, dachte er, während er abdrückte, ein ums andere Mal: Wie sie den kleinen Finger abspreizt, wenn sie die Seiten umblättert. Wie sie lächelt, wenn sie mich ansieht und mit der Hand durch ihr Haar fährt. Was denkt sie, wenn sie so guckt?

Was denkst du?, fragte er und ließ die Kamera sinken.

Nichts, sagte sie, gar nichts. Es ist einfach nur schön.

Bleib doch, sagte er, das beruhigt mich.

Ich kann nicht, Torben, flüsterte sie zurück: Ich werde die Zeit, bis der Zug geht, schon überstehen, ruf mich morgen an. Ich freue mich, wenn du es tust.

Wenn es nur daran läge, sagte er, aber die Verbindungen sind so schlecht, dass man sich fragt, wo Leipzig liegt, im Funkloch auf der Rückseite des Mondes oder sonst wo. Man wird fast verrückt, jedes Mal von neuem, ich jedenfalls.

Ich weiß doch, sagte sie, stand auf und legte ihre Arme um seinen Hals: Telefonisch wohn ich noch hinter dem Mond; aber ich wohn doch nicht mehr hinter der Mauer!

Friedrich erwartete sie im Foyer, wo Berg ihm Rike vorstellte und nach den anderen fragte. Die sind wohl auf ihren Zimmern, sagte Friedrich, der aus innerer Nervosität und Unruhe immer überpünktlich war, László sei aber schon an seinem Wagen. Dabei tat er so, als würde er ausschließlich auf Berg blicken, war aber mit seinen Augen, er konnte das irgendwie, gleichzeitig bei Rike.

Soll ich dir László auch noch vorstellen?, hatte Berg gefragt.

Muss nicht sein, sagte Rike schnell, ich lass euch jetzt in Ruhe und fahre gleich wieder nach oben.

Sie gab Friedrich die Hand und wollte sich auch von Berg verabschieden.

Ich bring dich noch zum Fahrstuhl, sagte er.

Na, sagte Berg, als er zurückkam, und zündete sich ein Zigarillo an: Was sagst du?

Mein lieber Mann, Friedrich machte einen tiefen Zug aus seiner Zigarette und stieß, länger und geräuschvoller als gewöhnlich, den Rauch aus: Ich verstehe dich gut. Ich verstehe dich sehr gut!

Um sechs war der Dreh auf der Chaussee in Richtung Ostsee beendet, den ganzen Tag lang hatte die Sonne geschienen, erst am frühen Abend wurde es dunstig, zog ein dünner milchiger Nebel über die Felder. Wie immer hatte Friedrich den goldenen Film-Opel gefahren, in dem sie saßen und, verkabelt für den Toningenieur, miteinander sprachen, über die Jahre in der Diktatur, Kindheitsstorys, Jugendstreiche, Schulanekdoten, was Berg so ins Drehbuch geschrieben hatte. Die Kamera hatte sie dabei durch die Frontscheibe gefilmt. Sie war mit einem Spezialgestell am Wagen befestigt worden. Später stand sie am Rande eines riesigen Rapsfeldes, das sich über die Endmoränenhügel hinzog, und erfasste den Wagen bei seiner Fahrt durch die farbenprächtige nördliche Frühlingslandschaft, bis er in einem Waldstück verschwand. Das Wetter war wie bestellt gewesen, der Regisseur hatte gute Laune gehabt und ließ die beiden Szenen nur wenige Male wiederholen, sie lachten oft, auch weil Friedrich einen bestimmten Satz immer wieder falsch betonte, überhaupt war die Stimmung phantastisch, obwohl sie in den zurückliegenden Wochen nie wirklich schlecht gewesen war und wenn, dann regte sich der Regisseur höchstens einmal über den dürftigen Service im Hotelrestaurant auf oder fuhr den Produktionsleiter an, weil irgendetwas nicht geklappt hatte. Einen Grund, seine Reaktionen übertrieben zu finden, gab es allerdings nie. Auf zwanzig Uhr hatten sie sich verabredet, zum Abendessen; sie wollten im Hotel bleiben, den kommenden Drehtag besprechen und noch etwas an der Bar trinken.

Als Berg die Tür seiner Suite hinter sich schloss, traf ihn die Leere wie ein Fausthieb aus dem Dunkel, er hatte das Gefühl, sich in der nächsten Sekunde übergeben zu müssen. Der Schmerz stieg rasend schnell vom Magen her nach oben, es war ein Schmerz, den er bis zu diesem Moment nicht gekannt hatte. Eine absurde Sekunde lang hoffte er, dass Rike sich irgendwo versteckt hätte und gleich wieder zum Vorschein kommen, ihm um den Hals fallen würde; aber Rike war tatsächlich weg, weggefahren, wie sie es gesagt hatte. Wahrscheinlich kam sie gerade in Leipzig an, oder war es noch zu früh dafür? Berg blickte auf seine

Uhr, ihre Leuchtziffern schimmerten grünlich, aber er hatte vergessen, wann der Zug ankommen sollte, es war ihm auch egal. Er wünschte sich ja etwas ganz anderes. Es waren Wünsche, die während des Drehs auf der Chaussee noch vom Sonnenlicht überblendet und von den Gesprächen übertönt worden waren. Doch draußen war die Sonne inzwischen untergegangen, die Stille im Raum dröhnend geworden.

Er machte Licht und sah sofort etwas Auffälliges, Helles, Weißes auf dem dunkelbraunen runden Tisch, den eine Glasplatte bedeckte – es war ein Bogen Papier, auf dem der Name des Hotels stand und darunter das Wort »Gästepost«. Es erinnerte ihn an die Blätter seiner Kindheit, auf denen »Kinderpost« stand. Der Rest der Fläche war beschrieben, in Rikes Handschrift. Bergs Hände begannen ein wenig zu zittern, als er nach dem Briefbogen griff:

»Lieber Torben! Seit einer Stunde sitze ich nun regelrecht meine Zeit bis zur Zugfahrt ab. Sitze einfach nur da und erzähle Dir stillschweigend alle möglichen Dinge, die ich Dir vielleicht wirklich gerne sagen würde. Wärst Du noch hier, würde es, glaube ich, ganz genauso sein. Mein ›Selbstschutz‹, der meistens so prima funktioniert, ist angegriffen, den muss ich unbedingt in Ordnung bringen. ›... die Seele brennt wieder ...‹ Ja? Nein? Egal. Bis bald! Rike«

31

In den darauffolgenden Tagen spürte er, dass er den Dreharbeiten nur noch mit äußerster Kraftanstrengung folgen konnte. Er begriff, dass er dabei war, die Fassung zu verlieren, was sein Leben betraf, auch wenn es ihm nach außen hin gerade noch gelang, so zu tun, als sei alles in Ordnung: in alter, bewährter Ordnung. Nur sein immer häufiger geäußerter Wunsch nach Unterbrechungen, um telefonieren zu können, fiel langsam auf, zunächst Barbara, dann László.

Junge, sagte László, und seine Stimme wurde regelrecht väterlich: Du bist doch nicht etwa krank?! Was ist mit dir, wir lachen viel weniger als vor diesem Wochenende! Wen rufst du denn dauernd an? Deine Frau, deine Mutter, deine Tochter?

Alle, lachte er László entgegen und hoffte, dass der erfahrene Regisseur László Décsy die leichte Verzerrung seiner Gesichtszüge nicht wahrnahm, die Kulisse, die sein Drehbuchautor und Hauptdarsteller inzwischen um sich herum errichtet hatte und hinter der der Ausnahmezustand herrschte, nicht durchschaute, wie er auch hoffte, dass Friedrich ihm weiterhin dabei half. Der war, ging es um Verschleierungstechniken, ein Verhüllungsexperte, ein Ablenkungsprofi , ein hochtalentierter Gaukler.

Also legte er nach, sagte: Formtief, László, Wochenendkater, brachte weitere Vokabeln ins Spiel, die die falsche Fährte vorantrieben, und versprach, dass die Gerichtsszene top werden würde!

Das wird deine Löwenszene, sagte Barbara, um den Effekt zu verstärken: Sie hatte Rike im Hotel gesehen und ahnte, was los war mit ihm. Er musste gar nichts weiter sagen.

Auf der Fahrt zu dem Gebäude in der Stadt, in dem er einst verurteilt worden war, raste ihm der andere Film durch den Kopf, der Film jener Tage, die dem Beginn der Dreharbeiten vorausgegangen waren:

Anfang April, nach seiner Rückkehr aus Budapest, als er erneut nach Leipzig geflogen war, Rike zu treffen, hatte er bei ihrer letzten Begegnung, ihre Messeberührung hatte ihn nicht mehr losgelassen, mit seltsamer Entschiedenheit gesagt, das nächste Mal würde er sich mit ihr alleine treffen, wo auch immer, oder nie mehr. Er hatte es ihr beim gemeinsamen Abendessen im Hotel »Astoria« gesagt, ihr Freund war für einige Minuten auf die Toilette verschwunden. Über den Tisch hinweg hatte er dabei ihre Hände berührt, ihr Gesicht, ihr Haar.

Die Woche in Leipzig war ihm Hölle und Himmel zugleich gewesen, es war ihnen nicht gelungen, dem Rest der Welt zu entkommen: Ständig war jemand an ihrer Seite gewesen, Bekannte, eine Freundin, ihr Freund. Der Himmel in dieser Hölle waren die wenigen Minuten, verließ einer der Überflüssigen den Tisch, den Raum, die Straße. Dabei hatte Rikes Freund es vor allem gut gemeint, wenn er ihn einlud, zusammen mit ihnen auszugehen.

Das erste Mal führten sie ihn ein bisschen stolz ins »Varadero«, das kubanische Restaurant der Stadt. Zunächst bestellten sie den gastronomischen Dauerhit: Medaillons von Rind und Schwein. Danach gab es Hackfleischröllchen mit diversen kreolischen Soßen! Dazu tranken sie »Stierblut« aus Ungarn und rauchten etliche Zigaretten und Zigarillos. Rikes Freund rauchte nicht, er war ein gutaussehender, vernünftig wirkender junger Mann, und er war im selben Alter wie sie. Berg hatte ihn schon im Dezember auf Anhieb sympathisch gefunden.

Rike hatte nach seiner Ankündigung im »Astoria« nichts gesagt, sie hatte ihn nur leicht erschrocken angeblickt, dann genickt. Zuvor, da waren sie noch zu dritt gewesen, hatte er ihr wie nebenbei »Die unerträgliche Leichtigkeit des Seins« zugeschoben, mit den Worten, das sei ein starker Roman über die Zeit nach dem Prager Frühling, sie wären ja Leseratten, er würde ihnen bestimmt gefallen. Nach der Rückkehr ihres Freundes von der Toilette hatte er Müdigkeit vorgetäuscht und sich überraschend verabschiedet. Danach ging er zu Fuß zum »Merkur«, wo er erneut abgestiegen war, wie schon im Dezember und seitdem immer wieder: einer weiteren Recherche wegen, glaubte man in Hamburg. Auch in Leipzig hatte er seine neuerliche Anwesenheit damit begründet. Vom »Astoria« bis zum »Merkur« war es nicht weit, weit genug aber, um sie nicht mehr neben dem anderen Mann sehen zu müssen, nicht mehr zusammen einsteigen mit ihm in das kleine blaue Auto, um nach Hause zu fahren, in das gemeinsame Bett, in dem auch er schon gelegen hatte. Alleine. Ohne sie.

Wenig später erreichte ihn in Hamburg ein Brief von ihr. Er begann mit der merkwürdig besorgten Frage, ob er problemlos seinen frühen Flieger bekommen hätte? Sie jedenfalls sei nach seinem Abflug gleich zu ihrer Mutter gereist, sofort eigentlich, danach wären sie zusammen ins Brandenburgische gefahren, wo sie schon seit langem ein kleines, sehr idyllisch gelegenes Grundstück mit Wochenendhäuschen hätten, an einem von Weiden gesäumten alten Kanal. Dann war der Brief ungewöhnlich redselig geworden, erzählte von den stillen Tagen im Garten, die sie als sehr erholsam erfahren hätte, auch hätte sie »Die unerträgliche Leichtigkeit des Seins« gelesen, nein, verschlungen, und ihm danach einen Brief geschrieben, in dem gestanden habe, dass sie sich demnächst wohl einen Hund zulegen werde ... Natürlich hätte sie ihn sofort wieder verworfen, ja, zerrissen. Eine große Radtour hätte sie übrigens auch gemacht und sich dabei gefragt, ob er ebenfalls Radtouren machen würde? Sie könne es sich zwar vorstellen, es müsste wohl auch ganz unterhaltsam sein mit ihm – aber führe er überhaupt Rad? Bei der Vorstellung müsse sie gerade etwas grinsen, was natürlich ganz hässlich sei. Böse gemeint sei es aber nicht, *wirklich* nicht! Nach einem Hinweis, dass sie es noch nicht geschafft hätte, sich um Karten für den »Ring« zu kümmern, war ihr Brief plötzlich mit dem Verwunderungswort »komisch« in die Feststellung übergegangen, sie hätte eigentlich gedacht, sie könne ihm viel mehr erzählen, doch plötzlich sei alles irgendwie weg ... Ihr bliebe kaum etwas anderes übrig, als entweder überhaupt nichts mehr zu schreiben oder zu schreiben und nichts zu sagen, was so richtig aber gar nicht stimme ... Vielleicht habe er noch mal Lust, mit ihr zu telefonieren, sie sei die nächsten Tage bei ihrer Mutter, die Telefonnummer habe er ja!

Sogleich nach der Lektüre ihres Briefes, der ihm zwischen den Zeilen verriet, verraten sollte, dass sie das Wochenende mit *ihm* verbracht hatte, nicht mit ihrem Freund, hatte er sie angerufen und sie tatsächlich bei ihrer Mutter erreicht. Aus einem unerklärlichen Grund, noch vor jedem Dank für ihre Zeilen, teilte er ihr mit, dass er nur wenig Zeit habe. Es sei viel zu tun, die Dreharbeiten stünden bevor. Er habe jetzt aber den genauen Plan dafür bekommen und festgestellt, welches Wochenende frei sei. Wenn sie wolle, könne sie ihn ja am Drehort besuchen. Dann nannte er ihr die betreffenden Tage und das Hotel, sagte aber auch, dass sie sich jetzt nicht festlegen müsse. Er sei jedenfalls da. Die Entscheidung liege bei ihr.

Die nächsten zehn Tage schwieg er in ihre Richtung, dann erreichte ihn erneut ein Brief von ihr:

»Lieber Torben, wir haben zwar nichts mehr voneinander gehört, aber ich werde am nächsten Freitag ziemlich sicher (sicher!) mal kurz in Deinem Hotel vorbeikommen. Bestimmt bin ich jedoch erst gegen Nachmittag dort. Ansonsten versuche ich gerade, mit meiner blöden Arbeit fertig zu werden. Habe einen riesigen Berg von halbfertigen und fertigen Manuskripten vor mir liegen und etliche miserable Zeichnungen, selbst fabriziert, und versuche sie nun, ohne Konzept zu ordnen. Ich hoffe, dass sich das früher oder später völlig von selbst ordnet. Wahrscheinlich muss ich nur genügend lange das Haus verlassen ... ja, ja ... und dann vergeht die Zeit wie im Fluge ... Wie immer, wenn man sie mal wirklich bräuchte. Ich habe nämlich das Gefühl, dass sofort nach dem Aufstehen Mitternacht schon wieder vorbei ist. Also, wir sehen uns am Freitag. Bis dann! Rike«

Hatte er phantasiert, was danach passiert war? Halluziniert?

Wo war sie?

Was machte sie?

Er hörte nichts mehr von ihr.

Er erreichte sie nicht.

Er würde ihre Mutter anrufen müssen, um etwas zu erfahren.

Warum hatte er ihr überhaupt ein Ultimatum gestellt? In Leipzig. Warum war sie trotzdem gekommen? *Hierher*. In Leipzig hatten sie die Grenze noch nicht durchbrochen. Diese Grenze lag jetzt hinter ihnen, der Horizont, was es eigentlich nicht gab, *im Rücken*, hell, weit, endlos. Was vor ihm lag, war wieder nur dunkel, schwarz, belichtetes Nichts.

Wer war sie? Wer er? Und wer sie, wenn sie zusammen waren?

Warum waren sie in jener Dezembernacht unter der Erde und

dem Gewölbe voller Musik nicht aneinander vorbeigegangen, ohne zu wissen, was der andere war, einem sein könnte? Jetzt vermisste er, was er so nie vermisst hätte. Was ihn jetzt quälte, war ein nie zuvor gekannter Schmerz. Irgendetwas in ihm war am Verdursten, Verhungern. Das Repertoire rationaler Begriffe, das Wissenschaft und Zeitschriftenratgeber für den Fall bereithielten und auch ihm nicht unbekannt war, erwies sich als dürftig bis lächerlich: Man konnte sie nicht trinken wie Medizin, diese Begriffe, nicht schlucken wie Tabletten. Man konnte sie nicht einmal singen, sich mit dem Singsang betäuben: Sie reimten sich nicht auf die Wirklichkeit, auf die sie sich bezogen. Selbst Roland Barthes' »Fragmente einer Sprache der Liebe« halfen nicht weiter, obwohl er sie wie ein Brevier zu lesen versuchte.

Dann fuhren die Wagen des Fernsehteams in den Innenhof des Gerichtsgebäudes, drei Tage lang hatte er hier einst Rede und Antwort stehen müssen, danach ein brutales Urteil empfangen, nun überfiel ihn einen kurzen Moment lang das schreckliche Gefühl, erneut als Gefangener in den Komplex einzulaufen.

32

Gegen zwei Uhr in der Nacht wurde er wach. Er blickte auf seine Armbanduhr, dann zum Fenster, dessen Vorhänge nicht zugezogen waren. Durch die dünne Gardine drang der gelbliche Schein der Lampen auf dem Bahnhofsvorplatz, an der Scheibe hingen Tropfen oder liefen langsam herunter: Es regnete und war still, die Stille grauenhaft.

Der Schmerz, der ihn vor dem Einschlafen so scheußlich gequält hatte, kehrte wieder zurück, fiel erneut mit Macht über ihn her.

Wo zum Teufel mochte sie sein?

Das Konzert war mit Sicherheit schon zu Ende, seit Stunden, und von dort, wo es stattgefunden hatte, war es nicht weit bis hierher. Sie musste in der Stadt sein, in seiner Nähe, aber sie war nicht bei ihm. Es war Wahnsinn, und sie mutete ihm diesen Wahnsinn zu. Er begriff nicht, was da gerade geschah; doch spürte er in diesem Moment, dass er es nicht widerspruchslos mit sich geschehen lassen würde. Entweder waren sie und ihre Clique längst schon im Haus, von dem ihre Mutter ihm am Telefon berichtet hatte, oder sie zogen noch durch die Kneipen.

Wo das Haus stand, wusste er.

Soviel ich weiß, hatte ihre Mutter gesagt, wollte sie bei Freunden übernachten, nannte den Straßennamen, die Hausnummer, und er hörte, das habe sie schon öfter gemacht, da hätte sie ihn noch gar nicht gekannt. Manchmal hätte sie auch ihren Freund mitgenommen, der sei heute aber nicht dabei.

Sie ist von hier abgefahren, nicht von Leipzig, und sie war allein. Hat sie Sie nicht informiert, dass sie kommt, um das Konzert zu besuchen?

Nein, hatte er gesagt und sich bemüht, ganz und gar gleichmütig zu klingen: Ich glaube, sie wusste gar nicht, dass wir morgen noch Dreharbeiten haben. Wenn sie es gewusst hätte, hätte sie es mir bestimmt gesagt.

Natürlich, sagte ihre Mutter, die beiden seien ja so begeistert von ihm, wenn sie das einfach mal verraten dürfe, einem Unbekannten gegenüber. Sie kennten sich ja noch nicht persönlich.

Berg hatte, ohne dass ihm danach zumute gewesen wäre, etwas zu laut gelacht, als sie das sagte, und dann die Möglichkeit nicht ausgeschlossen, dass sich das ja vielleicht bald ändern könne.

Das würde mich freuen, hörte er am anderen Ende.

Auch Rikes Mutter hatte eine dunkle Stimme, aber sie klang herber als die ihrer Tochter, und es schien, dass sie nicht im Geringsten ahnte, warum er wirklich bei ihr angerufen haben könnte. Dass er es überhaupt gewagt hatte, schon am frühen Nachmittag, war jener Leere geschuldet gewesen, die um ihn herum zu wuchern begann, als die anderen sich verabschiedet hatten, um nach Hamburg zurückzufahren. In diese Leere strömte zuerst eine unerklärliche Unruhe. Dann aber, als er begriff, dass es nur Rike war, die sie ausfüllen konnte, kam der Schmerz, weil sie nicht da war: ein Folterfeuer zwischen Magen und Hirn, das immer heftiger in ihm brannte, bis er sich entschloss, die Straße aufzusuchen, in der das Haus stehen sollte. Sie lag an der Peripherie des Stadtzentrums, eine Ansammlung von Mietskasernen aus der Jahrhundertwende, abrissreif die meisten; rohe Grundstückslücken hinter rostigen Maschendrahtzäunen, in denen Unkraut wucherte und Schutt lag, verwiesen auf bereits verschwundene. Hier konnte man ohne Mühe Kriegsfilme drehen, obwohl die Stadt im letzten Krieg von Bombardements fast verschont geblieben war.

Das Haus, in dem Berg Rike zu finden hoffte, ein vierstöckiger Bau, sah schwer angeschlagen aus, die Fassade war großflächig entblößt vom Putz, das Eingangstor hatte seit Jahrzehnten keinen Farbanstrich mehr gesehen, es hing, weit aufgerissen, schräg in den Angeln, als hätte es eine Explosion aufgesprengt. Das Haus schien dennoch eine Chance zu haben, an ihm wurde gearbeitet, nicht draußen, doch im Innern. Berg fand eine Klingelleiste mit kaum lesbaren, von der Sonne ausgeblichenen Namensschildern und drückte wahllos auf einen der Knöpfe. Eine Weile tat sich nichts, dann hörte er, von weit oben, eine energische Frauenstimme. Er trat zurück auf die Straße, blickte hinauf:

Zu wem wollen Sie denn? Es klang nicht unfreundlich.

Da er nicht wirklich wusste, zu wem im Haus er wollte, rief er die Fragmente einer Geschichte in die Höhe, die passen konnte. In ihr spielten ein paar junge Leute eine Rolle, die gerne Musik hörten. Die Frau begriff sofort und sagte:

Die sind nicht da! Die sind zum Konzert, an der Ostsee, glaub ich. Ich weiß nicht, wann sie zurück sind. Versuchen Sie es doch später noch mal, ja?! Aber viel später.

Als er auch die Etage erfragen wollte, hatte die Frau ihr Fenster im dritten Stock bereits wieder geschlossen. Er traute sich jedoch nicht, in der stillen Straße herumzurufen, erst recht nicht, die Frau ein weiteres Mal mit der Klingel zu belästigen, auch war er sich plötzlich sicher, es herauszubekommen, wenn es darauf ankam.

Das war vor Stunden gewesen, und obwohl es ihm nicht das erhoffte Ergebnis gebracht hatte, war er fürs Erste beruhigt. Jetzt wusste er, wo sie war oder sein würde, wenn sie wieder zurückkommt. Zu Fuß war er danach ins Stadtzentrum gelaufen, hatte ein bekanntes Weinhaus aufgesucht, wo er etwas trank, aß und rauchte, es hatte die ruinösen Zeiten halbwegs ansehnlich überstanden, andere Häuserfronten in der Nähe waren schon mit Balken abgestützt. Da er, ganz gegen seine Gewohnheit, kein Buch dabeihatte, hatte er Muße, an Rike zu denken, sie sich wenigstens auf diese Weise zurückzuholen. Zuerst machte es ihm nichts aus, es war erregend, sich jene gemeinsamen Bilder erneut in Erinnerung zu rufen, die sie vor kurzem so ohne jede Scheu in ihrer beider Leben gebrannt hatten, im selben Hotelzimmer, in dem er nun, Tage später und tief in der Nacht, auf der Bettkante saß: hellwach, einsam, nackt.

Eine Sekunde lang fragte er sich, ob ihre weiche Haut, die seine Hände gesucht hatten, seine Lippen, in tastender Aufgeregtheit, wie ein angelocktes überreiztes Insekt, vielleicht nur die Haut einer Schlange sei, die sich nach solchen Nächten sofort häuten konnte. Aber dann war der böse Gedanke, so schnell wie er gekommen war, wieder verschwunden, er stand auf, ging zur Minibar und entnahm ihr eine Coca-Cola. Nachdem er sie geöffnet hatte und der Kronenkorken scheppernd auf den Nachttisch gefallen war, setzte er sich wieder auf das Bett und trank die Flasche in einem Zug aus. Warum auch immer, aber der Schmerz war schlagartig betäubt. Eine Wachheit stieg in ihm auf, die ihn alle weiteren Handlungen mit einer Entschlossenheit ausführen ließ, als sei alles, was ab jetzt geschah, schon lange geplant gewesen.

Zwanzig Minuten später stand er vor dem Hotel, nicht weit davon erblickte er ein Taxi. Die Nachtluft war vom stundenlangen Regen feucht, doch nieselte es nur noch. Der Fahrer erschrak ein wenig, als er an die Scheibe klopfte, er schien geschlafen zu haben. Bevor er die Tür aufstoßen konnte, hatte Berg sie schon geöffnet, leise fragte er, ob er ihm einen Gefallen tun könne?

Der Taxifahrer wirkte im ersten Moment irritiert, sagte dann aber nur: Dafür bin ich ja da! Wo soll's denn hingehen?

Das ist es ja, sagte Berg und setzte sich auf den Beifahrersitz: Nicht weit, danach kann es dauern. Sie können die Uhr natürlich laufen lassen.

Das klingt aber geheimnisvoll, sagte der Mann mit überraschend wacher Stimme: Na, mir kann's egal sein.

Gartenstraße, sagte Berg, schloss die Tür und fügte hinzu: Haben Sie eine Taschenlampe dabei?

Der Fahrer blickte Berg ein paar Sekunden lang genauer an, konzentrierter. Dann fragte er:

Kommen Sie aus dem Hotel?

Berg nickte.

Kurz danach wühlte der Fahrer mit der linken Hand in der Seitentasche seiner Tür, zog eine silberne Stablampe hervor und reichte sie seinem geheimnisvollen Fahrgast herüber.

Das ist ja ein Flakscheinwerfer, rief Berg völlig überrascht aus.

Damit kann man sich zur Not auch wehren, lachte der Taxifahrer und startete den Wagen.

Die Stadt wirkte wie ausgestorben, nur die Lampen verbreiteten einen gelblichen Schein, der die regenfeuchten Bürgersteige und das Kopfsteinpflaster der Fahrbahnen geradezu fettig glänzen ließ. Es schien, als sei die Stadt von zerlassener Butter überschwemmt.

Als sie in die Gartenstraße einbogen, in der es kaum Licht gab, und ein paar Meter über das nasse Kopfsteinpflaster gefahren waren, langsam, weil Berg schon suchte, hörte er den Fahrer nach der Nummer fragen.

Vierzehn, sagte Berg.

Das ist da, wo die Funzel brennt, sagte der Fahrer kurz darauf und hielt: Jetzt erkannte auch Berg das Haus, erkannte es wieder.

Na, dann viel Glück!

Danke, sagte Berg, wird schon gutgehen.

Im Haus war es stockdunkel und unangenehm still. Ohne Taschenlampe, das wusste Berg jetzt, wäre er aufgeschmissen gewesen. Aber so hatte er eine Chance, Rike zu finden. Sie war da, er spürte es. Seine Sinne waren aufs Äußerste gespannt, als er sich im Treppenhaus hochtastete, leise, vorsichtig, auch weil überall Schutt herumlag. Das ist kein Spiel, hämmerte es in seinem Kopf, das ist Ernst; aber sie weiß es nicht. Weiß sie überhaupt, wen sie da in ihrem Studentenkeller so vorwitzig berührt, so leichtfertig angesprochen hat?

Während er dies dachte, schlich er an den Wohnungstüren in der ersten Etage vorbei und versuchte, sich ins Innere der Behausungen zu hören. Doch nichts, was auf den Menschen verwies, nach dem er fahndete wie nach einem entführten Wesen, drang zu ihm heraus. Er musste weiter aufsteigen, die nächste Etage absuchen, Tür für Tür, egal, was passierte. Und wenn er bis unters Dach zu steigen hatte: Er würde sie finden, sie mitnehmen, sie in seinem Arm halten, mit ihr zusammen einschlafen. Nicht morgen. Nicht irgendwann. Heute noch.

Im Zimmer seines Hotels am Rande des Bahnhofsvorplatzes, auf dem er seit vielen Jahrzehnten stand – jener grandiose Jugendstilbrunnen, den er schon als Junge wahrgenommen hatte, verschämt und noch jedes Mal aufs Neue verführt, bei Arztbesuchen mit seiner Mutter in dieser Stadt, in der sie nicht wohnten, in der es aber einen Spezialisten für seinen Haltungsschaden gab, den Bergs Großmutter vergebens mit einem Kinderspazierstock zwischen Rücken und Armbeugen zu kurieren versucht hatte, ohne je das Bild vergessen zu können, das der Brunnen ihm seit der allerersten Begegnung bot: eine tief in seinen Körper eindringende, unruhig machende und seitdem nie mehr vergehende Verheißung, auch wenn er damals noch nicht wusste, was es wirklich bedeutete, dieses Bild eines nackten bronzenen Mannes auf einem Felsvorsprung, der eine nackte Frau aus dem Meer zieht, der sie rettet, mit der ganzen Kraft seines Körpers, seiner Arme, seiner unentwegt auf sie gerichteten Augen. Sie war schlank, sie war jung, und sie hatte kleine Brüste, die glänzten, wenn Regen auf sie fiel. Ihre Füße und Schenkel aber waren nass; nass von einer der Fontänen aus Seehundsmäulern, die an vier Punkten der granitenen Einfassung von unten nach oben ihr Wasser versprühten, wenn Frühling war, Sommer oder goldener Herbst und der Brunnen noch in Betrieb.

Er war mittlerweile alt genug, um zu begreifen, dass der Künstler zwar ein dramatisches Bild geschaffen hatte, zugleich aber auch eine Metapher, die noch etwas ganz anderes aussprach als nur das behauptete Drama, das sich »Rettung aus Seenot« nannte und seinem Schöpfer, wie er inzwischen auch wusste, nach der Einweihung einige Scherereien eingebracht hatte, nicht nur beim Publikum, ebenso bei der Stifterin. Die Metapher verband das allegorische Drama zu deutlich mit dem wahren hinter dem sichtbaren, dem nackten, lasziv gebogenen Frauenkörper, der Tod und Begehren in einem zeigte, das Grauen und die Lust, und dass sie zusammengehörten, seit immer und ewig, wie ein unauflösbares Geheimnis.

Dass unweit des Brunnens 1945, in den letzten Tagen des Krieges, eine Frau aufgehängt worden war, an einem Laternenpfahl, von Angehörigen der SS, denen man zugetragen hatte, dass die von ihnen kurzerhand Exekutierte an den Endsieg nicht mehr glauben mochte, vervollständigte im Laufe der Jahre, nachdem er das Schild gelesen hatte, mit dem an die grausige Geschichte erinnert wurde, auf eine endgültige Weise das Bild, das dieser Platz ihm von der Welt bot, in der Schauder und Erregung die unauslöschbaren Grundfarben bildeten, in denen das Leben selbst verging, erschien und wieder verging.

Nur das Wasser gab sich unberührt davon. Es rauschte und plätscherte, tropfte oder stand still wie eh und je …

Die Musik war kaum zu hören, sie erklang so leise, als würde sie gehaucht. Aber er hörte sie. Im selben Moment, da er seinen Kopf wieder von der Tür löste, hinter der sie erklang, wusste er, dass er Rike gefunden hatte. Was dann geschah, geschah mit der Präzision eines Automaten, den ein Es in ihm programmiert haben musste: Berg drückte ohne jede Unsicherheit die Klinke hinunter. Er spürte sofort, dass die Tür nicht verschlossen war, wusste aber nicht, ob sie knarren oder ein anderes Geräusch von sich geben würde, wenn er sie öffnete. Er öffnete sie trotzdem.

Langsam, unendlich langsam, zog er sie auf, verhielt, zog weiter. Aber nichts geschah; nur die Musik, eine winzige Idee stärker als zuvor, durchdrang die Finsternis, die hinter der Tür lag. Doch war sie immer noch so leise, dass sie nichts übertönte, nicht einmal das gleichmäßige Atmen schlafender Menschen, das Berg nun ebenfalls wahrnahm. Mit ihm beschlich ihn das Gefühl, in eine Höhle träumender Wesen einzudringen, die vollkommen ahnungslos von fremden Augen beobachtet wurden, von seinen. Ihr Schlaf musste tief sein, sehr tief, auch das Licht der Taschenlampe, die er eingeschaltet hatte, weckte keinen von ihnen auf, und völlig ruhig begann er damit, den Raum abzuleuchten, ruhig und systematisch. Da die Schlafgeräusche von rechts kamen, lenkte er den Lichtkegel zunächst auf die linke Seite, ließ ihn dort über den Fußboden gleiten. Was der helle Strahl wie verstreute Teile eines Puzzles sichtbar machte, waren chaotisch herumliegende Kleidungsstücke: Jeans, Pullover, T-Shirts, Lederstiefel. Kurz vor der Stereoanlage, aus der die Musik floss und an der winzige Lichter flackerten, unruhig, als wären sie am Erlöschen, sah Berg plötzlich ein Paar Schuhe aufleuchten, Schuhe aus weichem roten Leder: Rikes Schuhe. Sie hatten ihn vom ersten Moment an, da er sie an ihr gesehen hatte, angerührt, gaben sie ihrer Erscheinung doch etwas überaus Kindliches, ja Verletzliches. Mit seinem Blick darauf, wie auf einen endgültigen Beweis, entschied er sich, leise, aber deutlich ihren Namen zu rufen. Da nichts passierte, wiederholte er ihn – und erhielt Antwort: Ein schwerer Körper wälzte sich herum, und eine männliche Stimme fragte mit bleierner Zunge, was los sei?

Nichts, sagte Berg und lenkte den Strahl seiner Taschenlampe kurz in Richtung seines unsichtbaren Gesprächspartners: Er lag, unter einem Wust von halb zur Seite gerutschten Decken, auf einer Matratze, neben der sich weitere Matratzen, auf denen Menschen schliefen, im Dunkel verloren:

Ist Rike hier?

In diesem Moment erwachte sie: Torben?, hörte er ihre ungläubige Frage: Bist du es?

Komm, sagte Berg nur.

Wer ist das denn? Die männliche Stimme schwankte zwischen Verwirrung und aufsteigender Verärgerung.

Ein Freund, hörte er Rike flüstern, es ist alles okay!

Dann schlüpfte sie, wie ein schnelles kleines Tier auf der Flucht, nur mit T-Shirt und Slip bekleidet, vom Matratzenlager, lief zu der Stelle im Raum, wo ihre Sachen lagen, zog sich ebenso schnell an und verließ mit ihm die Wohnung, ohne sich noch einmal umzudrehen oder ein Wort zu verlieren. Für den Mann auf der Matratze, der sich bemühte, seine langen blonden Haare aus dem Gesicht zu wischen, musste es der reinste Spuk gewesen sein, den Rest der Schlafenden hatte augenscheinlich nichts davon erreicht. Auch Berg hatte kein weiteres Wort gesagt, sondern nur seinen Arm um sie gelegt, als sie angekleidet aus der Tür trat. Danach liefen sie eilig die Treppen hinab, dabei tanzte der Schein der Taschenlampe wie wild vor ihren Augen, doch kamen sie auf keiner der vielen Stufen ins Straucheln. Kurz bevor sie auf die Straße traten, stoppte er, nahm ihr Gesicht mit festem Griff in die Hände und sagte:

Das kannst du mit mir nicht machen!

Nein, sagte sie leise.

Mach das bitte nicht wieder.

Ja, sagte sie, kaum hörbar mehr; aber das, was Berg hörte, war nicht ihre normale Stimme, es war die Stimme eines Kindes, das schuldbewusst versprach, die Dummheit, die es offenbar ohne jeden Arg gemacht hatte, tatsächlich nie wieder zu begehen.

Der Taxifahrer musste sie kommen gesehen und begriffen haben, dass es sinnvoll zu sein schien, den Ort des Geschehens so schnell wie möglich zu verlassen. Mit dem Zuschlagen der Autotüren startete er auch schon. Der Wagen machte in Bergs Ohren einen Höllenlärm; aber das war ihm nun gleichgültig, jetzt, wo er Rike gefunden hatte, wo er sie neben sich wusste, auf der Fahrt durch die nächtliche Stadt, zurück ins Hotel, in dem er nicht mehr einsam sein würde und der Schmerz keine Chance hatte, ihn erneut zu quälen, jedenfalls nicht mehr in dieser Nacht.

Vor dem Hotel fragte Berg den Fahrer, was er bekäme? Der Fahrer nannte eine lächerlich geringe Summe. Berg gab ihm zwanzig Mark und sagte zum Abschied:

Die Taschenlampe liegt auf dem Rücksitz. Sie haben uns sehr geholfen. Vielen Dank.

In der Lobby des Hotels war jedes Leben erstorben, nur aus dem Büro hinter der Rezeption, dessen Tür einen Spaltbreit offen stand, fiel ein starker Lichtstrahl. Doch obwohl man sie hören musste, erschien niemand. Berg hielt Rike auch jetzt so fest im Arm wie bei der Flucht aus dem Haus ihrer Freunde und während der kurzen Fahrt im Taxi, noch immer fiel kein weiteres Wort zwischen ihnen. Auch im Fahrstuhl schwiegen sie, im Flur, im Zimmer, nachdem Berg die Tür leise hinter sich geschlossen hatte und sie minutenlang so nebeneinander in der Dunkelheit verharrten. In dieser Zeit, die endlos zu sein schien, hörten sie nur das Atmen des anderen; aber dann löste sich Rike plötzlich, schlang ihre Arme um seinen Hals, zog seinen Kopf zu sich hinunter und begann ihn zu küssen, heftig, ungestüm, wild, wie sie es bisher noch nie getan hatte. Noch während sie ihn küsste, hob Berg sie auf, brachte sie zum Bett, zog sie aus. Dann liebten sie sich: stumm und ohne ihre Körper in Licht zu tauchen wie noch in der ersten Nacht. Sie wussten jetzt mehr voneinander, sie mussten nichts sehen in dieser zweiten, nichts sagen, nur fühlen. Sie schliefen eng aneinandergeschmiegt ein, und zuletzt dachte Berg, als ob er es niemals zuvor gedacht hätte:

Es gibt das Glück, man muss nur darum kämpfen, und war sich sicher, dass im selben Moment auch Rike den Satz gehört haben musste, weil sie, wie ihm ihr ruhiges Atmen sagte, schon dort war, wo man ihn mit letzter Gewissheit wusste, in einem sehr tiefen, sehr festen Traum.

33

Um neun klingelte das Telefon und riss Berg aus dem Tiefschlaf:

Ja, sagte er gequält, was ist?

Bist du allein? Friedrich war am Apparat.

Nein, sagte Berg, warum?

Dann bist du auch noch nicht wach! Friedrich lachte.

Jetzt bin ich es, sagte Berg: Was gibt's denn?

Können wir uns im Restaurant treffen, ich bin gerade angekommen?

Mit dem Zug oder mit László?

Mit dem Zug, sagte Friedrich, László konnte mich heute nicht abholen; aber du kennst ihn ja, er wird pünktlich sein. Deshalb hab ich dich angerufen.

Ja gut, sagte Berg, in einer halben Stunde bin ich unten. Dann legte er auf und sah Rike an: Sie hatte die Augen noch geschlossen, aber er merkte, dass sie dabei war, wach zu werden.

Friedrich hat angerufen, flüsterte er, wir fahren um zehn. Schlaf dich aus, sie würde doch bleiben. Oder?

Eine Weile hörte er nichts, dann sagte sie:

Ich hab Mami versprochen, heute zurückzukommen. Es reicht, wenn ich dich gequält habe.

Das hast du, sagte Berg und küsste sie auf die Stirn: Ob es denn wirklich nicht ginge?

Rike hatte jetzt die Augen geöffnet, sah ihn an:

Telefonier doch, ja?! Dann bist du ruhig, und sie ist es auch.

Kurz bevor er das Appartement verließ, erfrischt vom Duschen, trotz der ihm nun geradezu surreal vorkommenden Nacht, sah er noch einmal zu ihr hin: Sie atmete ruhig und schien tatsächlich wieder eingeschlafen zu sein, unter der Bettdecke zeichnete sich ihr Körper ab, von dem er wusste, dass er nackt war, noch immer nackt, warm und von einer Süße, die er jetzt für immer geschmeckt hatte – ihre Beine lagen angewinkelt, ihre kurzen dunklen Haare ein wenig wirr auf dem weißen Kopfkissen, er sah ihre linke Wange, ihr Ohrläppchen, in dem heute kein Schmuck steckte, den Mundwinkel, die Nase und war versucht, all das, was er sah, mit seinen Händen und Lippen erneut nachzuzeichnen: jetzt, gleich, sofort, bis sie ihn noch einmal so küsste wie vor wenigen Stunden, als müsse sie etwas wiederbeleben in ihm, was in Gefahr geraten war, zu verschwinden, abzusterben, noch bevor es richtig angekommen war in der Welt.

Mami, hat sie gesagt, dachte er, als er die Tür schloss, und konnte sich nicht erinnern, seine Mutter jemals Mami genannt zu haben. Er hatte auch schon von früh an eine Scheu gehabt, sie körperlich zu berühren, obwohl er sie liebte und wusste, dass sie alles für ihn tat, was sie konnte, wenn es notwendig war, und mehr noch.

Einmal, da war Berg an die zehn, elf Jahre alt, hatte sie ihn mit einem Weihnachtsgeschenk überrascht, das ihn, als er es im Kerzenschein in seinem ganzen Zauber gewahr wurde, für einen langen Moment fast überwältigte vor Glück, und dann hatte er sie tatsächlich von sich aus umarmt, ihr einen Kuss auf die Wange gegeben, aber in derselben Sekunde gemerkt, dass ihm alles peinlich zu werden begann. Also ließ er sie schnell wieder los und flüchtete auf das Geschenk zu, das sich wie ein Traum auf der Fläche der großen Anrichte im Wohnzimmer ausgebreitet hatte:

Eine Landschaft aus Häusern, Bäumen, Fabriken, einem Bahnhof und Menschen, einer Feuerwehr, ein Karussell drehte sich, auf einem Teich schwammen Enten, Autos fuhren in den Straßen, ein Zug war zu sehen, eine Bahnschranke, Verkehrsschilder, und obwohl sich nichts bewegte, bewegte sich alles. Er hatte die Autos gehört, die Eisenbahn, die Fabriksirene, das Entengeschnatter, den Wind in den Bäumen, die Gespräche der Menschen. Ein ganzes Jahr lang hatte seine Mutter daran gearbeitet, nach Feierabend und dem täglichen Besorgungsmarathon durch die Geschäfte, und aus Streichholzschachteln Häuser gebaut, sie mit Buntpapier beklebt, aus Pappröhrchen, auf denen Garn aufgewickelt gewesen war, einen Fabrikschornstein gebastelt, der alles überragte, einen Teich mit Ufer und Schilf aus Knetmasse, gesplitteten Strohhalmen und einem Taschenspiegel geformt, anderes mühselig hinzugekauft: Autos, Bäume, die Eisenbahn, Menschen- und Tierfiguren. Dinge dieser Art gab es kaum, man musste Beziehungen haben, Glück oder einfach Ausdauer. Noch lange hatten er und seine Freunde aus der Nachbarschaft in dieser Landschaft spielend gelebt, einige von ihnen besaßen elektrische Eisenbahnen, sie vergaßen sie, wenn er sie einlud, sein Dorf, wie er es nannte, mit aufzubauen und darin die Welt zu erleben.

Die Zeitläufte hatten dafür gesorgt, dass diese ganze kleine Welt eines Tages verschwunden war: Haus für Haus, Baum um Baum, Tiere, Menschen, Autos. Warum und wohin, Berg hätte es heute nicht mehr sagen können. Und doch existierte sie noch immer, in seinem Bewusstsein: mit all ihren Menschen, Tieren und Bäumen, dem Teich, den Häusern, der Fabrik, dem Karussell, mit der Eisenbahn, den Autos und der Feuerwehr. Selbst die Geräusche und Töne, die sie verursacht hatten, hörte er wieder, wenn er daran dachte. Er war inzwischen alt genug, um zu wissen, dass auch das Verlorene seinen Ort behielt. Aber noch zu jung, um es unangefochten glauben zu können.

Als er das Hotelrestaurant betrat, in dem auch das Frühstücksbuffet angerichtet wurde, sah er Friedrich am hintersten Tisch der großflächigen Fensterfront sitzen, von der aus man, durch Tüllgardinen hindurch, die in einem mit Blumen gemusterten Volant endeten, den ganzen Bahnhofsvorplatz überblicken konnte: unentwegt dröhnten schwere Ikarus-Busse heran, nur um wenig später noch lärmender wieder davonzufahren, vorbei an ein paar Taxis, die auf Kundschaft warteten, an Menschen, die aus dem Bahnhof kamen, andere strömten hinein, wieder andere standen davor und warteten auf irgendwen, vielleicht schlugen sie auch nur, bis ihr Zug ging, die Zeit tot, draußen war es gewiss interessanter als drinnen, unter dem nach Farbe schreienden Tonnengewölbe der Schalterhalle, die sich, wie fast alle Gebäude der Stadt, in einem erschreckend heruntergekommenen Zustand befand.

Die Seehundsmäuler des Brunnens »Rettung aus Seenot« aber spuckten unentwegt Wasserstrahlen auf die Füße, Oberschenkel und Hüften des nackten Mannes und der nackten Frau, die der Mann, wie in allen Nächten und Tagen, seitdem der Brunnen aufgestellt und das Wasser erstmals angestellt worden war, so fest im Arm hielt wie Berg in der letzten Nacht Rike, als er sie, schweigend und mit der Sicherheit eines Somnambulen, aus dem maroden Haus zurückgeholt hatte, zurück durch die regenfeuchte Stadt in sein Hotelzimmer, seine Arme, seinen Schlaf.

Da die meisten Gäste längst mit dem Frühstück fertig und fast alle Tische deshalb unordentlich umstanden waren von leeren Stühlen, nahm Friedrich ihn sofort wahr, legte die Zeitung zur Seite und hob lässig seine rechte Hand, in der er eine Zigarette hielt, von der blasse Rauchfetzen aufstiegen.

Good morning, sagte Berg, isst du nichts?, weil er sah, dass auf dem Tisch nur eine Tasse Kaffee und ein Aschenbecher standen.

Morgens nie, weißt du das nicht?! Friedrich lachte ein bisschen gallig: Kaffee und Zigaretten, das ist das Frühstück eines Hochleistungspflegers auf der Intensivstation, mein Lieber!

Fast dänisch, sagte Berg lässig, fehlen bloß noch Øl und Gammel Dansk, doch dann, er wusste, dass Friedrich mit seiner Bemerkung nur seine ewige Unrast hatte aufwerten wollen: Ein Frühstück ohne Zeit *ist* gar kein Frühstück!

Feuilleton! Friedrich lächelte an ihm vorbei, fragte übergangslos, ob sie in den Sommerferien wieder raufwollten, nach Dänemark? In Familie machen und so.

Aber Berg, der seinen Cousin kannte wie einen Bruder, wusste, dass das ziemlich hinterhältig gefragt war, im Wissen um Rike, die ein paar Stockwerke über ihnen lag, in seinem Zimmer, seinem Bett. Er ließ es sich jedoch nicht anmerken, sagte nur, genauso entspannt wie zuvor:

Und ihr? Wieder Norwegen, Camping, Kochgeschirr?

Als ich noch Journalist war wie du, da konnte ich es mir jedenfalls auch leisten.

Was? Berg schenkte sich Kaffee nach.

In Ruhe zu frühstücken. Friedrich grinste übers ganze Gesicht.

Und warum bist du nicht mehr Journalist?

Wusstest du es nicht als Erster, Friedrich grinste jetzt nicht mehr, dass mein Chefredakteur deinem nur einen kleinen Gefallen tun wollte, der dir aber einen großen! *Ein* Jahr, mehr habe er aber trotzdem nicht rausgeholt für ihn.

Nein, Berg schüttelte seinen Kopf: *leider*, gut bezahlt haben sie dich aber schon, nicht? Vierzehn Mal fünftausend, macht drei Jahre Intensivstation, mindestens.

Stimmt, sagte Friedrich: Mein großer Cousin denkt immer an mich, sonst säße ich ja auch hier nicht wieder für viel Geld herum.

Eben, sagte Berg und ging zum Buffet, um sich zwei Brötchen zu holen, etwas Käse, ein Stück feine Teewurst, ihren Geschmack schätzte er besonders, Butter und ein Miniaturschälchen mit Erdbeerkonfitüre, dazu hatte er ein Glas Orangensaft genommen, zuletzt einen Joghurt. Auf dem Stanniolverschluss leuchtete ihm ein Pfirsich entgegen, seine knallgelbe Farbe passte eher zu einer Zitrone.

Fehlfarbe, Fehldruck, dachte er und dachte zugleich an Zigarren, an Briefmarken und dass er die eine Leidenschaft noch pflegte, die andere aber eingeschlafen war. Warum? Eine Antwort darauf fiel ihm nicht ein; er fand es nur merkwürdig.

Das willst du alles essen? Friedrich, er war kleiner als Berg und fast mager, lächelte ihn unverschämt an: Ich denke, du bist verliebt, da pass mal schön auf deine Figur auf?! Oder brauchst du so viel, weil du verliebt bist?

Sei ruhig, sagte Berg und begann, eines der Brötchen aufzuschneiden: *Sie schläft noch!* Er solle ihm lieber sagen, was sie heute drehten? Ihm fehle jeder Überblick im Moment, das Schema läge sonst wo herum.

Dabei ging ihm durch den Kopf, dass er solche knusprigen Brötchen, wie er sich gerade eins aufschnitt, in Hamburg schon lange nicht mehr in der Hand gehabt hatte.

»Volksfilmtheater«, sagte Friedrich, trank einen Schluck von seinem Kaffee, zog genüsslich an seiner Zigarette und fragte in den Rauch hinein, der ihn aus Nase und Mund verließ, wobei ein paar Ringe entstanden und langsam nach oben schwebten: Wieso ist sie eigentlich schon wieder hier?

Mein Gott, sagte Berg und tat so, als hätte er Friedrichs Frage nicht gehört, dass es das noch gibt, was wären wir in diesem Kaff ohne Kino gewesen?

Kaff finde ich jetzt ein bisschen hart, sagte Friedrich, er ließ ein weiteres Mal Rauchfetzen aus Mund und Nase steigen, die sanft in die Höhe stiegen: Begeistert waren wir da schon!

Aber ja, sagte Berg und nach einer Pause, es geriet ihm eine Spur zu pathetisch: *»Ilja Muromez«, »Der Mameluck«, »Die Kreuzritter«*: Ulrich von Jungingen gegen Konrad von Masowien! Da konnten die Polen und ihre Litauer noch so viel gewinnen, gegen den Keil der weißen Ordensritter mit dem schwarzen Kreuz auf den wehenden Mänteln und dem Hochmeister an der Spitze hatten sie doch überhaupt keine Chance, ästhetisch gesehen, und anders als ästhetisch konnten wir es ja gar nicht wahrnehmen, damals. Irgendwie saßen wir jedenfalls immer mit auf den Gäulen, wenn wir da wieder rauskamen! Der Film wird eine Liebeserklärung, ich sag's dir, László kriegt das hin! László macht eine Königin aus unserer Stadt.

Ja, ja, unser László, der alte Heiduck!

Friedrich hatte plötzlich in einem merkwürdig abwesenden, tief nach innen gewendeten Ton vor sich hin geredet, mit der ihm eigenen Fähigkeit, für Menschen und Situationen spontan Identifikationsformeln ambivalenter Natur zu finden, die witzig klangen, wenn es aber darauf ankam, im Handumdrehen ins Abfällige, ja, Böse gewendet werden konnten. Dabei blickte er auf seine Armbanduhr, und fast im selben Moment folgte eine jener Alltagsprophezeiungen, die typisch waren für ihn und sein Verhältnis zur Zeit, das einer ewigen Unruhe unterworfen war:

Ich wette, gleich ist er da! Es ist fünf Minuten vor zehn.

34

Punkt zehn stand László im Restaurant, in dem Friedrich und Berg, umkreist von zwei energisch aufräumenden Serviererinnen, inzwischen die letzten Gäste gaben, als gäbe es die Serviererinnen nicht, im Schlepptau seine Assistentin:

Hallo, rief er ihnen entgegen, seinen harten ungarischen Akzent ausreizend: Haben die Herren denn schon Lust?

Ein Fremder hätte die Szene missverstanden; kurz darauf jedoch umarmten sich alle, Friedrich säuselte sein übliches *Küss die Hand* in die Runde, und Barbara fragte László, ob er noch einen Kaffee wolle.

László nickte und sagte nur, weil es inzwischen drei Minuten nach zehn war:

Da bin ich aber gespannt!

Das mach ich schon, sagte Barbara, während László sich zu Berg und Friedrich an den Tisch setzte.

Wetten, flüsterte er ihnen zu: Die werden ihren servicefreien Sozialismus verteidigen wie Attila seinen Thron! Ich bin Ungar; ich weiß, wie man sich verteidigt, wenn man nichts mehr zu verlieren hat!

Als Barbara zurückkam, ein Tablett mit zwei Tassen Kaffee in der Hand und fröhlichem Gesicht, sagte sie, ohne leiser zu werden:

Du musst dich nicht mehr aufregen, László, dein Ausbruch

von letzter Woche hat gewirkt, die wissen jetzt, wer du bist, wir wissen das ja schon lange!

Und wer bin ich?

Du bist, lächelte Barbara und stellte eine Tasse vor ihn hin, der berühmte Regisseur aus Hamburg, der mit Königen und Fürsten plaudert, immer charmant, immer Kavalier, nur manchmal sieht sein Charme wie Arroganz aus. Aber das zu unterscheiden lernen die hier auch noch.

Ich glaube, László zündete sich ein Zigarillo an, seine Stimmung schoss spürbar in die Höhe: Wir trinken in aller Ruhe unseren Kaffee aus, als säßen wir, sagen wir mal, im »Gerbeaud«, und dann fahren wir in eure herrliche Heimatstadt am Meer. Wenn ich euch um eines beneide, meine Freunde, dann darum, dass ihr am Meer groß geworden seid!

Zwanzig Minuten später fuhren sie nach Norden, Richtung Ostsee. Bergs und Friedrichs Heimatstadt lag von der ehemaligen Landeshauptstadt, die zwar immer noch eine Bezirksstadt war, aber bald, so konnte man vor wenigen Tagen in den Zeitungen lesen, wieder in ihren jahrhundertealten Status zurückkehren sollte, der sie einst zur Residenz von Herzögen und Großherzögen gemacht hatte, nur eine knappe halbe Autostunde entfernt. Sie hatten die Strecke in den Tagen davor bereits mehrfach zurückgelegt, immer bei schönem Wetter; heute jedoch, an diesem zweiten Sonnabend im Mai des Jahres neunzehnhundertneunzig strahlte die Sonne über dem Land besonders hell, leuchtete die Rapsblüte besonders gelb, die Seen und Tümpel zwischen den Feldern entlang der Chaussee besonders blau.

Ein Licht, rief László, und ausgerechnet heute drehen wir drinnen!

Vielleicht bleibt es ja so, sagte Berg, schließlich haben wir noch jede Menge Außenaufnahmen.

Laut Plan eine ganze Woche, sagte Friedrich, um László entgegenzukommen. Aber László hatte keine Lust, auf Friedrich einzugehen; er hatte Lust, ein wenig zu leiden:

Kinder, ihr versteht mich nicht: *Jetzt* ist das Licht da, was in einer Woche passiert, weiß kein Mensch! Wenn es darauf ankommt, nützt beim Drehen kein Plan etwas, und in der Natur kommt es immer darauf an!

Das gefällt mir an der Natur, sagte Berg: Sie ist so unberechenbar.

Ja, ja, László lachte laut auf, ein wenig forciert, ein wenig hysterisch, versenkte dabei das Fenster auf seiner Seite bis zur Hälfte und fingerte ein weiteres Mal in seiner weißen Schachtel mit den *Dunhill*-Zigarillos, seit Beginn der gemeinsamen Arbeit rauchte er sie fast in Kette: *Du* drehst deine Filme ja am Schreibtisch, auf Papier – aber *ich*, ich kann die Tür nicht einfach so hinter mir zu machen, um was zu produzieren, ich muss, wenn ich nicht gerade durch Königsschlösser ziehe, vor die Tür, und immer den Drehplan im Nacken, du ahnst ja gar nicht, was für eine Bürokratie wir über uns haben?! Glaubst du, die denken kreativ, wie sie immer sagen, wenn sie uns meinen? Die denken in Zeit- und Finanzbudgets, abstrakt, das sind Abstraktionisten, auch so eine Kunstrichtung, auf die die Welt verzichten kann, Planerfüller, von der Gewerkschaft hab ich noch gar nicht gesprochen, die glaubt doch tatsächlich, Kunst entstünde im Achtstundentakt. Ich sage euch: Je länger ich im Westen bin, und ich bin schon lange im Westen, umso mehr kommt dieser Westen mir östlich vor! Wenn es im Sender nicht Mexner gäbe, ein Charakter, ein Kämpfer, ein Held, ja, ein antibürokratischer Held, der auch noch was zu sagen hat, ohne ihn gäbe es unseren Film gar nicht, wären wir nichts anderes als kleine, entmündigte Regiefunktionäre, wie damals in Ungarn, unter Rákosi!

László, rief Berg dazwischen: Rákosi war ein Killer!

Natürlich war er ein Killer, László schwieg einen Moment: Dagegen ist mein Intendant ein Heiliger, das weiß ich doch selber. Die *Tendenz*, meine ich! Werde der Westen nicht immer bürokratischer? Sozialismus aber sei doch Bürokratie, Bürokratie pur, nicht wahr, und terroristisch noch dazu, wolle er das etwa bestreiten?!

Im Moment, sagte Friedrich, der Politikverächter, zur Überraschung aller, weil er so betont sachlich sprach, im Moment wird der Osten ja wohl *kapitalistisch*! Oder träume ich das jetzt gerade alles?

Doch bevor jemand darauf antworten konnte, begann er dermaßen laut und überdreht zu lachen, dass Barbara sich hinterm Steuer davon anstecken ließ und Berg in das Gelächter der beiden einfiel, er konnte gar nichts dagegen tun, László aber nichts anderes übrig blieb, als sich umzudrehen, sein mokantestes Lächeln aufzusetzen und zu Berg zu sagen, als wäre Friedrich gar nicht da:

Dein Cousin ist vielleicht eine Nummer, der könnte ja glatt zum Kabarett gehen!

Na ja, sagte Berg, sein Lachen verebbte umgehend: Ich hab eine venezianische Maske, halb schwarz, halb weiß, und auf der schwarzen Hälfte fließt unter dem Auge eine weiße Träne, auf der weißen eine schwarze. Die Maske passt Friedrich wie angegossen. Er hat sie mal bei uns getragen, an irgendeinem Silvester, glaub ich; ich glaube aber auch, er trägt sie in Wahrheit immer, schon seit seiner Geburt, selbst wenn er sich als Pirat kostümiert.

Stimmt das, Friedrich?, fragte Barbara: Du und ein Pirat? Aber doch nur bei Frauen! Oder?

35

Das Kino lag außerhalb der Altstadt, gegenüber vom Gaswerk, in dessen Gasometer man auch Berg als Kind auf ärztlichen Rat hin zum Inhalieren geschickt hatte, seiner schwächlichen Lungen wegen. Das Kino war der Anbau eines legendären Tanzpalastes, uralte Linden umgaben ihn, üppige Blumenbeete und akkurat gestutzte Buchsbaumhecken. Dazwischen ragte ein dunkler Stein auf, ein Gedenkstein, dessen Reliefmedaillon die Gesichtszüge Ernst Thälmanns zeigte, Stalins deutschen Arbeiterführer, der 1944, nach zehn Jahren Haft, in Buchenwald erschossen worden war, worauf der Gedenkstein in Bronzelettern hinwies. Sie sahen ihn damals jedoch, in Bergs Schulzeit, nur mit den Gesichtszügen eines berühmten Schauspielers, der, wie viele andere berühmte Schauspieler in jener Zeit auch, am Revers seines Jacketts das Abzeichen der Partei trug, für die er dann, auf höchsten Beschluss, den Arbeiterführer hatte spielen dürfen, in einem zweiteiligen Heldenepos, das sie alle gesehen hatten, weil sie es sehen mussten: Kino als Geschichtsunterricht, Geschichte als Kinofilm. Regie? Die Partei. Kamera? Die Partei. Musik? Auch die Partei. Da hatte die tatsächliche Geschichte keine Chance. Aber das begriffen sie erst später.

Doch dann dieser unglaubliche Choral, der den Film durchzog, herzergreifend wie nur noch Weihnachtslieder. Nie mehr war er aus Bergs Bewusstsein gewichen, dem der Geschichtsunterricht die höchste Wohltat war, die die Schule ihm, dem vor der Schule eigentlich graute, bereiten konnte:

»Heimatland, reck deine Glieder, kühn und beflaggt ist das Jahr, breit in den Schultern steht wieder Thälmann vor uns, wie er war! Thälmann und Thälmann vor allen, Deutschlands unsterblicher Sohn! Thälmann ist niemals gefallen – Stimme und Faust der Nation! Thälmann ist niemals gefallen, Stimme und Faust der Nation!«

In jenen weit zurückliegenden Jahren hatten sie oft, blaue Halstücher auf weißen Hemden und Blusen, hier Spalier stehen müssen, am 1. Mai, wenn die Parteiführer der Stadt, des Kreises und geladene Ehrengäste Blumengebinde und Kränze am Denkmal niederlegten, Offiziere von Polizei, Armee und Sowjetgarnison mit angewinkeltem rechten Arm und gestreckter Hand an der Schirmmütze ihre Ehrenbezeugung ablegten und eine Schalmeienkapelle in Rotfrontkämpferuniform erst das Lied vom kleinen Trompeter intonierte, danach die Internationale, am Ende erklang die Nationalhymne, und immer blieb die Reihenfolge unverändert. Es waren Melodien, die ihn vom ersten Moment des

Hörens an mitgerissen und nie wieder verlassen hatten, auch wenn er denen, die sie aufspielen ließen, zu keinem Zeitpunkt angehangen, geschweige denn nachgelaufen war. Dass er sie später gar bekämpft hatte, mit Gegenwissen und Widerworten, änderte nichts daran: die Melodien blieben in seinem Kopf, ließen sich nicht mehr auslöschen. Sie rührten ihn an, er konnte gar nichts dagegen machen.

Kam man aus dem Kino, nahm man das Denkmal kaum wahr, seine Rückseite verlor sich im Gesträuch. Man blickte darüber hinweg, auf die Hauptstraße, die zwischen zwei großen Friedhöfen aus der Stadt hinausführte, in jene Landschaft aus Wäldern, Feldern und Seen mit der Ahnung des nahen Meeres, deren Szenen von Berg, auch heute wieder, selbst im schnellen Vorbeifahren, aufgenommen worden waren wie ein unvergängliches Theaterstück, in dem er von frühester Kindheit an mitgespielt hatte und dessen Regisseur so genial war, dass ihm niemand das Wasser reichen konnte, wirklich niemand.

Aber jetzt war das Kino tot, die Türen verschlossen, in den Schaukästen hingen verblichene Fotos und Plakate, einige ihrer Ecken hatten sich abgelöst, andere zusammengerollt wie trockene Birkenrinde. Auch hatte offensichtlich seit langem keine Musik mehr die Wände des Tanzsaals vibrieren lassen, kein Stimmungslärm sie durchdrungen, kein rauschhafter Mitgesang, die hohen Türen und einige der Fenster hinter dem Säulengang waren mit Brettern vernagelt, in den Fugen zwischen den Platten und Treppen davor wucherte Unkraut. Je näher sie dem Fassadenelend kamen, das so viele Häuser auch in der Altstadt erfasst hatte, umso fassungsloser wurden ihre Gesichter: Der Zauber war dahin, mit jeder Minute mehr sah man es ihnen deutlicher an.

Das glaub ich nicht, stieß Berg endlich hervor.

Das musst du auch nicht, hörte er: Man kann es ja *sehen*!

Es war zwar die Stimme seines Cousins; doch war kein Witz mehr darin, wie sonst. Nicht einmal Zynismus.

Mein Gott, rief Berg aus, es sind doch nur zwanzig Jahre vergangen, die Pyramiden seien bis heute nicht zusammengebrochen!

Die Pyramiden?! Friedrichs Stimme troff vor Hohn: Die Pyramiden sind von einer *Kultur* errichtet worden, mein Guter! Hier waren Ideologen am Werk. Das hätte er in mindestens zweihundert Artikeln gelesen, und die wären alle von ihm gewesen, von seinem Gott und die Welt kommentierenden Cousin! Wie er denn davon noch erschüttert sein könne?

Ja, *wie* bloß, sagte Berg und dachte: Weil es so ist!

Inzwischen waren auch László und Barbara zur Stelle, sie hatten an der Straße auf den Wagen mit der Technik und dem Kameramann gewartet, der nun dabei war, einen Parkplatz zu finden. László sagte, dass er sie hinter das Haus geschickt hätte, hier vorne sei ja offenbar alles verschlossen, hinter dem Kino aber scheine Platz zu sein.

Verschlossen ist gut! Bergs Stimme klang jetzt wie die eines abgebrühten Kriminalkommissars aus einer der üblichen Fernsehserien: *Hier ist alles tot, und hinten wird uns wohl auch nichts Lebendiges mehr entgegenkommen.*

Nun beruhig dich mal wieder, meine Junge, rief László ihm nach, weil Berg noch einmal auf die Kinotüren zuging, die sie als Kinder unzählige Male so erwartungsselig gestürmt und glückstrunken wieder hinter sich gelassen hatten: Wir wollen hier ja keinen Film *sehen*, wir wollen hier nur einen Film *drehen*.

Dann lachte er, sein Scherz schien ihm gelungen, ein Bonmot geradezu; doch niemand lachte wie sonst mit, auch Barbara hatte längst begriffen, was den beiden Hauptdarstellern gerade in die Glieder gefahren war.

Durch den Lärm, den Berg am Eingang gemacht hatte, war man im Haus aufmerksam geworden. Er drückte seinen Kopf gegen die lange nicht mehr gereinigten Scheiben und sah, wie sich am Ende des Kinofoyers eine unscheinbare Tür öffnete und ein Mann halb hervortrat, der in seine Richtung blickte. Durch den Dämmer, in dem alles lag, war er nicht genau zu erkennen. Als Berg laut durch das Glas rufen wollte, wie man denn hineinkäme, sah er, dass der Mann ihm ein Zeichen gab, er hatte offenbar schon begriffen, wer da draußen Einlass begehrte. Dann war er wieder verschwunden, und Berg rief den anderen zu:

Sie würden hinten aufmachen, sie warteten schon.

Na wunderbar, sagte László: Klappt doch alles. Geht ihr mal vor, ist ja euer Kino!

Friedrich war der Erste am Hintereingang, dessen Tür bereits weit offen stand, und noch ehe Berg zu ihm aufgeschlossen hatte, hörte er ihn laut ausrufen:

Mein Gott, das ist ja Wahnsinn, was machst du denn hier?! Machst du hier den Kinofriedhofsverwalter?

Kurz darauf stand auch er vor dem Klassenkameraden aus früher Schulzeit und ließ sich von ihm umarmen, obwohl sie nie sehr enge Freunde gewesen waren, dabei versuchte er fieberhaft, dessen Namen zu erinnern.

Um schließlich irgendetwas zu sagen, bekannte Berg: Ich hab dich gar nicht erkannt.

Aber ich dich!

Der ziemlich füllig gewordene Mann vor ihm hatte es nicht ohne Stolz in der Stimme ausgerufen: Sie hätten ihn ja gesehen, im Magazin, im Zweiten, auch gehört, immer mal wieder, im Norddeutschen, mit dem sei er ja nun auch hier. Wie ein Lauffeuer sei das herumgegangen, und scharf sei er gewesen, immer noch der alte Kämpfer, auch drüben, und seine Bücher, die seien hier auch angekommen, Frau Pusch, sie hätte ja fahren dürfen, *die* habe sie mitgebracht, alt und mutig, wie sie gewesen sei.

Aha, sagte Berg und dachte: Frau Pusch also!

Er sah sie jetzt deutlich vor sich, eine ältere Frau mit tiefschwarzem Haar, das zu einem mächtigen Knoten gebunden war, wie sie in ihrem kleinen, schummrigen Papierhandel und Buchladen am Ende seiner Straße hinter der altmodischen Kasse saß oder stand. Wenn sie saß, las sie. Der Laden befand sich im Souterrain eines Gründerzeithauses, man musste einige Stufen hinunter, um ihn betreten zu können. Seine Eingangstür lag über Eck, es klingelte, wenn man sie öffnete. Manchmal dauerte es einen Moment, bis die alte Dame erschien: Man sah sie nicht gleich, nur ihre rechte Hand, die einen Perlenvorhang zerteilte, der vom Rundbogen eines schmalen Durchgangs zu den hinteren Räumen des Ladens herabfiel, tauchte zunächst auf, begleitet von einem exotisch klingenden Rascheln und Klirren. In der Erinnerung glich alles einer Sequenz aus einem spanischen Film oder an einen, der vorgab, in Spanien zu spielen; einen Titel hätte er jedoch nicht nennen können.

Jetzt sollten sie erst einmal reinkommen in die gute Stube, das seien wohl die Herren vom Fernsehen? Der Schulfreund schaute neugierig auf die Fremden.

Das sind sie, sagte Berg und stellte ihm László vor, dann Barbara, den Kameramann, die Techniker, zuletzt den Aufnahmeleiter, der, während sie dem alten Schulkameraden folgten durch ein Labyrinth notdürftig beleuchteter Gänge und Räume, László fragte, ob sie nur im Saal drehen wollten oder auch im Foyer, wegen der Schienen?

Laut Buch drehen wir nur im Saal, sagte László, wie immer kurz angebunden, wenn der Aufnahmeleiter etwas von ihm wollte, und genau in jenem Moment, als sie vor der ersten der beiden Saaltüren angekommen waren: Sie stand, Friedrich und der alte Schulfreund waren vorangegangen, er hatte Licht gemacht, weit offen, doch auch im Saal gab es keine volle Beleuchtung mehr. Der schwere Samtvorhang hinter der magischen Tür von einst war ebenfalls verschwunden. Zum ersten Mal sah Berg die nackte, leicht hervorstehende Schiene, den fast filigran wirkenden Halbkreis, den sie bildete und an dem man, unmittelbar vor Beginn des Hauptfilms, wenn »Augenzeuge« und Vorfilm gelaufen waren, die zwei in schmale Lederstreifen eingefassten Bahnen des Vorhangs mit dem eigenartig ratschendem Geräusch von Metall auf Metall zusammengezogen hatte und die Wirklichkeit für die nächsten zwei Stunden endgültig nach draußen verbannte, während die Welt drinnen zu leben begann: so schrecklich und schön, wie sie nur im Film sein konnte, schön und schrecklich zugleich.

Dass es keine volle Beleuchtung mehr gab, tröstete: der Kinosaal sah aus, als hätte einer zwischen den Sitzreihen eine Bombe gezündet. Auf dem Boden verstreut lagen Bretter, Blech, Metallträger, an den Wänden türmte sich Kinogestühl, und auf der offenen Bühne, vor der früher die Filmleinwand herabhing – ihr fliegender Teppich in andere Welten –, stapelten sich ausrangierte Möbel, fielen zerschlissene Vorhänge wie Trauerflore herab. In die gespenstische Szenerie hinein ragten Filmprojektoren, sie schienen aus einem Museum zu stammen, an jedem von ihnen klebten zwei gewaltige kreisrunde Metallschachteln, in denen das kilometerlange Zelluloidglück einst geliefert, während der Vorführung abgespult und fast im selben Moment wieder aufgerollt wurde:

Phantastisch!, rief László plötzlich in Richtung des Kinofriedhofsverwalters, und die entstandene Stille, sein Entzücken hatte etwas Ansteckendes:

Das kriegt keine Requisite hin, Jungs, so ein Chaos, so ein herrlicher Verfall, alles echt, nichts arrangiert. Ein heiles Kino, nur ein bisschen verstaubt, das wäre es nun aber wirklich nicht gewesen, nicht?! Was sagst du, Richard?

Richard, der Kameramann, der beste, den der Sender zu bieten hatte, seit Jahren zogen er und László zusammen durch die europäischen Königshäuser, sagte wie immer fast nichts, aber wie immer sah er sich seelenruhig um, hielt sein Messgerät in den Raum, um die Lichtverhältnisse zu prüfen, ging hierhin und dorthin, schätzte Perspektiven ein und ab, Blickwinkel, Ebenen, Fluchten.

Dann fiel ein weiteres Mal sein Lieblingssatz während dieser Wochen, bei dem ein leichtes Lächeln seine Lippen umspielte, auch das wiederholte sich regelmäßig:

Alles okay! Kann losgehen, László! Du bist der Regisseur!

Ganz ohne Arrangement ging es dann doch nicht. Nachdem sie das Gelände in jeder Hinsicht ausgereizt hatten, rief László eine Pause aus und sagte:

Irgendetwas fehlt noch, etwas Sinnliches, Farbe, ihr könnt nicht nur über die alten Filme reden, man müsse auch etwas sehen von ihnen, aber was? Filmschnipsel einmontieren ginge ja auch nur einmal!

Einen langen Moment schwiegen alle, dann rief Friedrich:

Ich glaub, ich hab's!

Ja?, sagte László: Was denn?

Plakate!

Plakate?

László begriff nicht gleich, was Friedrich damit meinte; seine Assistentin dafür umso schneller:

Aber ja, rief sie, dabei schlug sie sich mit der Hand leicht an die Stirn: Ihr findet was, nicht?! *Zufällig*, logisch! Einen Schatz, in einer Kiste, den zeigt ihr euch dann, begeistert natürlich. Filmplakate, *alte Filmplakate!* Wen begeistern die nicht? Ihr seid ja Cineasten! Haben Sie so was noch hier, alte Filmplakate?

Der Kinofriedhofsverwalter zuckte etwas zusammen. Dann sagte er, nicht ohne einen gewissen Stolz, etwas Wichtiges zum Film beitragen zu können:

O ja, nicht nur Plakate, auch Fotos hätten sie! Szenenfotos, Starfotos, ganze Serien, und jede Menge alter Programme: Jean Marais, Louis de Funès, die Olsenbande! Wenn's weiter nichts wäre?! Damit könnten sie dienen. Und ob!

Es dauerte nicht lange, und Berg und sein Cousin hockten inmitten der Trümmer vor einer scheinbar frisch aufgebrochenen Kiste und zogen ein Plakat nach dem anderen heraus, hielten es hoch, lasen sich den Titel darauf vor, Filmszenen schwirrten durch den Raum, mal laut, mal leise, wortlos. Als das Arrangement längst dem wirklichen Glück von einst gewichen war, hatte es sich doch in den Plakaten aufgehoben und trat nun mit ihren Farben, Wörtern und Namen ins Licht, in das diffuse, dämmrige Licht einer Höhle, die tief in die eigene Vergangenheit führte, war es Berg, dem es plötzlich die Sprache verschlug. Er hatte aus dem Haufen farbig bedruckten Papiers und schwarzweißer Werbefotos ein Stück gezogen, das immer größer wurde, je mehr er es auseinanderfaltete – und dann sah auch Friedrich, in breitem bordeauxroten Rahmen, was Berg erblickt und so überraschend still hatte werden lassen: drei bärtige Ritter auf kräftigen Pferden, spitz zulaufende Helme, einen mächtigen Schild, einen kurzen Spieß, kostbare Umhänge, die von den Schultern und Rücken der Männer herabflossen, silberne Armschienen, Beinschutz, Brustpanzer, und in jedem Gesicht der ruhige, selbstgewisse Blick vom Hügel hinunter auf das Schlachtfeld – *den Feind!*

Hinter ihnen erhob sich das Heer der Lanzenträger, über dem Heer aber die Türme der Kathedralen Kiews mit den orthodoxen Kreuzen auf den Spitzen: Sie stiegen gewaltig empor, wie das himmlische Jerusalem, bis tief hinein in den rosagefärbten Plakat-Äther!

Aber war das noch ein Filmplakat, war das nicht in Wirklichkeit schon eine Ikone?!

Ilja Muromez, sagte Friedrich, er war kaum noch zu hören: Unser Held, unser russischer Recke, unser Retter vor den Tugaren!

Jetzt saßen sie beide nicht mehr im ruinierten und geschlossenen Kino, dessen Zauber Geschichte und es selber am Verdämmern war, sie saßen gleichfalls in Rüstungen auf Pferden, mit Schild, Helm und Schwert gewappnet, und zogen, wie damals, in nichts anderes als in den großen, den ewigen Kampf, den Kampf zwischen Gut und Böse, der mit den Bildern aus jenen Filmen einst in ihr Bewusstsein gedrungen war wie ein süßes Gift, das den Schmerz, den diese Bilder auch zeigten, schon betäubte, noch bevor er sie wirklich erreichte: das Hufgetrappel der dahinrasenden Tiere schwoll an, der dumpfe Zusammenprall der feindlichen Heere, das Klirren gegeneinanderschlagender Schwerter, das Sturmgeschrei der Krieger, Trommelgedröhn, Glockengeläut, das Stöhnen der Verwundeten, Sterbenden.

Über allem aber ein Himmel aus mitreißender Musik, ein Gesang gewaltiger Chöre. Es war gut, dass sie es jetzt, in diesem Moment, da die Kamera lief, nur erinnerten; niemand hätte ihnen die echten Tränen von damals geglaubt.

36

Auf der Rückfahrt, im Wagen, herrschte die schöne Erschöpfung der Akteure nach einem gelungenen Drehtag. Friedrich hatte die Augen geschlossen, auch Berg war in Schweigen verfallen. Selbst László sagte eine ganze Weile lang nichts, die *Dunhill*-Schachtel blieb, wo sie war. Barbara hatte, als sie die Stadt verließen, das Radio angestellt, nicht ohne zu fragen, ob es jemanden störe? Es störte keinen. Irgendwann gab es Nachrichten, aber weil das Radio leise eingestellt war, verstand man hinten nichts.

Doch László hatte sie gehört, die Meldung: *Die* Meldung des Tages:

Großer Gott!, rief er plötzlich in die müde machende Stille, der Radio und Fahrgeräusch des Wagens bislang nichts hatten anhaben können, sie war dadurch eher noch lähmender geworden, fast war es ein Schrei: Endlich bricht der furchtbare Laden auseinander.

Was denn für ein Laden?

Friedrich, durch Lászlós Ausruf aus dem Halbschlaf gerissen, blickte verwirrt zu Berg. Doch der schüttelte seinen Kopf, sagte, er wisse auch nicht, was László meine:

Die Sowjetunion, Jungs! *Die UdSSR!*

Ach ja? Und warum gerade jetzt?

Friedrich versuchte zwar, normal zu reden, es klang dennoch töricht. Lászlós Euphorie konnte er damit nicht dämpfen:

Weil sie gerade eben, nicht wahr, Barbara, im Radio gemeldet haben, dass die Präsidenten von Litauen, Lettland und Estland den 1940 aufgelösten Baltischen Rat neu begründet hätten. Sie steigen aus, hieße das, andere würden folgen. Es dauere nicht mehr lange, dann holten sie die Sowjetflagge auch vom Kreml herunter, er schwöre es ihnen!

Ihre Panzer und Soldaten aus Ungarn müssten raus, aus Polen, aus der Tschechoslowakei, aus Deutschland würden sie auch verschwinden, sie könnten die Uhr danach stellen! Genau darauf aber würde er gerne trinken mit ihnen, noch heute Abend. Was denn los sei, er höre ja gar nichts?

László hatte natürlich recht.

Berg hätte jetzt ebenfalls mitjubeln müssen. Die Weltgeschichte raste, sie raste in genau jene Richtung, von der er so lange geträumt, für die er sich so hartnäckig eingesetzt hatte, hüben wie drüben.

Der historische Lackmustest, der gerade lief, entlarvte jedenfalls so manche politische Parole auch im Westen als Phrase, nicht nur im Osten brachen die ideologischen Kulissen wie Kartenhäuser zusammen.

Dass er, Torben Berg, mit einem Filmteam aus Hamburg, auf dessen Fahrzeugen das Logo des Senders prangte, den sie hier schon zu seiner Zeit gehört und gesehen hatten, obwohl es verboten gewesen war, *jetzt* in seine Heimatstadt tatsächlich zurückkehren konnte wie ein Sieger, war unfassbar genug; aber dass sie ihm in der vergangenen Woche seine alte Gefängniszelle beim Geheimdienst aufschließen mussten, damit er noch einmal den ausgelieferten Gefangenen geben konnte, den sie fast ein ganzes Jahr lang täglich vernommen hatten; dass der Staatsanwalt, im Auftrag der Partei einst sein Ankläger, jetzt im Archiv saß, sich vor der Kamera winden und entschuldigen musste und etwas von einer Sicherheitsdoktrin stammelte, die zu jener Zeit zwar rechtens gewesen wäre, aber von heute her wohl doch falsch; und dass alte Freunde und Bekannte, die entweder anständig überwintert oder sich durchgemogelt hatten, ihn nun, wenn er in der Stadt auftauchte, wie den Grafen von Monte Christo anstarrten: mit bewundernden Blicken die einen, mit Erschrecken die anderen – das alles war schön und Triumph und Glück, und doch war seit einiger Zeit etwas dazwischengetreten, eine aus heiterstem Himmel über ihn gekommene Macht, die durch seinen Körper raste, wirbelte, ihn fortriss von allem, was ihn bisher angetrieben hatte, erfüllt: Wäre er danach gefragt worden, hätte er es den *Sinn* seines Lebens genannt.

Deshalb musste er sich jetzt geradezu zwingen, in Lászlós Euphorie mit einzustimmen, um sagen zu können, natürlich müssten sie darauf trinken, auf die tapferen Balten, die so schweinisch verraten worden wären damals, von Hitler und den Westmächten, und die noch bis in die fünfziger Jahre gegen Stalin gekämpft hätten, in den baltischen Sümpfen, als Partisanen.

Leider, erneut mischte Friedrich sich ein, es war absolut erstaunlich, leider seien aber alle Juden für die guten Balten 1941 nur noch böse Bolschewisten gewesen. Er jedenfalls kenne furchtbare Bilder von Blutbädern auf baltischen Marktplätzen, da hätten baltische Bestien gehaust, mit Knüppeln hätten sie auf Köpfe eingeschlagen, von Männern, Frauen und Kindern, wie auf Wassermelonen! Die Leichen der Erschlagenen hätten in Blutseen gelegen.

László sagte erst einmal nichts, auch Berg schwieg auffallend lange, dann sagte er nur, *das sei leider wahr.* Er kannte diese Bilder. Auch ihm hatten sie, als sie ihm das erste Mal unter die Augen gekommen waren, die Sprache verschlagen, so sehr, dass er sie jederzeit wieder in sich aufrufen konnte. Auf einen Menschen schießen, das hielt er unter Umständen für möglich. Einen wehrlosen Menschen erschlagen, *Kinder gar,* selbst der bloße Gedanke war ihm undenkbar. Es war das Böse schlechthin. Davor verstummte man erst einmal!

Es war László, der sie plötzlich fragte, ob sie denn die anderen Bilder auch kennen würden, die der Erschossenen in den Gefängnissen von Stalins Geheimpolizei in so vielen baltischen Städten, bevor sie vor den Deutschen geflüchtet wäre? Noch in den letzten Stunden hätten die NKWD-Leute jeden massakriert, der ihnen hinter ihren Gittern hilflos ausgeliefert gewesen sei. Die gleichen Blutlachen in den Zellen und Gefängnisfluren wie auf den Marktplätzen, eine Tragödie, eine doppelte Tragödie! Aber Tragödien seien so, blutig, leider, und Blut sei ja gerade wieder geflossen dort oben. Er als Ungar kenne sich jedenfalls aus in Tragödien, bestens. Er eben auch.

37

Vor dem Hotel fragte László, ob sie in der Hotelbar bleiben oder in die Stadt gehen wollten? Friedrich sagte sofort, es sei ihm egal, Barbara sagte nichts, und Berg nickte nur, was Barbara fragen ließ, ob er sich nicht wohl fühle? Einige Sekunden lang spielte Berg mit dem Gedanken, Barbara schon jetzt in das nächtliche Abenteuer einzuweihen, nicht erst später, an der Bar, und seine Furcht vor dem leeren Hotelzimmer zu bekennen, sie wusste ja inzwischen, dass es Rike gab, und war seinen Andeutungen mit Verständnis und Zuwendung begegnet, auch sie hätte eine ähnliche Geschichte erlebt, hatte sie ihm erzählt, es sei jedoch gut ausgegangen, den Schritt gewagt zu haben, bis heute würde sie es nicht bereuen, es könne ja auch furchtbar schiefgehen.

Doch er wich aus, sagte, er sei wohl nur etwas erschöpft, was er eigentlich komisch fände, die Arbeit sei ja im Prinzip reines Vergnügen, Spaß ohne Ende.

Aber sie schlauche auch, sagte Barbara, man merke es immer erst hinterher.

Wenig später nahmen sie die Zimmerschlüssel in Empfang und gingen zu den Fahrstühlen. Seitdem Berg die Suite bezogen hatte, musste er zwei Stockwerke höher fahren als die anderen.

Na dann, sagte László, als die drei den Fahrstuhl verließen: Um neun wird gefeiert. Er hatte nichts mitbekommen vom Dialog seiner Assistentin mit seinem Drehbuchautor und Hauptdarsteller.

Kurz darauf hielt der Fahrstuhl erneut, Berg trat hinaus auf die Etage und schloss, kein Dutzend Schritte weiter, die Tür auf, zu der sein Schlüssel passte. In der Suite herrschte eine rötlich durchwirkte Dämmerung, dafür sorgten die immer noch zugezogenen rotbraunen Vorhänge, vielleicht war es auch bloß der Abendservice des Hotels gewesen, der sie wieder geschlossen hatte.

Rike?

Sein Ruf in die Stille war kaum zu hören. Hatte er ihn nur gedacht? Oder doch gerufen? Leise, fast lautlos, wie einer, der nicht will, was er tut?

Er trat zum Fenster und zog die Vorhänge zur Seite, damit es heller würde, ging ins Bad, wusch sich die Hände, sein Gesicht, wechselte die Kleidung. Als er durch die Schiebetür mit den leicht klirrenden Glasscheiben, bewegte man sie, ins Zimmer zurückkam, vorbei an dem Doppelbett im separierten Schlafraum, auf dem sie vor Stunden noch zusammen gelegen hatten, erblickte er auf dem Tisch mit den Zeitungen und Illustrierten eine offenbar von einem der Stapel gerutschte Flugschrift, die ihm gleich am Beginn des Drehs in seiner Heimatstadt, von irgendjemandem in die Hand gedrückt worden war. Sie lag, mit der Rückseite nach oben, quer zu dem Stapel, eine Wahlzeitung der Liberalen für das Stadtparlament. Die Seite erinnerte an das Revolutionsjahr 1848 und einen der größten Söhne des Gemeinwesens, der auch ein Liberaler gewesen war: »Dahlmann und die deutsche Einheit« lautete die Überschrift.

Aber es war nicht die fettgedruckte Schlagzeile, die ihm in diesem Moment ins Auge stach. Es war eine Handschrift am Rande der Seite, die es dort vorher nicht gegeben hatte, unruhige, tanzende Wörter, wie in Eile und Hast niedergeschrieben. Es war die Handschrift Rikes:

»Lieber Torben! Ich hoffe, es geht Dir schon wieder besser nach dieser ›traumhaften Nacht‹ … Ich weiß einfach nicht, was ich sagen soll. Im Augenblick oder heute ist alles blockiert in mir. Ich schreibe Dir. Liebe Grüße, Rike«

Ein Satz in ihrer Botschaft war durchgestrichen, energisch und nicht zu entziffern, obwohl er das Blatt sogleich gegen das Licht hielt, das durch die Fenster fiel. Es nützte nichts, das einzige Wort, das hervorschimmerte, lautete »ich« und ergab, so allein, wie es zu lesen war, keinen Sinn.

Ich, las Berg jetzt laut in den Raum und dann, während seine Hand mit dem Blatt dabei herabsank und er tief durchatmete, das, was dort nicht stand und dennoch die Wahrheit war, sie erst komplett machte:

Ja, *du*!

Er würde unbedingt mit Friedrich reden müssen oder Barbara, nachher, dabei jede Menge Wein trinken und Zigarillos rauchen, bis der Hals brannte, der Kopf schwer wurde. Er wusste nicht mehr weiter, weil er wusste, dass es weitergehen würde. Er wusste sogar genau *wie* in diesem Moment, weil sein Blick auf das Telefon fiel, die einzige Lebensader zwischen ihnen, bis zum nächsten Zusammentreffen, wo auch immer.

Armer László, dachte er: Ich werde dir heute kein guter Gesprächspartner mehr sein. Das Baltikum ist gerade dabei, sich zu befreien, das ist ein Grund zum Feiern, und was für einer! Aber was mache ich, ich Verrückter? Ich gehe in Gefangenschaft und glaube, ich ginge ins Glück, ins ganz große sogar, als wäre ich gerade einem Krieg entkommen. Dabei werde ich geliebt, zu Hause, arglos und schön, selbst im Schlaf, in den Träumen darin, die mir am Morgen erzählt werden.

Eine knappe Woche später war der letzte Drehtag gekommen. Laut Plan filmten sie nur noch im Alten Hafen seiner Heimatstadt, wo Friedrich und er, Conférenciers ihrer eigenen Mythen, die maritimen Abenteuerspielplätze ihrer Kindheit und Jugend präsentierten, Anekdoten zum Besten gaben, Heldentaten im Kampf gegen Tristesse und Langeweile. Dann erinnerten sie angesichts des dramatischen Verfalls von Häusern, Straßen und Hafenanlagen, eine der Kaimauern war dabei, vollends einzustürzen, an die schwedische Besatzungszeit vor langem, deren

Ende die Stadt genauso desolat hatte aussehen lassen wie jetzt, erzählten schließlich vom gemeinsamen Großvater, der in seinen letzten Seemannsjahren dieselbe Strecke als Steuermann auf einem kleinen Passagierdampfer gefahren war, die nun sie scheinbar auch zurücklegen wollten.

Kurz vor Sonnenuntergang stach das ganze Team in See mit einem der beiden flachen Passagierschiffe, die vor allem in der Sommersaison zur mit weißen Stränden, Pensionsveranden und idyllischen Fischerdörfern gesegneten Ferieninsel vor der Bucht fuhren, sie wollten die von Krieg und Zerfall versehrte Silhouette der Stadt aufnehmen, im Licht der untergehenden Sonne. Es wurde, bei allem Optimismus angesichts der politischen Lage, ein ziemlich melancholischer Schluss, er hatte auch damit zu tun, dass mit der letzten Klappe des Tages die Zeit der Gemeinsamkeit zu Ende ging.

Alle an Bord, das Schiff hatte inzwischen auf der Höhe der Anleger des Ölhafens gedreht und fuhr langsam wieder zurück, ergriff jetzt pure Abschiedstraurigkeit, als seien sie Jahre zusammen unterwegs gewesen, nicht nur ein paar Wochen, und würden nun für lange auseinandergerissen.

Es nützte auch nicht viel, dass Barbara zwischendurch sagte, so sei es am Ende von Filmdrehs immer, anders kenne sie es gar nicht. Während sie es sagte, waren ihre Augen trotzdem ein wenig feucht geworden, auch Friedrich und er waren nicht mehr weit davon entfernt.

László hatte ihr zugestimmt, bestand aber darauf, dass dieser Dreh etwas ganz Besonderes gewesen sei, dafür hätte schon die große Geschichtsschreibung gesorgt. Wäre sie doch eine Art Rahmen, in dem sich Torbens Geschichte wie ein eingefasstes Juwel wiederfinden würde.

Er hatte tatsächlich Juwel gesagt.

Ach, László, dachte Berg, als er diesen zu groß geratenen Vergleich hörte: *Wenn du wüsstest!*

38

Karla deutete Bergs Kraftlosigkeit nach seiner Rückkehr ins Hamburger Haus natürlich fehl. Er jedoch sann nur darüber nach, wie er wieder nach Leipzig kommen könne, schnell und unauffällig, fuhr plötzlich früher in die Redaktion als sonst, um in Ruhe mit Rike telefonieren, ungestört an sie schreiben zu können. Es blieb schwierig, Rike war telefonisch lediglich in der Süßwarenfabrik zu erreichen, in der sie fürs Erste arbeiten konnte. Wenn er sie erreichte, brach die Leitung oft nach kurzem Gespräch wieder zusammen, war sie zusammengebrochen, rettete ihn das Schreiben eines Briefes. Aber noch konnte er nicht offen schreiben, wenn er das Geheimnis zwischen ihnen nicht unfreiwillig auffliegen lassen wollte: ein falsches Wort, ein Zufallsfund ihres Freundes, es wäre das Ende gewesen.

Als er es nicht mehr aushalten konnte, Erschöpfung durch die beendete Filmarbeit aber kaum eine glaubwürdige Erklärung für seine Abwesenheit allem und jedem gegenüber war, tischte er Brand eine weitere Sensation versprechende Recherche in Leipzig auf, das Bürgerkomitee hätte ihm signalisiert, belastende Papiere über den Innenminister der Ostberliner Regierung zu haben, das sollten sie sich nicht entgehen lassen. An der Story, Brand hatte auch diesen Antrag kommentarlos abgehakt, war zwar etwas dran, doch hätte Berg dem Verdacht, so dünn, wie er bis zur Stunde war, durchaus erst einmal von Hamburg aus nachgehen können. Nachdem er die Sache geregelt hatte, wurde er ruhiger und entschied sich, Rike zu überraschen. Zu Hause gab er sich von der Redaktion gefordert und sagte zu Karla, dass er jetzt eigentlich einen richtigen Urlaub bräuchte.

Das sei das Stichwort, hatte Karla erwidert, ihre Stimme klang geradezu aufgekratzt: Der Sommer stünde vor der Tür, ob sie im Juli nicht wieder nach Dänemark wollten? Charlotte habe dann Ferien. Die Freunde wären enttäuscht, wenn sie nicht kämen, und endlos fahren müsse man nach Falster zum Glück auch nicht. Nur noch Strand, Sonne, Wasser und Zeit für ein Buch.

Was bräuchten sie eigentlich anderes im Sommer als Dänemark?!

Ach ja, sagte er, Urlaub ist ja auch bald wieder, als hätte er gar nicht daran gedacht, obwohl er gerade davon geredet hatte, ihn gut gebrauchen zu können. Aber Karla überhörte sein widersprüchliches Gerede, fragte nach, nach Dänemark.

Na klar, sagte er schnell, Dänemark, was sonst?! Ob sie sich um das Haus kümmern könne? Das letzte sei wirklich toll gewesen, ein besseres könnten sie kaum finden, Finnenhäuser seien eben Finnenhäuser. Sie solle aber bitte nicht vergessen, dass er im August auch noch auf die Färöer müsse, Reiter und Robert säßen ihm schon im Nacken, wegen der Ausstellung, die sei fest geplant, verschieben ginge nicht mehr. Er habe das Gefühl, er reise nur noch herum, wie ein Handelsvertreter, übermorgen müsse er übrigens erneut nach Leipzig.

Schon wieder?, fragte sie: Messe sei doch gar nicht?!

Politik, *Spatz,* sagte er und begriff nicht, wieso ihm sein Kosewort für sie so flott über die Lippen gekommen war. Einige Sekunden lang kam er sich scheußlich vor, zwang sich deshalb den Fluch ab, eben diese Scheißpolitik versaue ihm im Moment alle schönen Themen, auch er komme kaum noch zum Lesen guter Bücher. Stattdessen ginge es nur noch um die Abwicklungsgalerie da drüben, mit ihren hässlichen Szenerien und Figuren wie diesem Arsch von Minister, der wahrscheinlich der alten Garde beim Aktenvernichten helfe! Das Wichtigste, so gingen jedenfalls die Spekulationen, reiche er offenbar nach Moskau weiter. Ganz wilde Spekulanten unterstellten ihm sogar einen KGB-Rang. Aber da könne man sich ganz schnell ganz böse vertun. Eigentlich kotze ihn dieser ganze Vergangenheitssumpf maßlos an.

Das verstünde sie nun gar nicht, hörte er Karla, sie klang ehrlich überrascht: Habe er nicht all die Jahre, auch im Westen, mit darauf hingearbeitet? Sie sei ja nie so politisch gewesen wie er, aber jetzt könne es doch gar nicht anders sein als aufregend und anstrengend.

War es früher schön gewesen, sie so reden zu hören, über ihn, über sie beide, es hatte ihn geradezu stolz gemacht, eine Gefährtin zu haben, die seine politische Leidenschaft mittrug, war ihre Ahnungslosigkeit nur noch entsetzlich für ihn, ja, so war es: Er spielte, er log, er betrog. Am meisten fürchtete er sich seit seiner Rückkehr vor den gemeinsamen Nächten, nicht weil Karla äußerlich weniger begehrenswert gewesen wäre, ihre körperliche Attraktivität hatte eher noch gewonnen, er fürchtete, dass sie spüren würde, dass er mit ihr zugleich eine andere berührte, sie kannten sich zu gut, als dass es ihr früher oder später nicht auffallen musste.

Er glaube, sagte er deshalb plötzlich, seine Stimme wurde fast energisch, dass sie recht hätte, er müsse sich wirklich zusammenreißen! Dann lachte er und sagte:

Weißt du, was das heißt?

Na, fragte sie: Was meinst du?

Schreibtischarrest, sagte er und zeigte mit der Hand nach unten, in die Richtung, wo sein Arbeitszimmer lag. Aber vorher ginge er hinauf zu Charlotte, die sehe ihn ja auch nur noch zwischen Tür und Angel.

39

Vom Flughafen mit dem Taxi zu Rike und ihrem Freund war es wesentlich kürzer als in die Innenstadt. Als der Wagen in den mit Schotter belegten Hof vor ihrem Wohnhaus, einem ockergestrichenen Flachbau, fuhr, es knirschte heftig, drückte er dem verdutzten Fahrer einen viel zu großen Schein für die Strecke in die Hand, sagte nur kurz, es sei gut, eine Quittung brauche er nicht, und sprang regelrecht, die leichte Reisetasche in der linken Hand, aus dem Wagen. Fast im selben Moment stand er vor Rike, aber Rike war unerreichbar für ihn, jedenfalls in dieser

Sekunde: Sie saß hinter einer Art gläsernem Paravent, hinter der Glasscheibe des fast bis zur Erde reichenden Küchenfensters, auf ihrem Schoß ein dickes Buch, und las, vor ihren Augen eine große Brille, sprachlos, mit offenem Mund, als sie ihn sah. Er lachte, weil er sich freute, sie zu sehen, aber er lachte auch, weil alles so komisch aussah, die Brillengläser waren einfach zu groß.

Dann verschwand sie, wenige Minuten später kam sie wieder zum Vorschein: *vor* der Haustür, ohne Brille, mit engsitzendem T-Shirt und Jeans. Ihren Körper, seine sich unter ihrer Kleidung sanft abzeichnenden Vorsprünge und Einbuchtungen, kannte er jetzt ganz genau:

Torben, rief sie aus und umarmte ihn: Wo kommst du denn her?

Aus Hamburg, sagte er: Direkt aus Hamburg!

Und was machst du hier?

Dich sehen!

Das hast du ja jetzt. Was machst du tatsächlich hier?

Willst du das wirklich wissen?

Ja, natürlich. Warum hast du dich nicht gemeldet?

Vielleicht wollte ich dich mal überraschen? Bist du alleine?

Nein, sagte sie und trat einen Schritt zurück, ihr Freund schliefe. Er hätte Frühschicht gehabt.

Ah ja, sagte er, es klang ein wenig verwirrt, fast enttäuscht. Natürlich: Frühschichten sind Mist, die fangen immer zu früh an. Er versuchte zu lachen.

Hör auf, sagte sie: Ich schreib ihm einen Zettel, dass du gekommen bist, dann gehen wir zum Kanal, und heute Abend machen wir was zusammen, ja? Bist du wieder im »Merkur«?

Bin ich, sagte er, aber ich war noch nicht dort, ich bin gleich zu dir, das verstehst du doch?

Er versuchte, sie an sich zu ziehen, aber sie wehrte ihn ab, sanft, bestimmt, sagte, nicht jetzt. Nicht hier.

Dann nahm sie seine Tasche und verschwand im Haus. Als sie wieder im Hof erschien, trug sie eine leichte Sommerjacke über ihrem T-Shirt und strahlte ihn an:

Du siehst gut aus, sagte sie, wen jagst du denn gerade?

Ich glaube, hörte er sich, nur mich selbst. Aber er hatte es zu unernst gesagt. Sie lachte.

Ach komm, sagte sie, ich glaub dir kein Wort.

Wie du willst, sagte er leise und griff nach ihr, das Haus, in dem ihr Freund von der Frühschicht erschöpft schlief, war aus ihrem Blickfeld verschwunden, dafür kamen jetzt Bäume, Büsche in Sicht, dahinter lag der Kanal.

Dann küssten sie sich, heftig, lange, schließlich legte er seinen Arm um ihre Schulter und ließ sie nicht mehr los, bis sie an der Uferkante der künstlichen Wasserstraße saßen, am unteren Ende der grasüberwachsenen Böschung, die breit und schräg hinabführte, von niemandem mehr einsehbar. Bevor sie sich wieder küssten, fragte er sie nach der Riesenbrille und hörte, dass es ihre Lesebrille sei, ansonsten trüge sie Kontaktlinsen, das hätte er wohl noch nicht bemerkt?!

Eine knappe Stunde später kehrten sie zum Haus zurück. Während sie in den Hof einbogen, eine Armlänge voneinander entfernt, sprachen sie laut über Literatur. Zuvor hatte er gefragt, welcher Schmöker denn da auf ihrem Schoß gelegen hätte?

Schmöker?, rief sie laut, fast klang es empört: »Garp« von John Irving! Sie *liebe* seine Bücher.

Von dem hätte er noch nie etwas gelesen, ob das denn überhaupt was wäre?

Sei bloß nicht so arrogant, sagte sie. Sie sagte es in genau dem Moment, als ihr Freund aus dem Haus trat und ein wenig verblüfft fragte, was das denn für ein Streit wäre?

Geschmacksfragen, lachte Berg ihm entgegen, reine Geschmacksfragen! Rike ist *Garpistin*, ich nicht! Dann sagte er: Hallo, da bin ich mal wieder!

Am Abend gingen sie erneut ins »Varadero«, dieses Mal lud Berg ein. Er redete und bestellte, bestellte und redete. Geschichten aus der Redaktion, Geschichten von seinen Reisen, Politikgeschichten, Literaturgeschichten. Von den Freunden und ihrer geplanten Ausstellung auf den Inseln im Nordatlantik, vom bevorstehenden Urlaub in Dänemark und dass es irgendwann in diesem Jahr vielleicht sogar erneut nach Spitzbergen ginge, mal sehen. Einmal sei er ja schon dort gewesen, mit Reiter, seinem Freund, sie hätten sich da oben ein ganz schönes Ding geleistet, ein ziemlich leichtsinniges, und dann erzählte er auch diese Geschichte, von ihrer waghalsigen Zweitagefahrt durch den Eisfjord, in Überlebensanzügen und einem offenen Zodiac, bis nach Barentsburg zu den Russen seien sie gefahren und dann wieder zurück zu den Norwegern in Longjearbyen, immer ein schussbereites Gewehr parat, der Eisbären wegen, und in der Hoffnung, von keinem Unwetter in dem offenen Gummiboot überrascht zu werden, das übrigens schwarz gewesen sei, nicht knallrot. Aber die beiden gingen auf seine witzig gemeinte Anspielung nicht ein.

Solange er redete und bestellte, war Rike bei ihm, und während er redete, tanzten seine Hände über den Tisch, als dirigiere er die Partitur einer ganzen Symphonie: nur für sie. Dass ihr Freund mit am Tisch saß, überspielte er so, dabei vergingen Stunden.

Kurz vor Mitternacht entschuldigte sich Rikes Freund mit dem Hinweis, zu wenig geschlafen zu haben und zu früh wieder rauszumüssen.

Berg sagte, er würde gleich zahlen. Frühschichten seien schlimmer als Nachtschichten, das wisse er selbst nur zu gut.

Danke, sagte ihr Freund und verschwand in Richtung Toilette. Rike blickte ihm erst hinterher, dann fragte sie Berg:

Und wie geht's mit uns weiter?

Ruf mich morgen an, im Hotel, um zehn.

Gut, sagte sie. Deinen Gutenachtkuss kriegst du dann morgen.

Am nächsten Tag trafen sie sich im »Merkur«, in der Stadt war es zu gefährlich geworden. Er hatte sie zum Mittagessen ins »Sakura« eingeladen und Sushi, Algensalat und Fischsuppe kommen lassen. Irgendwann spannte er einen Shrimp zwischen die Enden seiner Stäbchen und beförderte ihn, nach dem Eintunken in Sojasoße, in Richtung ihres Mundes, dabei fielen einige dunkle

Tropfen auf die weiße Tischdecke. Kurz vor ihren leicht glänzenden Lippen sagte er leise:

Jetzt *atze* ich dich!

Doch das uralte Wort verwirrte sie, so sehr, dass sie den Shrimp nicht gleich aufnahm, sondern fragte, was es bedeute?

Rat doch mal, gab er zurück.

Einige Sekunden lang machte sie ganz große Augen, dann flüsterte sie, einen Hauch Verlegenheit im Gesicht: *Fuck?*

Es war so zauberhaft daneben, dass er nicht wusste, wie er reagieren sollte. Schließlich sagte er, während er sie an sich zog:

Nein, nicht ganz, aber fast, ja, als Metapher vielleicht ja, es bedeute füttern, einfach nur *füttern*, wenn Raubvögel ihre Jungen fütterten, dann atzten sie sie.

Kaum war er in Hamburg zurück, erhielt er einen Brief von ihr. Er sprach auf eine Weise zu ihm, dass er ihn nicht nur einfach las, wie man einen Brief liest. Er verschlang ihn förmlich, als säßen sie immer noch im »Sakura«. Jedes Wort schmeckte er nach, jeden Satz, jedes Bild, das mit ihnen in seinem Kopf aufstieg:

»Lieber Torben! Das war wie im Traum, als Du plötzlich einfach hier gewesen bist. Beinahe unglaublich. Habe heute mitunter, wenn ich wegen der Müdigkeit völlig in Trance gewesen bin, überlegen müssen, ob das nicht vielleicht doch einer dieser Träume war, bei denen man anschließend nicht mehr genau weiß: Ist das nun wirklich passiert oder nicht? Aber ich hatte ja festgestellt, dass Deine Hände so lebendig sind, wenn Du redest! Die Seele, wenigstens ein Teil davon: in den Fingern! Vielleicht waren die Hände aber auch nur ein Ersatz, weil man sie ungehemmt und ohne sich dabei zu verraten betrachten kann … Ich habe heute den ganzen Tag beinahe ausschließlich Deine Briefe gelesen … Das Gedicht ist wunderschön: Diese Sehnsucht, die man darin spürt, sie ist fast bedrückend und zugleich wahnsinnig anziehend … Ich kann mir vorstellen, dass es Menschen gibt, die nach dem Lesen von Gedichten dieser Art stundenlang nicht mehr reden möchten … Hast Du bemerkt, dass ich heute meinen Schutzengel aufs Gröbste herausgefordert habe? Ich bin im Hauptberufsverkehr, mitten in der Stadt, mit höchstmöglichem Tempo auf eine Ampelkreuzung zugefahren. Die Ampel stand aber auf Rot. Ich musste deshalb ziemlich scharf bremsen – doch die Bremse ging nicht, sie ging einfach nicht, sie ging überhaupt nicht mehr, keine Reaktion, keine Geschwindigkeitsverringerung! Nichts. Jedenfalls bin ich dann, ungeachtet jeglichen Verkehrs, auf zwei Rädern in eine Seitenstraße gehuscht ... Bin dabei sehr aufsehenerregend gewesen! Anschließend haben meine Gehversuche etwas ungeübt gewirkt. Inzwischen ist alles wieder bestens, selbst die Bremse ... Und nun bin ich wahnsinnig müde, der Tag war überhaupt grässlich. Den muss ich jetzt ganz schnell verlassen ... Du kannst mir ruhig beim Einschlafen zusehen, obwohl ich das sonst nicht mag. Gute Nacht! Rike!«

40

Über der Stadt lag eine Hitzeglocke, unter der riesigen Kuppel des Hauptbahnhofs aber war es erträglich, im Vergleich zu draußen fast kühl, vielleicht weil die ein- und auslaufenden Züge unentwegt die Luft darunter bewegten. Seit einigen Minuten stand Berg auf jenem der vielen Bahnsteige, von dem aus der Intercity, ohne zu erwartende Kontrolle an der formal noch immer existierenden Grenze, als wäre nichts gewesen, in den Osten abfahren sollte, nach Leipzig. Erneut hatte er es geschafft, Brand davon zu überzeugen, in die Messestadt zu müssen. Es gab dort die allerneueste Drehung in der laufenden Enthüllungsstory: Der Innenminister des untergehenden Staates war endgültig ins Visier aller Journalisten geraten. Der Mann, ein Jurist aus der Zeit der Diktatur, was ohnehin schon verdächtig war, lasse Akten verschwinden, hieß es immer erregter. Auch rede er Täter des alten Regimes harmlos oder wenigstens klein und habe selber eine durch und durch dubiose Vergangenheit.

Von Vertrauten im Leipziger Bürgerkomitee hatte Berg zwischenzeitlich weitere Informationen zur Biographie des Ministers erhalten, vor wenigen Tagen sogar eine Kopie seiner Dissertation angeboten bekommen. Was ihre ideologischen Positionen beträfe, so sei sie sehr verräterisch, hatte man ihm gesagt; das Konvolut könne er aber nur vor Ort in Empfang nehmen, persönlich, per Post ginge es, wie er sich denken könne, selbstverständlich nicht.

Natürlich nicht, hatte Berg lakonisch geantwortet, aber mit ebenso verschwörerischem Unterton, und den Revolutionären, die langsam dabei waren, sich zu etablieren, einen Trefftermin vorgeschlagen. Dann war er zu Brand gegangen.

Brand hatte nur gesagt, in Richtung Osten könne er machen, was er wolle: Schweinehunde gebe es zwar überall, aber jetzt seien die dran, die ihn einst gejagt hätten. Er, Berg, wisse ja, wie sehr er ihn schätze wegen seines Widerstands gegen die Kommunisten: Jetzt solle *er* jagen. Es gebe kein falsches Leben im richtigen, nicht wahr?!

Brand spielte wieder einmal auf seine Zeit als Student bei Adorno in Frankfurt an, und Berg wusste, dass er den Ball aufgreifen musste, nur damit Brand noch einmal besonders geistreich replizieren konnte.

Adorno, sagte er deshalb, hätte es aber, wenn er sich recht erinnere, genau andersherum formuliert. Oder?

Mein Gott, rief Brand theatralisch aus: Das ist die *aktuelle* Version! Ob er im Ernst glaube, dass ausgerechnet Adorno, der Gedanken gedreht habe wie andere Locken auf ihrer Glatze, diesen Satz heute noch so undialektisch anwenden würde wie viele seiner Nachbeter?

Nicht schlecht, hatte Berg Brand, scheinbar verblüfft, entgegengelacht, sich auf der Achse umgedreht und gedacht: Wenn du wüsstest, wie wenig mich dieses Arschloch von Minister interessiert, und noch weniger interessiert es mich, ob es ein richtiges Leben im falschen gibt oder ein falsches im richtigen oder beides in einem oder keines von beiden. Mich interessiert gerade etwas vollkommen anderes: Lebt dort unten die Frau meines Lebens oder nicht? Das ist kein Wochenendspiel wie bei dir, kein Bettenroulette: Alles gesetzt, alles verloren. Auf ein Neues!

Dann hatte er seine Sekretärin informiert, dass er für ein paar Tage wieder in die Messestadt müsse, Dienstreise, sie möge ihm gleich ein Zimmer buchen, im »Merkur«, ja, für drei Nächte, war kurz darauf mit dem Taxi nach Hause gefahren, hatte Charlotte gesprochen, seine Sachen gepackt, erneut ein Taxi bestellt und sich zum Hauptbahnhof bringen lassen.

Seit Minuten brandeten nun schon, alles übertönend, die Geräusche des Bahnhofs um Berg herum auf oder dröhnten, wenn die Durchsagen erfolgten, durch ihn hindurch, als in seinem Rücken plötzlich eine vertraute Stimme zu hören war.

Noch bevor Berg sich umgedreht hatte, wusste er, wer ihn da auf dem Bahnsteig inmitten des Gewimmels entdeckt hatte: Valluhn! Heinrich Valluhn.

Heinrich, rief er deshalb überrascht und erfreut in einem: Was machst du denn hier?

Ich gehe nur nach Hause, sagte der Freund.

Durch den Bahnhof?

Reine Abkürzung, sagte Valluhn, er sei in der Uni gewesen, aber verdammt heiß draußen, und er? Wo wolle er hin?

Leipzig, hörte Berg sich sagen: Mein Blatt hat mich wieder einmal auf die Jagd geschickt.

Doch das Ablenkungsmanöver missriet. Auch Valluhn wusste von Bergs Affäre. Er versteckte seine Ironie nicht eine Sekunde:

Die Jagd ende doch nur wieder im Bett dieses Mädchens! Wohne sie nicht in Leipzig? Ob er denn immer noch mit ihr zusammen sei?

Berg schwieg.

Du bist ihr verfallen, mein Lieber, Valluhn sprach leise, aber es dröhnte geradezu in Bergs Schweigen hinein: Ich hab es gesehen, als ich auf dich zuging: Du hast nichts wahrgenommen von dem, was um dich herum geschieht. Mir kannst du nichts vormachen. Außerdem hast du dich schon wieder wochenlang nicht gemeldet, das Frühjahrstreffen in Dänemark ist geplatzt, keiner von uns weiß, wo du steckst. Wenn man dich anruft, bist du nicht da, und Karla, wenn sie dran ist, spricht mit einer Stimme, die kannte man früher nicht von ihr.

Ich weiß, sagte Berg und holte tief Luft, es ist furchtbar. Aber was soll ich machen?

Schluss, sagte Valluhn. Es klang herzlos, brutal, vernichtend.

Warum denn? Berg starrte Valluhn an.

Weil es sinnlos ist, hörte er ihn antworten: Sinnlose Verliebtheit ist das Sinnloseste, was es gibt.

Valluhn, der Theologe, der gelegentlich sogar fromme Visionen hatte, hätte jetzt eigentlich von Sünde sprechen und irgendein Bibelwort zitieren müssen, mindestens jedoch das sechste Gebot, er gab sich plötzlich kühl, abgeklärt, rational, als ginge es um die Lösung einer Mathematikaufgabe.

Also ergriff Berg die Chance, weil er ihn, seinen alten Freund, lange genug kannte und wusste, dass auch Valluhn von Leidenschaften nicht frei gewesen war, selbst wenn er inzwischen so tat, als seien das alles Geschichten aus grauer Vorzeit:

Komisch, sagte Berg, er könne sich noch verdammt gut daran erinnern, dass ihm einmal einer erzählt habe, wie er, rasend vor Eifersucht, im Bett über einer Frau gelegen hätte und kurz davor gewesen wäre, ihr den Hals umzudrehen.

Valluhn wurde jetzt ein bisschen verlegen und murmelte, das sei doch etwas ganz anderes gewesen. Eifersucht eben.

Ja, ja, lachte Berg auf: Schluss machen, so einfach ist das eben nicht, Heinrich!

Deswegen spreche ich ja auch nicht von Liebe, Valluhn wurde wieder fester in der Stimme: Es ist der Trieb! Das böse Blut. Liebe ist was für Romantiker; aber das bist du ja leider. Seitdem ich dich kenne, Torben Berg, kenne ich dich als Romantiker, der an das Gute glaubt, das Wahre, das Schöne!

Das ist das ewige Missverständnis zwischen uns, sagte Berg und unterdrückte eine aufkeimende Gereiztheit: Vielleicht hast du ja recht, aber bin ich deshalb etwa naiv, das wolltest du doch damit sagen, nicht!? Der Romantiker ist nicht naiv; er ist nur bereit, etwas zu riskieren, in Richtung Verzauberung, von mir aus der Wiederverzauberung dieser ganzen beschissenen Welt. Er löse seine Sehnsüchte jedenfalls nicht biochemisch auf, um als Zyniker zu enden. Für die alten Griechen, das wisse er doch, sei der ganze Kosmos ein einziger Liebesakt gewesen! Schmerz, Schönheit, Widerspruch, Harmonie, alles auf einmal, alles in allem?! Oder?

Mann, sagte Valluhn, und obwohl es ironisch klingen sollte, schimmerte jener tiefe Respekt durch, den sie seit Jahrzehnten voreinander hegten und der sie in den Jahren der Diktatur geradezu zusammengeschmiedet hatte, das muss ja ein Weib sein, dass du sogar *Heraklit* in Stellung bringst! Wann kommt dein Zug?

Berg blickte einen Moment wie geistesabwesend auf seine Armbanduhr, schließlich sagte er in einem Ton, als spräche er zu einem Wildfremden, der ihn nach der Zeit gefragt hätte:

In zehn Minuten. Du musst aber nicht warten. Das ist hier ja sowieso ein komischer Ort für philosophische Dispute.

Sag das nicht, lachte Valluhn, das hier ist doch auch eine Art Kosmos, dieses Chaos, dieses Menschengewimmel, und trotzdem stoßen die Züge nicht täglich zusammen, und die Menschen auch nicht. Melde dich mal, wenn du zurück bist.

Danach drehte er sich ohne ein weiteres Wort um und schob seinen massigen Körper durch die Menschenmenge und über den Bahnsteig davon, die alte lederne Aktentasche in der Hand, ein vom Vergehen der Zeit gezeichnetes Familienerbstück, das er auch schon vor drei Jahren bei sich getragen hatte, als er aus dem Osten gekommen war, mit der Genehmigung, für fünf Tage in Hamburg einen Onkel zu besuchen, der nie ein echter Onkel gewesen, aber tatsächlich achtzig Jahre alt geworden war:

Pastor Heinrich Valluhn, überzeugter Republikflüchtling, ging es ums Politische, zutiefst zerrissen, ging es um seine Seele, hatte, nach tagelangem Hin und Her, seine Schafe in einem abgeschiedenen Dorf an der Grenze zu Vorpommern im Stich gelassen; aber nicht, weil er das glitzernde Leben im Westen gesucht hatte, *nein*, den Westen verachtete er zutiefst, bis in den letzten Joghurt, wie er gerne zu sagen pflegte, über dessen Vielfalt im Hause Berg er nur mitleidig den Kopf schütteln konnte. Denn Heinrich Valluhn aß zum Nachtisch immer noch *Pudding*, selbstgekochten, aus Milch, Pulver und mit Haut. Jawohl, mit Haut, von der wiederum Berg ihm gesagt hatte, schon als Kind hätte er das Kotzen davon bekommen, auch von Haut auf heißer Milch, die sahnige Schicht auf dicker Milch allerdings hätte ihm geschmeckt. Zucker drüber, pures Sommerglück sei das gewesen.

Nein, der Westen war seinem Freund ein materialistisches Nirwana, das die Menschen nur blendete, ja, blöd machte, zu *Kaufaffen*, so sagte er immer wieder voller Verachtung, die nach allem, was bunt war und neu, griffen. Ein einziger Tanz um das Goldene Kalb.

Geblieben war er, weil er Angst gehabt hatte, vor dem Geheimdienst, schreckliche Angst, dem er im Jahr des Verschwindens von Berg nur knapp entkommen war, sie hatten eigentlich zusammen auf der Anklagebank sitzen sollen, und der ihn in der Zeit, als er Dorfpfarrer gewesen war, immer mehr eingekreist hatte, seine Ehe mit zersetzt, jedenfalls vermutete Valluhn das, und so dafür gesorgt, dass er schließlich mürbe genug gewesen war, in die Falle zu tappen, in die Falle einer genehmigten Besuchsreise in den Westen – um sich von alldem zu befreien. Aber befreit hatte er sich nur von der Bedrückung im Äußeren, die innere, geflüchtet zu sein von den ihm Anvertrauten, der Bruch mit seiner Kirche, all das durchzog ihn seitdem wie ein seelischer Schwelbrand, der ihn langsam, aber stetig mit Asche anfüllte und seinen Gang, der schon immer von der schwereren Art gewesen war, noch schwerer werden ließ.

Berg, der ihm in den Tagen höchster Entscheidungsnot geraten hatte, seinem Herzen und nur seinem Herzen zu folgen, und sich deshalb verantwortlich fühlte, als er schließlich blieb, hatte ihm an der Universität einen Posten als Hilfsassistent besorgt, bei einem der Professoren, bei dem er selbst einmal studiert hatte. Valluhn durchforstete seitdem die Werke großer Theologen und Philosophen nach Zitaten und Belegstellen, vor allem die von Hegel, Kant und Kierkegaard, die der Professor für seine Buchprojekte benötigte. Aber er, der von allen kirchlichen Ämtern auf Lebenszeit Suspendierte, er war, was diese Arbeit betraf, bei Gott nicht unglücklich; sie kam ihm und seinem Naturell sogar entgegen. Denn Valluhn, der kein Fernsehgerät besaß, er hörte nur Rundfunk, aber wie Berg gerne ins Kino ging, seine Mutter war Platzanweiserin gewesen und er selbst hatte im ersten Beruf Kinomechaniker gelernt, Valluhn war ein *Leser*, ein Leser aus Passion, aus gesteigerter Passion. Wenn er las, war er eine geradezu mönchische Existenz: Er las. Und lebte! Die Klassiker kannte er zu Teilen auswendig, den Rest konnte er nacherzählen. Schopenhauer, Nietzsche, Spengler: tägliche Gesprächspartner. Ilias, Odyssee, Göttliche Komödie: Stichworte für Stegreifvorträge. Das Buch Hiob: eine Provokation des Himmels, die er sich anzueignen versuchte wie ein ihm selbst geltender Gnadenakt Gottes. Zuvor Marx, Engels, Lenin, die Trias des Bösen. Er hatte sie alle nicht nur verschlungen, Seite um Seite, vom ersten bis zum letzten Vers. Er hatte sie auch, bekennender Anachronist, der er war, verstanden. Gelegentlich kam Berg ihm mit Camus oder Mishima, von denen er glaubte, dass sie ihm liegen müssten; aber in solchen Momenten lächelte Valluhn nur etwas schräg unter seinen kreisrunden, in dünnes Metall gefassten Brillengläsern und fragte, die Antwort gleich mitliefernd:

Was könne denn da noch drinstehen, was er nicht schon wüsste? Der Mensch ändere sich doch nie!

Aber das, was ihn seit seiner Flucht tatsächlich beschwerte, war etwas ganz anderes: Es war die Schmach, so kurz vor dem Zusammenbruch des Systems noch seiner Angstmacherei erlegen zu sein, nicht gespürt zu haben, dass dessen zu dieser Zeit schon unübersehbare Schwäche zur eigenen Stärke hätte werden können. Von fehlender Glaubenskraft und fehlendem Gottvertrauen, die ihm aus der Kirche vorgehalten worden waren, nicht zu reden, zumal sie versucht hatte, ihn mit Hilfe des für ihn zuständigen Vorgesetzten, eines beleibten Superintendenten, der genauso breit redete wie er aussah und extra für einen Tag und eine Nacht nach Hamburg geschickt worden war, hinter den Stacheldraht zurückzuholen. Der Superintendent hatte ihm zwar Straffreiheit versprechen können, auch ein Disziplinarverfahren der Landeskirche würde nicht eröffnet werden; aber die Diktatur konnte er Valluhn damit nicht wegzaubern, seine tiefsitzende Angst vor ihren bedrohlichen Machenschaften noch weniger.

Valluhn, der mit Eifer auch Clausewitz und andere Militärstrategen studiert hatte, vom Leben Napoleons zu schweigen, war als Kämpfer nur Theoretiker. Für das physische Gefecht war sein Nervenkostüm nicht gemacht.

Das alles war Geschichte, und was man davon noch sah, waren Reste, die sich wie ein Spuk immer schneller zu verflüchtigen begannen. Dennoch war Valluhn vor gar nicht allzu langer Zeit wieder einmal so deprimiert gewesen, dass er Berg gegenüber behauptete, sich damals seiner Gemeinde gegenüber wie Judas verhalten zu haben. Aber Berg hatte sofort widersprochen und mit Entschiedenheit gesagt:

Red nicht so einen Unsinn, Heinrich! Wenn du überhaupt einer von ihnen warst, dann vielleicht Petrus. Bei dem gingen Schwäche und Fels ja auch zusammen, willst du größer sein als er?! Der war doch ein normaler Mensch. Judas sei etwas ganz anderes, das müsse er als Theologe eigentlich am besten wissen: eine Schlüsselfigur im Heilsplan, von ganz oben eingespielt. Der stehe doch nicht für sich, der stehe für ein Prinzip: für das radikal Böse, ohne das Jesus nicht das radikal Gute hätte sein können. Ohne Judas kein Jesus. Daran reiche er nie! Er solle demütig sein. Demütig sein heiße, auch in der Selbstanklage bescheiden zu bleiben.

Valluhn hatte nach diesen Worten tief und hörbar durchgeatmet; aber er hatte auch seinen Kopf dabei weggedreht, umständlich ein großes weißes Taschentuch aus seiner Hose hervorgezogen, er trug so etwas noch mit sich herum, und dann getan, als müsse er seine Nase von irgendeiner Blockade befreien.

41

Im Zug setzte er sich, kaum hatte er Platz genommen, die Kopfhörer seines Walkmans auf, die nächsten sechzig Minuten war Tina Turner zu hören, *Simply the Best*, die Kassette vor und zurück, währenddessen Hamburg schnell hinter ihm verschwand.

In Hamburg war jetzt nichts mehr wie vorher, Karla wusste alles. Eines Abends war sie überraschend durch die halboffene Tür seines Arbeitszimmers getreten und hatte ihn mit unheimlich ruhiger Stimme gefragt, ob er was mit jener Rike hätte, bei der er übernachtet habe? Anstatt es sofort zuzugeben, fragte er lakonisch, fast gleichmütig, als würde sie ihn mit einer völlig absurden Frage bei einer wichtigen Arbeit stören, wie sie denn darauf käme?

Hier!, sagte sie und hielt ihm einen Packen Abrechnungskarten des Fernmeldeamtes entgegen, auf denen die handvermittelten Gespräche registriert waren: Datum, Uhrzeit, Gesprächsdauer, Preis, Teilnehmernummer. Es seien immer dieselben Nummern. Sie habe in beiden Orten angerufen, es sei jedes Mal die Stimme einer jungen Frau gewesen. Warum?

Er wich ihrem Blick aus, starrte auf seinen Schreibtisch und sagte lange nichts.

Dann hörte sie, er wisse es nicht. Es sei einfach so gekommen. Wie so etwas eben käme, man begreife es erst hinterher, wenn es passiert sei.

Wann sei es denn passiert?

Was?

Ob er mit ihr geschlafen habe?

Er nickte.

Totenstill war es danach geworden, nur Karlas Atem ging

schwer. Er hörte, wie es in ihr arbeitete, den Aufschrei, der ihr in der Kehle saß, nicht zur Explosion kommen zu lassen. Endlich sagte sie:

Wann machst du Schluss mit der Sache?

Ich weiß es nicht, sagte er.

Das solltest du aber, sagte sie. Sie müsse ihm sicherlich nicht sagen, warum?!

Nein, sagte er.

Dann war sie gegangen, ohne ein weiteres Wort.

Er aber saß wie versteinert in seinem Drehstuhl und starrte in das Nichts, das sich schlagartig zwischen seinen Bücherwänden ausgebreitet hatte, zwischen all dem Geist und Wissen und Wollen, zwischen den großen und kleinen Sätzen über Wahrheit und Lüge, Realität und Irrsinn, Biologie und Vernunft, Leidenschaft und Tod, in Versen, Essays, Kompendien, erschöpfenden Studien: Ein negativer Urknall, der alles hinwegfegte, was Halt, Sicherheit, Orientierung gegeben zu haben schien, zerstörerisch, unschöpferisch, kalt. Eine Leere, die nun rasend schnell erstarren ließ, verdorren, was eben noch gelebt, was gewärmt hatte, was umhüllend gewesen war wie die Hände einer starken, schützenden Macht.

Es war Tina Turner, die ihm half, die nächsten Stunden im Zug zu überstehen. Auch in Leipzig war alles ans Licht gekommen, Rike hatte die gemeinsame Wohnung mit ihrem Freund verlassen, war in ihre eigene zurückgekehrt, in der er sie treffen würde.

Wenn sie sich trafen, sahen, berührten, schien alles gut; entfernten sie sich voneinander, dauerte es nicht lange, bis ihre Zweifel wieder so groß wurden, dass sie alle Hoffnung verlor und zurückzuflüchten versuchte, zurück in ihr altes Leben. Aber das gab es nicht mehr, auch ihr altes Leben war vorbei, Vergangenheit. Nie ließ sie ihn ganz los; *sie* loszulassen, war ihm vollkommen unmöglich.

Deshalb wollte er mit ihr nach Paris reisen, wollte sie später auf die Inseln im Nordatlantik mitnehmen. An diesen Orten, so glaubte er, weitab von ihrem bisherigen Leben, würde er ein Fundament legen können, das ihre Hoffnung in das, was zusammen möglich war, unerschütterbar machen könnte. Ende des Monats, er war fest entschlossen, würde er sie durch die Stadt an der Seine führen, wenige Wochen später auch über den Archipel zwischen Island und Norwegen.

Und Deutschland?

Er schoss gerade wie ein Komet quer durch das Sonnensystem, in dem er einst fest verankert gewesen war.

Tina Turners gewaltige Stimme vermochte dennoch nicht ganz den anhaltenden Verdacht gegen sich selbst zu übertönen, einfach nur egoistisch zu sein, erbärmlich: gegenüber Karla, Charlotte, den Eltern. Den Geboten an jenem Tag vor vielen Jahren, an dem er Karla das Jawort gegeben hatte. Nicht irgendwo, in einer lächerlichen Amtsstube, mit Beamten und pathetischen Musteransprachen in Sachen Eheschließung, die sie meist auch noch rhetorisch vollends ruinierten.

Nein, vor den vergoldeten Heiligenfiguren des Altars eines uralten Domes, romanisch, von mächtiger Lieblichkeit erfüllt, an der Grenze zur alten Heimat, um all denen nahe zu sein, die nicht an dieser Zeremonie teilnehmen durften, ihre Mütter, die Geschwister, Freunde. Sogar das Festessen hatten sie und der kleine Kreis von Menschen, der ihnen in der neuen Heimat zugewachsen war, in einem Gasthaus eingenommen, das unmittelbar an einem See lag, durch den die Grenze verlief: Wenn sie vor das backsteinerne Gasthaus traten, vor dem an einem hohen weißen Mast die Flagge Lübecks wehte, und über einen schmalen Wasserzulauf, der in den See führte, auf die andere Seite blickten, ins dichte Schilf und die noch undurchdringlichere Stille dahinter, starrten sie Warnschilder an, auf denen schwarze und blutrote Buchstaben prangten, die zu wenigen Wörtern verschmolzen: Niemand, der sie zu lesen verstand, konnte sie missverstehen.

Warum also dieser Verrat an der Liebe?

Aus *Liebe*, hörte er Tina singen, kraftvoll, aus tiefster Seele schreiend, über alle Grenzen stürmend, eine wunderbar starke Anwältin, als sänge sie nur für ihn. Sie weinte, kreischte und jubelte jeden Zweifel zu Boden, ins Aus, ins Nichts. Er war schwach genug, sich ihrem starken Plädoyer zu überlassen. Er fuhr Rike entgegen. Das allein zählte. Er hörte es ja:

»I call you, when I need you my heart's on fire/You come to me, come to me, wild and wired/You come to me/Give me everything I need//Give me a lifetime of promises an a world of dreams/Speak the language of love like you know what it means/And it can't be wrong, take my heart/And make it strong, baby//You're simply the best/Better than all the rest//Better than anyone/Anyone I ever met//I'm stuck on your heart/I hang on every word you say/Tear us apart/Baby, I would rather be dead … Each time you leave me I start losing control/You're walking away with my heart and my soul/I can feel you even when I'm alone/Oh, baby, don't let go …«

Bald überfuhr der Zug, in West-Ost-Richtung, die einstige Grenze. Wenn er früher von Hamburg nach München gefahren war und der Zug im Hessischen eine ganze Weile parallel zum Schnitt durch das Land fuhr, den Blick auf Dörfer, Straßen und Weiler auf der anderen Seite frei gab, war er lange zuvor schon unruhig geworden, um sie nicht zu verpassen, die Sicht hinüber, Lebenszeichen zu erhaschen, vielleicht sogar zu geben, obwohl hinter den Fenstern eines entfernt dahinrasenden Zuges ganz gewiss nichts und niemand zu erkennen gewesen war – und noch jedes Mal hatte er über kurz oder lang all jene Mitreisenden mit verächtlichen Blicken gestraft, die seelenruhig weiter ihre Zeitungen lasen, in Illustrierten und Magazinen blätterten, irgendetwas aßen, heißen Kaffee oder Tee dazu tranken, Coca-Cola, Mineralwasser, mit geschlossenen Augen, über Kopfhörer, Musik hörten, schliefen …

Das Geräusch des Zuges, in dem er saß, wenn er über die Schienen donnerte, war das gleiche wie das von einst. Er schlief auch heute nicht, aber wie andere hatte auch er seine Augen geschlossen, hörte auch er Musik. Es gab keine Grenze mehr …

II

DIE STRASSE ZUM ATLANTIK

»Als ich heimkam, betete ich innig zu Gott, der allein mir weiterhelfen konnte. Ich schlief nicht während der Nacht; die Liebe ist hart.«

Knut Hamsun, *Rosa*

Tórshavn, den 11. August 1990

Liebe Rike,

ich bin heute sehr spät aufgestanden. Nicht weil ich müde gewesen wäre, körperlich müde – meine Seele wollte nicht ans Licht, das seit Tagen über dem Archipel liegt wie selten zuvor. Das ist ein guter Sommer, sagen die Einheimischen, und ich, ich *sehe* es, weil ich Vergleiche habe, vergleichen kann.

Seit gestern weiß ich, dass Du nicht kommen wirst, dieses Licht zu schauen, obwohl Du kommen wolltest. Seit gestern liegt ein Schatten auf diesem Lichtland, dem aber nur ich unterworfen bin und den ich – wie um ihn noch zu verstärken und endgültig zu machen – mit in mein Zimmer nehme, indem ich die Vorhänge des kleinen Fensters schließe und die Freunde bitte, mich morgens liegen zu lassen, wenn sie gegen zehn Uhr in die Galerie aufbrechen, wo wir seit dem vergangenen Montag unsere Bilder ausstellen, unsere Fotografien, unsere Gedichte über dieses Land: »Aber das Licht lässt uns frei« haben wir die kleine Schau genannt – und sind nun vollkommen überrascht, was ihr Echo betrifft: Der Besucherstrom reißt nicht ab, die Kette der Eintragungen ins Gästebuch wächst von Tag zu Tag.

John, unser dänischer Freund, der hier seit fünf Jahren lebt – ein unglaublich fröhlicher und hilfsbereiter Bursche –, *John* hat sich das Buch gestern einmal genauer angesehen und Besucher aus fünfzehn Nationen gezählt: von Neuseeland bis Kanada, von Israel bis zu den Philippinen. Dazu Finnen, Italiener, Schweden, Schotten und Engländer. Deutsche sowieso. Von Färingern nicht zu reden. Die größte Überraschung für mich: Drei Studenten aus eurer Heldenstadt! Sie haben sich gleich auch noch die Bücher gekauft, die wir eigentlich nur als Dekoration ausgelegt hatten, aber das Buch über die Grenze, die nun nicht mehr ist, wollten sie unbedingt mitnehmen, auch die Gedichte. Als sie gegangen waren, um die Inseln in den nächsten Wochen für sich zu gewinnen, da nahm ich ihr Ankommen noch als ein gutes Omen! Du siehst, es fällt mir schwer, düster zu denken. Immer will ich heraus aus dem Schatten, in dem wir zur Welt kommen, immer zum Licht hin oder wenigstens auf einen Horizont zu, der es ankündigt, verspricht. Doch nun ist er wieder da, der Schatten, härter und lastender als je zuvor, und ich liege unter ihm, zusammengekauert, wie unter einem Stein, der mich nicht mit einem Schlag zermalmt, der mir über eine endlos gedehnte Zeit hin den Atem nimmt, mehr und mehr die Luft abwürgt, aber so, dass das Gehirn nicht in Dunkelheit versinkt: was schön wäre, befreiend. Als Jörg gestern hörte, dass Du nicht kommst, wurde er blass. Später versuchte er, mir mit Ratschlägen zu helfen; aber schnell musste er einsehen, dass es die falschen waren, jedenfalls für mich und Dich. Als wir dann gegen zehn Uhr abends noch in den Ort *Tjørnuvík* fuhren, um für unseren Film Aufnahmen zu machen, und wir draußen die mächtige Landschaft vorbeifliegen sahen – über Pässe und Brücken hinweg –, da sagte er nur zu mir, weil ich so anders auf die Bilder blickte als sonst, auch er wäre betrübt, dass Du nicht gekommen seiest. Er habe sich vor allem deshalb so auf Dich gefreut, weil er uns hier, auf diesen Inseln, zusammen erleben wollte: *zusammen*, verstehst Du! Es müsste, habe er sich gedacht, unser aller Freude an diesem so grandiosen Stück Welt noch einmal verstärken. Bei einbrechender Dunkelheit sind wir dann hinunter in den Ort gefahren: Das Meer hatte sich zurückgezogen. Es war ganz sanft im Ton und filigran in den Wellen, die auf den schwarzen Strand zurollten! Ich habe solche Wellen bisher nur auf einer Postkarte gesehen, auf einer Fotografie, sie stammt von Sadayoshi Shiotani, einem Japaner, 1935 hat er die flüchtige Sekunde ins Ewige übersetzt. Sie steht jetzt auch in meinem Arbeitszimmer, in einem der Bücherregale. Man vergisst die Zeit, wenn man sie betrachtet.

Vor uns dieses Meer, und hinter uns, in einer Art Priel, einem glasklaren Wasserarm zwischen schwarzen Sandbänken, spielten drei Jungen und ein Mädchen, sie spielten Seeleute, auf einem Holzponton in Bootsform. Stangen in der Hand, stießen sie sich vom Grund ab oder zogen ihr großes Spielzeug, auf dem sie stehen konnten, am Seil zu einer anderen Ausgangsposition. Sie hatten unschuldigen Spaß – zu dieser späten Stunde, unter Wolken, die immer dunkler wurden und aus denen es bald zu regnen begann, was die Kinder nicht störte, nicht im Geringsten: Sie waren ohnehin bis zu den Knien ins Wasser gesprungen und trugen nun zweifarbige Jeans. Sie ließen sich ebenso wenig ablenken von uns wie jener alte Mann, der oberhalb des Dorfes in einer der steilen Wiesen stand und das, wie überall hier auf den Inseln, ungeheuer duftende Gras mähte: unter einem Regen, der jeden »normalen« Mitteleuropäer fluchend ins Haus getrieben hätte.

Das Bild hat sich in mir festgesetzt und kommt nun durch mich auf Dich zu: Ich habe Dir gestern einen langen Brief geschrieben. Du wirst ihn erst lesen können, wenn ich wieder in Hamburg bin. Die Post ist hier sonnabends geschlossen; auch das Fernsehen sendet übrigens nur an vier Tagen in der Woche, im Sommer macht es sogar einen Monat lang Urlaub. Was mir klarwurde heute früh in meinem Schattenzimmer, das war: dass ich Dir von hier nicht nur jenen Brief senden kann. Er ist nicht böse, er ist nur anders als die anderen, die ich Dir bislang schrieb. *Ich habe mir gedacht, ich schreibe Dir ein Buch.* Nur für Dich soll es existieren. Es soll Dir berichten von dem, was wir hier zusammen gesehen hätten, wäre Dein Mut zu Dir selber stärker gewesen, ein wenig jedenfalls. Aber weil ich nicht will, dass über uns jener Schatten herrscht, der mich jetzt so hart niederdrückt, schreibe ich Dir dieses Buch nicht als Bilanz eines Verlustes, ich schreibe es Dir, weil ich versuchen will, diese Inselwelt auch mit Deinen Augen zu sehen. Ob es gelingt, weiß ich zur Stunde nicht. Aber so habe ich Dich ganz in meiner Nähe, und alle Gedanken, die wie Messer in Dein Gesicht stoßen wollen, um es zu zerstören, damit ich einen »Grund« habe, mich endlich von Dir abzuwenden, sie alle verwandeln sich in eine ganz neue Art der Zuwendung, der Hinwendung zu Dir. Ich sehe Dich genauer. Du weißt: *Dein* Lachen, wenn es Dich schelmisch zeigt. Du weißt: *Deine* Augen, wenn sie lieben. Du weißt: *Deine* Lippen, wenn sie weich werden. Dennoch muss ich mir die Messer, die das alles zerschneiden wollen, ständig wieder aus der Hand schlagen, aber sie wachsen einfach nach, wie Medusenhäupter. Deshalb habe ich mich heute Vormittag entschlossen, den schwarzen Füllfederhalter mit dem roten Punkt, den Du auch besitzt, in die Hand zu nehmen. Damit kann man zwar ebenfalls verletzen, zerstören. Aber nicht ich. *Ich nicht*. Ich schreibe Dir damit nur ein weiteres Stück unserer Geschichte auf und erinnere Dich an Deine eigenen Sätze über diese Geschichte: »Wenn ich daran denke, dass das alles erst der Anfang ist.«

Gegen eins habe ich unser Haus hier verlassen, um ins Café zu gehen, einen Tee zu trinken, mit dem Schreiben zu beginnen. Inzwischen schien die Sonne stark, und der Wind, der hier manchmal sehr kalt sein kann, erfrischte mich regelrecht. Doch dann hörte ich ein Geräusch, das mir einen weiteren kräftigen Stich versetzte, hoch oben über den Wolken breitete es sich aus, nur wenige Minuten – aber zu lange für mich, um nicht düster zu werden: Der Jet, der auch Dich hätte hierherbringen sollen, blau und schnell, wie er ist, wir nennen sie immer unsere kleinen Delphine, flog wieder zurück, zurück nach Kopenhagen!

Für Minuten entwarf nun ein Teufel in mir jene Szene auf dem Flughafen von Vágar, die es hätte geben können: *Du*, Wind im Haar, eine pralle Reisetasche in den Händen. Zollkontrolle. Hinter der Tür: *Ich*. Erwartungsgebannt. *Du aber kommst*. Tatsächlich. Schritt für Schritt. Auf mich zu. Stehst vor mir und sagst wie fast immer in solchen Situationen: »Na, mein lieber Torben?!« Ich: »Lass deine Tasche fallen. Küss mich. Umarme mich. Damit ich weiß, dass du es wirklich bist.«

»Sie hat die Tasche *nicht* fallen gelassen«, höhnt nun der Teufel in meinem Kopf: Kein Kuss. Keine Umarmung. »Sie ist nicht da. Du bleibst ein Narr. Du verkommst in deinem Gefühlszirkus zum lächerlichen Clown. Alle lachen schon über dich, dem hinter der Schminke, der roten, der weißen, der Schmerz zur zweiten Haut wird. Tumber Tor, lachen sie. Heul nur zu Recht, wenn du nicht richtig hinguckst ... Keiner zwingt dich zu lieben ...« – »Aber es ist die Liebe selber«, sagt der Clown, kaum hörbar: »Warum versteht ihr das nicht?« – »Du musst lauter sprechen«, lacht der Teufel: »*So* hört dich nie einer. Schlag sie doch nieder mit deinem Schmerz! Es befreit einen, wenn andere leiden. Sei nicht schön, sei schön hässlich! Die Hölle ist kein schlechter Ort. Sie ist nur böse. Es ist nicht schlimm, böse zu sein. Wer böse ist, spart Kraft. Die Liebe dagegen ist furchtbar. Sie raubt dir die Kraft. Für den anderen. Komm zu uns. Wir machen einen guten Vertrag. An dem kannst du verdienen. Der Preis ist gering: Du musst nur vergessen, lieben zu können, Tränen sind auch nicht zugelassen. Lachtränen schon. Nicht die reinen, aus Freude, aus Schadenfreude müssen sie sein. Sonst ist der Vertrag verletzt. Willst du?«

Doch der Clown saß da, auf dem Manegenrand seines Zirkus', und hatte gar nicht verstanden, was ihm sein Gegenüber, in Schatten gehüllt, anbot.

Das Flugzeug ist vor zwei Stunden über mich hinweggerauscht. Um halb zwei traf John mich im Café. Sie hatten mich schon gesucht, da und dort. Just in dem Moment, als ich in diesem Buch über John schrieb, tippte er mir auf die Schulter und sagte mit seinem weichen dänischen Akzent: »Guten Morgen, Torben. Wie geht es?« – »Gut!«, habe ich gelogen, ein wenig jedenfalls, und John hat mir dabei zugeblinzelt. Er wusste um die Halbwahrheit der Antwort. Und dann fuhren wir ins »SMS«, das ist hier das größte Einkaufszentrum, um Käse, Butter, Gebäck und Säfte zu holen. Für morgen. Für unsere Abschiedsparty in der Galerie »Smiðjan«, was »Schmiede« heißt. Es haben sich viele Leute angesagt, Studenten, Fischer, Handwerker, Künstler. Einheimische wie Ausländer. Sechs Kästen Bier haben wir gestern auf die letzte Sekunde geholt. Das ist, da es hier eine Art Prohibitionsgesetz gibt, eine ganz besondere Prozedur: Zuerst muss man in den Getränkeladen, dort holt man sich eine Postanweisung, auf der Menge, Adresse und Preis stehen. Dann muss man zur Post, das Geld einzahlen, danach geht es zurück zum Bierlager, und dort erhält man dann endlich gegen den Beleg die grünen Flaschen. Eine verrückte Geschichte, vor allem aber: Sie hält niemanden vom Trinken ab. Im Gegenteil, und die Bilder des Gegenteils sieht man täglich. Nicht aufdringlich, eher drollig. Aber eben nicht zu übersehen. Man könnte diesen blöden bürokratischen Parcours doch wenigstens aus Gründen der Benzinersparnis abbauen. Immerhin: Fortschritte gibt es. Brauchte man früher zwei bis drei Tage für diesen Akt, so kann er seit kurzem an einem einzigen erledigt werden.

Vorgestern waren wir bei einer Germanistikstudentin eingeladen. Zum Abendessen. John war auch mit von der Partie. Sie hatten phantastische Salate gemacht; Rotwein floss üppig, und zum ersten Mal sah ich *Elin,* ich meine: richtig. Sie und ihre Freundin waren am Vortag in der Galerie gewesen. Elin und ich blieben den Abend zusammen. Es kam einfach so, dass wir einander immer nahe waren, auch als wir später in den Folk-Club gingen. Sie ist schön. Wunderschön. Langes blondes Haar; schwarze Kleidung; und *Augen*! Der Gesichtsschnitt nicht nur perfekt: *vollendet*. Ihre Finger und Hände: schmal, fast filigran. Einziger Schmuck: ein kupferner Ring am rechten kleinen Finger. Sie wird nach Kopenhagen gehen, um Medizin zu studieren – in die Stadt, die ich fast so liebe wie Paris und die ich Dir auch zeigen wollte, vor dem Flug hierher, nach dem Flug zurück. Wenigstens einen Abend lang. Als ich Elin sah, dachte ich an Dich und wusste, dass ich nun die ganze nächste Woche dieses Mädchen sehen und sprechen, mit ihr zusammen sein würde. Ich glaube, Du würdest sie auch schön finden, vielleicht sogar so schön wie ich. Du würdest, glaube ich auch, mir nicht einmal abraten, mich in sie zu verlieben – und doch warst Du von einer

Präsenz in diesen Stunden, von einem Dazwischensein, das mich regelrecht gespalten hat. Ich glaube, ich habe gerade deshalb so gut gespielt: Du warst mein einziger wirklich wissender Zuschauer hier; im Unterschied zu den Freunden, die es mit großem Behagen sahen, dass ich mich von Dir löste. Scheinbar. Du musst wissen: Sie haben nichts gegen Dich; aber sie sind mir so nah, dass ihnen mein Schmerz über Dein Fehlen selbst unter die Haut geht. Deshalb sind sie so froh über Elins Erscheinung und die Nähe, die zwischen ihr und mir sichtbar heranwuchs …

Heute Abend werden wir uns alle in einer Diskothek treffen. Jetzt, da ich schreibe, weiß ich nicht, wie der Abend enden wird. Ob es schön wird? Du weißt um die Wirkung von Wein, Musik und sanftem Licht auf den Einsamen. Wirst Du heute Abend wieder so machtvoll dazwischentreten? Ich weiß es nicht, ich hoffe es. Warum? Weil ich es mir wünsche, weil ich es will. In Elin könnte ich mich verlieben. Dieses Stadium habe ich bei Dir hinter mir: *Dich liebe ich*. Und also bist Du hier. Möglicherweise stärker, als wärst Du wirklich hier! Ich springe plötzlich ins *Palais Rodin*: Diese Skulpturen und Plastiken. Das Paar in der Vitrine. Eine sehr kleine Plastik. Erinnerst Du Dich? Aber immer, wenn ich mich *so* erinnere, erinnere ich jene Nächte im »Baltimore« – über die Du mir schriebst, sie hätten Dich so sehr erfüllt, dass Du sogar noch unsere Stimmen erinnerst, dass Du den Ton dieses Films noch immer hörst.

Draußen, ein kleiner Regen ist vorbei, fällt Sonne auf den Hafen von Tórshavn. Ich sitze im Arbeitszimmer der Galerie und schreibe an diesem Buch. Ich höre Jörgs und Roberts Stimmen, die 4. Symphonie von Brahms, die zum Ausstellungsprojekt gehört, schwebt durch den Raum, Gäste reden, Bekannte kommen. Hin und wieder holen sie mich aus meiner Klausur: Wenn es um meine Gedichte geht, wenn mein dürftiges Englisch Verständigung schaffen soll. Es geht tatsächlich immer besser; aber wahrscheinlich hört es sich trotzdem fürchterlich an. Eben, urplötzlich, fällt mir ein, dass Du mir am Telefon sagtest, dass Du mit U. *nicht* in den Urlaub fahren würdest?! Warum glaube ich das auf einmal nicht mehr? Ich glaube, Du hast mich nur trösten wollen und deshalb belogen. Ich glaube, im Brief, der in Hamburg auf mich »lauert«, wird die Wahrheit darüber stehen. Ein Lichtstrahl schießt am Fenster meiner Klausur vorbei, von rechts nach links, in den Hafen: unterhalb der Wolken und über den Felsen, die die Stadt umgeben, wird zu einer schmalen Lichtschicht dazwischen, und die reicht aus, das Dunkle zurücktreten zu lassen. Von der Kraft des Lichts lebt dieses Land, hat es seinen Zauber, seine Anmut – obwohl es ohne jede landschaftliche Zierde im Festlandsinne auskommen muss. Wie wenige Elemente manche Geheimnisse benötigen, um Geheimnis zu werden und zu bleiben. Wovon spreche ich? Und zu wem?

Es ist jetzt fast einundzwanzig Uhr. Ich bin alleine in der Galerie, die in einer Viertelstunde schließt. Robert, Jörg und John werfen sich in Schale fürs »Maxim«, wie die Diskothek heißt. John hat das arrangiert. Wie fast alles, was die Organisation hier betrifft, die Kommunikation und das Leben überhaupt. Da ich schon fertig bin, habe ich Stallwache. Im Moment ist auch kein Besucher mehr im Haus: Stille herrscht in den Räumen unter dem Grasdach; nur von draußen dringen Geräusche durch die offene Holztür, durch die jetzt auch Kühle ins Haus fließt, ein Strom kalter Luft in Fußhöhe … Nur langsam kommt die Dämmerung; wir sind ja schon ein Stück weit im Norden, und da wird es um diese Jahreszeit nie ganz dunkel.

Es gibt übrigens im Färingischen ein in meinen Ohren zauberhaft klingendes Wort: *Dimmalætting*. Es meint die Morgendämmerung; und doch schwingt auch so etwas wie Morgengrauen mit. Elin sagte mir, es sei ein Wort, das die Fischer gebrauchten. Im Alltag käme es kaum noch vor. Es sei ein sehr altes Wort und bezeichne die Zeit zwischen Nacht und Tag, wenn die eine noch nicht ganz gegangen und der andere noch nicht ganz gekommen ist. Als sie mir das so zu erklären versuchte, in weichem, rollendem färingischen Ton, in einem bezaubernden Gemisch aus Deutsch, Englisch, Dänisch und ihrer Inselsprache, fiel mir Rohmers Film »Das grüne Leuchten« ein, in dem es ja auch um genau diese Zeitscheide geht. Ein Film, den ich schon oft gesehen habe. Zuerst im Kino. Dann im Fernsehen. Und nun habe ich ihn auf Video. Einer von jenen französischen Filmen, die Lebenselixier und Lehrstoff in einem sind für mich. Darüber habe ich gewiss schon einmal mit Dir gesprochen. Aber ich weiß nicht mehr, ob Du ihn auch gesehen hast. Das Wort *Dimmalætting* war mir übrigens nur deshalb aufgefallen, weil das auch der Name der größten Tageszeitung hier ist. Schrifttypen und Klangbild sagten mir sofort, dass es sich um etwas Altes, Besonderes handeln müsse.

Die Zeitung hat übrigens ein witziges Foto von uns dreien veröffentlicht. Auch einen für hiesige Verhältnisse umfangreichen Artikel über unsere Bilder, Fotografien, Gedichte. Das Foto zu dem Artikel würde ich Dir eigentlich gerne vorab schicken. Aber ich lasse es, weil Du dann gleich an meine Eitelkeit denkst, was Fotos betrifft, und da denkst Du nicht falsch, das weiß ich.

Die Disco hebt nicht vor dreiundzwanzig Uhr ab. Bis dahin wollen wir noch ein wenig in der »Schmiede« filmen. Ich habe vorgestern einen kleinen Drehplan gemacht, eher eine Skizze, damit die Abfolge des Gezeigten nicht gar so zufällig wird. Aber Jörg war schon in den Morgenstunden im Ort unterwegs, heute, um zusätzlich Bilder einzusammeln, er kann die Kamera nicht stehen sehen, ungenutzt, unberührt. Für sechs Stunden hatte er Filmmeter gekauft, obwohl wir »nur« dreißig Minuten bebildern wollten – und »nur« über die Galerie. Aber »nur« Galerie geht nicht, das wissen wir jetzt. Alles, was hier drinnen ausgestellt ist, muss unterschnitten werden, mit Bildern von draußen. Also wird es ein Sechzigminutenband werden: mit Ton, Stimmen, Musik. Und Arbeit am Schneidetisch. Ich frage mich die ganze Zeit, wie ich Dich auf diesen Film bekomme?

Tórshavn, den 12. August 1990

Die Nacht war lang. Wir sind gestern erst gegen fünf Uhr früh nach Hause gekommen: Vibeke, unsere Freundin, in deren Haus wir wohnen, wenn wir hier sind; Maria, ihre Tochter, John, Robert, Jörg und ich. Dabei dachte ich, als wir in den Club kamen: *Hier wirst du nicht alt.* Zwei junge Männer »spielten« auf Elektronikkisten Songs: der Grundrhythmus ist immer derselbe; darüber ein wenig Gesang. Roboter hätten es auch getan. Dazu kam, dass Elin kurz vorher anrief und den Abend absagte, weil ihre Mutter aus Dänemark gekommen sei. Dafür wolle sie heute umso länger bleiben. So saßen wir also da und nippten an unseren Getränken. Ich hatte mir einen Campari Soda bestellt, weil man da nicht viel falsch machen kann. Jörg griff sich einen Cocktail namens »Titanic«, ärgerte sich aber bald furchtbar, weil die versprochene Alkoholbombe alles andere als das war. Eine Weile saßen wir nur so herum, machten in Galgenhumor, bis die Jungs vorne etwas Rasanteres auflegten. Ich griff mir Maria, die gerade einmal siebzehn ist, und wir legten ein Ding hin, dass sie regelrecht in Atemnot kam und immerzu *Help me! Help me!* rief. Hinterher sagte sie zu John, sie müsse noch viel lernen, wenn es ums Tanzen ginge. Dabei war es für mich gar keine Kunst, in diese kleine Raserei zu verfallen: Es ging mir ja schlecht genug, um mich auf diese Art endlich davon befreien zu können. Plötzlich war es zwei Uhr, und ebenso plötzlich füllte sich der Club mit schönen Gesichtern und wankenden Färingerburschen, die Wochenende um Wochenende wie die Löcher saufen, durchschlucken bis morgens um acht. Das ist hier so ein Spiel, weil es viele andere Spielmöglichkeiten am Freitag und Sonnabend, wenn die Fastdunkelheit über den Inseln schwebt, diese eigenartige Zeitzone zwischen den Zeiten, kaum gibt.

Zu denen, die kamen, gehörte auch Anita. Jörg und ich saßen gerade in einer Ecke, von der aus man durchs Fenster einen prächtigen Blick aufs nächtliche Tórshavn werfen kann – verrückt, dass jede Hauptstadt, mag sie auch noch so klein sein, des

Nachts einen Hauch von Paris hat –, als ein Mädchen auf uns zukam und fragte, ob sie bei uns sitzen dürfe. Anita sah mich an und sagte sofort: »Ich kenne dich!« Sie sagte es fast auf die Sekunde parallel zu meinem Gedanken: *Die hast du doch schon einmal gesehen?!* »Ich arbeite im Hotel ›Borg‹«, antwortete sie auf meine unausgesprochene Frage und sagte dann: »Da hab ich dich gesehen!« Anita ist einundzwanzig, hat das Gymnasium hinter sich und ein paar Monate Asien, wie sie sagte. Wir sprachen über unsere Galerie-Geschichte, über mich, und sie sagte gleich: »Du bist der Dichter!« – »Warum?«, fragte ich. »Du siehst so aus«, lachte sie und sagte: »Nimm mal bitte deine Brille ab, damit ich deine Augen sehen kann.« Sie hat sie lange angesehen und sich dabei eine Zigarette angezündet. Nein, das Feuer habe ich ihr gegeben – die ganze Restnacht lang. Es war wirklich wunderschön, mit ihr zu tanzen: Wir ließen uns los und griffen nach uns; wir zogen uns an und stießen uns ab; wir spürten unsere Körper und Hände; wir fassten fest zu, dann wieder sanft. Als der Tanz zu Ende war, nahm sie meine Hand, zog mich zu sich, unsere Finger verschränkten sich ineinander, fester, immer fester, mit dem Druck, der ein Signal ist.

Da erst, in diesem Moment, kamst *Du* dazwischen. Da hatte ich nicht mehr dieses schöne blonde Mädchen aus Tórshavn neben mir, sondern dieses andere schöne, das mit den dunklen kurzen Haaren – Tausende von Kilometern von mir entfernt, vielleicht schlafend um diese Zeit, vielleicht träumend, vielleicht trunken von Wein und Musik und zwei anderen Händen als den meinen … Und vielleicht in genau dieser Sekunde so nüchtern wie ich, mit dem klaren Blick durch die Nacht, hin zu dem weit entfernt Tanzenden, der ihr eben ein Zeichen gegeben hatte?

Schön kitschig, was? Aber wahr! Wie der Kuss von Anita am Ende, die starke Umarmung und mein Gefühl, ein Stück von Dir und Deiner »Lebensphilosophie« nicht nur verstanden, sondern erlebt zu haben. Anita kommt heute Abend ebenfalls in die Galerie. Ich bin jedenfalls ohne Schmerz ins Bett gegangen, ohne die gelben, die weißen Minibetrüger, Seelenbrandlöscher aus der roten Schachtel in Herzform. Schöner Witz, diese Form. Schöner Schlaf, diese Nacht. Traumlos. Beruhigt. Wie tot? Nein, lebendig, ganz und gar, und ein paar Stunden lang auch innerlich sehr weit von Dir entfernt ... Der Satz hat, ich weiß, keine Pointe. Der Abend meint was? Oder besser: Wen? Den endlich Lernfähigen? Den wankelmütig gewordenen Clown, der den Vertrag mit dem Teufel wenigstens schon paraphiert, zwei erste Buchstaben seines ganzen Namens aufs sehr weiße, blendend böse Vertragspapier gesetzt hat?

Sei beruhigt oder beunruhigt, Rike: Der Clown war nach dem Aufwachen wieder betrübt genug! Er wollte es nicht sein, es war diese Traurigkeit selber, die ihn geweckt hatte. Du kennst ihn, jenen leichten Schmerz in der Bauchgegend: »Es kribbelt«, hast Du mir einmal geschrieben, den man verspürt, wenn man einen Menschen sehr liebt, er aber nicht da ist. Oder er kommt, der schöne Schmerz, wenn man auf dem Wege zu diesem einen Menschen ist und weiß, dass er am Ende des Weges auf einen wartet. Doch es gab noch einen Nebenschmerz in mir, den ich kenne und der mich anders wach, *angstwach* werden lässt: Er flimmert, vom Magen her kommend, hoch in die linke Brusthälfte, strömt in den Arm daneben, ein Brennen bis in die Fingerspitzen ... Gegen diesen Schmerz, Du weißt es, sind in der herzförmigen Schachtel auch ein paar Pillen und Kapseln: von roter Farbe, grell, beruhigend grell, wenn man weiß, dass sie greifbar sind. Ich habe *nicht* danach gegriffen. Ich habe an Dich gedacht und mir gesagt: Versuche, sie endlich zu lieben, wie sie es dir zugeflüstert hat. Versuch herauszubekommen, welche Wirklichkeit sie zwischen dir und sich wachsen sehen will und welche Zukunft diesem Prozess entspricht. Versuch, nicht zu leiden an deiner Liebe zu ihr, lebe an ihrer Liebe zu dir. Bedrohe sie nicht, was du nie wolltest. Befreie sie. Aber wie?, habe ich mich in diesem Moment gefragt. Wie denn, um Gottes willen?

Jetzt, wo ich dies schreibe, sitze ich oberhalb von Tórshavn im »Nordlandhaus«, das ist das Kulturzentrum des kleinen Landes: Es besteht ganz aus Glas und Holz. Moderne skandinavische Architektur, verbunden mit den uralten Elementen färingischer Holzbautradition. Das Dach der in die felsigen Hänge geschmiegten Halle ist mit diesem leuchtend grünen Gras bedeckt, das auch die Inseln hier überzieht und all dem Schroffen an Grund und Abgrund über dem brodelnden Ozean reine Lieblichkeit verleiht, süßen Duft, Zeitgefühl ohne Ende. Und draußen? Draußen geht seit Stunden ein windgepeitschter Regen nieder. An den Glaswänden des Hauses rinnt das Wasser herab, verfremdet die Landschaft dahinter: lebendige Grafiken, ein Film, der so gar nicht deprimiert mit seinem grauen Grundton, sondern …? *Um Gottes willen, wie denn?*, habe ich vorhin gefragt und will Dir nun weitererzählen, von heute früh … Nein, ich glaube, ich muss jetzt, an diesem Punkt, doch erst noch ein paar Tage zurück, in eine Nacht, in der ich noch Grund hatte, auf Dich und Deine Ankunft hier zu hoffen … und doch schon voller Zweifel war, ob Du genug Kraft aufbringen würdest, Deine eigene Idee Wirklichkeit werden zu lassen.

Am Mittwoch war es. Nach zweiundzwanzig Uhr sagte ich zu den Jungs, wir können nicht vier Tage im Land sein und es zugleich links neben der Galerie liegenlassen. Lasst uns, weil es die nächste Gelegenheit ist, nach *Kirkjubøur* fahren, der Mond steht schon über *Nólsoy*; wenn wir in *Kirkjubøur* sind, wird er gerade um den Felsen herumkommen, die Domruine ausleuchten und *Koltur* und *Hestur*, die kleinen Inseln gegenüber, in ein Licht tauchen … Ich sage euch: *ein Licht!* Du brauchst gar nicht weiterzureden, sagte Jörg: *Wir fahren ja schon!* Am Ort war es windig, menschenleer, geheimnisvoll: düstere Bilderbuchbilder! Jörg griff brutal seinen Filmvorrat an. Seine Ruhe ist, wenn es darum geht, der Natur auf die Lichtspur zu kommen, unerschütterlich. Da treibt ihn kein Wind von der Mole, kein Regen ins Auto, ins Haus, keine Zeit zurück. Da werden die Möglichkeiten des Augen-Blicks ausgeschöpft, tiefer und tiefer. Da gestaltet er, ganz unbewusst, ein Lebens-Bild, das auch seins ist, sein ganz und gar eigenes: er *verschmilzt* geradezu mit dem, was er sieht. Jeder Naturfotograf von Rang, das glaube ich, ist auch ein Mystiker, und die *Unio mystica*, in die er gerät, wenn er abdrückt, ist bewiesen, für immer, wenn das Bild dann erscheint. Und bleibt. Nicht für ewig; ewig ist nichts. Aber für uns und für die, die nach uns kommen, und die folgenden ... und so weiter ...

Der Dom in *Kirkjubøur*, musst Du wissen, ist nie fertig geworden! Eine Investruine, würde man heute sagen. In Sachen Religion. Ein größenwahnsinnig gewordener Bischof des 13. Jahrhunderts ist dafür verantwortlich oder vielleicht nur ein großer, der groß gedacht und dafür andere klein gemacht, geschunden hat. Aber daneben steht eine viel bescheidenere, noch ältere Kirche. Weiß von außen; hart am Rand zum Meer gelegen, hin zur Brandung des Atlantiks. Ich liebe diese Kirche wegen genau dieser Nähe zum großen Element, zwei Ozeane fließen hier ineinander: der Gottes und der seiner Geschöpfe, Sehnsuchtsozeane beide, und weil es inzwischen dunkel geworden war, ganz dunkel, ging ich in sie hinein. Es war finster in ihrem Innern. Aber ich wusste, wohin ich wollte, und eine schwarzblaue Ahnung von Licht kam immer noch durch die Fenster vom Meer her ... Dann zündete ich die Kerzen auf dem Altar an, acht an der Zahl, und nun war plötzlich Licht im Raum, wärmendes, friedliches, bergendes. Das Altarbild, von einem noch lebenden Maler geschaffen, begann seine Farben und Botschaft sichtbar werden zu lassen: Menschen, in einem Boot, in rauer See – und vor ihnen, in all der Finsternis und dem drohenden Unglück, in das sie sich verschlagen wähnen, eine Gestalt ganz aus Licht, eine *Lichtgestalt*: nicht konkret, nicht genau in ihren Umrissen, wie überhaupt das ganze Bild nur von seinen Farben lebt, von fragmentarischen Konturen, Gewissheitssplittern ... Die Brüchigkeit der Welt und die Kraft jenes Lichts – das zeigt dieses Bild am Rande des Ozeans, irgendwo weit im Norden. Aber es kann überall verstanden werden.

Nun war es noch stiller unter dem Holzdach der weißen Kirche von *Kirkjubøur*, und ich konnte das tun, was Du mir vor Wochen in einem Brief schriebst, der eigentlich Dein letzter an mich sein sollte: Ich habe meine Hände ganz ruhig werden lassen und über Dich und mich gesprochen ... Ich wollte um nichts bitten, nur sagen wollte ich etwas: Von uns. Von dem, was wir einander sind. Und dass wir nicht wüssten, warum das alles mit uns geschieht. Aber dann habe ich doch um etwas gebeten. Die Seele ist schwach, wenn sie um Stärke bittet, und es ist keine Schande, schwach zu sein, wie Stärke kein Verdienst ist. Auch Stärke ist nur ein Geschenk. Ich bin lange allein gewesen an diesem Ort an diesem Abend, und es war gut so. Denn ich wusste, dass ich dabei auch auf dem Weg zu Dir war ... Diese Stunde im Gedächtnis, ließ heute früh der heraufziehende Schmerz von mir ab, und meine Unruhe um Dich wich einer Entscheidung, die sich auf diesem Wege Bewusstsein verschaffen, nicht nur halbherzige Absicht sein wollte: Ich sagte mir, den Brief, den du ihr im ersten Moment nach dem Lesen des Telegramms geschrieben und auf den du in diesem Buch bereits auf den ersten Seiten Hinweise gegeben hast, diesen Brief, der fünf Doppelseiten umfasst und per Express von Tórshavn nach Leipzig gehen sollte, er geht *nicht* auf Reisen zu ihr! Er bleibt, wo er ist. Er wird ihr nicht gerecht; er *rechtet* nur. Das aber ist der Tod jeder Liebe. So sagte ich mir.

Du weißt, wie schwer es mir bisher gefallen ist, in Situationen wie dieser den Schweigevorsatz einzuhalten! Wie oft habe ich mir gesagt: *Kein Wort mehr zu ihr!* Nicht auf dem Papier, nicht durchs Telefon. Nicht von Mund zum Ohr, Auge in Auge. Ach, waren das Vorsätze! Sie hielten, wenn es hoch kam, Stunden. Allenfalls Tage, dann war es wieder so weit: Das Bangen, komme ich durch bei den miesen Leitungen? Ist sie überhaupt da, wenn ich durchkomme? Kriege ich noch ein Flugzeug, um schneller bei ihr zu sein? Oder muss ich den Zug nehmen, der so viele Stunden benötigt, um dort anzukommen, wo sie ist?

Und nun, auf einmal, auf den Inseln im Nordatlantik, soll es mit dem Schweigen klappen? Soll das Stummsein gelingen, die furchtbare Unruhe gebändigt, die Sehnsucht nach allem, was Du bist, verkörperst, gezähmt werden können? Gerade hier, wo Du an meiner Seite durch eine phantastische Natur gehen wolltest – und es nicht gewagt hast, dieses An-meiner-Seite-Gehen, jetzt?

»Clown«, sagt der Teufel, »das sind gute Fragen. Aber noch besser ist deine Antwort, und die ist schon fertig. Schick ihn ab, deinen langen Brief, peitsch sie aus mit deinem Schmerz. Peitsch sie mit deinen Worten, bis aufs Blut ihrer Seele. Sie hat es verdient, und wenn sie unter dieser Tortur nicht gefügig wird und gesteht, was immer du willst und wünschst, dann lass sie liegen in ihrem Elend. Gehe kalt aus ihren Augen, weide dich an ihren Leiden und heile dich damit, schaffe dir einen Panzer aus dem Schmerz, den du ihr zufügst ... *Rette dich, Clown!* Denk an unseren Vertrag; zwei Buchstaben kann ich auf dem Papier schon erkennen. Acht fehlen noch, damit er perfekt ist. Fügst du sie hinzu, wird es dir gelingen, ein neuer Mensch zu sein. Ein Sieger. Willst du nicht siegen?«

Ich weiß nicht, ob ich diesem Angebot noch lange widerstehen kann, ob ich ihm nicht doch noch verfalle? Die Tage, die kommen, werden lang sein. Tage ohne Dich, Deine Stimme. Deine Haut, Deine Lust. Deine Augen. Tage ohne Sinn, sagt der Einsame und will ihn herbeischaffen: die Zweisamkeit, die ihn verspricht, mit wem auch immer. Doch dann spüre ich, dem Clown wächst Kraft zu. Spüre seine Hände, wie sie mich führen: Komm ihr nicht zu selbstbewusst nahe, damit sie dir bewusster nahe kommen kann, sagt er mit dieser Geste. Eine Liebe entscheidet sich aus dem Augenblick heraus, das ist richtig, sagt er, weil er weiß, dass ich das sagen wollte. Aber dann braucht sie Zeit. Weißt du, was das ist? Zeit ist eine schöne Paradoxie, sie ist der Raum, der dem Tod den Boden entzieht. Gib ihr diese Zeit ... Das hast Du mir ja zu verstehen geben wollen. Alle Deine Briefe tragen diesen Hinweis in sich. Verzeih mir, dass ich ihn immer so schnell überlesen habe. Ich habe Schwächen. Eine heißt Willen, und dieser Wille *will* Dich! Erschrick nicht mehr davor, versteh mich. Du weißt, was ich damit überstanden habe.

Tórshavn, den 12./13./14./15. August 1990

Du siehst an der Datumsreihe, dass die Tage hier ineinanderfließen. Ich erlebe das nicht zum ersten Mal; aber ich erlebe es erstmals als ein Stück Lebensrhythmus dieser Inselwelt, dem eine gewisse Unvermeidbarkeit eigen ist. Grüne Notizzettel, auf denen mit schwarzer Tinte Stichwörter hingeworfen sind, helfen mir, den Überblick zu behalten, damit das Geschehene nicht vergangen ist, sondern Lebensstoff bleibt, der auch in diesen Tag hineinreicht, da ich wieder im Café sitze und mir Zeit nehme, Zeit für dieses Buch.

Weißt Du eigentlich, dass man im Kraftverlieren ungeheuer viel Kraft gewinnen kann? Dieses Kraftverlieren muss allerdings einen Grund haben, im doppelten Sinne des Wortes: Anlass und festen Boden in einem. Seit gestern ist mir diese kleine Wirklichkeit wieder Erfahrung, körperlich spürbar – der Schmerz vibriert immer noch in den Muskeln und Gedanken, da ich dies aufschreibe. Aber das ist ein Schmerz, der sich nicht im Sinnlosen verliert … Er foltert nicht, er zeigt an, dass man lebt und ein Ziel erreicht hat. Wovon spreche ich?

Wir haben gestern, am 14. August, heute ist schon der 15., fast ein Dutzend Stunden im Gelände verbracht! Es sollte, wie immer, wenn wir auf den Inseln hier zuvor die Karte nach einem Ziel durchforsten, nur eine kleinere Tour werden. Aber daraus wurde nichts, es wurde, wie immer, mehr. Einmal aufgebrochen, vom überschaubaren, lieblichen Ausgangspunkt *Tjørnuvík*, hieß das Ziel *Stakkur*. Stakkur ist ein einhundertdreiunddreißig Meter hoher Felsen vor der Nordküste von *Streymoy*, auf den, davon hatten wir gehört, eine »Drahtseilbahn« führt. Nicht für Touristen. Nur für Schafe. Natürlich! Denn Stakkur hat ein Plateau, und auch auf diesem Plateau wächst das berühmte Gras des Archipels, das man nicht beschreiben kann, das man gesehen haben muss, wie man auch seinen einzigartigen Duft eingeatmet haben muss, den sich die Schafe regelrecht einverleiben sollen, das macht nämlich den besonderen Geschmack ihres Fleisches aus – aber davon ahnen sie zum Glück nichts, wenn sie es fressen. Die Färinger nutzen jedenfalls auch das geringste Aufkommen ihres grünen Schatzes, und im Falle Stakkur schafft man die Tiere mit einer Seilbahn hinüber, damit sie sich satt fressen können auf dem vom Salzwind umtosten Felsen. Einen anderen Weg über die einhundertdreiunddreißig Meter tiefe Schlucht, in der unten der Atlantik donnert und kocht und in deren Wänden zahllose Möwen ihre Jungen aufziehen, gibt es natürlich nicht. Nur einen Schafspfad, und den muss man finden. Bei der Suche danach verliert man Kraft, weil man Wege geht, um Atem ringend, die immer höher und weiter führen, Nebenwege, die sich immer radikaler entfernen vom gemächlichen Pfad tief unten. Aber in diesen Stunden schafft man sich etwas Phantastisches: einen vollkommen neuen Weg zum Ziel, der mit jedem Schritt ein ganz und gar eigener wird. Dass es ein eigener ist, sagen einem zuerst die Augen, die lange brauchen, um beim Finden solcher Wege zu ermüden ... Die Felsen, die wir uns so erstiegen haben, um erblicken zu können, was wir erhofften, aber nicht wissen konnten, haben auf der Karte, verglichen mit den Gebirgen der Welt, läppische Höhen: vierhundertzehn Meter, vierhundertneunundvierzig ... Aber sie kommen ohne Vorwarnung aus der zischenden, schäumenden See, mit einer Steilheit, unmittelbar und schroff, die dir alles raubt. Sogar die Augen werden atemlos, weil sie das, was sie sehen, was da an Schönheit ohne menschliches Zutun heraufwächst, weil all das in einen Zustand treibt, der sprachlos macht, vor Glück, denn hinter jedem Plateau, hinter jedem Klippensturz, wartet ein neues, noch schöneres Bild, und je höher und weiter du kommst, je mehr Kraft du also verlierst, um so höher schlägt dein Herz vor Glück, was dir an bisher Ungesehenem, an Weite und Licht und Formen und Stille und Stimmen entgegenströmt, als sei das ganze Ensemble nur für dich gemacht. Die ganze Welt liegt dir plötzlich zu Füßen, schwebt über dir, hinter dir, vor dir ... umfängt dich, birgt dich, so innig, als hätte sie dich seit langem erwartet ... an einem Punkt, von dem du nichts wusstest, obwohl du immer geahnt hast, dass es ihn geben müsste ...

Als wir die erste große Rast einlegten, setzten wir uns hart an den Rand einer über vierhundert Meter hohen, in hellstes Sonnenlicht getauchten geschwungenen Felswand. Ein riesiger grüner Kupferkessel, der nur am Saum eingeschwärzt war: Basaltblöcke, die oberen schon grau, verwittert vom ewigen Regen und Wind, aber beide waren an diesem Tag reine Legenden. Aus solcher Höhe blickte ich – Jörg und Robert zogen schon weiter – lange auf den Ozean hinunter, der sich in nördlicher Richtung im Unendlichen verlief, blau, sehr blau, ohne jeden Horizont, beide Blauströme, Himmel und Meer, ich könnte auch Flächen sagen, gingen bewegungslos ineinander über, reines Verschwimmen, trotz sehr entfernter Wolkenreihen, die aber erst gegen Abend, also viel später und ungewöhnlich hoch, auf uns zudrifteten. Zu jener Stunde, die ich hier festzuhalten versuche, blieben sie jedenfalls auf Distanz, verschatteten nichts, sie verschönten nur noch, indem sie sich im windstillen Ozean spiegelten ... Links von diesem Bild, das ein Prospekt unendlicher Zufriedenheit war, erhoben sich mit einem steilem Schwung, wie eine erstarrte gigantische Brandungswelle, die bis zu sechshundert Meter hohen Felsen nördlich des Flüsschens *Brekká*. Irgendwo tief unter uns trieben leichtfertig Wolken vorbei, die lautlos an den Zinnen dieser Geisterfestung zerschellten. Kein Schrei, keine Klage, kein Heulen. Nur Gesetz und Gewissheit ... Ich konnte mich nicht sattsehen, und dann, vielleicht deshalb, *dann warst Du da*, endlich, wirklich neben mir, unter der Sonne, in der Stille, der Einsamkeit, die in dieser Sekunde vorbei war: Ich hab Dich nicht zurücklassen können da oben, und Deine Nähe war nicht eingebildet, denn Du hast ja gesprochen, und wie! Soll ich Dir sagen, was Du mir da oben gesagt hast? Ja, ich sage es, denn ich habe das von Dir Gesagte, in Deinem Brief Gesagte, hier noch einmal aufgeschrieben:

»Es muss einen überdimensionalen, allumfassenden Zerstörungstrieb in mir geben, den es eigentlich gar nicht geben kann! Das kann nur Idiotie sein! Genau wie bei den Leuten, die sich als Lebensaufgabe ewig den Kopf darüber zerbrechen, wohin die Bilder im Spiegel verschwinden, wenn es ganz dunkel, wenn es Nacht ist ... Torben, es gibt jetzt auch keine Färöer-Inseln mehr für mich ... So etwas kann ich mir nur vorstellen, wenn genau die Person da ist, mit der ich das teilen möchte. Nämlich Du.«

Du, die Person war da, und sie hat geteilt: *mit Dir!* Dieses Buch ist kein Ersatz, und es beschreibt auch keinen Verlust, den Du erlitten haben könntest, weil Du, wenn Du es gelesen hast, etwas weißt. Mehr als zuvor. Über diese Inseln. Über Dich. Über mich. Über uns. Solange es mich gibt für Dich, gibt es auch diese Inseln für Dich.

Dein Brief kam am 12. August hier an. Das Glück, das Du mir bisher geschenkt hast, ist groß. Aber dieser Brief ist mehr. Er ist das Brückenstück von Deiner Seite her, das Du mir entgegenbaust wie ich mit den Sätzen dieses Buches zu Dir. Das ist keine »blöde Gegenwartsträumerei«, wie Du schreibst, das ist eine sinnvolle. »Ich weiß nicht, was für einen Weg ich gehen kann?«, fragst Du mich. *Diesen!*, sag ich. »Dich hätte ich so gerne glücklich gemacht«, schreibst Du. *Du hast!* Du machst mich glücklich. Oder glaubst Du, dass das Glück, an dem wir arbeiten, schmerzfrei zur Welt kommen könnte? Und es bleibt doch immer Glück dabei und mehrt sich ... »Schade«, schreibst Du, »dass es nur dieses eine Leben gibt. Ich bräuchte so nötig zwei: eins zum Lernen und eins zum Leben. Wer nicht?« Aber wir haben sie doch, *zwei* Leben! Deines und meines. Hintereinander ist es nicht zu kriegen, dieses doppelte, zweifache Leben. Aber zusammen. Das Wort Zusammen-*Sein* kann von dieser Logik her, die keine Mathematik ist, noch gesteigert und schließlich vollendet werden: *Zweisamkeit,* meine ich. Da löst sich keiner auf zugunsten des anderen. Da wird die Gunst des einen für den anderen die Lösung: Eins sein zu zweit. »Sich einer ›Sache‹ oder ›Person‹ in ihrem Wesen annehmen, das heißt«, sagt der Philosoph, den ich seit meinen ersten Studientagen immer wieder lese: »sie lieben: sie mögen. Dieses Mögen bedeutet, ursprünglicher gedacht: das Wesen schenken. Solches Mögen ist das eigentliche Wesen des Vermögens, das nicht nur dieses oder jenes leisten, sondern etwas in seiner Herkunft ›wesen‹, das heißt sein lassen kann.«

»Kommst Du zu mir, wenn Du mich noch mal sehen möchtest?«, fragst Du. Ich hab Dich gar nicht aus den Augen verloren, antworte ich Dir – jetzt, da Du neben mir liegst, hier oben auf dem sonnenwarmen Plateau über dem Nordatlantik. Hörst Du den schneidenden, rauschenden Ton, wenn die Möwen, die nur wenige Meter von uns entfernt über dem Abgrund kreisen, die Luft zerteilen? Es hört sich an, als ob scharfe Messer blitzschnell durch Papier gezogen werden. Ganz still ist es zugleich dabei, und eine Ruhe geht von den über dem Abgrund fliegenden Wesen aus: Sie nutzen die Luft und den Wind hier oben, um oben zu bleiben, und wenn sie fallen, schnell, rasend schnell, dann, plötzlich, kommen sie wie zu sich selber und schießen wieder empor, in großen konzentrischen Kreisen, zwischen Himmel und Erde, die ihnen gehören, beide, nicht als persönlicher Besitz, nicht als Privateigentum, als unendlicher Spiel-Raum aber, den ihre Schreie durchstoßen wie Schreie von Kindern, wenn sie außer sich sind vor Glück ... Ich bin sicher, dass sie ihr Glück in diesem Moment genauso empfinden ...

Sei nicht »müde«, wie Du schreibst, weil Du nicht mehr wüsstest, wie es weitergehe ... Es geht ja weiter, aber nicht »ohne dass man etwas dazu tut«, wie Du auch schreibst und fragst, ob das nun »Glück« sei oder »Verhängnis«? Ob ich das wüsste? Ich weiß nur eines in diesem Zusammenhang: Dass man gewiss etwas tun muss, damit Glück *Glück* bleiben kann und nicht Verhängnis wird! Und dass solch Tun manchmal schon mit wenigen Worten beginnt, mit einem einzigen vielleicht, das man setzt wie einen Grundstein, von dem aus es weiterwächst: *das Glück*, weg von der Möglichkeit, Verhängnis zu sein. Dieses *eine* Wort hast Du in diesen Tagen gesetzt. Wie bewusst, weiß ich nicht. Aber erstmals lese ich am Ende eines Briefes von Dir an mich: »*Deine Rike*«. Da ich Deine Briefe kenne, weiß ich, dass Du so etwas nicht beliebig machst, und ich glaube, es hat etwas zu tun mit dem Satz, der in demselben Brief ein paar Seiten vorher zu finden ist: »Je mehr ich mich von Dir entferne, desto näher rücke ich an Dich heran: seelisch, gefühlsmäßig.« Du hast Dein Brückenstück schon viel weiter vorangetrieben, als Du wahrhaben willst, heißt das doch. Und wenn ich etwas schneller vorankomme, von meiner Seite aus, dann erschrick nicht – ich gehe doch nur auf *Dich* zu!

Hab ich mich verstiegen, wenn ich Dir das hier alles sage, aufschreibe wie eine Beichte? Wenn ich Dir schreibe, wie Jörg und ich, als wir die Vierhundertmeterwelle aus Stein und Gras, die atemberaubende Felsschwingung, wieder hinabtrieben, dem »Stakkur« zu, auf den wir wollten, wegen einer ganz bestimmten Aussicht … Robert blieb zurück, auf der leichteren Ebene über der Tiefe, er hatte sein Skizzenbuch dabei. Um acht wollten wir uns wiedersehen, unten in *Tjørnuvík*, wo wir am winzigen Hafen unseren Wagen abgestellt hatten. Der Abstieg war hart; aber die vielen kleinen und großen Wasseradern über dem Fels erfrischten uns, gaben uns Kraft. Mit einer gewissen Gier tranken wir das kalte, klare Wasser, schütteten es uns ins Gesicht und lachten über unsere Schwäche, die uns doch nichts anhaben konnte, weil wir vorankamen, Meter um Meter, bis zum Drahtseilakt über der Schlucht … Aber dann fehlte uns ein langes Seil, um die heikle Technik gefahrlos nutzen zu können: eine Stahlkiste auf Rollen, zwei fingerdicke Drahtseile, gut achtzig Meter lang die Schwingung über der Tiefe, der Winkel der Wände, zwischen denen unermüdlich Möwen ihre Brut hegten, so steil, dass das Wasser nur noch zu hören war. Als sich ein Felsstück unter meinen Füßen löste und abstürzte, gab es Sekunden später einen Knall wie von einer Explosion: Höhe, Masse, Fallgeschwindigkeit, Aufprall, Schall zwischen Wänden, die er nicht sprengen kann, und der deshalb in Druckwellen nach oben jagt, bis er den Ort erreicht hat, wo er aufgeht in allem, gewesen ist ... Für den Bruchteil einer Sekunde durchfuhr mich die Geschichte dieses Steins als eine eigene Möglichkeit. Ich musste mich augenblicklich umdrehen auf dem schmalen Felssims, mich wie irrsinnig in das Gestein krallen – und dann war es vorbei, das furchtbare Gefühl mit seiner noch furchtbareren Kraft, sie hat schon meine Mutter zu Tode erschreckt, auf Türmen oder hinter Fenstern höherer Stockwerke. Irgendwo über mir sah ich zum Glück Jörg fotografieren und rief ihm zu, er solle mal kommen, die Aussicht sei reiner *Wahnsinn*. Aber er solle auch aufpassen, es sei kreuzgefährlich. Er ahnte nicht einmal, wie ernst es mir war.

Gegen sieben machten wir uns auf einen Weg, der wiederum keiner war. Verstiegen uns schließlich in morschem Fels, Moosschwämme quollen aus den Spalten. Wir durften uns nicht umdrehen beim Aufstieg vom *Stakkur* weg. Wir stiegen verbissen; das Gepäck lastete im Kreuz; wir suchten mit den Augen vor uns nach Halt. Glücklich, wenn Gras oder Pflanzen stärkerer Art zu sehen waren: »Ins Gras beißen«, das hatte jetzt eine etwas andere Bedeutung und zugleich die bekannte. Dann endlich tauchte ein Schafspfad auf, aber immer noch hart am Rande, Abgründe über Abgründe. In einer der Schluchten wuchsen Blumen, sie leuchteten herauf. Auch Jörg sah sie und sagte: »Wenn du hier abschwirrst, kannst du wenigstens noch einen Strauß Blumen pflücken ... Die Schlucht hat was!« – »Niveau«, antwortete ich und lachte, wie man so lacht in solchen Momenten. Eine Galgenhumor-Tour in die Abenddämmerung hinein. Es war neun, als wir am Wagen eintrafen. Die Oberschenkel zitterten. Die Zeit stand still. Wir waren erschöpft. Vor Glück. Oder glücklich erschöpft, wer weiß das schon so genau. Nur dann ist der Mensch ganz bei sich, hab ich gedacht, wenn er das nicht mehr unterscheiden kann.

Um zehn stand ich in unserer Wohnung unter der heißen Dusche, lange. John war inzwischen gekommen, hatte Karten gebracht für das Jazzkonzert morgen. Seit Montag läuft hier ein Jazzfestival. Wir tranken Cola, dazu Bacardi. Die Landkarte lag auf dem Küchentisch, die Tour wurde ein zweites Mal mit den Fingern absolviert, und dann las ich noch einmal ein Stück aus Valérys »Blicke auf das Meer«, in meiner Fototasche hatte ich den Essay über die Felsen geschleppt, um Robert und Jörg auf dem Plateau daraus vorzulesen, und, natürlich, auch *Dir*. Erinnerst Du Dich:

»Himmel und Meer, die unlösbar gepaarten Ziele des Blickes, der weiteste Weiten umspannt, die einfachsten, die freiesten dem Anscheine nach, in allen Ausdehnungen ihrer unermessbaren Geschlossenheit die wechselreichsten – und doch je und je sich selber gleichsten, die am sichtbarsten dazu verurteilten, immerdar dieselben Zustände der Stille und des Aufruhrs, der Trübung und der Durchsichtigkeit wieder aufzunehmen … Wenn einer, müßiggehend am Ufer des Meeres, zu entziffern versucht, was angesichts seiner in ihm keimt; wenn er – auf den Lippen das Salz und im Ohre die schmeichelnde Liebkosung oder den Stoß des Rauschens oder des Pralles der Flut – sich diesem allgewaltigen Gegenwärtigsein zur Antwort stellen will, findet er in sich angerissene Gedankenreihen, Fetzen von Gedichten, Schattenbilder von Taten, Hoffnungen, Bedrohlichkeiten – ein ganzes Durcheinander durch diese Größe aufgerührter und hin und her geworfener Anwandlungen und Bilder – Größe, die sich darbietet, die sich wehrt, die durch diese Ausdehnung aufruft zu unternehmen und durch ihre Tiefe abschreckt, es zu wagen … In meinen Gedanken such ich mit all dieser Zaubermacht des Meeres zurechtzukommen, indem ich mir sage, dass es nicht aufhöre, meinen Augen das Mögliche vorzuführen …«

Was ist in meinen Augen in diesem Sinne in diesen Tagen »das Mögliche«? Wenn ich an Dich denke? An die Stunde des Wiedersehens? Oder an die des Hierseins, zu dem die Stunden vor diesem Tag gehören, von dem ich Dir eben so lange erzählt habe, und die ich Dir auch nicht unterschlagen möchte, waren sie doch auf andere Art berauschend schön … Der letzte Abend in der Galerie; der Morgen danach, der eigentlich gar nicht *danach* kam, sondern dazugehörte; der steinerne Schlaf im Anschluss, das müde Erwachen und der ganze Nachmittag mit Elin und den Freunden am Rand von Tórshavn, in den Schären und Felsen des kleinen Hafens, des alten Hafens, bei der alten Schmiede, den sie uns zeigen wollte, ihren Kindheitsort, an dem sie gespielt hat, was sie uns bewies, dieses Spielen, indem sie uns unbeschwert durch schwieriges Gelände führte, *verführte* … Selbstsicher, ruhig und fröhlich und schöner als je zuvor und auf andere Art schön als am Abend in der Galerie, als wir Abschied feierten, ohne zu wissen, dass sie diese kleine, mächtige Ver-*Führung* durch ihren *Spiel*-Raum noch im »Programm« hatte … Das war vorgestern, morgen fliegt sie nach Kopenhagen, einen Tag später nach Tunesien. Für zwei Wochen. Zu einer befreundeten Familie. Ich werde Dir von dem Tag mit Elin und dem Abend davor vielleicht im nächsten Abschnitt erzählen.

Tórshavn, den 15. August 1990

Noch immer sitze ich im Café. Es ist drei Minuten nach drei. Punkt drei Uhr hat draußen auf dem kleinen Boulevard eine Jazzkapelle Dixies aufgelegt. Ich habe begonnen, meine zweite Kanne Tee zu leeren. Über Tórshavn liegt Sonnenlicht; es ist ein wenig windig, und ich schreibe einen neuen Abschnitt an Dich. Aber wo anfangen? Mit Elins Ver-*Führung*? Oder mit dem Abend davor, der Party in der Galerie? Oder vielleicht ist es doch besser, ich beginne mit der Nacht dazwischen, also der vom 12. zum 13. August, die nicht enden wollte und für die ich schon einen

Namen habe: »Die Straße zum Atlantik«. Ich weiß nicht, ob das ein Film wird oder ein Gedicht oder ob es bei diesen Aufzeichnungen für Dich bleibt. Ich weiß nur, dass es sehr schwierig wird, Dir das Erlebnis während des Gehens auf der Straße zum Atlantik am Morgen des 13. Augusts zwischen vier Uhr dreißig und sechs Uhr mit Hilfe von Wörtern sozusagen in Kupfer zu stechen, in Erinnerungs-Kupfer, und ich gebe auch zu, dass ich am Ende dieser zwei Stunden zum ersten Mal ungebremst zornig auf Dich war: *Ich konnte die unglaubliche Schönheit der Stunde ohne Dich nicht ertragen,* wusste ich doch, dass in genau diesem Moment auch Du hättest neben mir sein können. *Sein!*, sage ich, nicht nur *gehen*. »Unerträglich!«, habe ich plötzlich laut aus mir herausgebrüllt – Jörg und John, die fast volltrunken waren, wurden vor Schreck, so schien es jedenfalls, schlagartig wieder nüchtern. Dann hab ich erklärt, was mir so unerträglich war: *Wir*, sagte ich den beiden Schwankenden, gingen hier diese irrsinnig schöne Straße zum Atlantik entlang, und *du*, du unendlich dummes Weib, säßest irgendwo im dämlichen Leipzig herum, obwohl du bei mir sein könntest, in dieser traumhaften Stunde, auf dem Weg zum Meer. Vielleicht wirst Du an dem Morgen, an dem wir beide doch noch auf genau dieser Straße zum Atlantik gehen, zu mir sagen: »Mein lieber Torben, das war noch harmlos, was du da über mich geflucht hast: Ich *bin* eine Idiotin gewesen, damals! Ich habe es dir ja sogar schwarz auf weiß geschrieben.« – »Ach, lass doch die alten Geschichten«, werde ich dann wohl sagen, meinen Arm um Dich legen und behaupten, ich hätte mich damals ja nur deshalb so über Dich geärgert, weil jener Morgen so milde gewesen wäre, das aber käme hier recht selten vor. Heute wäre es etwas kühler als damals, und Du frörest ja immer so schnell: »Frierst du?«

Die Straße zum Atlantik hat natürlich einen ganz anderen Namen. Sie heißt »Futalag«, was, vom Färingischen übers Dänische ins Deutsche übersetzt, ungefähr so viel bedeutet wie »Vogtsmulde« oder »Senke«. Aber Altes ist auf dieser Straße, jedenfalls, was die Gebäude betrifft, nicht wahrzunehmen. Was dann? Nun, etliche moderne Holzhäuser und ein kleines Heizwerk. Wie immer: skandinavische Architektur. Farbig, zweckmäßig; aber nichts ist in Reih und Glied gebaut. Leicht versetzte, verwinkelte Züge, unterbrochene Linien, hinter denen man überraschende Perspektiven gewinnt. Den Kick jedoch bringt das Gelände selbst: Felswellen in Abwärtsschwingungen, Auslaufbewegung. Aber so, dass man die letzte, die Abbruchkante, selbst wenn man auf dem Kamm steht, nicht sieht; die Asphaltwelle zwischen diesem Häuserarrangement endet also schnittscharf im Atlantik. Die optische Täuschung hat das Auge gern, denn das, was danach kommt, ist ja nicht nur die Wasserfläche des Ozeans, in diesem Falle, fünf, sechs Kilometer Luftlinie entfernt, liegt *Nólsoy*, die Insel. Das der Stadt Tórshavn vorgelagerte Schlachtschiff aus Fels, farngrüner Bewuchs, die Kommandobrücke in dreihundertzweiundfünfzig Meter Höhe. Vom Bug bis zum Heck misst es gut zehn Kilometer, und so ankert es da seit Urzeiten im Meer. Ein Koloss mit filigranen Momenten: Das Dorf Nólsoy, im vorderen Drittel hatte es etwas Liebliches, kann man nur per Schiff erreichen. Abends und nachts glitzert es wie ein kleines Collier zur Hauptstadt hinüber – wenn nicht gerade Nebel oder die Wolken auf Küchenfensterhöhe dahin ziehen.

Eine halbe Stunde nach Mitternacht, als der 13. August mithin ganze dreißig Minuten jung war, hatten John, Jörg und ich die Eingangstür zur Galerie abgeschlossen. Das Fest war vorbei. Die Woche. Eine Festwoche, wenn wir so wollen. Nein, es ist keine Übertreibung: Diese Woche war ein Fest. Nun fahren wir mit dem Rest der Sachen endgültig nach Hause und wollten dort noch ein wenig zusammen sein, die bisherigen Video-Meter anschauen. Jörg hatte bis zum Lichtlöschen gefilmt. Das war wie eine Abschiedszeremonie, in der aber unübersehbar das Begehren nach Wiedersehen ins Bild kam. Und die Gewissheit, dass es dieses Wiedersehen geben wird.

Bei Vibeke gab es dann Gin, Orangensaft, Kaffee, Videos, Spaß und den nötigen Ernst, in kleinen Prisen: die übliche Mischung hier. Wir resümierten, wir schwadronierten, wir alberten, und wir vergaßen uns ... Gegen vier erhob ich mich, kaum Gin im Blut, und sagte zu John, lass uns gehen, denn ich sah, dass Jörg gerne bei Vibeke geblieben wäre, er filmte sie zwischendurch sogar, aber *Robert* bleiben sollte ... Was Jörg mitbekam, nur lange nicht wahrhaben wollte. John und ich gingen also hinab, es war jetzt vielleicht zehn Minuten nach vier, ich sagte, einen Blick aus dem Küchenfenster werfend, wir sollten vielleicht noch einen Gang machen. Es sei *Dimmalætting*-Time; ich sähe allererstes dunkelblaues Licht, und außerdem ... Ja, sagte John, wir sollten gehen und Jörg mitnehmen. Als wir schließlich vors Haus traten, war es halb fünf. Ich war jetzt hellwach und hundemüde zugleich; mein Körper war ein durchflimmertes Etwas, das irgendwie nicht mehr zu mir gehörte. Ich sah mich selber, ohne Spiegel. Oder war das die Stunde der Spiegel? In denen ich mich sah und einen Morgen, der wie eine gute Botschaft aus der Nacht stieg, langsam, unendlich langsam, doch mit einer Konsequenz, die, offen gestanden, in diesen Minuten mein Fassungsvermögen überstieg: Ich sah eine Farbigkeit aus dem Schwarz fließen und strömen, ein Licht aus dem Nichts, das die Nacht in den Schatten stellte, ich kann nur noch in Widersprüchen darüber reden ... Das gibt es offenbar ... Die Windstille war fast total ... Die Wolkenfelder standen still, sie *standen* wirklich, und sie standen unendlich hoch – ein Keil von blauer Schwärze, durch dessen Spalt das Morgenrot drang. *Morgenrot,* Rike! Was für ein armseliges, beschränktes Wort angesichts dessen, was die Palette hergab: Violett, Karmesin, Karmin, Schwefelgelb, Purpur, heller und heller werdende Blauflächen, Wolkengrau, Wolkenweiß ... *Der Himmel selbst kam zur Welt.* Vielleicht ist das der Satz, der alles enthält, was dieser Morgen zeigte. Und während er zur Welt kam, kam die Welt um uns herum zu sich: aus der Stille unter dem bläulichen Nachtschwarz, nur vom weißen, blutleeren Licht der Straßenlampen, das sich in den Pfützen auf der Asphaltwelle zum Atlantik verdoppelte, unterbrochen, drangen erste, vereinzelte Tierlaute, es waren Lachmöwenlacher ... Die scharfen Schattenrisse der Häuser, vom steinernen Schlachtschiff Nólsoy lösten sich auf, wurden blasser, die Landschaft unterm Licht plastischer, der Ozean nahm, wie die Wolkenbänke oben, die Farbe von Rohsilber an, frisch aus dem Berg gebrochen, aus der Finsternis! Der Mond, eben noch stark vom geborgten Licht: eine matt und matter leuchtende Scheibe, am Ende seine eigene Legende. Immer mehr Vögel schwirrten umher, schrien, zerschnitten mit ihren Schwingen die Morgenstille ... Und John führte uns immer weiter, hinab zu den Felsen, über eine kleine Mülldeponie, mit Autowracks, Reifenhalden und zerbeulten Öltonnen ... Bald hatten wir die Straße zum Atlantik im Rücken, dann hatten wir sie über uns ... Wir gingen bis zum Helikopterlandeplatz, wo uns, erstmals an diesem Morgen, plötzlich und überraschend Wind ins Gesicht fuhr. Die milde Nacht war vorbei; es wurde nicht kalt, aber kühl. Die Kühle hatte natürlich auch etwas mit unserer Müdigkeit zu tun ... Unser Vorhaben, über Stacheldraht und glitschigen Fels ans Wasser zu kommen, gaben wir schließlich auf; John und Jörg hatten zu viel Gin im Blut, sie rutschten schon ein ums andere Mal ziemlich halsbrecherisch über die verrückte Piste. Irgendwann griff Jörg in den Stacheldraht. Das machte ihn wach! Wir kehrten um. Als die Straßenlampen erloschen, sagte John zu mir: »Bleib mal stehn«, und dann: »Du hast ein langes blondes Haar auf deiner Jacke!« Er nahm es von meinem schwarzen Jackett, hielt es mir hin: »Das ist von Elin!«, sagte er. Schnell griff ich danach und sagte: »Das ist meins, es gehört mir!« Elins Haar, das ist eine Geschichte für sich. Findest Du nicht, dass das sehr neutral klingt in diesem Moment? Nein? Ich auch nicht! John zeigte noch auf irgendeinen Hügel mit Häusern, dort würde sie wohnen. Zu erkennen war nicht viel, obwohl es inzwischen hell geworden war. Und plötzlich sagte John: »Seht mal!«, und reckte seinen Arm, die Hand mit dem Zeigefinger, wir waren schon wieder auf der Asphaltwelle und hatten nun den Atlantik im Rücken, steil nach oben:

Unsere Blicke schossen, von keiner Wolkendecke gebremst, im Bruchteil einer Sekunde empor, mindestens zwölf Kilometer, einem silberweißen Geschoss entgegen, das lautlos seine Bahn zog: ein mächtiges Flugzeug mit Hunderten von Menschen an Bord, auf dem Weg nach Amerika, Kanada oder noch weiter. Sie sahen uns nicht; aber wir wussten plötzlich, dass es sie gab. Was *sie* dagegen sahen, falls sie nicht schliefen, tief unter sich, war eine Inselgruppe im Atlantik, auf der ein neuer Tag begann. Eine Geschichte also, die mit ihnen und ihrem Ziel nichts zu tun hatte, voller Details und erwachendem Leben, die schon passiert war, bevor noch der Name für diesen Grund gefunden werden konnte ... Das Leben: ein Pluriversum auf Erden. Da muss man gar nicht erst in die unendlichen Tiefen des Kosmos hinaus. Das ist wie mit dem Garten hinter dem eigenen Haus: eine andere Welt, eine ganz und gar eigene, Käfer für Käfer, Grashalm für Grashalm, und ab und zu gehen wir darüber hinweg und treten irgendetwas von dem Gewimmel unter unseren Füßen tot, ganz ohne Absicht, nur aus Versehen – und was beweist das? Dass wir Götter sind, auf keinen Fall. Aber was dann?

Im Haus überfiel uns der blanke Hunger. Ich briet schnell ein paar Spiegeleier und Schinken. *»Ah, Ham and Eggs!«*, rief John. Wir tranken Mineralwasser dazu, sagten irgendwelche Sätze, endlich dann das Bett, der Schlaf ... traumlos ... ahnungslos ... Der Morgen auf der Straße zum Atlantik hatte mir unendlich viel versprochen, aber er hatte mir nicht verraten, dass etwas auf mich zukam, ebenso schön und überraschend wie er selber: voller dunkler und heller Farben, voller Abgründe und Aussichten, voller Traurigkeit, voller Schönheit: *Dein Brief.*

Der Tiefschlaf, in den ich vor Erhalt Deiner Botschaft fiel, entließ mich erst gegen Mittag langsam aus seinem Bann: Wie trunken und erfüllt von einer künstlichen Fröhlichkeit, die schlagartig von mir wich, als ich am Nachmittag ins Haus trat und Maria die Treppe herunterstürzte, auf die Tür zeigte und rief:

»*Ein Expressletter für Torben!*« – »Auch das noch!«, dachte ich, weil wir gerade auf dem Weg zu Elin waren, und blickte skeptisch in die Runde; doch dieser Blick war reines Theater, das Jörg sofort durchschaute: »Den liest du jetzt nicht! Den liest du, wenn wir wieder zurück sind«, sagte er. »Ja, ja«, murmelte ich und nahm den Brief, *Deinen Brief*, der zwischen Tür und Türrahmen steckte, mit einer wahnsinnig erzwungenen Ruhe an mich, um ihn dann demonstrativ in der linken hinteren Tasche meiner Jeans verschwinden zu lassen. Aber das Ablenkungsmanöver war keine fünf Minuten durchzuhalten; noch bevor wir zu Elin fuhren, hatte ich in meinem Zimmer den Umschlag mit Deiner Handschrift regelrecht aufgefetzt und mit ebenso schnellen Augen die fast sechs von Dir beschriebenen Seiten gelesen … Während der Fahrt zu Elins Haus hatte ich Deinen Brief bereits zum zweiten Mal verschlungen … die wichtigsten Sätze, Wörter, Hinweise und Aussagen hakten sich fest in meinem Kopf: *Ich hätte nur noch bei Dir sein mögen!* Aber unser Wagen fuhr Elin entgegen, und schließlich faltete ich die Blätter zusammen, legte sie in meinen Pass und steckte beides in eine Tasche meiner Lederjacke.

Für die nächsten Stunden hatte ich Dich vergraben. Nicht nur, weil wir mit Elin umherzogen. Auch weil ich kaum glauben konnte, was Du mir geschrieben hattest … Nach all dem, was sich in den zurückliegenden Tagen seit Deiner Nicht-Ankunft durch mich hindurchgefressen hatte: Schmerz, Zorn, Zweifel, Verzweiflung – sengend, brennend, ein zähflüssiger Lavastrom, der mit einer Glutzunge beginnt und in schwarzer Erstarrung endet –, nach dem Entschluss dann, in Deine Richtung das Schweigen zu üben, nur noch das Schweigen – nach all dem nun dies: *Deine Stimme!* Übermächtig nahe; unüberhörbar traurig. Was macht sie mit dir?, habe ich mich gefragt: Wie Du einst mich fragtest. Was will sie von dir wirklich? Und vor allem: Wo sie nichts weiß, wie sie schreibt, aber eins schon: *Dass sie dich glücklich machen möchte, aber nicht kann.* Angeblich. Angeblich? Da war er wieder, der Teufel, und fand seinen Clown am Manegenrand sitzen, Schminke überm Schmerz und die Frage auf den Lippen: »Warum weiß sie nicht, was sie kann? Warum glaubt sie, nur zu wissen, was sie nicht kann?«

»Sie ist verliebt ins Zerstören!« Der Teufel, kaum sichtbar hinter seinem Schattenbild, flüsterte in Richtung Clown: »Glaub ihr kein Wort! Glaub mir, und füll deine Unterschrift ganz aus. Sie liebt dich nicht wirklich. Sie liebt nur die Asche deiner Liebe zu ihr. Sie spielt damit wie ein kleines Kind, das Feuer gelegt hat, und nun blickt sie auf die schwarzen Berge aus verbrannter Leidenschaft, ein wenig erschrocken, ein wenig verwirrt, um dann mit Vergnügen hineinzublasen und sich an den schwarzen Flocken zu erfreuen, die sich wirbelnd in die Luft erheben.«

Der Clown blieb stumm in dieser Stunde. Er widersprach nicht mehr. Er zog sich um und saß plötzlich in einem roten Auto, das durch eine kleine Stadt fuhr, die inmitten grasbedeckter Felsen am Meer lag ... Neben ihm seine Freunde und dann ein junges Mädchen, das er kannte und Elin nannte: Ganz in Schwarz gekleidet, die Füße in schwarzen Stiefeln, die Hände in schwarzen Glacéhandschuhen, an einem Riemen, der sich um ihre schmalen Schultern zog und bis zur Taille reichte, hing eine schwarze Metallbox aus früheren Zeiten, ein Feldstecher vom Militär steckte einst in ihr – nun waren darin ihre Utensilien zu finden ... in einer Tasche aus Metall ... Aber auf all dem gewann ihre Schönheit besonderes Profil: das feingeschnittene Gesicht mit der süßen Stupsnase, die großen blauen Augen, das weißblonde Haar, heute zum Pferdeschwanz zusammengebunden mit einem schwarzen Band. Hin und wieder zog sie aus ihrer Jackentasche, an einer langen feinen Goldkette, eine kleine vergoldete Uhr: »Aus Russland«, sagte sie mir, um sich schnell zu korrigieren: »Estonia.« Die Uhr trug römische Ziffern.

Elin hatte vier Stunden Zeit für uns, leichtfüßig führte sie uns in ihr felsiges Kindheitsparadies, zeigte uns »ihre« Häuser, wie sie sagte, kleine Höhlen in Felswänden nahe dem Ozean, und immer wieder gingen wir alleine durch ihr Reich, *also zu zweit*, sie bückte sich nach dieser und jener Blume, hielt sie mir unter die Augen und formte mit ihrem Mund, ganz leise, ganz sanft, die Namen dieser Blumen, damit ich sie nachsprechen konnte ... Mit meinem Bisschen-Englisch und ihrem Mehr-Deutsch kamen wir auf andere Themen: Film, Literatur, Theater, Fotografie, Medizin, Biologie und Reisen ... Wir spielten mit Anspielungen aus Wörtern. Wir lachten, und unsere Augen, wir waren ja nicht wirklich alleine, suchten sich aus verstohlenen Winkeln. Später, in den Schären, erstarrte Lavamulden gewaltigen Ausmaßes, hockten wir am Rande eines großen Algenkessels, von irrsinnig gelbgrüner Farbe erfüllt, warfen uns kleine Muscheln zu, zarte schwarze Geschöpfe ... Noch so ein Spiel ... Als wir wieder vor ihrem Haus waren, gab ich ihr ein Buch von mir. Das war so abgemacht mit Robert und Jörg, die ihr am Vortag, am Partyabend in der Galerie, eine Grafik geschenkt hatten, eine Fotografie. Sie nahm es und sagte zu John, der sie auf Dänisch fragte, ob sie das überhaupt lesen könne, was ich verstand, sie könne es sehr wohl lesen und freue sich darauf ... Vor ihrem Haus wartete schon Mika, ein kleines Kätzchen, auch pechschwarz, es kam erst näher, als Jörg den Motor unseres Autos abstellte. »Mika, Mika«, rief Elin, nahm die auf sie Zueilende auf den Arm, legte sie sich in den Nacken. Aber dann wollte Mika das Buch beschnuppern, und Elin hielt es so, dass Mika halb auf ihrer linken Schulter lag und halb auf meinem Buch ... Es begann zu regnen ... Elin schob Mika sanft weg und wischte die Tropfen vom Buch, immer wieder tat sie das, und dann ging sie langsam zum Haus zurück, nachdem sie sich zuvor von jedem von uns verabschiedet hatte. Aus der Haustür sah sie noch einmal zu mir, ich winkte, sie lachte zurück. Dann fuhren wir ab. Ich war sehr ruhig, diesen Blick im Blick, dieses Gesicht, und im Kopf die Gespräche vom Abend zuvor ... *Rike*, dachte ich in diesem Moment, sei dir um Himmels willen nicht zu sicher in deiner Unsicherheit, komm endlich aus deinem elenden geschlossenen Zirkel heraus, oder lass wenigstens mich eine Bresche in ihn schlagen, eine Schneise, durch die ich dich herausführen kann, ich versuch es doch schon. Aber du darfst meine Hand nicht immer wieder loslassen. Wenn du es wieder und wieder tust, werde ich erst ermüden, dann verzweifeln und schließlich die Lust verlieren: *die auf dich!* Auf deine Seele und deinen Körper, den ich nicht lieben kann, ohne deine Seele zu lieben.

Da war er wieder, der Mittwoch in Leipzig: Die Hitze über der Stadt, deine leere Wohnung, die mit einem Laken bespannte Matratze, auf weißem Tuch davor Brot, Käse, Oliven, Wasser und Wein, in einem großen Steinguttopf die weiße riesige Kerze, das Radio, Sinéad O'Connor, und zwischen den Fenstern der schöne Spiegel, in dem ich uns sah:

»*All the flowers that u planted mama/in the back yard/all died when u went away/I know that living with u baby was sometimes hard/but I'm willing to give it another try/'cause nothing compares/nothing compares 2 u* ...«

Ich weiß nicht, warum wir es uns bis zum Ende angehört haben, vielleicht war es ja nur eine schön-traurige Stimme im Hintergrund, eine melancholische Melodie: Das Bittere und das Süße, hast Du einmal gesagt, seien die zwei Seiten ein und derselben Medaille.

Welchen Grund gibt es jetzt noch? Dein Brief? Ja und nein! Es hat mich unruhig gemacht zu lesen, dass Du »müde« seiest. Ich weiß, dass Du manchmal auf gefährliche Weise müde wirst. Ich sagte Jörg davon, bat ihn um Rat, denn ich wollte mich ja nicht mehr melden bei Dir. Erst dieses Buch sollte Dir sagen, dass es mich immer noch gibt für Dich. »Schick ihr ein Telegramm«, sagte Jörg. »Es kann zu spät kommen«, sagte ich. »Soll ich nicht doch lieber anrufen?« – »Ja«, sagte er nach einigem Überlegen, »wenn du die Sache so gefährlich findest, können Stunden wichtig sein. Mach es.« Ich habe Dich am nächsten Morgen erreicht –

und was geschah? Du warst sprachlos wie so oft schon! Ein »Ja«, ein »Ich bin überrascht«, ein »Wenn du willst«, ein – *Nichts?* Wer hat den Brief, der mich hier erreicht hat, eigentlich geschrieben? Warst *Du* es, die ihn geschrieben hat? Oder die, die am Telefon mit mir sprach? Hat Dich Deine Umgebung gehemmt, oder war der Ruf nach mir in Dir längst wieder verhallt und ich einem Echo aufgesessen, einem Licht jener Sonnen, die lange schon kalt sind, tot, erloschen, aber noch, reine Frage der Zeit und ihrer Relativität, strahlen, abstrahlen … ins Nichts aus dem Nichts? Totes Blendwerk am Himmel, der sich als Kosmos gibt: die schöne Ordnung.

Ja, ich bin ungerecht. Jetzt. Jetzt will der Teufel dem Clown wieder ganz listig die Lüge über Dich als Wahrheit über uns verkaufen. Aber wie sollte ich dieser verlogenen Wahrheit auf Dauer misstrauen, wenn Du im selben Brief zugibst, dass Du mir in Vorbereitung der Reise hierher einige Nichtwahrheiten sagen »musstest«. Die Lüge mit den Fahrkarten mag läppisch sein; die mit der Krankheit ist was? Und wie kann ich nun glauben, dass Du am kommenden Sonnabend und Sonntag arbeiten musst? Wieder eine Notlüge, weil Du ahntest, was ich Dir vorschlagen wollte: ein Kommen von mir zu Dir, von Dir zu mir? Ich werde anrufen, um zu wissen, ob Du nur zwischen Wahrheit und Lüge tanzt. Ich werde nicht anrufen, weil dieser Zweifel des Teufels ist. Ich weiß jetzt, da ich dies schreibe, nicht, was ich wirklich machen werde. Am Sonnabend. Am Sonntag. Am Montag. Vielleicht hast Du ja schon längst Urlaub und fährst, während ich noch in mir um Dich ringe, durch Frankreich, über Paris, kleine Fremdenführerin, ein Hauch Sünde im Gepäck. Aber das macht alles möglicherweise noch süßer, den Genuss reicher, man kann vergleichen … Ich werde gemein. Ja. Zynisch. Ja. Ich weiß nicht mehr, wie ich mich schützen soll. Das Chaos verlangt Ordnung, und wenn es die falsche ist! Am Sonnabend werde ich wieder in Hamburg sein. Bei Karla. Bei Charlotte. Karla wird mich fragen, ob ich Dich nun endlich »bewältigt« hätte? Den Fall Rike St. im

Leben des Torben B. Ich aber werde was tun? Ich werde Dich anrufen. Morgen. Natürlich. Werde fragen. Selbstverständlich. Oder Dir ein Telegramm schicken. Oder beides. Oder: Ich glaube, der Teufel hat schon ein paar mehr Buchstaben aus meiner Unterschrift auf seinem Vertrag. Der Clown ist so still geworden. So sprachlos. Er sitzt und starrt. Und wenn er das nicht tut, dann verkleidet er sich: Geht, wie heute, ins Café von Tórshavn, trinkt Tee um Tee, isst ein Stückchen Kuchen, aber er isst es kaum auf – und schreibt. Dieses Buch. Von elf Uhr vormittags bis abends um sechs. Danach lief ich nach Hause, duschte mich, zog mir frische Kleidung an und ging um acht zu den anderen hoch, zu Vibeke, die zum Abendessen eingeladen hatte: Es gab fetten Heilbutt, gekocht, kaltes Bier, scharfen Schnaps und beste Laune, dazu lief das Video, das Robert und Jörg heute, während ich schrieb, auf den Inseln gedreht haben.

Tórshavn, den 16. August 1990

Es ist jetzt kurz vor drei Uhr in der Frühe, das Abendessen bei Vibeke seit über zwei Stunden vorüber. Ich aber schreibe schon wieder oder immer noch. Und ich habe noch immer nicht erzählt von der Abschiedsparty in der Galerie ... Nun, das werde ich nach dem Schlafen tun, also in etwa acht, neun Stunden. Heute Abend ist Jazz angesagt, und morgen werde ich das Abschiedsessen kochen: Lachs, pochiert, wie noch jedes Jahr. Dazu guten französischen Weißwein, Baguette. Vibekes Familie wird dabei sein, John kommt, Joan, Elins Freundin, die Germanistikstudentin (John hat uns verraten, dass Elin und Joan Geschenke für uns haben), sowie Mascha, eine Israelin und Malerin, die aus Leningrad stammt. Sie ist fünfundzwanzig Jahre alt, lebt seit zwei Jahren hier oben und hat uns schon nach Jerusalem eingeladen. *Jerusalem* – in diesem Jahr hab ich die Stadt verpasst.

Gegen zehn Uhr bin ich aufgestanden und hab aus dem Fenster geblickt, aber das Wetter über Tórshavn ist heute ein wenig grässlich; dabei wollen wir doch raus, per Schiff, zu zwei Inseln. Robert liegt noch im Bett, er hat die ganze Nacht »rumgesumpft«, wie er mir sagte; Jörg ist mit dem Wagen los, um Brötchen zu holen und sich wegen der Tour zu informieren. Und ich? Ich war eben, für Sekunden, in Leipzig! Per Funktelefon. Eine phantastische Einrichtung. Aber Du warst nicht in Deinem Büro. Ich solle in zehn Minuten noch einmal Laut geben, hieß es. Du wirst dann schon wissen, dass ich wieder einmal unterwegs bin, unterwegs zu Dir. Von weit her. Wirst Du Dich freuen? Die Funkstille gelingt mir also nicht. Der Teufel, heißt das, sieht heute Morgen ziemlich alt aus, und der Clown ist zwar müde, aber nicht traurig, nur aufgeregt, wie immer, wenn er auf dem Wege zu Dir ist. Jetzt mache ich Tee für das Frühstück, danach starte ich einen neuen Versuch, Dich via Satellit zu hören, etwas zu fragen ... Ich hab so viele Fragen; aber zum Glück auch dieses Buch, so dass das Gespräch nicht lang werden wird. Es soll uns ja nur ein wenig informieren übereinander: Dass wir noch da sind, vor allem! Sogar für uns vielleicht.

Du bist noch da! Ich habe es eben selbst gehört, bis die Verbindung abbrach. Erst Deine Stimme, viel entspannter als das letzte Mal, und dann Rauschen ... Aber was ich Dir sagen, was ich wissen wollte, hab ich gesagt, weiß ich nun. Das Buch wird noch am Sonntag zu Dir auf Reisen gehen. Per Einschreiben, per Express. Es könnte sonst verloren gehen, es könnte ja zu lange dauern. Dieses Buch, das ich täglich fortschreibe, spontan, ohne zu korrigieren – nur an Dich denke ich dabei, wenn ich dieses Gespräch mit Dir führe, mit der Hand. Mit der Hand, sage ich und finde, dass das nicht unbedingt eine Metapher ist oder besser: nicht nur *ein* Bild: Ich habe ja oft schon zu Dir mit meinen Händen gesprochen, nicht weniger intensiv als jetzt, nur anders. Nur? Kaum mag ich daran denken, und jener Mittwoch, an dem wir zuletzt so miteinander sprachen, scheint eine Ewigkeit her zu sein ...

Und Du? Was willst Du mir »lieber persönlich« geben, wie Du im Brief schreibst? Jörg ist gerade zurück, und Robert hat sich doch noch erhoben, auch weil draußen, unterm eisgrauen Himmel, ein paar Hunde jaulen. Sie bellen nicht. Sie kläffen und jaulen und alles zugleich. Es ist ein nervtötender »Gesang«; wir kommen uns vor wie in einer Eskimosiedlung, kurz vor der Fütterung oder was weiß ich, vielleicht naht auch bloß ein Sturm ... Bei uns ist es jetzt elf. Wir frühstücken. Bei Euch gleich Mittag. Wir werden uns um zwei per Schiff zur Insel Hestur begeben. Jörg hat die Abfahrtszeiten mitgebracht. Gegen sechs wollen wir wieder zurück sein, um sieben gibt es ein Jazzkonzert im Nordlandhaus.

Es war gut, Dich zu hören.

Deine Stimme ins eigene Bewusstsein fließen zu lassen: der Tag gewinnt so für mich an Licht, das der Himmel hier heute verbirgt, unter einer dicken grauen Wolkenschicht, die so tief dahindriftet, dass die Kiele der Wolkenschiffe die Firste noch der niedrigsten Häuser streifen ... Ein eigenartiges Versinken, man geht nicht unter – aber die Seele kann darin ertrinken, glaub ich. Vielleicht löscht sie durch solche Nähe aber auch nur ihren Durst nach Ferne. *Auf Wolken gehen*: Das schöne Wort – hier ist es Realität, nicht Metapher. Ich denke, dass es gut ist, dass die Natur uns solche Bilder schenkt und damit Grund, ihr zu trauen: Wir sind in und mit unseren Träumen also nicht nur Träumer; wir können diese Träume auch ins Leben verlängern, ins eigene Leben, wir können mit ihnen neue Räume entdecken, vertraute erweitern: Träume sind die Tür zu jenem Raum, in dem wir uns bewegen, leben, und nur wenn wir erstarren, bewegungslos werden, erreichen wir sie nicht.

Wo sage ich Dir das gerade? *Hier*. An einer Küste, über die in diesem Moment fast ein Orkan hinwegtobt: harter *Nordost*. Es ist der 16. August 1990, fünfzehn Uhr vierzig. Vor meinen Augen: die Inseln *Koltur* und *Hestur*. Wir haben sie nicht erreicht, wir werden sie nicht erreichen, nicht betreten. Das Schiff ist nicht ausgelaufen, der Sturm hat es verhindert. Der Sturm kann uns aber nicht abhalten, dennoch voranzukommen, in Bewegung zu bleiben, durch die Tür zu gehen, hinter der der Traum beginnt, Realität zu werden. Das Bild von mir, das ich Dir jetzt zeige, ist so eine Traumrealität, die sich zudem – Himmel, Wasser und Erde sind in totaler Bewegung – ständig verändert, obwohl der letzte Grund hinter den tobenden Elementen, es ist das *Sein* selbst, unerschütterbar bleibt. Zwischen den Inseln gegenüber sieht man eine allerletzte Fläche Licht. Doch von drei Seiten stürmen schwarze Wolkenkohorten heran: das Grün der Inseln wird dunkler, ihr Fels schwarz, das Meer verwandelt sein Silber in Blei ... Ach, wenn ich das Geheimnis, das dort aufscheint, hier auflösen könnte, in Wörter, in eine Wort-Formel bringen ... aber dann wäre es ja keins mehr. *Dabei muss die Welt doch wiederverzaubert werden!* Nur so viel weiß ich: Das Geheimnis dieser Kraft, über den Rand des Schattens, des schwarzen Traums zu kommen, beginnt mit uns, ja?! Warum? Weit draußen auf dem Meer halten letzte Lichtpfade dem Angriff der Schattenphalangen stand ... Der Sturm jault, lärmt, tobt. Er will das Sprechen ersticken, die Bilder vertreiben. Er raubt den Körpern, unseren Körpern, die Wärme ... doch er wird ins Nichts stürmen, dieser Sturm ... der Ozean aus Licht wird ihn ins Leere laufen lassen ... Aber das ist keine Leere, das ist Grund, tiefer blauer Grund: unendliches Traumfeld, das wir nur im Auge behalten müssen, auch wenn die Schatten mit ihrer Schwärze behaupten, es gäbe dies Blau gar nicht. Die Schatten wissen nichts von unseren Augen. Unsere Augen aber erinnern sich nicht nur, sie bewahren, was sie gesehen haben. Sie sind der Eingang zu der Höhle, in der sich ein Schatz verbirgt, der wächst, solange wir leben: der Schatz all dessen, was wir *gesehen* haben. Das aber weiß auch der Teufel. Deshalb, nur deshalb hasst er am Menschen vor allem die Augen. Den Blick trüben ist seine erste und letzte List, unsere Augen mit Blindheit schlagen, auf die nur noch Nacht fällt, wie Du mir schriebst! Der Teufel liebt *Blinde*: blind vor Zorn, vor Trauer, vor

Angst, vor Entsetzen. Der Teufel ist ein *Augenausstecher*. Wir beide können es bezeugen.

Ist das nun alles Fels- und Wiesenphilosophie? Wälder gibt es hier ja nicht. Welt-Anschauung ohne Sinn und Verstand? Hätte ich die Kraft zum Zyniker, wäre das der Ausweg: die Selbst-Denunziation als Lebenshaltung, gemein, obszön, gottverlassen. Etwa so: Wir haben uns ein wenig geliebt, Schätzchen, also geschlafen miteinander, wir haben ein bisschen betrogen und belogen, uns und die anderen, die auch noch irgendwie in die Story vom älteren Mann und dem jungen Mädchen gehören. Ein Trip nach Paris – recht lustvoll, zugegeben, zum Glück nicht zu lange, das hätte was werden können! *Glück vielleicht!* Schrecklich. Belastend. Lassen wir das. Diese Last mit der Lust. Außerdem: Mein Bart, ich sehe es Morgen für Morgen im Spiegel, wird grauer ... Das kannst Du nicht mögen, wenn ich an S. denke, die Stadt im Norden ... Mein Gott, hat es gegossen damals ... Zum Glück hatte ich eine Taschenlampe, vom Taxifahrer, der wahrscheinlich gedacht hat, er träumt, als er mich mit Dir aus der Wohnhöhle kommen sah ... Geschichte, und der Typ auf dem Matratzenlager war blond, glaub ich, Locken bis zur Schulter oder so, aber ziemlich besoffen, wie mir schien ... Ich hab das in der Finsternis nicht genau erkennen können. Affig, mein Verhalten ... Hysterisch, wenn auch zuletzt gebremst. Gibt es das eigentlich, gebremste Hysterie? Wenn nicht, dann war es was anderes. Wahrscheinlich alles bloß eine Frage der Chemie, nicht wahr?! Die muss man unter Kontrolle kriegen. Das ist des Pudels Kern, sagt Mephisto. Oder sagt es Faust? Was weiß ich! Theater, mein Kind! Alles Theater. *Natur*-Theater. *Theater*-Natur. Hier wie dort. Und wir? Ein paar kümmerliche Statisten in dem Stück, machen wir uns nichts vor, die sich ins Gehege gekommen sind, ins Kulissengehege. Wir haben uns auf der Bühne verrannt oder besser: verlatscht. Mach Licht, Alter! Nicht im Kopf. In der Lampe. Und fang bloß nicht wieder damit an, Kerzen zu entzünden, dieses Stimmungsgeflacker, fehlt bloß noch Musik dazu,

Nothing compares 2 U, von dieser irischen Glatzenlady, dieser bekifften Heulsuse, dieser ... Seelenscheiße, Chemiesoße ... Mädchen, hast Du ein Lehrbuch von diesem Fach? Ich fass Dich gern an, immer noch, wirklich. Aber das ganze Drumherum, irgendwie geht es mir allmählich auf die Nerven, echt ...

Du siehst, wir könnten uns noch ganz anders kommen!

Sechs Uhr. In einer Stunde beginnt das Konzert. Jörg und ich haben in der Cafeteria tatsächlich nichts anderes als Kakao getrunken, heiße Schokolade, und ich habe dabei wieder geschrieben. Pause jetzt. Bis morgen. Oder heut Nacht. Oder? Ach, weißt Du, alles Unsinn. *Du kommst ja mit ins Konzert!* Komm, beeil Dich, immer musst Du Dich föhnen und so ... Auf die letzte Minute ... Wir kommen noch zu spät ... Was: Macht nichts? Wenn es nur ein Konzert ist? Ach so! Okay! Wenn wir zusammen zu spät kommen, dann ist es okay! Ich hab gestern einen frechen Satz in mein Tagebuch geschrieben, in das andere, mein ich: »Wer den Zeitpunkt selbst bestimmt, kommt nie zu spät!« Wie findest Du den?

Tórshavn, den 17. August 1990

Nach dem Konzert war die Nacht ruhig. Ich habe lange geschlafen. Das muss am Abend gelegen haben, er hat Spaß gemacht: Vier Stunden Spaß, durch Musik. Durch Freunde. Durch Unbekannte. Und dann immer wieder diese die Augen blendende Fülle schöner Mädchengesichter. Allmählich glaube ich, dass es hier so etwas wie eine genetische Quelle dafür gibt, der man auf die Spur kommen muss ... und der Spaß, die reine Schaulust in uns, vervielfacht sich durch uns selbst ... Es ist ein Spiel. Ein Spiel mit Gesichtern, die lachen, und John, der hier nun schon ein halbes Jahrzehnt festhängt, wie er sagt, sagt immer wieder, und seine Augen blitzen und funkeln dabei: Das sei der Hauptgrund für sein Ankern vor Ort! Robert aber hat sich in dieser Woche radikal verändert, das heißt: Er beginnt, sich endlich wieder an sich selbst zu erinnern, an Vibeke, die jetzt die *Seine* ist … Robert denkt plötzlich irgendwie wie Gauguin, der eines Tages seinen Schreibtisch verließ, um fern von Frankreich seine Insel zu betreten. Robert sagt jetzt immer häufiger: »Ich habe meine Insel nun auch gefunden!« Und Jörg, der mit seinen Fotografien außerordentlich erfolgreich war, sogar was den Verkauf betrifft, Jörg sagt: »Ich bin in einem Schwebezustand. Noch nicht ganz hier, aber schon nicht mehr dort.« Und ich? Ich habe schon lange gewusst, dass Inseln eine magische Kraft haben, für die eigene Existenz, jedenfalls für meine. Schon als Kind habe ich sie gebaut, am Strand, weitab von den Erwachsenen, ins Meer hinein: Steine, Sand, Gras, eine Hütte, ein Fähnchen, und am nächsten Tag hab ich nachgeschaut, was davon noch übrig war, und wenn nötig, wieder von vorn angefangen, es war fast immer nötig.

Drei Konzerte gab es gestern im Nordlandhaus. Zuerst Biertisch-Jazz, dänisch, gegeben von der »Oldtimers Jazzband«. Eher gemütlich, kaum erregend. Dann von der Truppe »Jazz at the Philharmonie« Jazz für Intellektuelle. Sie spielten im amphitheaterartigen Saal des Hauses, der von Glaswänden umgeben ist, und draußen, es mochte inzwischen zweiundzwanzig Uhr geworden sein, spielte der Himmel, wie bestellt, mit: Die Halle liegt ja höher als die Stadt, wirklich kurz unter den Wolken, von denen es gestern jede Menge gab, den ganzen Tag lang. Und nun, hinter der Halle, riss das graue Dickicht urplötzlich an einer Stelle auf: ein Kraterloch über unseren Köpfen. Glut darin; Glut zartester Art, die sich über die Wolkenwände ergoss wie brennendes Wasser, dann kilometerweit nach Nólsoy hinüberschoss und das ganze Grau der beginnenden Nacht von oben her durchdrang, so dass ein Blau, nein: ein Azur, nein: ein Grün, nein: eine Farbe, deren Namen ich nicht kenne, über Stadt, Inseln und Bucht lag, die zugleich die Farbe der Musik war, die wir hörten und die ich wirklich sah … Hast Du Musik schon einmal *gese-*

hen? Hier geht so etwas. Auch wenn Physiker und Meteorologen jetzt, ganz positivistisch, empiristisch, szientistisch, mit Tabellen und Statistiken, Zahlen und Kombinationen, Fakten und Wertungen, den Künstler und seinen verzauberten Blick auf den Boden der nackten Tatsachen zurückpfeifen würden. Auf den der Realitäten. Die ich, kommen sie mir *so* in die Quere, hasse wie der Teufel das Weihwasser. Der Teufel ist vor allem wohl Rationalist, nicht wahr? Deswegen führt, geht es um die Schönheit der Welt, Rationalismus früher oder später zum Erblinden.

In diesem Moment, da ich ihn für Dich erinnere, fällt urplötzlich – das Wort hat hier einen absolut präzisen Sinn – *Licht* durchs Fenster, direkt auf das Buch, das ich Dir schreibe. Licht, das, wie fast immer hier, dunkle Wolken durchstößt ... Ich kann jetzt alles besser erkennen, weil es den Raum vor mir und um mich herum zum Schattenriss werden lässt, der mich entfernt vom Ort, an dem ich mich befinde, von seiner konkreten Figuration, und einen imaginären entstehen lässt, in dem *Du* auftauchst ... aus den Bildern, die ich mit mir herumtrage: denen im Kopf und denen im Pass. *Drei*, was die im Pass betrifft. Ich habe sie gestern angeschaut, lange und mit großer Zärtlichkeit: Dein Gesicht im »Les Deux Magots«, wie Du mich anlachst, Dein Gesicht auf der Brüstung des Panthéon, wie Du über die Stadt schaust, Dein Gesicht in einer Straße von Paris, deren Namen ich nicht mehr weiß, aber eine »Pâtisserie du Sud« gab es dort, wie man sehen kann, Du sitzt davor, auf einer niedrigen Steinsäule, die das Parken verhindern soll, die Beine übereinandergeschlagen: blaue Jeans, rote Schuhe, schwarzes T-Shirt. Eine Zigarette in der rechten Hand, kurz vor Deinem Mund, unter Deinen Augen, die mich ansehen ... Ich habe Dich gestern Abend, es war schon tief in der Nacht, vor allem deshalb so lange angeschaut, weil mich wieder, neben dem Glück, dieses Elend überfiel, denn drinnen, im großen Theatersaal, ich war auf eine Zigarrillolänge ins Foyer gegangen, ging gerade der Höhepunkt des Jazztages zu Ende mit dem Konzert einer isländischen Gruppe: »Fünf Männer und eine Frau«, so hieß sie. Rock-Jazz auf der Basis von Standardjazz, frech arrangiert, mit Eigenem vermischt zu eigenem Neuen. Eine junge Frau und ihre eisblaue Stimme, ein Drummer, der mit seinem Schlagzeug nichts anderes machte als Liebe, ein Saxophon, eine Klarinette, ein Keyboard ... und ein tobender Saal. Wir haben die Musik und die, die sie machten, auf Film gebannt. Wenn ich zurück bin, zeig ich sie Dir, diese Musik ...

Was schreibe ich hier eigentlich? Hier im Café von Tórshavn, in dem man mich mittlerweile schon kennt, wiedererkennt, anspricht ... Ein Buch schreibe ich, ein Tagebuch, für Dich. Einen *Liebesbrief*, und ganz gewiss den längsten Liebesbrief meines Lebens. Oder ist es bloß ein etwas monströs geratener Abschiedsbrief, der Dich allmählich zu langweilen beginnt? Schreibe ich mir bloß was von der Seele? Schreibe ich Dich, im Sinne des Wortes, *ab*? Ist das hier das Ende des Liedes vom Ende? Oder gilt Dein Satz noch immer: »*Und wenn ich daran denke, dass das alles erst der Anfang ist!*«?

Ich lese in diesen Tagen, parallel zu allem, was ich sonst so lese und mache, einen Roman, den ich einen Tag vor meinem Abflug hierher entdeckt habe, zufällig, aber sogleich gekauft: »Dein verwirrender Name« von Juan José Millás, einem Spanier, ich kannte ihn bislang nicht. Eine Dreiecksgeschichte, die im Madrid unserer Tage spielt. Am Ende sagt Laura, die Frau aus dem Park und neue Liebe des Cheflektors Julio: »Wir haben das ganze Leben vor uns.« Sie sagt das nach einer chaotischen Geschichte, in der man manchmal nicht mehr weiß, ob sie ein Roman ist, den der Cheflektor gerade liest oder an dem er gerade selber schreibt? Oder ob sein Leben und seine Geschichte mit Laura aus alldem zugleich bestehen: ein Roman, geschrieben vom Leben selbst, mit der Hand des Mannes, der diese Frau gesehen und berührt hat. Ein Satz aus dem Roman lautet: »Ich bin verliebt, dachte er, und jetzt weiß ich, dass mir Laura, als ich sie zum ersten Mal sah, den Eindruck machte, sie komme von jenseits der Dinge.«

In einer Stunde wird Jörg mich mit dem Wagen abholen. Ich will ab halb fünf in der Küche stehen, um das Abendessen zuzubereiten: *Arbeit, die keine ist.* Es tut gut, den Freunden ein Mahl zu bereiten, ein Festmahl, genauer gesagt. Die notwendigen Zutaten für den Gemüsesud, in dem der frische Lachs pochiert werden soll, habe ich heute früh eingekauft: Dill, Petersilie, Fenchelknollen, Lauch, Zwiebeln, Zitronen, Lorbeerblätter, grüner Pfeffer, Thymian, Meersalz, Selleriestaude, Mohrrüben. Dazu gibt es Kartoffeln und holländische Soße, Wein, später Eis, Kaffee. Vorher *Gammel-Dansk,* das ist ein Magenbitter, den trinkt man, wenn man Däne ist oder Dänemark liebt, wie man ein Glaubensbekenntnis betet. Danach soll es noch in den »Club 20« gehen, wo das Jazzfestival heute »ausgefeiert« wird … Wir werden also kaum Schlaf haben bis zum Abflug morgen Mittag, gegen zehn Uhr früh müssen wir von Tórshavn aufbrechen, um die Fähre nach Vagár zu kriegen. Packen werden wir heute schon. Robert kam vorhin kurz ins Café: »In mir vibriert alles«, sagte er nur. Er ist verliebt. Furchtbar verliebt. Und bekennt es mit Worten und Sätzen, die meinen ähneln, als ich ihm, meinem alten Freund aus schönen harten Zeiten, klarzumachen versuchte, was mit mir geschieht, seitdem ich Dich sah. Aber da sagte er nur und lächelte wie ein weiser alter Mann: »Das geht vorüber. Lass das. Ich hab so etwas hinter mir. Es ist zu gefährlich.« Ich hab widersprochen und widersprochen. Jetzt brauche ich nicht mehr zu widersprechen. Er widerspricht sich selbst und ist auch noch glücklich dabei. Sein Problem, das er tief in sich vergraben hatte, ist wieder ans Licht gekommen. Es ist aber, glaub ich, gar kein Problem. Es ist etwas ganz anderes, eine Herausforderung: Wir sollen herauskommen aus unseren Festungen, in denen wir uns eingerichtet hatten und langsam erstarben: *vor Sehnsucht nach der Sehnsucht,* vor Wissen, dass es da oder dort einen Menschen gibt, dessen Berührung uns erfüllt wie … *Berührtsein.* Darum geht es.

Wie wir uns berühren, wenn wir uns berühren, das kann ich nicht vergessen, verstehst Du?! So können nur wir uns berühren. Es ist wie eine Tätowierung unter die Haut, tief, tiefer, bis in die Seele hinein. Ein Muster, das man nicht sieht, aber spürt: ein Leben lang.

Ich blicke aus meinem Fenster im Café in das Fenster eines Hauses neben dem Kaffeehaus, in dem sich ein Haus mit einem Fenster spiegelt, darin der Himmel über den Häusern der Stadt zu sehen ist. Wie oft sind wir, wenn wir so etwas sehen, auf der Welt? Sind wir von Spiegeln Gebrochene? Oder durch das Licht, das sich in ihnen verdoppelt, Weiterblickende? Licht und Augen, sie gehören zusammen. Gestern in der Nacht, wir saßen noch ein wenig in der Küche und tranken etwas, las ich Jürgen ein paar Stellen aus dem Alten Testament vor, in denen vom Licht die Rede ist – wir überlegten gerade eine Ausstellung zum Thema »Im Anfang war das Licht« (was ich glaube!), als ich weiterblätterte und im Hohelied Salomos steckenblieb, diesem Liebeslied in acht Kapiteln. Es ist so alt und spricht so jung über das, was uns verbindet, beschwert, beglückt und betrübt … Willst Du einen Vers hören, wenigstens einen? Ja? Ja:

»Du hast mir das Herz genommen … mit einem einzigen Blick deiner Augen, mit einer einzigen Kette an deinem Hals. Wie schön ist deine Liebe …«

Sie sagt das. Über ihn. In der Bibel.
Ich sage das in diesem Buch. Über Dich.

Ich merke gerade, dass ich Dir noch immer nichts über den Abschlussabend in der Galerie erzählt habe. War er so unwichtig? Nein, Elin war doch da. Lange. Sehr lange. Heute ist sie von Kopenhagen nach Tunesien geflogen. Es ist ja noch Platz im Buch. Ich werde gewiss davon erzählen … Oder?

Die Ausstellung war, auch kommerziell, so ein Erfolg, dass wir zu phantasieren angefangen und nach einem Haus gesucht haben für uns drei. Um hier eine Galerie zu eröffnen. Einen Verlag zu gründen. Ein neues Leben anzufangen. John ist unser Mann vor Ort. Es wird nach unserer Abreise bestimmt nicht erneut ein ganzes Jahr dauern, bis wir wiederkommen. Schon im Winter wollen wir für ein paar Tage zurückkehren. Auch der soll hier phantastisch sein, und wir haben noch kein einziges Winterfoto von hier geschossen, kein einziges Wintergedicht geschrieben, kein einziges Winterbild gemalt. Ob Du die Inseln wohl zum ersten Mal im Winter betreten wirst, sie sehen, berühren?

Inzwischen ist es kurz vor vier. Ich werde noch einen Tee trinken. Jürgen ist ein pünktlicher Freund, und mir tut, ein schöner Schmerz, allerdings inzwischen die ganze rechte Hand weh, verflucht weh! Vom Schreiben an Dich, das mich mit allem versöhnt. Ich höre Dich. Ich kann Dich sehen. Du kommst manchmal hinter Vorsprüngen hervor, ganz nah ist Dein Gesicht, und dann wieder höre ich Dich nur noch, weit entfernt, sehr weit. Dein Echo, Schritte, Stille, bis zum nächsten Moment des Sehens … Wiedersehens … Hinsehens, wo der andere ist, wo er bleibt. Du weißt ja, der Teufel ist ein Augenausstecher; er liebt den Blinden, den er abstürzen lässt, um ihn auffangen zu können … Wen er auffängt aber, hat er gefangen! *Geht es mit dem Teufel zu?* Eben, da ich dies schrieb und mich erhob, um den Tee zu holen, sah ich Anita. Sie lief mir sofort entgegen und sagte, sie müsse ins Hotel, zur Arbeit, fragte, ob wir uns heute noch sehen könnten? Ich sagte, dass es morgen nach Deutschland zurückginge … »Oh, morgen schon?!« – »Aber ich bin heute Nacht im ›Club 20‹«, sagte ich. »Wir sehen uns«, lachte sie. Kuss auf die Wange. Schon war sie wieder verschwunden, flink und schön und witzig, und … *wir werden uns sehen!* Und draußen bricht gerade die Welt zusammen: Musik! Gekreische! Autogehupe! Scharen von Teenies rocken auf dem Boulevard. Die Färinger tanzen sich ein: ins Wochenende, das heute beginnt. Es ist Freitag, halb fünf am Nachmittag. Das Café ist voll. Bekannte Gesichter, sie kommen an den Tisch ... Wir sehen uns? Heute Abend? Ja, heute Abend ... *Heute Abend wirst Du wo sein? Und bei wem?* Kein Verhör. Nur Fragen. Wiederholte Fragen. Sie sind da, einfach da. Wie alles, was mit Dir zu tun hat, hier einfach da ist. Auch so eine Logik, die man schön logisch nennen könnte, wenn da nicht der logische Widerspruch wäre, Konjunktion zweier Aussagen, von denen die eine die Negation der anderen ist. Abstrakt sieht das fast harmlos aus, vielleicht auch geheimnisvoll, hieroglyphisch: $p \wedge \sim p$. Restwissen aus dem Philosophiestudium.

Übrigens habe ich für Charlotte ein Geschenk entdeckt: einen Ohranhänger aus Holz. Eine schwarze Katze mit frechen Farben. Das wird ein passender Schmuck zu ihren schwarzen Sachen sein. Sie wird sich freuen darüber. *Charlotte.* Sie sagt mir immer wieder, zuletzt vor einigen Tagen am Telefon: »Du, ich hab gar nichts gegen sie, Papa. Komisch, nicht?! Aber es *ist* so, Papa! Sei nicht traurig, Papa, sie wird sich schon melden ...« Meine Tochter über Dich. Über uns. Auch das gehört dazu: Dass sie sich das Unvorstellbare zwar nicht vorstellen kann, doch verstehen kann sie es. Vielleicht kann sie es sich aber auch bloß vorstellen und muss es gar nicht verstehen. Sie ist viel weiter als wir, denke ich manchmal. Oder liebt sie mich einfach nur, erträgt es nicht, wenn es mir schlechtgeht, und ich rede mir den Rest ein? Vibeke hat bei einem unserer Essen in ihrem Haus gesagt, dass ich das nächste Mal nicht alleine kommen, sondern Charlotte mitbringen soll – und Rike, hat sie gesagt: *Charlotte und Rike!* Vibeke, die sich und Robert selber ins Chaos verführt hat.

Vestmanna, den 18. August 1990

Halb elf. Um kurz vor zehn haben wir mit zwei Wagen Tórshavn verlassen. Jetzt stehen wir im Hafen von Vestmanna, um nach Vagár überzusetzen. Wir können die Fähre schon sehen. Die

Inseln zeigen noch einmal mit aller Macht, Pracht und Kraft, was sie können, obwohl wir Tórshavn bei leichtem Regen verlassen haben. Aber die Wolkenfelder über den Bergen, Felsrücken und Fjorden ließen wieder und wieder, wie immer, Licht durchsickern, wie tief sie hier und dort auch vorandrifteten. Kurz vor Kvívík hat man einen wahnsinnigen Blick nach Koltur, Hestur und auf die anderen Inseln – ein gigantisches Schattenrisstheater, auch an diesem Morgen. Ein kilometerlanges schwarzgraues Wolkenband schloss das Bild schließlich mit seinem Tiefendurchblick nach oben hin ab: Perfekte Rahmung. Oder: Auch ein geschlossener Bühnenraum. Jörg stöhnte nur über all die Fotografien, an denen er vorbeirasen musste. Hin und wieder schlingerte er auf der regennassen Piste mit unserem schwerbeladenen »Golf« – ein knallrotes Geschoss zwischen nassgrünen Steilhängen. Ich sagte nur: »Fahr uns bloß nicht in die Kulissen, mein Lieber, sonst sind wir das letzte Bild im Bild ...« Eben hat »Sam« angelegt, die Fähre, die uns nach Vágar bringen wird. Wir sind hundemüde: die Nacht war kurz. Drei Stunden, von heute früh fünf Uhr bis acht Uhr dreißig, eine Tag-Nacht, über den Freitag zum Sonnabend. Nein, ich sehe gerade, dass uns »Sam« nicht mitnehmen wird, weil es heute zwei Busse der Linie Tórshavn – Vágar/Flughafen sind, die übergesetzt werden müssen. Das stört uns nicht. Wir liegen gut in der Zeit. Auf der nächsten Fähre sind wir mit Sicherheit dabei.

Unser Abschiedsessen war lang, es flossen reichlich Wein und Schnaps. Wir waren schon beim Kochen in bester Laune. Joana brachte noch Geschenke von Elin und sich für uns mit: Jeder bekam einen irdenen Begrüßungsschnaps-Becher. Mascha, die Malerin aus Israel, die in zwei Wochen die Inseln verlässt und in vier Wochen wieder in Tel Aviv sein wird, obwohl ihr die Familie am Telefon wegen der Lage im Nahen Osten davon abgeraten hat, Mascha war die Überraschung des Abends: Sie hat Dias von ihren Zeichnungen und Bildern gezeigt: ein starkes Talent. Die Welt ist voll davon, und wir erfahren es nie ganz, von denen, die sterben, bevor sie es entfalten können, zu schweigen. Auch so ein furchtbares Geheimnis, dessen Sinn man nicht versteht. Sind wir am Anfang und Ende nur Teil eines Größeren, eines unendlichen Potentials? Sind wir also gar nicht wir selbst gerade dort, wo wir glauben, es absolut zu sein?

Von drei bis fünf dann »Club 20«: *Tanz, Tanz, Tanz.* Anita kam gegen vier und gleich mächtig in Fahrt. Aber gegen fünf bekam ich auf einmal heftige Kopfschmerzen, verdrückte mich aus dem Getümmel – Robert war ohnehin bei Vibeke geblieben –, schob mich durch die übliche Freitagnacht- und Sonnabendmorgen-Prozession der Feiernden auf den Straßen und Plätzen zwischen Diskotheken und Parlament von Tórshavn, nicht wenige lagen schon selig in der Gegend herum, und ging noch einmal hinunter zum Hafen, über dem ein etwas sehr grauer Morgen lag. Ich stand lange allein, aber ich war es nicht: Ich hab mich für Dich mit verabschiedet von dieser so verrückten kleinen großen Stadt in einem winzigen Land im großen Meer, einer Handvoll Steine, die der Ozean schleift, der Orkan berennt, und das nur Sehnsucht nach der Sehnsucht in einem hinterlässt, verlässt man es …

Du hast mir geschrieben, dass Du Dich in diese Inselwelt hättest verlieben können. Du *bist* verliebt in sie – ich hab es an diesem Morgen gesehen, ganz genau, *in Deinen Augen,* in denen sich die Farben dieser Stunde gespiegelt haben, die des Wassers und des Himmels, der Wiesen, des Grases, der Felsen … Du warst traurig bei diesem Abschied. Aber das ist normal. Wir sind es immer, wenn wir den Archipel verlassen. Wie Robert, der eben neben mir auf die Fähre ging und sagte: »Schreib mal auf, wie mir gerade ist. Ich weiß es nämlich nicht. Da kann ich es später wenigstens nachlesen.« So ungefähr ist uns allen zumute, ein Loreleygefühl: Schön traurig sind wir also auch heute wieder beim Lachen an Bord von »Ternan«, der Fähre, die gleich ablegen wird. Du siehst – jetzt dröhnt der Schiffsdiesel, die Fähre erzittert –, jeden Schritt gehst Du mit. Du bist dabei: unmittelbar. Obwohl:

Du bist dabei, aber nicht hier. Geht das? Das Schiff legt an, wir sind auf der anderen Seite. Ich unterbreche mein Schreiben einen Moment, im Flugzeug werde ich weitermachen.

In einer Stunde fliegen wir ab. Das Wetter ist prächtig. Im letzten Jahr sah es dagegen finster aus am Abflugtag, der keiner wurde, weil ein Orkan über die Inseln fegte, er machte das Starten unmöglich. Wir verbrachten einen Tag länger als geplant auf dem Archipel. Eine irre Nacht in einem irren Hotel in der Nähe des Flughafens, wie gemacht für schlechte Krimis. Irgendwann brach auch noch die Stromversorgung zusammen, über Stunden, und alles geisterte nun mit brennenden Kerzen durch den hässlichen Kasten, der dadurch so etwas wie Rouge auflegte, aber nicht wirklich schöner wurde, nur grotesker … Der Rest war Dosenbier, waren Chips, war TV … So wollen wir von hier nie wieder abreisen …

Der Flughafen kommt in Sicht, Jörg rast über die Piste, am Binnensee und dem Sklavenfelsen vorbei, ein Kabinettstück der Natur mit einer grässlichen Geschichte, von der wir im letzten Jahr erfuhren … Zu grässlich, um sie hier auszubreiten. Aber eben torkelten uns zwei Schafe auf der Straße entgegen, aus heiterstem Himmel, sozusagen … Man muss höllisch achtgeben auf diese bockigen Hörnerträger, sind sie doch die wahren Herren und Damen dieser Felsen im Nordatlantik zwischen Island und Norwegen … *Færøer* heißt ja nichts anderes als *Schafsinseln*!

Zwölf Uhr dreißig Ortszeit: *Start*. Die Piste ist kurz. Sehr kurz. Nicht jeder Pilot darf hier starten oder landen. Wir heben schnell ab: Die Färöer verschwinden ohne Hast, aber unaufhaltsam unter uns … Wolkenfetzen, Durchbrüche, Blicke hinunter auf unser kleiner und kleiner werdendes Sehnsuchtsland … Das Grün … Das Blau … Dann nur noch Weiß, Wolkenweiß … Sonne … Licht …

War es das?

»Was war, *ist*, ist wahr« habe ich mir einmal irgendwo notiert.

Ich weiß nicht, warum mir das gerade jetzt einfällt. Aber vielleicht weißt Du es, wenn Du dieses Buch liest. *Dein Buch.*

Ich lege Dir noch einen kleinen Wegweiser hinein, ein Lesezeichen: eine Wollgrasblüte, gepresst. Ich habe sie von einer Wiese geholt, die steil in den Himmel wächst, einer erstarrten Woge aus Fels, deren Kamm immer wieder von Wolken berührt wird, die sich an ihm aufschlitzen, ausbluten. Aus einer Gegend, in der sich Himmel und Erde berühren, wieder und wieder. Mal lautlos und sanft, mal wie in einem Kampf. Unterhalb dieser Wiese liegt *Stukkur,* jene Felsnadel im Ozean am Rande der Färöer, von der ich Dir schrieb.

Wenn man *Stukkur* im Auge hat, hat man den Horizont im Auge, der geradewegs bis zum Nordpol reicht, und dann nur noch: *Licht, Licht, Licht …*

Mein Körper schmerzte, als ich ihn durch diese Schönheit trieb.

III

AM ORT DER GEWISSHEIT

»Die Vergangenheit ist kein Traum.«
Harold Brodkey, *Die flüchtige Seele*

1

Zwanzig Minuten vor neun landete die Maschine in Paris-Charles de Gaulle, ebenso pünktlich wie sie in Hamburg gestartet war. Auch das Öffnen der Tür zu einer der Teleskopbrücken am Satelliten Nr. 6, wo die Clipper der Lufthansa andockten, verlief reibungslos. Schnell vermischten sich Berg und die anderen Passagiere seines Fluges mit den Menschenströmen, die durch den gigantischen Beton- und Glasorganismus des Airports pulsierten, durch Tunnel und Röhren, auf Laufbändern, unter einer dichten Klangwolke aus zahllosen ersten und letzten Aufrufen zu abgehenden Flügen, säumigen Reisenden hinterher, und immer wieder hörte man mysteriöse Codes, die nur Eingeweihte verstanden. Er mochte die französische Sprache. Man fühlte sich leichter mit ihr, beschwingter, selbst als Floskel, Fragment. Aber vielleicht war das nur eine deutsche Perspektive.

Zuletzt war Berg vor einem Dreivierteljahr hier angekommen, im April, um seinen runden Geburtstag in der Stadt zu verbringen. Charlotte hatte ihn begleitet, es war ihre erste Reise nach Paris gewesen. Sie waren im »Baltimore« abgestiegen, in der Avenue Kléber, in dem sich Berg schon mit Rike einquartiert hatte. Davon hatte er Charlotte nichts gesagt. Er hatte sich, gleich nachdem sie das Zimmer bezogen hatten, aufs Bett gelegt, er müsse erst einmal schlafen, die Nacht sei furchtbar kurz gewesen. Sie solle sich auch noch ein wenig ausruhen.

Aber Charlotte hatte etwas anderes vor: Sie wollte ihrem Vater einen Geburtstagstisch bereiten, so, wie er ihn zu Hause auch bekommen hätte, als es noch keine andere Frau zwischen ihren Eltern gab: mit Blumen und Kuchen und einer brennenden Kerze.

Deshalb hörte er, und es klang ziemlich energisch, sie könne sich nicht hinlegen, sie müsse noch etwas besorgen, etwas Wichtiges.

Besorgen? Wieso gerade jetzt? Wir haben doch noch genug Zeit. Was willst du überhaupt besorgen? Du kennst dich doch gar nicht aus? Alleine kann ich dich nicht gehen lassen. Ich trau dir ja einiges zu, aber du bist dreizehn, und das hier ist Paris, und wir sind noch nicht mal eine Stunde in der Stadt!

Ich kann aber schon Französisch, sagte sie. Der Anflug von Trotz in ihrer Stimme war nicht zu überhören.

Hatte er etwas nicht mitbekommen? Das konnte sein, es war Karla, die Charlottes Schulexistenz im Blick hatte, von Anfang an. So war es geblieben.

Ein bisschen jedenfalls, sagte sie, Englisch sowieso.

Englisch versteht hier keiner!

Berg lächelte seiner Tochter zu, glaubte er doch, ihr ein handfestes Argument geliefert zu haben.

Im Hotel schon!

Das ist wirklich deine Tochter, dachte er und sagte: Im Hotel kannst du dich von mir aus herumtreiben, aber auf der Straße, das solltest du lassen.

Sie aber ließ nicht locker, bat um Geld, sie müsse unbedingt etwas kaufen, und fragte, was sie machen solle, wenn es unten im Hotel keine Blumen gäbe?

Jetzt endlich begriff Berg, worum es ihr ging, er würde sie enttäuschen, wenn er ihr verbot, ihm zuliebe ein paar Besorgungen zu machen.

Deshalb erhob er sich vom Bett, um ihr, ohne umzurechnen, ein paar hundert Franc zu geben und auf dem Stadtplan zu zeigen, wo sie sich befänden. Dann schärfte er ihr ein, unbedingt auf der Avenue Kléber zu bleiben, bis zur Place du Trocadéro, und nur dann, falls sie auf diesem kurzen Stück nicht fände, was sie suche, könne sie vielleicht noch nach rechts abbiegen, in die Avenue Raymond-Poincaré, aber allerhöchstens bis zur Place Victor Hugo, allerhöchstens, und auf demselben Weg danach wieder zurück. Auf absolut demselben! Ob sie nicht lieber den Plan mitnehmen wolle?

Nein, hatte sie gesagt, das würde ja nun wirklich auffallen.

Als die Zimmertür zufiel, glaubte Berg einen Moment lang, ihr sofort nachfolgen, sie zurückholen zu müssen. Doch dann beruhigte er sich. Er kannte seine Tochter und wusste, dass sie sich an das zwischen ihnen Vereinbarte halten würde.

Berg fuhr aus seinem leichten, von chaotischen Träumen verwirbelten Schlaf empor, als es klopfte.

Wer ist da?, fragte er.

Ich, hörte er Charlottes klare Stimme. Da wusste er wieder, er war in Paris und Charlotte vom Einkaufen zurück, es war alles gutgegangen.

Mit dem Öffnen der Tür hörte er im selben Moment seine Tochter ausrufen, er solle nicht gucken, sich gleich wieder hinlegen und die Augen so lange zulassen, bis sie ihm Bescheid gebe.

Berg gehorchte, auch versuchte er, die verräterischen Geräusche zu überhören: Papier raschelte, im Bad lief Wasser in ein Glas, ein Koffer wurde geöffnet und wieder geschlossen, schließlich zischte ein Streichholz auf, gefolgt von einem Moment Stille. In die Stille hinein fragte er:

Und? Darf ich meine Augen wieder aufmachen?

Aber da war sie schon an seinem Bett, umarmte ihn, gratulierte und gab ihm einen Kuss.

Während er sich an einem Strauß Osterglocken erfreute, einen feinen Karton mit knallbunten Macarons bestaunte und auf der brennenden Kerze die silberne *40* erblickte, erzählte sie ihm die Geschichte ihres ersten Paris-Einkaufs. Er hatte nicht nur über eine Stunde gedauert, er war auch zu einem richtigen Abenteuer geworden, war sie doch auf ihrer Suche nach einem Blumenladen und einer Bäckerei weder in der Avenue Kléber noch in der Avenue Raymond-Poincaré fündig geworden. So hatte sie sich zwar auf dem vereinbarten Weg bewegt, aber immer weiter vom Hotel entfernt, um schließlich auf der Place Victor Hugo, am äußersten Punkt des erlaubten Radius, anzukommen: Dort erblickte sie zu ihrer Erleichterung eine Patisserie, unmittelbar daneben, auf dem Trottoir, sogar einen kleinen Verkaufsstand, in dem eine alte Frau Blumen anbot. Doch die alte Frau konnte Charlottes Kontaktaufnahme auf Französisch nicht folgen. Als sie es auf Englisch versuchte, war es restlos aus, und so wechselten beide einen Moment lang nichts anderes als Blicke von deprimierender Hilflosigkeit. Charlottes Glück war ein junger Mann, der auf Englisch seine Hilfe anbot und der alten Blumenverkäuferin Charlottes speziellen Wunsch übersetzte, so dass sie kurz darauf mit einem Strauß Osterglocken glücklich die Patisserie betreten konnte. Nachdem sie an der Reihe war, verlangte sie sogleich, was ihr seit Eintritt in den Laden sofort ins Auge gestochen war: die leuchtende Farbenfülle köstlicher Macarons. Als man sie in englischer Sprache zurückfragte, wie viele sie wünsche: drei, sechs oder zwölf, sagte sie zwölf, ohne darüber nachzudenken, ob das Geld, das sie bei sich hatte, dafür reiche. Es reichte gerade.

Sie war ziemlich stolz auf sich, als sie das feine Geschäft wieder verließ, hatte allerdings nicht bedacht, dass der Platz, auf dem sie endlich so erfolgreich eingekauft hatte, ein Rondell war, von dem, strahlenförmig, nicht weniger als ein Dutzend Rues und Avenues abgingen:

Wo aber war die Avenue geblieben, auf der sie gekommen war? Alles sah verwirrend gleich aus. Der *Flic,* den sie entdeckte und zuversichtlich in der Sprache anredete, mit der sie auch in der Patisserie vorangekommen war, sah sie jedoch nur an: Wie die Blumenfrau verstand er nichts. *Nichts!* Ein weiterer hilfreicher junger Mann tauchte jedoch nicht auf. Jetzt musste sie all ihre Intelligenz zusammennehmen und selber systematisch werden.

Straßenbeginn für Straßenbeginn schritt sie ab, um den Namen derjenigen Avenue zu finden, auf der sie zurückmusste, in Richtung Hotel. Dann endlich, nach fast vollendetem Kreislauf, war der Beginn der Avenue Raymond-Poincaré erreicht, deren schwierigen Namen sie sich fest eingeprägt hatte.

Er könne ihr aber glauben, sagte sie, als sie fertig war mit ihrer Geschichte: Keine Sekunde lang hätte sie Angst gehabt!

Glaub ich dir doch, sagte Berg, er seufzte leise: Ich dafür jetzt umso mehr.

2

Nach der kleinen Geburtstagsfeier waren sie losgezogen. Bis zum Blick auf den Eiffelturm war es nicht weit, die wenigen Schritte vom Hotel zum Trocadero zählten kaum, die Stufen zum Plateau zwischen den Flügeln des Palais de Chaillot noch weniger, und dann musste man sowieso erst einmal stehen bleiben und tief durchatmen, um zu begreifen, dass es keine Illusion war, vor der man haltmachte, kein Traum, keine Fata Morgana: Der Turm der Türme, da stand er tatsächlich! Mochten inzwischen andere höher sein, viel höher, *diesem* kaufte keiner die Eleganz ab, mit der er in den Himmel schoss, nicht die ungeheure Leichtigkeit des Stahls, die mit ihm bewiesen wurde und die sich immer wieder mit der überirdischen Leichtigkeit der Wolken vermählte. Berg sah ihn nun ein weiteres Mal in seinem Leben von der Barriere oberhalb der Wasserspiele aus, und hatte man nur den richtigen Blickwinkel, stand sogar der Eiffelturm selbst an heißesten Sommertagen mitten in ihrem Regen. Doch bevor er Charlotte mit seiner Schwärmerei anstecken konnte, zeigte sie auf die mächtigen Wasserkanonen, aus denen unentwegt Fontänen in Richtung Eiffelturm schossen, es rauschte und dröhnte, sprudelte und zischte.

Fasziniert starrte sie in die Tiefe, dem Element nach, das sich in jede Richtung formen ließ, in keiner aber ergreifen.

Dann waren sie hinabgegangen, über die Seinebrücke und unter dem Eiffelturm hindurch, passierten das Marsfeld. Kurz vor der Militärakademie kam die Sonne wieder durch.

In einer Ecke des Platzes spielten ein paar alte Männer Boule. Laufmüde genug, hielten sie an und schauten eine Weile zu. Die

Männer trugen Baskenmützen, zwischen ihren Lippen hingen so lässig Zigaretten, wie man das in tausend Filmen und auf noch mehr Fotos gesehen hatte, Rauchfetzen stiegen auf, schwebten fort, verschwanden.

Das Klischee und die Wahrheit, dachte Berg, dachte Gabin und Montand und hatte das Gefühl, während Charlotte noch den fliegenden Kugeln hinterherblickte und offenbar mitfieberte, wer denn die Runde gewinnen würde, beide, Montand und Gabin, würden in der nächsten Sekunde unter den Baskenmützen zu ihm herüberzwinkern. Doch die Männer sahen niemanden, waren ganz bei der Sache. Als stünden sie irgendwo auf dem staubigen Platz eines französischen Provinznestes, schienen sie nichts anderes wahrzunehmen als ihr weltfernes Spiel, das doch ein Spiel war mitten im Herzen von Paris, zwischen Eiffelturm, École Militaire und den faszinierten Blicken wildfremder Menschen: ansichtig einer Gelassenheit, die sie für Sekunden in einen vollkommenen Zauber versetzte.

Wenig später zogen sie weiter, vorbei am Invalidendom, in den Charlotte nicht wollte, Napoleon interessiere sie nicht, sagte sie; selbst der siebenfache Sarg, von dem Berg erzählt hatte, konnte sie nicht reizen. So gingen sie um ihn herum, vorbei am Musée Rodin, was Berg einen Stich versetzte, um schließlich in der Metro-Station Varenne zu verschwinden, wo sie die Linie 13 Richtung Châtillon-Montrouge nahmen, bis Montparnasse-Bienvenüe fuhren und umstiegen in die 4, Richtung Porte de Clignancourt. Noch jedes Mal faszinierte Berg das gekachelte Labyrinth der Pariser Metro: endlose Laufbänder, Rolltreppen, Verbindungstunnel. Verwinkelte Aufgänge, Abgänge, tote Ecken, geheimnisvolle Türen ... *Sortie, Sortie* ... Überall saßen Musiker herum, Verkäufer von Andenken und Luxusimitaten, Straßenkünstler, die *unter* den Straßen spielen, wie ihm bewusst wurde, Blumenhändler – es war eine ganze Jahrmarktsunterwelt, die sich täglich in dem Labyrinth ausbreitete, eine Menschen- und Kulturenkanalisation, die an den Ausgängen ihren Inhalt wieder ins Freie sprudeln ließ, in Ebbe- und Flutkonvulsionen, die irgendeiner vom Mond aus zu steuern schien.

Sie machten sich gegenseitig aufmerksam, kam eine Kuriosität ins Bild, eine Verrücktheit, eine flüchtige Schönheit auf Werbeflächen oder davor, auch Trauriges entging ihren Blicken nicht, Armseliges, bis sie wieder ins Tageslicht aufstiegen, auf den Boulevard Saint-Germain: Gaukler, Menschenmassen auch hier, dazu Autos, Busse, Polizeisirenen.

Charlotte hatte sogleich die Schaufensterflut der exklusiven Geschäfte registriert, hielt ihn fest, zeigte erregt, verblüfft, begeistert auf Schuhe, Kleider, Taschen, Papierzaubereien. Berg gefiel ihr Entzücken, entzückte ihn die Konkurrenz schöner Dinge doch selber, seitdem er denken konnte, obwohl die Welt, in der er sie zu sehen gelernt hatte, unendlich bescheidener ausgestattet war.

Nachdem sie sich schließlich im Les Deux Magots ausgeruht und gestärkt hatten, mit Tee, Orangensaft und einem Meeresfrüchtesalat, versuchte Berg während der wenigen Schritte zur Metro-Station Charlotte ein wenig klarzumachen, an was für einem berühmten Ort sie da eben gewesen waren, nannte ein paar Namen, die ihr natürlich nichts sagten, aber sie merkte, dass es ihm wichtig war, ihr davon zu erzählen: Einer von ihnen, seine Bücher, hätten ganz besonders mit ihm zu tun.

Lebte er denn noch?

Nein, hatte Berg geantwortet und sich über ihre Nachfrage gefreut, leider nicht. Als sie geboren wurde, wäre er schon fast zwanzig Jahre tot gewesen, ums Leben gekommen, viel zu jung, durch einen idiotischen Autounfall, dabei habe er eine Eisenbahnfahrkarte in der Tasche gehabt, nach Paris. Die wenigen Jahre aber, die er Zeit gehabt hätte, Bücher zu schreiben, hätten ihn unsterblich gemacht. Manchmal komme es zum Glück eben nicht darauf an, wie lange einer lebe, sondern dass er die Zeit, die ihm zur Verfügung stünde, nutzen könne, um so im Bewusstsein der Menschen zu bleiben, für immer. Aber das könne keiner selbst bestimmen, das sei so etwas wie ein Geschenk.

Wohin er auch reise, immer habe er ein Buch von ihm dabei.

Sie könne es nachher gleich überprüfen, es läge im Zimmer auf seinem Nachttisch.

Dann schlug er vor, so schnell wie möglich ins Hotel zurückzukehren, sich frisch zu machen, fein anzuziehen und danach noch feiner essen zu gehen, in der Umgebung vom »Baltimore« fände sich sicher etwas Passendes für ein Geburtstagsdinner.

Nachdem sie in der Metro-Station die kleinen gelben Tickets mit den blassvioletten Aufdrucken gekauft hatten, die man kaum lesen konnte, und durch die elektronischen Sperren hindurchgegangen waren, während andere, offenbar ohne gültige Fahrkarten, ungeniert darüber hinwegsprangen, sah Berg plötzlich an einer der Tunnelwände überlebensgroße Porträts von Männern, die er im Strom der Menschenmassen bei ihrer Ankunft nicht wahrgenommen hatte: *Sartre, Desnos, Camus.*

Das Bild Camus' elektrisierte ihn, er zeigte darauf und rief: Verrückt, da sei er ja, von dem er ihr gerade erzählt habe!

Von seinem Ausbruch überrascht, starrte Charlotte auf den riesigen Kopf Camus' und wusste nicht so recht, was sie sagen sollte.

Dann begriff sie, bat um den Fotoapparat und sagte, sie könne sie doch fotografieren, wenn sie sich schon mal über den Weg liefen.

In den nächsten Minuten ließ Berg sich in der Metro-Station Saint-Germain-des-Prés von seiner Tochter vor dem Porträt Camus' wie ein Model in Position kommandieren. In diesem Moment waren sie sich tatsächlich begegnet: Camus und er. Als er sich dabei auch noch ein Zigarillo anzündete, hatte er sogar das Gefühl, dass sein Gegenüber ihm Feuer gegeben hätte, und vergaß sekundenlang vollkommen, wo er war, so sehr versuchte er in Camus Gesicht etwas zu entdecken, das ihm galt, nur ihm.

Wenig später schlugen, mit kurzem, hartem Knall, die Metrotüren hinter ihnen zu, das Abfahrtsignal ertönte, in seinen Ohren klang es wie ein Horn von Gleisbauarbeitern, wieder waren sie zwei dahinrasende Partikel im unterirdischen Labyrinth von Paris, stiegen ein weiteres Mal in Montparnasse-Bienvenüe um, wo Berg große Plakate registrierte, auf denen Serge Gainsbourg, der gerade zu Grabe getragen worden war, noch lebte, nahmen die 6 Richtung Charles de Gaulle-Étoile und verließen den Zug in der Station Trocadéro. Draußen war es inzwischen dunkel geworden, Straßenlampen und Leuchtreklamen längst aufgeflammt, sie erhaschten sogar noch einen Blick auf den prachtvoll illuminierten Eiffelturm, bevor Berg vor dem Restaurant »Le Coq« stehen blieb und die im Schaukasten ausgehängte Speisekarte in Augenschein zu nehmen begann. Dann sagte er:

Näher zu unserem Hotel geht's nicht, magst du Muscheln?

Ich probier mal, sagte sie: Austern esse ich aber nicht. Die sind ekelhaft.

Weiß ich doch, sagte Berg und zog seine Tochter an sich, die anderen Muscheln könnten dir aber schmecken, falls nicht: Die Speisekarte ist lang, da findest du was.

3

In den Tagen nach dem Abendessen im »Le Coq« hatten sie zuerst den Parc Océanique besucht, war Charlotte doch zu diesem Zeitpunkt felsenfest davon überzeugt, Meeresbiologin werden zu wollen, Unterwasserfotografin sowieso, und überhaupt hatte das Schnorcheln in der Ostsee es ihr angetan, seit sie in den Sommerferien nach Dänemark fuhren. Am Ende des Parks, der am Anfang etwas von den Kulissen einer Geisterbahn ausstrahlte, betrat man einen Modell-Wal in Originalgröße. Man ging durch ihn hindurch wie durch ein kleines Flugzeug. Charlotte war so hingerissen gewesen davon, dass sie ihn mehrmals durchlaufen musste und immer wieder vor den riesigen Organen stehen geblieben war, vor allem vor einer Fruchtblase, in der ein Waljunges steckte.

Später waren sie zur Spitze des Eiffelturms hinaufgefahren, und am Tag darauf hatten sie sogar noch den Louvre besucht, hauptsächlich der »Mona Lisa« wegen, um herauszukriegen, ob das mit ihrem Blick und dem Lächeln eigentlich stimme, die mitwandern sollten, wenn man sich davor bewegte.

Nachdem sie durch die gläserne Pyramide wieder aufgetaucht waren im Innenhof der riesigen Schatzkammer, nach Stunden des Laufens und Schauens, aber auch des Überdrusses, war es zuletzt zu viel des Schönen und Interessanten gewesen. Doch Charlotte hatte durchgehalten, kein einziges Mal hatte sie sich beklagt, im Taxi auf der Rückfahrt ins Hotel waren sie sich vielmehr schnell einig gewesen, dass an der Behauptung wohl doch etwas dran sei:

Ja, sie lächelte einem nicht nur zu, stand man vor ihr, sie lächelte einem auch nach, ging man nach links, nach rechts, selbst das dicke Panzerglas vor diesem Blick und seinem Lächeln änderte nichts daran. Einzig der anhaltende Besucherstau, den Leonardo verursachte, beeinträchtigte den Effekt ein wenig, dem nun auch sie erlegen waren wie zahllose Menschen zuvor. Mit ihnen allen teilten sie jetzt ein paradoxes Geheimnis, das sichtbar geworden war, ohne dadurch verlorenzugehen.

Am letzten Tag, auf dem Weg in die Galeries La Fayette, hatte Charlotte ihm allerdings gestanden, dass sie die Mona Lisa doch nicht so schön fände wie alle sagten, eigentlich sei sie nur langweilig. Die kopflose Nike, er hatte ihr noch im Louvre die Geschichte der Göttin erzählt, sei viel spannender für sie gewesen, da könne man sich den Kopf nämlich selber dazudenken, schon die Flügel seien so toll, selbst der kaputte, da passe ja nur ein Gesicht dazu, das wunderschön sei, sie jedenfalls hätte es gesehen, als sie die Treppe hinaufgegangen wären.

Und?, hatte Berg sie gefragt: Wie sah es denn aus?

Na ja, Charlotte zögerte ein wenig: Wie ein Engel eben.

Wie ein Engel? Berg gab sich Mühe, ernst zu bleiben: Engel könnten doch ganz verschieden aussehen! Es gäbe sanfte, strenge, kluge, blonde!

Es sah aus wie das von Sissi, wenn du es genau wissen willst. Ihre Stimme klang ein wenig pikiert.

Also wie Romy Schneider, sagte Berg, der wusste, dass Sissi

mit dem Gesicht der Schauspielerin seiner Tochter und ihren Freundinnen heilig war, und dann lachten sie beide ziemlich laut und waren bald darauf in dem berühmten Kaufhaus verschwunden. Als sie es wieder verließen, trug sie stolz eine jener großen dunkelroten Tüten in der Hand, die so verheißungsvoll knisterten und mit dem schwarzen Schriftzug des Unternehmens versehen waren, der wie ein Höllen-Blitz über ein Feld glühender Lava schoss, darin eine Schreibtischgarnitur aus feinstem Pappmaché, beklebt mit schönen Mustern auf matt glänzendem Papier. Während sie auf das nächstgelegene Bistro zusteuerten, beschrieb Charlotte schon einmal, wo und wie sie die vielen Teile der Garnitur in ihrem Zimmer aufstellen wollte, die Fläche ihres Schreibtisches sei viel zu klein dafür, das sähe sie jetzt schon. Ein Karton mit mehreren Schubfächern hatte es ihr besonders angetan. Dort sollte ihre Knopfsammlung untergebracht werden, sortiert nach Größen, aber mehr noch nach Schönheit. Die meisten hatte sie von ihrer Großmutter geschenkt bekommen. Auch Muscheln und Versteinerungen waren unterzubringen.

Bei ihren jährlichen Urlaubstouren am Fuße dänischer Kreidefelsen hatte Berg sie dafür begeistert, die seine reichte ebenfalls bis in die Kindheitstage. Knöpfe hatte er auch gesammelt, Briefmarken und Holzbaukästen. Doch Holzbaukästen nur deshalb, weil mit ihnen das merkwürdige Phänomen des regelmäßigen Verschwindens ihrer Einzelteile verbunden war, so dass sich viele Jahre lang auf seinen Wunschzetteln zu Weihnachten, zum Geburtstag das Wort »Baukasten« wiederfand, seine Mutter ihn aber nicht nur einmal fragte, was er eigentlich damit mache, die Teile seien doch nicht aus Marzipan?! Oder würde er etwa damit Dummheiten veranstalten, im Winter, wenn er von der Schule käme und den Ofen heize? Sie wisse sehr wohl, wie gerne er herumspiele mit Feuer.

Dass er das noch jedes Mal heftig bestritt, hatte mit der Wahrheit nichts zu tun: Er konnte unentwegt in die Glut starren, sie neu entfachen, wenn sie am Verlöschen war, den wiedergeborenen Flammen in ihrem unbegreiflichen Flackern und Zucken folgen, dem Tanz ihrer weißen, gelben, violetten Spitzen die Finger reichen, so schnell, dass sie die Hitze berührten und sich doch nicht verbrannten daran.

Es war ein Kosmos, in den er blickte, und inzwischen wusste er, dass es der ganze gewesen war, in den er damals geblickt hatte, der einzige, um den zu wissen lohnte: Mit seinem Glühen und seiner Asche, mit seinem Feuersturm und der knisternden Stille, mit dem Verbrennen der Dinge, die er hineinwarf, und den Gestalten und Farben, die daraus wurden. Es gab keinen anderen, es würde nie einen anderen geben.

4

Als Berg die Abflugebene hinter sich gelassen hatte und vom Laufband in einer der sich überkreuzenden Plexiglasröhren im riesigen Schacht des Zentralterminals nach oben getragen wurde, in die zweite Etage, der Transitebene entgegen, hatte er kurz das Gefühl, Rike stünde hinter ihm. Aber er drehte sich nicht um, erinnerte er sich doch eigentlich nur an ihren leisen Ausruf, das ist ja Wahnsinn, wie in einem Science-Fiction! Das Gefühl, sie hinter sich zu wissen, ihren Ausruf zu hören, hatte wohl vor allem damit zu tun, dass auch ihm noch jedes Mal, schwebte er durch diese Röhren nach oben, Sequenzen von Zukunftsfilmen durch den Kopf schossen, dann wieder tauchten Bilder aus Büchern seiner Schulzeit auf, in denen es um die Welt von morgen ging: aufklappbare Panoramen in pastellmilden Farben, durchkreuzt von windschnittigen Autos, Flugzeugen, Eisenbahnen auf mehreren Ebenen, dazwischen Menschen auf Laufbändern, so breit wie Straßen, gigantische Hochhäuser, Kuppeln. Glas, Stahl, Beton. Hier war das irgendwie schon Gegenwart, und auch deshalb, kam man aus Deutschland, landete man in Paris immer wieder auf einem anderen Stern.

Je näher er der Passkontrolle kam, umso mehr verblassten die

Zukunftsbilder, stiegen nun doch schnell, unaufhaltsam, erinnerungsscharf die anderen Bilder jenes Tages auf, Ende Juni des vergangenen Jahres, da sie sich beide in der Schlange der Einreisenden auf den Kontrollposten zubewegten, bis sie schließlich den französischen Grenzbeamten ihre Pässe entgegenhielten, zwei Männern in Uniform, die nebeneinander vor ihnen saßen, etwas erhöht, auf ihren Köpfen den traditionellen Képi:

Louis de Funès, der Gendarm von St. Tropez, ließ grüßen! Dagegen war nichts zu machen. Jedenfalls nicht im Kopf Bergs.

Einen echten Pass hatte nur er in der Hand, grün, mit eingeprägtem goldenen Adler, nach dem der Beamte vor ihm lässig griff, den er routiniert durchblätterte, dann fotokopierte er ihn und blickte zu seinem Kollegen, der ein Problem zu haben schien. Das Problem war der kleine blaue Personalausweis, den Rike vorgezeigt hatte und von dem der Franzose offenbar nicht wusste, um was für ein Dokument es sich handelte. Fragend hielt er seinem Kollegen den Ausweis hin, dessen konzentrierter Blick darauf verriet Berg, dass der Mann dabei war, das aufgedruckte Staatswappen mit Hammer, Zirkel und Ährenkranz zu identifizieren.

Endlich entspannte sich seine Miene, er reichte dem Kollegen den Ausweis zurück, flüsterte etwas dabei, der nun ebenfalls begriffen zu haben schien, dass auch er soeben Zeuge eines historischen Ereignisses geworden war: Die beiden Deutschen vor ihm, offenbar ein Liebespaar, gehörten jetzt zusammen, selbst wenn ihre Papiere noch unterschiedlich aussahen, ihre Währung aber, so hatten es die Zeitungen und Fernsehnachrichten auch in Frankreich vermeldet, würde ab übermorgen dieselbe sein. Das gemeinsame Lächeln der Beamten, als man sie durchließ, schien nicht aufgesetzt, es schien dieses Wissen zu verraten und die Bereitschaft, Gefallen an der vor ihnen erscheinenden Gestalt des Ereignisses zu finden.

Na, hatte Berg deshalb gesagt, wie immer ein wenig zu euphorisch, als die Sperre hinter ihnen lag, und Rike an sich gezogen, jetzt gehörten sie wohl wirklich zusammen, sogar die Franzosen hätten nichts mehr dagegen.

Aber Rike, die während der Irritation des Gendarmen stumm geblieben war, nur einmal hatte sie zu Berg geblickt, hilflos, mit zusammengepressten Lippen, sagte leise, ihr wäre eigentlich zum Heulen zumute.

Berg blickte sie vollkommen überrascht an.

Doch Rike schwieg.

Dann hörte er: Sie hätte sich gerade wie ein Nichts gefühlt, wie eine Außerirdische. Aber er verstünde das wahrscheinlich nicht mit seinem grenzenlosen Optimismus.

Berg wusste nicht, was er darauf antworten sollte, obwohl er ihr stillschweigend recht gab: Wie ein *Nichts* hatte er sich noch nie gefühlt, nicht einmal am Tag der Verhaftung, an den Tagen des Prozesses, in den Wochen im Arrest, tief unter der Erde, im Gefängnis.

Nur: Woher hätte der arme Mann, der auf seinem erhöhten Posten die Souveränität Frankreichs exekutierte, denn auch wissen sollen, was für ein Papier ihm da unter die Nase gehalten worden war? *Deutschland?* Für seine Kameraden und ihn, ob im Dienst oder nicht, gab es immer nur das Deutschland im Westen, und dieses Deutschland hatte, wenn es Einreise nach Frankreich begehrte, einen grünen Pass in der Hand, auf dem aber prangte ein goldener Adler. Nichts sonst.

Dennoch verließen sie Arm in Arm die Halle, traten ins Licht des Sommermorgens, der vom Gedröhn der vielen Flugzeuge erfüllt war, die unentwegt starteten und landeten, vom Lärm der Autos und Busse, die das Gelände kreuzten, von der Wörterflut in allen Sprachen der Welt, und stellten sich in die lange Reihe derjenigen, die mit dem Taxi nach Paris wollten.

Als ihr Wagen losfuhr, Berg hatte das »Baltimore« in der Avenue Kléber als Ziel genannt, dachte er, dass er jetzt irgendetwas sagen müsse, weil es nicht sein durfte, dass sie ausgerechnet so in der Stadt ankämen, die ihnen doch etwas ganz Besonderes werden sollte. Aber bevor ihm etwas Passendes einfiel, sagte Rike plötzlich so sanft, wie sie meistens redete, sie sei eigentlich gar nicht der Typ, sich von so etwas gedemütigt zu fühlen, mit diesem Ausweis hätte sie nie etwas verbunden. Ihr sei nur bewusst geworden, in genau der Sekunde, in der der Beamte nicht mehr weitergewusst hätte, in was für einem erbärmlichen Nichts von Staat sie und die anderen eingepfercht gewesen wären und dass das alles erst ein halbes Jahr vorbei und vielleicht immer so weitergegangen wäre, während Freunde von ihr schon Jahre zuvor in den Westen gegangen und locker durch die Welt gereist seien. Sie habe einen Moment lang nicht mehr auseinanderhalten können, was wahr sei, was nicht, was Traum, was Alptraum, und deshalb ganz tief in sich etwas Bedrohliches verspürt, die Angst, sie könnte gleich aufwachen und alles wäre wieder so wie früher.

Aber es sei ja wirklich wahr: Sie wäre mit ihm in Paris, nach dieser ganz speziellen Prüfung, die sie völlig überrascht habe. Er brauche keine Sorge zu haben, es ginge schon wieder.

Die Autos fuhren inzwischen dicht an dicht, kamen nur zähflüssig voran. Sie steckten tatsächlich im Morgenverkehr nach Paris.

5

Nichts hat sich geändert, dachte er, schloss die Augen und versuchte, sich ganz dem Fahrgefühl hinzugeben, das der Wagen in ihm auslöste: ein Citroën. Die Hydraulik federte alles ab, manchmal schien er zu schweben, eine rollende Sänfte. Draußen, neben, vor und hinter ihm, fuhren die Autos fast Stoßstange an Stoßstange, der Morgenverkehr vom Charles de Gaulle nach Paris war so massiv wie immer, wie schon vor acht Monaten, vor achtzehn. Irgendwann öffnete er kurz seine Augen, aber sie waren noch nicht einmal auf der Avenue de Clichy, es würde also noch Zeit vergehen, bis sie eintauchten in den reißenden Verkehrsstrudel um den Arc de Triomphe und es sie in der Avenue Kléber wieder herausspülen würde.

Nichts?

Berg spürte auf einmal, dass ihm der Hals eng wurde, spürte, wie tief in ihm etwas aufstieg, das immer schneller von ihm Besitz ergriff, ein Erschrecken: Ein Erschrecken über sich selbst, darüber, was ihn um alles in der Welt dazu verführt hatte, den Jahreswechsel nicht nur in Paris zu verbringen, im »Baltimore« musste er absteigen, im selben Hotel, als gäbe es keine andere Herberge in der Stadt für ihn, wo ihn hier alles nur erinnern konnte an jene vier endlosen Tage und Nächte, die er hier mit ihr verbracht hatte, rauschhaft, ein genaueres Wort gab es nicht dafür. Dabei hatte er in jenen Tagen, selbst in den betäubendsten Momenten, mit jeder vergehenden Stunde mehr gespürt, dass sie auf der Spitze angekommen waren, hatte begriffen, von keinem der Bilder ins vollkommen Blinde geblendet, dass man auf einer Spitze nicht leben kann, jedenfalls nicht auf Dauer, dass es deshalb einen Abstieg geben musste, einen Absturz, obwohl sich gegen eine solche Aussicht alles in ihm gewehrt hatte, auch weil er es zuletzt frivol fand, einem, wie es schien, Moment vollkommenen Glücks das vollkommene Unglück hinterherzudenken. Und hatte es nicht so ausgesehen, danach, als sei das Wunder geschehen, die Spitze verlassen zu haben und trotzdem auf ihrer Höhe geblieben zu sein? Er wusste doch um die kühnen Dispute der alten Scholastiker, nicht zuletzt darüber, wie viele Engel auf einer Nadelspitze Platz haben konnten?

Rikes erster Brief, unmittelbar geschrieben nach ihrer Rückkehr aus Paris, ein einziger Beweis – regelrecht trunken war er geworden davon, berauscht von jeder Zeile, jedem Wort, die sie wieder auf kleine weiße Briefkarten geworfen hatte, getrieben von etwas, das sie in solchen Momenten schneller zu jagen schien als sie niederschreiben konnte, was sie sagen wollte, sagen musste, *ihm*:

»Mein lieber Torben, Du bist so weit weg von mir! Schmerzlich weit weg, völlig abwesend, völlig anwesend. Ständig sehe ich zwei, drei, viele Bilder aus diesem unserem Nachtfilm, höre dabei den Originalton, der Ton ist wirklich da und mit ihm die Schauer, die ihm folgen, durch meinen ganzen Körper: Ich höre Dich, sehe Dich, spüre Dich! Jeder Schritt, den wir in den letzten Tagen zusammen gegangen sind, ist Gegenwart. Aber nicht nur unsere Schritte – alles, was ich bewusst oder unbewusst, bis zur winzigsten Randerscheinung, sehen, hören, fühlen konnte, haftet fest an mir und hat sich an allen möglichen Stellen meines Hirns, und was sonst noch daran hängt, festgesetzt. Du bist förmlich überall! Ich küsse Dich, gute Nacht! Deine Rike«

Seine Antwort darauf war ein Gedicht. »*Cimetière Montparnasse*« überschrieben, hatte er es ihr gewidmet, mit vollem Namen. Er hatte es ihr erst geschickt, als es gedruckt war, in der Zeitung, wollte, dass sie es als Beweis las, als Bekenntnis zu ihr, vor aller Augen. Sie schrieb ihm, es sei schön, es sei aber auch unheimlich, von einem anderen so erkannt zu werden, durchschaut, selbst wenn man sich liebe.

»Die/steinernen/Häuser. Was sie dem/Himmel beweisen, dem/Licht, führt in//die Irre: Leere unter/zerbrochenem Marmor Staub/auf Altären blechernem/Lorbeer: Doch wie du/tanzt an diesem/Ort: Kind, das/den Tod//berührt/ohne die Lust/zu verlieren an/jenem Himmel über/der Leere und/den/Wegen/dazwischen.«

Und wie sie sich bewegt hatte zwischen all den pompösen Gräbern, als würde sie tanzen: nicht hemmungslos, nicht ungeniert, nicht einmal ohne Scheu, dafür fast somnambul, so kam es ihm jedenfalls vor, mit ausgebreiteten Armen, den Kopf leicht im Nacken, dann wieder nach vorn gesenkt, ihr kurzgeschnittenes Haar folgte der Bewegung, gab den Hals frei, die Stirn, ihre Ohren, in denen kleine goldene Ringe steckten. Sie tanzte, bis er sie auffing, von einer mächtigen Grabplatte, schwarz und poliert, auf die sie gesprungen war, ohne Vorwarnung, ohne Anstrengung, Tochter einer Sportlehrerin, in ihren roten Schuhen aus weichem Leder, die, mit roten Bändern verschnürt, über die Knöchel reichten, spitz zuliefen und jetzt auch an den Füßen eines Harlekins hätten stecken können.

Der Harlekin und der Tod, dachte Berg, erschreckt, entzückt, und hatte gefragt, als sie ihm entgegensprang, in seine Arme, und sein Mund ohne Absicht ihren Kopf berührte, wie beim ersten Abschied auf dem Flughafen in Leipzig:

Was machst du denn da?

Ich?

Sie entzog sich ihm, lief ein paar Schritte weg. Dann hörte er:

Zweiwas, wir zwei sind ein Zweiwas!

Sie lachte leise:

Das ist ein Rätsel, Torben, nicht erschrecken, wir werden es schon lösen, ganz bestimmt.

Sie hatte es schnell gesagt, fast hastig, über die Gräber hinweg, über ihn, so schien es.

Als sie den Friedhof verließen, war es dämmrig geworden und kühl, auch kreuzten plötzlich Katzen die gepflasterten Straßen zwischen den Mausoleen, es wurden mehr und mehr, ebenso plötzlich waren fast alle Besucher verschwunden. Einen Moment lang glaubte er, die Szene, durch die er gerade lief, schon einmal gesehen zu haben, in einem Film, einem französischen natürlich. In welchem, wusste er jedoch nicht mehr. Er glaubte nur zu wissen, dass ein Mann und eine junge Frau in der Dämmerung über einen Friedhof in Paris liefen, dass sie keinen anderen Menschen mehr sahen, nur Katzen. Dass sie fröstelten, weil es kühl war. Dass der Mann um die junge Frau, sie zu wärmen, seinen Arm legte. Dass sie schwiegen und nur noch die eigenen Schritte hörten. Dass der Friedhof wie eine Falle war, der sie nie wieder entkommen würden. Dass der Friedhof ein Tor hatte, durch das sie ihn dennoch verließen, ohne zu wissen, warum, wohin und wie weit sie noch zusammen gehen würden.

6

Inzwischen war es gelöst, das Rätsel.

Wir sind es geblieben, dachte Berg, ein *Zweiwas*: zwei Fragen, keine Antwort.

Tunguska, dachte er, wie so oft, wenn er Rike nachdachte, darüber, was ihm mit ihr und ihr mit ihm geschehen war: diese ungeheure Explosion, da wusste auch niemand genau, woher und warum, vom Himmel herab oder aus der Tiefe herauf, bis heute nicht, der Trümmerwald nach dem Schock, endlos, als hätte ein Überwesen aus der Taiga eine riesige ausgeschüttete Streichholzschachtel gemacht, nur die Erinnerung an ein nie zuvor gesehenes Licht war geblieben, unwirklich, blendend wie ein göttlicher Blitz, der für einen kurzen Moment alles erleuchtet hatte.

Nein, Tote hatte es auch dort nicht gegeben, jedenfalls hatte er nichts darüber gelesen, aber eine Zerstörung, die sichtbar geblieben war, über Jahrzehnte. Spuren, denen man immer noch auf der Spur war, an den Kern des Geheimnisses zu kommen. Kurz bevor sie sich trennten, still, ohne dramatische Abschiedsszenen, als schwämmen sie in einem uferlosen Gewässer, deren gegenläufige Strömungen sie unaufhaltsam voneinander wegzögen, hatte er ihr noch ein letztes Gedicht geschrieben.

Es umkreiste ihr Mirakelwort vom Friedhof in Montparnasse, drehte sich um sich selbst. Ein Tanz, ein Wörtertanz: *Zweiwas*. Er las es sich manchmal vor, laut, wenn er an sie denken musste; es hatte, eine Litanei des Schmerzes, eigentümlicherweise die Kraft, ihn zu beruhigen:

»Niemand hat uns verraten niemand hat uns verraten niemand hat uns verraten was wir verliern wenn wir verraten was wir gewannen niemand hat uns verraten wenn wir gewinnen was wir verliern niemand wird uns verliern wenn wir verraten was wir gewinnen niemand wird uns gewinnen wenn wir verraten was wir gewinnen niemand wird uns gewinnen wenn wir verraten was wir verliern was wir verliern niemand wird es gewinnen. Niemand.«

Einen Moment lang war er versucht, sie sofort vom Hotel aus anzurufen: Vielleicht war sie bei ihrer Mutter, deren Telefonnummer hatte er ja. Er könnte sie kurz grüßen, ihr wünschen, dass es für sie ein gutes neues Jahr werde, und einfließen lassen, dass er wieder im selben Hotel wäre, ja, in Paris, er wolle alleine sein, ganz alleine, wolle begreifen, was passiert sei, er grübele immer noch darüber nach, sie fehle ihm, natürlich, hier besonders, aber sie müssten wohl vernünftig sein, Charlotte brauche ihn, sie sei jetzt das Wichtigste. Er verstünde nun, was Rubinstein damit gemeint habe, in einem Fernsehfilm habe er das mal gesagt, dass eine Tochter für einen Mann die wichtigste Frau im Leben sei, sie würde ihn nie verlassen. Karla sei nicht mehr im Hause, jedenfalls nicht jeden Tag, wenn nicht, schlafe sie bei ihrem neuen Freund, es ginge aber ganz gut mit ihm und Charlotte, schon in aller Frühe sei er jetzt für sie da, früher hätte das Karla gemacht, er wecke sie, mache Frühstück, das Schulbrot, dabei guckten sie zusammen, er glaube es manchmal selber nicht, *Käpt'n Blaubär,* sie kenne die Sendung vielleicht, nein, ein Seemannsgarnspinner, der seinem Matrosen, Hein Blöd genannt, herrlich dämlicher Name, ja, und dessen Enkelkindern, drei süßen Bärchen in Rosa, Grün und Gelb, haarsträubende Geschichten anzudrehen versuche, wirklich sehr amüsant, ein echter Wachmacher am frühen Morgen. Wäre Charlotte weg, würde er sich selbstverständlich wieder hinlegen, er sei ja, das wisse sie doch, ein Nachtmensch, das bliebe wohl auch so, ein neues Buch sei ebenfalls im Entstehen, im August wäre er zum ersten Mal in der russischen Arktis gewesen, tatsächlich, höher rauf ginge es nicht mehr, 82. Breitengrad, nur noch acht bis zum Pol, das letzte Land im Eismeer, auch so ein Traum, den er schon lange geträumt habe, ein anderer Planet, von Murmansk aus brauche man fast drei Tage mit dem Schiff, um den Archipel auftauchen zu sehen, aus Nebel und Wolken, sie hingen über den Felsplateaus wie Rauchfahnen über Vulkanen, seine Küsten, der reinste Mythos, seien ja erst 1873 entdeckt worden, von Österreichern und Ungarn, verrückt, was? Aber Österreich hätte damals Adriazugang gehabt. Deshalb hieße der Archipel ja auch Franz-Joseph-Land. Wer da lebe? Niemand. Außer ein paar Forschern und Soldaten. Dafür Millionen Seevögel, Walrosse, Eisbären leider auch, verdammt gefährlich, die Viecher, keiner gehe dort unbewaffnet an

Land, seit sechzig Jahren hätte da niemand mehr reindürfen, nur russische Militärs und Wissenschaftler, Sperrzone. Aber jetzt ginge das, jetzt gehe offenbar alles, das reinste Chaos; sie hätten den ganzen Kolafjord runter gefilmt, es habe nur so gewimmelt vor verrosteten Atom-U-Booten und anderem halb abgesoffenen Kriegsgerät, aber keinen interessiert, was sie da aufgenommen hätten. Auf der Rücktour seien sie allerdings in den Putsch geraten, gegen Gorbatschow, ja, die Stimmung an Bord habe sich vollkommen gedreht, die Russen hätten ja nicht gewusst, wie die Sache ausgeht, stundenlang sei über den Schiffslautsprecher plötzlich nur noch die Stimme des betrunkenen Putschistenführers zu hören gewesen, der die Namen und Funktionen der Mitglieder seiner Junta heruntergelallt hätte. Zuletzt seien sogar, da wären sie schon lange wieder in der Barentssee gewesen, norwegische Aufklärer über ihr Schiff von der Akademie der Wissenschaften hinweggedonnert. Von Moskau aus wären sie dann nach Deutschland zurückgeflogen, zuvor seien sie aber noch bis ins besetzte Stadtzentrum vorgedrungen, mit Hilfe eines Taxifahrers, dem sie auf dem Flughafen einhundert Mark für die heikle Tour gegeben hätten, die ersten Militärfahrzeuge hätten sie auf der Höhe des Belorussischen Bahnhofs gesichtet, an der Postenkette vor dem Roten Platz, vor einer Doppelreihe völlig verunsicherter Rekrutengesichter, sei dann aber Schluss gewesen. Dort jedoch habe er begriffen, auch in Moskau sei der Spuk nun zu Ende. Sie hätten keine Furcht mehr gehabt, die Leute, hätten sich mit Kind und Kegel auf die Panzer gesetzt, das müsse man sich mal vorstellen, vor denen sie doch hätten Angst haben sollen, auch er sei auf so ein Ungetüm geklettert, und Reiter habe Fotos gemacht, Reiter sei mit von der Partie gewesen, natürlich, der sei ja immer dabei, wie Robert, Robert Wittenburg, der Maler, habe sie ihn nicht auch kennengelernt? Dessen Ehe sei nun ebenfalls zu Bruch gegangen, im letzten Jahr, auf den Inseln im Nordatlantik, die sie verpasst habe, er könne es immer noch nicht begreifen, dass sie nicht nachgekommen sei, aber er wolle jetzt nicht in alten Wunden wühlen, da habe Robert sich verliebt, in Vibeke, die Vermieterin des Hauses, in seinem langen Brief von dort müsste es stehen, angedeutet jedenfalls. Es ginge ihm jetzt richtig dreckig, sie sei ja so weit weg, von der Lage in seiner Familie ganz zu schweigen. Am Neujahrstag würde er wieder zurückfliegen, mal sehen, was es brächte, dieses neue Jahr, und ihr, wie ginge es ihr eigentlich, gut?

Plötzlich kam sich Berg unglaublich lächerlich vor, sentimental. War er wirklich so schwach, dass er simulieren musste, was nicht zu realisieren war, jetzt, in diesen Tagen, vielleicht sogar nie mehr?

Er würde mit keinem außer mit Charlotte von Paris aus telefonieren. Dann fiel ihm ein, dass er auch Friedrich erzählt hatte, wohin er sich absetzen wolle über den Jahreswechsel.

Friedrich hatte nur gesagt, dass er das so könne?! Er würde es nicht aushalten, irgendwo alleine Silvester zu feiern, und dann noch im Ausland; aber er habe ja seine Krankenschwester, vielleicht würde er sich im neuen Jahr doch von Magda trennen.

Du?

Du wirst dich nie scheiden lassen, hätte Berg am liebsten geantwortet; aber er sagte nur, hätte er nicht einen großen Überziehungskredit bei seiner Frau? Er solle mal nichts überstürzen und ausgerechnet bei seiner besten Bank kündigen.

Der ist gut, hatte Friedrich gelacht und gefragt, von wem er den denn hätte, ob der von ihm sei? Und dann hatte er ihm einen guten Flug gewünscht, und Berg wusste, dass das keine Floskel war: Friedrich hatte furchtbare Flugangst. Aber das war wie die Seekrankheit, man konnte nichts dafür.

7

Berg registrierte, dass sie in den Boulevard de Clichy eintauchten.

Montmartre, dachte er, »Moulin Rouge«, die Mühlenflügel kamen ins Bild, sie leuchteten nicht, es war noch zu früh dafür, viel zu früh. Doch fuhr der Citroën mittlerweile langsam genug, dass er den Kopf bloß ein wenig heben musste, der Kuppel der Kirche entgegen, und die weiße Himmelsfestung leuchtete in voller Pracht nun auch zu ihm herunter, obwohl es nur die Wintersonne war, von der sie jetzt durch den Morgendunst erfasst wurde:

Sacré-Cœur.

An jenem Julitag, als sie aus der Metro-Station Pigalle wieder ans Licht gekommen waren, war es so heiß gewesen, dass sie sich gleich vor dem nächstbesten Bistro niederließen und Mineralwasser orderten, zuletzt standen vier kleine Flaschen Perrier auf ihrem Tischchen. Ehe sie weitergingen, ließen sie sich noch von einem Mann fotografieren, er sah arabisch aus und machte Polaroids von Touristen. Das Dokument ihrer Anwesenheit kostete fünfzig Franc, sie sahen ziemlich bleich aus darauf, der Ausschnitt, den er gewählt hatte, hätte sie überall zeigen können, nur nicht in Paris. Das Bild amüsierte sie so sehr, dass sie mit Lachen erst aufhören konnten, als man sich zu ihnen umdrehte.

Wenig später stiegen sie der Kirche entgegen, auf der Terrassentreppe des Parks, langsam und Hand in Hand, wie so viele Liebespaare, die in dieser Stunde hier unterwegs waren, ein gegenläufiger Menschenstrom, hinauf, hinab. Das Weiß des Tuffs, mit dem der gewaltige Bau verkleidet worden war, war jetzt nicht mehr einfach nur strahlend gewesen, es hatte ihn fast geblendet, so sehr, dass er zuletzt mit gesenktem Blick die Stufen der Freitreppe vor dem offenen Hauptportal genommen hatte und erst wieder aufsah, als sie in der Kirche angekommen waren.

Im selben Augenblick hatte er sich entschlossen, Rike in eine der Bänke zu ziehen, sanft, doch entschieden genug, dass sie ihn ohne ein Wort verstand, und sich fallen zu lassen in den einen einzigen Wunsch, den er, seit sie in Paris waren, hatte: Von *dem* Schutz zu erbitten für sie beide, dem dieser Raum gehörte. Zugleich aber wusste er, dass dieser Wunsch an diesem Ort nur ein wahnwitziger Frevel sein konnte, hatte er doch vor über einem Jahrzehnt schon einmal den Segen über sich und eine Frau sprechen lassen, die noch immer seine Frau war. Doch hatte selbst dieses Wissen es nicht vermocht, ihn zur Besinnung zu bringen, davon abzulassen, gerade hier eine gemeinsame Zukunft mit Rike zu erbitten. Je mehr er darum bat, desto fester presste er ihre Hand, desto mehr starrte er auf das riesige Christus-Mosaik in der Apsis, eine rotgolden strahlende Gestalt, die ihre Arme ausbreitete und alles zu schützen schien, was sich unter diesen Armen eingefunden, was sich unter sie geflüchtet hatte.

Rike hatte sofort begriffen, dass etwas Ungeheuerliches, ihr nicht Fassbares in ihm ablief, hatte seinen Händedruck erwidert, sich keinen Zentimeter von ihm wegbewegt. So saßen sie eine ganze Weile in dem harten Kirchengestühl, zwei Kinder in unheimlicher Gegend, die sich festhielten aneinander, um sich nicht zu verlieren, mit dem Blick auf einen Horizont, in dem sich Licht und Düsternis mischten, Flammen und Schatten, Gestalten, Stimmen, dazwischen bewegten sich ein Priester in grün-goldenem Gewand, weißgekleidete Ministranten, gelegentlich zuckten Blitze durch den riesigen Raum, ausgelöst von kleinen Apparaten in den Händen von Menschen aus aller Welt, die keine Gesichter hatten für sie, Geläut ertönte. Gesang.

Der goldene Christus aber blieb unbeweglich, und Berg ahnte, dass dessen Liebe, von der nun schon fast zweitausend Jahre lang die märchenhafte Rede ging, vieles trug, seinen Verrat jedoch nicht, seine Schwäche vielleicht.

Als sie die Kirche wieder verließen, sagte er nur, er habe für sie beide um etwas gebeten. Dann setzten sie sich auf die Stufen der Freitreppe von Sacré-Cœur und blickten hinab auf die lichtüberflutete Stadt, die jetzt einem einzigen flimmernden Hitzekessel glich, in dem Häuser, Gebäude, Tore und Türme allesamt zu schwimmen schienen.

8

S'il vous plaît, Monsieur, Hotel Baltimore!

Der Motor erstarb, das Taxi hielt, fast geräuschlos hatte es eingeparkt. Berg war angekommen. Er bedankte sich, fragte nach der Summe, bat um die Quittung. Die Tour hatte zweihundert Franc gekostet; er gab dem Fahrer fünfzig mehr und machte ein freundliches Gesicht zu seiner Abwehrgeste, als der Fahrer die Differenz zurückreichen wollte. Da er seine Reisetasche neben sich auf den Rücksitz gestellt hatte, blieb der Fahrer im Wagen, als er ausstieg.

Merci, Monsieur, sagte Berg, schlug die Tür hinter sich zu und stand in der Avenue Kléber, direkt vor dem Entree des Hotels.

Noch einmal durchfuhr ihn der Gedanke, sich mit dem Eintritt in das Haus einer sinnlosen Quälerei auszusetzen, mit der Buchung einer anderen Herberge wäre sie leicht zu vermeiden gewesen; für Vorwürfe dieser Art war es jedoch zu spät:

Um sich frei zu machen von Fesseln, musste man die Fessel spüren, war *das* der paradoxe Entfesselungstrick, den er gerade einzuüben begann, um ihn zu beherrschen?

Was auch immer es war, nichts hinderte ihn zuletzt, die wenigen Schritte bis zum Eingang auf dieselbe natürliche Weise zurückzulegen wie alle anderen Gäste auch, durch die sich automatisch öffnende Glastür zu gehen, an die Rezeption zu treten und auf die Begrüßung hin seinen Namen zu nennen. Als einer, der vorbestellt hatte und nicht zum ersten Mal im Haus abstieg, wurde er, so schien es ihm jedenfalls, besonders freundlich willkommen geheißen. Er reichte seinen Pass hinüber, nahm das Meldeformular entgegen.

Während er es ausfüllte, kam ihm auf einmal der Verdacht, er verstand gar nicht, warum, dass irgendetwas nicht stimmte. Er unterbrach das Ausfüllen der Spalten und tat so, als müsse er etwas überlegen, dabei ließ er unauffällig seinen Blick durch die Hotellobby schweifen, um im selben Moment, aber mit zunehmender Fassungslosigkeit, zu begreifen, dass es zwar das Hotel

»Baltimore« sein mochte, in dem er gerade abstieg, nie und nimmer aber war es dasselbe Hotel, in dem er die Pariser Tage mit Rike verbracht hatte.

War er dabei, verrückt zu werden?

Nichts in der Empfangshalle glich mehr dem, was ihn umgeben hatte, als er mit ihr hier eingetroffen war: nicht die Möbel, nicht die Details der Rezeption, das gesamte Interieur schien verändert. Natürlich fragte er niemanden, ließ sich nach dem Ausfüllen des Meldeformulars auf sein Zimmer bringen, und als der Page die Tür hinter ihm schloss, wusste er, dass ein ihm günstiges Geschick dafür gesorgt hatte, durch keine Einzelheit im Haus mehr an jene Tage erinnert zu werden, die er hier verbracht hatte, mit einer jungen Frau im Arm, die mehr als nur eine junge Frau von vielen an seiner Seite gewesen war – wären da nicht ein paar Kartons und Mappen zurückgeblieben, angefüllt mit Briefen, Fotos, Zeitungen, mit Flugtickets und Eisenbahnkarten, Reiseprospekten, Mietwagenrechnungen, Restaurantquittungen, selbst eine leere Flasche eines besonders kostbaren französischen Weins gehörte dazu, sie hatten sie in Hamburg geleert, am ersten Abend nach Rikes Ankunft in der Stadt, als ihr Versuch begann, wenigstens eine Zeitlang in einer gemeinsamen Wohnung zu leben.

Doch waren alle diese Dinge zuletzt kein wirklicher Beweis, auch ihr Verschwinden hätte ja nichts dementiert.

Er selbst war der Beweis.

Das veränderte Interieur des Hotels konnte ihn nur täuschen, nichts sonst.

Es war still im Zimmer, der Pariser Vormittagslärm hinter Fenster und Tür zum Balkon schien weit weg zu sein. Er ging ins Bad, leerte seine Waschtasche: Stück für Stück arrangierte er Zahnbürste, Zahncreme, Rasierapparat, Pinsel und Rasierseife, das Aftershave und den Deostick auf dem breiten Rand des großen marmornen Waschbeckens. Sein Duschgel ließ er in der Tasche, das Hotel hatte reichlich Fläschchen und Tuben mit Flüssigkeiten zur Körperpflege bereitgelegt, Seifen, Tücher und andere Reinigungsutensilien. Als er die Zahnbürste in eines der Gläser stellte, klirrte es leise – er sah auf, erblickte sich im Spiegel und durch die weitgeöffnete Badtür nichts als die Leere des angrenzenden Zimmers.

Er schloss die Augen, spürte ihre Arme, mit denen sie ihn erst umschlungen, dann aufs Bett gezogen hatte. Sie hatten sich zwischen ihre halb ausgepackten Reisetaschen fallen lassen, geküsst, dass es ihnen fast den Atem nahm, dann jeder den anderen mit wenigen Griffen entkleidet: schnell, zielstrebig, wissbegierig, als wüssten sie nichts voneinander. In den Sekunden dazwischen hatten sie den Wirbel ihrer Hände, Zungen und Lippen immer wieder unterbrochen, sich angesehen und sich, ein ums andere Mal, *erkannt* als denjenigen, den es in dieser Sekunde für sie gab: *den* Einzigen, *die* Einzige. Sie hatten sich schweigend geliebt, wie fast immer, und wie fast immer endeten sie in einer Umarmung, die nicht enden wollte, bis ihre Körper sanft zur Seite glitten und das ruhiger werdende Atmen des anderen die erhoffte Gewissheit gab, dass nichts Trennendes mehr zwischen ihnen war. Kein Zweifel. Keine Drohung. Niemand.

Während er ins Zimmer zurückging, um seine Kleider im Schrank zu verstauen, überlegte er, wie lange sie so gelegen hatten an ihrem ersten Tag in Paris, in diesem Hotel. Es mussten Stunden vergangen sein, bevor sie wieder zu sich gekommen und aufgestanden waren, sich zu duschen, frisch anzuziehen und das Hotel zu verlassen. Da er wusste, wie nahe sie dem grandiosen Blick vom Plateau des Palais de Challiot auf den Eiffelturm waren, hatte er Rike vor dem Hotel sogleich auf die gegenüberliegende Seite der Avenue Kléber geführt, dann erst war er mit ihr die kurze Strecke in Richtung Trocadero gegangen: die hohen Häuserfronten, die Bäume, die Menschenfülle und Autoströme, das ganze sprudelnde Geschehen um sie herum, sorgten dafür, dass sie kaum darauf achtete, wo sie sich gerade befanden, Berg aber seine Überraschung vorbereiten konnte, die er sich im Fahrstuhl des Hotels beim Hinabfahren in die Lobby ausgedacht hatte. Auch deshalb ging er mit ihr so weit wie möglich nach links, einige Schritte tiefer als nötig in die Avenue du Président-Wilson, bevor sie hinüberliefen zum Palais.

In dem Moment jedoch, als sie kurz vor der Treppe am Beginn des Plateaus zwischen den mächtigen Flügeln der imperialen Anlage angekommen waren, im letzten Meter des toten Winkels, was den Blick auf den Eiffelturm betraf, stoppte er und legte seine Hand vor ihre Augen. Dann sagte er nur:

Ich pass schon auf.

Rike war so überrascht gewesen, dass sie zunächst gar nichts mehr gesagt hatte, sich führen ließ, und erst als sie merkte, dass sie das Plateau erreicht hatten, er aber noch immer seine Hand fest vor ihre Augen hielt, fragte sie:

Kommt jetzt ein Heiratsantrag, Torben, oder wartet Friedrich hier auf uns?

Weder noch, sagte er, stellte sich hinter sie und ließ seine Hand fallen.

Er konnte jetzt zwar ihr Gesicht nicht mehr sehen, er wollte es aber auch gar nicht.

Es dauerte lange, bis sie sich umdrehte, ihn küsste. Sie fielen nicht auf; es ging zahllosen Pärchen, die auf dem Plateau standen, offenbar ganz ähnlich: unter einer Sommersonne, die die Eskorte der vergoldeten schlanken Mädchenstatuen zu beiden Seiten vor den Fensterfronten der Gebäudeflügel des Palais noch stärker als sonst erglänzen ließ.

9

Er erwachte, sah auf seine Uhr: Es war fast Mittag. Er fühlte sich erstaunlich frisch, er musste tief geschlafen haben. Dennoch zögerte er aufzustehen, überlegte einen Moment, wo er etwas essen könnte. Er entschied sich für das nahe gelegene »Malakoff«, dort war er schon mit Charlotte zum Frühstück gewesen. Dann erhob er sich, ging ins Bad, putzte die Zähne, wusch sein Gesicht. Danach schüttete er ein wenig vom Rasierwasser in seine Hände und fuhr sich damit über Stirn, Wangen und Kopf, den Rest verrieb er in seinem Nacken. Dann zog er Schuhe und Jackett an, ging zur Balkontür, öffnete sie und trat hinaus. Es war sonnig, aber kühl: Sein Zimmer im fünften Stock ließ einen weiten Blick über die Dächer des XVI. Arrondissements zu. Hinter den Kaminwänden auf den gegenüberliegenden Häusern, ohne die kein französischer Kriminalfilm auskam, zogen sich atemlos machende Fluchtflächen hin, Kampfplätze, auf denen Verfolger und Verfolgte eine Art feinstes Ballett aufführten, allen Gewaltorgien à la Hollywood aus einem entscheidenden Grund überlegen: Die Finesse lag in der Weigerung, dem Bösen jeden Charme zu rauben, jede Intelligenz, ja, sogar jede Anmutung von Zärtlichkeit, ging es auch noch um die Liebe dabei. Aber das tat es fast immer in diesen Filmen.

Sein Blick erfasste das letzte Viertel des Eiffelturms, die dritte Plattform im blassen, von leichtem Dunst verhängten Winterhimmel. Er wusste jedoch, dass er sie dieses Mal meiden würde, die oberste Stufe, die oft sogar über den Wolken schwebte und mit ihr die, die sich gerade darauf bewegten. Im März war er mit Charlotte ganz oben gewesen, ihm schien, das sei kaum ein paar Wochen her. Die Auffahrt mit Rike dagegen lag unwirklich weit zurück, und doch hatte sie sich eingebrannt in sein Gedächtnis, weil Rike, kurz bevor die Kabinentür sich schloss, plötzlich wieder hinausgestürzt war. Es war dieselbe Panik gewesen, die sie schon im Flugzeug erfasst hatte, und wieder hatte er ihr beruhigend zureden müssen, ihre Angst kleiner, erträglicher werden zu lassen, so dass sie schließlich doch noch mit ihm an die Spitze des Turms fuhr, den Blick über das nächtliche Paris genoss, auch wenn sie auf die gesicherte Galerie nicht mit hinauskam.

Er war bei ihr geblieben, hatte ihr aber, er wusste selber nicht mehr, was ihn ritt, von dem verrückten Schneider aus Österreich erzählt, dem »Vogelmenschen«, der doch tatsächlich geglaubt hatte, von hier oben heil hinabgleiten zu können, mit einer Art Flügel-Cape.

Nun ja, hoffentlich stimme, was man sich sonst noch über ihn erzähle.

Was denn?, hatte sie gefragt.

Dass er schon tot gewesen sei, bevor er unten angekommen wäre.

Das kann doch gar keiner wissen, sagte Rike, es klang ein bisschen genervt: Das glaube sie jedenfalls nicht. Er könne doch höchstens bewusstlos gewesen sein.

Ich finde es ja auch merkwürdig, sagte Berg: Vielleicht hatte er Angehörige, und man hat es für sie erfunden. Herzschlag vor Schreck über den eigenen Mut, geglaubt zu haben, ein Vogel sein zu können, aber zu merken, wie ein Stein zu fallen. Dass das noch keiner verfilmt hat.

Ist das jetzt nicht ein bisschen pervers, sagte sie, mir ausgerechnet hier oben so etwas zu erzählen?

Er lachte: Die Idee sei ihm gerade so gekommen, der ganze Absturz eine einzige Rückblende, die Geschichte fände er echt verrückt, total neben der Realität: Sie gingen hier nicht mal einen einzigen Schritt raus, obwohl alles gesichert sei, weil sie spürten, dass man eigentlich hier oben gar nicht sein könne, als Mensch, meine er, und der habe sich einen breiten Mantel geschneidert und sei einfach hinuntergesprungen.

Was habe den so sicher gemacht, frage er sich? Gottvertrauen, Größenwahn? Oder was?

Vielleicht habe er bloß genug vom Leben gehabt, sie schwieg einen Moment, es war eine Verzögerung: Habe einfach nur weggewollt, davonfliegen, wie ein Vogel?! Das gäbe es doch, das gäbe es doch mehr, als man denke.

Rike hatte, während sie dies sagte, nach draußen geblickt, mit einem Ton in der Stimme, der Berg signalisierte, dass er hier nicht weitermachen sollte. Es war wohl tatsächlich ziemlich dumm gewesen von ihm, ausgerechnet jetzt und hier dieses Stück Turmgeschichte preiszugeben, eigentlich war es ja ein Ort von

Aufstieg und Triumph, mit all seinen Kühnheiten und Heldenmomenten. Filigrane Ästhetik und schwerer Stahl, Spitzenklöppelei in Metall, das brachte sich ja nicht unbedingt leicht zusammen, im Kopf schon, auf dem Papier auch, in der Wirklichkeit aber ungleich schwerer, und Kritik daran hatte es ja ebenfalls gegeben, geschmäht hatten sie ihn sogar, öffentlich, den genialen Herrn Eiffel, die Neidhammel jener Zeit, 1889, im Jahr der Weltausstellung, für die der Turm gebaut worden war, und heute stand er millionenfach auf dem ganzen Globus herum: als kleine Kopie in den heimatlichen Wohnungen der Touristen, denen mit ihm etwas Weltwunderbares begegnet war, das sie sich wenigstens ein bisschen mit nach Hause nehmen wollten.

Kannst du dir vorstellen, er sprach, um sie abzulenken, schnell, fast hastig, dass Guy de Maupassant nur darum immer hier oben gespeist haben soll, um den Turm beim Essen unten nicht vor der Nase zu haben, er fand ihn nämlich scheußlich?

Ist das jetzt das Eiffelturm-Märchenbuch für kleine Mädchen? Rike lachte, als lache sie ihn aus, sie schien ihn durchschaut zu haben.

Ach was, sagte er: Das ist doch nur die schönere Verrücktheit von beiden. Wenn du willst, kaufe ich dir den Turm?

Willst du mich bestechen? Und dann auch noch mit Kitsch?

Sie sagte es nicht, er las es aber ihrem Gesicht ab.

Ich hab ihn doch schon, sagte sie stattdessen: Wenn ich in mein Zimmer zurückkomme, zu Hause, werde ich ihn sehen.

10

Im »Malakoff« bestellte Berg sich eine Bouillabaisse, dazu Weißwein, später einen Café au Lait. Statt eines Desserts nahm er zum Abschluss ein Glas Pernod, mit dem er eigentlich hätte beginnen müssen. Aber der Nachgeschmack des Kaffees störte ihn plötzlich. Er hatte sich aus dem Flugzeug nur die »Frankfurter« mitgenommen, noch einmal wollte er, nun konzentrierter als am frühen Morgen, die Berichte über die Vorgänge in Russland lesen; wenn man jetzt nach Russland blickte, konnte man der Geschichte zusehen, wie sie aus dem Material der Stunde Gestalten der Zukunft formte. *Gemeinschaft Unabhängiger Staaten* sollte das Neue dort heißen, und der russische Präsident hatte vorgeschlagen, auch eine gemeinsame militärische Kommandostruktur zu bilden. Aber die Ukraine, so wurde berichtet, sei dagegen, in Georgien tobte ohnehin ein blutiger Machtkampf, in dessen Zentrum ein verrückt gewordener Dichter das Staatsoberhaupt gab. Er sollte zwar im Gulag gewesen sein, hatte ihn offensichtlich aber auch nicht als besserer Mensch verlassen. Für Russland selbst kündigte der neue Mann im Kreml die Aufstellung einer Art Nationalgarde an. Der Zarenadler kehrte zurück, die gewaltsam abgebrochene Tradition, das Russland vor der Revolution.

Verrückt, dachte Berg! Aber er hatte nicht das Gefühl, dass es falsch war.

Immerhin, die Wiedervereinigungsfeiern vor einem Jahr waren auch halbwegs prächtig über die Bühne gegangen, und obwohl nichts entschieden gewesen war zwischen ihm, Karla und Rike, das unaufgelöste Dreieck mehr denn je alle Beteiligten schmerzhaft zusammenzwang, waren sie trotzdem gemeinsam nach Berlin gefahren, um dabei zu sein, die historische Nacht im Zentrum des Geschehens mitzuerleben: Karla, Charlotte und er. Die heile Familie, die sie bis vor kurzem noch für alle Freunde und Bekannten gewesen waren: *Das* Beispiel, dass es das tatsächlich gab, sich zu genügen.

Sie hatten bei Freunden gewohnt, wie immer, wenn sie sich in Berlin aufhielten, waren mit ihnen zusammen in die Nähe des Reichstags gefahren, zwei Flaschen Sekt unterm Arm, und dann eingetaucht in die jubelnden Massen, aber nicht tief; Berg hatte diesbezüglich einige Angewohnheiten, die andere spleenig fanden, er fand sie vernünftig:

Nie saß er, der oft im Kino war, im Kino irgendwo in der Mitte, immer saß er am Rand, wenn es ging, sogar nahe einem der Ausgänge, ebenso wenig begab er sich ins brodelnde Zentrum von Massenveranstaltungen, selbst bei Flügen achtete er darauf, einen Gangplatz zu erwischen, so weit wie möglich hinten, Mittelplätze waren ihm auch hier unangenehm.

Zwischen Brandenburger Tor und Reichstag blieben sie nur eine gute Stunde, sie standen ohnehin zu weit weg von den Rednern auf dem riesigen Balkon des in Scheinwerferlicht getauchten Gebäudes, auch hatte Berg eine Einladung des Kulturministers des in dieser Nacht untergehenden Staates, Gast einer Abschiedsfeier in seinem Ministerium in der Nähe des Roten Rathauses zu sein.

Der Minister hatte eine Idee gehabt, die ziemlich verblüffte, aber auch befreiend schräg war: nicht nur Künstler des alten Staates zur Party zu bitten, viele derjenigen waren eingeladen worden, die man in ihm einst verfolgt hatte, die schon lange im westlichen Teil des Landes lebten:

Eine Art Wiedergutmachung in letzter Stunde, wobei der letzte Kulturminister des untergehenden Staates weiß Gott nichts mit den bösen Geschichten der Vergangenheit zu tun gehabt hatte, war er doch der erste, aber auch letzte frei gewählte Minister in diesem Amt überhaupt.

So war er doppelt froh gewesen über die Einladung, sie würde Karla und ihn ablenken:

Ihn von ihrer unübersehbaren Verletzung, sie von seiner Stummheit angesichts ihrer Frage, die sie nicht mehr stellte, ihre ganze Erscheinung stellte sie dafür umso mehr: Wann endlich er die Kraft fände, dem furchtbaren Spiel, von dem sie wussten, dass es keins war, ein Ende zu bereiten?

Sie hatten versucht, ihren Wagen *Unter den Linden* abzustellen, aber keinen Platz mehr gefunden. Im Auto saßen, als sie weiterfuhren in Richtung Ministerium, außer Charlotte noch Georg Halberstadt und dessen Freundin, auch er ein politisch verfolgter Poet, auch er seit längerem im Westen, im Westen Berlins, ein ganz besonderer Freund. Gehörte er doch zu denjenigen um Berg, die sich in jedem Frühjahr und Herbst auf einem Hof in Dänemark trafen, eine Bruderschaft im Geiste vergangener Kämpfe, die sich langlebiger gezeigt hatte als gedacht, zu der auch Robert Wittenburg gehörte, Jörg Reiter, Heinrich Valluhn und Friedrich, später waren Ragnar und Eilert dazugestoßen. Unter dem Druck seiner fatalen Liebesgeschichte im vergangenen Jahr hatte Berg sie allerdings ziemlich vernachlässigt, kaum einer der Freunde jedoch hatte ihm daraus einen Vorwurf gemacht, nur Valluhn ließ hin und wieder kritische Bemerkungen fallen, fand er doch seine Abhängigkeit von diesem Frauenzimmer, wie er gelegentlich mit dem ihm eigenen Talent zu verbaler Brutalität formulierte, nicht etwa tragisch, er fand sie einfach nur unreif, sinnlos sogar.

Halb im Ernst, halb im Spaß hatte Berg den Anwurf einmal mit dem Hinweis gekontert, Valluhn sei ja bloß ein Frauenhasser.

Was er nicht sagte, was aber dazugehörte, war eine traurige Jugendgeschichte Valluhns, eine Vorgeschichte seiner Seelenverfassung Frauen gegenüber, die er ihm einmal erzählt hatte, vor Jahren, fast gebeichtet, kein anderer wusste davon:

Valluhns Mutter, eine lebenshungrige Frau, hatte ihn schon in jungen Jahren geboren, unehelich, kurz nach dem Krieg. Valluhn rückte bis heute nicht damit heraus, wen er hätte Vater nennen dürfen. Berg vermutete eine ähnliche Geschichte wie die seine. Die Lebenslust von Valluhns Mutter führte dazu, dass sie den Jungen öfter alleine ließ, abends, aber irgendwann hielt es der Kleine nicht mehr aus, protestierte. Er zerriss eine Zeitung, holte aus der Küche Streichhölzer und legte mitten im Zimmer unter dem Dach des Fachwerkbaus ein Feuer. Dann schrie er nach seiner Mutter, die gerade das Erdgeschoss erreicht hatte und dabei war, den dreistöckigen uralten Bau, dessen Balken wie Zunder brennen mussten, falls Flammen sie erreicht hätten, zu verlassen. Das Haus war nicht abgebrannt, Valluhn vor dem Flammentod gerettet. Er hatte ja rechtzeitig geschrien. Seine Mutter war fortan darauf bedacht gewesen, ihn abends, wenn die Lebenslust sie wieder gepackt hatte, nicht mehr alleine zu lassen, Betreuungsersatz zu finden. Aber sein selbstgelegtes Feuer hatte ihm ein Brandmal gesetzt, mitten ins Herz.

Sie parkten den Wagen hinter dem Roten Rathaus und gingen die kurze Strecke bis zum Ministerium zu Fuß: Es lag gegenüber vom Ephraimpalais und war ein Bau nach dem Geschmack Bergs. Er zog sich in einem leichten Bogen über zwei Straßen hin, klassizistische Säulenandeutung im Haupteingang, darüber ein Fries, zeitlos schön.

Halberstadt sagte: Das hat was, eine Untergangsparty im Kulturministerium! Das kann man sich nicht ausdenken, geradezu absurd: Kafka, Beckett, Ionesco, alle zusammen.

Nicht nur die Party, Berg war äußerst vergnügt: Alles, was gerade passiert! Er hätte ja immer gewusst, dass es einmal so kommen würde; aber nicht, weil er es wirklich gewusst hätte, *gewollt* hätte er es nur. Warum gehe so ein Wille aber plötzlich in Erfüllung, andere hätten jahrzehntelang darauf gewartet, dafür gekämpft, seien darüber gestorben, nicht wenige sogar elendig verreckt?!

Das wundere ihn jetzt aber wirklich, sagte Halberstadt und blieb stehen: Er als theologisch versierter Mensch müsse doch eigentlich am besten wissen, warum: *Gnade* sei das, pure Gnade, nichts sonst! Luther habe es gewusst wie kein Zweiter, und Schiller hätte es Glück genannt, *göttliches*, nicht Zufall:
»Selig, welchen die Götter, die gnädigen, vor der Geburt schon/Liebten, welchen als Kind Venus im Arme gewiegt,/Welchem Phöbus die Augen, die Lippen Hermes gelöset/Und das Siegel der Macht Zeus auf die Stirne gedrückt!/Ein erhabenes Los, ein göttliches, ist ihm gefallen,/Schon vor des Kampfes Beginn sind ihm die Schläfe bekränzt./Ihm ist, eh er es lebte, das volle Leben gerechnet,/Eh er die Mühe bestand, hat er die Charis erlangt.«

Halberstadt war Schillerianer, so sehr, dass er noch für jeden Anlass Verse parat hatte, Sentenzen, Dramenpartien. Mit Schillers Freiheitspathos hatte er damals seine Richter in die Ecke manövriert, und weil sie nicht anders wieder herauskamen, hatten sie ihn kurzfristig für verrückt erklärt. Zum Glück war Halberstadt auch ein Eulenspiegel, und so verließ er die Zwangspsychiatrie nach einem halben Jahr, geheilt, wie man sagte, dabei hatte er nur Glück gehabt, Glück im Schiller'schen Sinne: Ein leitender Doktor der staatlichen Irrenanstalt, zugleich Mitarbeiter des Geheimdienstes, war ebenfalls Schillerianer und hatte Gefallen an dem Nachwuchstalent gefunden. Die Expertise, warum Halberstadt entlassen werden könne, war nur eine Frage der Zeit gewesen, die beide genutzt hatten, ihre Schillerkenntnisse in einen Wettbewerb zu zwingen, nebenbei spielten sie Schach. Halberstadt war am Ende, nach Punkten, in beiden Partien, der Sieger und der Geheimdienstdoktor im Rahmen seiner Schillerleidenschaft ein fairer Mann: Halberstadt kam frei und bald darauf in den Westen.

11

Die Frauen und Charlotte waren ein Stück hinter ihnen geblieben, als Halberstadt unvermittelt fragte, wie die Lage bei ihm eigentlich wäre, jetzt, in diesem Moment, schließlich seien Karla und er zusammen hier? Das hätte ihn schon überrascht.

Furchtbar, sagte Berg, nichts ist entschieden. Ich weiß nicht, was ich machen soll, es ist ein wahnsinniges Auf und Ab. Rike ist die Liebe meines Lebens, aber ich weiß, dass ich nicht mit ihr leben kann, zusammenleben, meine ich, ein Leben lang! *Ich* könnte es zwar, *sie* kann es nicht.

Sie schreibt mir traumhafte Briefe, ich muss sie nur ansehen, schon zerfließe ich, wirklich, ich löse mich von allem ab und auf, und dann, über Nacht, hab ich eine Tote vor mir, völlig apathisch, hoffnungslos, eine Fremde, irgendwie böse, aber nicht willentlich, so, als wäre ein Dämon in ihr, der sie zwingt, böse zu sein. Sie leidet darunter, deshalb kämpfe ich noch, und das Verrückteste: Ihre Briefe werden immer süßer, zärtlicher! *Jetzt* schreibt sie all das, was ich zu Anfang vermisst habe, weil sie dachte, wir könnten unsere Affäre als passables Geheimnis leben, irgendwie nebenbei, parallel: Sie behält ihren Freund, ich Karla, wir uns, nur wissen zwei nichts davon.

Dafür bin ich aber nicht gemacht, und das schockiert sie gleichermaßen, wie es sie scheinbar auch fasziniert. Jedenfalls kommt sie nicht zurecht damit, manchmal glaubt sie an alles, dann wieder an gar nichts. Eine Achterbahn, mit ganz steilen Einlagen und Abstürzen. Immer dann, wenn alles nach unten rast, könnte ich nur noch schreien und aus dem Wagen springen.

Ich weiß, sagte Halberstadt, er machte eine Pause, eine winzige, es gehörte zu seinem Stil: Dies ist nicht die Situation für gute Ratschläge, ich sehe nur etwas, was du nicht siehst, jedenfalls im Moment nicht, vielleicht kannst du es ja auch gar nicht sehen: Karlas Augen, ihren Blick! Ich sage dir, Torben, lange hält sie das nicht mehr durch, aber sie wird nicht zusammenbrechen, dafür ist sie zu stark, viel zu stark! Sie wird weggehen! Sie treibt ab! Ich sehe es an ihren Augen, wie sie dich anblickt, wenn du es nicht merkst: Sie blickt auf dich wie auf einen Verlorenen, der nicht mehr zu retten ist! Ich sag's dir bloß! Mach damit, was du willst oder kannst, aber mach was.

Berg hatte keine Antwort in diesem Moment, und Halberstadt war nicht der Typ, an Punkten wie diesen weiterzubohren. Außerdem standen sie kurz vor dem offenen, hell erleuchteten Haupteingang des Ministeriums, in dem die Party schon in vollem Gange war und eine Menge Leute Einlass begehrten. Inzwischen waren die Frauen und Charlotte ebenfalls herangekommen, und Berg zog Charlotte an sich und sagte, jetzt könne sie mal sehen, wie Geschichte gehe, wie sie *auch* gehen könne: fröhlich nämlich, nicht nur mit Bomben und solchem Scheißdreck!

Gleich darauf zeigte er den Kontrolleuren seine Karte, wies auf Charlotte und sagte: Meine Tochter!

Danach drehte er sich um, stellte Karla als seine Frau vor und trat mit ihnen in das von kraftvoller Musik erfüllte Foyer des Gebäudes: Es spielte, so stand es auf der Einladungskarte, die *Bolschewistische Kurkapelle* Schwarz-*Rot!*

Wenige Meter hinter dem Eingang stand der Kulturminister und begrüßte seine Gäste. Als Berg ihm die Hand gab, seinen Namen nannte und für die Einladung dankte, sagte der Minister, auf ihn habe er sich besonders gefreut, seine Artikel läse er nämlich immer mit großem Interesse. Er wünsche ihm einen angenehmen Abend, und das sei also seine Tochter? Sehr schön, dass er sie mitgebracht hätte.

Weißt du, sagte der Minister zu Charlotte gewandt, dabei beugte er sich ein wenig herab zu ihr: Dein Vater ist ein Held! Nicht alle Kinder können das von ihren Vätern sagen. Du kannst stolz auf ihn sein!

Nicht doch, nicht doch, sagte Berg schnell und lachte, weil er sah, dass Charlotte ein ziemlich verlegenes Gesicht machte: Ich bin ihr Vater, Herr Minister, das ist etwas ganz anderes! Darf ich Ihnen meine Frau vorstellen?!

Angenehm, sagte der Minister und gab Karla die Hand: Schön, dass Sie mitgekommen sind. Das ist ja auch wirklich ein besonderer Abend, den sollte man schon gemeinsam erleben, mit Kind und Kegel sozusagen. So etwas kommt nie wieder, jedenfalls nicht so schnell! Wo kommen Sie gerade her?

Aus Hamburg, sagte Karla.

Ach, sind Sie Hamburgerin?

Nein, sagte Karla lächelnd: Thüringerin! Hört man das nicht?

Das grüne Herz Deutschlands, sagte der Minister, die heilige Elisabeth: Da kann Ihr Mann aber stolz sein, eine Thüringerin zu haben.

Und ob, sagte Berg und griff nach Karlas Hand: Ich bin *sehr* stolz auf sie, aber nicht nur, weil sie Thüringerin ist: Sie war ebenfalls dort, wo auch ich war.

Der Minister verstummte einen Moment. Dann sagte er mit warmer, fast bewegter Stimme: Seien Sie willkommen, Frau Berg, seien Sie wirklich von Herzen willkommen!

Für den Abend hatte der Minister die Zimmer und Räume seines Amtssitzes öffnen lassen. Seine Besucher sollten sehen, in welchem Labyrinth all jene Expertisen entstanden waren, die über das Erscheinen eines Buches, eines Films, eines Schauspiels, einer Oper bestimmt hatten. Ja oder nein! Hier also war um Gedichtzeilen gefeilscht worden, um Romanmotive, Libretti, Memoirensplitter, um Erscheinungstermine und Auflagenhöhen. Natürlich wussten alle, die sich jetzt durch die Räume schoben, dass finale Entscheidungen, wenn es darauf angekommen war, ein paar hundert Meter weiter gefällt worden waren, im einst hermetisch gesicherten Machtzentrum der Partei oder sogar vom Generalsekretär selber – aber das war nun schon seit fast einem Jahr Geschichte, zukünftiger Stoff für die Wissenschaft, für Autobiographien, Dokumentationen, für die niemand mehr eine Druckerlaubnis einholen musste.

Während Karla und Halberstadts Freundin irgendwo in der ersten Etage herumschwirrten – Charlotte war bei Berg geblieben –, begaben sie sich, auch Halberstadt hatte einen Mordshunger, wie er sagte, zum Buffet in der Kantine des Ministeriums. Die Schlange war zum Glück nicht sehr lang, Berg sah ein paar prominente Schauspieler anstehen, politische Zwitterwesen, die schon seit Jahren im Westen lebten, doch Passträger des nun untergehenden Staates geblieben waren.

Die Bolschewistische Kurkapelle machte ungeheuren Lärm mit ihrem vielen Blech, den Trommeln, der Pauke, vor allem machte sie Stimmung.

Fast balkanisch, sagte Berg zu Halberstadt: Entweder man umarmt sich oder man haut sich in die Fresse.

Später gingen sie in den ersten Stock, wo sich auch das Ministerbüro befand. Weil auf dem Stuhl des Ministers, ein hoher, mit schwarzem Leder bezogener Drehsessel, gerade niemand saß, hatte Charlotte Berg gebeten, doch bitte einmal kurz den Minister zu geben. Also griff er zum Telefon und tat so, als führe er gerade ein wichtiges Gespräch, dabei grimassierte er dermaßen übertrieben, dass Charlotte zu kichern und Halberstadt mitzuspielen begann:

Nicht aufregen, Herr Minister!, rief er laut aus: *Dieser Halber-*

stadt ist doch eine Null, eine Niete, ein Nichts! Den schieben wir ab! Und drüben, drüben ist er dann nur noch ein Garnichts mehr!

Einige Gäste, die in das Büro gekommen waren, ließen sich von dem leicht makabren Spiel anstecken, auch Halberstadts Freundin und Karla, die wiederaufgetaucht waren. Sie blieben eine Weile an der Wand neben der Tür stehen, bis Karla rief:

Na, Charlotte, spielt dein Vater wieder einmal Minister?

Er sei unschuldig, rief Berg, lachte und erhob sich, auch Karla hatte gelächelt.

Er hätte aber gut gespielt und Georg auch, sagte Charlotte aufgedreht. Es habe ganz echt ausgesehen.

Ja, ja, Karla lächelte noch immer, nur Berg nahm ihre jetzt schmaler gewordenen Lippen wahr: Manchmal spielt dein Vater wirklich gut.

Und Georg erst! Halberstadts Freundin sprach ahnungslos dazwischen: Der spiele so gut, dass er sie damit erst kürzlich fast zu Tode erschreckt hätte.

Na ja, flüsterte Halberstadt Berg zu: Vielleicht sei es ja doch ein bisschen übertrieben gewesen; aber er hätte mal wissen wollen, wie das aussähe, wenn er ermordet in der Dusche läge und das Wasser noch liefe und irgendwie alles rot sei, ein bisschen Hitchcock eben, es habe nur noch der passende Schrei dazu gefehlt. Der sei dann zu hören gewesen, als sie ins Bad gekommen wäre, weil das Wasser lief und sonst kein anderes Geräusch mehr wahrnehmbar war. Sie fand das natürlich ganz und gar nicht witzig, ich musste sie den Rest des Abends beruhigen. Schließlich hätten sie sogar Wein zusammen getrunken, er, der Bieromane, habe sich gefühlt wie der Teufel, der Weihwasser trinken müsse.

Eine knappe Stunde vor Mitternacht bat der Minister ins Foyer des Hauses, er habe dort eine Überraschung vorbereitet, für jene Künstler vor allem, die vor der Wende in den Westen gegangen seien. Alle begaben sich zum Eingang, es herrschte ein wenig Gedränge, aber dann sahen sie den Minister und einige seiner Mitarbeiter: Er stand vor einem großen Tisch, auf dem sich zahlreiche Schachteln stapelten, Schatullen, Urkunden.

Meine Damen und Herren, hörten Berg, Halberstadt und die anderen Versammelten: Er, der Kulturminister des Staates, den es in einer knappen Stunde nicht mehr geben würde, schreite jetzt zu einem letzten hoheitlichen Akt, es sei gewissermaßen ein Akt der Wiedergutmachung an den Künstlern, die von diesem nun für immer verschwindenden Staat verfolgt, drangsaliert oder anderweitig daran gehindert worden seien, ihre Kunst frei ausüben zu können.

Natürlich sei der Akt rein symbolischer Natur, Geld, das eigentlich dazugehöre, habe er leider nicht zur Verfügung, ebenso könne das jetzt auf den einen oder anderen makaber wirken, absurd, vielleicht sogar geschmacklos – er meine es jedoch ernst, sehr ernst sogar, und würde sich freuen, wenn seine Gäste aus dem Westen, die eigentlich aus dem Osten kämen, bereit seien, es auch so zu sehen und eine Auszeichnung seines Ministeriums von ihm persönlich in Empfang zu nehmen, also Orden, Medaillen, Urkunden. Sie hätten sie wahrlich verdient.

Der Beifall danach war stark, das Durcheinanderreden und Lachen nicht geringer, und doch lag einen Moment lang etwas zutiefst Atemstockendes in der rauchgeschwängerten Luft, eine Erstarrung, blitzkurz nur, sie ließ die ganze Szene zu einem ungeheuren Bild gerinnen, als ob Dalí den Pinsel geführt hätte.

Keine Viertelstunde später waren auch Halberstadt und Berg Kunstpreisträger des gerade untergehenden Staates, trugen sie eine kleine silberne Medaille am Revers, auf der ein feiner Lorbeerkranz eingeprägt war, nur unterbrochen von den Symbolen für die Sparten Musik, Theater, Malerei: eine Harfe, eine Maske, eine Palette. Die Spange, an der die Medaille hing, war an den Rändern mit schwarzrotgoldenen Seidenstreifen versehen, auf die Rückseite der Medaille war jenes Staatswappen geprägt, unter dem Halberstadt und er einst verurteilt worden waren. Nun trugen sie es an ihrer Brust, und es genierte sie keine Sekunde.

Charlotte war begeistert. Berg musste sich bücken, damit sie den Orden anfassen konnte, fast streichelte sie den kleinen Silberkreis mit dem Relief aus Lorbeerzweigen und den darin versteckten Musen. Dann wurden sie abgelenkt von der dritten und letzten Ansprache des Ministers, solange er noch im Amt war. Sie war die kürzeste von allen und wies darauf hin, dass in zehn Minuten Mitternacht sei und er Punkt zwölf am Eingang zum Gebäude das Schild mit dem Namen des Ministeriums abschrauben würde, es sei schon vorgelöst worden, auch würde die alte Flagge auf dem Dach des Hauses eingeholt, die neue aufgezogen. Aber die neue sei ja eigentlich die alte, die früher auch schon mal über dem Haus geflattert hätte. Wenn sie dann alle im vereinten Deutschland wieder aufgewacht wären, so ungefähr fünf Minuten nach zwölf, begänne oben in seinem Büro die große Auktion, alles, was nicht niet- und nagelfest sei, käme unter den Hammer. Das Geld der Versteigerung würde unter den Mitarbeitern des dann nicht mehr existierenden Ministeriums verteilt.

Die letzten Minuten hatten etwas von einer Silvesterparty. Um den Minister und seine Helfer vor dem Haus hatten sich zahlreiche Gäste im Halbkreis geschart, auch Berg, Karla und Charlotte, Halberstadt und dessen Freundin waren hinausgegangen, Blitzlichter zuckten, alles redete durcheinander, manche hielten gefüllte Gläser in die kühle Oktobernacht, über der ganzen Stadt aber lag der fröhlichste Lärm, den man sich denken konnte, Raketengezisch, Böllerexplosionen, Autohupkonzerte. Sogar die Hubschraubergeräusche, die vom nahen Alexanderplatz herüberwehten, klangen nicht bedrohlich. Die neue Fahne, die nun über dem Dach des einstigen Kulturministeriums des soeben untergegangenen Staates flatterte, war kein fremder Lappen, kein Besatzerwimpel, sie war etwas ganz und gar anderes, etwas Ureigenes: die Fahne der deutschen Demokratie. Der Dreifarb.

Als das Schild fiel, brandete Beifall auf, Jubel stieg empor, von überall kamen Menschen, Fremde und Freunde, sie hielten Flaschen in der Hand, aus denen Sekt floss, Bier, Wein; sie feierten, stießen an, tranken, alle schienen sich zu kennen. Polizeiwagen mit neuen Hoheitszeichen tauchten auf, die Beamten darin hatten ihre Uniform gewechselt, manch einem sah man an, dass das neue Äußere mit dem inneren Alten noch nicht nahtlos übereinstimmte. Es würde sich finden, keine Frage, nur eine der Zeit, und die raste wie selten zuvor. Auch Karla, Charlotte und Berg umarmten einander, die Geste wiederholte sich mit Halberstadt und seiner Freundin, Halberstadt hatte Tränen in den Augen. Berg dachte in diesem Moment an Rike, in den Armen aber hielt er Karla, Karla und Charlotte.

12

Das Schild war gefallen, die neue alte Fahne flatterte, der Kulturminister a. D. und seine Gäste waren im Innern des Hauses verschwunden, das nun kein Ministerium mehr war, dafür Geschichte, und zogen in den ersten Stock, um die angekündigte Auktion beginnen zu lassen. Während Halberstadt und die Frauen sich zurückhielten, die drängelnde Menschenmenge an sich vorbeiließen, sagte Berg, er wolle mal sehen, ob auch für ihn was dabei wäre. Zuvor hatte er sich zu Charlotte hinabgebeugt und ihr zugeflüstert, sie solle jetzt mal auf Schatzsuche gehen, die Büros stünden alle offen! Vielleicht fände sie ja was Tolles. Sie wisse doch, dass er das auch gemacht hätte, als er so alt gewesen sei wie sie, zu Hause, auf den Dachböden der Stadt, und was hätte er da nicht alles für Schätze entdeckt!

Sogleich verschwand sie in der scheinbar endlosen Flurellipse mit den vielen Zimmern. Berg aber näherte sich beruhigt dem Zentrum der Auktion, dem Ministerbüro. Irgendwann begann die Versteigerung von Präsentmappen mit Originalgrafiken namhafter Maler, die das Ministerium einst angekauft hatte; es war ein wenig, als ersteigere man eine Wundertüte oder ein unsortiertes Briefmarken-Los: pro Mappe zehn Künstler und Blätter, aber welche, wusste man nicht. Doch plötzlich, wie von einer inneren Stimme getrieben, schlug Berg zu und hatte das, was man viel zu schnell viel zu einfach Glück nennt. Das Glückslos hatte fünfzig Mark gekostet, durch zehn machte fünf pro Kunststück – eines jedoch stammte von niemand anderem als einem der Malergenies des soeben verschwundenen Staates.

Die Lithographie, in geringer Zahl aufgelegt, schwarz, weiß, kaum wahrnehmbare Grautöne dazwischen, bot eine Szene von düsterer Dramatik. Mythenschwer, apokalyptisch, zeigte sie ganz im Vordergrund einen bis zum Hals eingegrabenen Menschen: Dessen Kopf, die Augen geschlossen, der Mund leicht geöffnet, ragte aus aschgrauem Erdreich. Über dem kahlen Schädel aber schwebte ein mächtiges Schwert, das Schwert des Damokles, dachte Berg, an seiner Spitze züngelten helle Flammen, von einem Sturm in Richtung der Hand getrieben, die das Schwert hielt, aber die Hand war nirgends zu sehen, die Klinge verschwand, über den Bildrand hinaus, im Nichts. In der abschwellenden Landschaft dahinter, schwarz wie erstarrtes Magma, ein endloses Lavafeld, loderten weitere Flammennester, davor zwei winzige fliehende Gestalten, die eine niedergestürzt, am Zusammenbrechen die andere. Der Horizont: eine einzige dunkle Wand. Nur oben, kurz unter dem unbedruckten Streifen des Blattes: Restlicht, stark genug, das Gesicht des bis zum Hals Eingegrabenen, seine Stirn, seine Wangen, die Lippen zu erleuchten. Vernarbungen wurden sichtbar, das Muster von Klage und Leid, weit über den physischen Schmerz hinaus.

Als er den anderen das Blatt zeigte, rief Halberstadt laut den Namen des Malers aus, er klang fast erschrocken, und Berg sagte, noch bevor Halberstadt weiterreden konnte, mit kaum unterdrücktem Triumph in der Stimme, er könne es ja selbst kaum glauben, ein Blatt des Schöpfers des »Jahrhundertschritts« nun zu besitzen, sogar signiert, und dann auch noch dieses Motiv, was für ein Zufall!

Es gibt keine Zufälle, sagte Halberstadt und starrte fasziniert auf das Bild. Dann zitierte er irgendetwas von Lessing, was Berg kurz irritierte, weil es selten vorkam, dass er nicht Schiller zitierte, doch in diesem Moment sah er Charlotte kommen, sie trug einen Pappkarton in den Händen, offenbar war auch sie fündig geworden.

Wenig später breitete sie vor ihnen aus, was sie in den verwaisten Schränken und Schreibtischen des einstigen Kulturministeriums entdeckt hatte: blaue, graue und rote Kästchen, Schatullen in diversen Größen und Stärken; in ihnen, gebettet auf samtenen Grund, Medaillen, Plaketten, Reliefs, aus Ton, Metall, Porzellan. Porträts von Luther und Lenin, von Jenny Marx, die Schinkelwache Berlins zeigte sich unter einem der Deckel, das Wappen der Zollverwaltung des in dieser Nacht von den Landkarten verschwundenen Staates und seiner mit ihm verschwundenen Schreckensgrenzen. Der wertvollste Fund jedoch führte direkt nach Italien: eine schwere rechteckige Platte, versilbert und von schöner Gravur begrenzt, auf der man etwas von einem *Centro Thomas Mann* las. Der Kasten, in dem die versilberte Platte lag, war ausgeschlagen mit blauem Samt und beiger Seide. Charlotte war hingerissen von dem wertvollen Stück. Nachdem sie unter Lob und Beifall der Erwachsenen alles wieder in ihrem Karton verstaut hatte, fragte Berg Halberstadt, ob er gewusst habe, dass die ein Thomas-Mann-Zentrum in Italien gehabt hätten, in Rom offenbar sogar?

Aber Halberstadt schüttelte nur seinen Kopf, um dann doch noch zu sagen, Goethe sei ja auch schon besetzt gewesen, im Unterschied zu dem habe er mit Thomas Mann allerdings noch nie etwas anfangen können, zu gestelzt, zu gewollt, zu konstruiert, zwei, drei Erzählungen, ja, einige Novellen, vielleicht, besonders die über Schiller, auch ein paar Essays, aber sonst? Er fände ihn eigentlich nur interessant als Zigarren-Connaisseur, das hätte Stil gehabt.

Dann verließen sie den Ort der merkwürdigsten Abschiedsfeier ihres bisherigen Lebens, im Ohr letzte, wuchtige Töne der Bolschewistischen Kurkapelle, der Minister war zwischenzeitlich unsichtbar geworden, so dass sie sich nicht mehr von ihm verabschieden konnten, zuletzt hatten sie ihn gesehen, wie er persönlich seinen schwarzen Bürosessel versteigerte.

Als sie auf das Rote Rathaus zugingen, hörten sie immer stärker Rockmusik durch die Nacht dröhnen, dann sahen sie tanzende Menschen, auch tauchten bald, einer nach dem anderen, die erwarteten Freunde aus Hamburg auf.

Hin und wieder reihten sie sich ein in den Kreis der Tanzenden, Berg hatte nach Karla gegriffen, sie entzog sich ihm nicht, aber es war ein anderes Tanzen als noch vor einem Jahr, am Silvesterabend in Hamburg: Eine Siegesfeier war es damals gewesen. Wie heute. Doch heute gehörte er nicht zu den Siegern der Stunde, heute war der Reichtum der Stunde sein und Karlas Unglück.

Wo mochte Rike jetzt sein?

Was dachte sie gerade?

Dachte sie an ihn?

Oder war sie berauscht genug, nicht an ihn denken zu müssen?

Dann riss er sich zusammen, verdrängte für Minuten, was sich erneut fast körperlich zwischen ihn und Karla schob, sagte zu ihr, dass es trotz allem doch irgendwie schön sei, dass sie diese Nacht in Berlin zusammen verbrächten, diesen gemeinsamen Traum, dass alles wieder eins sei, könne ihnen zum Glück keiner nehmen. Aber Karla sagte nichts, sie versuchte nur zu lächeln, solange er sie im Arm hielt, sich mit ihr drehte. Spätestens jetzt begriff er, dass sie sich, während sie sich drehten und drehten, eigentlich ganz woanders befanden, weitab, am Rande des Festes, und weiter, weit weg von zu Hause: Wissend, dass sich das Paar, das sie sahen, von dem, das sie einmal gewesen waren, unaufhaltsam fortbewegte.

Wenige Stunden später, als alle noch schliefen, stand er auf, duschte sich, zog sich festlich an. Dann rief er ein Taxi und ließ sich zur Philharmonie fahren. Der Finanzminister des nun größer gewordenen Landes, der ihn und andere Literaten schätzte und über sie gesprochen hatte, lange vor diesem Tag, im Parlament, über ihre Kraft, im Bewusstsein zu halten, was andere als Anachronismus verschrien hatten und nun Wirklichkeit geworden war, hatte ihm eine Einladung zum zentralen Staatsakt zukommen lassen. Bald darauf nahm er Platz auf einer der Emporen des riesigen Raumes, der sich sehr schnell bis auf den letzten Platz füllte. Den Minister sah er nicht, aber er sah den zuständigen Mann der Regierung für Kultur; sie kannten sich, winkten sich zu, lächelten dabei. Dann begann das feierliche Geschehen. Doch erst als sich alle erhoben und das Orchester die Nationalhymne zu intonieren begann, war Berg wieder anwesend. Er sang mit, klar und deutlich, und für einen Moment übermannte ihn die Rührung über das Gehörte und Mitgesungene wie über das, was es an diesem Tag und an diesem Ort bedeutete. Kurz danach war es vorbei. Er verließ die Philharmonie, winkte ein Taxi heran, um sich ins »Einstein« fahren zu lassen. Jetzt erst konnte er etwas essen, etwas trinken. Jetzt erst hätte er weinen können. Aber er konnte nicht, nicht vor Freude, nicht vor Trauer. Er war nicht anwesend. War erstarrt und kam erst wieder zu sich, als der Kellner ihn fragte, was er wünsche?

Ob er noch ein Frühstück bekommen könne?

Der Kellner nickte und begann aufzuzählen, was die Speisekarte, die noch immer zugeklappt vor Berg auf dem Tisch lag, zu bieten hatte: amerikanisch, französisch, exotisch ...

Croissants, sagte Berg, Butter, Konfitüre, Kaffee.

Also französisch, sagte der Kellner.

Na ja, gab er zurück und lächelte: Wenn Sie meinen!

13

Im »Malakoff« fiel sein Blick erneut auf die Zeitung, auf einen weiteren Artikel, den er im Flugzeug ebenfalls nur gestreift hatte. Bevor er ihn nun intensiver las, genauer, er interessierte ihn ganz besonders, trank er den letzten Schluck Pernod, bestellte ein zweites Glas. Der Artikel befasste sich mit dem nach Moskau geflohenen einst allmächtigen Generalsekretär der untergegangenen Einheitspartei, die es immer noch gab, sie hieß jetzt nur anders. Der schwerkranke Greis versuchte mit allen Tricks, einem Gerichtsprozess zu entkommen. Er verstand die Welt nicht mehr, war aber ausgerechnet dorthin geflüchtet, wo er schon länger das Zentrum des Verrats gewittert hatte. Alles war zusammengeschnurrt auf das Niveau einer Kleinbürgergroteske. Einer Räuberpistole. Aber war es je etwas anderes gewesen?

Eigentlich nicht, dachte er und versuchte, Augustinus' Formel von der Regierung als einer Räuberbande zu erinnern, bekam sie aber nicht mehr ganz zusammen.

Es war ein Fluch, noch in den schönsten Winkeln der Welt konfrontierte ihn seine Zeitungssucht mit dem täglichen Dreck aus Politik und Geschichte. Für den Bruchteil einer Sekunde hatte er das Bedürfnis, sich sofort die Hände zu waschen. Er griff nach dem Prospekt der Géricault-Ausstellung im Grand Palais, auf die man ihn an der Hotelrezeption aufmerksam gemacht und den er nur aus Höflichkeit mitgenommen hatte. Der Prospekt lockte mit dem »Floß der Medusa«, natürlich. Das war ja das Bild, mit dem er weltberühmt geworden war. Wer sich für bildende Kunst interessierte, kannte es. Doch zwischen Wirklichkeit und Reproduktion lagen Welten.

Wie oft hatte er versucht, in Gesprächen mit seiner Mutter, dieser Differenz Geltung zu verschaffen – sie aber, ein bis zur Selbstaufopferung echter Mensch, war, ging es um Kunst und Dokumente, immer ein wenig befremdet von seiner Auffassung:

Du mit deiner *Echtheit!*, sagte sie dann nur, zwischen leichtem Spott und dem Verdacht, er sei ein bisschen abgehoben, was diese Dinge beträfe, stünde nicht mehr auf dem Boden der Realität, von dem sie gerne sprach, der Wirklichkeit: Ein Bild sei doch ein Bild! Und wenn dasselbe darauf zu sehen wäre, haargenau dasselbe, sei es doch erst recht egal, ob es echt wäre oder bloß ein billiger Druck, wie er immer abwertend zu sagen pflege?!

Aber nein, hatte er dann ebenso oft gesagt und seine Augen verdreht:

Du kannst dir doch mich als deinen Sohn auch nur *echt* vorstellen, nicht als Kopie! Oder?

Wie könne er sich denn mit einem Bild vergleichen? hatte sie gelacht, sarkastisch, und dabei den Kopf geschüttelt über so viel Versponnenheit.

Na, er sei doch ein Bild, hatte er geantwortet. Sie und sein Vater, sie hätten es gemeinsam gemalt, das mache ihn unvergleichlich, die Farben seien nur auf ihrer Palette zu finden gewesen, sie hätten sie vermischt und ihm damit Gestalt gegeben, so, wie er jetzt sei – und jeder, der ihn kopiere, sei eben nicht er, sei nur eine Kopie!

Meistens brachen sie Diskussionen dieser Art irgendwann ab, die Seelenstärke seiner Mutter hatte auch Züge von Sturheit, es gab da Familienlinien bis in die Hauptstadt des ebenfalls untergegangenen Pommern, nach Stettin. Eine ihrer Großmütter, seine Urgroßmutter, stammte von dort. Sie war nicht ohne Grund die »stolze Auguste« gerufen worden, »die Krone von Damm«! Noch Jahrzehnte später bewiesen die Bilder von ihr, vom Atelier in leicht violettem Ton auf haltbaren Karton gezogen, wie wenig übertrieben das gewesen war.

Die Ausstellung lief zwar bis zum Ende der ersten Woche des neuen Jahres, aber Berg wurde aus irgendeinem Grund das Gefühl nicht los, dieses Bild, an dem er im März im Louvre mit Charlotte mehr oder weniger vorbeigerauscht war, noch heute, am vorletzten Tag des alten Jahres, sehen, *wiedersehen* zu müssen. Da die Ausstellung lange geöffnet hatte, gab es keine Eile. Dennoch zog er seinen Stadtplan aus der Jacke, faltete ihn auf und suchte den besten Weg bis zum Palais. Mit der Metro wären es nur wenige Stationen gewesen, er entschied sich für einen ausgiebigen Gang entlang der Seine. Es gab keinen Grund, durch Paris zu rasen, tausend dafür, Ruhe zu finden. Hier. Jetzt. Nirgendwo sonst. Dann zahlte er und verließ das »Malakoff«, auf dem Tisch zurück blieben eine alte Zeitung und ein halbgeleertes Glas Pernod.

Das Flanieren am Ufer des Flusses, unter den winterschütter gewordenen Platanen, hatte den Alkohol aus seinem Kopf vertrieben; er hatte ihn auf dem Pont d'Iéna überquert, ohne sich, wie bisher noch jedes Mal an diesem Punkt der Stadt, eine Weile mit den Ellenbogen auf die Brüstung der Brücke zu stützen und hinunter in die Seine zu blicken, berauscht von ihrem Fließen und dem Wissen, dass es die Seine war, deren Bewegungen er folgte, hatte den Eiffelturm rechts liegen lassen und war auf dem Quai d'Orsay bis zum Pont des Invalides gegangen, an dessen Ende auf der anderen Seite das Grand Palais lag. Es war kurz vor zwei, als er den Kanada-Platz erreichte. Dann waren es nur noch wenige Schritte bis zum Haupteingang des Palais, aber im selben Moment sah er, dass diese Tatsache keine Bedeutung mehr hatte, stieß sein Blick doch zugleich auf eine lange, mehrfach gewundene Menschenkette, deren Ende in Richtung Champs-Élysées ging und sich in der Nähe der Metro-Station Clemenceau verlief.

Einige Sekunden lang überlegte er, den Besuch der Ausstellung aufzugeben, bis zum Boulevard Saint-Germain mit seinen Geschäften, Bistros und Cafés war es nicht weit. Doch hatte die Idee keinen Sinn, nichts trieb ihn. Niemand in der Stadt, außer den Angestellten des Hotels, wusste, dass er durch ihre Straßen lief; niemand erwartete ihn, keiner war ihm nachgereist, keiner vorgefahren. Er war allein in Paris; er begriff es endgültig.

Nimm es an, dachte er, nimm es einfach an, was du dir selber auferlegt hast, und lass dich davon überraschen. Das ist kein Abenteuer der üblichen Sorte, bei dem du auf ein geplantes Ziel spekulieren kannst, auf Erfüllung, eine Pointe. Du wolltest dieses Bild sehen, jetzt, heute, das du vor wenigen Monaten schon einmal hättest sehen können, aber damals nicht wirklich zu sehen wünschtest: zu Recht, du warst ja auch nicht allein mit dir, dein Kind hätte nicht verstanden, nicht verstehen können, warum es dich, hättest du dich darauf eingelassen, so herausfordert! Wenn du jetzt davorstehst, bist du keinem anderen Rechenschaft schuldig über das, was es dir sagt, nur dir selbst:

Wenn es dich in die Verzweiflung treibt, musst du sie aushalten!

Wenn es dir Kraft gibt, kannst du sie annehmen.

Lässt es dich kalt, wirst du begreifen, dass der Maler ein anderes Drama gemalt hat als deines.

In jedem Fall wird es dir antworten, so oder so, und seine Antwort wird dir Gewinn sein.

Und so dachte Berg sich in eine Ergebenheit, die ihm nicht angeboren zu sein schien und doch schon immer eine Möglichkeit gewesen war. Er stellte sich ohne zu zögern an, im Rücken die Lichterketten in den Platanen auf den Champs-Élysées wie die Tannen im Parkstreifen davor, auf deren Zweigen künstlicher Schnee lag, und rückte langsam mit den vielen Wartenden vor, geduldig, ohne die geringste Versuchung fortzulaufen. Selbst der Umstand, dass dabei Zeit verstrich, mehr als eine Stunde, machte ihn nicht gereizt, ließ ihn nicht das Experiment abbrechen, das Experiment mit sich.

Auf der Treppe zum Palais musizierte ein Klarinettist, er hatte eine kleine Lautsprecherbox neben sich aufgestellt, einen mattsilbernen Würfel mit leichter Vertiefung, vom Band lief Orchestermusik, zu der er den Part seines Instruments spielte. Es war zugig an der Ecke, das Wetter vorwinterlich. Berg sah die von Kälte roten Finger des Klarinettisten, und er sah, dass die Wartenden, die langsam an ihm vorbeizogen, dankbare Zuhörer waren, sie spendeten reichlich, auch Berg legte einen Schein in den Korb. Das melancholische Musikstück gab den geduldig Wartenden in den Augen Bergs, der ja selber dazugehörte, so etwas wie das Aussehen einer Kondolenzschlange, die einem Totengedächtnis entgegenging; es passte zum meterhohen schwarzen Plakat links vom Eingang des Palais, das beherrscht wurde vom Porträt eines jener Irren, von denen Géricault eine ganze Serie gemalt hatte.

Dann war es endlich so weit, und Berg wurde ein Plastikticket im Kreditkartenformat ausgehändigt, nachdem er die dafür verlangten siebenunddreißig Franc bezahlt hatte. Die Vorderseite zeigte das halbe Porträt des Meisters, dessen verkniffen, ja blasiert wirkender Mund unter einem hochmütig blickenden Auge stieß ihn ab. Auf der Rückseite der Karte aber prangte das mythenschwere Floß.

Wie würde es ihm heute begegnen?

Langsam wuchs eine Erregung in ihm, die einem Geheimnis hinter Vorhängen galt, wie sie im Grand Palais als gigantische Draperien herabhingen, ein Labyrinth in Dunkelblau und anderen schweren Farben, nachdem er die eigentliche Ausstellung betreten hatte.

14

Kurz nach acht öffnete er die Tür zur Brasserie Lipp am Boulevard Saint-Germain und betrat das kulinarische Spiegelkabinett, das den grünen Bambus und die tropischen Pflanzen auf den Keramikkacheln der Wände ins Unendliche vervielfachte. Sofort wurde er vom Maître in Empfang genommen und gefragt, ob er allein käme oder noch einen Gast erwarte? Er sagte, dass er allein sei und es auch bleiben würde, was den Meister dazu brachte, ihn umgehend, durch die Gesichterflut lautstark miteinander parlierender, schwadronierender und genussvoll speisender Gäste hindurch, an den einzigen freien Tisch im Raum zu dirigieren: Er war schmal wie ein Handtuch und stand unmittelbar neben dem Geländer der Treppe, die hinaufführte ins Obergeschoss; auch tanzten die Kellner haarscharf und ständig daran vorbei. Berg nahm an, froh, überhaupt einen Platz im Lipp bekommen zu haben, ohne Vorbestellung, auf gut Glück, außerdem war er hungrig und hatte Appetit auf Deftiges: die Speisekarte bot es, elsässisch zubereitet, im Übermaß. Bald entdeckte er, was er suchte, und bestellte umgehend. Der Rotwein, den er ebenfalls geordert hatte, kam schnell, Berg fand ihn eine Idee zu kühl, es machte nichts: Das Lipp war brechend voll, die

Luft zum Schneiden, die meisten Speisen heiß. Berg hatte für einen Moment das Gefühl, in ein Dampfbad geraten zu sein. Schließlich wurde auch ihm eine ziemlich große Platte mit Unmengen von Kartoffeln, Sauerkraut, Würsten und fettem Schweinefleisch serviert, eine Art essbarer Gebirgslandschaft, vulkanisch, fast glühend im Innern, und selbst auf dem Senffässchen, wie auf allen anderen Geschirrteilen auch, las er den Namen der Brasserie, was ihn sich fragen ließ, wo überall auf der Welt sie wohl noch stünden, diese Souvenirpretiosen, die man sicherlich kaum kaufen konnte? Oder? Doch bevor er damit begann, die einzelnen Köstlichkeiten von der Platte abzutragen, starrte er für Sekunden auf das fleischerne Chaos über Sauerkrautwellen, die an Kartoffelmassive schlugen, und konnte nicht verhindern, dass sich unter seinen Augen in derselben Sekunde das »Floß der Medusa« unaufhaltsam in eine elsässische Schlachtplatte verwandelte, vielleicht aber die Schlachtplatte auch nur in das Floß und er gerade dabei war, dem Bild im Grand Palais und dem, was es in ihm ausgelöst hatte, den Garaus zu bereiten.

Was bedeutet das für mich?, dachte er und begann nun doch, ohne jede weitere Verzögerung, sich die Landschaft aus Gekochtem, Gesottenem und Gebratenem Stück für Stück einzuverleiben.

Das Drama auffressen, zerkauen mit Alkohol hinunterspülen? Waren ein voller Magen und ein benebelter Geist nicht die besten Argumente gegen den Hunger nach jenem Sinn, der versunken war wie einst die Fregatte »Méduse« mit ihren vierhundert Menschen an Bord, 1816, von denen am Ende ganze fünfzehn überlebt hatten, Menschenfresser im Untergangswahn: Das geblähte Segel, das der Maler der Katastrophe über dem Floß und den bleichen Toten und Halbtoten imaginiert hatte – verwesende Gestalten, deren Modelle Géricault im Leichenschauhaus unter die Augen gekommen waren –, sollte in Wirklichkeit ja nichts anderes gewesen sein als an die Notrahe gehängtes Dörrfleisch menschlicher Körperteile. So hatten es jedenfalls die Retter berichtet.

Natürlich: Zum Bild gehörte auch noch der Horizont, ein Lichtstreif, der Rettungswinkel, aus dem heraus die »Argus«, das Hilfsschiff, in Richtung der Havarierten manövrierte, doch nur um die letzten Beweise eines Desasters einzusammeln, das im Bild zum großen existentiellen Mythos gemacht und damit zum Verschwinden gebracht worden war.

Was denn nun?, dachte Berg, während er dem kräftigen Geschmack nachsann und mit einem weiteren Schluck Rotwein hinunterspülte: Mythos oder Desaster? Warum hatte er das Bild wirklich sehen wollen? Noch heute, und unbedingt? Was sollte es ihm sagen, illustrieren? Kein Zweifel: Es war erschütternd grandios, den Atem raubend, stand man davor, unmittelbar, ohne Ausweichmöglichkeit. Und er hatte davorgestanden, geradezu andächtig verharrt, eine geschlagene Stunde fast dem Entziffern der Details gewidmet, dem Hintergrund und dem Vordergrund, allem Sichtbaren im riesigen Rahmen wie dem Unsichtbaren darüber hinaus, von dem er irgendwann einmal gelesen hatte, und sich kein weiteres Bild der Exposition mehr angesehen. Aber der Mann, der es gemalt hatte, ein Pferdenarr, war nur wenige Jahre später von eben solch einem Tier gestürzt und daran gestorben, aus einer Luxusallüre heraus!

Wie ging das zusammen?

Gar nichts ging zusammen.

Nichts, so wenig wie auf dem Bild. Die Nacktheit auf der »Medusa« war nicht nur entsetzlich, sie war auch abstoßend, so abstoßend wie Géricaults Modelle dafür: Fragmente aus dem Leichenschauhaus.

Jetzt wusste Berg, warum er das Bild hatte sehen müssen wie auch das Bild dahinter: Um genau so, wie er es jetzt tat, dagegen zu protestieren! Also aß er weiter: mit Genuss, schmeckte das Kraut mit dem Speck, dabei schmatzte er leicht, mit einem gewissen Behagen sogar, fast ins Wollüstige getrieben, dann die buttergelben Kartoffeln, deren mehlige Masse ihm den Mund zu verstopfen schien, das rot-weiß gestreifte Fleisch, das glänzte und, waren die Stücke nur groß genug, auf der Gabel bebte und zitterte, als stecke noch Leben in ihnen, aber auch sie, kräftig mit Senf bestrichen, aus dem Töpfchen, auf dem der Name *Lipp* zu lesen war, verschlang er mit einer inneren Gier, die er sich äußerlich nicht ansehen ließ, zwischendurch spießte er mit der schweren Gabel die hellen Würste auf, die dunklen: schimmernde Hieroglyphen, in denen eine Ahnung vom Gebrüll des gemordeten Schlachtviehs lauerte. Natürlich aß er nicht alles, was sich da auf der Platte türmte, es hätte für zwei gereicht, doch sah man seiner Serviette an, wie sehr es ihm geschmeckt hatte.

Einen Moment lang wusste er, bis in den letzten Gefühlswinkel, wie es der Piaf ergangen sein musste, nach der Séance bei ihrer besten Freundin, in der Marcel zu ihr gesprochen hatte, unsterblicher Geliebter, abgestürzt mit dem Flugzeug, aus dem Nichts heraus hatte er ihr befohlen, wieder zu essen, aus Kummer und Schmerz über den Verlust, todessüchtig, rasend, hatte sie aufgehört damit, zur Verzweiflung ihrer Freunde.

Sie war seinem Befehl aus dem Nichts gefolgt.

Sie hatte den grausamen Schmerz niedergefressen.

Zum Abschluss nahm er einen Espresso, danach, seine Lust auf Süßes war urplötzlich übermächtig geworden, bestellte er ein Gläschen Cointreau. Mousse au Chocolat, daran hatte er zuerst gedacht, war sogleich wieder verworfen worden. Kein Willensakt, aus Völlegefühl. Er war einfach satt.

Zum Likör und Espresso rauchte er jeweils ein Zigarillo und schloss die Augen, wenn er daran zog, um den Rauch gleich darauf wieder durch seinen leicht geöffneten Mund entkommen zu lassen.

Allmählich trat die Stimmenkulisse des Lipp zurück, er war allein, er konnte *sie* erwarten, das *L'addition, s'il vous plaît!* hatte Zeit.

15

R*odin*, sagte er zu ihr: Musée Rodin! Sie werde begeistert sein. Sie hatten, weil es so heiß gewesen war, die Metro genommen, zweimal die Linie gewechselt, in Varenne waren sie ausgestiegen. Oben angekommen, schlug ihnen ungebrochen die Hitze der Stadt entgegen, zum Glück war es nicht weit bis zu Rodin. Rikes Füße in den durchbrochenen Sandalen, ihre wohlgeformten Zehen, hatte Berg, als sie noch in der Metro saßen, mit verstecktem Entzücken betrachtet, den dazugehörigen Körper, ihn im Vorgriff auf die zweite Nacht im »Baltimore« nackt zu Ende gedacht. Ob sie ahnte, was hinter seiner Stirn, seinem gleichmütigen Blick vor sich gegangen war?

Ich mag Rodin, sagte Rike und strahlte: Ich hab sogar ein kleines Buch über ihn.

Soll ich raten, von wem?

Sag's!, lachte sie.

Rilke, sagte er.

Woher willst du das wissen? Rike machte ein Gesicht, als hätte er sich geirrt.

Alle Romantiker haben das Buch, wenn es um Rodin geht. Hast du es gelesen, ganz?

Ein bisschen, sagte sie, mehr geblättert, Tante Mi hat es mir geschenkt. Die Abbildungen haben mich total fasziniert, wirklich: Da ist so viel Kraft drin, auch Weichheit. Vor allem Weichheit, finde ich.

Ich hab's auch nicht durchgelesen, das geht gar nicht bei Rilke, wenn er Prosa macht.

Aber seine Gedichte sind schon schön, sagte sie, die hat mir nicht mal die Schule abgewöhnt.

Eigentlich kann ich mich nur an Gedichte von Becher erinnern.

Zu meiner Zeit, sagte sie, gab es mehr Brecht.

Als sie, zusammen mit anderen Besuchern, die sich am Eingang fast drängten, durch das große Tor in der Umfassungsmauer gingen, dessen schwere dunkelgrünlackierten Flügeltüren unter einem mächtigen steinernen Bogen weit offen standen, und den breiten, mit hellem Stein gepflasterten Weg zum Palais betraten, er war von Rasenstreifen gesäumt, von Rosenstöcken und Buchsbaumhecken, über dem Eingang wehte die Trikolore, sagte Berg, fast beiläufig:

Auf eine Sache freue er sich hier besonders.

Rike sah ihn nur an, fragte aber nichts.

Auf eine Figur, sagte er, eine ganz bestimmte.

Ach ja, hörte er: Und warum?

Wenn ich die sehe, in einem Buch, einem Katalog oder was weiß ich wo, sehe ich nur noch dich! Ich schwöre es!

Mich?, fragte sie erstaunt. Hat sie einen Namen? Rike versuchte offenbar, ihm auf die Spur zu kommen.

»Danaide.«

Das sagt mir jetzt nichts. Sie klang ein wenig enttäuscht: Ich dachte, du meinst den »Kuss«. Den kenn ich. Den kennt ja jeder.

Berg schüttelte den Kopf, es geriet ihm ungewollt heftig: Den kennen nur Menschen, die sich so küssen wie wir! Haben wir uns nicht so geküsst, in dem hässlichen Hotel, am anderen Ende der Welt?

Berg wusste, dass sie sich so geküsst hatten, mit dieser Umarmung, die bald zum Wirbel wurde, dem nicht zu entkommen war, so lange nicht, bis sie nackt gewesen waren, frei. Eins.

Ich glaube ja, sagte sie leise, ich weiß es nicht mehr so richtig, ich war ziemlich betrunken, nicht?!

Wir waren beide betrunken, sagte er, vom Sekt aber bestimmt nicht, wir haben die Flasche ja nicht einmal leer gemacht.

Was du alles noch weißt?! Rike blieb stehen und sah ihn an: Ich glaub, du bist ziemlich gefährlich, Torben Berg: Du willst nicht nur alles, du vergisst auch nichts!

Nein, sagte er und versuchte, sie zu küssen: Das gelingt mir auch sonst nur schlecht, bei dir gelingt es mir gar nicht.

Sie hatten den »Kuss« gesehen, in allen Variationen, hinter Glas und vor Spiegeln, die »Danaide«, »Fugit Amor« und die anderen Berühmtheiten aus der Werkstatt des Genies, die sich im

Palais befanden, in seinen Sälen, Räumen, im Treppenhaus, neben der schier unendlichen Folge kleinerer, namenloser Figurationen, Modelle und Skizzen in Leidenschaft Verstrickter: eine Fülle explodierender Körper, Doppelkörper, manche nur noch in Schoß und Lippen zusammengehalten, bewusstlose, reine Kraft zwischen Kontraktion und Zerreißen, erstarrt schließlich im Moment des Verzücktseins, unter dem Pompejiblick Rodins – jeder, der daran vorbeiging, davor verharrte, ging an sich selbst vorbei, verharrte vor seinem Spiegelbild.

Auch sie hatten sich wiedererkannt in den weißen und schwarzen Paarungen auf Sockeln und hinterm Glas hoher Vitrinen, manchmal trafen sich ihre Blicke dabei, dann blitzte etwas auf in ihren Augen, ein Geheimwissen, das sie mit anderen, denen es im Hause Rodin ebenso erging wie ihnen, teilten.

Die »Danaide« allerdings hatten sie länger betrachtet.

Siehst du, flüsterte er ihr ins Ohr: So lagst du vor mir, genau so, hingekniet, dein Nacken frei, du warst ganz weich, bis in die Stimme: *Nimm mich!*, hast du gesagt, leise, ganz leise, ich werde das immer hören, wie du meine Hände immer spüren wirst.

Hör auf, sagte Rike, wir sind nicht alleine.

Ist das dein Körper oder nicht?

Ich seh mich doch gar nicht so, Torben!

Ich sag es ja nur, weil es so ist. Soll ich es etwa für mich behalten? Das kann ich gar nicht.

Das musst du auch nicht, sagte sie, ihre Stimme war kaum noch zu hören: Ich finde es bloß erschreckend, wenn du so redest. Was wissen wir denn, wie es weitergeht oder ob, so, wie es jetzt ist? Das kann doch auch nachlassen, verschwinden, ohne dass man es will, es geht einfach. Das kommt doch vor, unendlich oft sogar, und was dann, was passiert dann?

In diesem Moment, der eine Variation ihrer dunklen Worte auf dem Hinflug war, war er versucht gewesen, sie wortlos zurückzuführen, an jenen Ort im Palais, wo die Skulptur »Fugit Amor« stand, und sie vor ihr zu fragen, ob sie *das* meine, wenn sie so rede, so aussichtslos düster, so pessimistisch? Aber er tat es nicht. Diese Tage sollte nichts verfinstern, sie sollten so hell sein und bleiben wie die Stadt, in der sie sich gerade treiben ließen.

16

Es war immer noch heiß, als sie das Palais verließen und über die Freitreppe in den Park gingen, gerahmt von Alleen mit hohen Laubbäumen, von geometrisch beschnittenem Gesträuch, Phalangen von Rosenstöcken leuchteten ihnen entgegen, Rhododendron-Wälle, Blütenfülle, wohin man auch blickte. Dazwischen Bänke aus Holz, aus Stein, in Laubnischen verborgen, frei stehend für die Ermüdeten von all der Pracht im Haus und auf den Wegen davor. Aber sie liefen nicht auf dem Kiesweg in Richtung des von poliertem Granit eingefassten und Skulpturen flankierten kreisrunden Teichs am weit hinten liegenden Ende der ganzen Anlage, in dessen Zentrum sich mehrere nackte Körper aus Bronze umeinanderwanden, eine erotische Laokoon-Gruppe hatte er sie bei seinem ersten Besuch genannt. Zum »Denker« wollten sie, der eingerahmt wurde von mächtigen Taxuskegeln, die ihn mit ihren Spitzen leicht überragten, in den Schutz der Schatten noch höherer Hecken derselben Art.

Dennoch hatten sie kurz in der Hitze unter dem aufgestützten Kopf des »Penseur« verharrt, aber dann, in der Flucht über die Mauer hinweg, den Blick auf die Kuppel des Invalidendoms gerichtet, den Eiffelturm, der ebenfalls zu sehen war, hatte Berg den Moment genutzt, um loszuwerden, was ihm angesichts dessen, was sie da vor sich sahen und wovon sie umgeben waren, plötzlich durch den Kopf schwirrte, ein Gedankenschwarm, wirbelnd und wogend, der nur an diesem Punkt der Stadt freigelassen werden konnte, an diesem Ort, dieser Linie: Das Zusammenspiel der Erscheinungen ins Schöne war es, ins total Schöne hinein, jetzt, in diesem Augenblick!

Alles schien zu passen, alles zu allem: der gewalttätige Kaiser unter der Kuppel ebenso wie der Eiffelturm mit seinem filigranen Zauber, erst recht Rodins Bronzemensch, der so vieles denken konnte, bedenken, auch bedeuten: Wahrheit und Lüge, Schönes, Hässliches, und wie das in ein und derselben Sekunde Realität ist, in ein und demselben Menschen, Freiheit, Sklaverei, Tod, Leben, Geburt, Untergang. Napoleon war ja nicht dumm, er war genial gewesen, so genial wie brutal.

Hast du mal »Waterloo« gesehen?

Nein, sagte sie.

Rod Steiger als Napoleon, sagte er, unglaublich, wie er von Elba zurückkehrt, nach seinem ersten Sturz, seine Leibgarde im Rücken, eintausend Mann, und noch einmal alles auf eine Karte setzt, und die Abgefallenen, allen voran Marschall Ney, sein einstiger Lieblingssoldat, der ihn im Auftrag der wieder eingesetzten Bourbonen im Käfig nach Paris bringen wollte, sie fallen vor ihm erneut auf die Knie, ziehen erneut mit ihm in die Schlacht und verlieren erneut an seiner Seite, dieses Mal endgültig, auch weil Blücher kommt, der deutsche Ney, spät in der Nacht, und Wellington rettet.

Du glaubst jedenfalls nicht, wie er mir leidgetan hat, der Kaiser! Von St. Helena hat er da noch gar nichts geahnt.

Rike schaute ihn ungläubig an, er nahm es kaum wahr: Sein Blick ging unverwandt über die Mauer des Palais hinweg, in Richtung Invalidendom.

Wirklich!, sagte er: Steiger *war* in diesem Moment der Kaiser: Man konnte es sehen, ihm ansehen, seinem Gesicht, und sich dem, was sich darin abspielte, nicht entziehen.

Es ist tragisch, wenn ein großer Wille zerbricht, selbst wenn es notwendig ist, dass er gebrochen wird …

Ich weiß nicht, sagte sie: Kostet das die Kleinen nicht immer ein bisschen zu viel, so ein großer Wille? Ob ihm eigentlich auch so heiß sei? Sie habe furchtbaren Durst.

In diesem Moment hätte sie ihn um alles bitten, sogar alles befehlen können:

Es war so einfach, glücklich zu sein.

Nicht zu fragen, wer bist du; es zu wissen.

Einfach zu wissen.

Du hast ja recht, sagte er, riss sich aus dem Bannkreis des vor Hitze flirrenden Denkers auf seinem strahlend weißen Sockel und steuerte mit ihr das Museumsrestaurant an.

Nachdem sie es erreicht und sich im Schatten unter den Bäumen davor abgekühlt, am Mineralwasser auf Eis erfrischt hatten, beschlossen sie, zuerst in den Invalidendom zu gehen, danach zum Boulevard Saint-Germain und vielleicht noch einen Besuch des Pantheon zu schaffen. Im Les Deux Magots, schlug Berg vor, können sie etwas essen; er liebe es, sich dort aufzuhalten. Für die Nacht hatte er etwas ganz Besonderes vor; aber das behielt er noch für sich, das wollte er ihr erst sagen, wenn sie wieder im Hotel wären.

17

Im Les Deux Magots war es überraschend leer, sie konnten sich einen Tisch aussuchen, aber sie tranken nur Tee und rauchten dazu eine Zigarette.

Sie sah zauberhaft aus, er konnte sich nicht sattsehen an ihr und sagte, er müsse sie unbedingt fotografieren, jetzt gleich. Er erwartete einen Einspruch ironischer Natur, aber er kam nicht.

Und?, fragte er, während er sie fotografierte: Bist du glücklich?

Siehst du das nicht?, fragte sie zurück.

Du lächelst, sagte Berg.

Ist das kein Beweis?

Sag einfach ja, sagte er.

Einen Moment lang blickte sie durch ihn hindurch, dunkel, fast abweisend. Doch dann wurde ihr Gesicht wieder hell, und Berg, der unentwegt abdrückte, glaubte, ein »Ach, Torben ...« gehört zu haben, es klang weich, so sehr, dass er die Kamera auf den Tisch sinken ließ, nach ihrer Hand griff und ihre Fingerspitzen küsste. Es schien ihr zu gefallen, sie zog die Hand nicht zurück, und Berg sagte, die Fingerspitzen zu küssen sei mehr als ein Handkuss, es sei ein Versprechen.

Was er ihr denn damit beweisen wolle?

Was denn?, fragte Berg, obwohl er ahnte, was sie meinte.

Dass wir in *Paris* sind, nicht?

Sind wir doch, sagte er.

In der Stadt der Liebe. Oder?

Seine Antwort war der Griff nach einem Stück Würfelzucker, aus dem zwei wurden, löste man seine beige Verpackung ab. Sie zeigte nicht nur den Namenszug des berühmten Cafés, in dem sie saßen, auch die noch berühmteren dunklen Holzskulpturen der beiden chinesischen Kaufleute, die an der Mittelsäule des Cafés unter der Decke und über den Gästen hingen und ihm den Namen gegeben hatten, waren abgebildet: olivgrüne Scherenschnitte, die die verpackten Würfel geradezu edel aussehen ließen. Dann hielt er ihn Rike unter die Augen und sagte:

Zur Erinnerung! Ich hab zu Hause schon eine ganze Sammlung davon.

Danke, sagte sie, ihr Blick wurde wieder spöttisch, wie viele Frauen hast du denn schon auf diese Weise mit Erinnerung versorgt?

Ich zeig dir mal ein paar, mit denen ich hier leider nicht war, heute noch.

Wie soll ich das denn verstehen?

Berg sah Rike einen langen Moment unverwandt an, schließlich verriet er ihr, dass er vorhätte, mit ihr ins *Crazy Horse* zu gehen.

Das sei die schönste Erotikshow, sagte er, die er je gesehen hätte.

Schweinereien? Rike lächelte.

Kunst, sagte Berg: Stell dir vor, die Skulpturen Rodins beginnen zu tanzen. Ungefähr so!

Kurz nach zwei Uhr in der Nacht verließen sie mit den zahlreichen anderen Gästen, das *Crazy Horse* schien auch um diese Zeit ausverkauft gewesen zu sein, die Spätvorstellung des legendären

Unterhaltungstempels an der Avenue George V, dessen Wände mit roten Tapeten ausgeschlagenen waren, das Meublement mit roten Bezügen bespannt, dazwischen Spiegel in vergoldeten Rahmen, eine Bar, und obwohl es natürlich ein Ort für viele war, für Unzählige sogar, schafften es Programm und Atmosphäre, dass sich für die Dauer des Ereignisses der Besucher irgendwie privilegiert fühlte, ein wenig ausgezeichnet, fast königlich. Man sah es den Gesichtern an, es lag ein Abglanz dieser seltsam beflügelnden Illusion auf ihnen.

Sie hatten gleich unterhalb der Bühne gesessen und während der Revue eine halbe Flasche Champagner getrunken, die, wie an jedem Sitzplatz, in einem Kühler mit Eisbruch steckte. Zwischendurch hatte Berg Rike immer wieder heimlich beobachtet, wie sie fasziniert nach oben geschaut hatte, den Bewegungen der bildschönen Tänzerinnen gefolgt war, deren einheitliche Perücken in manchen Nummern die Ästhetik des Militärischen zitierten, ohne den damit in der Regel verbundenen Nichtfarben zu folgen – sie konnten schon mal pink sein, weißblond oder funkelnde Perlengehänge –, ihren vollendeten Körpern, den Lichtspielen darauf. Musik und Gesang hatten ein Übriges getan, damit es nicht ermüdend wurde, knisternd blieb, obwohl es schon spät war.

18

Bis zu den Champs-Élysées war es nicht weit, ein Katzensprung. Als sie vor der Brasserie George V standen, in der noch serviert und gespeist wurde, obwohl es inzwischen auf halb drei zuging, fragte Berg, ob sie nicht doch noch etwas essen sollten, er jedenfalls sei ziemlich hungrig inzwischen?! Rike, die sich auf dem kurzen Weg bis zur Prachtstraße an ihn geschmiegt hatte, ihm schien, obwohl es nicht kühl war, sie fröstelte, erwiderte nur, sie auch.

Schön, sagte er, dann gehen wir jetzt mal tief in der Nacht zu Abend essen. Weißt du, was ich mir gleich kommen lassen werde?

Nein, sagte sie: Was?

Austern, Meeresschnecken, Weißwein! Alles andere wäre jetzt ein Irrtum. Und du?

Ich weiß nicht, sie zögerte einen Moment: Ich probiere. Beim Wein kann ja nichts schiefgehen.

Es war leicht, in der Brasserie einen Platz zu finden, die Bedienung kam schnell. Berg bestellte eine Plate du Jour und eine Flasche Chablis. Der Wein wurde sogleich präsentiert, am Flaschenhals liefen feine Perlen herab, er schien eiskalt zu sein. Der Kellner brauchte nur wenige Umdrehungen, um die Flasche zu entkorken, es sah sehr geschickt aus, geradezu elegant. Berg probierte, nickte, ihre Gläser füllten sich, die Flasche versank geräuschvoll in dem mit Eiswürfeln gefüllten Kübel, sie stießen an.

Wir sitzen wirklich in Paris, dachte Berg ein weiteres Mal und hätte zu gerne gewusst, was Rike jetzt durch den Kopf ging: Es konnte nichts Trauriges sein, ihr Gesicht wirkte gelöst, er hätte es, wäre er gefragt worden, sogar glücklich genannt, wüsste er nicht, dass es gefährlich war, Rike ungebrochen glücklich zu denken, jedenfalls war es leichtsinnig für den, der so dachte, es glaubte, darauf hoffte. Er griff über den Tisch nach ihrer Hand, umschloss sie, der Druck war sanft, sie lächelte. Dann sagte sie:

Es war traumhaft, wirklich! Diese Körper! Ich versteh schon, was du heute Nachmittag gemeint hast.

Heute Nachmittag, er stockte, heute Nachmittag hab ich doch nur zu schnell geredet: Schöne Körper sind das eine, das andere bist *du,* du bist mehr.

Was?, fragte sie: Was bin ich mehr?

Alles, sagte Berg und wich ihrem Blick ein wenig aus.

Kann man das wirklich sein, für einen anderen? Sie blickte an ihm vorbei.

Daran glaub ich, sagte Berg, *ich* jedenfalls.

Hast du das nicht schon mal einer Frau gesagt? Jetzt blickte sie ihn an.

Er schwieg.

Und wenn es so war, warum wiederholst du es dann, hier, heute, mir gegenüber?

Bevor er antworten konnte, kam der Kellner und servierte mit ebenso elegantem Schwung, wie er die Weinflasche entkorkt hatte, die Plate du Jour. Berg durchfuhr ein leichtes Gefühl von Gier, als er die schimmernden Austernhälften sah, die Schnecken, das andere Meeresgetier: fein säuberlich arrangiert auf kühlendem Eis, auf den Stufen der Etagere. Zwischen dem bläulichen Ton, der über allem lag, leuchtete das Gelb der Zitronenscheiben umso stärker, reizte seine Geschmacksnerven durch den bloßen Anblick.

Na dann!, sagte er und lachte: Ob er ihr auch eine zubereiten solle?

Da sie nickte, ging er sogleich ans Werk, würzte mit Pfeffer, Salz und Zitrone, verrührte alles leicht mit dem Fleisch und löste es vorsichtig vom perlmutternen Grund der Tiere, die, so ging es ihm dabei durch den Kopf, ahnungslos in ihrem Meerwasser dieser Sekunde, in der es sie endgültig zerriss, entgegengeatmet hatten. Schließlich reichte er ihr eine der beiden so präparierten Hälften, ergriff mit der linken Hand die seine und erhob sein Glas:

Auf dich, du göttliches Wesen, du!, sagte er, kippte das Muschelfleisch, ohne zu zögern, in seinen geöffneten Mund, schloss kurz die Augen, um dem Geschmack zu folgen, der sich zwischen Gaumen und Zunge ausbreitete und kurz darauf seine Kehle hinabglitt. Dann schwieg er zwei, drei genussvolle Atemzüge lang, schlug seine Augen wieder auf, blickte zu Rike und fragte:

Geht es dir gut?

Es gefällt mir, sagte Rike und hielt ihm ihr Glas zum Anstoßen hin.

Was heißt das?, fragte Berg.

Es schmeckt, sagte Rike, nachdem sie getrunken hatte: Es ist aber auch eigenartig. Ich bin es noch nicht gewohnt.

Ich esse das auch nicht jeden Tag, Berg griff nach der nächsten

Auster, nur wenn, dann ist es noch jedes Mal ein kleines Fest. Mit Oliven geht es mir ebenso. Kurz nachdem ich im Westen war, war mit Oliven bei mir nichts zu machen, auf keiner Feier, keinem Empfang. Ich kam einfach nicht ran, doch dann, auf irgendeiner Stundentenparty, hatte irgendwer einen Olivensalat mitgebracht, und plötzlich war das wie der Urknall! Seitdem hab ich immer Oliven im Kühlschrank, schwarze, mit Kern, in violetter Brühe! Mir läuft das Wasser im Mund zusammen, wenn ich nur daran denke, und bei diesen Tierchen hier geht's mir genauso.

Warst du schon immer so? Rike war dabei, sich ihre zweite Auster selbst zuzubereiten.

Wie?, fragte Berg.

Na ja, sagte sie: So sinnlich, so gierig, ich sehe ja, wie du das isst. Bin ich für dich auch so was?

O Gott!, rief Berg aus und schüttelte den Kopf: *Du?* Was soll ich denn darauf antworten? Sag ich nein, könntest du enttäuscht sein; sag ich ja, auch. Was willst du hören?

Das reicht schon, sie lachte hell auf, um wenig später, von einer Sekunde zur anderen, mit kleinem Schrei von der Tischplatte zurückzuweichen.

Berg, der sich gerade mühte, eine Meeresschnecke aus ihrem Gehäuse zu ziehen, blickte erschrocken zu ihr hin. Doch bevor er etwas fragen konnte, zeigte sie auf eine Muschel auf ihrer Seite der Etagere und sagte, mit leichtem Ekel in der Stimme, es gäbe dort so etwas wie einen Wurm. Sie glaube jedoch nicht, dass der dazugehöre.

Das glaube er auch nicht, sagte Berg, nachdem er sich über den Tisch gebeugt hatte. Dann gab er dem Kellner ein Zeichen. Der Kellner nahm an, dass er gerufen worden wäre, um nachzuschenken. Doch Berg fragte, ob sie vielleicht noch eine Portion gebratene Entenleber haben könnten?

Oui, monsieur, sagte der Kellner freundlich und verschwand, nicht ohne ihre Gläser ein wenig aufgefüllt zu haben.

Tut mir leid, hörte er Rike: Ich hab mich benommen wie ein kleines Kind, was?

Hast du nicht, er lachte, um sie aufzumuntern, wir sind hier doch nicht im Busch, wo man Würmer fressen muss! Wer weiß, wie das Vieh auf die Platte gekommen ist, aus welcher feuchten Kiste, von welchem Strand, welchem Schiff. Schade, jammerschade wäre nur, wenn dir für alle Zeiten der Genuss von Austern vergällt worden wäre. Ich lasse mich davon jedenfalls nicht abschrecken, das wirst du gleich sehen!

Es wurde schon hell, als sie die Brasserie verließen und in Richtung Arc de Triomphe gingen, um über die Avenue Klèber ins Hotel zurückzukehren. Die wenigen Autos übertönten noch nicht die ersten Vogellaute, noch leuchteten die Straßenlampen, die Reklame an den Häusern, in Schaukästen, Telefonzellen, irgendwo schwoll das grüne Lichtkreuz einer Apotheke in gleichmäßigem Rhythmus an, ab, an, ab ... Langsam fuhr ein Polizeiwagen an ihnen vorbei, er fuhr in Richtung Place de la Concorde, Tuilerien, Louvre ...

Berg blickte ihm nach und sagte:

Wenn ich nicht so müde wäre, würde ich sagen: Wir folgen ihm einfach, immer geradeaus, Place de la Concorde, Tuilerien, Louvre, und dann, über den Pont Neuf, zur guten Mutter Notre-Dame, vielleicht gibt es ja, wenn wir ankommen, gerade eine Frühmesse ...

Sie sei auch müde, sagte sie, total, sie könne auf der Stelle einschlafen, dabei hätten sie sich doch bloß amüsiert ...

Ja, schade, sagte er, aber ich wandere sowieso nicht gerne, nur am Meer, am Meer kann ich laufen, stundenlang, ohne es zu merken.

Rike ging als Erste ins Bad. Sie ließ die Tür offen, was sie sonst nicht tat, wusch sich kurz, putzte ihre Zähne, Berg hörte das leise Geräusch wie ein offenbartes kleines Geheimnis. Dann kehrte sie zurück und schlüpfte, nackt wie sie jetzt war, schnell unter die dünne Decke auf dem Doppelbett, die groß genug war, dass sie sich beide damit zudecken konnten, bequem, ohne Anstrengung. Als Berg sich zu ihr legte, schlief sie schon. Zuvor hatte er die Vorhänge am Fenster zum Balkon zugezogen und seine Nachttischlampe angeschaltet, ihr Lichtkegel fiel auf das schmale Buch »Der andere Schlaf« von Julien Green. Er las es zum zweiten Mal, aber zum ersten Mal in Paris, Green hatte es hier geschrieben. Auch solche Spiele liebte er. Er hörte ihre tiefen Atemzüge, blickte auf ihren Körper unter der Bettdecke und dachte, dass er sie so nackt und verhüllt zugleich schon einmal gesehen hatte, vor keinen zwei Monaten, aber weit entfernt von hier – nun lag sie wieder an seiner Seite, doch hatte er sie dieses Mal nicht aus einem dunklen Haus entführen müssen, nicht stumm lieben, um ihr schönes Erschöpftsein hautnah neben sich zu sehen, zu spüren. Je länger er dabei auf ihren bedeckten Körper blickte, auf ihr Gesicht, ihre dunklen Haare, umso wacher wurde er:

Das ist ein Bild, dachte er, und es existiert nur für mich!

Er war versucht, das Bild zu küssen.

Er tat es nicht, löschte das Licht, hoffte auf die Rückkehr der Müdigkeit, aber mehr noch auf die Lust, die Lust nach tiefem, erquickendem Schlaf …

19

Eine Stunde vor Mitternacht verließ Berg das Lipp und fuhr mit der Metro zurück zum Hotel. Als er in der Station Trocadéro wieder an die Oberfläche kam, überfiel ihn leichtes Frösteln. Doch weil ihm im Schaukasten mit der Speisekarte geradezu etwas entgegensprühte, blieb er vor dem »Le Coq« stehen und entdeckte zu seiner Überraschung, gekonnt, ja, spritzig kalligraphiert, mit Silber- und Goldstift, eine Spezialofferte für den morgigen Abend: das Silvestermenü des Hauses in drei Gängen für 580 Franc, Getränke extra. Der Preis schien ihm nicht übertrieben.

Er dachte an Charlotte. Sie würde sich freuen, wenn er ihr berichten könnte, tatsächlich im »Le Coq« gefeiert zu haben, jedenfalls gespeist, der Rest würde sich finden. Er beschloss, sich morgen gleich nach dem Frühstück einen Platz reservieren zu lassen.

Manchmal fielen einem die Dinge ohne jede Mühe zu, wurden Entscheidungen überflüssig, weil schon entschieden worden war, von wem oder wo auch immer: eine Uhrzeit, eine Schrittfolge, ein Seitenblick. Das galt im Guten wie im Bösen, aber es galt. Und die *Freiheit?* Die Freiheit dazwischen war eine schöne Idee, über die man lange nachdenken konnte, auch streiten, räsonieren, hinterher, wenn alles passiert war, während gerade etwas Neues geschah, etwas anderes, nie dasselbe, demselben, der darüber nachdachte, notorisch verspätet, aber immer wieder.

Was passiert mir gerade?, fragte er sich, irritiert über seinen philosophischen Fatalismus, nur weil er ihm nützlich geworden war, während er die Avenue Kléber überquerte, schräg, mit schnellen Schritten, ohne groß auf Fahrzeuge zu achten, der Verkehr war noch immer nicht abgeflaut. Aber es passierte nichts, was ihn hätte aufhalten können, um anzukommen, dort, wo er ankommen wollte, jetzt, in diesem Moment, heute noch. Oder war es schon morgen? Eigentlich gab es nur Gegenwart, in einer scheinbar endlosen Dehnung, bis der Faden riss.

Im Empfangsbereich des Hotels herrschte noch reger Betrieb, den verspiegelten Durchgang zu den Fahrstühlen, zur Bar und zum Restaurant frequentierten zahlreiche Gäste, sie kamen oder verließen das Haus, allerdings täuschte der Verdopplungseffekt eine Dichte vor, die sich im hinteren Bereich des phantastischen Tunnels wieder verlor.

Berg fuhr alleine im Fahrstuhl nach oben, mit dem Aufstieg verschwand auch die Unruhe, die unten die beginnende Nacht zum Tag machte.

Ins Zimmer gekommen, schaltete Berg sogleich das Fernsehgerät ein, deutsche Sender fand er nicht, er ließ *France 1* laufen, vielleicht gab es irgendwann Nachrichten, deutbare Bilder, den Rest, was den Weltzusammenhang der Stunde betraf, würde er sich zusammenreimen können. Er kannte ihn. Dann stellte er sich fast zehn Minuten lang unter die Dusche, das Wannenbad hob er sich für den morgigen Tag auf, der gerade begonnen hatte. Er hätte ewig so stehen können: das heiße Wasser ließ ihn spüren, wie viel Kraft ihn der Tag tatsächlich gekostet hatte, aber auch, wie diese Kraft nun wieder zurückkehrte. Erst jetzt dachte er sich aus dem Bad, dem Hotel, aus Paris zurück, zurück nach Hamburg: Sie würden wohl schlafen, die beiden, von denen nur noch Charlotte die Seine war, die andere hatte er erst verdrängt, dann vergessen und verspielt, jetzt verloren ... Karla.

Rike aber hatte er nicht halten können, festhalten, wie einen neuen Besitz.

Man besitzt keinen Menschen wie einen Leibeigenen, dachte er, selbst wenn man ein Leib mit ihm war. Hatte er Rike nicht auf eine Weise an sich binden wollen, die sie vielleicht nur als Leibeigenschaft hatte deuten können?

Mit dem kräftigen Abtrocknen riss die Gedankenkette, die sich immer enger um seinen Kopf zu legen drohte, er verließ das Bad und blickte einen Moment auf das Geschehen auf dem Bildschirm, aber das, was er sah, hatte nichts mit ihm zu tun. Doch war es ihm jetzt viel zu einsam in seinem Zimmer, um den Apparat schon abzustellen. Am besten, er schliefe über dem fremden Geflimmer irgendwann ein.

Er erwachte vom Flackern der Fernsehbilder im dunklen Zimmer, blickte auf sein linkes Handgelenk und dachte:

Wie still es jetzt ist!

Es war kurz nach drei. Sein Blick fiel auf den großen Spiegel gegenüber vom Bett, es war kaum etwas zu erkennen darin, offenbar hatte er vor dem Einschlafen die Nachttischlampe ausgeknipst. Der Spiegel verriet ihm dennoch etwas, eine Geschichte, die er geträumt haben musste, obwohl er plötzlich das Gefühl hatte, gar nicht geschlafen zu haben: ihre Bilder, seinem

Kopf entstiegen, standen jetzt wie eine zweite Wirklichkeit im Raum, den das bläuliche Licht des eingeschalteten Fernsehgeräts durchzuckte, lautlos, der Ton war abgestellt.

20

Er hörte sie im Bad singen, leise, irgendein Kinderlied. Er erhob sich, die Tür zum Bad war nur angelehnt. Behutsam öffnete er sie ein wenig, sie bemerkte ihn nicht. Er sah, dass sie eine kleine gelbe Ente aus Plastik mit rotem Schnabel durch das Schaummeer, in dem sie saß, schob und zurückholte, tanzen ließ auf den Wellen, die ihre Körperbewegungen verursachten, ihre kleinen Brüste glänzten vom schaumigen Wasser. Er war kurz versucht, sie anzusprechen; aber er wollte sie nicht erschrecken. Er konnte ja aus der Tiefe des Hotelzimmers nach ihr rufen, wenn er wollte; also schlich er zurück, legte sich aufs Bett. Wieder fiel sein Blick auf den Spiegel, der an der Wand hinter dem Fußende des Doppelbettes hing, das Bad ging rechts davon ab:

Zu hoch, dachte er. Er hängt zu hoch!

Er stand auf, nahm den Spiegel vom Haken und stellte ihn auf die Anrichte darunter. Der Spiegel stand nun leicht schräg an der Wand, bereit, zu erfassen und sichtbar zu machen: ein Körpergeflecht in Bewegung, im Verharren, in Auflösung, bis zu einem nächsten Versuch der aus dem Rahmen Gefallenen, das erinnerte Muster ins Bild zurückzubringen, neu zu knüpfen, sich ein weiteres Mal daran zu entzücken, darin.

Dann lag er wieder auf dem Bett, um in der Position zu verharren, die er jetzt sah, wie er sie sehen würde, wenn er sie gestaltete: Sie kniete über ihm, nackt, küsste ihn, ihr dunkler Haarschopf füllte den unteren Bildrand aus, seine Hände glitten im selben Moment ihren schmalen Körper hinab, der unendlich betörend duftete und sich aufgebäumt hatte unter der Berührung, umfassten kurz die doppelte Wölbung, glitten weiter, tiefer, öffneten, was nicht mehr geöffnet werden musste …

Noch immer hörte er sie im Bad singen, manchmal summte sie nur ...

Der Junge, der er gewesen war, hätte auch so summen können, so verspielt, verträumt, so weltvergessen, als er das erste Mal einen nackten Körper in einem Spiegel sah: kaum verhüllt, vom Tüll einer Gardine – der schwere alte Schrank, in dessen Mitte ein großer Spiegel eingelassen war, stand unmittelbar neben dem Gaubenfenster unter der niedrigen, im Schrägen endenden Decke des Zimmers, von dem die Gardine herabhing. Der nackte Körper drehte sich, wendete sich, kokett, verschämt, erregend, am erregendsten die zarte doppelte Wölbung, wählte er nur die richtige Perspektive – *es war sein eigener Körper*, den er dort sah und mit den Augen bespielte, in der Dachkammer eines sehr alten Hauses in der Hauptstraße seiner Heimatstadt, in der er manchmal schlief, vom Freitag zum Sonnabend, sein Lehrmeister hatte es ihm dankenswerterweise angeboten, weil sie früh begann, die Arbeit an den Sonnabenden. Zwei Stockwerke unter der Dachkammer lag der kleine Handwerksbetrieb, in dem er mit vierzehn Jahren zu arbeiten begonnen hatte, zu lernen, wie man Brot backt, Brötchen und einfachen Kuchen. Später durfte er feinere Dinge gestalten, glasieren, verzieren: Eclairs, Windbeutel, Schillerlocken oder Torten: Nusstorten, Marzipantorten, Wiener Rolle, Frankfurter Kranz, Schwarzwälder Kirsch. Alles war weich, warm und feucht; Gesicht, Arme und Nacken glänzten. Es war Arbeit und Kunst zugleich, und sie schmeckte süß; wenn man die Arbeit vergaß, noch süßer.

Zu diesem Zeitpunkt wusste er noch nicht, was das ist: ein Voyeur, ein Narziss. Die Lust, sich zu sehen, aber war schon da und seitdem nie mehr vergangen; nur zu zweit musste sie bald darauf *zu sehen sein*, die Lust, damit sie zu viert Lust sein konnte, verdoppelte Lust, das Fremde im Eigenen, das Eigene im anderen. Das äußere Bild eine Entsprechung des inneren, Körperfragmente, gesichtslos, explosive Dynamik in goldenem Rahmen, magnetisches Zusammenspiel von Teilen eines einzigen Leibes, der immer zwei sein und bleiben würde: das paradoxe Mysterium, dem alles unterworfen war. Die Kleidung darüber war Trennung, war Tarnung.

Komm doch auch in die Wanne!

Ihr Ruf überraschte ihn.

Ich? Ich dusche lieber, rief er zurück, was nicht stimmte, dachte er doch: Ich will *hier* mit dir spielen, nicht im Wasser, das Wasser ist mit Schaum bedeckt, es spiegelt uns nicht, ich will dich zweimal haben: Ob sie denn fertig sei?

Gleich, rief sie und fragte, ob was Richtiges zu trinken da wäre?

Ich glaube, rief er zurück, er müsse nachsehen.

Bitte, hörte er sie, ihr sei so heiß, Sekt, kalt, eiskalt, das wäre was jetzt!

Als er aus dem Bad kam, sah er sie nackt auf dem Bett liegen, ein wenig zusammengekauert, sie schien zu schlafen, das Glas auf dem Nachttisch neben ihr, in dem es immer noch perlte, war halbleer. In der Kaminattrappe des Zimmers, in Schottland hatte er das eigentlich nicht erwartet, flackerte ein künstliches Feuer; die Wärme im Raum kam aus einer anderen Quelle. Er kniete vor dem Bett nieder, begann, sie zu streicheln, er berührte sie kaum dabei. Sie öffnete ihre Augen, sagte leise:

Mach weiter!

Ja, sagte er, was noch?

Alles, sagte sie, und er begann, den Rahmen des Spiegels, den er vom Haken herabgenommen, auf die Anrichte gestellt und ausgerichtet hatte, mit den Bildern auszufüllen, die er zuvor schon gesehen hatte, aber es wurden mehr, viel mehr als in seinem Entwurf.

Einmal sah er, kurz nur, auch sein Gesicht darin auftauchen, ihr Schoß blieb unter ihm zurück, später beobachtete er, wie er den kleinen Fuß ihres angewinkelten linken Beines zu sich heranzog, sich festsaugte. Zuletzt kniete sie über ihm, küsste ihn, während seine Hände durch ihr Haar fuhren, um gleich darauf an ihrem schmalen Körper, noch immer duftete er frisch, hinabzugleiten. Als seine Hände die doppelte Wölbung erreichten, riss sie ihren Kopf zurück, stöhnte leise, sein Griff wurde fest und fester, ihre Schenkel zitterten leicht, gaben nach: Dann waren sie endlich wieder ein Leib, sein Kopf fiel auf eines der beiden Kissen zurück, seine Hände schossen nach oben, erreichten ihren Hals, ihr Haar, *küss mich*, dachte er, während sie ihn küsste, heftig, und dabei seinen Kopf gepackt hatte. Sekundenlang dachte er nun nichts mehr, nur ein untergründiges Rauschen durchzog ihn, ein Sog, ein Wirbel: der Kreis war geschlossen. Ihr leichter Körper war plötzlich schwer geworden, lastete auf dem seinen; sie atmeten schneller als sonst, beide, es dauerte, bis sie leiser wurden, still.

In die Stille sagte er:

Unsere erste Nacht in Schottland.

Ich weiß, sagte sie.

Ist sie anders?

Ich weiß es nicht: Ich weiß nur, dass die Zeit vergeht und dass es deshalb ganz egal ist, wo man sich liebt, Hauptsache, es geschieht, man hält sie dann an.

Das klingt, als hätten wir keine?! Er griff nach seinen Zigarillos.

Wer hat denn schon Zeit? Sie zündete sich eine Zigarette an.

Dann rauchten sie, einige Minuten lang wurde es erneut still zwischen ihnen, auch von draußen, dem Kensington Gate, an dem das kleine Hotel lag, Kirklee sein Name, das eigentlich wie eine größere Pension wirkte und in dem ihnen vom deutschen Kulturinstitut in Glasgow ein Zimmer gebucht worden war, war nichts mehr zu hören: Es waren jetzt andere Atemzüge, die die Stille unterstrichen, und er dachte, dass den Atemzügen zuvor etwas seltsam Schönes eigen gewesen war – verschämt, fast unsichtbar, wie es war, sah man es nur im Gesicht desjenigen, der neben einem lag, mit offenen Augen, und atmete, an seinem Blick, seinem Mund: ein Glanz, eine Weichheit, die Sprache *vor* jedem Wort, lautlos: das Kind, das die Mutter anlacht, die Mutter das Kind.

Es ist ein Lachen, ging es ihm durch den Kopf, dem kein Unglück etwas anhaben kann, gleichgültig, ob es geschehen ist oder bevorsteht.

Vielleicht sehen wir ja morgen den Atlantik, sagte er in die Stille, wenigstens hier.

Ist es weit?, fragte sie.

Ich weiß nicht, sagte er, auf der Karte sah es nicht so weit aus.

Er stand auf. Die Karte lag auf dem kleinen Schreibtisch, neben den anderen Papieren und Büchern, die er mitgenommen hatte auf die Reise in die Kulturhauptstadt Europas. Es war der South Scotland Part der offiziellen Road Maps of Britain, präziser ging es nicht. Dann breitete er die Karte zwischen ihnen aus, auf dem Bett, die Ostküste Südschottlands mit Edinburgh bedeckte für einen Moment ihre nackten Brüste, die noch eben sein Gesicht berührt hatten, bevor sie sich ein wenig erhob, um dem Zeigefinger seiner linken Hand zu folgen, der von Glasgow aus langsam Richtung Westen strich.

Greenock, sagte er und ließ ihn auf dem Ortsnamen stoppen, aber dann:

Nein, den Atlantik würden sie nicht sehen, das sei eine Art Fjord, an dem die Stadt läge, und bevor das offene Meer käme, jetzt glitt sein Finger über dem Blatt hin und her, kämen jede Menge Inseln, Halbinseln und Berge, *Berge*, keine Hügel, und wieder Fjorde, sie lägen um Greenock ja wie Festungswälle und Gräben um eine Zitadelle.

Nein, wenn sie in Greenock aus der Bahn steigen würden, wäre sie umgeben von echten Tausendern, im Westen, im Norden, im Osten, der Fjord sei ein Äderchen dazwischen, aber seine Wasser könnten nach Atlantik duften, das vielleicht, wenn sie Glück hätten!

Wenigstens was, sie lachte leise; aber er wusste, dass sie nicht wirklich lachte, dass sie etwas betäubte. Doch sie schwiegen darüber, deckten sich schnell zu, nachdem er die aufgefaltete Karte vom Bett gewischt und auf den Fußboden hatte fallen lassen: Mit einem trockenen, knitternden Geräusch war ganz Südschottland auf den Bettvorleger ihres Zimmers Nr. 8 im Kirklee Hotel zu Glasgow herabgesegelt.

Ich bin todmüde, sagte sie; ihre Stimme war kaum noch zu hören.

Ich auch, sagte er und löschte, ganz gegen seine Gewohnheit, vor dem Einschlafen noch zu lesen, das Licht seiner Nachttischlampe. Die Dunkelheit, die sie umgab, wurde nur unterbrochen vom rötlichen Flackern des künstlichen Kamins.

21

Das bläuliche Licht vom Fernseher hatte Berg zurückgeholt in die frühe Morgenstunde des einunddreißigsten Dezembers neunzehnhunderteinundneunzig: Er war nicht in Schottland, und es war auch nicht die Nacht zum einunddreißigsten Oktober neunzehnhundertneunzig; er war in Paris, in einem Bett des Hotels »Baltimore«, und er war allein, niemand atmete neben ihm. Er hatte geträumt, was vergangen war; aber die Vergangenheit war kein Traum, sie war wirklich gewesen, jetzt war sie nur noch wahr. War Wahrheit also weniger als Wirklichkeit? Oder war sie unendlich mehr, weil die Wirklichkeit, die vergangen war, ihr nichts mehr anhaben konnte? Berg überlegte eine Sekunde, ob er die Nachttischlampe anschalten sollte; doch so wenig, wie er sie anschaltete, so wenig schaltete er das Fernsehgerät aus. Er richtete sich nur ein Stück auf, langte nach den Zigarillos und zündete sich eins an. Bald hatten sich seine Augen an die diffuse Dunkelheit im Zimmer gewöhnt, durch das Balkonfenster kam ein Schimmer vom Straßenlicht herein, auch sah er jetzt die Umrisse seines Oberkörpers und Kopfes im Spiegel etwas deutlicher, ab und zu leuchtete ein winziger Glutpunkt darin auf.

Die Einladung nach Schottland und England vor einem Jahr hatte ihn kurzfristig erreicht; er hatte unter der Bedingung zugesagt, Rike mitbringen zu können, die Flugkosten für sie würde er selbst übernehmen, natürlich, nur Doppelzimmer benötigten sie dann in Glasgow wie in York, wenn das ginge, wäre es schön. Es ging ohne Probleme; das Institut war froh gewesen, dass er, ein Ersatzkandidat, nicht auch noch abgesagt hatte. Am dreißigsten Oktober waren sie von Hamburg nach London geflogen, von dort mit *British Midland* weiter bis Glasgow, gegen Mittag landeten sie in der größten Stadt Schottlands. Überrascht hatten sie beim Landeanflug die vielen schneebedeckten Gipfel der Highlands wahrgenommen, den starken Kontrast mit dem immer noch frisch wirkenden Grün der sanft abfallenden Hänge und tiefergelegenen Flächen, von denen die Stadt, schwebte man nur hoch genug über ihr, weitläufig umgeben war, im Westen blitzten die Wasser des Atlantiks auf, zwischen Inseln, in Fjorden.

Nach der Ankunft waren sie mit dem Taxi ins Institut gefahren, wo der Direktor sie empfangen, seine Sekretärin sie mit den nötigen Unterlagen versorgt hatte. Auch der Direktor hatte sich noch einmal für sein kurzfristiges Einspringen bedankt, nicht nur wegen der geplanten Podiumsdiskussion in York; schon an diesem Abend sei seine Anwesenheit wichtig, es hätten viele Gäste zugesagt, den Revolutionären aus Leipzig begegnen zu wollen, mit ihnen ins Gespräch zu kommen, man sei hier in Schottland außerordentlich begeistert von den Vorgängen in Ostdeutschland seit dem Fall der Mauer und dem mutigen Protestvorspiel der Montagsdemonstrationen, das sei auch der Grund für die unüblich stattliche Anzahl der Eingeladenen, die Schotten hätten es unbedingt gewollt, regelrecht angezettelt hätten sie die Offerte – er mit seiner Biographie passe da wunderbar hinein, er sei ja so etwas wie ein früher Revolutionär im Kontext.

Ein Kontextrevolutionär bin ich also, dachte Berg. Am liebsten wäre er sogleich in eine Diskussion über die Formulierung eingestiegen, aber der Direktor verwies im selben Moment auf einen bereitstehenden Wagen, der sie in ihr Hotel bringen würde.

Im Wagen schauten sie sich den Veranstaltungsprospekt an. Er versprach auf der einen Seite der DIN-A5-großen Einladungskarte leibhaftige Leipziger Rebellen und Künstler an einem

»Revolutionstisch«, dazu »Signs and Miracles«, was auch immer damit gemeint war. Auf der anderen Seite sah man die Angekündigten, wie sie an einer Tafel aus fünf zusammengeschobenen Tischen saßen, deren Oberflächen verspiegelt waren, »The Revolution Table« genannt, und mit ihnen die Konterfeis und Oberkörper eines Dutzends Männer und Frauen unterschiedlicher Generationen, die sich im selben Moment in der fünffachen Spiegeltafel verdoppelten wie verfremdeten.

Rike war ein bisschen aufgeregt gewesen, als sie das Bild sah; sie suchte Bekannte darauf, auf den ersten Blick jedoch schien keiner dabei zu sein. Unter ihnen gab es, ausweislich einer Liste, die ebenfalls zu den Unterlagen gehörte, Kellner und Studenten, Dichter, Musiker, Schlosser und Tischler, eine Garderobiere, einen Journalisten, Ingenieure, Automechaniker, ein Afrikanist war ebenso mit von der Partie wie eine Videodesignerin, sogar ein Gastwirt; aber nicht alle der über zwanzig eingeladenen Revolutionäre, die mit zahllosen anderen zusammen Geschichte gemacht hatten, waren auf dem Bild zu sehen. Die Wahrscheinlichkeit, dass Rike am Abend im Institut eine unerwartete Wiederbegegnung mit einem Leipziger Bekannten in der schottischen Metropole bevorstand, war deshalb nicht gering, sie sorgte für Spannung bei ihr, für freudige Unruhe.

Er selbst hatte der Sache ein wenig distanziert entgegengesehen, alles sah nach einem Happening aus; sein Kunstbegriff aber ließ Happenings außen vor, Happenings hatten für ihn eher etwas mit Jahrmarkt zu tun, mit Budenzauber. Er begriff es nicht abwertend, er verstand es nur trennscharf. So hatte er es auch Rike angedeutet; sie hatte ihn dafür altmodisch genannt, Happenings könnten durchaus Kunst sein, warum eigentlich nicht?

Sicher, hatte er geantwortet, es gäbe Grenzfälle, nur sei vieles davon, sehr vieles sogar, blanke Scharlatanerie, die man auf einem Jahrmarkt natürlich goutieren könne, in echter Kunst jedoch stecke mehr als nur vordergründige Drastik, Komik, schrille Illustration, ob nun mit Worten, Gesten oder Videowänden, das sei vollkommen gleichgültig, eine Art spiritueller Mehrwert nämlich, weitab von jedem Krakeel oder Tagesgestammel, er könne sich nicht vorstellen, dass ihr das nicht einleuchte, so fein, wie sie in Kunstdingen doch dächte?!

Aber Rike hatte nur gefragt, warum er immer alles gleich so aufladen müsse? Es könne doch auch mal leichter zugehen, wenn er einen Witz höre oder erzähle, wüsste er doch auch, worum es sich handele.

Eben, hatte er geantwortet: Um einen Witz, nicht um Kunst!

Bis zum Erreichen des Hotels war sie daraufhin stumm geblieben, war auch ihm nichts eingefallen, was ihre Stummheit hätte beenden können. Die freundliche Aufnahme in dem kleinen Haus, das an einem Park lag, unweit einer Kirche, löste die untergründige Spannung zwischen ihnen auf; die ältere Dame vom Typ Miss Marple, die sie in Empfang nahm, wies sie mit warmer Stimme und herzlichen Gesten ein in die Routinegeheimnisse ihres Hauses, das auf allen Ebenen in einer rührenden Weise plüschig eingerichtet war, streng genommen sogar kitschig, was den Gast aber sofort einnahm, als wäre er bei Verwandten eingekehrt oder bei Großeltern, die es rundum gut mit ihm meinten.

Im Zimmer lief Rike sogleich ins Bad, um sich nach dem Flug frisch zu machen, beim Herauskommen, er war gerade dabei gewesen, seine Sachen aus der Reisetasche im Schrank zu verstauen und Bücher und Papiere auf dem kleinen Schreibtisch auszubreiten, hatte sie mit überraschend fröhlichem Gesicht gesagt, dass es eine Badewanne gäbe, die würde sie heute Abend wohl noch ausprobieren, sogar eine Plastikente säße auf dem Rand.

Unter einer Dusche, sagte er, hätten sie ja schon gemeinsam gespielt, aber in einer Badewanne? Das Ding sei ja leider kein Whirlpool!

Er sei wohl immer noch wasserscheu?!

Sie spielte nicht nur auf ihr gemeinsames Bad im zurückliegenden Sommer an, an einer einsamen Stelle in einem Baggersee bei Leipzig, als sie sich mit schnellen Schritten und einem eleganten Hechtsprung vor ihm ins Wasser gestürzt hatte, während er nur zögerlich hinterhergekommen war. Er hatte ihr danach, als sie nackt und nass auf einem großen Badetuch auf dem Uferrasen lagen, von seinen diesbezüglichen Erlebnissen in einem Jugendlager in Mecklenburg erzählt, er mochte vielleicht acht oder zehn Jahre alt gewesen sein und schon damals kein Freund forschen Stürmens in das flüssige Element, an dem er doch groß geworden war und das er liebte. Genau deshalb aber hatte man ihn bei der üblichen Taufe während des Neptunfestes zu viert im hohen Bogen in den See geworfen, um ihm anschließend die Urkunde über den für seinen Geschmack ziemlich rohen Akt auszuhändigen, auf der für jeden, dem er sie zukünftig zu zeigen bereit war, blau auf weiß zu lesen stand, dass man ihn auf den Namen »Wasserscheuer« getauft hatte. Er besaß die Urkunde immer noch. Sein Großvater aber, hatte er ihr weiter erzählt, sei noch viel schlimmer gewesen: Obwohl Seemann, hätte er nicht einmal schwimmen gekonnt.

Was?, hatte sie ungläubig gefragt: Wie das denn möglich gewesen wäre?

Ganz einfach, hatte er gesagt: Viele Seemänner in jener Zeit hätten deshalb nie schwimmen gelernt, weil sie sich bei einem möglichen Untergang ihres Schiffes nicht hätten quälen wollen.

Sie blickte ihn entgeistert an.

Das war doch gar nicht so dumm! Er sprach ein bisschen zu forsch für die Dramatik, um die es ging, als handle es sich lediglich um eine beliebige Mutprobe: Sie bräuchte sich ja nur einmal im Ernst vorzustellen: Du schwimmst im Atlantik um dein Leben, auf dem sei sein Großvater hauptsächlich gefahren, bis nach Chile und zurück, Salpeterlinie, es hat aber gar keinen Sinn, weil dein Schiff in den Fluten verschwunden ist, kein Rettungsboot in der Nähe, dir bleibt nur noch deine Verzweiflung, nicht ertrinken zu wollen, bis auch sie dir nichts mehr nützt. Dann doch lieber, hätte man sich damals gesagt, gleich absaufen, so schnell wie möglich! Oder?

Manchmal kann man wohl wirklich nur furchtbar klug sein!

So ist es wohl, hatte er gesagt, sie in den Arm genommen, und dann hatten sie sich auf das Doppelbett gelegt, um sich vor dem Abend mit den Leipzigern und ihren Gästen noch ein wenig auszuruhen. Kurz bevor er für einen Moment die Augen schloss, hatte er zum ersten Mal, seitdem sie in ihrem Zimmer im Kirklee Hotel von Mr. & Mrs. Peter H. Stevens, wie es auf der Visitenkarte des Hauses hieß, abgestiegen waren, bewusst registriert, dass sich an der Wand hinter dem Fußende ihrer üppigen Lagerstatt ein großer goldgerahmter Spiegel befand, und sofort geahnt, dass er noch eine Rolle spielen würde in den kommenden Nächten, die sie hier verbringen würden.

22

Um sechs Uhr fuhren sie ins Institut, eine halbe Stunde später waren alle Gäste aus Leipzig und die Veranstalter ebenfalls eingetroffen, man stellte sich gegenseitig vor, trank und versank sofort in Gesprächen, die Interessenten aus Glasgow selbst sollten erst gegen acht eintreffen. Schnell hatte er sich das angepriesene Revolutionsmöbel näher angesehen und festgestellt, dass es großer Phantasie bedurfte, in ihm etwas Geheimnisvolles zu erblicken: die schwarzen dünnen Metallbeinchen der einzelnen Tische, die Kunststoffplatten darauf, auch wenn sie verspiegelt waren, gaben nicht viel her, dass sich an ihnen so etwas wie Ideen oder Geschichten entzünden konnten – das Arrangement aus praktischem Bürointerieur minimalistischer Sorte wirkte blutleer, theoretisch. Zum Glück gab es Menschen, die dazugehörten, lebendige, die Ideen gehabt hatten und Geschichten davon erzählen konnten, wie man Geschichte macht, ohne lange darüber nachzudenken, dass man sie gerade macht. Das große Grübeln begann doch eigentlich immer erst hinterher, *jetzt*, wo alles vorbei war, Dresden wirklich wieder am selben Fluss wie Hamburg lag, die Diagonale von Rügen bis in den Schwarzwald durch nichts mehr geschnitten wurde, die Leipziger Demonstrationen aber immer schneller in den Mythos übergingen, der sie im Keim ja schon längst gewesen waren, weil sie friedlich etwas zu Ende gebracht hatten, was im ersten Versuch, im Juni 1953, noch in einer Tragödie hatte enden müssen. Wirkte Geschichte nicht deshalb so oft so tragisch auf die von ihr unmittelbar Betroffenen wie alle späteren Betrachter, weil ihr des Menschen Zeitmaß fremd war, der Mensch zuletzt aber, ging es um ihn selbst, kein anderes überzeugend fand in der kleinen und großen Geschichte, in der er auftauchte und wieder unterging, ohne dass man ihn gefragt hätte, ob er das überhaupt wolle?

Er hatte sich bemüht, mit ihnen darüber, *auch darüber*, ins Gespräch zu kommen, dabei hin und wieder auf Rike gehofft; aber Rike benahm sich, als sei sie verschwunden für ihn oder er für sie, das war lange Zeit nicht ganz klar. Mit dem Eintreffen der einheimischen Gäste im Raum war er vollends aus ihrem Blickwinkel geraten, so jedenfalls kam es ihm vor, in wachsendem Maße, selbst wenn er sie sah, sah sie ihn nicht mehr, und wenn er sie gelegentlich ansprach, manchmal nur im Vorübergehen, ignorierte sie ihn fast völlig. Da ihr Verhalten sich im Laufe des Abends nicht änderte, es verstärkte sich, schien ihm, wurde er erst unruhig, dann stieg Ärger in ihm auf, glaubte er doch erkennen zu können, dass unter den Leipzigern ein junger Mann war, der es ihr besonders angetan zu haben schien. Eine Weile bemühte er sich, die aufkeimende Eifersucht unter Kontrolle zu bringen. Da sie jedoch keine Anstalten machte, ihn wenigstens hin und wieder in ihre Gespräche miteinzubeziehen, kamen ihm immer deutlicher jene Szenen zu Bewusstsein, die sie am Beginn ihrer Bekanntschaft ungeniert zu spielen gewusst hatte, nur betrafen sie zu jenem Zeitpunkt noch den jungen Mann, den sie ihm damals so locker als ihren Freund vorgestellt hatte. Auch ihn, mit dem sie seit Jahren eine feste Beziehung gehabt hatte, hatte sie schlagartig nicht mehr wahrgenommen, weil ein anderer aufgetaucht war, er, Torben Berg, dem es nun in Glasgow offensichtlich ebenso erging wie einst seinem Vorgänger in Leipzig. Waren das etwa die auf der Einladungskarte angekündigten Zeichen des Abends, seine versprochenen Geheimnisse?

Er spürte, dass seine Phantasie davonzugaloppieren versuchte. Er entschloss sich deshalb, bevor sie ihr Unwesen ganz entfalten konnte, dem Spuk ein Ende zu bereiten. Nur würde er sie dieses Mal nicht bloß aus einer dunklen Wohnung zwischen schlaf- und biertrunkenen Menschen herausholen müssen, was, von hier aus gesehen, fast einfach gewesen war; stattdessen befanden sie sich im hell erleuchteten zentralen Veranstaltungsraum des deutschen Kulturinstituts in der größten Stadt Schottlands, der voll war von hellwachen Zeitgenossen, die munter miteinander redeten, tranken und nichts Geringeres als allerjüngste Weltgeschichte verhandelten, mit Zeugen des Geschehens zum Anfassen, auch Rike, es war nicht zu übersehen, zog Aufmerksamkeit auf sich, mit ihrer Stimme, ihrem Charme, ihrer ganzen Erscheinung, deren Zauber er ja selber erlegen war, rettungslos, wie man sagte.

Wenn es ein Geheimnis an diesem Ort für ihn gab, dann war *sie* es, sie allein: ein verwirrendes, verstörendes, eines, hinter das zu kommen Kraft kostete, es aufzulösen, unmöglich schien.

Die Situation begann ihm physische Schmerzen zu bereiten, irgendwo in der Herzgegend; genauso wie in jener Mainacht im Hotel während der Dreharbeiten, als er sie in der Nähe wusste und doch nicht bei sich. Eine Weile lang bezwang er sich noch, um dann kurz, aber entschlossen zu ihr zu gehen und ihr leise mit unmissverständlichem Gesichtsausdruck zu sagen, wenn sie noch in die Stadt wollten, müssten sie demnächst gehen, er würde nur noch eine rauchen, draußen, vor dem Institut, an der frischen Luft, es wäre ihm hier drinnen ein bisschen zu stickig.

Zunächst hatte sie versucht, seine subtile Drohung nicht ernst zu nehmen, seine Rede als Gerede zu deuten, Partygeschwätz, das man so dahingesagt bekomme und deshalb locker ignorieren, ins Leere laufen lassen könne. Doch nach einem Blick in seine Augen schien sie begriffen zu haben, wie ernst es ihm tatsächlich war, und so sagte sie nur noch, auf eine Weise lächelnd, die sie ihm kalt und fremd werden ließ, sie würde warten, bis er aufgeraucht hätte. Er könne sie dort finden, wo sie jetzt stünde. Dann wandte sie sich wieder ihren Gesprächspartnern zu, er hatte sich noch nicht einmal umgedreht.

23

Im Taxi, das sie in die Innenstadt von Glasgow bringen sollte, hatte sie leise gesagt, es klang trotzdem bitter in seinen Ohren, warum er sie wie ein Kind behandle?! Schließlich hätte er sie fragen können, ob sie überhaupt Lust habe, noch in die Stadt zu fahren.

Er wusste, dass das keine Frage war, es war ein Protest, deshalb sagte er, mit einem scheinbar unwiderlegbaren Argument, dass sie die Leipziger ja nun wirklich noch hundertmal in Leipzig treffen könne, in Glasgow seien sie aber nur zwei Tage. Er verstehe ohnehin nicht, warum er sie überhaupt erst hätte fragen müssen, was denn so neu gewesen wäre an der Truppe? Er sei ja regelrecht Luft für sie gewesen da drinnen, jedenfalls hätte er zwischendurch das Gefühl gehabt!

Ach so, hatte sie daraufhin gesagt, als ob sie es nicht schon vorher für möglich gehalten hätte: Das sei es! Und dann geschwiegen, bis der Wagen hielt.

So plötzlich, wie sie nun im Zentrum der fremden berühmten Stadt standen, in der kühlen Abendluft des vorletzten Oktobertages, auf einem riesigen Platz namens George Square, mit einer hohen dorischen Säule in der Mitte, auf der eine offenbar berühmte Gestalt aus Bronze über alles Geschehen unter ihr hinweg in die nicht weniger berühmten Highlands blickte, umgeben von imposanten Empire-Gebäuden und niedrigeren Standbildern weiterer geschichtsträchtiger Personen, darunter ein stolzer Krieger auf hohem Ross, so plötzlich schien auch die Spannung zwischen ihnen verflogen zu sein: Sie entzog sich seinem Arm nicht, den er ihr, ohne zu überlegen, um die Schulter gelegt hatte, vielmehr blickte sie ebenso fasziniert wie er auf die erleuchteten Fassaden und angestrahlten Türme und Kuppeln, die alle zusammen immer noch so etwas wie ungebrochene Macht ausstrahlten, wie auch auf die anderen, grünlich schimmernden Bronzefiguren, denen die materielle Erstarrung nichts von der Aura nehmen konnte, dass es sich bei ihren Vorbildern um lebendige Menschen gehandelt hatte – was ihm ein weiteres Mal bewies, wie sinnlos, ging es um künstlerische Abbilder von Individuen, alle Abstraktionen waren: zuletzt musste man ein wirkliches Gesicht sehen, Körper, Hände, Arme, Beine, wohlproportioniert, dem Vorbild treu nachempfunden, auch in seinen Defiziten, griechisch, römisch inspiriert, nicht aber Figurationen des Geometrischen, Destruierten, wie sie seit langem an der Tagesordnung waren. Es endete bei solchen Abstraktionen ja noch jedes Mal im Sinne des Wortes im Unmenschlichen, Abscheulichen, wer aber wollte so etwas wirklich sehen, täglich, dreihundertfünfundsechzig Mal, Jahr um Jahr?

Er wusste nicht mehr, ob er von sich aus mit ihr darüber gesprochen hatte oder nur auf sie reagiert, jedenfalls hatte sie gesagt, wie schön sie es fände, was sie da gerade um sich herum alles sehen würden, so hätte sie es sich gar nicht vorgestellt, sie freue sich schon jetzt darauf, dass sie auf der Rücktour in London mehr Zeit haben würden als heute früh, die Innenstadt dort würde sie doch gerne noch gesehen haben, wenn sie schon einmal in London wäre, ein paar Gebäude aus der Stadt an der Themse trüge man ja schon ewig im Kopf, im Unterschied zu Glasgow, aus Filmen natürlich, wie sonst! Es sei ihr immer noch ein Wunder, dass sie das alles jetzt sehen könne, mit eigenen Augen.

Dann hatten sie ein wenig das Stadtzentrum erkundet, die auf- und abschwellenden Straßen und Boulevards mit ihren zahllosen Geschäften und Pubs passiert, schließlich waren sie in einem italienischen Restaurant gelandet, ihr Hunger war mittlerweile groß geworden, aber auch, weil er sich nicht den Ratschlag verkneifen konnte, dass es wohl doch besser wäre, ginge es ums Essen, sich auf einen Italiener einzulassen. Er habe da in London vor wenigen Jahren eine ziemlich deprimierende Erfahrung gemacht, in einem Restaurant nahe der Tower Bridge, es sei so *very British* gewesen, dass man ihn ausgesprochen höflich, aber nicht weniger bestimmt gebeten hätte, seine lässige Alltagsjacke, die nun auch nicht gerade von Woolworth gewesen wäre, mit einem feinen Dinner-Jackett zu tauschen, von denen sie für Kunden wie ihn einen richtigen Vorrat zur Verfügung gehabt hätten, griffbereit, in einem geschlossenen Wandschrank neben der Garderobe. Das Essen selber sei allerdings eine Katastrophe gewesen: glasige Kartoffeln, zerkochtes Gemüse, das Roastbeef grau und im Geschmack fade, dazu undefinierbare Remouladensoße, er übertreibe wirklich nicht!

Es sei wohl doch kein Klischee, was man immer wieder höre, ginge es ums Essen der Briten; dafür hätten sie es mit dem Zubereiten von Kolonien natürlich weitaus besser hingekriegt, imponierend geradezu. Doch das sei ja nun auch Geschichte, selbst wenn die gute Maggie im Falklandkrieg es der ganzen Welt noch einmal gezeigt hätte, nicht nur den dreisten argentinischen Generälen und den von ihnen in den Krieg gehetzten armen Schweinen in Uniform. Er bewundere sie und ihre Soldaten schon allein dafür, über Tausende von Seemeilen hinweg die Okkupanten von den Inseln da unten wieder vertrieben zu haben, man lässt sich eben nicht so einfach was rauben, erst recht nicht Bürger des eigenen Landes, die nicht im Traum daran dächten, einem anderen anzugehören, auch wenn ihre Panik vor dem wiedervereinigten Deutschland vollkommener Blödsinn wäre, da hätte sie einfach zu viel Churchill im Blut.

Es sei schon toll, hatte Rike mit einem spöttischen Lächeln gesagt, wie er es immer wieder hinbekäme, selbst noch beim Reden über das Kochen auf Politik zu kommen, auf Geschichte, sie könne sich das alles gar nicht merken, selbst wenn sie es läse.

Was einen nicht interessiere, würde man auch nicht abspeichern. Sein Konter kam sanft daher.

Stimmt, hatte sie gesagt: Deshalb interessiere sie sich ja für ihn: Liebhaber und Lexikon, zwei Fliegen mit einer Klappe, aber was interessiere ihn eigentlich an ihr, so sehr, dass er sogar dann eifersüchtig werden würde, wenn es gar keinen Anlass dafür gäbe?

Um das sagen zu können, die Pause, die er einlegte, geriet länger als gewollt –, müsste ich es *wissen*, nicht?! Er wisse es aber nicht. Liebe ist ja kein Wissen, Liebe ist Verlangen. *Wollen*, ohne zu wissen, warum: *Ich will dich*, mehr als je zuvor und mehr als jede andere. Das reicht doch!

Ja oder ja? Er lachte.

Ja, hatte sie gesagt, ganz ohne jeden Spott in der Stimme: Das reiche nicht nur, das sei sogar erschreckend viel. Wie solle man das denn aufwiegen, gegenseitig? Sie hätte immer noch Angst, wenn er so rede, so radikal, so unausweichlich.

Wovor denn?, fragte er.

Ich weiß nicht, sagte sie, aber das können wir doch nur durchhalten, wenn wir ganz alleine auf der Welt existieren, verschwinden, auf eine einsame Insel … Wenn man einen anderen so ausschließlich begehrt, tötet man ihn dann nicht und sich vielleicht sogar mit?

Das wäre ein Missverständnis, hatte er geantwortet: Sei es nicht das glatte Gegenteil? Verdoppeltes Leben, Freiheit sogar, in höchster Potenz: *Du* bist es, und niemand anderes!

Lange hatte sie ihn daraufhin angesehen und auf einmal seine Hände berührt, irgendwann hatte sie schließlich gesagt, seine Hände seien so schön, sie wären ihr von Anfang an aufgefallen, wie er damit rede, zusätzlich zu dem, was er ohnehin sage, wenn sie zusammen wären, sowieso.

Es hatte ihn angerührt, *wie* sie es gesagt hatte, und er wusste, dass in dieser Nacht nichts mehr zwischen ihnen sein würde, was seiner Unruhe weitere Nahrung geben könnte.

Obwohl sie beide so erschöpft wie zufrieden eingeschlafen waren, waren sie schon um neun Uhr wieder aufgestanden, hatten kurz gefrühstückt, zum sichtbaren Leidwesen von Mrs. Stevens, die sie gefragt hatte, ob sie nicht doch noch Schinken und Eier wünschten – aber sie wollten nach Greenock, unbedingt, an den

Atlantik, jedenfalls in die Nähe seines Duftes, und deshalb keine Zeit verlieren, der Nachmittag war schon verplant, und die Fahrt dauerte in jede Richtung eine Stunde. Die Tour kostete zwei Pfund pro Person, ein Vororttarif. Als sie im Zug saßen, hatte er sich sein Ticket näher angesehen, erstaunt vom Kreditkartenformat mit orangeleuchtenden Rändern auf der Vorder-, dem Magnetstreifen auf der Rückseite und dem pfiffigen Logo aus zwei Schienen, über die schräg ein weißes *Z* gelegt worden war, das aus den beiden weißen Linien zwei entgegengesetzte Pfeile werden ließ, und dann hatte er in ihre Richtung gesagt:

Ziemlich modern, diese Briten mit ihrer British Rail, er würde sich seins aufheben, so was gäbe es in Deutschland noch nicht.

Aber Rike hatte, während er halblaut über sein Ticket philosophierte, schon längst durchs Fenster nach draußen geblickt, von der fremden Stadtlandschaft gebannt, durch die sie zunächst fuhren; als der Fluss in den Fjord überging, der Zug nahe am Ufer entlang zu jagen begann und der Blick auf die Highlands frei wurde, hatte auch er das Ticket längst vergessen. Irgendwann, das Wetter war prächtig, ein Oktobertag wie aus dem Bilderbuch, kaum eine Wolke zeigte sich am Himmel, registrierte er den Stationsnamen:

Langbank.

Das poetische Karat des Wortes hatte er unmittelbar mit dem Lesen gespürt; das dazugehörige Bild der Landschaft, des verebbten Wassers, das eine Reihe von dunklen Reusenpfählen weit aus dem silbern schimmernden Grund aufragen ließ, erhöhte ihn nur noch. Ein vertrautes Gefühl vollkommener Übereinstimmung durchzog ihn jetzt, ein weiteres Mal in seinem Leben las er einer Landschaft, die er bis eben noch nie gesehen hatte, ein Gedicht ab, nur mit seinen Augen: *das Gedicht*, das er vor sich sah, das sie war. Doch sagte er nichts, er wollte Rike damit überraschen, vielleicht schon am Abend, vielleicht erst in ein paar Tagen.

Manchmal war ein Gedicht bereits auf den ersten Blick fertig:

eine einzige Wortformel, aus der sich alles Weitere wie von selbst ergab:

Flachwasser bei Langbank, drei Wörter, ein tragfähiger Rhythmus. Er hatte sich nichts notieren müssen.

24

Beim Ausstieg aus dem Zug in der Station Greenock fiel ihm sofort der grasgrüne Bewuchs von Moos oder Flechten auf, der die Mauern aus roten Sandsteinquadern überzog, sie ragten hoch wie Tunnelwände neben Bahnsteigen und Gleisbett auf. Noch im selben Moment glaubte er, den Duft des Meeres wahrzunehmen, sagte, tief durchatmend, kein Irrtum, dies sei Atlantikluft, sie solle ebenfalls tief durchatmen, alles erinnere ihn an seine Kindheit, obwohl die Ostsee wahrlich nicht der Atlantik sei. Aber da vermische sich was, er kenne ja beide, sowieso kommunizierten alle Meere der Welt miteinander.

Da der Ort nicht groß war, wenngleich auch er von imposant wirkenden Gebäuden und Kirchtürmen beherrscht wurde, gelangten sie schnell vom Bahnhof zum Hafen und ans Wasser, hinter sich die mächtige Zollstation am Custom House Place, vor der eine schneeweiße Säule auf einem dunklen Sockel emporragte, sie ging im letzten Drittel über in ein ebenso weißes steinernes Uhrgehäuse mit Zifferblättern in alle vier Himmelsrichtungen, um schließlich in einer herrlich kitschigen Turmkrone zu enden. Aber all diese Zeugnisse aus offenbar reichen wie einflussreichen Zeiten der Stadt Greenock und ihrer vergangenen Geschlechter konnten sie zuletzt nicht ablenken von dem, was sie überwältigte, als sie sich an die Kaimauer begaben und über die schwere, durchhängende eiserne Dreifachkette zwischen den hüfthohen Pollern auf die alles beherrschende Landschaft vor ihren Augen blickten, sie erhob sich hinter den Ufern der gegenüberliegenden Seite des Fjords und lief in der Tiefe des weit offenen Raumes zu schneebedeckten Gipfeln auf, deren Existenz zwischen blauem Himmel, grünen Berghängen und den silbergrauen Ausläufern der Wasser des Atlantiks wie ein gigantischer Illusionsprospekt wirkte.

Später blickten sie in das Hafenbecken zu ihren Füßen, in dem wegen der Ebbe der Wasserstand noch immer auffällig niedrig war, dafür aber mächtige Meeresgewächse ans Licht gebracht hatte, wie er sie von den Färöern her kannte.

Die gäbe es da oben auch, hatte er gesagt und, weil sie nicht sogleich begriff, was er meinte, hinzugefügt, er meine die Riesenalgen am Beckengrund, sie immerhin hätte sie nun gesehen, und den schönen Rest der Inseln eine Flugstunde weiter würde sie auch noch zu Gesicht bekommen.

Während er das sagte, hatte sie zwar zugehört, aber nichts geantwortet, nur unentwegt in das Algendickicht geblickt, es schien darauf zu warten, dass endlich wieder die Flut zurückkäme, es mit den Wassern des Atlantiks zu bedecken, zu umhüllen, zu schützen. Amphibische Existenzen.

Kennst du *Ichthyander?*

Nein, sagte sie: Wer oder was soll das sein?

Der Amphibienmensch!

Sie verstand nicht, sah ihn bloß fragend an.

Ein Film, sagte er, ein russischer, der hat mir noch jedes Mal, wenn ich ihn gesehen habe, die Tränen in die Augen getrieben.

Ach ja? Und warum? Ihre Neugier war echt.

Er dreht sich um einen Jungen, der, von seinem Vater, einem Wissenschaftler, ausgerüstet mit Haifischkiemen, nur im Meer überleben konnte, sich irgendwann aber in ein Mädchen verliebt. Es ist nicht gut ausgegangen, eine Art Unterwasser-Science-Fiction, nicht gruselig, dafür tragisch. Er höre die Stimme, mit der der Name des Amphibienmenschen gerufen worden sei, tief im Ozean, immer noch, vor über einem Vierteljahrhundert habe er den Film zuletzt gesehen. Eigenartig, wie tief sich in einem so etwas *so* festsetzen könne.

Sei es nicht noch erstaunlicher, fragte sie, dass sich bestimmte

Dinge hielten, andere aber völlig verlorengingen, ohne dass sie weniger wichtig gewesen wären. Sei das nun Schutz oder Chaos?

Man weiß ja nichts wirklich, sagte er, *nichts*, und dann: Manchmal glaube ich, wir *werden* nur gewusst.

Von wem denn? Rike klang jetzt ganz wach.

Von *Gott*, dachte er, sagte es aber nicht.

Stattdessen zeigte er nach unten, in das Hafenbecken, wo die Riesenalgen noch immer nicht von Wasser bedeckt waren:

Die wissen es auch nicht. Keiner weiß es.

Am frühen Nachmittag waren sie nach Glasgow zurückgefahren. Im Hotel erwartete ihn eine Nachricht von Veruschka, seiner Bekannten aus der Dependance des deutschen Kulturinstituts in York. Er hatte sie, eine Aserbaidschanerin im Exil, bei gemeinsamen Berliner Freunden kennengelernt. Sie war es auch gewesen, der er die Reise zu verdanken hatte. Sie schlug ihm in der Nachricht vor, wenn er wolle, könne er noch heute den Kapellmeister des Gewandhausorchesters Leipzig treffen, er würde ja am Abend in der Royal Concert Hall Brahms Erste und Zweite dirigieren, Karten hätte sie auch schon für sie, aber vielleicht sei seine Zeitung an einem Interview interessiert?

Er hatte sofort in Hamburg angerufen. Dort war man begeistert, nicht nur über das Angebot selbst, auch dass er sich überhaupt einmal meldete. Dann versuchte er, Veruschka in York zu erreichen, aber man sagte ihm nur, sie müsse schon in Glasgow sein, im Institut. Tatsächlich erreichte er sie im Haus im feinen Parc Circus Nr. 3; er erzählte ihr, dass sie in Greenock gewesen wären, der Atlantik sei so nah, das hätten sie nicht verpassen wollen.

Sie freute sich, dass es ihnen so gutginge in Schottland, und verabredete sich mit ihnen vor ihrem Hotel, um anschließend in die Royal Concert Hall zu fahren, wo der berühmte Mann mit seinem Orchester gerade eine Probe absolvierte.

Während der gefährlichsten Tage in Leipzig, als die Massen von Montag zu Montag selbstbewusster demonstrierten, die Machthaber aber immer noch nicht genau wussten, ob sie eine Peking-Lösung durchziehen sollten oder nicht, hatte er mit seiner Autorität mäßigend auf alle Seiten eingewirkt, indem er in seinem Reich, dem Gewandhaus, Gespräche organisierte und dirigierte, zwischen Vertretern der Macht und den bislang Ohnmächtigen, denen er, wie ein souveräner Fürst, in seinem Haus eine Art exterritorialen Spielraum zur Verfügung gestellt hatte, einen Hyde Park im eingemauerten Staat.

Niemand, das war klar gewesen, hätte den Befehl gegeben, das Gewandhaus zu stürmen. So war er in den Tagen der Revolution zu einer Legende geworden, über seinen Ruf hinaus, einer der großen Dirigenten in den Konzertsälen dieser Welt zu sein.

Was immer daraus wurde: Ihn zu treffen, war mehr als ein Diensttermin. Es war ein Geschenk.

Der Kapellmeister hatte Zeit. Später verriet ihm Veruschka, dass der hochgewachsene Mann mit dem grauen Bart um Kinn und über der Oberlippe, mit der hohen Stirn, der dunklen Stimme und dem Dialekt seiner Heimat, dem schlesischen, zunächst eher unwillig reagiert hätte auf die Frage, ob er einem deutschen Journalisten, der gerade im Saal sei, ein Interview geben wolle?

Was das denn überhaupt für ein Journalist wäre, hätte er, der soeben eine fünfzehnminütige Probenpause verkündet hatte, sie gefragt?

Aber als sie ihm mit nur wenigen Worten die Biographie des Unbekannten angedeutet hatte, korrigierte er dem Orchester gegenüber die verkündete Länge der Pause auf eine halbe Stunde, verließ die Bühne und seine Musiker und war zielstrebig auf ihn und Rike, die in einer der hintersten Reihen des nur schwach erleuchteten Zuschauerraumes saßen, zugekommen. Sogleich nach der Begrüßung zog sie sich zurück, verschwand zusammen mit Veruschka ins Foyer. Der Kapellmeister nahm neben ihm

Platz, und dann begann ein Gespräch, das von weitem aussah, als sprächen tief Vertraute miteinander.

Darf ich notieren?, hatte Berg zu Beginn gefragt und seinen Notizblock gezückt.

Selbstverständlich, lachte der Kapellmeister: Sie sind ja kein Tonband! Wie lange machen Sie das denn schon, junger Mann?

Professionell?, fragte er.

Der Kapellmeister nickte.

Fünf Jahre, sagte er, aber ich habe auch schon als Student für Zeitungen geschrieben, und ihm von sich erzählt, die Jahre im Gefängnis erwähnt, die Zeit im Westen.

Der Kapellmeister hatte ihn dabei unverwandt angesehen, ernst, interessiert, schließlich hatte er ihn unterbrochen und gesagt, er könnte ihm zwar noch stundenlang zuhören, aber wenn er für das Interview Antworten haben wolle, müsse er wohl oder übel Fragen stellen!

Der Einwand kam so trocken daher wie er charmant war, dass sie beide in Gelächter ausbrachen, er sich aber trotzdem entschuldigte, bevor er endlich seine Fragen zu stellen begann.

Auf die erste, nach dem Charakter der Herbstereignisse und seinen Folgen für das ganze Land, gab der Kapellmeister aus dem Stand eine druckreife Antwort, er hatte nur mitschreiben müssen. Das politische Ziel, worauf alles hinausgelaufen war, erschien ihm nicht nur selbstverständlich, es erschien ihm in einem moralischen Sinne auch richtig.

Bergs zweite Frage ging in andere Sphären, ins Spekulative, Spirituelle:

Er frage sich und ihn, hatte er gesagt, ob die Ereignisse Einfluss gehabt hätten, auf sein Verständnis von Musik, irgendeinen spürbaren, hörbaren neuen Akzent vielleicht, auch wenn das jetzt eventuell überzogen klänge, weit hergeholt?

Aber der Kapellmeister hatte heftig den Kopf geschüttelt:

Die Frage sei nicht nur legitim, sie wäre auch ziemlich klug, gehe sie doch weit über alles Vordergründige hinaus, mitten hinein ins Zentrum dessen, was Musik könne, wenn sie gelänge: Das *gemeinsame* Spiel, auf das er anspiele, hätte in jenen dramatischen Tagen und Wochen an Erlebnistiefe und Reichhaltigkeit in einem Ausmaß gewonnen wie nie zuvor. Noch heute könne man das, er jedenfalls glaube fest daran, absolut heraushören, wenn sie spielten, wahrscheinlich sogar noch lange, und im Übrigen:

Er und seine Mitarbeiter würden fortan wahrlich befreiter durch die Welt fahren, mit der Mauer sei ja auch ihr Privileg gefallen, *endlich*, zugunsten aller.

Zuletzt hatte der Kapellmeister gefragt, ob sie sich nach dem Konzert noch sehen würden? Berg hatte gesagt, sie würden zwar kommen und freuten sich auch auf Brahms, der sei, wenn es um Klassik ginge, ohnehin sein Lieblingskomponist, sie müssten jedoch morgen früh weiter nach York. Es sei allerdings möglich, sich vielleicht in Leeds wiederzusehen, dort würde er ja am Dritten die beiden anderen Symphonien geben, die wollten sie auf keinen Fall verpassen, es ginge für sie ja erst am Vierten nach Deutschland zurück.

Wunderbar, hatte der Kapellmeister ausgerufen und war gleichzeitig aufgesprungen: So machen wir das, und, er sprach jetzt ein wenig gedämpfter, bringen Sie die junge Dame mit, ja, damit ich sie mir mal richtig anschauen kann. Das scheint ja ein zauberhaftes Wesen zu sein.

Als Berg Rike vom Wunsch des Kapellmeisters, sie wiederzusehen, erzählte, sagte sie nur:

Warum denn? Er kennt mich doch gar nicht?!

Es reicht doch, dachte er, dich zu sehen.

Das Konzert wurde von sechs Kameras der BBC-Scotland aufgezeichnet. Berg bemerkte plötzlich, als das Orchester den 1. Satz der 2. Symphonie spielte, dass aus dem Scheinwerferhimmel über der Szene langsam eine weiße Feder herabschwebte. Wo immer sie herkam, er begriff im selben Moment, dass dieses Bild in seinem Bewusstseinsarchiv nie vergilben würde. Konnte es sein, dass der Komponist *selbst* seinem enthusiastischen Dirigenten auf solche Weise antwortete?

Er wusste, dass es für Vorgänge dieser Art niemals eine wissenschaftliche Beweisführung geben würde, wie er auch wusste, dass wissenschaftliche Beweisführungen, ahnungslos wie sie waren, wenn es darauf ankam, in gewissen Momenten des Lebens am unendlichen Reichtum desselben vollkommen vorbeigingen, scheiterten, scheitern mussten: Suchten sie doch nur nach Gesetzen, nicht nach dem Gesetzgeber, der aber war ihnen uneinholbar voraus.

Er genoss den sanften Fall der Feder in das aufgewühlte musikalische Meer deshalb wie das Mitglied einer himmlischen Verschwörung.

25

Zur Freude von Mrs. Stevens hatten sie sich am nächsten Morgen für das Frühstück Zeit genommen, nicht nur ein Toastbrot mit Orangenmarmelade, auch Ham and Eggs ließen sie sich bringen, ausgiebig Kaffee, für Rike Tee. Dann zahlte er seine Telefonrechnung, die sich auf vier Pfund und achtzig Pence belief, er hatte hauptsächlich nach Hamburg telefoniert, mit Charlotte gesprochen. Anschließend brachte das Taxi sie vor den Eingang zum Bahnhof, und Berg geriet wie schon am ersten Abend, bei ihrem Streifzug durch die Stadt, erneut ins Schwärmen über den wunderschönen Baldachin vor dem Eingang aus gusseisernen Säulen, dem von Metallrippen durchzogenen Glasdach, der filigran durchbrochenen Metallborte davor, die grün schimmerte, den über allem thronenden vergoldeten Spitzen darauf.

Der Intercity nach York benötigte fast vier Stunden. Das Ticket kostete fünfundvierzig Pfund – aber die Strecke war ihr Geld wert gewesen: Nicht nur, dass sie Städte mit klangvollen Namen passiert hatten, Edinburgh, Newcastle, Durham, sie waren viele Kilometer auch haarscharf an der Steilküste zur Nordsee entlanggejagt, die unterm Licht der Sonne zu einer endlos flimmernden Fläche geworden war, irgendwann waren sie sogar an einem Golfplatz vorbeigerast, er reichte bis nahe an die Abbruchkante, was ihm ziemlich skurril vorgekommen war.

Als der Zug in Berwick-upon-Tweed einlief, sagte Berg, nun seien sie in England, hier wehe vielleicht noch derselbe Wind, aber ab jetzt eine andere Flagge, das solle man nicht unterschätzen! Großbritannien hätte ja sogar vier Fußballmannschaften, Schottland, England, Wales, Nordirland, die bei Europameisterschaften alle gleichberechtigt mitmischen dürften, wie eigenständige Nationen. Eigentlich ein bisschen unfair, hätte das Vereinigte Königreich dadurch doch immer drei Chancen mehr als alle anderen Mitspieler, aber viel genützt habe das bisher auch wieder nicht, soviel er wüsste.

Seit wann er sich denn für Fußball interessiere?

Rike sah ihn an, als hätte sie ihn bei einer Unanständigkeit ertappt.

Seit nie natürlich!, rief er aus, aber Landkarten, Grenzen, Fahnen, die hätten ihn schon immer interessiert und genau deshalb natürlich auch Endspiele, da ginge es zuletzt ja auch nur um den Sieg der eigenen Flagge! Fußball sei doch im Prinzip nichts anderes als Kriegsersatz, da könne man noch so viel pädagogisch wertvolle Spieltheorie aufbieten, ohnehin führen sie gerade über ziemlich blutgetränkten Boden, König Duncan, Vetter Macbeth, Maria Stuart, sie wisse schon: Alles Mord, alles Totschlag. Alles Schottland, alles England. Alles echt, nicht nur Theater!

Ich liebe Shakespeare, lachte Rike.

In York hatte Veruschka sie vom Bahnhof abgeholt, anschließend fuhren sie zum Hotel.

Ihr wohnt im Hedley House!

Der Ton, mit dem sie es sagte, während sich draußen die mittelalterliche Stadtlandschaft aufbaute, mit jedem Meter prächtiger, Gebäude um Gebäude, Tor um Tor, Kirche um Kirche, gab sich ein wenig geheimnisvoll.

Aha, hatte er geantwortet, weil er sich beim besten Willen nichts anderes darunter vorstellen konnte als so etwas wie ein Hotel.

Was glaubt ihr, wer da noch so alles schon gewohnt hat?

Mein Gott, Veruschka, lachte er, wie sollen wir das wissen, wenn es ein Hotel ist, wahrscheinlich schon viele, nicht?!

Ja, sicher, sagte sie, aber du als Dichter, du müsstest jetzt eigentlich wissen, wen ich meine!

Ein Dichter also!

Einen Moment lang hatte er danach geschwiegen, hatte nachgedacht und schließlich, in schneller Folge, aufgezählt, was ihm an berühmten Dichtern von den Inseln so einfiel: Shakespeare, Burns, Blake, Shelley, Byron, Keats, Eliot?

Nicht schlecht, hörte er. Doch gleich danach, dass der Gesuchte leider nicht dabei wäre.

Dann muss ich passen! Er klang ein wenig zerknirscht: Ob der Mann denn wirklich bekannt sei?

Auden!

Auden!

Er hatte leicht aufgestöhnt bei seiner Wiederholung des Namens: Ja, natürlich! Auden, den hätte er wissen müssen! Hätte sie ihm das eher gesagt, hätte er das Taschenbuch, das er von ihm besitze, mitgenommen. Er schätze es, Dichter an genau den Orten zu lesen, an denen sie gelebt und geschrieben hätten.

Das Hotel sah auf den ersten Blick merkwürdig aus: Es wirkte nicht wie ein Hotel, es wirkte wie ein überlanges zweitöckiges Wohnhaus, gelbe Klinker, Stil viktorianisch, auf dem sich hinziehenden Flachdach erhoben sich mehrere Sammelkamine in die Luft, aus jedem drohten fünf, sechs tönerne Abzugsröhren, sie kamen ihm wie Geschosswerfer vor, wie eine Batterie kleinerer Stalinorgeln, im Erdgeschoss dominierten vier ausladende Erkerfenster, als befänden sich dahinter Wohnzimmer, vor jedem Erker ein winziges Gärtchen, eingerahmt von anmutigen eisernen Gitterzäunen, deren Spitzen wie Tannenzapfen aussahen. Schon als Kind hatten ihn Zäune dieser Art fasziniert, vor den Villen seiner Heimatstadt.

Damals hatte er in ihnen aber nur ein Arsenal prachtvoller Lanzen gesehen, für die Straßenschlachten, die sie schlugen, unentwegt, immer wieder, echte Lanzen wären es gewesen, wie in den Filmen, die sie sonntags sahen. Aber die Eisendinger konnte man nicht so einfach abknicken wie die Holunderstangen, mit denen sie sich hatten bescheiden müssen, ihre Kämpfe zu bestehen, um als Sieger davonziehen zu können. Es tat so unendlich gut, einem siegreichen Heer, das heimkehrte in den eigenen Stadtteil, die eigene Straße, anzugehören. Selbst wenn der Sieg nur mit Holunderrohrlanzen erkämpft worden war.

Das sieht ja richtig niedlich aus, hatte Rike gesagt, während sie den schmalen Eingang rechts neben der Erkerserie passierten.

Auf jeden Fall ist es gemütlich, sagte er und dachte an die fast märchenhafte Atmosphäre im Glasgower Kirklee Hotel mit der mütterlich freundlichen Mrs. Stevens, an das Zimmer mit dem Bett vor dem Spiegel, dem Bad, in dem er Rike zum ersten Mal hatte singen gehört, und den flackernden Kunstflammen im falschen Kamin.

Aber dann war ihm der Gedanke an den abendlichen Auftritt in die Quere gekommen, und eine Welle von Nervosität flutete ihm kurz Kopf und Körper.

Er hatte sich vorgenommen, wenigstens seine Biographie in Englisch über die Bühne zu bringen, für die Diskussion selbst hatte er um einen Dolmetscher gebeten. Die Diskussion war hochkarätig besetzt mit Journalisten von der BBC und dem »Independent«, die für Deutschland und Europa zuständig waren, aus Deutschland selbst waren der Londoner Korrespondent des Ersten Deutschen Fernsehens mit von der Partie, auch eine Zeitungskollegin aus Berlin. Dass die beiden perfekt Englisch konnten, davon ging er aus; er konnte es so lala. Eben deshalb musste der biographische Introitus sitzen, und bis dahin waren es noch knapp acht Stunden. Diskutieren würden sie über die deutsche Vereinigung und Europa, und geführt werden sollte die Runde von einem Experten des Royal Institute of International Affairs.

Veruschka hatte ihn vor allem deshalb nach England eingeladen, weil sie wusste, dass eine Diskussion mit ihm zu seinem politischen Lebensthema deshalb nie langweilig werden würde, mit wem auch immer er darüber in den Ring trat.

Nachdem sie eingecheckt hatten, hatte sich Veruschka mit den Worten zurückgezogen, dass es um siebzehn Uhr in der Lobby mit den Teilnehmern der Runde ein Vorgespräch geben würde. Sie würde dabei sein. Um neunzehn Uhr ginge es dann in der Aula des gemieteten Schulgebäudes weiter, so bis zehn, danach gäbe es ein privates Essen, bei William, ihrem englischen Mitarbeiter, er spräche glänzend Deutsch. Sie werde ihnen übrigens einen Band Auden-Gedichte mitbringen, vielleicht kämen sie dazu, während ihrer Zeit im Hedley-Haus darin zu lesen, trotz des bevorstehenden Trubels.

Schön, hatte er gesagt und dann, fast zaghaft, gefragt, ob auch William zum Vorgespräch käme? Er müsse Schnellunterricht nehmen, sagte er. Er wolle sich selbst vorstellen, auf Englisch, wenigstens das, und da müsse er seinen Text checken, vorher, unbedingt, und seine Aussprache kontrollieren lassen, sonst könne es peinlich werden.

Das Zimmer, das man ihnen zugedacht hatte, lag im ersten Stock.

Als sie es betraten und die Tür hinter sich schlossen, sahen sie sich überrascht an: kein Plüsch, kein Kitsch, kein künstlicher Kamin, nur Weiß: weiße Wände, weiße Betten, weiße Möbel, ein geradezu strahlend weißes Bad. Wenige Bilder, frische Blumen, ein Kamin, er war echt.

Das ist ja das reinste Hochzeitszimmer, hatte er ausgerufen, während Rike sich auf das Bett geworfen, ihre Augen geschlossen und bekannt hatte, sie sei jetzt ein bisschen überwältigt, so edel sähe das hier aus.

Als sie wieder zu sich kamen, war eine ganze Stunde vergangen, Rike hatte ihn eine Weile still angesehen und dann leise gesagt: Hoffentlich waren wir nicht zu laut, mitten am helllichten Tag!

26

Weit nach Mitternacht erst waren sie ins Hedley House zurückgekehrt. Er hatte, ganz gegen seine Gewohnheit, ein paar Biere zu viel getrunken, Guinness, bei William zu Hause. Dort war das private Essen, von dem Veruschka gesprochen hatte, über die Bühne gegangen, auch insofern, als sich die Diskussion vom Podium fast ohne Unterbrechung fortgesetzt hatte. Er selbst hatte sich noch einmal ausdrücklich bei William bedankt, dafür, dass er ihn so ausgezeichnet präpariert hätte, bis kurz vor Beginn war er mit ihm in einem Hinterzimmer der Schule auf und ab gegangen, hatten sie Text und Aussprache geübt, hatte William ihn ermutigt, wie perfekt es schon klänge, so dass er am Ende fast selbst davon überzeugt gewesen war, und doch schaffte auch William es nicht, ihm jede Nervosität zu nehmen, eine allerletzte Unsicherheit blieb – als sein Part auf der Bühne begann, durchzog ihn zwei, drei Sekunden lang ein würgendes Gefühl, nichts mehr von dem zu wissen, was er sagen sollte und wollte, die Furcht, im nächsten Moment deshalb ins Schwimmen zu geraten, aufzugeben, noch ehe er den ersten Satz zu Ende gesprochen hätte, den Dolmetscher demütig um Rettung bitten zu müssen. Doch dann lief es einfach so ab, ruhig, fast lässig, ohne den Hauch einer Flatterstimme, er versprach sich nicht, klebte nicht an den Blättern, auf denen er den Vorstellungstext zur Sicherheit festgehalten hatte, bis er schließlich sagte, dass er für die Diskussion ins Deutsche wechseln müsste, im Deutschen könne er differenzierter reden, Englisch hätte er nie gelernt, dafür Russisch, im Osten, natürlich, wo sonst.

Das brachte ihm einen ersten kleinen Heiterkeitserfolg ein, und er hatte dabei gedacht, dass es doch sehr komisch sei, wie aus einer beschränkten Wirklichkeit andernorts plötzlich ein befreiender Witz würde.

Sein Lachen hatte deshalb mit dem der Gäste des Abends nicht viel zu tun, es war eine Art Aufatmen; aber das konnte niemand in der Aula wissen.

Das Abendessen bei William war von einem Fast-Food-Service geliefert worden: gebratenes Huhn, Pizza, Pommes frites. Das Bier befand sich schon im Haus. Es ging rustikal zu am langen Tisch, was die Diskussion regelrecht befeuerte, für eine Lautstärke wie in einem Pub sorgte, für Fettfinger, biernasse Mundwinkel, verschmierte Papierservietten. Rike war irgendwie verschwunden für ihn, in einem Sessel des Hauses, der zwar neben einer mächtigen Couchtischlampe stand, aber auch die machte sie für ihn nicht viel sichtbarer, fast blendete ihr Licht sie weg; die Politik hatte ihn fest im Griff. Kein noch so finassierendes Argument gegen die *German Unifikation* hatte eine Chance bei ihm:

Ein ums andere Mal brachte er vor, dass sich Geschichte nun wahrlich nicht wiederhole, jedenfalls nicht im Detail, und im Prinzip nur deshalb, weil sich der Mensch prinzipiell wiederhole, mit seinen Möglichkeiten zum Guten wie zum Bösen. Anthropologie sei der Schlüssel zu ihrer Erkenntnis, alles andere sei Rassismus, selbst wenn er sich soziologisch tarne oder als historische Lehre, was zuletzt auf dasselbe hinausliefe.

Das hatte er so schon auf dem Podium gesagt, jedenfalls so ähnlich, und sich dafür den Zwischenruf »*Tory!*« eingehandelt, was ihn eher amüsiert hatte, weil es so grotesk klang. Schauderte ihn doch seit jeher vor allen Formen nackten Materialismus, wie auch immer sie sich begründeten: *Dass der Mensch nicht von Brot allein lebe*, das war ihm die unumstößliche Grundwahrheit, an der sich alle zu messen hatten und alles.

Es war William gewesen, der diesen Zwischenruf, als sie noch einmal darauf zurückgekommen waren, als typisches Labourressentiment qualifiziert hatte, und Veruschka, sowjeterfahren wie sie war, bis in ihre Alpträume, hatte nur gesagt, auch in England gebe es, leider, genug dogmatische Linke, nicht wenig fanatische darunter, meist verkappte Trotzkisten, er hätte sich hoffentlich nicht beleidigt davon gefühlt. Aber die Thatcher hätte ja einen ihrer Gewerkschaftslieblinge, Scargill, eiskalt erledigt, das würden sie ihr nie verzeihen, und da sei er natürlich mit seinem Lob für sie ins offene Messer gelaufen, auch wenn es dabei nur um die Falklands gegangen wäre.

Ihn beleidige so schnell niemand, ginge es um Politisches, hatte er gelacht, ein wenig zu laut vielleicht, das motiviere ihn höchstens, verstärkt zurückzufeuern. Er hätte sogar Spaß daran; Meinungskampf sei, sportlich gesehen, seine Spezialdisziplin, und Trotzkisten hätte er schon auf dem Campus in Hamburg standgehalten, ihr starrer Sektenblick hätte ihn auch damals nicht einschüchtern können. Lenins Armeechef wäre für ihn nur ein intellektuellerer Stalin. Nichts anderes als ein Robespierre des Ostens, dieser Trotzki. Für seinen »Neuen Menschen« hätte er die aufrechten Matrosen von Kronstadt liquidieren lassen. Ein literarisch begabter Killer, höchstens.

Genau deshalb hätte sie ihn ja eingeladen, hatte Veruschka der Runde daraufhin bekannt und William spontan sein Glas erhoben und ein »Cheers!« auf die Redefreiheit ausgerufen!

Worauf sonst?!, hatte er geantwortet und sein Glas an das von William krachen lassen, die Gläser waren zum Glück dickwandig genug gewesen.

Zwischendurch hatte ihn das pechschwarze Getränk ein wenig müde gemacht, geradezu schweigsam für seine Lebhaftigkeit, die er bislang gezeigt hatte; aber nur er wusste, was ihn gerade wirklich beherrschte: eine Art Observationslethargie, die ihn immer dann überfiel, wenn er, im Gegensatz zu seinem Erscheinungsbild, hellwach, aber wie durch eine Glasscheibe begriff, in einer vollkommen unwahrscheinlichen, geradezu surrealen Situation zu stecken: zwischen Wahnsinn, Alptraum und Euphorie.

Er sah sich in einer Novembernacht des Jahres neunzehnhundertneunzig, zusammen mit Menschen, von dessen Existenz er bis vor kurzem nicht die geringste Ahnung gehabt hatte, in einem Haus in einer weltberühmten Stadt Englands sitzen, leidenschaftlich essen, trinken, diskutieren, fernab von Frau und Tochter, aber mit einer Geliebten, die fast den ganzen Abend lang geschwiegen hatte, selbst während der Podiumsdiskussion in der Schulaula hatte sie sich in die hinterste Reihe gesetzt, auf andere musste sie deshalb wie ein Anhängsel wirken, und nur Veruschka wusste, warum sie überhaupt mit dabei war. Es war nichts anderes als ein Drama, das ihm so unter die eigenen Augen gekommen war, *sein* Drama, hinter einer Kulisse aus routiniert inszeniertem Selbstbewusstsein, intellektueller Beweglichkeit und ungenierten Handgriffen an einer Tafel der gröberen Art: *Wirklichkeitstheater*, und wer spielte die Hauptrolle darin? *Er*. In einem Stück, dessen Schlussakt noch niemand kannte. Nur der Regisseur mochte ihn kennen; aber der Regisseur zeigte sich nicht, nie. Er gab seine Anweisungen aus dem Unsichtbaren heraus, aus dem Nichts, das nur für Gefühlsblinde leer war. Selbst die Souffleusen wirkten wie zu spät informiert, eine konkrete Gestalt hatten sie ohnehin nicht, sie waren vor allem Stimmen, Schweigen, Verwechslungsgeräusch von heruntergefallenen Blättern.

27

Die Tür zu ihrem Hotelzimmer war längst geschlossen, sie sagte immer noch nichts. Eine Sekunde lang war er versucht, das Fernsehgerät einzuschalten, aber irgendetwas hielt ihn davon ab, ließ ihn ausrufen, was für ein toller Abend es doch gewesen wäre, vor allem das Podium habe ihm mächtig Vergnügen bereitet, und mit dem Einstieg auf Englisch habe er sich zum Glück ja auch nicht blamiert, natürlich nur dank Williams Hilfe, das sei klar. Es sei im Übrigen gut gewesen, sie in der hintersten Reihe zu wissen und nicht suchen zu müssen, zwischendurch sei sie ihm immer wieder zum Fixpunkt geworden, ob ihr das aufgefallen sei?

Nein, sagte sie, und nach einer Pause: Auf dem *Podium* hast du dich nicht blamiert, das stimmt!

Dann verschwand sie im Bad, und Berg wusste schlagartig, dass sie nicht zu Ende gesprochen hatte; dass der zweite Teil ihres Urteils über den Abend noch fehlte und dass irgendetwas in der Luft lag, was nicht gut sein konnte für ihn! Er kannte ihre Stimme inzwischen genau genug, um zu spüren, dass ihr etwas sehr gegen den Strich gegangen sein musste, nur was? Er konnte es sich beim besten Willen nicht vorstellen.

Als sie aus dem Bad zurückkam, saß er auf dem Bett und blätterte in dem Gedichtband von Auden, Veruschka hatte tatsächlich daran gedacht, ihn mitzubringen. Es war, verrückt, genau dieselbe Auswahl, die auch er besaß, ein Taschenbuch, zweisprachig, mit einem Bild des Autors auf dem Cover: »Anrufung Ariels«. Audens Gesicht jedoch, dunkel, wulstig und tief zerfurcht, kam ihm vor wie das Porträt eines alten Elefanten. Er dachte es nicht despektierlich, es erstaunte ihn nur, weil die Assoziation so nahelag, aber genauso nahe damit lag auch der Ruf vom Elefanten als einem weisen Tier. Auch hatte er auf Anhieb ein Gedicht gefunden, in dem es einen Vers gab, den er ihr sogleich vorzulesen gedachte. Das Gedicht trug den schlichten Titel »Song«, der Vers aber sprach von der hellen kleinen Welt verliebter Arme.

Geht's dir nicht gut?, fragte er vorsichtig, weil sie noch immer schwieg: Vielleicht geht's dir ja besser, wenn ich dir was vorlese, von Auden, aus Veruschkas Buch. Er habe einen starken Vers gefunden, nein, das ganze Gedicht stimme. Es passe, fände er, zu ihnen wie extra für sie gedichtet. Wahrscheinlich habe Auden es tatsächlich hier im Haus geschrieben, was er irgendwie toll fände, wären auch sie doch nun hier. Es sei ein frühes Gedicht, wenn er das richtig sehe.

Ach, Torben, sagte sie, es klang gequält, sogar eine Spur verächtlich, lass das doch mal mit deinen Gedichten! Ist dir eigentlich aufgefallen, wie peinlich du warst heute Abend?

Peinlich?!

Er wusste im selben Moment, dass seine Wiederholung wirken musste wie die Replik eines dummdreisten Bengels, denn ohne triftigen Grund hätte sie ihm die Frage, die nichts anderes als eine ihn verletzende Feststellung war, kaum so direkt ins Gesicht gesagt.

Aber er sattelte noch drauf und fragte, wo er denn um alles in der Welt peinlich gewesen wäre? Da sei er aber sehr gespannt!

Ja, ich weiß, sagte sie leise, dass kannst du dir wahrscheinlich gar nicht vorstellen, dass du auch mal peinlich sein kannst. Aber mich hat es, ja, schockiert, *wie* peinlich du sein kannst! Es war, sie sprach jetzt kaum hörbar mehr, widerlich. Manchmal jedenfalls.

Mein Gott, rief er in den Raum, eher ungläubig als zornig, was ihre Wortwahl betraf: *Ich weiß absolut nicht, wovon du sprichst!* Sag mir einfach, was ich falsch gemacht habe und wo; Vorwürfe in Andeutungen machen mich wahnsinnig.

Während seines Ausrufs spürte er, wie ihm das Blut ins Gesicht schoss, nicht vor Wut, es genierte ihn nur entsetzlich, sie so über ihn reden zu hören. Hinzu kam der verzweifelte Versuch in seinem Hirn, auf den Anlass ihrer schrecklichen Rede zu kommen.

Wollte sie irgendetwas einleiten, drohte die Reise zu schön zu werden?

Ihr diesbezügliches Talent, auch das kannte er nur zu gut.

Wieder schwieg sie eine Weile, hinter ihrem Gesicht jedoch arbeitete es. Dann hörte er, um seinen Auftritt in der Wohnung von William ginge es ihr, unerträglich sei der gewesen, jedenfalls für sie. Nicht nur, dass er beim Essen überlaut geredet hätte, er hätte auch ständig nachgeschmeckt, was da an Huhn und Pizza in seinem Mund verschwunden wäre, schmatzend, mit der Zunge zwischen den Zähnen grabend, auch das Bier sei sehr geräuschvoll durch seine Kehle geflossen; am schlimmsten jedoch sei das Bild gewesen, das er danach im Sessel abgegeben hätte: behäbig vor sich hin dösend, die Hände über dem Bauch gefaltet, zu guter Letzt sogar Däumchen drehend, von seinen glänzenden Mundwinkeln wolle sie nicht reden, das könne bei so einem

Essen passieren, sie hätten das Bild jedoch nur vollständig gemacht. Bisher jedenfalls habe sie ihn nicht als Spießer wahrgenommen, das sei nun anders, erschreckend anders.

Nachdem sie wieder in Schweigen verfallen war, hatte er ganz ruhig den Gedichtband von Auden zugeklappt, ihn auf seinem Nachttisch abgelegt und war, ohne etwas zu erwidern, ins Bad gegangen. Vor dem Spiegel hatte er seine Augen geschlossen, tief durchgeatmet und sie langsam wieder geöffnet:

Hallo Spießer!, hatte er gedacht und dabei über das ganze Gesicht gelacht, verzerrt, bis ins Groteske, um Sekunden später, wie in einem Sturzflug, fast bis auf den Grund des großen rechteckigen Waschbeckens zu stürzen und die schauerliche Maske, die er sah, in eiskaltem Wasser zu ertränken.

Jetzt erst, mit dem kalten Wasser, fing er an, zu sich zu kommen, fing an zu begreifen, was sie meinte: Sie hatte es tatsächlich gesehen, dieses andere Bild von ihm, und sie hatte es nicht ertragen können, nicht ertragen wollen, ihn so sehen zu müssen, widerspruchslos – so wenig, wie er es selbst ertrug, nachdem sie es nun auch ihm vor Augen gerückt hatte.

Was jetzt in ihm aufstieg, ein kaum zu ertragendes Schamgefühl, machte ihn unfähig, das Bad zu verlassen. Er rettete sich unter die Dusche, ließ das heiße Wasser lange über seinen Körper strömen, als wolle er all das Fett, all das Bier und dröhnende Gerede, das er in Williams Wohnung in sich hineingestopft und -geschüttet und aus sich herausgelassen hatte, in die Kanalisation von York spülen, in den Schlamm, den Dreck und die Rattenwelt unter dem Pflaster und den uralten Mauern darüber.

28

Am nächsten Morgen waren sie erst spät aufgewacht. Es war schon nach zehn, als er seine Augen öffnete und durch seinen noch leicht verschwommenen Blick hindurch wahrnahm, dass sie ihn fixierte. Sie hatte ihren Kopf auf die Hand ihres rechten angewinkelten Arms gestützt und lächelte:

Na, fragte sie: Geht's dir schon besser?

Wenn's dir wieder gutgeht, sagte er und dachte, ein Glück, dass sie vergessen kann. Zerwürfnisse, an deren Ausgangspunkt keine böse Absicht stand, in Daueranklagen zu verwandeln, waren der Tod jeder Beziehung. Er konnte explodieren, ja; aber er konnte auch vergessen. Schönes nie, Hässliches immer. Die Kunst des Vergessens war nichts Geringeres als Überlebenskunst. Je älter er wurde, umso gewisser wurde es ihm. Sie war der notwendige zweite Schritt nach dem ersten, wenn das Leben gelingen sollte; ohne ihn war der erste nichts anderes als Dummheit oder Sadismus oder grenzenlose Schwäche.

Ich glaub, mir geht's sehr gut, sagte sie: Ob wir noch was zu essen kriegen? Es ist nach zehn! Und dann? Fast strahlte sie jetzt.

Dann fahren wir raus, sagte er: Robin Hood's Bay, an die See! Du willst doch noch, oder?

Ja, natürlich, sagte sie, löste ihren Kopf aus ihrer Hand, beugte sich über ihn und gab ihm einen schnellen Kuss:

Vergiss das Buch nicht mitzunehmen.

Ich weiß, sagte er und versuchte, sie an sich zu ziehen. Aber sie entzog sich ihm vorsichtig, ging ins Bad. Er sah ihr nach, sie war nackt; sie wusste, dass er ihr nachsah, wie er wusste, dass sie seinen Blick, den sie nur spürte, genoss.

Ihr Zug war um kurz vor halb zwölf von York abgegangen; sie saßen auf der linken Seite ihres Waggons und blickten aus dem Fenster über die Ebene nach Norden, in die Cleveland Hills, während der Zug nach Osten fuhr, der See entgegen. Am Himmel zogen große Wolkenpartien dahin, weißgraue, blaugraue Formationen, sie ließen aber genug Licht hindurch, und plötzlich stand über dem in Anläufen beginnenden Hochland, vor einer dunklen Wolkenwand, ein riesiger Regenbogen im Raum. Rike hatte ihn zuerst gesehen und darauf aufmerksam gemacht, weil er gerade im Auden-Band nach dem Gedicht blätterte, das er ihr gestern nicht vorgelesen hatte.

Merkwürdig, hatte er gesagt und ebenfalls hinausgeblickt, dass Regenbögen immer gleich so ein euphorisches Gefühl in einem auslösen, solange man einen von ihnen sieht, schwebt man förmlich durch die Welt.

Wie beim Walzer, sagte sie: Kannst du Walzer?

Da kann man mal sehen, wie wenig Physik was erklärt, wenn es darauf ankommt. Ich kann dir jedenfalls nicht genau sagen, was da gerade passiert, Sonnenstrahlen auf Regentropfen oder so; aber der Effekt schießt sofort ins Herz. Warum ist das so?

Kannst du oder kannst du nicht?

Ein bisschen, lachte er und begriff erst jetzt richtig, was sie gefragt hatte.

Dann hatten sie beide geschwiegen, während der Zug durch die sanfte, spätherbstlich eingefärbte Hügellandschaft fuhr, zwischen Äckern und Koppeln hindurch, vorbei an auffällig akkurat geschnittenen hüfthohen Hecken, hin und wieder stoben Krähenschwärme von den Wiesen und Feldern auf, wenn der Zug ihnen scheinbar zu nahe kam; aber er kam niemandem zu nahe, er fuhr unaufhaltsam, mit eisernem Zwang, nur seinem Ziel entgegen, das Scarborough hieß, ihnen aber lediglich Zwischenetappe war.

Doch über Scarborough würde schon Salzluft liegen, was ihn auf einmal nicht weniger euphorisch stimmte als der Blick auf den bereits wieder vergehenden Regenbogen, dessen Farben blasser und blasser wurden, und so sagte er in das gleichmäßige Fahrgeräusch des Zuges, als hätte sie ihn danach gefragt, wie sehr er sich schon auf das Meer freue!

Ihren Bus auf dem Bahnhofsvorplatz von Scarborough nach Robin Hood's Bay hatten sie verpasst, er war schon abgefahren, fast eine halbe Stunde bevor ihr Zug im Bahnhof eingelaufen war. Aber mit dem nächsten würden sie fast zwei Stunden verlieren, die Tour sich kaum noch lohnen.

Scarborough sei vielleicht auch kein schlechtes Reiseziel, hatte sie eingeworfen, die Nordsee sowieso dieselbe.

Doch er hatte nur mit dem Kopf geschüttelt und gesagt, dann eben mit dem Taxi. Wenn er in Hamburg mit dem Taxi von zu Hause in die Innenstadt zum Dienst fahre, sei er auch immer knapp vierzig Mark los. Er schätze um die zwanzig Kilometer.

Mit dem Taxi zu Robin Hood: Das würde auch nicht jeder erzählen können zu Hause!

Zu Hause?

Die vertraute Formel klang nach in ihm, lief dennoch ins Leere: *Das* Zuhause, wo er unbeschwert erzählen könnte, Robin Hoods Bucht mit dem Taxi erreicht zu haben, gab es nicht mehr.

Schon vor Wochen war er ausgezogen und Rike zu ihm. Sie hatte es tatsächlich riskiert, und Friedrich ihnen das Nest seiner Freundin überlassen, mit der er in eine neue Wohnung gezogen war. In Hamburg wieder angekommen, würde er nicht, wie gewohnt, mit dem Taxi nach Hause fahren, *in sein Haus*, wo Charlotte und Karla immer noch wohnten, einen anderen Straßennamen würde er nennen und der Taxifahrer mit dem Paar, das in seinem Wagen saß und sehr vertraut miteinander zu sein schien, ahnungslos, ein Provisorium ansteuern: von den schnell zusammengekauften dänischen Möbeln bis hin zu dem irritierenden Gefühl, das sie erfasste, lagen sie auf den beiden zusammengerückten Matratzen, um sich zu lieben, um einzuschlafen, um einen Film in dem kleinen Fernsehgerät zu sehen, das im alten Haus, seinem einstigen Zuhause in derselben Stadt, überflüssig gewesen und in einer Kellerecke abgestellt worden war. Rike war zu ihm gekommen, *ja, das war sie*; aber sie merkten beide von Anfang an, dass es sich um ein Kartenhaus handelte, in das sie eingezogen waren, auch wenn er unentwegt in Optimismus machte, ging es um Arbeit für sie in der neuen Stadt, ihre gemeinsame Zukunft, ihr Glück. Er war dabei, sie im Verlag unterzubringen, bislang jedoch vergebens, selbst seine Vertraute in der Personalabteilung konnte ihn bislang nur vertrösten.

War sie da, versuchte er, sie abzulenken. An einem einzigen Wochenende waren sie mit einem Mietwagen erst nach Lübeck gefahren, hatten in der vornehmen »Schiffergesellschaft« gegessen, bei »Niederegger« Kaffee getrunken und von der Marzipantorte probiert, vom Steilufer eines nahe gelegenen Küstendorfs aus schließlich über die Ostsee geschaut, nach Mecklenburg hinüber, den grenzenlosen Blick genossen: Auch das Wasser war nicht mehr geteilt.

Er erzählte ihr etwas über die grauen Boote in der Bucht, die nun verschwunden waren. Wie lauernde Krokodile hätten sie im Wasser gelegen, wenn man an ihnen vorbeizog, auf den großen Fähren nach Dänemark, Schweden, Finnland. Die Fähren hätten sie natürlich nicht im Auge gehabt, auf Schlauchboote wären sie aus gewesen, auf Kajaks, Einzelschwimmer, Taucher. Etliche seien durchgekommen, nicht wenige davon angespült an den Küsten Dänemarks, als Tote. Er habe mal eine Reportage geschrieben darüber, lange vor dem Mauerfall. Da würde sicherlich noch viel mehr herauskommen. Das nütze den Ertrunkenen nur nichts mehr.

Abends in Hamburg verfolgten sie das Drama um Bruno Cremer und Vanessa Paradis in »Weiße Hochzeit«; die aussichtslose Liebesgeschichte zwischen einem Lehrer und seiner Schülerin hatte sie nicht fröhlicher gestimmt, der Film hatte sie nur an die Unmöglichkeit ihrer eigenen Situation erinnert.

Sie berührten sich in dieser Nacht nicht, schliefen Arm in Arm ein. Er wusste, was das bedeutete, und war, trotz allem, glücklich.

Am nächsten Tag fuhren sie erneut nach Norden, dieses Mal nach Westen, das Nolde-Haus in Seebüll wollten sie sehen. Nach dem Rundgang, den sie still und fast jeder für sich absolviert hatten, aßen sie ein wenig, tranken wieder Kaffee; bevor sie gingen, kaufte Rike sich ein Poster für ihre Leipziger Wohnung, sie bot genügend Platz an den Wänden, neben Feininger und Klee, die schon lange dort hingen. Auch über Nolde waren sie sich einig gewesen.

Hätte ich Geld, hatte er gesagt, würde ich ihn sammeln.

Hätte *ich* Geld, hörte er sie, würde ich dir die Villa dazu schenken.

Ich kenn ein Land, wo es phantastische Herrenhäuser gibt, sagte er: Vielleicht fahren wir da einmal hin und suchen uns eins aus.

Frankreich?, fragte sie.

Nein, sagte er, nur eine halbe Autostunde von hier.

Pünktlich zum Sonnenuntergang waren sie auf Rømø angekommen. Am Strand standen schon viele Leute und warteten auf das Ereignis. Fast alles Paare, die meisten von ihnen hatten dem anderen den Arm um Hüfte oder Schulter gelegt, starrten aufs ferne Wasser. Die See war glatt und kaum zu hören, auch sie blieben still, bis der Feuerball in der Nordsee verschwunden war.

Wie immer ging ihm dabei durch den Kopf, dass man ja nur eine Drehung sah; aber die Realität hinter der Illusion hatte keine Kraft, die Illusion aufzuheben. Also war die Illusion ein Teil der Realität. In Gedichten bewies sich das unabweisbar: Was konnte ein Gedicht schon sagen, in dem nur die Erde sich drehte, die Sonne aber nicht versank?

Erst kurz vor Mitternacht waren sie wieder in Hamburg zurück. Bevor sie sich schlafen legten, hatte Rike ihm noch ein Geschenk überreicht. In einfaches Seidenpapier eingewickelt, erspürte er bei der Berührung ein dünnes Buch – und wusste einen Moment lang nichts mehr zu sagen, als er das Papier entfernt hatte, so perplex, ja erschrocken war er über das, was da plötzlich in seinen Händen lag:

Georg Trakl: »Der Jüngste Tag«.

Das könne sie nicht machen, sagte er: Das sei die Erstausgabe! Wofür denn? Er hätte doch gar nicht Geburtstag.

Für alles, sagte sie, und wie um ihn abzulenken: Ich hab dir auch was hineingeschrieben!

Als er den dünnen grauen Umschlag mit den berühmten braunen und blauen Aufdrucken zur Seite bog, las er:

»Von Rike für Torben/September 1990«.

Er sah sie an und lachte.

Was lachst du?, fragte sie irritiert: Hab ich was falsch geschrieben?

Nichts, sagte er, gar nichts.

Was hätte ich denn hineinschreiben sollen?

Nichts, sagte er noch einmal, nichts anderes. Es steht alles da, was wichtig ist.

29

Das Wetter hatte sich gehalten: Zwar türmten sich, wie schon am Morgen in York, ständig neue Wolkengebirge, grau und weiß, am Himmel auf, dazwischen jedoch fluteten Licht und Blau noch immer alles, was sich auf der Erde unter diesem Himmel zeigte und ausbreitete. Der leichte Wind war frisch, aber nicht kalt. Es hätte ein prachtvoller Spätsommertag sein können; dass es Anfang November aufgeführt wurde, sah man dem Schauspiel nicht an. Mit dem Wetter und den sich stetig verringernden Kilometern bis zum Ziel hatte unmerklich etwas von ihm Besitz ergriffen, ihn erfasst, das Euphorie zu nennen zu viel gewesen wäre; auch Rike hatte fast leichtmütig gewirkt an diesem Tag, das Wort Erleichterung, wenn man an den Abend zuvor dachte, passte dennoch nicht, es hätte zu wenig bemessen, es war viel mehr, was geschah: Eine neuerliche Anmutung von Glück begann durch alles hindurchzuschimmern, mit jedem erreichten Etappenziel stärker, als führen sie einem Ort entgegen, ein weiteres Mal, an dem es zu finden gewesen wäre, obwohl er einen ganz anderen Namen trug als jene Städte, in denen sie es schon berührt hatten, ohne dass es ihnen gelungen war, daran festzuhalten.

Aber konnte man das überhaupt?

Nicht einmal hinterherlaufen oder entgegenfahren konnte man ihm, dem Glück, das wusste er doch! Glück war etwas anderes, ganz anderes, ein Geschenk, das buchstäblich vom Himmel fiel, geradezu senkrecht: Manchmal fiel es einem auf den Kopf und betäubte, ließ einen besinnungslos durch die Gegend taumeln, manchmal aber auch vor die Füße, dann konnte man es, war man nur entschieden oder schnell genug, aufheben, bergen, weitertragen. Schon lange hatte er es geahnt, und auch an diesem Bilderbuchherbsttag im Norden Englands war ihm solch Wissen nicht abhandengekommen.

Hatte das euphorische Gefühl vielleicht mit der Tatsache zu tun gehabt, dass eine hauchdünne Korrektur der fehlgeschlagenen gemeinsamen Atlantikreise in der Luft lag? Er jedenfalls traute dem Meer und seiner verwandelnden Kraft schon seit langem Großes, ja Gewaltiges zu, seit frühester Jugend, wenn er Stunde um Stunde in einer Dünenmulde lag, geflüchtet aus der Schule, von zu Hause, aus der Lehre, um den Himmel über sich ausgebreitet zu sehen, an dem die nie aufhörende Geschichte der Wolken vorbeizog: mit ihren friedlichen Karawanen, kampfbereiten Heeren, Karnevalsumzügen, im Hochsommer aber, meist gegen Mittag, bot der unendliche Spielraum hin und wieder jenen zartweißen Solotänzerinnen eine Bühne, die ihn wie ihre irdischen Entsprechungen betörten, als tanzten sie unmittelbar vor ihm, zum Greifen nah. Wenn er schließlich den Wind spürte, wie er die Halme des Strandhafers bog, beugte und doch nicht brach …

Hinter allem aber: *Das Rauschen!*

Das Rauschen des Meeres und seiner an den Strand rollenden Wellen, die Wogen sein konnten, donnernde Brandung. Diese von niemandem zu überbietende Symphonie, die an Buhnen und Molen aufbrach, an Geröll, Sandkanten, Felsmauern. Zuletzt schwebte sie über dem, der sie hörte, wie eine Hand, die einen beschwichtigt, beruhigt – kraftvoll, unentwegt, bis in die sanfteste Bewegung.

Am Ende herrschten Stille, Schweigen und eine seltsame Erschütterung. Nichts war ihr gewachsen, jeder Widerspruch lächerlich. Das Wort Flucht hatte keinen Sinn mehr.

Ob das Rauschen des Meeres vielleicht nicht doch die wahre Stimme Gottes war?! Irgendwo, in all dem dauernden Chaos aller Welten, würde dieses beruhigende Rauschen immer zu hören sein.

Oberhalb von Robin Hood's Bay, auf der Straße, die nach Whitby weiterführte, hatte er den Fahrer gebeten zu halten und die vierzehn Pfund bezahlt, die das Taxameter anzeigte. Es war fast doppelt so viel wie für die Strecke York – Scarborough mit der Bahn, es hatte dennoch keine Bedeutung. Bedeutung allein hatte die Tatsache, dass ihr Ziel ihnen im Sinne des Wortes endlich zu Füßen lag:

Um in den Ort zu kommen, musste man eine Art bebauter Schlucht hinabsteigen, über Terrassentreppen, die mit Kieseln gepflastert waren, die Häuser klebten wie Schwalbennester an den Felsen. Flüchtigen Blicks hätte es auch ein Küstendorf in Ligurien sein können, es war aber England und es war die Nordsee, nicht das Mittelmeer. Alles sah so abenteuerlich aus, ja, aus der Zeit gefallen, wie der Name es versprach: *Robin Hood's Bay.*

Über die New Road waren sie schließlich, wie in einem immer enger werdenden Trichter, auf den Grund gelangt, an den kleinen Hafen, wenn man ihn denn überhaupt so nennen konnte, dessen Dock ziemlich steil in die See führte, aber es herrschte gerade Ebbe, alles sah friedlich aus.

Sie hatten sich entschieden, unterhalb des Steilufers nach Süden zu gehen, der Strand vor ihnen war bis ins Endlose leer, das Meer hatte sich ohnehin zurückgezogen, es sagte fast nichts, nur hin und wieder glitzerte es von weitem herüber, wenn die Sonne durch die Wolken brach, ihre Strahlen auf dem Wasser zersplitterten. Lediglich oben auf dem Kliff sahen sie eine ältere Frau in dieselbe Richtung gehen wie sie, sie war wetterfest angezogen und wurde von einem Hund begleitet, es schien ein Labrador zu sein. Die Frau trug ein Kopftuch und Gummistiefel. Es hätte die Königin sein können, er kannte solche Bilder von ihr. Dass die Frau den Wetterbericht gehört haben musste, schien bewiesen, als es wenig später zu nieseln begann. Doch ließen sie sich nicht abhalten davon, kehrten nicht um, liefen einfach weiter.

Zwischen der zurückgewichenen See und dem Steilufer lagen mächtige Steine herum, abgeschliffene Blöcke, deren Reihung einem Arrangement ähnelte, das jeden Zufall auszuschließen schien. Parallel dazu verlief ein dunkler Saum, übersät mit braunen Meeresalgen, deren lange, dicke Stiele wie weggeworfene Ochsenziemer wirkten. Sie reizten ihn so sehr, dass er einen Teil des Gedichts zu *spielen* begann, das er auf der Rückfahrt im Zug schreiben und »Robin Hood's Bay« nennen würde:

»Das steile Ufer lehrt uns/sanft zu stürzen ein andrer/Weg zur Brandung hin ist/unauffindbar unterm/Regen: Wir sind allein und/springen, Arm in Arm, an/Land: Gischt zischt um die/geschliff'nen Steine Wind/peitscht die Blicke nieder/wir schlagen, Holz in Händen/hart zurück, unter der Algen/Knute platzt selbst Steinen/Haut und unsre Schreie über/tönen ihr Geschrei bevor die/Flut uns lehrt ins steile/Ufer aufzusteigen Fluchtweg/durch Disteln, Dornen stürzendes/Gelände Wind peitscht die/Blicke nieder es ist ein/Spiel sagst du und lachst/voll Lust und Angst. Wie ich voll Angst/und Lust.«

Dass sie mitgespielt hatte, die sonst eher beobachtete, sofort, ohne jede Hemmung, als er zunächst einige Felsbrocken mit den braunen Tangstielen auszupeitschen begann, dazu fast perfekte Jamben improvisierte und über den Strand schrie, überraschte ihn nicht nur, es feuerte ihn an:

»Wer seid Ihr, dass Ihr's wagt, mir zu erscheinen,/als wärt die Grenze Ihr auf meinem Weg?!/Ihr hindert nicht, mich mit dem Glücke zu vereinen –/ich schlag mir frei dorthin auch noch den letzten Steg!«

Irgendwann waren sie auf den kühlen, nassen Sand gestürzt, hatten sich angesehen, die Augen geschlossen, als warteten sie auf etwas – aber das, worauf sie warteten, war schon da, sie spürten es. Es festzuhalten war plötzlich ganz leicht geworden.

Schließlich richtete er sich auf, zog das Auden-Buch aus der Jackentasche, und obwohl der feine Regen nicht aufgehört hatte, hörte sie endlich das Gedicht, das vor langem in dem Haus geschrieben worden war, in dem sie sich gestern geliebt hatten und heute wieder einschlafen würden, gemeinsam, als gäbe es niemand sonst füreinander:

»Warm sind die still und frohen Meilen,/Die weißen Küsten streckt Verlangen,/Aufleuchten des Erkennens füllt/Den ganzen großen Tag, und hell/Die kleine Welt verliebter Arme.//Stille dringt ein, es atmet Wald,/Wo schläfrig Glieder Schätze hüten,/Jetzt rührt erfahrener Schatten grün/Schlafende Augenbrauen an,/Bis ihr Geheimnis lächeln muss.//Ganz neu! Ganz nah! Heim als Erschaffene/Trägt Schiffbruchs Meer die lang Verschollenen:/Seht her! Im Feuer des Preises brennt/Das dürre stumme Einst. Wir sind/Tag unseres Lebens untrennbar.«

30

Plötzlich, als hätte sie einer laut aus solch tiefem Schlaf in die Wachheit zurückgerufen, begriffen sie, dass das Wasser kam: Der Ton des Meeres war dunkler geworden, es rauschte, donnerte. Seine überraschende Nähe wirkte bedrohlich, obwohl noch keine wirkliche Gefahr bestand. Er sprang dennoch auf, sagte, vielleicht ein wenig zu hastig, sie sollten am besten sofort verschwinden, es komme immer schneller, als man glaube! Das sei die Nordsee, nicht die Ostsee! Die Ostsee sei harmlos dagegen.

Während sie sich den feuchten Sand von ihren Jeans klopfte, rief sie ihm zu, bis zum Hafen würden sie es am Strand entlang wohl nicht mehr schaffen, ohne nasse Füße zu kriegen! Die Frau vorhin hätte schon gewusst, warum sie Stiefel angehabt, ein Kopftuch getragen und ihren Hund nicht am Strand ausgeführt hätte.

Er nickte und blickte zum Steilufer, das sich hinter ihnen erhob, jetzt aber viel mächtiger wirkte als noch vor einer Stunde, suchte konzentriert nach einer Aufstiegsmöglichkeit, einer nicht ganz so steilen Rinne, einem vertikalen Pass. Dann sah er einen Abschnitt, wo es gelingen konnte, ergriff ihre Hand und zog sie nach. Als sie Minuten später und außer Atem oben auf dem Kliff standen, er hatte heftiger nach Luft geschnappt als sie, sahen sie, wie dicht ihnen die See auf den Fersen gewesen war. Auch der Regen begann wieder intensiver zu werden. Die Rinnsale auf ihrer Kleidung rollten in dicken Tropfen ab. Er nahm sie in den Arm, zog sie eng an sich, mit seiner Lederjacke und ihrem hohen Fellkragen konnte er sie zusätzlich schützen. Dann versuchten sie, so zügig wie möglich Richtung Bay-Town zu laufen. Das Wetter war inzwischen vollends ins Ungemütliche gekippt, Himmel und Meer schienen sich zu einer einzigen grauen Fläche vereinigt zu haben, von entfesselter Dynamik gegen alles, was unter und vor ihnen lag, beherrscht, bald würde die Flut jeden bedrohen, der sich noch am Strand befände. Sie hatten es unterschätzt.

Sie sollten gleich einen Pub ansteuern, schlug er vor, über dem Hafen throne ja so etwas wie ein Hotel, sicherlich würden sie da auch eine Mahlzeit bekommen, er hätte mächtig Hunger inzwischen. Ein heißer Tee dazu, ihre Jacken könnten trocknen, seine Hosenbeine wäre völlig durch.

Ob er die Zeit im Blick hätte?, fragte sie: Sie würde schon gerne in York ins Bett fallen, bei Robin Hood müsse es nicht sein!

Er glaube kaum, dass der jemals hier gewesen sei, sagte er: Der sei doch nur eine Legende, wie Störtebeker. Den habe es zwar in echt gegeben, die Orte und Nester aber, wo der überall gewesen und den großen Likedeeler gemacht haben soll – nie im Leben war der da!

Findest du das wichtig?, fragte sie.
Ob er gelebt hat?
Nein, lachte sie, ob er hier war?
Ach was, sagte er fröhlich, während ihm der Regen übers Gesicht lief: Es reicht doch, dass das Nest so aussieht, als wäre er hier gewesen.

Beim ersten Haus blieben sie stehen, auch weil der Regen sich plötzlich wieder abzuschwächen begann, und versuchten, durch die niedrigen Fenster etwas von seinem Inneren zu erblicken. Aber da niemand da zu sein schien und von draußen kaum Licht hereinfiel, sahen sie nur Nippes auf den Fensterbänken, Hunde und Katzen aus Porzellan, Messingleuchter, Azaleen in weißen Keramiktöpfen, denen Seefahrtsmotive aufgemalt worden waren, dahinter standen Möbel im Raum: Schemen von Stühlen, Schränken, einem Esstisch, einer Couch, einer Art Sekretär. Es sah nach antikem Mobiliar aus, englische Stilmöbel wahrscheinlich, ein Kamin war auch zu erkennen.
Er hatte das Gefühl, in eine Schattenwelt zu blicken, die, je länger er in sie einzudringen versuchte, wie ein Sog auf ihn zu wirken begann:
Ein ideales Versteck!
Wenn man so etwas mieten könnte, nur für kurze Zeit, danach sähe die Welt anders aus, ganz anders! In einem solchen Haus konnte man leben, verschwinden, verschwindend leben, bis man wirklich verschwunden war.

31

Ihm graute vor der Rückkehr nach Hamburg: Die erstarrte Trauer in Karlas Gesicht, begegneten sie sich, ihr erstorbenes helles Lachen, ihre Blässe, ihre Stummheit, nur das Nötigste kam noch zur Sprache zwischen ihnen.
Am gegenüberliegenden Rand dieser entsetzlichen Wüste Rikes wiederholte Fluchten nach Leipzig, nach schönsten Wochen-

enden in Hamburg oder anderswo, ihre Hilferufe in Briefen, er möge nachkommen, sie vermisse ihn, mehr als je zuvor, sein Ankommen und Abtauchen bei ihr auf dem anderen Matratzenlager, zwei, drei Tage Leidenschaft in der kaum möblierten Wohnung, ein Fluchtquartier mit wenigen, aber schönen Dingen, an den Wänden ein Klee-Druck, Feininger, das Nolde-Poster, ein Plakat des Essener Aalto-Musiktheaters, Relikt ihrer ersten Liebesgeschichte, die sie fast das Leben gekostet hatte, weil die Mauer noch stand und der Geliebte nicht mehr erreichbar war, als er mit seinen Eltern in den Westen ging. Sie hatte es ihm nicht erzählt, nur angedeutet, nachdem er zufällig ihre Handgelenke geküsst und gespürt hatte, dass es ein furchtbares Geheimnis in ihrem Leben gab. Seitdem wusste er, dass ihre Seele eine Verletzung erlitten hatte, die zu heilen wohl auch ihm nicht vergönnt sein würde, obwohl er es sich wünschte wie kaum etwas anderes.

Wenn sie ihre Wohnung verließen, gingen sie ins Kino, in Restaurants, einmal fuhr sie ihn in eine aufgegebene Bäckerei, aus der das Kult-Café »Back-Wahn« geworden war, der alte Dreischruft-Ofen hatte ihn dazu verführt, ihr Geschichten aus seiner Lehrzeit zu erzählen, seine narzisstische Eskapade vor dem mächtigen Schrank verschwieg er ihr jedoch, obwohl er sich vorstellen konnte, dass sie ihr gefallen hätte.

Dafür hatte er sie am selben Abend in ihrer Wohnung fotografiert, halbnackt, vor ihrem schweren alten Spiegel, an dem eine getrocknete gelbe Rose herabhing.

Er hatte sie ihr einmal frisch mitgebracht, aus Hamburg, versteckt unter seiner Jacke, zur Versöhnung nach einem Eifersuchtsanfall, sie hatte ihn in der gigantischen Halle des Leipziger Hauptbahnhofes erwartet. Ohne jede Reklame oder Geschäfte wirkte der Bahnhof an diesem Tag noch grauer als sonst, ein Gewölbe, in dem die pure Sinnlosigkeit Schatten warf. Die gelbe Rose veränderte plötzlich alles.

Später, in ihrem Schlafzimmer, befreit von allen Kleidungsstücken, lichtete er sie auf einer Matte aus geflochtenem Stroh ab, ließ ein lachsrot gestrichener leerer Fensterrahmen, an die Wand gelehnt, ihren Körper und seine für den Moment des Fotografierens geronnenen Bewegungen zu Motiven einer Serie von Bildern, Skizzen, Figurinen werden, die wie aus dem Rodin-Museum gestohlen zu sein schienen.

Merkwürdigerweise hatten sie danach nicht miteinander geschlafen, als hätte die Berührung mit der Kamera ausgereicht, sein Begehren so vollständig zu sättigen wie das ihre.

Was in Hamburg nach jeder neuerlichen Runde in ihrem Liebesspiel aus *Stirb und werde und stirb* folgte, war schließlich seine Unfähigkeit, in der Redaktion noch irgendetwas Vernünftiges tun zu können, wenn sie nicht da war. Sein apathisches Warten, wegen der maroden Ost-Technik fast in den Wahnsinn treibende Telefonatversuche, Briefe, die Tage brauchten, um aufgerissen werden zu können, bis sie doch wieder nach Norden fuhr, zu ihm, niemandem sonst, oder er von Hamburg nach Leipzig flog, zu ihr, keiner anderen, mit einem weiteren fingierten Auftrag für sein Blatt, bei dem außer geheimnisvollen Andeutungen, einer ganz großen Geschichte auf der Spur zu sein, kaum etwas herauskam.

Brands Verständnis für seine Lage schien grenzenlos, er begründete es mit der stereotypen Formel, dass Berg ja seinen Kopf unter den Kommunisten hingehalten hätte, manchmal, wenn er besonders kumpelhaft sein wollte, sagte er auch: seinen »Arsch«. Genau deshalb würde er seine Hand über ihn halten, egal, wie lange die Geschichte noch brauche. Zuletzt aber beruhte seine Großzügigkeit wohl nur auf dem Missverständnis, seinem versponnenen Kulturreporter, der für eine normale Redaktionsarbeit sowieso nicht zu gebrauchen war, ginge es mit den Frauen ebenso wie ihm.

Den Rest gaben ihm Charlottes tapfere Versuche, Karla und ihn gleichermaßen zu trösten, stark zu wirken, dabei fraß sie offenbar alles nur in sich hinein. Ihre Klassenlehrerin hatte inzwischen schon Alarm geschlagen, diskret zwar, aber unüberhörbar: Ob es bestimmte Probleme gäbe, Charlottes bislang gute Zensuren seien nicht mehr zu halten, vielleicht könne sie helfen?

Selbst seine Mutter hatte ihm einmal die Tür zu ihrer Wohnung versperrt, ihn mit zornigem Blick ein Schwein genannt wegen all dem, was er Karla und der Familie antue, er solle sich endlich zusammenreißen und Schluss machen, sie sei überzeugt davon, dass andere dahintersteckten, *die*, wer sonst?! *Sie* hätten ihm dieses Weib auf den Hals geschickt, um auf den letzten Metern ihrer Herrschaft sein Leben doch noch zu zerstören.

Es nützte nichts, dass er versuchte, ihr klarzumachen, dass der zusammenbrechende Geheimdienst in diesen Tagen nun wirklich andere Sorgen hätte, als sich um ihn zu kümmern, und auch sein Hinweis auf ihre eigene leidenschaftliche Affäre mit einem verheirateten Mann, vor Jahrzehnten, als er noch ein Kind gewesen war, verfing nicht, nicht einmal die Erinnerung daran, dass sie ihn, ihren zwölfjährigen Sohn, zum Wochenendspion gemacht hatte, der an manch einem Sonntag herausfinden sollte, ob sich der Geliebte tatsächlich in seinem Stammlokal bei Frühschoppen und Kartenspiel aufhielt und nicht bei einer anderen. Dafür durfte er sogar den Kindergottesdienst ausfallen lassen. Die Affäre hatte sich schließlich fast ein Dutzend Jahre hingezogen, so lange hatte sie gebraucht, um sich von dem Mann zu lösen.

Zum Schluss hatte sie ihm auf offener Straße eine Ohrfeige verpasst und anschließend in den Hintern getreten, er hatte sich bücken müssen, nach seiner vom Kopf auf das Trottoir geflogenen Sonnenbrille.

Früher hatten sie gelacht über diese filmreife Szene, jetzt wollte sie nichts mehr hören davon wie von der ganzen Geschichte.

Charlotte aber, die Zeuge der Titulierung geworden war, war zutiefst empört: Wie konnte ihre geliebte Großmutter ihren geliebten Vater so nennen? Traurig über das Geschehen durften sie alle sein, natürlich, aber doch nicht gemein werden gegeneinander, sie blieben ja Vater und Mutter füreinander, Großmutter und Großvater! Eine Familie. Trotz allem. Der Rest war eben geschehen, auch wenn er nicht zu verstehen war, aber was man nicht verstand, das konnte man mit solch einem Wort auch nicht aus der Welt schaffen.

Schon früh war ihm dieser eigenartige Realismus seiner Tochter aufgefallen. Er löste nichts auf, ging es um Gut oder Böse. Aber er schien dafür zu sorgen, dem Leben, seinen Schönheiten und Glücksmomenten, trotzdem die Treue zu halten, davon zu zehren gerade in Notzeiten, wenn es düster wurde, hässlich. Es mochte damit zusammenhängen, dass sie ihn kurz vor der Krise ins Vertrauen gezogen hatte über eine schreckliche Erkenntnis, die sie eines Nachts, als im Haus vollkommene Stille herrschte, weil alles schlief, selbst er, der sonst immer so lange auf war, an seinem Schreibtisch saß, las und schrieb, mit furchtbarer Wucht heimgesucht hatte, *ihn* aber anrührte und erschreckte zugleich, als er davon hörte: Dass alles einmal enden würde, mit dem Tod. Unausweichlich! Niemanden verschonend! Auch *sie* nicht!

Dem damit verbundenen grausamen Gefühl totaler Sinnlosigkeit, so hatte sie ihm gesagt, werde sie sich nie wieder aussetzen!

Es war die Verweigerung einer Unterwerfung unter den Tod schon zu Lebzeiten, deswegen nahm sie auch den Tod der Familie nicht hin.

32

Wo bist du? Ihre Stimme kam von weit her.

Ach, sagte er, er hätte wohl tatsächlich geträumt, sie wären hier eingezogen.

Und wovon sollten wir leben, hier?

Von meiner Kreditkarte, er lachte: Er könne sie ziemlich hoch ausreizen. Das reiche für eine gewisse Zeit.

Und dann?, fragte sie.

Dann ist es vielleicht auch gut.

Was meinst du damit?

Nichts, hörte er sich sagen, und nach einer Weile: Ich rede nur so dahin.

Während der letzten Worte hatte er sie angesehen und ein paar Grimassen geschnitten; aber sie ließ sich nicht täuschen.

Als sie ins »Bay Hotel« traten, das unter dem inzwischen vollkommen grauen Himmel wie eine strahlend weiße Burg über der mit Beton und Sandsteinquadern gegen die See verstärkten Felswand thronte, blieb die Brandung mit ihrem donnernden Geräusch, die den schmalen Zugang zum Hafen in einen Hexenkessel verwandelt hatte, schlagartig hinter ihnen zurück, verschwand im lauten Stimmengewirr der Gäste, die sich in dem schmalen Raum vor der Theke drängten. In der Nähe eines Billardtisches, an dem niemand spielte, fanden sie Platz, man musste zur Theke gehen, wenn man etwas wollte. Sie wollten, noch immer oder jetzt erst recht, Tee und Sandwiches.

Nach seiner Bestellung sah er sich ein wenig um, verstohlen, er wollte nicht auffallen, und hatte bald das komische Gefühl, in nichts anderem zu stehen als in einer Art beweglichem Breughel-Bild.

An einem Tisch saß ein Pärchen, das in kurzen Abständen mit auffällig drallen Armen seine Biergläser aneinanderstieß, um danach ein weiteres Mal einen tiefen Schluck vom schwarzen Getränk zu nehmen und dann laut zu lachen, als hätte es einen Witz gemacht. Aber das Witzigste für ihn, der sie aus einem Augenwinkel heraus beobachtete, waren ihre hochroten Gesichter, sie wirkten wie reife Riesenäpfel und gaben Kunde davon, dass die beiden schon länger hier saßen und tranken: Sie glänzten vor feuchter Fröhlichkeit! Ein Liebespaar wie sie; aber es lebte und liebte, so schien es, auf einem vollkommen anderen Planeten.

Der Mann am gegenüberliegenden Ende des Tisches schwieg.

Er war, man sah es ihm an, ein einsamer Mensch, nicht nur in dem ihn umgebenden Lärm, unglücklich sah er dennoch nicht aus, rauchte Pfeife, trank Bier wie fast alle und blickte, inmitten des Trubels, mit einer geradezu unheimlichen Ruhe, offenen Auges tief in sich hinein.

Unter dem grauen Pullover, den er trug, steckte ein rosa Hemd, man sah es am Kragen, der über dem Halsausschnitt des

Pullovers lag, doch nur zur Hälfte, die andere Hälfte stand aufrecht. Obwohl so etwas passieren konnte, wenn man nicht richtig darauf achtete, wirkte es vollkommen lächerlich.

Der rosa Kragen und seine verunglückte Anordnung waren dennoch nicht die Pointe der äußeren Erscheinung des Mannes: ein durch und durch zerknittertes Hütchen auf seinem breiten Schädel war es, wie sie von Bauern getragen werden, gegen die Sonne, wenn sie auf dem Feld arbeiten.

Es sah grotesk aus. Es hätte auf jedem Kopf grotesk ausgesehen.

Das Gesicht darunter erinnerte ihn, es war verrückt, an das Oskar Werners, ausgerechnet im »Narrenschiff«, wo Werner sich, wie im wirklichen Leben auch, mit Whiskey zu Tode gesoffen hatte, als deutscher Schiffsarzt. Er hatte nicht die Kraft gefunden, von Bord zu gehen, alles hinter sich zu lassen und der Liebe seines Lebens zu folgen: einer Revolutionärin aus Südamerika, Simone Signoret hatte sie gespielt.

Nun fuhr er heim über den Atlantik, im Sarg, nach Bremen, am Kai erwarteten ihn eine Witwe, zwei Halbwaisen, Hakenkreuzfahnen. Der Film hatte Berg lange beschäftigt.

Die Galerie im »Bay Hotel« endete für ihn bei einem weiteren Pulloverträger, auch er trank schwarzes Bier, auch er aus einem großen Glas, hin und wieder drehte er ihm seine von langen, strähnigen Haaren umrahmte Physiognomie asymmetrischer Natur zu, ohne ihn wirklich wahrzunehmen: Er schien durch alles, was ihn umgab, hindurchzublicken, in irgendeine Ferne, die mit der See vor der Tür zusammenhängen mochte, vielleicht aber auch mit einer ganz anderen Unendlichkeit seines Lebens.

In diesem Moment reichte ihm die Frau hinter dem Tresen das Verlangte auf einem Tablett entgegen und bedeutete ihm, dass er später zahlen könne. Er fand es sehr freundlich, dankte und trug Tee und belegte Brote an ihren Tisch. Jetzt merkten sie, wie anstrengend der Strandgang gewesen war, wie sehr er sie erschöpft hatte, wie gut es deshalb tat, etwas Kräftiges essen, etwas Heißes trinken zu können.

Eine ganze Weile aßen sie nur, sagten nichts. Dann rauchten sie, aneinandergelehnt, wortlos, vertraut. Als er ihr Feuer gab, mit einem Streichholz aus einer Schachtel Zündhölzer, um die er ebenfalls am Tresen gebeten hatte, »Scottish Bluebell« ihr Name, wie er jetzt las, rief er überrascht aus:

Noch nie hätte er Streichhölzer mit blauen Köpfen gesehen, sie?

Wie denn, hatte sie gelacht, sie sei das erste Mal in Schottland, und sich die Schachtel mit der rotbraunen Zeichnung der Highlands und einem Kranz von blauen Glockenblumen um das Namensband näher angesehen, die über nur eine Zündfläche verfügte, wie solle sie da Streichhölzer mit blauen Köpfen gesehen haben?

Ja, komisch, sagte er, Feuer sieht doch rot aus.

Habe manches Feuer nicht auch blaue Spitzen?

Bei sehr hohen Temperaturen, sagte er, genau weiß ich es aber nicht, und sah, wie sie intensiv an ihrer Zigarette zog und dann langsam den Rauch ausstieß, nach oben, unter die ohnehin schon rauchgeschwängerte Decke des »Bay Hotel«, damit er sein Gesicht nicht traf, nur ihre Augen waren unentwegt auf die seinen gerichtet.

Möchtest du noch ein Bier?, fragte er plötzlich.

Sie schüttelte den Kopf und rückte, als wolle sie schlafen, noch enger an ihn heran.

Bist du müde?, fragte er.

Nicht wirklich, sagte sie, es sei nur so merkwürdig gerade …

Ja, sagte er, irgendwie anders, ich glaube, ich könnte bleiben, wirklich, allein schon wegen der Brandung: Hast du gesehen, wie sie auf der Hafenschräge emporgeschossen ist, richtig lange Schaumzungen … Als ob sie den roten Kasten mit dem Rettungsring verschlingen wollten. Die haben nicht ohne Grund die Boote alle nach oben gezogen!

Träumst du immer noch?

Es ist was anderes, sagte er.

Und was?

Ich weiß es nicht. Ich hab kein richtiges Wort dafür.

Zwischenwelt?

Bist du da gerade?

Da bin ich immer, sagte sie.

Übermorgen sind wir wieder in Hamburg, hörte er sich.

Ich weiß, sagte sie.

Aber wir kommen nicht an, was?

33

Es regnete nicht mehr, als sie das »Bay Hotel« verließen und durch die New Road zum Bus hinaufgingen. Dafür war es fast dunkel geworden. Dann aber sahen sie zu ihrer Überraschung einen knallroten Doppelstockbus, der sie nach Scarborough bringen sollte.

Sie lösten beim Fahrer die Tickets, es war immer noch ein wenig irritierend, wie schon bei den Taxifahrten in den Tagen zuvor, den banalen Vorgang seitenverkehrt zu absolvieren, und begaben sich nach oben, in die erste Reihe. Alle Plätze hinter ihnen blieben leer. Sie hatten, so schien es, den roten Doppelstockbus für sich ganz alleine.

Draußen verschwand die Landschaft inzwischen in einer schwarzblauen Finsternis. Hin und wieder sah man erleuchtete Fenster einsamer Häuser und Höfe, auf den Landstraßen dazwischen weißgelbe Scheinwerferstrahlen von Autos, ihre roten Rücklichter.

Auf der Karte habe ich heute Morgen gesehen, dass sich hier ein Moor hinzieht.

Passt doch, sagte sie: England, Moor, Verbrecher. Die schreiben zu viele Krimis.

Vielleicht deswegen, sagte er, »Das Wirtshaus von Dartmoor«, am Schrecklichsten war diese Treppe, über die das Opfer ahnungslos herabging, der Killer drehte unauffällig an einem Holzpfosten, schon öffnete sich eine Falltür, und ab ging's in die schwarze nasse Tiefe. Schreie. Aufklatschen. Stille. Teuflisch. Hast du den mal gesehen?

Den Film?

Kult, sagte er.

Nein, sagte sie, aber andere, es gab ja mehrere davon.

Wir fanden die spannend, sagte er, gruselig sogar. Der wahnsinnige Kinski war's. Von heute her wirken die Dinger eher komisch. Vieles ist ja auch nur Kulisse. Ich glaube, die haben kaum eine Szene in England gedreht.

Nein?, sagte sie. Es klang eine Spur enttäuscht.

Das meiste in Hamburg und Umgebung. Ich hab mal ein Schloss wiedererkannt.

Siehst du, sagte sie und lachte: Das ist der Unterschied: Wir sind *wirklich* hier!

Den Rest der Strecke hielt er seinen Arm um sie gelegt, blieben sie still, ließen sie sich vom Schwanken des Busses in ein Wiegegefühl versetzen. Hin und wieder schloss er die Augen, dann erinnerte ihn die Fahrt an jene Zeit, in der er häufig, vor allem in den großen Ferien, auch schon mit solch einem Bus gefahren war. Es war ein beigefarbener gewesen, kein knallroter wie der, in dem sie saßen, auch stieg man auf einer anderen Seite in ihn ein; aber man tanzte auf den Sitzen des Oberdecks genauso hin und her wie heute, wenn er über das Kopfsteinpflaster geholpert war. Es hatte ihn stolz gemacht, dass auch in seiner Heimatstadt eines Tages solche mächtigen Busse eingesetzt worden waren, mit ihnen fuhr man vom Zentrum in jenes Neubauviertel, das an der Ostsee lag, wer dort wohnte, hatte einen grandiosen Blick über die Bucht, die Stadt, alle fünf Hafenbecken, auf die riesigen Kirchen, die Werft, die großen weißen Passagierschiffe, die auf ihr entstanden, die sie später verließen, durch dieselbe Bucht, in alle Meere der Welt. Mit den Doppelstockbussen konnten vor allem in der Sommersaison mehr Menschen transportiert werden als mit den flachen Ikarus-Fahrzeugen, wenn die Stadt voller Urlauber war. Nur wenige Städte hatten das zu bieten. Als Kinder waren sie immer in einer Art Wettkampf, ja,

Kampf, manchmal schimpften ihnen deswegen die Erwachsenen im Bus hinterher, nicht nur nach oben zu kommen, *die erste Reihe musste es sein*: Sie allein gab ein Fahrgefühl, als säße man in einem Flugzeug, weil man von oben auf alles herabblicken konnte und sich die Maschine, in der man saß, zugleich schnell und kraftvoll voranbewegte.

Auf der Fahrt nach York hatte er ihr auch davon erzählt und noch mehr Geschichten aus jener Zeit.

Komisch, hatte sie irgendwann gesagt: Mich gab's da noch gar nicht, noch lange nicht, als du schon deine ersten Abenteuer erlebt hast. Dass man sich trotzdem eines Tages trifft, sich ausliefert, als würde man den anderen seit Ewigkeiten kennen, das ist doch eigentlich unheimlich, ich weiß nicht, manchmal irritiert mich das mächtig, und dann bin ich wieder total fasziniert davon.

Unheimlich? Eher nicht, hatte er geantwortet. Er fände es *unheimlich*, wäre die Welt ohne jedes Geheimnis, *sei sie nicht auch eines*? Für ihn jedenfalls sei sie eins! Aber es auflösen? Da hätte sie ja jeden Zauber verloren. Kinder ließen sich gerne darauf ein.

Kinder könnten das auch, sogar spielend, hatte sie gesagt.

Was?

Mehr sehen als sie wüssten! Sie schien erstaunt, dass ihm das nicht selbst eingefallen war.

Deswegen seien sie ja auch so gute Schauspieler. Sie spielten keine Rollen, sie spielten *sich*, sich selbst. Sie glaube nicht, dass man als Kind ein unbeschriebenes Blatt sei.

Er auch nicht, sagte er, aber was dann? Eine Zufallsorgie? Ein genetisches Fatalismusbündel?

Sie mache, es klang selbstbewusst, nicht resigniert, ja immer wieder dieselben Fehler oder dasselbe Richtige, und manchmal sei das Richtige der Fehler oder der Fehler das Richtige, vielleicht also sei genau das ihr Text, und dann müsse sie ihn auch akzeptieren.

Danach begann er, das Gedicht »Robin Hood's Bay« auf seinen Notizblock zu schreiben; er schrieb es ohne Unterbrechung nieder, obwohl im Busoberdeck nur die Notbeleuchtung an war und die Wackelei alles erschwerte. Er hoffte inständig, sein Gekrakel später im Hotel entziffern zu können.

Zwischendurch bemerkte er, dass sie ihn beobachtete. Aber sie fragte nichts, störte ihn nicht. Nicht einmal, als sie in York angekommen und mit dem Taxi zum Hedley House gefahren waren, kam sie auf sein spezielles Tun im Bus zurück. Im Hotel lag eine Nachricht von Veruschka für sie bereit, sie teilte ihnen mit, wann es morgen nach Leeds ginge, sie würde sie vom Hotel abholen. Falls es noch etwas gäbe, könnten sie im Institut anrufen, ab zehn sei sie dort zu erreichen.

34

Eine knappe Stunde vor Beginn des Konzerts trafen sie in Leeds ein. Veruschka hatte den Wagen in der Nähe der Town Hall geparkt; das letzte Stück gingen sie zu Fuß. Es war bereits dunkel, aber manche Gebäude waren noch erleuchtet, die imposantesten von ihnen angestrahlt. Dennoch versackten zahlreiche Fassaden mit mächtigen Fensterreihen in riesigen grauschwarzen Flächen, in denen, er registrierte es nach nur wenigen Schritten über das Pflaster, etwas Undefinierbares am Leben zu sein schien, eine Art dichter Stimmenteppich hing da herab, leicht scheppernd, von metallischen Klangwellen durchwirkt. Das merkwürdige Phänomen hatte ihn sofort an etwas Konkretes erinnert.

Was ist das?, fragte er Veruschka und blickte nach oben, in die Luft, den dunklen Fassaden entgegen.

Was er meine?

Na, diese merkwürdige Geräuschkulisse, sagte er: Vielleicht habe er auch nur eine akustische Halluzination?

Ach das!, rief sie aus: Das seien die Vögel, *Dohlen*, sie höre sie schon gar nicht mehr.

Wo die denn alle herkämen?, fragte Rike: Das müssten ja Massen sein!

Es seien auch Massen, Veruschka redete jetzt so ernst wie ein Stadtführer: Die Simse der Fenster wären ihr Winterquartier, in der Stadt sei es inzwischen viel wärmer als draußen vor den Toren. Sie seien eben sehr klug, diese kleinen schwarzen Teufel.

Er liebe Dohlen, hatte er eingeworfen, weil sie so possierlich wären, frech, vorwitzig, aber Hitchcock habe reine Horrorvögel aus ihnen gemacht, vielleicht sei er durch genau dasselbe Geräusch auf seine Idee gekommen. Er jedenfalls hätte so etwas noch nie erlebt, Krähenschwärme in Stadtparks, ja, wenn sie sich auf ihren Schlafbäumen niederließen, aber solch eine flächendeckende Fassadenbesetzung! Ein bisschen gespenstisch sei das schon. Oder?

Das ist der Film!, lachte Veruschka, der habe es wirklich geschafft, aus einem harmlosen Naturgeräusch eine Bedrohungskulisse werden zu lassen, die Dunkelheit dazu, aus sei es mit unserer Ratio.

Es hätte ein abendfüllendes Gespräch werden können: über doppelbödige Realitäten, sinnliche Wahrnehmung und Abstraktion, über das Verhältnis von Psyche und Physis und das ganze unsichtbare Weltengewebe aus Wellen und Teilchen als letztem, tragenden Grund. Aber nun kam nicht nur die Town Hall der Stadt Leeds in Sicht, von der er merkwürdigerweise nichts anderes wusste, als dass sie über eine Fußballmannschaft namens *Leeds United* als berühmte Botschafterin verfügte, es trat, dachte man sich die Turmkuppel mit der riesigen leuchtenden Uhr weg, eine Idee des alten Rom vor ihre Augen: ein Gebäude mit Freitreppe, korinthischen Säulen, Löwenskulpturen, in nur schwer gebändigten Ausmaßen, detailfreudigster Fülle. Die indirekte Beleuchtung schnitt sämtliche Säulen, die das Gebäude schmückten und scheinbar trugen, noch einmal zusätzlich heraus aus dem rechteckigen Block, der in seiner architektonischen Absicht natürlich kein bloßes Rathaus war, er war eine Mischung aus Tempel, Kathedrale, Stadtschloss: griechisch, römisch, christlich, imperialistisch – das ganze alte Europa als Echo, Zitat, Illusion.

Die eklektische Opulenz setzte sich im Innern fort: Hallenartige Aufgänge, Bogen, Gewölbe, Säulen, Marmor, Porphyr, Gold, Stuck, Mosaike, Skulpturen, Inschriften.

Schließlich die Raumapotheose: der Konzertsaal mit der, so schien es, mehrere Wohnetagen hohen Orgel, von weitem ein erstarrter Wasserfall, ein Zauber aus Eiszapfen gigantischer Dimension. Es fehlten nur noch der Klangkörper, sein Haupt: die Musiker, der Kapellmeister, Brahms' Noten, seine Partitur, ins Hörbare überführt, übersetzt ins Unüberhörbare!

Ich glaube, hatte er zu Rike gesagt, als sie dabei waren, Platz zu nehmen auf der Galerie mit ihrem raumgreifenden Blick auf das Orchester, die sich ebenso zügig füllte wie die Reihen im Parkett unter ihnen: Ich glaube, ich bin *symphoniensüchtig*! Alle vier Brahms-Symphonien in drei Tagen! Und es wird mir keine Sekunde zu viel. Gerade die vierte würde etwas auslösen in ihm, was kaum zu beschreiben wäre.

Euphorie?

Rike fragte in jenem gleichmütigen, fast lakonischen Ton, den man missverstehen konnte, kannte man sie nicht. Doch war sie hellwach: hörte ihm aufmerksam zu und registrierte zugleich alles, was noch um sie herum geschah.

Einen Moment lang blickte er – für andere eines von zahllosen neugierigen Gesichtern – in den sich jetzt immer geräuschvoller füllenden Zuhörerkessel unter ihnen, als suche er nach Bekannten, Freunden, Vertrauten. Dann wandte er sich ihr wieder zu, wiederholte ihr Wort und sagte:

Musik sei etwas Göttliches, diese Richtung meine er.

Jede? Sie sah ihn kurz an.

Jede, sagte er etwas zu schnell und korrigierte sich gleich darauf: Es müsse einen erschüttern, nicht paralysieren. In Amsterdam habe er mal in einem vollgekifften Schuppen die »Einstürzenden Neubauten« gehört, er habe nichts anderes als Herzschmerzen davon bekommen und die Szene fluchtartig verlassen. Wahrscheinlich sei er an diesem Punkt aus der Zeit gefallen.

Ach was, hatte sie ihm zugeflüstert: So bist du eben, na und?

Inzwischen saßen die Musiker komplett auf dem weitläufigen Bühnenpodest zu Füßen der Orgel, deren Größe ihm immer noch unwahrscheinlich vorkam, das Einstimmen der Instrumente hörte auf, als die riesigen Kronleuchter unter dem Hallengewölbe zu erlöschen begannen und nur noch der Klangkörper erfasst wurde, von anderem Licht – als der Kapellmeister kam, kraftvoll, energisch und federnd wie immer, ein Lächeln um den mächtigen Schädel mit der hohen Stirn, den sein silbergraues Haar und der ebenso schimmernde Bart rahmten, brandete Beifall auf, eine gewaltige Welle vom Parkett hinauf zur Galerie und wieder zurück.

In der Stille danach, zwei, drei Sekunden mochte sie sich gedehnt haben, verdichtete sich das Orchester endgültig zur kritischen Masse, mit der Einsatzgeste des Kapellmeisters, er dirigierte ohne Taktstock, energisch, ja, ekstatisch, erfolgte die kontrollierte Explosion, die jeden der Zuhörer in der Halle in ein lebendes Paradox verwandelte: mitgerissen zu werden, ohne in Ekstase geraten zu dürfen.

Im Innern aber wurden die Fesseln gesprengt.

35

Das Konzert war seit einer halben Stunde zu Ende, der Empfang durch den Lord Mayor für Orchester und geladene Gäste hatte jedoch noch nicht begonnen: Alles wartete auf den Kapellmeister, der sich in seiner Garderobe aufhielt, um sich frisch zu machen, sich umzuziehen.

Veruschka hatte sie nach dem Verlassen ihrer Plätze auf der Galerie in den Gebäudeteil der Town Hall geführt, in dem der Empfang stattfinden sollte: Es war ein langer, prächtig gestalteter Saal, zu dem eine eindrucksvolle Treppe hinaufführte.

Während sich der riesige Raum langsam mit Gästen und Orchestermitgliedern füllte, hatten sie sich vor seinen Türen umgesehen und in der Nähe des Treppenaufgangs zwei geschnitzte, hochherrschaftlich wirkende Stühle entdeckt. Ein Schild verriet, dass auf einem der beiden Stühle einmal Queen Victoria Platz genommen hätte, zwei Kordeln, zwischen den Armlehnen aufgespannt, sollten offenbar verhindern, dass die geadelte Sitzfläche des Stuhls entweiht würde.

Da er wusste, dass es zwischen Queen Victoria und ihrem Ehemann Albert von Sachsen-Coburg und Gotha ein unsterbliches Liebesverhältnis gegeben hatte, dass sie dazu brachte, auf sein viel zu frühes Ende mit einem vollkommenen Rückzug aus der Öffentlichkeit zu antworten, für Volk und Königskinder dauerte das Bekenntnis ihrer Treue über den Tod hinaus unendliche vierzig schwarzgekleidete Jahre, hatte er Rike, in einem Anfall von Magiegewissheit, vor dem Stuhl an sich gezogen, die Kordel kurz entschlossen entfernt und sich zusammen mit ihr auf dem Samtbezug des Möbels niedergelassen, um ihr ins Ohr zu flüstern, nun seien auch sie ein königliches Paar, und dabei die Hoffnung gehabt, es hätte sich etwas bewahrt an diesem Ort, das ihre Liebe zueinander ebenso stark machen könne wie die zwischen Victoria und Albert.

Das kleine Sakrileg hatte nur wenige Sekunden gedauert, auch war es von niemandem wahrgenommen worden, die Kordel zwischen den Armlehnen des Stuhls der Königin wieder installiert, als sie auf der Freitreppe, die zum Saal hinaufführte, Bewegung vernahmen. Wenig später kam der Kapellmeister in Sicht, ein kleines Gefolge begleitete ihn, und da sie die Ersten waren, die er am Ende der Treppe auf sich warten sah, glitt ein Strahlen über sein Gesicht, das einem Außenstehenden den Eindruck vermitteln musste, man kenne sich seit Jahrzehnten.

Der Kapellmeister begrüßte Rike und ihn mit beiden Händen, sagte, dass er sich von Herzen freue, ihnen erneut zu begegnen, und schlug vor, mit ihm zusammen nach einer knappen Stunde den Empfang zu verlassen, um den Rest des Abends gemeinsam in einem asiatischen Restaurant der Stadt zu verbringen, vom Buffet im Saal erwarte er, ehrlich gesagt, nicht ganz so viel, die englische Küche, nun ja, sei weniger überzeugend; was seinen Geschmack beträfe, sei er eher Asiate, ob sie Lust dazu hätten?

Dann betrat der Kapellmeister den Saal, wo der Lord Mayor ihn sofort in Empfang nahm. Erneut brandete Beifall auf, einige kurze Reden wurden gehalten, schließlich das Buffet eröffnet, auch der Kapellmeister nahm etwas Salat und Fleisch, trank dazu ein Glas Rotwein, ließ sich auf Gespräche ein, und niemand ahnte, dass er innerlich längst auf die Uhr schaute, eine andere Gesprächswelt im Sinn, eine andere Gesprächsperspektive. Seiner Herzlichkeit und Aufmerksamkeit den Menschen gegenüber, die ihn gerade mit Bewunderung und Ehrfurcht umgaben, nahm es nichts von ihrer Glaubwürdigkeit: Er spielte ja nicht mit ihnen, er nutzte nur die Zeit, die er sich für sie genommen hatte.

Er war der König des Abends; er war der Souverän.

Noch keine Stunde war vergangen, als sie sahen, dass der Kapellmeister dabei war, sich vom Hausherrn zu verabschieden, schließlich gaben sich der Lord Mayor und er die Hand, und der Kapellmeister verließ den kleinen Kreis, von dem sie umgeben waren, begleitet von einem Mitarbeiter des Bürgermeisters. Da Berg sich mit Rike und Veruschka vorsorglich in der Nähe jener Saaltür postiert hatte, die den kürzesten Weg zur Freitreppe bot, musste der Kapellmeister keinen Umweg machen, und so hörten sie ihn, als er sie erreicht hatte, mit leicht verschwörerischem Unterton sagen:

Der Lord Mayor hat uns seinen Dienstwagen zur Verfügung gestellt!

Sie verließen das Gebäude durch eine Seitentür, die immer noch imposant genug war, um von außen nicht missverstanden zu werden, auf der Straße davor stand der Dienstwagen des Lord

Mayor: eine große schwarze Limousine, in der man sich im Fond gegenübersaß und trotzdem noch ungewöhnlich viel Beinfreiheit hatte, und wie immer stiegen Filmszenen in Bergs Kopf auf, sie spielten in London, am Themseufer, nicht in Leeds, aber das war vollkommen gleichgültig.

Während der Fahrt verriet der Kapellmeister, dass er in dem asiatischen Restaurant schon einmal gegessen hätte, sie also deshalb dorthin führen, die Küche sei phantastisch, sie wüssten ja vielleicht, dass er ein Liebhaber Asiens sei, seine Frau stamme aus Japan. Schon oft habe er dort Konzerte gegeben, ein unglaubliches Publikum, was die deutsche Klassik beträfe, überhaupt diese Höflichkeit der Menschen, ihr Traditionsbewusstsein, ihr Familiensinn, ihre Staunen machende Fähigkeit, modern zu sein, ohne die Vergangenheit abzulehnen: Hochgeschwindigkeitszüge und Steingärten, vor denen man in reiner Bewegungslosigkeit verharre, dem Weltgeräusch zu entkommen, der reinen Leere zu lauschen. Es sei überwältigend.

Er liebe japanische Literatur und Malerei, hatte Berg daraufhin bekannt, nannte Namen und Gründe, um nicht den leisesten Verdacht aufkommen zu lassen, er würde dem Kapellmeister nach dem Munde reden: *Akutagawa, Kawabata, Mishima,* von den Malern seien es vor allem *Hokusai* und *Hiroshige,* an deren hundert Ansichten des Fuji oder von Edo könne er sich niemals sattsehen, sie hätten etwas ungeheuer Versöhnendes, was das Schicksal beträfe; blicke man auf sie, erfasse einen ein merkwürdiger Trost, der ohne Gott und Menschen auskäme, eine Art gemalter Musik, die einen ebenso entführe wie jene, die sie eben von ihm dirigiert gehört hätten, obwohl Brahms Gott ja nun wirklich nicht ausgeklammert hätte, wenn er nur an dessen Requiem dächte.

Von der bezaubernden Erotik japanischer Frauen sagte er in diesem Moment nichts. Stattdessen fragte er ihn, ob er auch das Requiem schon einmal aufgeführt hätte, ob es Einspielungen davon gäbe, er sammle sie seit längerem?

Aber der Kapellmeister schüttelte den Kopf, dann sagte er, das Requiem sei für ihn, für jeden, der es dirigieren wolle, eine ganz besondere, eine wirklich radikale Herausforderung. Er habe es bisher nur einmal gespielt, in Israel.

Bergs Überraschung konnte nicht größer sein, doch begriff er im selben Moment, dass diese Musik und ihre Radikalität, von der der Kapellmeister soeben gesprochen hatte, tatsächlich wohl nur noch von jenen vertriebenen Deutschen bis in den letzten unhörbaren Klanggrund erhört werden konnte, die dem Todeszeichen des gelben Sterns rechtzeitig entkommen waren und nun seit langem in Israel lebten, aber, wie die Rosenbergs in Jerusalem, mit denen Karla, Charlotte und er vor wenigen Jahren Sabbat zusammen gefeiert hatten, Deutschland nicht vergessen konnten.

Als der Kapellmeister, Berg, Rike und Veruschka den Wagen verließen, wurden sie schon auf der Straße vom Chef des Restaurants empfangen, weitere Mitarbeiter standen auf der Treppe, die in die Räume hinabführte, und auch hier schlug dem Kapellmeister geradezu Verehrung entgegen. Der Tisch, an dem sie sich niederlassen sollten, war vorbereitet, während sie Platz nahmen, drückte Rike mehrfach seine Hand.

Er hatte ihren Druck erwidert, auch er befand sich in einem merkwürdigen Zustand: Saßen sie tatsächlich mit dem lebenden Mythos des Gewandhauses zu Leipzig in einem asiatischen Restaurant in Leeds zusammen? Würden essen und trinken mit ihm, Stunde um Stunde, reden über Gott und die Welt, die Revolution und die Diktatur, über Deutschlands Vergangenheit, Gegenwart und Zukunft, über die Symphonien von Brahms, ein weiteres Mal über dessen Deutsches Requiem, Mendelssohn-Bartholdys Musik, Beethoven, Bruckner, Mahler, über seine Zeit im Gefängnis und darüber, wann und wo Rike und er sich kennengelernt hätten.

Der Kapellmeister war wissbegierig und redefreudig zugleich, trank Sake in ziemlichen Mengen, die Geschmacksorgie auf dem Tisch aber hörte und hörte nicht auf. Es ging schon längst nicht mehr um die Befriedigung von Hunger und Durst, es ging nicht einmal mehr um eine weitere Steigerung der Raffinessen asiatischer Küche mit ihren Kunststücken aus Thailand, China und Japan, die der Chef des Hauses seinen Gästen bot – ein ganz anderer Appetit wurde mit der verstreichenden Zeit gestillt: Es war der Appetit auf die Zeit selbst, die sich mit den nach Koriander und Zitronengras duftenden Suppen, den scharfen Kohl- und milden Algensalaten, mit gebratenem Schweinefleisch, Rind und Huhn, mit Fischen, Garnelen und dem warmen Sakestrom vermischte und alles, was gerade geschah, in pure Sinnlichkeit verwandelte, von nichts und niemandem begrenzt, nicht bedroht. Freiheit und Sinnlichkeit waren ein kongruenter Zustand, waren *eins* geworden.

Anderthalb Stunden nach Mitternacht kehrte die Zeit zurück, machte sich bemerkbar in Erschöpfung und Müdigkeit, niemand am Tisch war jetzt ausgenommen davon, nur die Mitarbeiter des Restaurants zeigten keinerlei Anzeichen von Schwäche.

Endlich gab der Kapellmeister dem Chef des Hauses ein Signal, es dauerte einen Moment, bis die Rechnung kam, sie steckte diskret in einer kleinen schwarzen Ledermappe, die auf einem silbernen Tablett lag. Der Kapellmeister blickte mit seinen sakeschweren Augen kurz auf die Endsumme, nahm eine Kreditkarte aus seiner Brieftasche, legte sie auf den langen ausgedruckten Bon und klappte die kleine schwarze Ledermappe, ohne sie weiter zu beachten, wieder zu. Als er wenig später die Quittung unterschrieb, veränderte er zuvor auf der dafür vorgesehenen Zeile, mit einer schnellen, zackigen Bewegung, den zu zahlenden Betrag, ließ sich den Durchschlag aushändigen und bedankte sich auf anrührende Weise für den großen Abend.

Dann bat Veruschka den Chef des Hauses, ein Taxi zu bestellen. Als ihnen mitgeteilt wurde, dass das Taxi vorgefahren sei, mit dem sie in die Nähe der Town Hall mussten, um in Veruschkas dort geparkten Wagen umzusteigen, der sie nach York zurückbringen sollte, erhoben sie sich alle und verließen, begleitet von den Verbeugungen des Chefs und seiner Angestellten, das

Restaurant. Draußen öffnete der Chauffeur des Lord Mayor den Schlag seines Dienstwagens, und der Kapellmeister verabschiedete sich zunächst von den Frauen.

Dann reichte er ihm die Hände, und während er die seinen drückte, sagte er leise, vom Sie zum Du wechselnd:

Pass gut auf sie auf, sie hat so ein liebes Gesicht!

In diesem Moment hätte er den Kapellmeister am liebsten umarmt, er sagte aber nur, nach einer winzigen Pause, die der Kapellmeister zu deuten wusste:

Werden wir uns wiedersehen?

Kommen Sie nur, sagte der Mann vor ihm, meine Karte haben Sie, ansonsten finden wir uns über das Gewandhaus. Und schicken Sie mir Ihren Film, er interessiert mich, nicht nur, weil Sie ihm Brahms unterlegt haben, war es die Dritte oder die Vierte?

Die Vierte, sagte er.

Ja, ja, der Kapellmeister sah ihn fast väterlich an: Wenn Sie das Requiem lieben, lieben Sie auch die Vierte, die passt zu Ihnen, wenn ich mir das Urteil erlauben darf: Sie sind ja Romantiker, das sind Sie doch, nicht?! Vielen ist sie zu schwermütig, zu pessimistisch. Romantikern nicht! Die schöpfen Kraft daraus, wie aus dem Requiem.

Behalten Sie Ihre Kraft, sie ist ein Himmelsgeschenk!

Am nächsten Morgen, kurz nach halb zehn, fuhren sie mit dem Intercity von York nach London, wo sie wenige Minuten vor zwölf in King's Cross ankamen. Dort verstauten sie ihr Gepäck, wechselten in die Underground und stiegen in der Station Piccadilly Circus aus, um zu Fuß weiterzugehen Richtung Themse, Westminster, ein paar Stunden zu flanieren im Zentrum der britischen Hauptstadt, mit den Augen zu berühren, was es beherrschte und durchpulste, das fremde Bild aus Büchern, Filmen, Fernsehnachrichten in ein eigenes zu verwandeln. Dafür hatten sie sich die Zeit genommen, ihr Flug nach Hamburg ging erst am frühen Abend ab, von Heathrow, wohin sie ein Taxi bringen würde, vielleicht wieder eine dieser schwarzen Kino-Limousinen, denen er nicht entkam, dachte er an London, wie sollte es *in* London anders sein?!

Im Zug nach Süden hatte er auch sein Schottland-Gedicht zu Papier gebracht, das seit ihrer kurzen Fahrt von Glasgow nach Greenock, zu den Ausläufern des Atlantiks, in seinem Kopf, längst fertig gewesen war. Er überschrieb es mit der Zeile:

»GREENOCK, MIT DIR//Flachwasser bei/Langbank: Das gepfählte/Meer, darin der Himmel/sein Eis verdoppelt,/und langsam/wachsen//die/Highlands über das/Ufer: Schneeblauer Fels im/Auge dessen der/gegenüber//schweigt.«

Wie immer hatte sie auch dieses Gedicht, das es ohne sie nicht gegeben hätte, aber nun auch für sie existierte, wortlos zur Kenntnis genommen, nur ihr Gesicht spiegelte, einen winzigen Zug lang, ihr neuerliches Erstaunen darüber, dass da einer war, neben ihr, vor ihr, an ihrer Seite, der ihr in Poesie etwas zurückgab, was sie ihm einfach so geschenkt hatte, wie selbstverständlich, ohne etwas zurückzufordern.

36

Es war die letzte große Reise gewesen, die sie zusammen unternommen hatten, und mit ihr schien noch einmal alles auf, was an gemeinsamem Leben möglich gewesen wäre und was nicht, was immer wieder dazwischentrat an Schatten, an Rissen, an Abgründen – in Schottland und England hatte er begriffen, was er längst wusste, aber nicht hatte wahrhaben wollen: dass sie anders nicht zu haben war. Ebenso, immer unabweisbarer, war ihm das Undenkbare ins Bewusstsein vorgerückt: dass er deshalb am Ende würde verzichten müssen auf sie, vielleicht sogar fliehen vor ihr. Er hatte nicht nur Sehnsucht gehabt, dachte er an sie, er war süchtig geworden nach ihr. Seine Sehnsucht war ihm lange ganz natürlich erschienen; um ihr nahe sein zu können, *musste* es doch so sein! Die *Sucht* aber, für immer mit ihr zusammen sein zu wollen, koste es, was es wolle, um jeden Preis, hatte, wie noch jede, etwas anderes ins Spiel gebracht: die Bereitschaft, den erhofften Zustand, um ihn für immer zu bewahren, selbst hinter einer Grenze zu erfahren, hinter der für die Zurückbleibenden nur Dunkelheit begann, Schwärze, Stummheit. Eine Landschaft ohne Antwort, Erkenntnis. Das Nichts.

Seine Liebe zu Rike hatte ihn geschwächt.

Es war keine Frage von Willen gewesen oder Willenlosigkeit. Ihr war nichts vorzuwerfen, wie sie ihm ebenfalls nichts vorwarf. Es war etwas Objektives, das stärker war als sie beide, im Guten wie im Bösen.

Du bist Rauschgift für mich, hatte er ihr einmal gesagt, weißt du das eigentlich?

Sie aber hatte nur gelacht, sich ihm entwunden und so getan, als würde sie gar nicht begreifen, worauf er anspielte.

Er ließ ihr keine Fluchtmöglichkeit, sagte: Du wirst nie wieder so geliebt, ich schwöre es dir!

Danach hatte sie sich umgedreht, eine ganze Weile aus dem Fenster geschaut, und dann hörte er sie, klar, deutlich, als spräche sie zu einer imaginären Person hinunter auf die Straße, aber dort stand nur ihr kleines blaues Auto:

Ich weiß, Torben. Ich weiß es doch!

Kein spielerischer Ton war mehr in diesen sieben Wörtern gewesen, keine Koketterie, kein Glücksübermut, sie hatten nur etwas verdichtet, wie in einer Formel, was er längst wusste, diese so nüchterne, nach Kapitulation klingende Formel, er hatte es ja schriftlich von ihr, in jenem langen Brief, den sie ihm, statt selbst nachzukommen, wie es geplant, vorbereitet, erhofft gewesen war, auf die Inseln im Nordatlantik geschickt hatte, ein Selbstporträt, schwarz auf weiß, radikal gezeichnet, und dennoch nicht ohne alle Hoffnung:

»Mein lieber Torben! Es tut mir unsagbar leid: diese Vorfreude zuerst und dann dieses Umkippen! Sie zeugen von einer solch enormen Schwäche, dass ich mich selber ekelhaft finde, weil es so erbärmlich ist ... Jetzt, wo alles zu spät ist, könnte ich nur noch heulen – vor Wut über mich, vor wahnsinniger Trauer! Ich weiß nicht, warum ich jedes Glück, das sich irgendwie anbahnt, sofort oder nach kurzem, hartem Kampf im Keim ersticken muss, abtöten, kaputt treten. Es muss in mir einen überdimensionalen, allumfassenden Zerstörungstrieb geben, den es doch eigentlich gar nicht geben dürfte, wenn man liebt, nicht wahr?! Das kann nur Idiotie sein, wie bei den Menschen, die sich als Lebensaufgabe ewig den Kopf darüber zerbrechen, wohin die Bilder im Spiegel verschwinden, wenn es ganz dunkel ist, Nacht. Es gibt jetzt auch die Inseln nicht mehr für mich, Deine Inseln, ich glaube, sie hätte ich lieben können, weil genau diese Landschaft nun immer auch mit dem Menschen zu tun hat, den man doch damit irgendwie verbindet. Was soll ich aber in dieser Landschaft, wenn diese eine, diese notwendige Verbindung fehlt? So etwas kann ich mir ja nur vorstellen, wenn genau die Person da ist, mit der ich das alles teilen möchte – mit Dir! Liebster, ich habe das nicht getan, weil es da noch einen anderen gibt, der eine Entscheidung gewollt hätte. Ich dachte, ich müsste das für mich tun, weiß jetzt aber nicht mehr, warum! Dann dachte ich auch, ich tue es für Dich ... damit Du wieder mit Karla zusammenkommst! Und dann dachte ich, um mich selbst zu finden, müsste ich alleine sein; aber dabei habe ich zugleich unentwegt an Dich gedacht. Meine dummen Gegenwartsträumereien kann ich doch niemandem wirklich zumuten, Dir schon gar nicht! Mein Gott, ich weiß nicht, was ich will! Ich weiß nicht, was für einen Weg ich gehen kann. Ich weiß nicht, was mich glücklich machen könnte – Dich hätte ich so gerne glücklich gemacht! Jedoch nicht nur für sieben Tage und dann ... keine Garantie für nichts?! Und Du wärst noch viel, viel unglücklicher gewesen! Ich hab's nicht gewusst, wie ich wahrscheinlich nichts weiß! Schade, dass es nur dieses eine Leben gibt – ich bräuchte so nötig zwei: eines zum Lernen und eines zum Leben. Aber wer nicht?! Je mehr ich mich von Dir entferne, desto näher rücke ich an Dich heran: mit allen meinen Gefühlen, mit meiner ganzen Seele. Aber alles scheint irgendwo krankhaft an dieser wirren Gefühlswelt zu sein oder in meinem Kopf, in meiner Seele. Ich möchte nicht, dass Du unglücklich bist; aber glücklich kann ich Dich so auch nicht machen. Kommst Du zu mir, wenn Du mich noch einmal sehen möchtest? Oder sagst Du mir, dass Du mich sehen möchtest, und ich komme dann zu Dir, wenn ich kann, ja?! Ich bin so müde, weil ich nicht mehr weiß, wie es weitergehen soll. Aber es geht ja weiter, nicht wahr?! Immer, immer weiter, ohne dass man etwas dazutut. Ich glaube, das ist ein, wenn nicht *das* Verhängnis! Oder ist es unser Glück? Weißt Du das? Lass Dich trotz allem lieb von mir küssen: Deine Rike«

37

Als Berg die Augen aufschlug, war es draußen hell geworden, die Dunkelheit aus dem Appartement gewichen, im Fernsehen liefen erneut bunte Bilder oder schon wieder oder immer noch, doch verschwanden sie fast im Morgenlicht, das durch das breite Fenster und die Balkontür ins Zimmer flutete. Er sah auf seine Armbanduhr, es war kurz nach neun. Er überlegte, ob er aufstehen sollte, die Zeit nutzen, er musste frühstücken, einen Platz bestellen im »Le Coq«, noch einmal durch Paris flanieren, bevor er morgen, im neuen Jahr, die Stadt wieder verlassen würde, wer weiß, für wie lange. Morgen wollte er nur noch hinaus nach Père-Lachaise, zu Yves Montand und Simone Signoret, zwei Rosen auf ihr Doppelgrab legen, das frische, das ältere, so, wie er bei seinem ersten Parisbesuch eine Rose auf das Grab Heines gelegt hatte, auf dem Friedhof von Montmartre.

Es war mehr als eine nostalgische, sentimentale Marotte, die er da pflegte, es war Wissen um das Transitorische der eigenen Existenz. Demut als Praxis, aus der er gestärkt hervorging in die eigene Zeit und durch sie hindurch. Das Nichts, das alles bedrohte, war nur auszuhalten durch die Linie, in der man ein Punkt war, ihn setzte, verstärkte und so verlängerte, zurück, nach vorne, Alpha und Omega, dazwischen *war* man, aber das musste ins Bewusstsein überführt werden, wieder und wieder, wo immer es möglich war: eine Rose, an einem bestimmten Tag niedergelegt, an einem bestimmten Ort, da der Tod sein ewiges Fest feierte, verstärkte den Punkt in der Linie, der man war oder gewesen sein würde.

Die Rose feierte den Besiegten, nicht den Sieger. Es war ein Akt der Verteidigung für ihn, der Verteidigung der Schönheit gegen den großen Gleichmacher, mochten die Grablegen auch noch so überwältigend, so prächtig, so auffällig sein wie in Paris: Schlösser des Schweigens, Ruinen des Triumphs, Reste, wuchtige Platten aus Granit, Kalkstein, Marmor, poliert, von Rissen durchzogen – Schlusssteine über stummen Mündern, endeten sie alle in ein und dem letzten Wort, selbst als Fragment, als verlöschende Schrift: dem Namen des Gegangenen, Begrabenen, Beweinten. Ihm allein galt die Erinnerung. Die Erinnerung der Namen aber war die Antwort auf alles, was mit ihnen vergangen zu sein schien, waren diese Namen doch mehr als nur eine Reihung zufälliger Buchstaben: Sie waren, Mensch für Mensch, die Wort gewordene Formel einer Seele, um die die Welt reicher geworden war.

Das Frühstück nahm er am letzten Morgen des Jahres im Hotel ein, nicht im »Malakoff«. Der Frühstückssalon war in den Keller verlegt worden, was Berg im Moment seines Betretens ein wenig bereuen ließ, das »Malakoff« gemieden zu haben, in einem Keller aß er nicht gern, mochte der Raum auch noch so fein ausgestattet sein. Allerdings hatte er keine Zeitung dabei, es würde ein kurzes Frühstück werden. Die Zeitung wollte er sich im Kiosk am Trocadero kaufen und in die Stadt mitnehmen. Die halben Brötchen mit Käse und Konfitüre waren schnell, ohne jede genießende Bewusstheit, gegessen, der Kaffee allerdings hatte hervorragend geschmeckt, mit einem Glas Orangensaft beendete er die Zeremonie, das Ritual, die Befriedigung des Hungers: Essen *musste* man ja, am Morgen sowieso und eigentlich reichlich. Jedenfalls behaupteten das die Experten.

Eine Stunde später hätte er sich mit einer ganz anderen Philosophie zu Tisch gesetzt, so aber kam etwas ins Spiel, das ihn wie ein Auftrag ausfüllte, fast glich es einem Befehl. Er spürte ihm zwischen den Bissen und Schlucken nach, vermochte aber nicht herauszubekommen, wer den Auftrag erteilt, den Befehl gegeben hatte und worauf er sich konkret bezog. Er ahnte nur, dass er ihn erfüllen musste, wie, wann und wo, war seinem Instinkt überlassen, seinem Gespür, seiner Intuition.

Die übrigen Gäste im Salon interessierten ihn nicht, er sah durch sie hindurch wie durch die fensterlosen Wände, zwischen denen sie alle miteinander saßen, eine Zufallsgesellschaft des mittleren Luxus, der Rest war gedämpftes Sprechen, leises Zeitungsrascheln, die Bewegungen des Personals, sein freundliches Fragen und Nachfragen, ob alles in Ordnung sei, Kaffee fehle, Tee oder was immer?

Mittlerweile war es fast zehn Uhr; gleich würde er wieder in sein Zimmer hinauffahren, sich die Zähne putzen, noch einmal Toilettenwasser auf seinem Gesicht verteilen, sich wetterfest anziehen, wenngleich es draußen wohl wieder nur frisch, nicht wirklich kalt sein würde, schließlich das Haus verlassen und erst nach Stunden wieder zurückkehren, etliche Bistrobons in der Tasche, die ihn wie eine frische Fährte seinen Weg durch die Stadt würden zurückverfolgen lassen können.

Zwanzig Minuten später trat er vor das »Baltimore« und strebte dem Trocadero entgegen. Kurz danach kaufte er am Kiosk seine Zeitung, entdeckte die aktuelle Ausgabe von »Paris Match«. Sie verabschiedete sich mit einem »Adieu 1991« von den großen Abwesenden, die im alten Jahr gegangen waren, das neue nicht mehr sehen würden: Yves Montand führte die illustre Reihe an, auf dem Titelblatt, im Smoking, mit schmaler schwarzer Fliege über dem weißen Hemd, das von ungewöhnlichen Knöpfen, viereckig, golden schimmernd, rhombisch gesetzt, zusammengehalten wurde, roter Nelke am Revers und einem Blick, direkt ins Herz jedes Käufers.

Dann ging Berg die wenigen Schritte hinüber zum »Le Coq«. Er war sofort am Eingang begrüßt worden, hatte sich nach einem Tisch für den Abend erkundigt, schließlich das Menü »Reveillon 91« bestellt, das er am gestrigen Abend im Schaukasten des Restaurants gesichtet hatte.

Auf die Frage, wann er zu kommen gedenke, sagte er, nicht vor neun.

Er hörte das *Oui, Monsieur!*, ein warmes *Au revoir, Monsieur!* und verabschiedete sich ebenso freundlich.

Vor dem Restaurant überlegte er einen Moment, ob er zu Fuß zur Seine hinunterlaufen oder gleich mit der Metro in Richtung Saint-Germain fahren sollte; er entschied sich für die schnellere Bewegungsform, schlendern, flanieren konnte er noch stundenlang, es war zwar dezemberfrisch, aber die Dichte der Bistros und Restaurants auf dem Boulevard hoch genug, um jeder vorzeitigen Erschöpfung durch Auskühlung und schmerzende Füße zuvorzukommen. Als er die Treppe zur Metro hinabging, schlug ihm ein warmer Luftstrom entgegen. Zunächst dachte er, wieder über Montparnasse-Bienvenüe zum Boulevard zu gelangen, dann sah er auf dem Metroplan, dass es auch eine offenbar kürzere Verbindung gab, wenn er auf der Station La Motte-Piquet—Grenelle in die 10 umstieg, die am Gare d'Austerlitz endete. Aussteigen müsste er in Mabillon, das war fast in der Mitte des Boulevards. Er fand es komisch, dass ihm diese Möglichkeit nicht schon früher aufgefallen war, aber da war er ja auch nie alleine gewesen. Erst jetzt hatte er also Muße für solche Details und Optimierungen.

Sein Zug kam schnell, er fand in dem Waggon, dessen hintere Tür sich fast unmittelbar vor ihm öffnete, einen freien Platz, und als er sich setzte, fiel ihm das Wort »Reveillon« auf der Karte für das Silvestermenü wieder ein, es klang wahnsinnig elegant, sagte ihm aber nichts, er kannte seine Bedeutung nicht. Deshalb zog er sein Taschenwörterbuch hervor, blätterte kurz darin, fand es tatsächlich, war restlos entzückt: Das wunderbar klingende Wort *Reveillon* bedeutete nichts anderes als »Nachtschmaus«. Das wiederum aber war selbst im Deutschen eine geradezu lieblich klingende Vokabel.

Einen *Nachtschmaus* werde ich mir also gönnen, dachte er, klappte das Wörterbuch wieder zu und schob es in die Tasche seiner gefütterten Lederjacke zurück. Allerdings würde es ein einsamer Nachtschmaus werden, was ihm die Süße des Wortes nun doch einen Hauch ins Bittere trieb, es wäre ein Wort für sie beide gewesen.

Das letzte Mal aber, dass sie etwas zusammen gegessen, getrunken hatten, war, so sagte ihm sein Gefühl, lange, sehr lange her: 12 Monate, 52 Wochen, 365 Tage. Ein ganzes Jahr.

Das erste Jahr ohne sie.

38

Es war die Zeit kurz vor Weihnachten gewesen, als er sie noch einmal besucht hatte, in ihrer Heimatstadt, in der Wohnung ihrer Mutter, Kindheit und Jugend, wohin sie sich zurückzog, wenn sie nicht in Leipzig war, das provisorische Gehäuse in Hamburg hatte ihr nie vertraut werden können, nur wenn er bei ihr war, hielt sie es dort aus. Fuhr sie ab, weil irgendetwas in Leipzig oder zu Hause zu tun war, erreichten ihn umgehend Briefe, die beschworen, was sie noch vor Monaten in Zweifel gezogen hatte, aber sie bestätigten auch, dass etwas in ihr war, ihrem Wesen zugehörig, das ihm den Boden unter den Füßen wegriss, wann immer es wieder zu wirken begann:

»Mein lieber Torben, es war heute so sehr schwer, von Dir wegzufahren! Hast Du gemerkt, dass ich den ersten Zug eigentlich gar nicht nehmen wollte ... Hast Du gemerkt, dass ich auch den zweiten Zug nicht nehmen wollte, dass ich gewünscht habe, Du hältst mich wenigstens diese winzige halbe Stunde zurück ...? Nein, hast Du nicht. Du hast nichts mit mir anfangen können. Hast Du es nicht gewollt? Ich liebe Dich, und ich brauche Dich sehr im Moment. Das kann Dich eigentlich auch nicht überraschen. Ich denke, das ist einfach so, wenn man irgendwie einen neuen Anfang versucht. Ich habe viel hinter mir gelassen, was wertvoll gewesen ist: Du, ich bin total frei! Habe mich frei gemacht. Vielleicht bin ich heute auch nur etwas »irritiert«. Das Gespräch mit Karla wirkt so sehr nach. O mein Gott, was passiert hier nur?! Ich wünsche mir, es ist nur der Anfang vom Anfang, nicht vom Ende. Aber ich kann kaum mehr tun, als bei Dir zu sein, Dir zu zeigen, dass ich *da* bin und auch Kraft habe. Ich habe mir heute Deine Briefe, die ›verbannten‹, angetan. Es sind so umwerfend schöne Briefe, einfach überwältigend ... nach unserem Telefonat: Es war schön, mit Dir zu reden, es ist so wichtig gewesen, Dich zu hören! Jetzt geht es mir wieder besser. Es tut mir leid, wenn ich manchmal zerstörerisch misstrauisch bin, zweiflerisch ... Dabei möchte ich es überhaupt nicht sein ... Mami hat heute früh wieder sehr geweint. Sie hat Angst, ich ›verrenne‹ mich, schaffe es nie, auf eigenen Füßen zu stehen, ende sonst wo! Leider war wie üblich keine Zeit, irgendetwas Klärendes zu sagen. Eine sehr liebe gute Nacht! Deine Rike«

Seine Reise zu ihr war ein Abschiedsbesuch geworden, ohne dass das Wort gefallen wäre. Er hatte es nicht gewollt, nur gewusst, wie ein Urteil, das ein anderer gefällt hatte, dem nicht zu entkommen war.

Er hatte Karla zwar versprochen, die *Sache*, wie sie immer sagte, wenn sie darüber redete, zu beenden, sich aber wenige Wochen zuvor noch, als sie Rike und ihn geradezu beschwörend ins Hamburger Haus gebeten hatte, in dem sie mit Charlotte alleine zurückgeblieben war, verzweifelt tapfer zu Rike bekannt.

Rike hatte geahnt, was ihn innerlich umtrieb, sprach es aber nicht aus. Es war eine Kapitulation, die sie gemeinsam zelebrierten, und das Einzige, was sie diesem Akt noch entgegenzusetzen gehabt hatten, war das Zeitmaß, das sie sich dafür nahmen: drei Tage und zwei Nächte lang zog das traurige Fest sich hin, dann fuhr sie ihn zum Bahnhof und wartete in der Kälte, bis sein Zug sich langsam in Bewegung setzte, zu verschwinden begann. Sie trug, es war wie ein letztes Geschenk für ihn, nicht dieselbe Kleidung wie an jenem Nachmittag, als sie ihn abgeholt hatte: eingehüllt in eine merkwürdig gefleckte Pelzjacke, in halbhohe Stiefeletten, die er noch nie an ihren Füßen gesehen hatte. Sie sah fremd aus, als hätte sie sich mit Hilfe vollkommen untypischer, sie regelrecht entstellender Kleidungsstücke gegen jede Vertrautheit gewappnet, jede Wiedererkennbarkeit, jede Lust auf Berührung, und sei sie auch noch so flüchtig.

Es war ein schneegrauer, kalter Wintertag, als sie vor dem Haus ihrer Mutter aus dem kleinen blauen Auto stiegen und nach oben, in ihr Zimmer, gingen. Er hatte auf ihre Bitte hin einen Koffer voller Dinge aus der Hamburger Wohnung mitgebracht, sie gehörten ihr, jeder einzelne Gegenstand, an dem ihr Duft hing, hatte es ihm schwergemacht, ihn tatsächlich darin zu verstauen. Im Koffer befanden sich aber auch Adventskerzen, Geschenke zum Weihnachtsfest, eine dänische Kaffeemaschine, schwere französische Kaffeeschalen, wie er sie selbst auch besaß und liebte, Bücher, Süßigkeiten.

Als er den Koffer öffnete, fragte er nach einer Tischdecke und bat, sie auf dem Fußboden auszubreiten, in ihrem Zimmer standen nur ein Sekretär, eine Couch, Stühle, Regale, aber kein Tisch, auf dem man etwas präsentieren konnte. Nachdem die weiße Decke auf dem Fußboden leuchtete, als wäre der Schnee, der auf die Stadt gefallen war, auch bis in ihr Reich vorgedrungen, begann er auszupacken, was er ihr zum Fest schenken wollte. Während er Stück für Stück platzierte, arrangierte, sagte er kein Wort, auch Rike schwieg, beobachtete ihn nur, still, zusammengekauert vor der Couch, als blicke sie auf ein Experiment, das gerade durchgeführt würde, und es war ja auch eines, in dem sie Gegenstand und Observateure zugleich waren.

Dann lagen die Geschenke vollzählig bereit, die Adventskerzen brannten, doch noch immer brachte er kein Wort heraus – das Einzige, was in ihm tobte und ausbrechen wollte, war ein grausamer Schmerz, er ging ihn jedoch an wie ein Mörder sein Opfer: brutal, gnadenlos, unerbittlich.

Ich kann da gar nicht hingucken, hörte er plötzlich, blickte auf und sah Rikes Gesicht:

Es war blass, traurig und schön wie immer, noch vor wenigen Tagen hätte er dieses Gesicht mit seinen Küssen bedeckt – warum tat er es jetzt nicht?

Später saß sie am Rande der weißen Decke und nahm vorsichtig, Stück für Stück, in die Hände, was er ihr zugedacht, was er aufgebaut hatte. Jetzt beobachtete er sie, und was er sah, zeigte sich auf einmal wie selbstvergessen, als spiele ein Kind vor ihm, das sich erfreute an dem, was es erblickte, betrachtete, berührte. Er hörte kleine Aufschreie, kokette Fragen, wie dieses funktioniere, jenes wohl schmecke, die Namen der Schriftsteller, deren Bücher er ihr gekauft hatte. Er antwortete, erklärte, beschwor, einmal berührte er ihre Hände dabei, ein anderes Mal flüchtig ihr inzwischen von der Wärme im Zimmer leicht gerötetes Gesicht, er hörte, wie sie endlich auch seinen Namen ausrief, ihr helles Lachen, seine eigene Stimme, die warm und weich klang. Dann war sie auf einmal an seiner Seite, umarmte ihn, küsste ihn, er ließ sie lange nicht mehr los.

Am Abend fuhren sie in ein Kino für bessere Filme, es hieß »Studio«, auf dem Programm stand »Gefährliche Liebschaften«. Da sich, eine Viertelstunde nachdem sie es sich in den Sesseln bequem gemacht hatten, herausstellte, dass die Filmkopie defekt war, wurde ein amerikanischer Psychothriller als Ersatz gezeigt. Als sie das Kino wieder verließen, waren sie sich einig, einen furchtbar schlechten Film gesehen zu haben, er selbst hatte sich wieder einmal in seiner Vorliebe für die französische Cinematographie bestätigt gefühlt. Nach dem kleinen Kinodesaster fuhren sie weiter zum ehemaligen Gefängnis des Geheimdienstes, in dem sich, wie Rike während der kurzen Fahrt amüsiert mitteilte, inzwischen ein Punk-Treff einquartiert hätte. Unter dem sinnigen Namen »Knast« tobte sich eine Menge junger Leute aus, doch hatte Rike schnell gemerkt, dass er sich irgendwie deplatziert gefühlt hatte, nach einem Glas Cola-Wodka waren sie gegangen und durch die vom Schnee verzauberte Stadt nach Hause gefahren.

In Rikes Zimmer schoben sie, wie bei seinen Besuchen in den Monaten zuvor, zwei Matratzen zusammen. Dass sie nach dem Löschen des Lichts wie selbstverständlich noch einmal miteinander schliefen, verstärkte nur seine innere Fassungslosigkeit, er wusste ja, dass ihr Film nicht weitergehen würde, dass es die letzten Szenen waren, die gerade gedreht wurden, und dass man sie schon nicht mehr wirklich sah.

39

Erst spät waren sie am nächsten Tag aufgestanden, hatten in der Küche gefrühstückt, die dänische Kaffeemaschine mit dem doppelten Glaskolben ausprobiert, der den Brühvorgang zum Zauberkunststück geraten ließ, indem er das kochende Wasser, gegen alle Erdanziehungskräfte, von unten nach oben zog.

Rikes Entzücken angesichts der Spielerei mit dem praktischen Effekt war groß, fast grenzenlos. Sie kam immer wieder darauf zurück.

Nach dem Frühstück fuhren sie in die Stadt, ließen sich durch die weihnachtlich geschmückten Straßen treiben, stöberten in Buchhandlungen, einem Antiquariat, in dem er eine dreibändige Sammlung historischer und politischer Aufsätze von Treitschke entdeckte, darunter eine Hunderte von Seiten starke Abhandlung über »Frankreichs Staatsleben und den Bonapartismus«, sie gab den Ausschlag, die leicht ramponierte Ausgabe für teures Geld zu erwerben. Dann gingen sie ins Centrum Warenhaus, wo sie eine Lampe für Rikes Zimmer fanden, flanierten weiter, als wären sie Fremde, Gäste, Touristen, an einem Straßenstand ließen sie sich Apfelsinen, Mandarinen und Bananen einpacken, die Fülle der ausgelegten Früchte sah inzwischen völlig normal aus. Aber Rike zeigte ihm en passant auch ihre Stadt, die nicht bloß im Dreißigjährigen, die auch im letzten Krieg furchtbar gelitten hatte, nur wenig an überlieferter Pracht konnte sie dem Fremden noch bieten.

Am Dom, der neben der Elbe so unversehrt emporragte, als wäre der Stadt nie ein Leid geschehen, gingen sie zuerst in ein kleines Café, wo sie sich aufwärmten, etwas aßen, dann bat er sie, ihm ein weiteres Mal Modell zu stehen, vor den romanisch-gotischen Mauern des gewaltigen Baus, hinter denen, wie sie ihm stolz sagte, das Grab Kaiser Ottos zu finden sei, ob er das gewusst hätte?

Nein, hatte er gesagt, es sei ihm jedenfalls nicht bewusst gewesen. Aber das sei natürlich eine schwache Kür.

Wie immer spielte sie mit, ließ sich positionieren, fand Gefallen an der kleinen Inszenierung, die meisten Bilder schoss er von ihr zwischen brusthohen schwarzen Sockeln, die wie Teile von Grabanlagen aussahen, genau war es nicht mehr zu erkennen, aber von ihren kleinen Plateaus hob sich der Schnee besonders kontrastreich ab:

Was da jetzt vor ihm stand, in Jeans, Winterstiefeln, einem mit weißem Pelz gefütterten roten Mantel, aus dessen leicht aufgeschlagenem Kragen ein dicker schwarzer Schal herausquoll, war nichts anderes als das Kind, die Kindfrau, in die er sich vor langer Zeit – in einem anderen Land, an einem anderen Ort – für immer verliebt hatte.

Er drückte ab, als sie mit ihren nackten Händen den Schnee auf einer der Sockelkanten zusammenschob und dabei ihr Gesicht unter der herabfallenden Haarspitze ihres zur Seite geneigten Kopfes verbarg; er drückte ab, als sie den Schnee in ihren

Händen zu einem Ball formte und ihn dabei ansah, als warte sie auf seine Erlaubnis, den Ball werfen zu dürfen; er drückte ab, als sie sich vom schwarzen Steinmal entfernt und dem Domgemäuer zugewandt hatte, den eiskalten Ball in ihren Händen, eine erstarrte Figurine, deren Blick, durch die Mauern hindurch, ins Nirgendwo ging.

Zurück in ihrer Wohnung, tranken sie Tee und Kaffee, dazu aßen sie feinstes Weihnachtsgebäck, das er ebenfalls mitgebracht hatte. Später kamen ihre Mutter, eine Freundin ihrer Mutter dazu, kurz danach ein Freund der Familie, er stellte sich vor als Ole, der Puppenspieler. Auf Bergs Frage hin erzählte er bereitwillig von seiner Kunst, mit Kasperletheater hätte sie natürlich nichts zu tun, es seien ja Marionetten, die er bewege. Um sie richtig bewegen zu können, müsse man ein bisschen Philosoph sein, sonst sähe das Spiel nur mechanisch aus, genau das jedoch sei die falsche Illusion, wenn man nicht genau hinhöre. Die Stimmen seien das entscheidende Instrument seiner Kunst, das Fingerfertige daran geschähe bald unbewusst. In den Stimmen manifestiere sich die Seele der Puppen, seiner Puppen:

Marionetten sage er nicht so gerne.

Um acht gab es Fernsehnachrichten, im Anschluss daran »Wetten, dass …?«. Auf der Couch der Sendung saßen eine schräge Schauspielerin mit einem Dutt, so groß wie ihr Kopf, ein infantil zuckender Komiker und zwei mediale Nichtse, aber dann der Mann aus Paris, *Lagerfeld*, und deswegen, hatte er gesagt, lohne sich die ganze Sendung. Der Typ imponiere ihm seit langem, talentiert bis ins Geniale, frei bis zur absoluten Frechheit, und fast immer träfe es die Richtigen.

Rikes Mutter, die seit seinem Geburtstagsbesuch bei ihrer Tochter bald nach der Parisreise ihre Bedenken gegen ihn aufgegeben hatte, im Prinzip hatten sie sich nur auf die Tatsache bezogen, dass er verheiratet sei und ein Kind habe, gefiel seine ungezwungene Rederei, sie prostete ihm zu und schlug vor, nach dem Ende der Sendung vielleicht noch gemeinsam irgendwo hinzugehen.

Die Kneipe, in der sie landeten und bis eins blieben, trug den albernen Namen »Wolle«. Er hatte sich dort eine Tomatensuppe kommen lassen, die anderen wollten nur trinken. Rike und der Puppenspieler bestellten Martinis, ihre Mutter, deren Freundin und er selbst tranken Rotwein. Es war eine Kneipe jenen Typs, die er nur im äußersten Notfall betrat; es überraschte ihn deshalb ein weiteres Mal, wenn er das Geschehen darin beobachtete, wie sehr es anderen gefiel, in einer solchen Atmosphäre Stunde um Stunde zu verbringen. Es musste, seiner instinktiven Abneigung zum Trotz, ein reiner Glücks-Ort sein, so spießig er wirkte, so verräuchert er war. Eine andere Erklärung gab es nicht, wenn er die gelösten Gesichter sah, die ihn umgaben, die virilen Münder darin, denen unentwegt Wörter, Sätze, Reden entströmten, vor allem aber Gelächter, lautes, hemmungsloses Gelächter.

Irgendwann sagte er, er müsse mal Luft schnappen, und fragte Rike, ob sie mitkäme?

Was willst du denn draußen?, hörte er sie. Es klang einen Hauch gereizt.

Er sagte nichts, sah sie nur an und zog sich seine Jacke über.

Geh doch mit, sagte Rikes Mutter, sie hatte die kleine Szene wahrgenommen und begriffen, dass er mit Rike alleine sein wollte, wenigstens für kurze Zeit.

Draußen war es schön, aber kalt, die dünne Schneedecke glitzerte, der Himmel vollkommen frei, auf seinem schwarzen Grund flimmerten und flackerten die lebenden, sterbenden und toten Sonnen des Alls.

Alles Sonnen, sagte er und blickte nach oben.

Aber sie wärmen nicht, sagte sie.

Trotzdem sind sie schön, sagte er.

Bist du rausgegangen, um mir das zu erzählen?

Vielleicht, sagte er.

Du verdirbst die Stimmung, sagte sie.

Du hast wohl eine gute?

Ach, Torben!

Da war sie wieder, die genervte, verächtliche Geste verbaler Natur, Ärger kroch in ihm hoch, ließ ihn höhnisch werden:

Zwei, drei Martinis, und schon bist du wieder fit! So ein Talent möchte ich auch haben. Aber das habe ich ja nun gelernt an deiner Seite, dass dir diese Fluchtroute immer offen steht!

Du kannst beruhigt sein, sagte sie: Du hast auch Talente! Du gehst nie aus einer Situation als Verlierer, du meinst es immer nur gut, und wenn es schiefgeht, sind andere daran schuld. Wer hat mich denn nicht in Ruhe gelassen, als ich nur noch Ruhe wollte? Ja, deine Briefe, deine Gedichte, Geschenke, alles hast du eingesetzt, nichts ausgelassen, nur weil du nicht aufgeben kannst! Ich weiß nicht, ob ich dich liebe, manchmal glaube ich es, manchmal vergesse ich es, manchmal bist du mir fremd, aber du weißt es genau, ja, ganz genau?! Du weißt sowieso alles! Was bin ich denn an deiner Seite, was soll ich denn sein?

Warum sagte sie das?

Warum sprachen sie so miteinander?

Wollten sie es sich leichtmachen, hässlich werden füreinander: ein Irrtum, der endlich zuzugeben war, auf dass er korrigiert werden konnte, ein für alle Mal?

Sei ruhig!, schrie er mit unterdrückter Stimme plötzlich in die menschenleere Straße, zog sie mit fast rohem Griff an sich, dachte nur noch: *So nicht! Nicht so! Wir nicht!*

Er musste sich mit äußerster Kraft zurückhalten, ihr mit seiner rechten Hand nicht den Mund zu verschließen, spürte, dass sie zu weinen begann, lockerte seinen Griff, strich ihr mit seinen Fingern leicht über ihren Kopf. Es kam ihm unbeholfen vor. Hilflos. Lächerlich.

Bevor sie ins Lokal zurückkehrten, wischte sie sich die Tränen aus dem Gesicht, verrieb sie auf ihren Wangen. Die gerötete Haut war nun der Kälte geschuldet, der Winternacht unter sternklarem Himmel.

40

Am Morgen, nach einer Nacht, von der er bis heute nicht wusste, ob er geschlafen hatte, fanden sie in der Küche einen Zettel auf dem Tisch: ihre Mutter sei schon abgefahren, sie hätte sie nicht wecken wollen und wünsche ihm noch gute Weihnachtstage.

Wo ist sie hin?, fragte er.

Ins Wochenendhaus, sagte sie.

Kann man da auch im Winter sein?

Es gibt einen Ofen, hast du den nicht gesehen? Freunde. Seit sich mein Vater von ihr getrennt hat, ist sie oft dort.

In diesem Moment wurde ihm wieder bewusst, dass auch Rikes Mutter, wie Karla, eine verlassene Frau war. Es beschämte ihn, dass sie ihm gegenüber dennoch freundlich blieb, bis in die Abreise zu ihrem idyllischen Fluchtort in der Nähe eines alten Kanals, den er kannte.

Einmal war Rike mit ihm dorthin gefahren, hatten sie in dem bescheidenen Häuschen übernachtet, morgens mit kaltem Wasser aus einer Gießkanne geduscht, die an einer Art Galgen im Garten hing, sich geliebt und noch einmal geduscht, nach dem verrückten Tag zuvor in jenem Gefängnis, das nur wenige Kilometer von Rikes Familienidyll entfernt lag und in dem er Jahre zugebracht hatte, als sie noch ein kleines Mädchen gewesen war.

Die Einladung hatte ihn aus dem Justizministerium erreicht, der zuständige Staatssekretär und er waren sich während der Revolutionsmonate begegnet, detailliert hatte er ihm von dem berüchtigten Ort berichtet. Der Staatssekretär hatte es nicht vergessen. Noch weniger, dass sein Informant Journalist war.

In Vorbereitung auf die Wiedervereinigung, hatte der Staatssekretär ihm am Telefon gesagt, würden sie vom Ministerium aus die Haftanstalten des alten Regimes inspizieren, beraten, was zu ändern sei, einfach helfen, Standards reinbringen. Ob er mitwolle, wenn seine Delegation dorthin reise, ins Brandenburgische?

Was für eine Frage?!, hatte er ausgerufen, Tag und Uhrzeit der Visite notiert und nur noch darum gebeten, seine Freundin mitbringen zu dürfen, sie würde ihn fahren, und einen Freund, der es noch länger dort hätte aushalten müssen als er. Inzwischen sei der Freund selber Jurist, vor seinem Auffliegen, damals, hätte er Flüchtlinge ausgeschleust, ein ganz feiner Kerl, wirklich!

Der Staatssekretär hatte nichts dagegen gehabt, und dann waren sie am festgelegten Tag, auch Reiter war wieder mit von der Partie, um Fotos zu machen, durch den riesigen Komplex gegangen, und Hinrich rieb sich ein ums andere Mal die Hände und sagte, er habe gerade das Gefühl, einen Sechser im Lotto gewonnen zu haben! Hinrichs Glücksgefühl bezog sich nicht zuletzt auf die Tatsache, dass die Delegation, der sie angehörten, vom Anstaltsleiter persönlich durch das Gelände und die Häuser geführt wurde, dieser Anstaltsleiter aber zu der Zeit, als Hinrich und er hier Gefangene gewesen waren, auch schon in einem Dienstverhältnis am Ort gestanden hatte, als stellvertretender Leiter der Strafvollzugseinrichtung des Ministeriums des Inneren, wie das Gefängnis zu diesem Zeitpunkt noch amtlich genau hieß.

Und so begannen sie im Verlauf des Rundgangs ein Spiel, das den Mann, der nicht mehr in Uniform agierte, er trat jetzt zivil auf, in einem Anzug von modisch violetter Farbe, zunächst verwirrte, dann anhaltend irritierte und schließlich blass, ja, devot werden ließ. Er hatte nämlich den Fehler begangen, dem Staatssekretär mit einem *Modell* imponieren zu wollen, einem Modell der ganzen Strafanstalt, das allerdings wirklich eindrucksvoll geraten, das aber auch von Gefangenen geschaffen worden war, als er und Hinrich ebenfalls noch Häftlingskleidung getragen hatten. Es hatte sich damals herumgesprochen, dass es diese makabre Spielzeuglandschaft gab.

Mit einem langen Zeigestock und zackigen Bewegungen, der Offizier in ihm war noch lange nicht tot, erläuterte der Anstaltsleiter seinen Gästen das großflächige Objekt, tippte präzise auf

Zellenblöcke und Lagerstraßen, auf Werkstätten, Gärtnerei und Kfz-Anlage, auf den Friedhof und die Sicherungsvorkehrungen in Form von Mauern, Türmen, Stacheldrahtzäunen, Schussstreifen, zeigte behände hierhin und dorthin, nannte Begriffe, Namen, Zahlen, und während er dies alles tat, redselig, faktensicher, kompetent, begannen sie ihm Fragen zu stellen, zunächst eher harmlose, allgemeine, doch dann wurden sie spezifischer, schließlich brachten sie Namen und Einzelheiten ins Spiel, die nur Kennern geläufig sein konnten, bis der Anstaltsleiter endlich ausrief, sie seien ja wirklich gut informiert! Erstaunlich gut geradezu!

Das ist richtig, hatte er in einer Art amtlichem Tonfall erwidert und dem Anstaltsleiter, über dessen baldige Ablösung ihn der Staatssekretär kurz vor Eintritt in das Gefängnisgelände noch aufgeklärt hatte, schließlich angedeutet, woher seine und seines Freundes Wissensfülle über das Objekt stamme. Auch erwähnte er die Länge ihres Aufenthaltes, die Jahre, in denen sie vor Ort gewesen waren, was im weiteren Verlauf der Visite dazu geführt hatte, dass der Anstaltsleiter auf Abruf sich fast nur noch um sie beide kümmerte, er sprach mit ihnen, als handle es sich um Kollegen, fast konnte man meinen, hier redeten enge Vertraute miteinander, und in einem gewissen Sinne stimmte das ja auch, sie wussten, worüber sie sprachen, alle anderen Mitglieder der Delegation konnten nur zuhören, warfen die drei Kenner sich die Bälle zu.

Am Ende hatte er sich vom Anstaltsleiter noch den Arrestblock zeigen lassen, der unter der Erde lag, und dem Staatssekretär in den schummrigen Gängen und Zellen erzählt, wie lange er dort unten zugebracht hätte und was dort so im Einzelnen passiert sei. Der Anstaltsleiter aber stand daneben und hörte, interessiert und ergriffen wie die anderen auch, zu. Nicht dass ihm irgendetwas von dem, was er hörte, neu gewesen wäre, die Perspektive war es, und insofern erfuhr er tatsächlich etwas Neues, ja, vollkommen Unbekanntes, das ihm nicht weniger ungeheuerlich vorkommen musste als seinen Mithörern.

Gegen Schluss der Veranstaltung hatte er Hinrich und Reiter seine Idee zugeflüstert, dem Anstaltsleiter noch ein ganz besonderes Geschenk abzuverlangen. Als sie hörten, was er sich ausgedacht hatte, mussten sie sich zusammenreißen, um nicht in offenes Gelächter auszubrechen. Dann ging er zu ihm, der gerade mit dem Staatssekretär im Gespräch war, unterbrach ihn rücksichtslos und bat ihn um einen letzten Dienst für dieses Mal.

Ja, natürlich, sagte der Anstaltsleiter und hatte den Staatssekretär sofort vergessen: Was könne er ihm denn noch Gutes tun?

Wissen Sie, hatte er gesagt, dies ist ja nun doch ein nicht ganz so unwichtiger Ort für meinen Freund und mich, nicht?! Sie würden gerne eine Art Abschiedsfoto mit nach Hause nehmen. Und da habe er daran gedacht, sich fotografieren zu lassen, just dann, wenn sie durch das große Tor nach draußen gingen, einfach so, natürlich, locker, im Gespräch, also nicht dramatisch, mit Geschrei und hochgereckten Armen – *zivilisiert*, wenn er verstünde?

Und wie er das verstünde!

Der Anstaltsleiter lachte, als hätte er einen besonders guten Witz gehört.

Wenige Minuten später war es so weit: Der Exoffizier des aufgelösten Innenministeriums hatte die Technik im Torhaus besetzt, Hinrich und er standen hinter der beweglichen, aber geschlossenen Stahlwand und gaben dem Mann an der Schaltanlage ein Zeichen, sie zu öffnen.

Was er dem Anstaltsleiter nicht verraten hatte, war die leicht rachsüchtige Idee, die er Hinrich und Reiter zuvor ebenfalls mitgeteilt hatte, den Anstaltsleiter die vorgeschlagene Prozedur gleich dreimal durchführen zu lassen, der Fotos wegen, wie Reiter reklamieren sollte, weil die beiden bisherigen nicht so gut gelungen wären. Aber das dritte, das dritte habe es gebracht!

So geschah es, der Anstaltsleiter hatte ihnen tatsächlich dreimal das schwere, große Tor geöffnet, geschlossen und wieder geöffnet. Noch einmal war der grauenhaft vertraute Ton in ihre Ohren gedrungen, ins Dreifache gedehnt, und es war ihm vollkommen egal gewesen, ob der Mann, den er immer noch in seiner dunkelblauen Uniform vor sich sah, mit Schirmmütze, Breecheshosen und Stiefeln, begriffen hatte, welches Spiel seine ehemaligen Häftlinge da mit ihm spielten.

Sie verabschiedeten sich dennoch höflich von ihm, und Hinrich sagte plötzlich:

Eigentlich sei er ja auch nur ein armes Schwein, wenn er demnächst entlassen würde. Dieser aalglatte Staatssekretär aber, der würde doch, wenn es darauf ankäme, ebenfalls alles unterschreiben, was man ihm vorlege. Das rieche er drei Meilen gegen den Wind.

Auf der Rückfahrt zum Wochenendhaus hatte sie immer wieder zu ihm hingesehen, irgendwann endlich fragte sie ihn, wie er es dort bloß ausgehalten hätte? Und sie hätte ahnungslos gespielt in seiner Nähe, auch ihre Eltern hätten ihr nie davon erzählt!

Du warst ein Kind, sagte er: Warum hätten sie dir etwas davon erzählen sollen?

Später, sagte sie, als ich größer war. Es ist mir ein Rätsel, wie man so etwas durchsteht?!

Ich weiß es auch nicht, hatte er nach einigem Zögern geantwortet, wirklich nicht. Die Zeit sei einfach weitergelaufen, und eines Tages sei es vorbei gewesen.

Es ist vorbei, weißt du! Irgendwie ist es mir gegeben, dass das Schlimme eines Tages vorbei ist, übrig bleibt nur das Schöne. Es war schon immer so, es wird sich wohl auch nie mehr ändern.

Inzwischen war es leicht dämmrig geworden, ihr Ziel, das Wochenendhaus, nur noch wenige Kilometer von ihnen entfernt. Die Kühle des Frühherbstes sorgte für aufsteigenden Nebel über den Wiesen neben der Chaussee, als er sie plötzlich bat, an die Seite zu fahren, zu halten, er hätte etwas gesehen.

Gesehen hatte er etwas vollkommen Unwirkliches, das er sofort, ohne jeden Zeitverzug, teilen musste, *teilen mit ihr*: Ein Nebelmeer, das sich links und rechts der Straße, hinter den mächtigen Bäumen, die sie säumten, ausbreitete. Es schwebte brusthoch über den Wiesen, aber weit unterhalb des sich entfaltenden Astwerks der angrenzenden Gehölze.

Komm, sagte er und zog sie, nachdem sie gehalten hatte, behutsam aus dem Auto. Sie überquerte mit ihm die feucht schimmernde Chaussee, dann stiegen sie die leichte Böschung hinab, die den Bäumen folgte. Kurz darauf schien es, als schwämmen sie in dem milchigen Element, das sich vor ihren Augen ausbreitete und im selben Moment, da sie eintauchten, wieder verflüchtigte. Einen kurzen Moment lang tanzten sie sogar darin, und er dachte, eigentlich gibt es so etwas nur im Traum oder in kitschigen Filmen, wo künstlicher Nebel in die Gegend geblasen wird und der Regisseur brüllt:

Action!

Was war das denn?, fragte er, ein wenig außer Atem, als sie die Böschung wieder hinaufstiegen.

Wir haben im Nebel getanzt, hörte er sie antworten, ruhig, es schien sie überhaupt nicht angestrengt zu haben.

Hast du schon einmal im Nebel getanzt?

Nein, sagte sie.

Aber es war schön, oder?

Sie antwortete nicht.

Als sie wieder im Auto saßen, sagte sie, es klang geradezu überlegt, unter der ersten Tonspur jedoch lag eine zweite:

Ich weiß nicht, wer du alles bist, Torben, manchmal erschrecke ich vor dir, manchmal bin ich ein blindes Kind an deiner Hand, wie jetzt, und es tut mir unendlich gut, aber warum?

Du bist nicht blind, hörte er sich: Du bist nur bei dir, wenn du bei mir bist, wie ich bei mir, wenn ich bei dir bin. Der Nebel dort unten hat alles geklärt.

41

Zum Frühstück hatte sie das Radio angestellt, der Sender, der eingestellt war, schickte unentwegt Liebesschnulzen durch den Äther. Später hatte er sie gefragt, ob er das Telefon ihrer Mutter benutzen dürfe, er wolle versuchen, den Kapellmeister zu erreichen. Er kam aber nicht durch und machte keinen zweiten Versuch. Danach fuhren sie noch einmal in die einstige Haftanstalt des Geheimdienstes, die jetzt auch von den Punks der Stadt genutzt wurde, um Fotos zu machen. Die Leute vom Bürgerkomitee, die das Haus kontrollierten, zeigten ihm, was er zu sehen wünschte. Er hatte gesagt, wahrscheinlich habe hier in den fünfziger Jahren seine Mutter einige Monate verbracht, er wisse es aber nicht genau. Genau wisse er nur, dass das Militärtribunal der Roten Armee, von dem sie verurteilt worden sei, hier, in dieser Stadt, ansässig gewesen wäre.

Zu Mittag aßen sie im Interhotel, sie fanden, dass es nicht nur teuer gewesen war, es sei auch schlecht gewesen. Ihre Gespräche, während sie durch die Stadt zogen oder aßen und tranken, waren traurig und klar, verwirrend und widersprüchlich, sie waren nicht anders als ihre Gespräche bisher, ihre Briefe, ihre Telefonate aus der zurückliegenden gemeinsamen Zeit, die nun, schnell und schneller, abzulaufen schien, als hätte jemand eine Sanduhr aufgestellt und der obere Teil des Kolbens wäre fast leer, die letzten Quarzkörner darin immer schneller am Abstürzen.

Gegen fünf waren sie wieder in ihrem Zimmer, sie hatte noch einmal Kaffee gekocht, währenddessen hatte er die Adventskerzen angezündet. Es war still geworden in der Wohnung, auch von draußen war nichts mehr zu hören. Hin und wieder blickten sie sich an, bis es nicht mehr ging, dann sagte einer irgendetwas, was der andere dementierte.

Worum es wirklich ging, wussten sie; deshalb dementierten sie es, redeten dagegen an:

Wir schaffen es nicht, sagte sie.

Es war eine Frage, keine Feststellung.

Nein, sagte er, ich will aber gar nicht, dass wir es *nicht* schaffen.

Ich doch auch nicht, hörte er.

Ich kann es mir nicht einmal vorstellen. Seine Stimme war kaum noch zu vernehmen.

Das ist so absurd, sagte sie: *Ich* will es nicht, *du* willst es nicht. Wer will es denn bloß?

Dann schwiegen sie wieder, ließen ihre Hände ziellos zwischen sich umhertreiben, berührten die Geschenke auf der weißen Tischdecke, die bis auf die dänische Kaffeemaschine immer noch ausgebreitet auf dem Fußboden lagen, berührten sich, die warme Luft im Zimmer. Es war, als spielten zwei verwirrte Kinder im Sandkasten mit irgendwelchen Gegenständen, denen sie keinen Sinn und Zweck abgewinnen konnten.

Um kurz vor halb acht erhob er sich, packte seine Sachen und sagte, in zehn Minuten müssten sie wohl los, spätestens.

Während der Fahrt zum Bahnhof erzählten sie sich wie ein altes Ehepaar, was sie schon alles zusammen erlebt hatten.

Paris, London, Glasgow, York, Leeds, und Seebüll, sagte sie: das schöne *Nolde*-Haus, es sei ein wunderbares Wochenende gewesen, der Sonnenuntergang in Dänemark, geradezu mystisch.

Wahrscheinlich habe ich immer mehr verlangt, als du geben konntest, sagte er: Dabei war es viel mehr, als ich verlangen durfte.

Es klang wie eine Frage; er wusste jedoch, dass es eine Antwort war.

Sprich doch nicht so, sagte sie: Es klingt furchtbar, so endgültig. Ich will nicht, dass du so wegfährst.

Ich fahr ja nur nach Hamburg, sagte er, und die Mauer gibt es wirklich nicht mehr.

Eine Minute nach acht sollte der Zug abfahren, drei Minuten vorher stieg er ein, nachdem er sie noch einmal umarmt, geküsst hatte. Der Zug war überfüllt, wie fünfundvierzig, rief er ihr zu und versuchte zu lachen, aber sie lachte nicht, sie blickte ihm nur nach und entgegen, als er hinter einem Fenster wieder aufgetaucht war und durch den heruntergekurbelten Schlitz herausrufen konnte, dass er wohl stehen müsse bis Hamburg.

Sie hatte es gehört und nickte ihm zu, er spürte, wie gerne er sie immer noch sah, ansah, aber wie leer er auf einmal war. Der wilde Abschiedsschmerz früherer Trennungen stieg nicht mehr auf in ihm, war versunken, erstickt, was würde werden?

Der Pfiff des Fahrdienstleiters, schrill, rücksichtslos, selbstverständlich, schoss plötzlich durch die Luft, und im selben Moment bemerkte er, dass sie weinte, wie er auch bemerkte, dass sein Gesicht ihr in dieser Sekunde zum Spiegel zu werden begann. Noch lange danach ließ er den Fensterspalt offen, durch den ihm unentwegt kalte Winterluft entgegenschlug, weil der Zug schneller und schneller wurde, bis er sein Tempo gefunden hatte und in der Dunkelheit des vorweihnachtlichen Abends zielsicher nach Norden jagte, Hamburg entgegen, wo ihn einer abholen wollte, Karla.

Sie hatte nicht warten müssen, der Zug war pünktlich angekommen. Dass sie ihn nicht vom Bahnsteig abholen würde, wusste er, sie hatte ihm schon am Telefon gesagt, dass sie im Auto bliebe, irgendwo auf dem Parkplatz vor dem Bahnhof. Als er die Tür des weißen Mercedes öffnete, den sie sich vom Honorar für den Film gekauft hatten, sagte sie nur *hallo* und startete sofort. Erst nachdem sie auf die Hauptstraße eingebogen waren, die in ihren weit entfernten Stadtteil führte, hörte er sie fragen:

Und? Ist es jetzt vorbei?

Ja, sagte er, *ich glaube.*

Aber er glaubte in diesem Moment an nichts, die Leere in ihm, die er schon beim Abschied von Rike in sich gespürt hatte, hatte sich in den Stunden bis zu seiner Ankunft ausgewachsen zu einer endlosen dunklen Wasserfläche, in der alles, was ihm etwas bedeutet hatte, versunken war.

Er hatte keine Sprache mehr.
Keine Gedanken.
Keinen Blick.
Er hielt seine Augen geschlossen, schwieg.

Bis sie vor ihrem Haus einparkten und er kurz darauf Charlotte im Arm hielt: Sie strahlte, als wäre nichts geschehen. Als sie fragte, ob er ihr etwas mitgebracht hätte, und er sagte, dieses Mal leider nicht, lachte sie nur und rief, dann eben nicht, er solle sie aber gleich mal in ihrem Zimmer besuchen, sie hätte nämlich einen neuen Mitbewohner.

Kaum bin ich mal drei Tage weg, zieht hier schon einer ein, sagte er mit forcierter Fröhlichkeit. Aber den werde er sich ganz genau angucken, er sei ja jetzt wieder da, jeden Tag.

Der neue Mitbewohner war eine weiße Laborratte gewesen, Charlotte hatte ihr den Namen *Clara* gegeben. Es dauerte nicht lange, bis er das possierliche Tier mit den Knopfaugen, den unentwegt zitternden Barthaaren und der schnüffelnden Schnauze geradezu liebgewonnen hatte, es über seinen Körper auf seine Schultern, seinen Kopf laufen ließ, wo es sich sehr wohl zu fühlen schien. Manchmal ging er tief in der Nacht so mit ihm auf die Terrasse vor der Tür und erzählte ihm etwas vom Sternenhimmel und von vielen anderen Dingen. Er hatte dabei das Gefühl, dass sie ihm aufmerksam lauschte, bewegte sie sich doch keinen Millimeter von seiner Schulter, während er so in den Vorgarten redete, in Richtung der großen hohen Hecke, hinter der sich auf dem Bürgersteig eine Straßenlampe erhob, die weißliches Licht auf den ihr zugewiesenen Abschnitt einer ordentlichen Wohngegend warf, mit sauberen Straßen, Vorgärten und nicht zu kleinen Einfamilienhäusern, nur ihre rosa Nase witterte unentwegt in die Luft, als müsste sie den beschriebenen Geheimnissen und Phänomenen mit ihren ganz eigenen Sinnen ebenfalls auf die Spur kommen.

Am ersten Weihnachtstag teilte Karla ihm kurz vor der Kaffeezeit mit, dass sie noch in die Stadt müsse, es würde dauern.

Heute?, fragte er: Wieso das denn?

Sie müsse eben, sagte sie.

Aber das war keine Erklärung, er wurde stutzig, bohrte nach, bis sie gestand, dass es einen anderen Mann gebe in ihrem Leben, seit vierzehn Tagen, sie könne ihn Weihnachten nicht alleine lassen, er wisse ja, wie so etwas wäre.

Seine Frage, wo sie ihn kennengelernt hätte, war nicht nur hilflos, sie war lächerlich.

Nicht jetzt, sagte sie. Es ginge nicht anders, sie *müsse*, er solle es akzeptieren, sie könnten später darüber reden. Sie habe versprochen zu kommen, deshalb müsse sie jetzt gehen. Sie wolle zwar nicht, dass es ihn quäle, im Moment sei es aber so, wie es sei. Sie könne nichts dafür, es sei passiert, wie so etwas passiere.

Dann war sie verschwunden, er aber vom Echo seiner eigenen Worte wie betäubt zurückgeblieben im weihnachtlich geschmückten Haus, in dem Charlotte gerade in ihrem Zimmer einer ihrer Freundinnen die Geschenke, die sie bekommen hatte, zeigte, er hörte die Mädchen durch die offene Tür bis nach unten schwatzen und lachen und wusste einen Moment lang nicht, was er tun oder wohin er gehen sollte. Einige Sekunden lang dachte er daran, umgehend zu Rike zu fahren; aber dann wusste er, dass er Charlotte nicht verlassen durfte. Nie mehr.

Nur zum Jahreswechsel schrieb er Rike noch einmal. Er hatte die Karte von Sadayoshi Shiotani ein zweites Mal gekauft und sie mit den Worten abgeschickt:

»Liebe Rike, dies ist ein Foto, das ich, wie Du weißt, seit langem ganz besonders schätze, natürlich nicht, weil es so berühmt ist, sondern weil es das Meer zeigt, wie es nur wenige *sehen* können … Einmal hat uns das Meer ganz nah zusammengeführt, und wir konnten Land sehen, einen Horizont. Nun fließt es wieder zwischen uns, immer breiter und breiter werdend … Ich erinnere mich, sagst Du! Ich erinnere mich, sag ich! Das Meer ist die Metapher für Zeit. Man muss ans Meer gehen und sie sich nehmen.

Das haben wir getan. Ich halte Dein Gesicht in meinen Händen; aber das Meer ist stärker ... Wir sollten ihm nicht zürnen. Dein Torben«

42

Als die Metro in die Station Bir-Hakeim einfuhr und ihm das große Wandbild der vorwärtsstürmenden Fremdenlegionäre unter die Augen kam, registrierte er, dass sie die Pariser Unterwelt verlassen hatte, um über die Seine zu kommen, auf die andere Seite des Flusses, wo sie wieder verschwinden würde aus dem Sichtbaren ins Unsichtbare. Jetzt aber, vom erhöht fahrenden Zugfenster aus, zeigte sich Paris so grandios wie es ja war, selbst an einem wintergrauen Tag des Jahres wie diesem. Wenn er so auf die französische Hauptstadt blickte, begriff er nicht, was manche Leute an Berlin fanden, das gewiss auch einmal grandios ausgesehen hatte, inzwischen aber nur noch verstümmelt dahinvegetierte, obgleich ihm klar war, dass seit dem Mauerfall etwas passierte, das die zerschlagene Stadt wieder zu heilen versuchte. Doch die Narbenfetischisten unter den Politikern, Stadtplanern und Architekten würden nicht aufgeben, das ahnte er.

Und die Mitterrand-Moderne?

Das UFO-Monster Bastille-Oper, der Grande Arche, dieses riesig umrahmte Luftloch, das man einmal sah und dann sagte: *Na und?* Pharaonen-Gehabe.

Aber was sollte er auch anderes hinstellen angesichts so viel erschlagender Schönheit?

Nur nützte es nichts.

Da konnte der Pharao noch so gewaltig auftrumpfen.

Nachdem er in La Motte-Picquet-Grenelle problemlos umgestiegen war in die 10, schnellen Schrittes und ohne zu stocken, was die Verbindungswege betraf, als würde er sie schon seit langem immer wieder einmal passieren, begann er etwas ziellos in der Ausgabe von »Paris Match« zu blättern. Er blieb hängen auf der farbigen Doppelseite in der zweiten Hälfte des Heftes, die den Kreml in der Nacht des Fahnenwechsels zeigte, der vor wenigen Tagen über die weltgeschichtliche Bühne gegangen war. Nun wehte über den Türmen und Dächern der Paläste, über Leninmausoleum und Kremlmauer erneut die russische Trikolore, weiß-blau-rot, als hätte niemals eine andere auf ihnen geflattert. Es war ein wunderbares Foto, ein Foto, über das man endlos philosophieren konnte. Ganze Generationen hatten sich danach verzehrt, und es war ihnen nicht vergönnt gewesen, es zu erleben.

Nach dem Ausstieg in Mabillon war er einen Moment lang von der Helle des weißgekachelten, mit indirektem Licht geradezu gefluteten riesigen Tunnelbogens fast geblendet. Er ließ ihm die Station überraschend futuristisch erscheinen, wie die Kulisse eines Science-Fiction. Doch oben war, bei aller Blendung in der Tiefe, noch immer der Boulevard und das ganze vertraute Ensemble der Restaurants, Cafés, Geschäfte um Saint-Germain-des-Prés, der Kirche, deren Namen hier alles trug.

Seitdem er es zum ersten Mal besucht und durchstreift hatte, zog das Viertel ihn magisch an; es war, er ahnte es schon lange, eine haltbare Verliebtheit, anders war das Gefühl, das ihn durchzog, flanierte er hier ohne jedes Zeitbewusstsein durch die vergehenden Stunden, nicht zu erklären.

Gegen Mittag verspürte er allmählich Hunger und ging zum Les Deux Magots; aber dort war es inzwischen so voll, dass er schon am Eingang umdrehte und ins benachbarte Café de Flore auswich, wo er zwar einen Platz fand, aber nur im ersten Stock, den er noch nie betreten hatte, wie ihm überhaupt bewusst wurde, dem Café de Flore bisher kaum so zugewandt gewesen zu sein wie seinem nicht weniger berühmten Nachbarn. Er bestellte sich ein Omelette, dazu Wein und Wasser, zuletzt trank er Kaffee, rauchte ein Zigarillo.

Während er aß, las er in aller Ruhe und Ausführlichkeit die Zeitung, Russland, die Gemeinschaft Unabhängiger Staaten und der Krieg im zerfallenden Jugoslawien beherrschten die Titelseite. Im Libanon hatte es wieder einen Bombenanschlag mit vielen Toten gegeben, auf Korsika waren dreißig Ferienbungalows in die Luft geflogen, und in Deutschland forderte der Chef der Behörde, die dem Aktengebirge des verflossenen Geheimdienstes zu Leibe rückte, die Täter sollten bekennen, sich ihren Opfern erklären.

Berg fand solche Appelle vollkommen idiotisch: Es gab nichts zu bekennen, zu erklären. Es war alles bekannt, erklärt. Dass die Angesprochenen nicht bei der Heilsarmee gedient hatten, wusste jeder, sie selber wussten es am besten. Es ging nicht um die Täter, es ging um die Opfer. Die Täter gehörten vor Gericht, die Opfer entschädigt. Der Rest, falls nötig, war Sache von Priestern, Pastoren und Psychotherapeuten. Aber genau da wurden die politischen Akteure spitzfindig und ihre Zuarbeiter pädagogisch.

Nach dem Essen schlenderte er zunächst zur Kirche, aber er ging nicht hinein. Dafür entdeckte er in ihrer Nähe ein Antiquariat, das vor allem mit Autographen handelte.

Das Schaufenster bot eine gewaltige Versuchung für ihn, einen Originalbrief Rodins. Er war nicht unerschwinglich, er war aber auch nicht billig. Lange starrte er auf die Schriftzüge des Genies, fasziniert von dem Gedanken, dass sie von genau der Hand stammten, die auch all jene mit Rike in seinem Palais gesehenen Wunder geschaffen hatte, bis er sich entschloss, sie, die er deshalb liebend gerne berührt hätte, dort liegen zu lassen, wo sie lagen, den Laden nicht zu betreten. Im Laden wäre er schwach geworden. Dann lief er hinüber zur Rue Jacob, wo er sich nach einem Mantel für Charlotte umsah, es sollte etwas Feines, Extravagantes sein. Die Auslagen der dort versammelten Nobel-Couturiers boten jedoch nichts für Kinder. Er musste zurück zum Boulevard, fand tatsächlich einen, kaufte ihn, das Geld für den Rodin-Brief hatte er ja gespart.

Um vier saß er endlich wieder im Deux Magots, es war fast leer, als er es betrat, nicht lange danach füllte es sich jedoch schnell. Er wurde vom Kellner mit der Nr. 5 bedient, der ihn zunächst begrüßte, dann eine gute Ankunft wünschte. Berg bestellte ein weiteres Mal Salat, dazu Wasser, später Kaffee. In der Nähe der Säule mit den Chinesen entdeckte er eine junge Frau, sie war schön, hatte das dunkle Haar hochgesteckt, ihr schlanker Hals, der aus einer edlen Pulloverjacke aufstieg, leuchtete matt, die kleinen Ohren, die Stupsnase wirkten perfekt. Er blickte immer wieder zu ihr hin. Irgendwann erwiderte sie seinen Blick, lächelte.

Danach fiel es ihm leicht, einen alten Mann wahrzunehmen, der in einem Magazin las, dessen Titel er nicht erkannte, dessen Titelblatt aber hebräische Schriftzeichen zeigte. Zur Lektüre trank der vornehm gekleidete Herr ein Glas Cinzano, er verdünnte ihn hin und wieder mit einem Schuss Perrier, die gelben Zitronenscheiben in der roten Flüssigkeit leuchteten grell wie schweflige Mineralien.

In der Zwischenzeit hatte Berg sich in den »Paris Match«-Artikel über Yves Montand vertieft, um wenigstens etwas davon zu verstehen; sein Wörterbuch half ihm dabei.

Die Story eröffnete mit Montands dreijährigem Sohn Noël, der nun ohne Papa weiterleben musste. Das war traurig, gewiss; aber es ging, er wusste ja, wie es ging. Er wusste sogar, wie es gelingen konnte. Sie war von einer üppigen Bilderstrecke gerahmt, der eine etwas kleinere Geschichte über den schon zu Jahresanfang verstorbenen Serge Gainsbourg folgte, sein legendäres, zusammen mit Jane Birkin in die Welt gestöhntes »Je t'aime« hatte Berg zum ersten Mal genau in jenem Studentenzimmer gehört, in dem er sich aus Versehen fast umgebracht hätte. Die aus dem Westen eingeschmuggelte Single war von einem Kommilitonen zum lüsternen Amüsement aller eine ganze Woche lang Abend für Abend abgespielt worden, jeder von ihnen hatte mit dieser Stimme, wenn sie ertönte, im Bett gelegen, und jeder ganz mit ihr allein.

Danach gab es in »Paris Match« nur noch *ein* Foto pro berühmten Toten, die Texte über jeden Gezeigten schnurrten zu längeren Bildunterschriften zusammen: Hervé Guibert war nicht mehr, Freddie Mercury, Miles Davis, auch Graham Greene hatte aufgehört zu schreiben.

Die dunkle Ernte 91, die »Paris Match« in einer Art Toten-Fries verewigt hatte, war reich ausgefallen.

Während er der traurigen Bilanz ein aufmerksamer Leser zu sein versuchte, hatte er gleichzeitig am Nebentisch ein Paar registriert, das lange, offenbar französisch vor sich hin murmelnd, auf die Karte starrte, um sie schließlich genervt auf den Tisch zurückzuwerfen und sich danach in fast synchroner Hysterie zu erheben, als wäre es von irgendjemand beleidigt worden. Dabei geschah es, dass die Frau, ebenso füllig wie ihr glatzköpfiger Mann, unbeabsichtigt den Aschenbecher vom Tisch riss, der mit klirrendem Geräusch zu Boden fiel. Der Kellner, der sofort herbeieilte, um die Scherben aufzufegen, war der Kellner mit der Nr. 1. Er war Berg vom Vortag her als leicht beschwipste Erscheinung in Erinnerung geblieben, nun operierte er perfekt, eine Service-Maschine, ein Dienst-Androiد, ein lebendiges Kunstwerk.

Keine Minute später war der ganze Spuk verbei, die Schöne in der Nähe der Chinesen aß inzwischen ebenfalls Salat, und draußen begann es dunkel zu werden. In Berg aber brach, obwohl niemand ihn trieb oder irgendwo erwartete, plötzlich eine merkwürdige Unruhe aus, so bat er um die Rechnung und verließ bald darauf das Les Deux Magots.

Langsam lief er über den Boulevard in Richtung Odéon. Noch immer waren Menschenmassen unterwegs, Autos, Busse dröhnten und donnerten vorbei, auch hatte er den Eindruck, mehr Polizeifahrzeuge zu sehen, viele hörte er aber nur von weitem, die Stadt rüstete sich zum letzten Abend im Jahr, das war klar, doch es wurde nicht, wie zu Hause, stiller in den Straßen, je näher die Stunde kam, es schien noch lebendiger, quirliger zu werden, als es ohnehin schon war.

Als der Boulevard die Rue Saint-Jacques kreuzte, zog es ihn wie von selbst nach links, hin zur Seine und Île de la Cité. Obwohl er schon lange gelaufen war, spürte er keinerlei Schwäche, dafür eine mit jedem weiteren Schritt wachsende Neugier. Immer bewusster wurde ihm, dass er gerade durch Paris lief; aber er flanierte nicht mehr ziellos umher, etwas führte ihn, jedenfalls schien es so – er war jetzt hellwach, und selbst die elegante Papiertüte mit dem roten Mantel für Charlotte, in der er auch die Zeitungen verstaut hatte, störte nicht, er lief, ohne Hast, doch unaufhaltsam, weiter. Zwischendurch dachte er an den bevorstehenden Abend im »Le Coq«, er konnte sich dennoch nicht vorstellen, wie die Stimmung werden würde, vielleicht würde er ja unter all den Fremden sitzen wie ein Reisender in einer Bahnhofshalle, beobachteter Beobachter, Gesicht ohne Geschichte, anwesendes Geheimnis ohne weiterführende Erklärung.

43

Kurz vor halb sieben erreichte er die Place du Petit-Pont, die Brücke, das Ufer der Seine, die von der Insel geteilt wurde, als sollte die einzigartige Kostbarkeit, die sich auf ihr erhob, eingefasst werden in ein ewig schimmerndes, flimmerndes Silberband.

Dann endlich ging er auf sie zu, angestrahlt, wie sie war, mit ihren weit offenen Türen: *Notre-Dame*. Er war ihrem Vorplatz, ihr selber, wie ein beflügeltes Wesen, überraschend schnell näher gekommen.

Das also war es, was ihn schon am Morgen erfasst hatte, diese merkwürdige Ahnung, etwas unbedingt angehen zu müssen, erreichen, erledigen zu sollen. Durch die geöffneten Türen der Kathedrale strömten zahlreiche Menschen, hinein, hinaus. Es waren nicht nur Touristen, das sah er sofort. Schließlich gehörte auch er zu den Einströmenden und begab sich, Schritt für Schritt, in die große, in ihrem Zentrum, dem hohen Chor, von warmem Licht, Orgelklängen und Gesang erfüllte Kirche.

Die Messe hatte gerade begonnen, er war fast pünktlich gewesen.

Er hatte sich bekreuzigt, als hätte er es schon immer getan, war weit nach vorne gegangen, hatte einen Platz gefunden, der dem Geschehen im Altarbezirk nahe war, wo die Priester agierten, die Ministranten, ein Bischof, es mochte der Erzbischof sein, der Kardinal. Er wusste seinen Namen, aber er war ihm noch nie nahe gewesen, natürlich nicht. Er war sich nicht sicher; es war gleichgültig: Auch ein Kardinal war zuerst und zuletzt ein Priester, ein geweihter Mensch, dem die Gabe gegeben war, etwas zu verbinden, was immer wieder riss, aufriss. Was geheilt werden musste.

Darum war er hier, das wusste er nun.

Alles, was er hörte, auch wenn es in einer fremden Sprache ertönte, verstand er; alles, was er sah an Zeichen, Gesten, Ritualen, auch wenn ihre Fülle, der Glanz, den sie verbreiteten, den Erfahrungen in seiner eigenen Kirche nicht entsprach, war ihm vertraut. Die heiligen Worte, die verlesen wurden, der Weihrauch, der aufstieg, die Musik, die Gebete, sie erfüllten den riesigen Raum, in dem auch er seinen Platz gefunden hatte, nicht nur abstrakt mit Sinn, sie erfüllten ihn auf überwältigende Weise mit *sinnlichem* Sinn: zu hören, zu riechen, zu schmecken von der einzigen Wahrheit, die trösten konnte, vergeben, bedurfte es des Trostes, der Vergebung.

Es bedurfte dieses Trostes, dieser Vergebung immer.

Eine ältere Dame neben ihm sang, wenn gemeinsam gesungen wurde, so inbrünstig, dass ihr Gesang ihn an den seiner Mutter erinnerte, es hatte ihn als Kind immer ein wenig geniert, jetzt spürte er, warum es gut war, so singen zu können.

Manchmal schloss er die Augen, doch immer orientierte er sich an den Bewegungen der Mehrheit im Chor der Kathedrale: nicht weil er fürchtete aufzufallen, er wollte eins sein mit ihr, mit den Priestern, den Ministranten, dem Kardinal – in der reinen Ehrerbietung dem gegenüber, dem dieses Haus, das ein Gotteshaus war, in seiner ganzen Schönheit und Zärtlichkeit gehörte.

Als die Einsetzungsworte gesprochen wurden, schloss er erneut seine Augen, um sich ganz hinzugeben, worein sie münden sollten:

Es war die Sekunde, in der es ihm vorkam, als schösse eine gewaltige Kraft ihn aus der Gegenwart in genau die Vergangenheit, in der Karla ihnen die Tür öffnete, einige freundliche Worte sagte und sie dann in sein Arbeitszimmer im Souterrain bat. Auf dem niedrigen Couchtisch standen drei leere Gläser, daneben eine Flasche Rotwein, sie war schon geöffnet.

Ihr seht, sagte sie, und es klang irritierend feierlich, dass ich mir etwas Besonderes wünsche, deshalb war es auch so wichtig, dass ihr kommt.

Sie stockte einen Moment, dann hörte er: Irgendwann muss es ja ein Ende haben! Irgendwann musst du dich entscheiden zwischen Rike und mir. Es ist ja nicht schön, so, wie es ist, für keinen!

Dann hatte sie nach der Flasche gegriffen, die Gläser gefüllt und jedem eines zugereicht. Während sie dies tat, ruhig, ohne mit den Händen zu zittern, als gäbe es einen vollkommen selbstverständlichen Anlass für diesen Akt, hatte er sich einen Moment lang gefragt, ob er sie mit seinem Verhalten in den Wahnsinn getrieben hätte, die Zusammenkunft, die sie erzwungen hatte und nun zelebrierte, konnte nur in einer Katastrophe enden, in einer Katastrophe *für sie!*

Sie wusste ja nicht, warum er Rike in diesem furchtbaren Frage-und-Antwort-Spiel nicht alleine zurücklassen konnte, er jedoch wusste es, mit seinen Lippen hatte er dieses Wissen aufgenommen, von ihren Handgelenken, die er sich ahnungslos gegriffen, die sie ihm bald wieder entzogen hatte, verlegen, scheu, noch immer verletzt.

Es war Karlas unerbittliche Stärke, einer selbstgewählten Entscheidung ins Auge sehen zu können, die ihn endlich auf ihre Frage, flüsternd, kaum hörbar, sagen ließ, er wolle es erst einmal mit Rike versuchen.

Aber so leise er das Schreckliche auch aussprach, erreicht hatte sie aus seinem Mund nichts anderes als der laute, unüberhörbare Verrat an allem, was sie beide verband – aus demselben Mund, der ihr einmal die Treue gelobt hatte, die Treue für immer. Vor niemand anderem als vor Gott.

Dann stand er in der Reihe der Empfangenden, die langsam, aber stetig nach vorne rückte. Wie alle hielt auch er in Erwartung der Hostie dem Priester seine Hände entgegen, sie zitterten leicht. Als er sie spürte und sie, zwischen rechtem Zeigefinger und Daumen gehalten, langsam zum Mund führte, wurde aller Gesang um ihn herum schlagartig schwächer, hörten alle Geräusche auf – eine eigenartige Stille breitete sich plötzlich in ihm aus, er war nun allein, während das geweihte hauchzarte Gebäck in seinem Mund zu schmelzen begann, aber er fühlte sich nicht einsam, und wie von weit her hörte er eine Stimme, die er dennoch verstand, tiefvertraute Sätze sagen.

Die Stimme war voller Güte und Zuwendung, es ging um eine Frau, der man Ehebruch vorgeworfen hatte, die deshalb gesteinigt werden sollte, bis die Stimme des Mannes, dem sie gehörte, die Umstehenden aufforderte, wer ohne Sünde sei, werfe den ersten Stein.

Als am Ende alle Ankläger verschwunden waren, hatte dieser Mann die am Boden hockende Frau gefragt, ob noch jemand da sei, der sie anklage, verdamme? Da sie verneinte, sagte er, dann verdamme er sie auch nicht. Sie könne gehen, doch solle sie hinfort nicht mehr sündigen.

Ins Hotel zurückgekehrt war er mit dem Taxi. Mit dem Öffnen der Zimmertür, noch bevor er Licht machte, fiel sein Blick auf ein Kuvert, das kurz hinter der Schwelle auf dem Boden lag.

Er hob es auf, öffnete den Umschlag und las die *message reçu pour M. Berg*: Sie stammte von Friedrich und seiner Geliebten; sie wünschten ihm ein glückliches neues Jahr!

Friedrichs Geste überraschte ihn nicht nur, sie rührte ihn an; er konnte manchmal so rücksichtslos kalt sein, so absurd final. Er würde das Blatt aufheben, mit nach Hause nehmen. Es war ein Dokument, das etwas bewies, woran er sich erinnern würde, wenn es nottat.

Dann ging er ins Bad, ließ Wasser in die Wanne einlaufen, später fügte er an passenden Ingredienzien hinzu, was das Hotel zu bieten hatte. Er liebte Wannenbäder. Wenn er sich zu Hause hineinbegab, baute er zuvor auf einem Hocker neben der Wanne ein paar weitere Zutaten auf: etwas zu trinken, Bücher, Süßigkeiten. Meist war das Wasser einige Grade zu heiß, wenn er hineinstieg; das bedeutete aber nur, dass er länger darin liegen konnte, es kühlte langsamer ab. Ein kurzes Wannenbad war ein Widerspruch in sich. Wollte er sich reinigen, ging er unter die Dusche.

Heute aber lagen keine Bücher griffbereit in der Nähe, kein Getränk, keine Schokolade. Heute begann er sich, was er sonst nie tat, tatsächlich *in* der Wanne zu reinigen, langsam, ausgiebig, intensiv. Er wollte rein sein, wenn er sich im »Le Coq« zu Tisch setzte, in jeder Hinsicht.

Wenige Minuten nach neun erschien er im Entree des »Le Coq«. Sogleich wurde er in Empfang genommen und nach kurzer Begrüßung zu seinem Tisch geführt. Das Gefühl, an einem für ihn vollkommen richtigen Ort zu sein, stellte sich wie von selbst ein. Er war offenbar der letzte Gast, der noch fehlte, nun waren alle Tische, ausnahmslos für eine Person gedeckt und in einer leicht elliptischen Reihe quer durch das Restaurant aufgestellt, besetzt, der *Nachtschmaus 91* konnte beginnen.

Neben ihm, zu seiner Linken, saß eine ältere Dame, sie mochte um die siebzig sein. Elegant gekleidet, in einem enganliegenden, hochgeschlossenen silbergrauen Kostüm, mit feinem Gesicht und perfekt gelegter Haarfrisur, perlmuttfarben lackierten Fingernägeln, silbernem Ohrschmuck und Ringen, nur auf ihrer linken Hand sah er zwei goldene nebeneinandergesteckt, erinnerte sie ihn an eine französische Schauspielerin, er wusste aber nicht genau, an welche. Wahrscheinlich wollte er es nur so, der Gedanke jedenfalls, sie könnte eine sein, gefiel ihm, schien ihm passend.

Bevor er sich setzte, nickte er ihr deshalb zu, sagte:

Bon soir, Madame!, und nannte seinen Namen.

Sie dankte freundlich, wünschte ebenfalls einen guten Abend und fragte plötzlich: Sind Sie Deutscher, Monsieur?

Das bin ich, rief er überrascht aus: Und *Sie,* Sie sprechen Deutsch?

Ein wenig, sagte sie und lächelte. Dabei hob sie ihre rechte Hand und ließ zwischen Daumen und Zeigefinger eine gewisse Spannbreite erkennen.

Perfekt, sagte er, wirklich perfekt: Er spreche nämlich kein Französisch. Ob er nach ihrem Namen fragen dürfe?

Brulot, sagte sie: Claudette Brulot, *Paris!*

Dazu lächelte sie wieder, nun ein wenig spitzbübisch, und er wusste, dass er ihr einen Handkuss geben durfte, nein, *musste!* Alles andere wäre daneben gewesen, stillos, geradezu enttäuschend. Also tat er es und sagte danach, dass es eine Ehre sei für ihn, diesen Abend mit ihr verbringen zu dürfen!

Später, als die köstliche, nicht enden wollende Speisenfolge von Seeigel in Rührei, Foie gras de Canard, Barsch, Jakobsmuscheln und Hummercreme, Truthahn in Trüffelsoße, gemischtem Salat mit Mandeln, Käse, roten Früchten auf Champagner-Sabayon und Kaffee, begleitet von einigen Gläsern Sancerre und Rothschild-Bordeaux, die Gäste des Abends zu glücklichen Genießern werden ließ, wie ihn und Madame Brulot auch, wussten sie mehr voneinander, redeten wie alte Bekannte, die sich längere Zeit nicht mehr gesehen hätten.

Madame Brulot, die nicht weit entfernt vom »Le Coq« wohnte, in der Rue de Magdebourg, was ihm einen leichten Stich versetzte, als sie es erwähnte, war Anfang des Jahres Witwe geworden und verbrachte den Jahreswechsel zum ersten Mal ohne ihren Mann.

Sie lächelte, als er es bedauerte, und sagte, er sei über achtzig gewesen, das sei doch ein schönes Alter, wenn sie das auch schaffe, wäre sie zufrieden. Sie hätten beide am selben Gymnasium unterrichtet. Aber dann erlosch ihr Lächeln kurz, wurden ihre Lippen, ebenso kurz, zu einer dunklen Wehmutslinie, bis sich ihr Gesicht wieder aufhellte und strahlte wie am Beginn.

Er deutete seinerseits an, warum er an diesem Abend alleine in Paris sei, und wieder lächelte sie und sagte, das Glück würde gewiss zurückkommen, sie kenne ihn zwar erst seit heute, aber sie glaube, wenn sie ihn so höre, dass das Glück keine Angst vor ihm habe. Sie und ihr Mann hätten auch einmal eine schwere Zeit überstanden, eine sehr schwere sogar, während des Krieges, als ihr Mann erst hätte an die Front müssen und dann in deutsche Gefangenschaft geraten sei. Einmal hätte sie ihn damals dort sogar besucht, und er hätte im Lager Deutsch gelernt. Seitdem hätte sich in ihnen Zuneigung zu Deutschland entwickelt, nach dem Krieg seien sie oft zusammen dorthin gereist, und immer wieder auch an jenen Ort, wo er in Gefangenschaft gewesen sei. Dann nannte sie den Namen des Lagers.

Da teile sie wohl, hatte er gesagt, eine Neigung ihres Präsidenten! Der sei ja auch Kriegsgefangener gewesen, schätze aber dennoch vieles an Deutschland, manchmal mehr als die Deutschen selber, jedenfalls die deutschen Politiker. Er sei ein Bewunderer dieses Mannes, wenn auch ein gespaltener.

Man könne ihn nur gespalten bewundern, hatte Claudette Brulot ihm zugestimmt, dafür sei er viel zu schillernd, wenn es darauf ankäme, sei er alles und nichts und das Gegenteil auch. Eine Sphinx, lachte sie, ein Machiavellist, ihre Stimme inszenierte sich einen Hauch verächtlich, sogar ein Attentat auf sich selbst habe er ja einmal organisiert, aber nie, jetzt klang sie nüchtern wie eine Analytikerin, sei ihm wirklich etwas passiert, hätten ihm solche Eskapaden jemals geschadet, und jetzt sei er *Präsident*! Davon habe er immer geträumt. Er sei wohl eine Art Glückskind.

Es hieße, fragte er, jedenfalls habe er es irgendwo in der deutschen Presse oder in einer Biographie gelesen, er würde von manchen auch *Gott* genannt?

Sie kenne keinen, hörte er, der ihn so nenne, *dieu*, aber in den französischen Zeitungen läse man das natürlich auch. Es wundere sie nicht, es passe irgendwie, obwohl es natürlich ein Frevel wäre: Kein Mensch dürfe sich Gott nennen oder so genannt werden. Aber vielleicht beziehe sich das bloß auf seine Affären, lachte sie, da würden Männer ja gerne wie Götter wirken!

Kurz vor Mitternacht wurde es auch im »Le Coq« unruhiger, aufgeregter, feierlicher, und dann erhoben sich alle und bildeten plötzlich so etwas wie eine weitläufige Familie, prosteten sich zu, lächelten, lachten, beglückwünschten sich zum neuen Jahr, auch Madame Brulot und er hatten die Gläser aneinandergestoßen, man trank jetzt Champagner, bevor er ihr sagte, er müsse noch kurz, aber schnell hinaus und hinüber zum Palais, um den Eiffelturm begrüßen zu können, das habe er sich vorgenommen, noch nie hätte er ihn um diese Zeit und im Licht eines Feuerwerks gesehen. Auch ihm wolle er wenigstens einmal zutrinken.

Dann stand er auf dem Plateau, inmitten einer dichten Menge von Menschen aus aller Welt, die tanzten, sich in die Arme fielen, küssten, aus Champagnerflaschen tranken, Weinflaschen, Whiskeyflaschen. Die Stadt unter ihm erzitterte förmlich im Blitzen der Raketen und Explodieren der Kracher, zugleich schmückte sie den Nachthimmel über sich mit immer neuen glühenden, flimmernden, zerplatzenden Traum-Bildern, die in Sekundenschnelle wieder erloschen, verzischten, das Schwarz zurückkehren ließen, bis eine weitere Fontäne, ein nächster Sternenregen dem Schwarz den Kampf ansagte.

Er aber hatte sich nicht bewegt in all dem Trubel, hatte nur stumm zugeschaut, zugehört und versucht, zu verstehen und zu hören, was er hinter all dem hörte und sah, was er sah und hörte.

Es war eine Geschichte, die weiterging. Es war seine Geschichte.